그대 아직 살아 있다면

Cảm ơn vô cùng,

Chúc bạn và gia đình hạnh phúc!

Saigòn, 2020

Văn Lê.

반레 장편소설 — 하재홍 옮김

그대 아직 살아 있다면

아시아

작가의 말

여전히 메아리치는 총포 소리

베트남 조국해방전쟁이 끝난지 반세기가 지났습니다. 하지만 여전히 많은 밤, 잠을 잘 때면 어디서부터인가 총포 소리, 폭탄 떨어지는 소리, 머리 위에서 전투 헬기가 기총소사하는 소리, 그런 소리가 끊임없이 메아리쳐 옵니다. 그런 밤이면 몸서리를 치며, 깜짝 놀라 잠에서 깹니다. 다시금 잠들기 어렵고, 다시 잔다 해도 단잠을 이룰 수 없습니다. 『그대 아직 살아 있다면』은 1968년 무신년 구정대공세 작전에 대해 쓴 소설입니다. 구정대공세 작전은 사이공 진격작전으로 협소한 지역에서 짧은 기간 동안 진행한 작전입니다. 이 시기가 베트남 전쟁 중 가장 참혹하고, 격렬했던 시기입니다. 이곳에서 수십만 병사들이 죽고, 수만 명이 포로로 잡혔습니다. 그 고통을 누구와 비교할 수는 없지만, 어떤 고통이라 해도 전쟁이 인간에게 가져다준 고통보다는 크지 않을 겁니다. 그 커다란 고통은 산 사람이 짊어지기 힘겹고, 죽은 사람조차 짊어지기 힘겨울 정도입니다. 참혹한 상황 속에서 막다른 길로 쫓긴 베트남 군인들과 국민들은 이를 깨물며 끝끝내 견디고, 희생을 받아들였습니다. 그렇게 힘을 모으기를 몇 년, 결국 판을 뒤집어엎었습니다.

이런 역사적 상황을 설명하고자 군인 출신 작가들 대부분이 펜을 듭니다. 우리 세대가 언제나 생각하고 있는 건 승리에 이르는 근원이 군인의 품행,

민족의 품행이라는 것입니다. 우리는 짓밟히고, 유린당할 때, 심지어 적이 우리 몸 위에 발을 얹었을 때, 비굴하게 굴복하지 않았습니다. 당당히 기세를 펴고 노력하면 품행의 의미가 무엇인지 그리고 왜, 어떤 방법으로 우리가 승리할 수 있었는지 깨닫게 됩니다. 『그대 아직 살아 있다면』은 군인에 대해, 전쟁의 고통에 대해, 품행에 대해, 연민에 대해 쓴 소설입니다. 품행과 연민, 이런 것들이 부족하다면 우리는 인간의 명예와 체면을 지키기 어려웠을 것입니다. 군인의 품행은 우리 조상들이 대대로 후손들에게 아주 신비롭게 전해준 것으로 만대에 걸쳐 길러진 것입니다. 그 품행 덕에 우리는 침착하게 그리고, 고결하게 전쟁에 임할 수 있었습니다.

한국의 독자들에게 전쟁 이야기를 해줄 때, 나도 독자도 잃을 것은 없습니다. 그런데 양쪽 모두 얻을 건 아주 많습니다. 많이 얻는 것 중 하나가 바로 서로에 대한 이해입니다. 서로에 대한 이해는 인간관계 속에 대단히 필수적입니다. 흔히 우리가 잘못을 저지르는 것은 서로에 대해 잘 모르기 때문입니다. 만약 서로에 대해 잘 안다면, 우리는 서로 공감하고, 도와주고, 더욱더 사랑할 수 있습니다. 문학의 기능이 여기에 있습니다.

『그대 아직 살아 있다면』이 한국에서 다시 발간된다는 소식에 감개무량합니다. 글 쓰는 사람에게 독자란 커다란 행복입니다. 독자가 주는 행복보다 더 달콤한 것이 어디 있을까요. 이런 커다란 행복을 안겨준 방현석과 한국 친구들, 작가들, 독자들에게 감사합니다.

마치기 전, 옛 시에서 가져온 노랫말을 선물로 드립니다. 제목은 '초혼'입니다. 베트남 민족의 영혼이 담긴 노래로 기원전부터 내려온 것입니다.

이 고통 덜 수 있게 돌아와주오
황천에 깊은 미련 갖지 말아주오
서로 사랑을 넓게 펼쳐 도리를 빌어주오

서로를 무심히 바라보지 말아주오
이아이아… 오이아아… 오이아아

이 고통 덜 수 있게 돌아와주오
오래도록 서로 원한을 뿌리지 말아주오
서로 사랑을 넓게 펼쳐 도리를 빌어주오
서로를 무심히 바라보지 말아주오
이아이아… 오이아아… 오이아아

대단히 감사합니다.

2020년 7월

사이공에서 반레

아버지를 방금 여읜
딸이 드리는 감사의 말

돌아가시기 두 달 전 어느 날 아침, 아버지는 제게 한국 친구들의 건강과 생활에 대해 물어보라고 당부하셨습니다. 코로나 사태 속에서 다들 평안하게 지내는지 걱정되었기 때문입니다. 그리고 아버지는 멀리 있는 국내의 친구들에게 전화를 걸어 안부를 물었습니다. 오랫동안 아버지는 건강이 허락하지 않아서 호치민시를 벗어날 수 없었기에 친구를 찾아가지 못하셨습니다. 큰 병원에서 아버지의 치료 경과를 지속적으로 살피고 있는 상태였습니다.

저는 기억합니다. 제 기억 속에, 아버지는 저를 안심시키는 말을 안 해주신 적이 없습니다. 처음 젖니가 빠졌던 날, 제가 아버지 앞에서 입을 삐죽이며 울고 있을 때, 아버지는 웃으면서 말씀해주셨습니다. "쥐쥐 찍찍, 쥐쥐 찍찍. 내 이빨 내놔, 내 이빨 내놔." 그러더니 제게 장담하셨습니다. 이제 몇 달만 지나면, 새 이빨이 다시 날 거야. 초등학교 1학년 때의 일도 기억납니다. 감기로 콧물을 훌쩍거릴 때, 아버지는 시장에서 오렌지를 사오셨습니다. 손수 오렌지를 짜서 물병에 담아, 학교에 갈 때 들고 가게 했습니다. 그런데 학교 운동장에서 놀다가 교실에 다시 들어가 보니 오렌지 즙이 줄어들어 있었습니다. 반밖에 남지있지 않았습니다. 누군가 제 오렌지 즙을 따라

마신 것입니다. 오후에 집에 와서, 그 사실을 이야기했더니, 아버지께서 말씀하셨습니다. "그렇다면 오렌지 즙이 반이나 차 있는 거잖아." 그 후로 저는 삶에서 무언가 결핍을 느낄 때마다, 오렌지 즙이 반이나 차 있던 그 물병을 떠올렸습니다. 그러면 마음을 가다듬을 수 있었습니다.

아버지는 남북 분단시절, 예전과 지금, 전쟁과 평화 시절의 상처에 대해 안타까워했습니다. 한번은 아버지와 함께 강가에 갔을 때의 일입니다. 깊은 생각에 잠기시더니, 눈빛이 어딘가 머나먼 곳을 배회하는 듯했습니다. 아버지의 머릿속에는 아버지와 동료부대원들이 조각배를 타고 강을 건널 때의 모습이 밀려들고 있었습니다. 조각배가 조금 움직일 때마다, 발동기가 멈춰버렸습니다. 프로펠러를 들어올렸더니, 머리카락이 상당히 많이 걸려있었습니다. 모두가 긴 머리카락이었습니다. 전쟁 때 그렇게 아무도 모르게 죽어간 여성들이 많았다고 합니다.

아버지는 인간의 도리와 평등을 위해 과감하게 투쟁하는 사람들을 정말로 사랑하며 항상 옹호했습니다. 한베 평화를 위해 활동하는 한국 사람들에 대해 이야기할 때마다, 아버지의 눈빛은 즐겁고 싱그럽게 빛이 났습니다. 아버지는 한국의 젊은 세대를 존경했습니다. 그들은 이전 세대가 남겨준 쓴잔을 스스로 받아들였습니다. 자신의 양심에 따라 전쟁의 상처를 치유하고, 용서를 구하며, 베트남과 친구 관계를 맺는 일에 힘을 모았습니다. "바로 그러하기에 베트남 사람들이 비로소 한국이 무엇인지, 한국의 젊은 세대가 어떤지 이해할 수 있지. 그래, 어느 날엔가, 한국과 베트남 사람들이 두 민족을 위해 서로 어떤 일을 했는지만 이야기하게 될 거야." 아버지는 자주 그렇게 말씀하셨습니다.

진실로 아버지는 정말 대단한 행운아입니다. 아주 친하고 지극정성인 친구들이 많았기 때문입니다. 초상을 치르던 첫날, 아주 많은 분들이 오셨습니다. 서로 다른 지역에서, 서로 다른 분야에서, 그리고 각기 다양한 교통편으로 참석하셨습니다. 떤빈군[1]의, 공항 가까이 위치한 우리집을 찾고자, 교차로마다 사람들이 가득 몰려있었습니다. 그것이 우리 가족 모두를 크게 감동시키고 가슴 벅차게 만들었습니다.

아버지와 우리 가족을 위해 시간을 내주신 모든 분들께 감사드립니다. 조문객 중에는 한국과 베트남의 저명하고 지위가 높은 분들도 있었습니다. 우리 가족이 온 생애를 다해 직접 감사의 말을 전해도 다 전하지 못할 만큼 정말 많은 조문을 받았습니다.

아버지와 우리 가족의 친구들 모두에게 감사드립니다.

아버지와 우리 가족을 따듯하게 품어준 친구들에게 감사드립니다. 아버지가 더이상 안 계신 차가운 시간 동안, 친구들은 난로같이 따뜻했습니다. 분명 아주아주 오랜 시간이 지나서야 비로소 아버지의 부재에 익숙해지게 될 것 같습니다.

끝으로 아버지가 자주 하셨던 말씀을 드립니다.

"동지 여러분, 진심으로 감사합니다."

2020년 9월

반레 가족을 대표하여

장녀 레 띤 투이

1 한국의 구에 해당하는 행정단위.

차 례

가난한 영혼

응웬 꾸앙 빈 상사는 반쯤 넋이 나간 표정으로 강나루를 향해 걸어갔다. 강나루는 고즈넉하고 을씨년스럽게 얼어붙어 있었다. 그는 몽유병 환자처럼 걸음을 옮기며, 마음 한구석을 하염없이 짓누르는 적막감에서 벗어나려 애를 썼다.

이곳은 난생처음 지나는 곳이다. 상사는 눈앞에 펼쳐진 거대한 강을 바라보았다. 이 강의 이름이 무엇일까. 어디에서 시작된 강일까. 강물은 마치 시체의 피부색 같다. 그는 거무죽죽한 강물 빛깔을 보고 소스라치게 놀라, 연거푸 헛구역질을 했다.

몇 시간 전의 기억이 생생하게 떠올랐다. 그가 가장 사랑한 여인, 칸이 죽은 후 그는 도저히 정신을 차릴 수 없었다. 그때, 그의 몸은 불덩이처럼 끓어올랐다. 총을 움켜잡고 미치광이처럼 소리 지르며, 폭격에 속살이 붉게 드러난 숲 속으로 적들을 향해 정신없이 달려갔다. 몸집이 큰 미군 두 명이 부상병 하나를 부축하며 벌판 쪽으로 걸어가고 있는 것이 보였다. 상사에게 더 이상 두려움 따윈 없었다. 그는 회오리바람처럼 돌진하며, 운을 다한 군인들에게 느닷없는 총탄을 퍼부었다. 셋 중 두 명이 총탄에 맞고 몸이 튕겨나갔다. 그것을 보고 상사는 만족을 느꼈다. 목을 뒤로 젖히며 그를 바라보는 미군들의 표정에는 망연함이 서려 있었다. 그럼에도 상사의 복수심은 전혀 누그러들지 않았다. 그는 소리를 질렀다. 악을 쓰며 총을 쏘아댔다. 총알이 바닥날 때까지…… 탄창을 갈아 끼우려는 찰나, 그의 몸 역시 휘청거렸다. 나무뿌리가 몸속을 꿰뚫는 것처럼, 적이 쏜 총알이 그의 몸에 박혔다. 아슴푸레한 의식 속에, 그는 뜨거운 불길이 몸속에 휘도는 것을 느꼈다. 가슴속으로 불길이 스며들자 더 이상 땅에 발을 딛고 서 있을 수 없었다. 탄창을 끼우려고 애를 썼으나 손이 더 이상 말을 듣지 않았다. 온몸이 마비되고 정신이 혼미해졌다. 손에 있던 총이 땅바닥에 떨어졌다. 허리를 구부려 총을 잡으려 했으나, 그 자리에서 몸이 폭삭 무너져 내렸다. 그는 총 위로 쓰러졌다. 상처에서 피가 층층이 뿜어져 나와 그의 등을 흠뻑 적셨다. 상처 난 구멍으로부터 감각이 전해졌다. 그의 몸은, 어린 시절 풀 대롱으로 불어대던 비눗방울들처럼 하늘로 날아오르기 시작했다.

시간이 아주 더디게 흐르고, 이내 고요가 찾아왔다. 정신을 차렸을 때, 상사는 자신이 아주 낯선 곳에 와 있는 것을 느꼈다. 그는 도무지 이해할 수 없었다. 눈을 들어 바라본 주변 풍경은 오로지 두 가지 색, 흰색과 검은색뿐이었다. 그 두 가지 색깔은 우중충하고 서늘했다. 상사는 자신의 눈을 더 이상 믿을 수 없었다. 색맹이 된 듯했다.

얼마간 마음을 진정시킨 후, 상사는 강변을 따라 걷기 시작했다. 수면 위를 둥둥 떠가듯 발을 자꾸 헛디뎠다. 아무 할 일 없는 한가한 사내처럼 고사리가 무성한 산언덕을 서성이다가 계수나무 울창한 숲을 지나, 야생화 흐드러진 벌판 위를 계속해서 걸었다. 걸음을 옮길수록 풍경은 점점 더 황량해져 생기가 전혀 느껴지지 않았다. 풍경은 자연의 폐기물처럼 존재하고 있었다. 더욱 끔찍한 것은 모든 식물들이 생기도 없고, 향기도 없고, 생명도 없고, 죽음도 없다는 것이었다. 그것들은 모두 별종의 물질로 만들어진 듯했다. 눈으로 볼 수는 있었지만 손으로 만지고 잡을 수는 없었다. 혼돈 세상의 숲, 그 숲의 그림자 같았다.

상사는 자신이 왜 여기에 있는지 이해할 수 없었다. 지금 꿈속을 지나고 있는 것일까. 꿈? 그렇지! 그는 생각했다. 오로지 꿈이라야 자신이 이런 비현실적인 세계에 놓일 수 있는 것이다.

갈증이 났다. 그는 강나루를 찾아 내려갔다. 무색의 물결 속에 손을 담가 물을 뜨려 했으나, 이곳의 물은 역시 신기루에 불과했다. 그는 화가 치밀어 올라 자신의 눈꺼풀을 꼬집어보았다. 아픔이 느껴졌다. 아픔을 안다는 것, 그것은 정신이 멀쩡히 깨어 있다는 것인데, 왜 모든 물체들이 나를 속이는 것일까? 제기랄! 상사는 애가 달아 욕지거리가 저절로 튀어나왔다. 누군가에게 무언가를 묻고 싶었지만 아무도 만날 수 없었다. 자신이 더는 삶을 향유할 수 없는 존재가 되었다는 사실을 느끼며 그는 절망감에 사로잡혔다. 이제 자신은 영원히 고립무원의 삶 속에 있는 것이다.

그가 아주 무거운 마음에 젖어 있을 때, 갑자기 그림자 하나가 나타났다. 늙고 추한 노인이었다. 머리채를 묶고, 색이 바랜 검은 바바옷[1] 차림이었다. 그는 어깨에 노를 걸친 채 계수나무 숲 쪽에서 걸어오고 있었다.

노인을 보자마자 상사는 부리나케 달려가서 정중하게 물었다.

"안녕하세요, 할아버지? 죄송하지만 여기가 도대체 어디죠? 여기가 어딘지 좀 알려주시겠어요?"

노인은 당황하면서, 노쇠한 두 눈으로 그를 머리끝에서 발끝까지 찬찬히 훑어보았다.

"아니, 무슨 질문을 그렇게 순진하게 하나?"

"할아버지, 저도 정말 몰라서 여쭙는 거예요."

상사는 진지한 표정으로 고개를 가로 저었다.

---

1 베트남 남부 지방의 여성들이 흔히 입는 옷. 위아래 모두 검은색에 웃옷 소매는 길고 바지 길이는 짧다. 웃옷 가운데에 여러 개의 단추가 달려 있다.

“올해 나이가 몇인가?”

노인은 한숨을 몰아쉬며 물었다.

“예, 스물 한 살이에요.”

“아니, 이제 스물한 살인데 자네가 죽어야 했단 말인가? 어떻게 자꾸 이런 일이 생기지?”

“아이고, 할아버지 노망이 드셨나봐요?”

상사는 기분이 상한 표정으로 대꾸했다.

“할아버지, 다시 한 번 보세요. 제가 죽었다니요?”

“이보게 가여운 젊은 친구, 날 속이려는 괜한 헛수고 말게.”

노인은 그를 쳐다보지도 않고 말했다.

“내가 장담할 수 있는 건 자네가 이미 죽었다는 사실이야. 오로지 죽은 사람만이 이곳에 와서 나를 만날 수 있지.”

사실을 강조하려는 듯 노인은 말을 이었다.

“내가 바로 황천강의 나루꾼일세.”

상사는 노인의 말에 소스라치게 놀랐다. 순간, 몸에서 모든 기운이 빠져나갔다.

“믿을 수 없어요…… 저는 아직 젊은데…….”

상사의 목소리에 착잡함이 묻어났다.

“삶에 대한 애착이 너무 강해서, 자네가 그렇게 단정하고 있을 뿐이야.”

노인의 말투가 조금은 부드러워졌다.

“자네가 언제 죽었는지 다시 한 번 잘 생각해보게. 그런 다음 이 강을 건너가서 저기 옥황상제께 보고를 해야……”

상사는 고개를 숙이고 기억을 떠올려보았다. 그러나 아무것도 떠오르지 않았다. 그때 노인이 혼잣말하듯 말했다.

“인간세계에서, 사람은 누구나 영혼이 제 육신을 떠날 때가 있는 법인데,

이곳에서 만난 어느 누구도 자신의 육신에 대해 집착을 버리지 않고 있다니 참 이상한 일이야!"

노인의 말이 맞을 수도 있다. 상사는 다시 곰곰이 생각해보았다. 그래, 정말로 내가 죽은 것이 맞아! 눈물이 저절로 흘러나왔다. 그는 울었다. 마치 철부지 어린아이처럼 아주 구슬프게 울었다.

"저는 인정할 수 없어요!"

그는 몸부림을 쳤다.

"아직 충분히 다 살아보지도 못했는데!"

"됐네, 젊은 친구, 그만 울음을 그치게."

노인이 위로했다.

"누구나 다 언젠가는 죽게 되어 있는 것뿐이야. 백정이나 황제나, 거지나 만석꾼이나, 범부나 대장부나 다 죽게 되어 있어. 죽음은 자연이 인간에게 내린 가장 공평한 선물이야. 사람들은 본래 비양심적으로 살지. 그래서 옥황상제께서 사람들에게 선하게 살기를 충고하는 거야. 그러나 사람들은 제멋대로들 살아. 자연은 인류에게 전 세계를 내주었지만, 인류는 자신들의 터전을 죄악과 불안, 질병의 덩어리로 만들어놓았네. 이곳에서 저 황천강을 건너면 다른 세계가 있네. 그 세계에는 과거도 없고, 원한이나 계급, 민족 따위도 없네. 그곳에서 죄를 씻고 나면 모든 영혼들이 동등해지지.

상사는 울음을 그쳤다. 노인의 이야기는 그를 혼란에 빠트렸다. 땅속에 정말 그런 다른 세계가 존재하는 것일까?

"그렇다면 그 영혼이 있는 곳은 어떤 사회라고 부르죠? 자본주의? 아니면 사회주의?"

그는 아주 순진하게 물었다.

"좋은 사회라면 어떤 이름을 붙여도 상관이 없다네."

"그렇다면 저 강 건너에서 제가 아는 친한 사람을 만날 수 있나요?"

"만날 수 있고말고. 그러나 그들이 어찌 자네를 알아볼 수 있겠나."

"왜죠?"

"영혼의 사회는 연체동물들의 순결한 사회야. 그들은 인간을 받아들이지 않네. 인간이 오랑우탄을 받아들이지 않는 것과 마찬가지로……"

"그 좋은 황천세계에서 무슨 이유로 인간을 받아들이지 않는 거죠?"

노인은 퉁명스러운 목소리로 대답했다.

"자네 질문이 너무 많구만! 자, 배를 탈 텐가 말 텐가?"

노인은 말을 마치고 배에 올라 어서 타라는 눈빛으로 상사를 바라보았다.

상사는 선뜻 배에 올라탈 수 없었다. 그는 주저하는 눈빛으로 나루터의 배를 바라다보았다. 배는 그의 고향마을 나룻배와 똑같은 모습이었다. 대나무로 짜여져 있고, 나뭇진과 옻이 칠해져 있었다. 다만 황천세계에는 땡볕도 없고, 비바람도 없는지 덮개가 씌워져 있지 않았다.

"자, 갈 텐가?"

노인은 뱃머리에 선 채로 뒤돌아보며 다시 물었다.

"예, 가야지요."

상사는 재빠르게 대답했다.

배에 오르기 전 상사는 등 뒤를 돌아보았다. 안개처럼 탁하고, 광활하게 펼쳐진 하얀색 외에는 아무것도 보이지 않았다. 고사리 가득한 산언덕도 사라지고 없었다. 색깔도 없고, 향기도 없던 계수나무의 대열도 사라지고 없었다. 단지 가녀린 강물과 황량한 배만이 남아 있었다.

"아 잠깐만, 자네 돈은 가지고 있겠지?"

노인이 갑자기 허둥대며 물었다.

반사적으로 상사는 주머니를 뒤졌다. 그는 모든 주머니를 뒤집어 보았다. 그러나 단 한 푼의 돈도 찾을 수 없었다. 그는 절망적으로 고개를 가로저으며, 안타까운 표정으로 빈손을 들어보였다.

"할아버지! 저는 돈이 없어요."

노인은 어이없다는 표정을 지으며,

"어떻게 그럴 수가 있어? 어떻게 죽었기에 주머니 속에 한 푼도 들어 있지 않은 거야? 정말 돈이 없다면 이 강을 건네줄 수가 없네. 산 사람들이 내게 치를 저승 노잣돈을 자네 옷 속에 넣어주었어야지. 이런 풍습은 수천 년이 넘었는데 말이야."

"할아버지, 저 좀 봐주세요……."

상사는 당황한 표정으로 말했다.

"저는 군인이에요. 전투 중에 죽었어요. 그런 상황에서 어느 누가 수천 년의 장례풍속을 제대로 생각이나 할 수 있었겠어요. 할아버지, 부디 자비를 베풀어주세요."

"내가 자네를 위해 다른 것은 전부 도와줄 수 있지만, 돈 없이 강을 건너게 해줄 수는 없네."

노인은 완고했다.

"황천의 법이 그래. 자네에게 노잣돈이 없다면 이쪽 강변에 머물러 있을 수밖에 없어. 언젠가 돈이 생기면, 그때 강을 건널 수 있게 해주겠네."

말을 마치자 노인은 강변으로 내려섰다.

바로 그때, 상사는 강변 쪽으로 걸어오고 있는 한 무리의 사람들을 보았다. 사람들은 저마다 손에 약간의 돈을 들고 있었다. 그래서 그들은 질문할 필요가 없이 곧바로 배에 오를 뿐이었다. 노인은 차례차례 그들의 돈을 받아서 놋대에 걸린 자루에 집어넣었다. 그런 다음 노인은 배를 밀고 나아갔다.

상사는 풀이 죽은 채, 강나루에서 천천히 멀어지고 있는 배를 바라보았다. 그는 마치 딸꾹질을 하듯 숨을 토해냈다. 자신이 이 세상에서 가장 가난한 사람이라는 생각이 들었다.

전쟁, 최초의 죽음

전쟁은 그의 고향마을에도 밀려들어 왔다. 그의 고향마을은 닌 빈 성[2] 서북쪽에 우뚝 솟은 두 개의 산 사이에 자리한 작은 마을이었다. 마을 사람들은 전쟁 소식을 읍[3]에서 내려온 '연락책'으로부터 들었다.

그날은 아주 큰 비가 내렸다. 산에서 쏟아져 내려오는 물은 마치 폭포 줄기와도 같았다. 길가 양옆의 뙈기 논밭과 수풀이 모두 물에 잠겼고, 마을로 들어가는 길가의 나무들도 홍수에 휩쓸려 떠내려갔다. 논밭에 일하러 나갔던 사람들은 길이 끊겨버려 오도 가도 못한 채 언덕배기에 고립되어 있었다.

장대비에 거센 회오리바람까지 몰아치는 바로 그때, 비옷을 걸치고, 논라[4]를 쓴 야윈 사내가, 숨을 헐떡이면서 물에 잠긴 마을길을 걷고 있었다. 때때로 사내는 가던 길을 멈춰 서서, 물에 깊이 잠긴 들판을 눈으로 헤아려보고는, 한 발 한 발 앞으로 나아갔다. 사내의 모습은 무척 초조하고 불안해 보였다.

비는 사내가 몸을 가눌 수 없을 만큼 세차게 내렸다. 산은 새하얀 장대비 속에 모습을 감추었고, 작은 길들은 이미 물길 사나운 큰 강으로 변해버렸

---

2 한국의 도에 해당하는 행정 단위.

3 한국의 리에 해당하는 행정 단위.

4 베트남의 고깔모자. 종려나무 잎을 비롯해 각종 이파리로 만든다. 햇빛을 가리고 빗물을 막는 용도뿐만 아니라 부채나 그릇으로도 이용된다. 베트남 전통의상인 아오자이와 더불어 베트남을 상징하는 대표적인 물품 중 하나다.

다. 길의 흔적은 아예 찾아볼 수 없었다.

"어디를 가기에 저렇게 겁도 없이 가는 거야?"

나무 밑에서 몸을 움츠리며 비를 피하고 있던 한 소년이 혼잣말을 했다. 주변의 누구도 대답하지 않았다. 곧이어 소년은 손으로 이마를 치며 말을 이었다.

"아, 그래 맞아. 외팔이 민 아저씨야. 읍의 연락책."

소년은 손나팔을 하며 큰 소리로 외쳤다.

"민 아저씨, 더 이상 가면 안 돼요! 다리가 떠내려갔어요!"

어렴풋이 고함소리를 들은 연락책 아저씨는 걸음을 멈췄다. 그리고는 곧바로 배낭 속에서 신문 한 장을 꺼내, 하늘을 향해 빙빙 돌리며 큰 소리로 외쳤다.

"여러분, 전쟁이 났어요! 미국놈들이 폭격을 했어요! 여기 신문이 있어요!"

그의 고함소리는 비바람소리에 묻혀 제대로 전달되지 않았다. 때문에 아무도 그 말을 이해할 수 없었다. 몇몇 사람들이 빗소리를 뚫고 소리를 질렀다.

"아저씨 방금 뭐라고 하셨어요? 알아들을 수가 없어요."

"다시 말해봐요! 크게 얘기해보세요!"

사람들이 한꺼번에 소리를 질러댔지만 비바람 소리에 묻혀버릴 뿐이었다. 비바람이 더욱 거세져, 말소리는 점점 더 알아듣기 어려웠다. 연락책 아저씨는 애가 타서 인상을 찡그렸다. 그는 숨을 헐떡이며, 이미 잠길 대로 잠긴 목소리로, 민족의 고통스러운 소식을 전하려 애썼다.

"전쟁이요, 전쟁! 전쟁이 터졌어요! 미국놈들이 우리나라 북쪽을 폭격했다구요!"

이번에도 그의 목소리는 빗소리에 완전히 묻혀버렸다. 마을 사람들도 애가 탔다. 몇몇 사람이 물길 가장자리까지 달려가 손을 휘저어 알아듣지 못했다는 표시를 하며, 다시 소리를 질렀다.
"뭐라구요? 도무지 무슨 말인지 모르겠어요!"
사내는 고개를 가로저으며 입맛을 다셨다. 마을 사람들이 자신의 말을 정확히 알아들을 수 있게 하려면 그들에게 좀 더 가까이 다가가는 수밖에 없었다. 그런 생각이 들자 그는 더욱 열심히 마을 사람들 쪽으로 다가갔다. 위험을 무릅쓴 그의 행동은 모든 사람들을 당황하게 만들었다. 외팔이 연락책 아저씨의 행동이 너무도 위태로워 보였기에, 마을 사람들은 손을 내저으며 다시 소리를 질러댔다.
"거기 서요! 가까이 오면 위험해요!"
그러나 불행하게도, 그는 아무것도 들을 수가 없었다. 그는 계속해서 열심히 물속을 걸어갔다. 한걸음, 아주 짧은 한걸음을 더 내디딘 찰나, 어떤 구원의 손길도 그에게 닿지 않았다. 발을 헛디딘 연락책 아저씨는 균형을 잃고 세찬 물결 속으로 넘어졌다. 눈 깜짝할 사이에 빠르게 흘러가던 뿌연 물결이, 부글부글 끓는 자신의 뱃속으로 그를 삼켜버렸다.
동시에 터져 나온 아우성만이 사방에 울려 퍼졌다. 아주머니와 아가씨들은 황급히 두 손으로 얼굴을 가렸다. 사람들의 안색이 두려움으로 창백해졌다.
불길한 예감이 현실로 나타나자 사람들은 그를 찾기 위해 열성적으로 몸을 던졌다. 몇몇 용감한 사람들은 물이 종아리까지 차오르는 것도 개의치 않고 달려 나갔다. 연락책 아저씨가 혹시라도 물 위로 떠오르기라도 한다면 재빨리 강변으로 끌어내려고 마을 사람들은 물길을 따라 계속 내려갔다. 다른 사람들은 긴 나뭇가지를 이용해, 그 운수 나쁜 사내가 수풀에라도 걸려 있는지 찾아보았다. 그러나 그러한 노력들 모두가 이미 때를 놓쳐버린 부질없는 짓이었다. 결국, 마을 사람들은 전쟁이 터졌다는 소식이 실린 너덜너덜한 신문 한 장만을 건질 수 있었다.
연락책 아저씨를 찾는 작업은 줄기차게 내리는 빗속에서 밤새도록 이어졌다. 마을 사람들 모두 횃불을 들고 찾아 나섰다. 다음 날 오후가 되어 물이 다 빠지고 나서야, 사람들은 비로소 가느다란 나무에 걸린 연락책 아저씨의 시신을 발견할 수 있었다. 그가 발을 헛디뎌 쓰러진 곳에서 30미터 정도 떨어진 지점이었다.

전쟁 소식을 알린 그 사내의 장례식은 다음 날 오후, 하류 쪽 언덕에서 치러졌다. 마을 사람 모두가 참석했다. 사람들은 눈물을 흘리면서, 불쌍하게 죽은 사내에 대해 이야기했다. 그를 책망하는 사람도 있었다. 소식 한 자락 전하자고 자신에게 닥칠 위험을 마다하지 않다가, 결국 물에 빠져 죽어버리다니…….

전쟁이 일어났다는 소식이 구체적으로 무엇을 의미하는지 아직 아무도 알지 못했다. 그렇지만, 마을 사람들은 외팔이 연락책 아저씨의 가여운 죽음을 지켜봐야 했다. 마을 사람들은 이야기했다. 그는 끔찍한 전쟁으로 인한 최초의 죽음이자, 전쟁으로 저주받은 수많은 인생 중 하나라고.

그의 고향마을 사람들은 그러한 전쟁 소식에 대부분 별다른 감흥이 없었다. 별수 없이 전쟁이 터져버린 것이다. 그럴 뿐이다. 뭐가 어떻다고 놀라야 한단 말인가. 9년 내내 프랑스와 전쟁[5]을 치르는 동안에도 마을 사람들은 전쟁의 실체에 대해 거의 알지 못했다. 폭탄은 아직까지 사[6]의 규모도 되지 않고 마을이라 부르기도 뭐한 이 적막한 곳에 떨어진 적이 없었다. 사람들은 아주 가끔씩 프랑스 폭격기 몇 대가 하늘을 날아가는 것을 본 적이 있을 뿐이다. 1950년이 되어서야 사람들은 마을 앞을 지나는 행군 대열을 볼 수 있었다. 그들은 마을에서 하룻밤을 쉬고는 다시 계속해서 행군했다. 마을 사

5 1858년 9월 베트남 중부 다낭을 공격하면서 베트남을 80여 년간 식민지로 삼았던 프랑스. 포츠담 선언에 따라 1945년 9월 16도선 이북에 중국군(장제스 군대), 이남에 영국군이 주둔할 때, 영국군을 따라 같이 주둔한다. 중국군과 영국군이 철수한 이후에도 남아 있던 프랑스는 호치민에게 베트남 북부 하이퐁에 대한 조차권을 요구한다. 호치민이 이를 거부하자 1946월 11월 23일 하이퐁을 공격하는 것으로써 전쟁을 개시한다. 전쟁은 1954년 5월 7일 디엔 비엔 푸에서 프랑스군 정예부대가 괴멸당하면서 끝이 난다.

6 한국의 면에 해당하는 행정단위.

람들이 하는 말로는 광 쭝 작전[7]을 준비하기 위해 전장을 살피는 정찰대라고 했다.

그 부대가 떠난 후에도 마을 사람들의 삶은 전혀 변함이 없었다. 사람들은 조상 대대로 그래 왔던 것처럼 수천 년 해오던 농사를 계속했다.

10킬로미터쯤 떨어진 다른 마을에서는 항불전쟁에 따라나서는 사람들이 꽤 있었다. 그러나 그의 고향마을에서는 단 사람도 없었다. 지주들 역시 항쟁에 나설 인물을 전혀 선발하지 않았다. 다시 평화가 찾아오고 나서야, 마을 사람들은 비로소 촌장을 뽑아 관공서 일을 보도록 했다. 그런 후에 대중조직을 설립했다. 행정구역의 경계를 나누는 일만으로도 마을 사람들은 불편을 겪었다. 마을이라 부르기도 어려울 만큼 마을 규모가 워낙 작았다. 그렇다고 사라는 행정단위로 불리는 것 역시 말이 안 되는 일이었다. 결국 사람들은 다른 마을과 합치기로 결정했다. 하나의 사를 만들기 위해 홍, 딕, 트엉, 짜 등 몇십 킬로미터 떨어진 마을들과 합쳐 이름을 히엡 륵이라 했다.

이것이 그의 고향마을 이름이었다. 그러나 역시 느낄 수 있는 것은, 그래봐야 아무런 이득이 없다는 것이다. 읍이라는 것은 사람들에게 일거리를 하나 더 추가하는 것이었다. 아이들은 먼 곳으로 학교를 다녀야 했다. 마을회의를 하러 가는 길도 멀었다. 증명서를 받으러 가는 길도 역시 멀었다. 그러나 어찌하랴. 주민으로 살자면 반드시 읍의 호칭이 있어야 했다. 그것이 마을 사람들의 유일한 위안거리가 되었다.

연락책 아저씨가 죽은 지 몇 달이 지났으나, 사람들은 여전히 그에 대해 끊임없이 이야기했다. 심지어 성격이 아주 까다로운 이들조차, 그가 비록 아무것도 해결할 수 없었다 할지라도 그의 희생은 숭고한 하나의 모범이라

---

7 하 남 닌(Ha Nam Nình) 작전이라고도 부른다. 1951년 5월 28일부터 6월 20일까지 베트남군은 프랑스군 주둔지인 하 남, 남 딘, 닌 빈 지역에서 프랑스군과 전투를 벌였다. 프랑스군 섬멸이라는 목표를 이루지는 못했지만 프랑스군에게 막대한 피해를 주었고, 자신들의 유격 근거지를 확보하는 성과를 얻었다. 하 남, 남 딘, 닌 빈은 하이퐁 인근에 위치한 전쟁 초기 프랑스군 주둔지였다.

는 것을 인정했다.

"민 아저씨는 우리 마을의 좋은 사람들 중에서도 가장 좋은 사람이었어."

민 아저씨의 49재를 맞이하여 할아버지는 빈[8]에게 말했다.

"프랑스와 전쟁할 때 그 아저씨는 투동 전투[9]에서 팔 하나를 잃었지. 그런데 얼마 전 자신이 소식을 직접 전한 이번 전쟁이 아저씨의 삶을 아예 앗아가버렸구나……"

빈은 조용히 서서, 죽은 이의 무덤을 내려다보았다. 가슴이 저려왔다. 오륙 년 전의 아주 차고 습한 어느 날 밤이 떠올랐다. 숙제를 마치고 그가 눈을 붙인 지 얼마 안 되었을 때, 마당 쪽에서 소란스러운 말소리가 들렸다. 이불을 젖히고 무슨 일인지 알아볼까 했지만, 졸음이 그를 꽉 붙들어 매고 있었다. 바로 그 다음, 의자가 넘어지는 소리가 들리더니 할아버지가 집안으로 뛰어들어 왔다. 할아버지는 곧장 그가 덮고 있는 이불을 끌어당긴 후, 바닥에 앉은 채로 그를 깨웠다.

"빈아, 어서 일어나라!"

할아버지는 빈의 어깨를 흔들며 재촉했다.

"일어나서 너도 이 소식을 들어야 한다."

"무슨 소식인데요."

빈은 찡그린 얼굴로 눈을 비비면서 일어났다.

"민 아저씨가 그러는데, 미국과 지엠 정권[10]이 수천 명의 우리 형제들을 푸 러이 감옥에서 죽였다는구나. 그놈들이 밥에다 독약을 섞어서……"

---

8 베트남은 이름의 끝 글자를 호칭으로 사용한다.

9 1947년 10월 7일부터 12월 22일까지 프랑스군은 베트남군 지휘부 섬멸을 목표로 비엣박(Việt Bắc)에서 베트남군과 전투를 벌였다. 프랑스는 전쟁을 단기전으로 끝내고자 했지만, 이 전투에서 패배하면서 결국 장기전 태세로 전환한다.

10 응오 딘 지엠 정권. 응오 딘 지엠은 프랑스 식민지 시절 베트남 왕조의 관료 출신이다. 바오 다이 국왕이 이끄는 프랑스연방 베트남국(1948~1955)의 마지막 수상을 했고, 1955년 10월에 남베트남 초대 대통령 자리에 올랐다. 그가 대통령이 되자마자 한 일은 1954년 제네바 협정에 따른 남북 총선거를 보이콧하는 것이었다. 총선거를 요구하는 사람들을 무자비하게 탄압하고, 일가족과 더불어 부정부패를 저지르면서 국민들의 신임을 전혀 얻지 못한다. 결국 1963년 11월 2일, CIA의 사주를 받은 장교들에게 암살 당했다.

"아저씨가 어떻게 그런 소식을 알 수 있어요?"

빈은 퉁명스럽게 물었다.

"우리는 방송국을 통해 소식을 듣는단다, 빈아! 갈렌[11]으로 듣지."

그렇게 대답하면서 민 아저씨는 마당 가득 그을음을 뿜어내고 있는 횃불을 비벼 껐다. 아저씨는 한밤중에 횃불을 밝혀 들고 걸어온 것이다. 혹독한 밤 추위에도 불구하고 모든 사람들에게 이 소식을 알리기 위해 살을 에는 고통을 무릅쓴 것이었다.

"방송국에서 전하기를 저들은 비군사 지역에 군대를 투입시키고, 북진을 계속하고 있다는구나."

할아버지가 아저씨를 대신해 덧붙였다. 이것도 아마 민 아저씨로부터 방금 전에 들었던 말이리라. 할아버지가 민 아저씨를 돌아보며 말을 이었다.

"자네 너무 고생이 많군."

빈이 말했다.

"날씨가 이렇게 추운데…… 아침이 될 때까지 기다렸다가 오시지 않구요……."

"어떻게 내일 아침까지 가만있을 수가 있니?"

아저씨는 책임감에 가득 찬 목소리로 대답했다.

"모든 사람들이 이 소식을 가능한 한 빨리 알 수 있도록 해주어야지! 그런 일을 하라고 정부에서 내게 월급을 주는 건데 말이야."

"하지만 그 소식을 듣고 우리가 할 수 있는 게 뭐가 있어요?"

빈이 여전히 이해가 안 된다는 표정으로 다시 물었다.

"이 녀석아, 왜 그렇게 꼬투리를 잡는 거야?"

할아버지는 심기가 불편한 표정으로 빈에게 말했다. 민 아저씨는 할아버지를 한 번 쳐다보고 빈에게 설명했다.

---

11 1950년대부터 베트남에서 사용된 라디오 방송 수신용 수화기.

"그것은 바로 우리 민족 모두가 반드시 알아야 할 재난이고, 또 그 속에서 동포들을 위해 우리가 반드시 해야 할 일이 있다는 것이지. 예를 들어 시위를 한다든가 회의를 조직한다든가 하는……."

"그렇지만 미국과 지엠 정부는 우리의 '타도' 목소리에 신경도 쓰지 않잖아요."

빈은 계속해서 자신의 생각을 누그러뜨리지 않았다.

"빈아, 적의 무리들을 위해서 하는 게 아니란다."

민 아저씨는 달래듯이 말했다.

"바로 우리 자신을 위해서야. 피가 터져 흐르면 애간장이 녹는 법[12]. 아마 너도 그것을 이해할 수 있을 게야. 죽은 사람들이야 당연히, 우리가 그들의 복수를 위해 싸우는 소리를 전혀 들을 수가 없겠지. 그러나 우리 살아남은 자들은 할 수 있는 모든 것을 해야만 하는 거야."

"자네 말이 백번 옳네."

할아버지가 동감했다.

"배우는 학생은 여러 가지를 공부해야 한단다. 그러나 가장 중요한 것은 사람됨을 제대로 공부하는 것이야. 그러고 나서 재주를 배워야지. 사람도 되지 않았는데 관리가 되면 쉽게 저승의 사자가 되는 법이다. 빈아, 사람이라면 모름지기 다른 사람의 고통을 살필 줄 알아야 해."

할아버지가 빈에게 삶의 도리에 대해 설명하고 있을 때, 민 아저씨는 다른 사람들에게도 소식을 전해야 한다면서 할아버지에게 인사하고 빈의 집을 떠났다. 빈은, 횃불을 들고 차가운 안개 속으로 걸어 들어가는 연락책 아저씨의 뒷모습을 하염없이 바라보았다. 가슴속에 후회와 죄책감이 차올랐다. 그랬건만 지금, 그 아저씨는 두 척 아래 저 깊은 땅속에 말없이 누워 있다.

솔직히 말하자면, 빈은 언제나 민 아저씨를 좋아하고 존경했다. 그러나

---

12 '자신의 혈육이나 친한 사람이 다쳤을 때 자신도 똑같은 아픔을 느낀다'는 의미의 베트남 속담이다.

아저씨의 돌연한 죽음은 여전히 무모하게 여겨졌다. 전쟁은 이미 터졌고, 빠르고 늦음의 차이만 있을 뿐 결국 모든 사람들이 그 사실을 알게 될 텐데…… 그런데 아저씨는 홍수로 불어난 위험한 개울을 굳이 건너야만 했던가. 소식을 알리려다 결국은 죽음을 자초한 꼴이 아닌가.

"빈아, 이 할애비로서는 너의 그런 얄팍한 생각을 받아줄 수가 없구나."

할아버지는 단호하게 말했다.

"우리 마을 사람들을 위해서, 또한 자신이 맡은 일에 대해서 아저씨가 가졌던 숭고한 원칙에 대해 너도 알아야 해. 아저씨는 가장 멀리 떨어져 살고 있는 우리 마을 사람들이 읍내 사람들과 마찬가지로 빨리 소식을 접할 수 있기를 바랐던 거야. 빈아, 희생을 무릅쓰고 자신의 책임을 다하려 한 아저씨의 태도에 경의를 표해야 한단다."

"하지만 그 소식을 조금 일찍 안다고 해서 도움이 될 게 뭐가 있어요? 그렇다고 어느 누구 하나를 구해줄 수가 있나요? 그런 것도 아니면서…… 그 소식은 단지 우리의 마음속에 서글픔과 고통만 안겨줄 뿐이잖아요."

빈이 말대꾸를 했다.

"맞아, 그것은 정말 저주받을 만한 소식이지. 그럼에도 아저씨가 우리들에게 가져다 준 것이다!"

할아버지는 한편으로는 인정했다.

"그러나 만약 네가 그렇게 단순하게 이해를 한다면, 그것은 돌아가신 분에 대한 아주 커다란 모욕이야. 물론 사람들은 좋은 소식만 듣기를 바라지. 그러나 재난에 대한 소식도 마찬가지로 필요한 거란다. 그것은 재난이 닥칠 상황에서 사람들이 미리 대처하도록 도와주는 것이니까……."

할아버지는 빈이 좀 전에 한 말에 아주 속이 상한 듯 어두운 표정을 지었다. 할아버지의 그런 모습을 보자 빈은 당황했다. 이제까지 할아버지가 지금처럼 격하게 나무라며 속상해하는 모습을 본 적이 없었다. 빈은 자신이 잘못했다는 것을 느꼈다. 그랬다. 생각이 부족한 말들로 죽은 사람을 모욕하고 할아버지를 모욕한 것이다.

"할아버지 용서해주세요. 사실은, 저는 모든 것을 좀 더 자세히 알고 싶을 뿐이에요."

"어느 누구도 인생의 모든 일을 전부 다 이해할 수는 없지."

할아버지는 빈을 다독였다.

"이 할애비는 너를 책망하지 않아. 네가 세심하고 신중한 나이에 이르려면 아직 멀었으니까. 단지 자세히 알고 싶은 거라면 뭐든지 물어도 괜찮다. 개가 자리에 눕기 전에 주위를 살피는 것을 너도 본 적이 있을 게야. 그놈은 언제나 두세 바퀴 주위를 빙 둘러본 다음에 바닥에 눕곤 하지……."

말을 마친, 할아버지는 깊은 한숨을 내쉬며, 낙담한 표정으로 티 없이 맑은 하늘을 올려다보았다.

"항불전쟁이 끝나고 마을 사람들이 난리에서 벗어난 지 얼마 되지도 않았는데, 또다시 미국과 전쟁이라니…… 이 전쟁은 평화롭고 조용한 우리 마을을 점점 더 고통스럽게 만들 게야."

할아버지는 마치 자신에게 이야기하듯이 중얼거렸다.

"너도 전선에 나가게 될 게야. 전쟁은 자비가 없지. 전쟁은 무엇이든 닥치는 대로 먹어치우는 괴물 같은 것이니까. 그것은 모든 부류의 사람들을 전부 다 게걸스럽게 먹어치우지……."

할아버지의 신비로운 예지

고등학교 시절 내내, 빈의 머릿속을 떠나지 않는 의문이 하나 있었다. 그것은 도저히 설명될 수 없는, 할아버지에 관한 여러 가지 신비로운 일들이었다. 그는 도무지 가늠조차 할 수 없었다. 왜, 무엇에 근거해서 할아버지는 그 아무도 할 수 없는 일들을 해낼 수 있었던 것일까.

마을에는 줄기가 굵고 커다란, 붉은 목화 나무가 있었다. 봄이 되면 그 나무에서 하늘을 뒤덮을 만큼 붉은 꽃이 무더기로 피었다. 나무 꼭대기 근처에 자루가 하나 달려 있었는데, 항상 온갖 새들이 날아들곤 했다. 어느 날 하얀 앵무새 한 쌍이, 어디서부터 날아왔는지는 몰라도, 그 자루에 둥지를 틀었다. 하얀 앵무새의 출현은 아이들의 호기심을 자극했다. 아이들은 앵무새가 지푸라기와 잔가지를 물어 나르며 둥지를 만들 때부터, 새끼를 기르기 위해 입에 먹이를 물고 나타날 때까지 유심히 살폈다. 학교를 다녀온 아이들은 날마다 앵무새 새끼들이 먹을 것을 달라고 시끄럽게 지저귀는 소리를 들을 수 있었다. 아이들의 호기심은 갈수록 커졌다. 아이들은 새를 잡기 위해 온갖 방법을 이용하여 나무 꼭대기로 올라갔다.

이런 종류의 새들은 역시나 새끼들에 대한 위험을 직감하고 있었던 듯, 둥지를 아주 깊숙하게 틀어놓았다. 아이들은 자루 속 깊숙이 손을 집어넣었으나 새를 만질 수가 없었다. 새끼들을 잡을 수 없게 되자, 아이들은 심통이 나서 나무둥치를 들고 다시 올라갔다. 새끼들을 죽이려고 아예 둥지의 입구를 틀어막아버렸다. 앵무새 부부가 먹이를 물고 새끼들에게 돌아왔을 때 입구가 막힌 것을 보고는, 안절부절못하고 나무 주위를 빙빙 돌며 비통한 소리로 울어댔다. 바로 그때, 할아버지가 지나갔다. 할아버지는 아이들을 붙잡아서 나무둥치를 자루에서 빼내라고 호통을 쳤다. 그러나 너무 꽉 막혀버려 빼낼 수가 없었다.

할아버지는 대나무 가지로 땅바닥에 아주 단순한 그림을 그리며, 입으로는 새가 지저귀는 소리를 냈다. 할아버지가 그림을 다 그리고 나자 둥지를 틀어막고 있던 나무둥치가 헐거워지면서 땅으로 뚝 떨어졌다. 그러자 할아버지는 그림의 흔적을 발로 깨끗이 지워버렸다.

할아버지의 신비스러운 모습에 아이들은 탄복했고, 빈은 어리둥절 넋을 잃었다. 고등학생으로서 물리나 수학에는 어느 정도 이해를 갖고 있었으나, 그 단순한 그림에 대해서는 전혀 이해할 방법이 없었다. 할아버지가 그린 그림이 도대체 어떤 그림이기에 그렇게 신비한 힘이 있고, 자루에 빽빽하게 박혀 있던 나무둥치까지 빼낼 수 있었을까? 도무지 이해되지 않았다. 무엇을 근거로 할아버지는 그런 일을 할 수 있었을까? 그리고 할아버지의 비결은 과연 무엇일까? 그림에 있었을까, 아니면 새의 지저귐 같던 그 소리에 있었을까?

"아무것도 신비로울 게 없다, 빈아."

할아버지는 빈에게 설명했다.

"이런 것은 새들에게서 배운 것이야. 바로 딱따구리지, 딱따구리는 새들의 마술사라고 하는데, 그 신비로운 주둥이가 나무의 한 부분을 쪼아대면, 어딘가에 숨어 있던 벌레들은 죽지 않으려고 다른 곳으로 빠져나간단다. 이 할애비 역시 단순한 그림을 이용하여, 새의 둥지를 틀어막고 있는 뱀이 빠져나오게 한 것이야. 새들이 흔적을 지우기 전에, 너의 증조할아버지께서 아주 뛰어난 기억력과 눈썰미로 그 그림들을 터득하신 것이지. 이 할애비는 증조할아버지의 책에서 배운 것이고."

"상자 안에 있는 책을 말씀하시는 거죠? 한자로 쓴 책들 말이에요."

빈이 물었다.

"그래 맞다."

할아버지는 말했다.

"그것은 박학한 지식의 창고야, 네 증조할아버지가 일생을 통해 연구해서 축적한 것이지."

"그러면 전에 증조할아버지는 어떤 일을 하셨나요? 마술사였나요?"

"아니다. 증조할아버지는 닌 빈 성의 관리로 일하셨어. 다른 관리들과 의견이 맞지 않아서 낙향을 청하셨지. 무슨 일 때문에 의견충돌이 생겼는지는 아직 말해줄 수가 없구나. 네가 너무 어리기 때문이야. 언젠가 충분히 이해할 때가 되면, 네가 알아들을 수 있도록 얘기해주마."

아주 오랜 시간이 흘러서야 빈은 비로소 알게 되었다. 그때, 증조할아버지는 프랑스와 화친사상을 갖고 있었다.

"그렇다면 그때 증조할아버지는 노망이 드셨던 건가요?"

빈은 속이 상해 할아버지에게 물었다.

"집안의 명예를 망치고, 무엇보다도 증조할아버지 자신을 망친 것 아닌가요?"

"그렇게 단순하게 결론을 내리면 안 된다, 빈아!"

할아버지는 설명했다.

"증조할아버지는 죽는 것을 무서워한 것이 아니라, 많은 사람들이 죽임을 당하는 것을 아주 두려워하셨단다. 그 당시 프랑스와 싸우는 것이 우리 베트남에 전혀 도움이 되지 않는다고 판단하셨던 거야. 그 시절에는 나라의

곡물창고가 텅텅 비어 있었고, 백성들의 생활은 아주 궁핍했단다. 게다가, 바다에서 건너온 전염병과 아주 끔찍한 홍수로 국력이 매우 쇠락해 있었어. 그것은 수백만 명의 목숨을 죽음으로 몰아넣었지. 증조할아버지는 당시 백성들의 사정을 '벌레 같은 수난'이라고 탄식하셨단다. 혼란에 빠진 나라가 태평한 나라와 싸운다는 것은 너무도 뻔한 패배를 자초하는 일이라고 보셨던 거지. 그래서 나라를 추스르고, 인민들이 힘을 기르면서, 때가 올 때까지 기다리자고 주장하셨던 거야……."

"그런데 사람들이 말을 듣지 않아서 증조할아버지께서 사임을 하신 건가요?"

"사임을 한 것은 그 때문이 아니야. 증조할아버지께서는 직책이 낮은 관리였기 때문에 당시의 추세에 아무런 영향도 끼치기 못했지. 증조할아버지의 생각에는 만약 관리 일을 계속한다면 항불의 정신에 누가 되리란 거였어. 그래서 낙향을 청하셨지. 도덕적인 면에서 보자면 증조할아버지는 잘못한 사람이지만, 배신자는 아니란다. 고향에 돌아온 뒤, 증조할아버지는 교육에 힘쓰셨다. 한문을 가르치고, 그 다음에 국어[13]를 가르치셨지. 증조할아버지는 박식한 분이셨어. 소박하고 담백한 품격을 지니셨지. 증조할아버지는 언제나 모든 사람들의 사랑과 존경을 받았단다."

"아, 이제야 이해가 돼요!"

빈은 할아버지의 말을 잘랐다.

"마을의 할아버지 할머니들도 모두 제게 그렇게 말씀했었어요."

"돌아가시기 전에……."

할아버지가 다시 말을 이었다.

---

13 베트남의 말과 글을 국어라 부른다. 현재의 문자는 17세기 포르투갈, 프랑스 선교사들이 만들었다. 선교사들은 베트남 말을 라틴어로 표기한 다음, 글자 위아래에 성조를 표시했다. 19세기 후반까지는 현재의 표기방식에 거부감이 있었지만, 항불 독립 운동과정에서 국민계몽이 필요했기에, 독립운동가들이 적극적으로 받아들였다. 그로부터 현재 사용하는 문자가 국어가 되었다.

"증조할아버지는 책 상자를 손으로 가리키며 말씀하셨지. 이것은 집안의 가보이니 반드시 자손 대대로 소중하게 간수해야 한다고, 잃어버려서는 안 된다고 이르셨다. 그런 다음에 마을 어르신들을 모셔오도록 하셨단다. 그리고는 충언하시기를, 모두들 마을을 떠나서 록 언덕 뒤까지 가라고 하셨다. 마을을 떠나는 기한은 반년을 넘겨서는 안 된다고 하셨는데, 왜 마을을 떠나야 하는지는 말씀을 안 하셨지. 그런데 그 당시만 해도 3~4킬로미터 떨어진 마을로 떠난다는 게 어디 쉬운 일이어야지. 사람들은 선뜻 나서지 못하고 망설이고 있었는데, 결국 산사태가 났지. 정확히 5월에 일어났어. 건기에 아무도 예상하지 못했건만 느닷없이 산자락의 절반이 마을로 무너져 내려와, 한 번에 서른일곱 명을 생매장시켜버렸단다. 그 속에 네 부모도 있었던 것이고."

생존자들은 산사태가 일어나기 전에 달무리가 피처럼 붉게 물들고, 새들이 지붕 위를 시끄럽게 날아다녔다고 이야기하고는 했다. 집 안에 있던 개들이 끊임없이 짖어대더니, 아침이 되자 뱀과 전갈들이 산속 동굴에서 무리를 지어 기어 나왔고, 점심때가 되자 산이 무너졌다고 했다.

마을 노인들은 산의 절반이 마을로 무너져 내려온 후에 수맥이 모두 막혀버렸고, 물소와 소들이 차례대로 땅에 구르며 죽어나갔다고 했다. 그들은 그 괴상한 일이 있기 전에, 증조할아버지의 충고대로 마을을 떠났어야만 했는데, 마을에서 더 멀리 떠났어야 했는데, 하며 한탄을 했다. 그러나 너무 피곤하고 고생스러워, 옛 마을에서 약 3킬로미터 떨어진 지금의 자리에서 길을 멈추었다고 했다.

그때부터 해마다 5월 하순이 되면 마을에서는 산신제를 지냈다. 모든 사람들이 빈의 증조할아버지를 기렸다. 빈의 증조할아버지를 마을의 위대한 성인으로 생각한 그들은 빈의 집에 찾아와 증조할아버지의 위패를 요청해서 자기 집 제단 위에도 모셨다.

아마도 상자 안의 모든 지식을 섭렵하려는 듯, 혹은 증조할아버지의 계승자가 되려고 마음먹은 듯 할아버지는 한문을 열심히 공부하는 것 같았다. 할아버지는 선조의 박식함을 이어받아 자신의 정신세계를 풍요롭게 했다. 또한 학문의 신비에 빠져들었기에 거의 매일 같이 밤을 새워 책을 읽었다. 많은 밤을 할아버지는 마당가에 조용히 앉아, 하늘의 수많은 별들에 눈을 떼지 않은 채 생각에 잠기고는 했다.

한 번은 새벽에 동이 터올 무렵 할아버지가 빈을 깨웠다. 동쪽을 가리키는 할아버지의 손끝에는 구부러진 칼날 모양으로 아주 밝게 빛나는 별이 하나 떠 있었다.

"빈아, 저 별 이름이 뭔지 아니? 모른다구? 너무 불길하구나. 저것은 혜성이야……."

빈은 무언가를 망설이는 듯한 할아버지의 두 눈을 바라보았다. 빈은 할아버지의 태도를 이해할 수 없었다. 할아버지의 속마음 또한 도무지 헤아릴 수가 없었다. 할아버지는 이미 옛 시대를 살아온 사람으로서 그 시대의 문화를 대표하는 사람이었다. 그럴지라도, 다른 사람들이 모르는 것을 할아버지가 미리 알아낼 때면 빈도 역시 흥미를 느꼈다. 안다는 것이 다가올 미래의 그 어떤 것도 변화시킬 수 없을지라도.

빈은 아주 여러 번 할아버지에게 존경한다는 말을 했다. 물론 그래서만은 아니지만 할아버지는 조금 행복한 표정을 지었다. 그러는 동안 할아버지는 조용한 가운데, 노쇠한 얼굴의 주름도 펴지고, 평안한 모습을 보였다. 그러나 얼마 가지 않아 주름은 다시 제자리로 돌아왔다.

"그런데 왜, 할아버지는 별빛에 나타난 그 뭔가를 믿으시는 건가요?"

잠시 후 빈이 물었다.

"그건 할애비도 몰라. 그러나 책장 속에서 어떤 위대한 신이 모습을 드러내는 것 같아. 머릿속으로 나는 그렇게 믿고 있단다. 신이 이 할애비에게 알려주는 것은 전쟁이 십일 년 동안이나 계속될 거라는 거야. 용의 해 말에 시작해 고양이 해[14] 중순에 끝이 날 거야. 그 기간 동안 우리 마을에는 한 번 나가서는 돌아오지 못하는 사람들이 아주 많을 게야……."

"에이, 할아버지도 참, 그런 일에 대해 생각해서 뭐 해요? 요즘 시대에 예언자가 있는 것도 아니고……."

"할애비가 어디 예언자가 되고 싶어서 그러는 게냐. 그러나 할애비는 말로 다할 수는 없지만 내가 감지할 수 있는 것들에 항상 불안감을 느낀단다."

말을 마치고 할아버지는 다시 침묵 속에 젖어들었다. 마치 아득히 머나먼 곳을 헤매는 듯했다. 그러다가 갑자기 빈을 끌어안았다. 할아버지는 숨을 크게 한 번 들이쉬고는 감정에 겨운 듯 말을 이었다.

"빈아, 이 할애비는 너를 사랑한단다. 할애비는 너를 아주 많이 사랑한단다."

그렇게 이야기하고 할아버지는 갑자기 눈물을 흘렸다.

"저도 그래요. 저도 할아버지를 아주 많이 사랑해요."

빈은 조용히 대답했다.

그런 일이 있은 이후 빈은 전장을 다닐 때면 그날의 할아버지 모습이 떠오르곤 했다. 그럴 때마다 그는 움찔 놀라기도 했다. 그렇다면 그날, 그에게 닥칠 재앙의 전조를 할아버지가 별빛의 기운으로부터 이미 감지했던 것일까?

---

14 베트남의 12간지 동물 중 한국과 다른 동물은 셋이다. 토끼 대신 고양이, 소 대신 물소, 양 대신 염소가 있다.

황천의 시간

빈은 바위에 앉아서 건너편 강변을 바라보았다. 마음이 정말 우울했다. 그는 이곳 강변에서 꽤 오랜 시간을 아무것도 하는 일 없이 방황하며 지냈다. 땅속의 이 새로운 세계는 언제나 그에게 참기 힘든 불만을 안겨주었다. 정말 견디기 힘든 것은 도무지 시간의 흐름을 가늠할 수 없다는 것이었다. 해도 달도 빛을 뿌리지 않았다. 그래서 그는 언제 아침이 시작되었는지, 언제가 오후인지, 언제가 황혼이 내리는 저녁인지 알 수 없었다, 햇빛이 불분명해 시간의 경계를 나눌 수 없었고, 낮과 밤을 느낄 수도 없었다. 이곳에는 단지 영원한 하루만이 있을 뿐이었다.

티엔 니엔 끼[15]가 강변을 어슬렁거리는 것이 보였다. 티엔 니엔 끼는 나루꾼 노인의 별명이다. 빈은 노인에게 다가가 대뜸 목청을 높였다.

"할아버지, 할아버지는 여기서 수천 년을 사셨지요? 할아버지는 시간을 가늠할 수 있는 방법을 알고 계신가요? 가르쳐주세요. 오늘이 며칠인지, 또 몇 월인지……. 그걸 알 수 없으니 답답해서 도저히 견딜 수가 없어요."

"여기 있으면서 시간이란 걸 알아서 뭘 해."

티엔 니엔 끼가 담담하게 말했다.

---

15 Thiên Niên Kỷ(千年期) : 천년의 시간, 더 넓은 의미로는 영원한 시간을 뜻한다.

"시간의 개념이 없기 때문에 그것은 불멸이 되는 거야. 여기의 영혼들은 단지 사는 것을 알 뿐이야. 영원히 살지. 언젠가 다시 환생할 때까지 말이야."

"그렇다면 제가 환생할 희망을 가져도 된다는 말씀인가요?"

"다른 사람이라면 또 모르지만…… 자네는 아니야."

티엔 니엔 끼는 단호하게 대답했다.

"젊은 친구, 자네의 비극은 바로 거기에 있네. 자네는 이미 죽었지만 아직 인정을 받지 못했어. 자네가 저쪽 강변으로 건너가 사망신고를 안 했기 때문이야. 이것은 인간세계와 같네. 만약 사람이 죽었는데 가족이나 친척이 신고하지 않으면, 공관에서 그것을 확인해줄 방법이 없잖나."

"그렇다면 저는 이제 사람으로 환생할 기회가 영영 사라진 건가요?"

빈은 씁쓸하게 물었다.

"그건 나도 몰라. 그렇지만 옥황상제께서 모든 영혼에 대해 대사면령을 내리실 수도 있어. 하지만 내가 나루꾼 노릇을 시작한 때로부터 지금까지는, 아직 한 번도 황천에서 대사면령이 내려진 적이 없네. 칠월 보름의 며칠간을 제외하고는 말이야."

"그렇다면 인간세계보다 더 나쁜데요? 훨씬 나빠요!"

"그렇게 섣불리 단정할 수만은 없네, 젊은 친구!"

티엔 니엔 끼는 논리적으로 설명했다.

"황천은 단지 판관과 개개의 영혼들로 이루어진 사회일 뿐이야. 황천에 사는 영혼들은 모두가 서로 평등하지. 인간세계에서 구걸을 했던 사람이나 왕들을 거느린 황제였다 할지라도 말이야. 판관이라 불리는 이들, 그들 누구도 각각의 영혼들에 대해 판결을 내릴 수는 없지. 영혼들 각자가 스스로를 판결해야만 해. 이런 세계에서 살기에 영혼들은 운명에 대해 걱정할 필요가 없지. 그렇기에 인간세계에서 했던 자신의 행동에 대해 깊이 있게 성찰하는 시간을 가질 수 있어. 영혼들이 환생할 수 있는 유일한 방법은 완전히 자신의 이성을 따르는 거야……."

"그렇다면 전쟁을 일으킨 주모자들, 사람들을 서로 죽고 죽이는 장소로 내몬 자들은 불구덩이 지옥에서 태워지지 않나요?"

빈이 의혹 어린 표정으로 물었다.

"왜 안 그렇겠어?"

티엔 니엔 끼는 설명했다.

"판결은 오히려 그들이 전쟁을 일으킨 인간세계에서 더욱더 효력이 있지. 그대의 판관은 바로 도리와 공평을 대표하는 인류야. 젊은 친구, 그 공평함은 무솔리니를 교수형에 처하고, 히틀러를 독약으로 죽게 했지."

"그렇다면 트루먼 같은 놈들은 뭐지요? 원자폭탄 두 발로 일본사람 삼백만 명을 죽였는데도, 그놈은 여전히 일생을 다하도록 편안하게 잘 살고 있잖아요……."

빈은 잠시 숨을 멈추었다가 덧붙였다.

"그런 놈들 앞에서는 저승사자조차 넋을 놓는 건가요?"

"사람들이 흔히 혼동하는 것은 저승사자가 언제나 악하다고 보는 것이야. 그리고 아주 극소수의 사람들만이 귀신은 바로 자신의 마음속에 있다는 것을 깨닫고 있어. 언제라도 통제되지 않은 야심과 복수심이 마음속에 이글거리고 있다면, 그런 사람의 행동이 저승사자보다 더 위험한 거야. 전쟁은 바로 그런 귀신이 번식할 수 있는 가장 좋은 환경이지……."

"그렇다면 할아버지는 전쟁이 벌어지는 것에 대해서 어떻게 생각하시나요?"

티엔 니엔 끼의 말을 끊고 빈이 물었다. 티엔 니엔 끼는 입술을 물고 잠시 생각한 후에 말을 이었다.

"사람들의 사회는 복잡하고, 이기적이고, 질투가 넘쳐 있어. 큰 나라들은 언제나 국제사회의 헌병을 자처하고 나서고, 자신들의 이익을 위해 다른 나라에 비극의 그림자를 드리우지. 그들은 다른 나라, 다른 민족을 끌어들여 서로를 파멸시키는 일에 몸을 던지도록 만들고 있어. 그게 바로 전쟁이야. 전쟁은 인류를 가장 비인간적으로 세상에서 떠돌게 하지. 젊은 친구, 그것은 도살자를 영웅으로 만들고, 사기꾼을 위대한 인물로, 지식인을 쓸모없는 사람으로 만든다네. 또한 모든 기반을 뒤엎고, 모든 진보를 뒤로 물러나게 밀어붙이지. 더욱 나쁜 것은, 사람들이 다른 사람의 성과물을 완전히 깔아뭉개고, 다른 사람의 문화유산을 파괴하는 일에 만족을 느낀다는 사실이야. 그러므로 전쟁이 터졌을 때 저항이 있어야 해. 어느 민족이든 다른 이들의 지배의 굴레로부터 저항할 의지를 갖추지 못한다면, 그런 민족은 영원히 노예로 사는 것이 마땅해."

"그렇다면 할아버지는 어느 편에 서 계신가요? 큰 나라의 노예가 되지 않기 위해 저항해야 하는 작은 나라 편인가요, 작은 나라를 노예로 삼으려는 큰 나라 편인가요?"

"내 생각에 인간세계에는 오로지 하나의 나라, 하나의 조국이 있을 뿐이야. 그것은 지구야. 국가에 대한 개념이 생긴 것은 단지 수천 년에 불과해. 국가가 생기면서 국경이 생겼지. 그 무형의 국경은 각 민족을 가두는 커다란 감옥이 되었어. 만약 사람들이 역사의 교훈을 존중한다면, 서로에게 다가갈 수 있는 모든 방법을 찾아야 해. 손에 총을 들 것이 아니라 책을 들고, 옛날이야기를 서로 나눠야지. 자신들의 나라와 민족에 대해 상대에게 알려주어야 해. 이야기를 많이 나누다 보면 서로를 이해할 수 있고, 양해도 구할 수 있고, 도움도 줄 수 있는 거지. 심지어 서로 사랑도 할 수 있을 거야. 하지만 불행히도 사람들은 별로 그러고 싶어 하지 않아. 오로지 상대를 복종시키려고만 하지. 그것이 전쟁이야. 총부리 앞에선 모두가 적이지. 그런데 솔직히 말하면, 도대체 뭐가 적이고 뭐가 우리라는 거야? 단지 사람일 뿐이야.

하지만 슬프게도 사람들은 전쟁이 끝난 후에야 그 사실을 비로소 깨닫지."

빈은 티엔 니엔 끼가 방금 해준 말에 대해 곰곰이 생각해보았다. 나루꾼 노인의 생각과 자신의 생각이 거의 다르지 않았다. 그러나 여전히 한 가지 궁금증이 풀리지 않았다. 어찌하여 신이나 옥황상제가 사람들 스스로 야망을 버리고 전쟁을 끝낼 수 있도록 하는 방안을 찾아내지 못한다는 말인가. 아마도 옥황상제 역시 통제 불능의 호전적인 사람들 앞에서는 무기력한 존재임에 틀림없으리라. 그런 궁금증이 들자, 빈은 다시 묻지 않을 수 없었다.

"신이 인간을 대신할 수는 없어. 인간들이 스스로 성인(聖人)이 되어야지. 그러나 인간세계에서는 아주 소수의 인간들만이 성인의 경지에 도달하고 있어. 만약 성인이 되었다면 그런 넋 나간 짓을 할 수 없을 거고, 목적달성을 위해서 도살행위를 수단으로 삼지 않을 거야. 자네, 내가 얘기하는 것을 이해할 수 있겠나? 문제는 거기에 있지. 비극 역시 거기에 있어."

"할아버지, 그렇다면 비극의 결과는 항상 작은 나라들과 그 작고 궁핍한 나라에 사는 사람들에게는 불공평한 것이네요?"

"불행이 발생하는 것은 작은 나라이거나 가난해서가 아니야. 그 나라의 지도자가 통찰력이 있는가 없는가에 의해 생기는 것이지. 구체적으로 자네 민족의 예를 들어보지. 자네 나라는 작고 가난해. 그러나 어떤 큰 나라도 자네 나라를 침략해서 패배를 맛보지 않은 나라가 없었네. 그리고 자네들은 곧 전쟁에서 승리할 거야. 아주 값비싼 대가를 치르고서 말이야. 자네 역시 '우리 민족이 가난해서'라고 생각해서는 안 되네. 부자고 가난하고, 강하고 약하고, 합쳐지고 흩어지고, 그런 것은 단지 순환의 주기를 따를 뿐이야. 비극이 다하면 태평이 오고, 곤란이 다하면 변화가 있지. 변화가 있으면 순조로움이 생기는 법이야. 그것이 순리야, 젊은 친구."

"그렇다면 사람의 노력은 아무런 의미가 없는 것이네요? 저는 그렇게 생각하지 않아요."

"나도 사람의 적극성을 부인하진 않아. 그러나 사람이 자연의 순리를 바꾸지는 못하네. 예를 들어 늙으면 죽을 수밖에 없듯이 말이야. 그렇기 때문에 총명한 사람이 할 수 있는 일은 시대에 근거해서 세상 인류의 '가치'에 부합되게 행동하는 것이지. 그것뿐이야. 제대로 공부한 사람은 언제 열리고 언제 닫히는지를 이해할 수 있어. 언제 나아가고 언제 물러나야 하는지, 언제 부드럽고 언제 강해야 하는지를 알아. 그리고 간단히 말해서, 세상의 '가치'는 역시 인류의 '가치'일 뿐이야."

빈이 나루꾼 노인 티엔 니엔 끼와 이야기를 나누고 있을 때, 한 무리의 사람들이 강변에 내려섰다. 그들의 겉모습을 보고 빈은 그들이 사업가와 일반인, 그리고 한두 명의 중요한 인물이라고 짐작했다.

인간세계에서 내려온 사람들을 보자 빈은 반가움에 흥분했다. 그들에게 말을 걸어보려고 앞으로 나아갔다. 그러나 모든 사람이 그를 피했다. 그들은 아무 호감도 없는 눈빛으로 그를 바라보았다. 빈은 그들의 태도가 불쾌했다. 순간 머쓱해져서 욕지거리가 튀어나올 뻔했으나 얼른 속으로 집어삼키고 담담한 표정을 지어보였다.

모든 사람들이 배에 올라타기를 기다렸다가, 티엔 니엔 끼는 빈에게 다가와 나지막하게 말했다.

"자네는 좋은 사람이야, 정말 좋은 사람이지. 이보게 젊은 친구, 만약 자네가 판관에게 전달할 충분한 내용을 갖고 있다면 아마도 자네는 벌써 환생했을 거야. 안타깝지만 자네는 모든 게 부족해. 자네를 위해 황천에 제사를 올리는 사람이 아무도 없다니…… 자네 말고는 말이야. 그래서 말인데, 당장 지금부터 자네에게 일어났던 모든 일들을 기억해 내보게. 어른으로 정식 인정받은 때를 포함해서, 모든 것을 내게 알려줘. 내가 강변 저쪽으로 건너가서 판관들이 올바로 검토할 수 있도록 대신 보고해주겠네. 재수가 좋으면 아마 자네를 위한 특별 배려가 있을지도 몰라."

잠시 말을 멈추고, 티엔 니엔 끼는 빈의 눈을 보았다, 그리고는 빈의 생각을 헤아리려는 듯 애쓰며 다시 말을 이었다.

"어때, 자네 기억해낼 수 있겠지?"

"예, 할아버지, 할 수 있어요!"

빈은 공손하게 대답했다.

"그렇다면 내 말대로 이루어질 수 있게 당장 시작하게. 아무것도 잊어서는 안 되네, 젊은 친구."

말을 마치고, 티엔 니엔 끼는 배에 올라탔다. 그리고 양손으로 노를 잡고 천천히 앞으로 저어갔다. 언제나처럼 사람들을 강변 너머로 건네주기 위해 열심히 노를 저었다.

번개 치듯 스치는 사랑

12월의 마지막 밤. 하늘은 창백하고 바람은 차가웠다. 응웬 꾸앙 빈 하사는 기차역 정문 쪽을 향해 기찻길을 따라 걸었다. 투박한 카키색 군복도 이 시간에는 그의 몸속으로 파고 들어오는 고통스러운 추위를 도저히 막을 수 없을 정도로 아주 얇게 느껴졌다. 하사는 추위를 떨쳐내기 위해 몸을 웅크렸다. 그런 자세로 걸으니 몸이 약간은 따듯해지는 것 같았다.

하사는 갑자기 발걸음을 멈춰 서서, 고향마을 쪽을 돌아다보았다. 자신이 태어나서 자라고 공부하고, 입대를 했던 곳. 불과 얼마 전에 돌아왔건만 슬프게도 다시 먼 곳으로 떠나야만 했다. 남부전선으로 떠나기 전 사흘 동안 휴가를 받고, 시간을 쪼개 고향사람들을 만났다.

1966년 4월에 빈은 열일곱의 나이로 입대했다. 두 달만 더 있으면 고등학교 졸업시험을 치르는 때였으나 그는 연기신청을 하지 않았다. 그는 누구에게도 피해를 끼치고 싶지 않았다. 또한 후방에 배치되기 위해 집안의 유일한 독자라는 사실을 구실로 삼지도 않았다. 예나 지금이나 스스로에게 올바르고 충실하려 했다. 그는 자신의 인격을 누군가에게 오해 받고 싶지 않았다.

그의 결심을 듣고 할아버지는 말했다.

"네 자세가 옳다. 사람이라면 명예가 가장 중요하지, 명예가 훼손되면 금수의 삶과 전혀 다를 바 없어……. 그래, 가거라. 물론 할애비는 아무것도 기쁠 게 없다. 오히려 너무도 슬프단다. 너는 나의 믿음이기에, 할애비가 유일하게 의지할 수 있는 혈육이기에……. 하지만 그럴지라도 우리 집안은 세상 사람들의 존중을 받을 수 있도록 처신해야 한다. 우리 응웬 꾸앙 집안은 예전이나 지금이나 그렇게 살아왔단다. 가난하지만 비굴하지 않았어. 배고팠지만 값싼 동정을 구하지 않았단다. 빈아, 너도 알고 있지?"

"예, 알고 있어요."

"그렇다면 됐다."

할아버지는 고개를 끄덕이며 빈의 손을 잡았다. 순간 노쇠한 두 눈동자가 흐릿하게 흔들렸다.

"전쟁 중에는 어떤 일이라도 닥칠 수 있단다."

할아버지는 말을 이었다.

"다만 할애비가 바라는 것은 어떤 상황에서도 반드시 응웬 꾸앙 집안의 장부로서, 한 사람의 당당한 사내로서 행동해야 한다는 것이야. 네게 당부하고 싶은 것은 그것뿐이란다. 할애비가 방금 한 말을 항상 기억하도록 해라."

"예, 가슴에 새길게요. 그렇지만 제가 걱정하는 것은……."

빈은 말을 잇지 못했다.

"네가 무슨 말을 하려는지 안다."

할아버지는 손을 내저었다.

"이 할애비가 배곯을까 걱정하지 마라. 빈아, 네가 떠나고 나면 이 할애비는 끼니를 해결하는 방식을 바꿀 거야. 나는 8킬로그램의 깨와 8킬로그램의 팥, 그리고 8킬로그램의 쌀을 이미 준비해두었단다. 나는 앞으로 하루 동안 그것의 백분의 일을 먹을 거야, 일주일을 계속해서 먹고 나면 그 이후 이십

사일 동안은 먹을 필요가 없단다. 그런 다음에 백분의 이로 올려서 일주일을 더 먹고 나면 사십팔일 동안은 먹을 필요가 없을 것이란다. 그런 식사방식을 지켜서, 나는 저 멀리 지평선 황혼까지 다다를 게다…….”

말을 마치고, 할아버지는 목청을 높여 크게 웃었다. 할아버지의 웃음소리를 듣자 빈은 목에 쓴맛이 느껴졌다.

“할아버지도 참, 무슨 그런 말씀을…….”

빈이 투덜댔다.

“빈아, 이 할애비의 말을 우스갯소리로 생각하지는 말아라. 바로 그런 넉살이 사람을 크게 키운단다. 증조할아버지는 자주 웃는 것으로 편안한 삶을 사셨고 아흔 살까지 장수하셨단다. 그래, 됐다. 더는 말 안 하마. 너는 어서 마을 어른들께 인사를 드리고 오너라. 네가 다시 돌아오는 날, 그때까지 살아 계실 분들이 아니니까……. 됐다, 어서 가거라.”

빈은 할아버지의 말대로 마을 어른들에게 인사를 하러 다녔다. 이와 같은 인사는 다시는 그들에게 인사할 일이 없다는 것을 의미하는 것이다. 그날 만난 마을 어른들 중에는 아주 부담스러운 사람이 있었다. 득 아주머니였다. 득 아주머니는 스스로 자신의 삶에 빗장을 걸고 고독하게 살았다. 어렸을 적에는 말수도 적고 아주 착한 소녀였다고 하는데, 지금은 고집 세고 경솔한데다가 말 많은 아주머니로 소문이 나 있었다. 떠도는 이야기로는 아주머니는 빈의 아버지를 무척이나 사랑했다고 한다. 그러나 무엇 때문인지 분명히 알 수 없지만, 두 사람은 서로 부부가 되지 못했다. 빈의 부모가 재난으로 죽은 이후에 많은 남자들이 청혼을 했지만 아주머니는 아무하고도 결혼하지 않았다. 아마도 자기 자신에게 복수하기 위해 사는 것 같다고들 했다. 득 아주머니에 대해 할아버지가 말해준 적이 있었다.

“당연히, 아주머니는 너의 어머니가 되었어야 해. 그러나 아주머니는 젊었을 당시에 네 아버지에게 자기의 마음을 솔직하게 표현하지 못했지. 너무 마음이 여렸으니까. 자신의 실수를 깨달았을 때는 이미 늦은 다음이었어. 사실이 그랬단다……. 그러나 인연이 닿지 못했다 할지라도 아주머니는 여전히 좋은 사람이야. 살아가는 동안 좋은 사람들은 행운을 못 만나는 경우가 많아."

"일생의 단 한 번 실패가 그 아주머니를 그렇게 거친 사람으로 만들었나요?"

"할애비가 보기에 그 아주머니는 아무에게도 거칠지 않아. 아주머니의 착한 마음씨를 악용하는 사람들에게는 물론이고, 한 번에 수백 냥의 돈을 갈취해 간 사람들에게조차도 말이야. 그 아주머니는 단지 메마른 나뭇가지와 같을 뿐이란다. 도저히 생기를 되찾을 수 없는……."

옛날이야기를 돌이키며, 빈은 득 아주머니 집 문 앞에서 선뜻 들어가지 못하고 망설였다. 바로 그때, 아주머니가 집 안에서 마당으로 나왔다. 어깨 위에 간[16]을 짊어지고 있었다. 빈을 보자 아주머니는 목청을 높여 물었다.

"웬 군인이요? 누굴 찾기에 문 앞에서 그렇게 계속 얼쩡거리슈?"

"아주머니, 저예요, 빈이에요. 아주머니께 문안 인사 드리러 왔어요."

"문안 인사라니? 나한테? 그럼 어서 들어와."

아주머니는 어깨에 짊어졌던 간을 내려놓고, 자신이 하려던 일을 설명했다.

"돼지에게 먹일 여물거리를 뜯으러 갈 참이었어, 하지만 뭐, 나중에 해도 괜찮아."

빈은 아주머니를 따라 집 안으로 들어갔다. 아주머니는 간을 한쪽으로 치우며 말했다.

"이리 들어와서 의자에 앉아. 조심하고……. 다리 하나가 부러졌거든. 물이라도 한 잔 대접해야지? 빗물을 뜨러 나갔다 올 테니 잠깐만 기다려."

---

16 대나무 장대 양쪽 끝에 두 개의 광주리가 달린 운반 도구.

"아니에요. 됐어요, 아주머니."

빈은 정중하게 만류했다.

"제 배 속은 완전히 물로 가득 차 있어요. 여기 오기 전에 여러 집에 들렀거든요. 아주머니께 인사드리러 왔어요. 저 내일 길을 떠나요……."

"방금 뭐라고 했어? 길을 떠난다고? 그게 무슨 말이야. 어디를 가는데?"

아주머니는 화들짝 놀라서 물었다.

"저 군대에 가요!"

"군대에 간다고? 너 지금 장난하는 거니? 넌 지금 학생이고, 게다가 응웬 꾸앙 집안의 유일한 독자인데, 누가 널 끌고 갈 수가 있어?"

"저 자원입대서를 가지고 있어요."

빈은 서류를 꺼내 아주머니에게 건넸다. 서류에는 빨간 도장이 진하게 찍혀 있었다.

아주머니는 서류를 한 번 흘끗 보고는 몸을 바들바들 떨었다. 한순간에 아주머니의 눈시울이 붉어졌다.

"나라에서 너를 군대에 데려가서 도대체 무슨 이득이 생긴다구……."

아주머니는 맥 빠진 목소리로 말했다.

"할아버지도 네가 군대 가는 것을 허락했니?"

"할아버지와 저는 각자 살아가는 방식이 있어요. 그리고 또, 할아버지는 저와 우리 집안이 어떤 사람한테도 무시당하는 것을 원하지 않으세요. 입대 결정을 한 것도 저와 할아버지의 생각이 똑같았기 때문이에요."

"세상에! 집안사람이 모두 다 정신이 나갔어!"

아주머니는 버럭 화를 냈다.

"아이고 이 녀석아, 네가 분명히 알아야 할 것은 일 년 후에나 군대에 갈 나이가 된다는 거야. 게다가 너는 응웬 꾸앙 집안의 마지막 핏줄이야. 만약 네게 무슨 일이 생기면 너의 집안은 대가 끊기는 거야. 도대체 알고나 있는 거야? 어째서 할애비나 손주나 하나 같이 헛똑똑이들인지……. 아니면 너, 어린것이 벌써부터 사는 게 지겨워진 거니, 그런 거야?"

"아주머니, 죄송해요. 하지만 부탁이에요. 너무 슬퍼하지 마세요."

"만약 네가 내 아들이라면 나는 절대로 너를 보내지 않는다, 절대로……. 차라리 내가 너를 대신해 총탄을 받아 안지. 아이고, 밥을 지어야겠다. 아니지, 네가 가야 되면 그럴 필요가 없지. 아이고, 네가 잘 살아만 준다면 누가 나를 감옥에 잡아 가둔대도 상관없는데……."

아주머니는 빈의 손등에 하염없이 눈물을 떨구다가, 순간 자신의 감정이 너무 격했다고 생각했는지 어쩔 줄을 몰라 했다.

"미안하구나 빈아, 내가 너의 결심을 더럽히다니. 빈아, 나를 이해해주기 바란다. 솔직히 말해서, 나는 언제나 너를 내 아들이라고 여겨왔단다."

아주머니가 기운이 빠진 목소리로 말했다.

"빈아, 아줌마 곁에 와서 가까이 앉아라, 좀 더 가까이."

말을 하고 나서 아주머니는 수건을 풀더니, 수건 속에서 잔돈 뭉치[17]를 꺼내 빈의 손에 살며시 쥐어주었다.

"나는 부자가 아니라서 이것밖에 없구나. 이걸로 물이라도 사 마셔라."

몇 달 동안 모았을 꼬깃꼬깃한 잔돈 뭉치. 주인의 온기가 밴 돈을 바라보자 빈은 가슴이 미어졌다. 그는 깊게 숨을 한 번 내쉬고는 그녀에게 말했다.

"아주머니, 저에게 너무 화내지 마……"

아주머니는 거칠게 그의 말을 잘랐다.

"빈아, 너는 내 마음을 저버리면 안 돼. 아줌마가 비록 이 마을에서 가장 고집 세고, 무식한 사람으로 통한다만……."

그 대목에서 잠시 멈추더니, 아주머니는 따뜻한 목소리로 다시 말을 이

---

17 베트남 사람들은 예전이나 지금이나 동전을 선호하지 않아 잔돈도 지폐로 간직한다. 1945년부터 1976년, 2003년부터 2011년까지 베트남은행에서 동전을 발행했으나 실생활에 거의 이용되지 않아, 지금은 기념품을 파는 거리에서나 찾아볼 수 있다.

었다.

"어서 이 돈을 받아라. 얼마 되지 않아. 길 떠나면 항상 몸조심해라. 건강이 최고야. 내가 집에서 날마다 하늘에 빌어주마, 부처님께서 너를 보호해 주실 거야."

득 아주머니와 작별하고 돌아선 빈은 마음이 아주 무거워졌다. 그는 아주머니가 하염없이 눈물을 흘리던 모습과 그 애절한 마음씀씀이에서 오랫동안 헤어 나올 수 없었다. 아마도 아주머니는 아버지를 여전히 사랑하고 있는 듯했다. 아버지가 부인이 있었고, 이미 돌아가셨다 할지라도……. 세상에 어느 누가 그러한 절망 속에 살며, 또 그것을 자신의 유일한 위안거리로 삼는단 말인가. 그런 사람이 정녕 어디에 있으랴.

부대에서 지내는 나날들 속에서도 빈은 때때로 고향마을 사람들을 생각하며 잠자리를 뒤척였다. 할아버지와 득 아주머니, 그리고 고향마을 사람들이 떠오를 때면 가슴이 미어졌다. 그들은 하나같이 아주 가난했다. 그러나 마음만은 언제나 고결하고 아름다웠다. 그러한 성품은 공동체의 삶에서 아주 끈끈하고 순결한 빛이 되었다.

훈련소에서 한 달이 지난 후, 응웬 꾸앙 빈 이병[18]은 추천을 받아 하사관 학교에 입학했다. 그리고 하사관 학교를 마친 후에는 전투부대에 배치되었다. 남부전선으로 내려가기 전에 그는 사흘 동안 고향을 방문할 수 있는 허락을 받았다. 그는 72시간을 가장 효과적으로 사용할 수 있도록 시간을 아껴서 썼다. 마지막 24시간이 남았을 때, 운명은 그를 낌이 있는 곳에 데려다 놓았다. 낌은 아랫마을에 사는 열일곱 살 날씬한 아가씨였다. 그가 한 번도 마음에 둔 적이 없었건만, 낌은 그를 찾아왔다.

아주 얇은 하얀 웃옷과 발끝까지 내려오는 까만 바지를 입고 낌은 그의 눈앞에 나타났다. 형용할 수는 없지만 마치 어떤 충고라도 하려는 듯이, 그녀

---

18 베트남 군대의 사병 계급은 이병, 일병 둘로 구성되어 있다.

는 침울함 속에 아주 모호한 눈빛으로 빈을 바라보았다.

"녀한테서 오빠가 방금 돌아왔다는 얘기를 들었어요. 그러나 저는 녀의 말을 믿지 않았어요. 저는 우연히 왔을 뿐이에요. 별 생각 없이. 그런데 오빠가 진짜로 돌아왔네요."

낌은 부드럽게 말했다.

"오빠, 얼마 동안 마을에 머물 건가요?"

"사흘뿐이야. 이틀은 이미 다 써버렸어."

빈은 입맛을 다시며 한숨을 길게 내쉬었다.

"사흘뿐인데 어떻게 결혼을 할 수 있나요?"

"내가 어디 결혼을 하려고 온 건가? 그리고 난 이제 겨우 열여덟 살인데……."

"다들 군대에 가기 전에 결혼을 하잖아요. 오빠도 할아버지를 보살피려면 결혼을 해야지요."

"그렇다면 할아버지를 돌봐드릴 사람을 구해야 하는 거지, 어디 결혼을 해야 하는 거야? 게다가 내가 군대에 가고 나면 이 사회가 할아버지를 보살펴주겠지."

"사회가 무엇이기에 할아버지를 보살펴요? 오빠가 스스로 먼저 해결해야지요."

"나도 역시 그러길 바라. 하지만 나 같은 하사에게 어디 친근하게 대해주는 아가씨를 찾을 수가 있어야지."

"그렇다면 제가 오빠를 도와드릴게요."

"네가 나를 도와줄 수 있다면야 더 바랄 게 뭐 있어."

빈은 계속해서 낌의 말을 장난으로 받아넘겼다.

"그런데 그 아가씨가 누구지?"

낌이 갑자기 조용해졌다. 그녀의 얼굴에 붉은빛이 번졌다. 그녀의 맑고 검은 두 눈은 하나의 결기로 뜨겁게 빛이 났다. 그녀의 시선 앞에 빈은 마치 혼이 빨려나가는 것 같아 당황했다.

"저는 그저 그렇게 얘기해주고 싶었을 뿐이에요. 제가 어떻게 오빠의 색싯감을 찾을 수 있겠어요. 오빠는 공부한 사람이고, 우리는 배운 게 전혀 없는……. 하지만 오빠에게 제가 장담할 수 있는 것은, 오빠가 떠나고 나면 제가 할아버지를 보살펴드리겠다는 거예요."

"네가 어떻게 그럴 수가 있겠어. 너도 여러 가지로 고민이 많을 텐데……."

낌은 고개를 숙이고, 손으로 옷자락을 매만졌다. 그러고는 머리를 들어 빈을 바라보았다. 그녀의 눈자위가 불그스레 젖어 있었다. 그녀는 입술을 달싹였다. 아마도 무언가 하고 싶은 말이 있는 듯했다. 그러나 그녀는 목이 메어 말을 꺼낼 수가 없었다.

"너 왜 그러니?"

빈이 걱정스럽게 물었다.

"어디 아픈 모양이로구나."

그렇게 말하고 난 후 그는 낌에게 다가가서 그녀의 이마에 손을 얹었다. 순간, 낌은 그의 손을 꽉 잡고 놓아주지 않았다.

"빈 오빠, 저는 오빠를 사랑해요."

낌은 그의 눈을 똑바로 바라보았다. 그러고는 잠시 머뭇거리는 듯하더니 말을 이었다.

"오빠가 제게 관심이 없다는 것을 알아요. 하지만 왜 그런지 모르겠어요. 어떤 이유에서인지, 어느 순간 저도 모르게 여기까지 오빠를 만나러 왔어요. 오빠, 저를 남자나 유혹하고 다니는 못된 아이로 생각하진 말아주세요. 진심으로 저는 제 감정에 솔직하게 살고 싶을 뿐이에요. 부디 오빠가 저의 이런 마음을 이해해주면 좋겠어요."

"고마워, 낌. 네가 나를 갑작스럽게 감동시키는구나. 휴…… 가슴이 뛰고 어지러워. 그렇지만 행복하다. 너의 사랑을 얻게 되어서."

"아, 빈 오빠……."

낌의 목소리가 떨렸다.

"오빠, 절 조롱하는 건 아니지요? 그렇다 해도 아, 전 너무 행복해요."

그녀는 손을 들어 자신의 가슴 한복판을 어루만졌다.

"오빠가 방금 제게 들려준 말 때문에 숨이 막히는 것 같아요. 아, 정말 슬픈 것은 우리에게 시간이 없다는 거예요. 맞아요, 시간이 없어요."

낌은 잠시 생각에 잠겼다.

"하지만 그것은 지금 얘기할 가치가 없어요. 제가 그토록 소망하던 것을 오빠가 진심으로 답해주었으니까요."

낌은 계속해서 가슴을 쓸어내렸다.

"아직까지도 저는 마치 꿈속에라도 있는 듯 얼떨떨하네요. 오빠, 제가 지금 꿈속에 있는 건가요?"

"아니, 꿈속에 있기는……."

빈은 목이 메어 제대로 말을 할 수가 없었다.

"아이, 오빠……."

빈의 그런 모습을 보고 낌은 목소리를 높였다. 그러고는 빈을 끌어안았다. 그녀의 부드러운 입술로 빈의 입술에 입 맞추고 그의 윤기 나는 머리칼에도 입 맞추었다. 빈의 머리칼에서 은은한 남자의 향기가 났다. 싱그럽고 돌발적인 그녀의 사랑은 빈의 마음을 휘저어놓으며, 그의 안에서 남자의 본능을 강하게 불러일으켰다. 그는 이런 찰나의 달콤함을 위해 아무런 준비도 해놓지 않았었다. 그러나 무엇이 더 필요해서 준비를 해야 하랴. 낌이 그를 사랑하고, 그 사랑 앞에 감동했으니, 그것으로 충분했다.

몇 분이 흘러 빈은 전혀 낯선 곳에 첫발을 내디뎠다. 그는 낌을 꼭 끌어안았다. 낌의 부드러운 입술에 입을 맞추고, 자신의 입술로 그녀의 입을 반쯤 열었다. 그는 낌의 눈에 키스를 하고 나서 관자놀이와 목과 귓불에도 키스를 퍼부었다. 낌은 행복감에 몸을 떨었다. 그녀의 입에서는 언어가 되지 않는 외마디 소리가 흘러나왔다.

빈이 열렬한 키스를 퍼붓는 동안 낌은 조용히 자신의 윗옷 단추를 풀었다. 한 쌍의 염소 뿔처럼 단단하게 팽창한 아담한 젖가슴이 드러났다. 잠시 주저하던 빈은 그녀의 둥근 젖가슴 사이에 머리를 파묻었다.

"아아, 빈 오빠……."

낌은 깊은 숨을 거칠게 토해냈다. 그녀의 전신이 움츠러들었다. 그녀는 자신의 가슴 안으로 그의 머리를 세차게 끌어안았다. 그리고 그의 몸을 안고 천천히 누웠다. 그녀는 두 손을 빈의 옷자락 속으로 깊이 집어넣고 그의 등을 한참 동안 어루만지다가 자신의 바지를 살며시 끌어내렸다.

"그러지 마……."

빈은 깊은 숨을 토해냈다.

"나는 두려워……."

"두려워 말아요, 내 사랑."

낌이 그의 어깨를 위로하듯 어루만졌다.

"두려워해야 할 사람은 바로 저예요. 그렇지 않나요? 그러나 전 두렵지 않아요. 저는 제게 일어날 일에 대해 알 필요가 없어요. 저는 단지 오빠의 아이를 원할 뿐이에요. 아들 말이에요. 저는 오빠의 집안이 영원히 이 세상에 존재하길 원해요. 오빠에게 무슨 일이 생긴다 할지라도. 용기를 내세요, 빈 오빠. 우리에게는 하루밖에 남지 않았어요. 하루, 스물네 시간, 오빠는 제 마음을 이해하실 수 있지요?"

빈은 어지러웠다. 낌의 열정적인 태도에 놀라지 않을 수 없었다. 열일곱 살에 불과한 이 연약한 소녀가, 이렇게 깊고 무거운 이야기를 자연스럽게 할 수 있다니. 그러나 그것은 엄연한 사실이었다. 그는 고향마을의 아주머니, 아가씨들이 다른 집안의 혈통을 보존하는 문제에 왜 그렇게 항상 집착하고 있는지 때때로 이해할 수가 없었다. 현재의 삶에 너무도 지쳐버려서 그런 것일까? 불안정한 상황이 자주 발생하는 현실의 삶에서 여성들은 그것을 극복하는 방법을 수백 년 동안 내려온 규범 안에서 체득한 것일까? 아마도 그러하기에 낌이 이렇게 대담하고 즉각적인 결단을 내릴 수 있는 것이리라.

"그러지 마……."

빈은 고통스러웠다.

"나는 두려워…… 나는 도저히……."

"왜 오빠가 오히려 '도저히'라는 말을……."

낌은 입술을 물었다.

"왜 오빠는 내게서 아이를 얻어서, 그 아이가 오빠의 집안에서 살게 되기를 원하지 않지요?"

"내 생각에는 지금 우리가 너무도 갑작스런 사랑 앞에 지나치게 감정이 격해져서, 그리고 네가 나의 앞날을 너무도 안쓰럽게 여겨서 무작정 이러는 것 같아. 생각해봐. 너는 아직 엄마가 될 수 없어. 너는 아직 엄마가 될 만큼 현명하지도 않고, 정신세계도 아직 충분히 성숙되지 않았어. 일상의 고난 앞에 강인하게 대처할 능력도 아직은 부족해."

말을 마치자, 빈의 눈에서 눈물이 저절로 흘러나왔다. 그는 소리 없이 울었다. 낌의 커다란 심장 앞에서 그는 입술을 조용히 달싹이며 울었다. 낌도 역시 울었다. 그녀는 흐느껴 소리 내어 울었다. 빈은 그녀를 안아서 일으켜 앉혔다. 그리고 손수건으로 그녀의 얼굴에서 흘러내리는 눈물을 닦아주었다. 그녀는 눈물을 그칠 줄 모르고 빈의 가슴에 안겨 계속 울었다. 그녀의 몸에서 흘러나온 맑고 깨끗한 눈물은 그의 가슴속에서 강물이 되어 굽이쳤다.

낌의 마지막 그 모습은 언제고 빈의 머릿속에서 지워지지 않았다. 그는 자신을 책망하기도 했다. 낌이 그토록 간절히 원했건만 왜 그렇게 뿌리치고 말았을까. 사내라면 반드시……, 그러나 빈은 고개를 저었다. 제때에 멈출 줄 알았기에 마음이 편안할 수 있었다. 멈출 수 있었기에 낌의 눈물을 뒤로 하면서도 약간이나마 마음의 평정을 찾을 수 있었다.

날씨는 여전히 매섭게 차가웠다. 차가운 바람은 전혀 사그라들 줄 모르고 곧장 빈의 얼굴에 세차게 달려들었다. 찬바람에 콧날이 매웠다. 그는 멈춰서서 손수건을 꺼내 콧등을 한 번 문지른 후에 계속해서 걸었다.

5킬로미터를 더 걸어가야 읍내에 도착할 수 있다. 빈은 철제 가교를 건넜다. 다리 건너편 선박을 만드는 도크 시설은 지난주에 폭격으로 완전히 파괴되었다. 이 다리도 원래는 시멘트 다리였으나 며칠 전에 새로 놓은 것이었다. 거리는 한 달 내내 퍼부은 미군의 폭격으로 길바닥에 드러누운 건물들과 여기저기 널브러진 벽돌과 기와, 흙더미로 어수선했다.

빈은 지름길로 접어들었다. 들판을 가로지르는 길가에 폭탄 구덩이며 파괴된 개인 참호, 돌더미, 흙더미 등이 널려 있어 빈은 길을 만들면서 앞으로 나아가야 했다.

때때로 그는 땅바닥에 널려 있는 5백 킬로그램짜리 미제 포탄들과 맞닥뜨렸다. 아마도 사람들이 10여 미터 깊이까지 땅을 파서 그것들을 들어 올리고는 다른 곳으로 옮길 힘이 없었나 보다. 몇백 미터 거리마다 그는 다시 포탄들과 마주쳤다. 서너 개의 포탄들이 길가에 기다랗게 나란히 놓여 있기도 했다.

어둠이 내리기 시작했다. 빈은 몸을 웅크리고 미간을 좁히며 어둠 속을 살폈다. 그러나 자세한 지형을 가늠할 수가 없었다. 어둠 속에서 촌락과 산천의 나무들이 회색의 안개 장막에 휩싸여 있었다. 간혹 잠깐이나마 희미하게 어른거리는 두세 개의 불빛을 볼 수 있었다. 그러나 갑자기 나타났을 때와 마찬가지로 순식간에 사라져버렸다.

빈은 다시금 몸을 곧추세워서 계속 앞으로 걸어갔다. 그는 어딘지 모르게 이상한 기운이 감도는 침묵의 공간에 약간 두려움을 느꼈다. 북부지역에 대한 미군의 파괴 행위는 악랄했지만, 주민들은 논밭과 집, 삶의 모든 것을 버리고 떠날 수는 없었다. 반 정도의 주민들이 마을에 남아서 항전태세를 갖추고 계속 농사를 짓고 있었다. 그런 생각을 떠올리며, 빈은 귓가에 윙윙 울려대는 바람 속으로 걸음을 옮기려 애썼다. 얼마쯤 지났을까, 높다랗게 서 있는 끼 런 산[19]이 시야에 들어왔다. 앞으로 3킬로미터만 더 가면 읍내에 도달하는 것이다. 빈은 약간 마음이 가벼워졌다. 그는 걸음을 빨리 하여 1번국도 삼거리에 닿았다.

큰 길에 접어들어서야 조금씩 어둠이 걷히기 시작했다. 그러나 여전히 바람은 아주 거셌다. 세찬 바람이 암벽을 치받을 때마다 우우, 하고 두려움에 떠는 듯한 소리가 들려와 온몸에 소름이 돋았다.

보이 푹 사원에 도착했다. 이 사원은 그의 고향마을 사람들이 나라를 위해 몸 바친 위대한 장군을 기리기 위해 몇 세기 전에 세운 것이다. 빈은 사원 마당으로 들어갔다. 멀리 길을 떠나기 전에 한 번 더 참배를 하고 싶었다.

그러나 유감스럽게도, 어둠의 그림자는 세밀한 조각상을 자세히 보는 것을 허락하지 않았다. 그의 눈을 압도하는 아주 높은 곳에서 희미한 등잔 불빛들이 어른거렸다. 빈은 땅에 엎드려 있는 말상과 코끼리상을 기억에 의지해서 돌아보았다. 그것들의 눈은 아직도 주인이 돌아오기를 기다리는 듯 슬픔에 잠겨 있는 것처럼 보였다.

빈은 사원 입구 쪽을 향해 서 있는 장엄한 조각상들 앞에 다가가 참배했다. 조각상의 주인공은 그의 앞 시대에 살았던 사람들로 그의 조상을 대표

19 닌빈 시 중심에 위치한 높이 50m짜리 산. 끼 런 호수 안에 있는 섬이기도 하다. 기린 모양을 하고 있으며 '푸른 옥'으로 불리기도 한다. 닌빈 성 사대명산에 꼽히는 관광명소다.

하는 사람들이었다. 바로 그들이 역사였고, 역사가 그들이었다. 그들은 후대에 위대한 유산을 남겨준 것이다. 그것은 바로 이 나라, 우리가 사는 땅이다. 아마도 앞으로 영원히, 그의 고향마을 사람들은 이런 사원과 같은 사원을 세우지 않아도 될 것이다. 더는 이러한 과거를 반복할 수 없기에…….

빈은 숨을 길게 한 번 내쉬었다. 그는 멈춰 서서 마지막으로 한 번 더 사원의 전경을 바라보고는 이내 돌아서서 읍내를 향해 길을 재촉했다.

비가 흩뿌리기 시작했다. 그는 배낭을 열어 비옷을 꺼냈다. 윙윙 몰려드는 바람 속에서, 그는 멀리서부터 낮게 울려 퍼지는 작고 희미한 소리를 들었다. 빈은 귀를 쫑긋 세우고 소리가 나는 방향을 주목했다. 그 소리가 정확히 무슨 소리인지 제대로 판별하기 전에, 지표면을 강하게 흔드는 눈부신 섬광이 멀리서 보였다. 지평선 쪽에서 대각선 방향으로 여러 갈래의 포탄이 불꽃을 달고 날아올라 어둠의 장막을 찢었다. 그리고 계속해서 터지는 포탄소리는 지표면을 뒤흔들었다. 읍내 쪽에서 강한 바람이 달려들어 그의 머리칼을 흩트렸다. 빈은 어느 것이 폭탄소리이고 어느 것이 대응사격소리인지 분간할 수가 없었다. 귀청을 찢는 듯한 폭발음과 더불어 땅이 흔들렸다. 그 광란의 공간 속에, 한 무리의 비행기가 그의 머리 위를 스치며 날아갔다. 비행기의 굉음과 포성은 많은 사람들을 공포에 떨게 만들 것이다.

그의 뒤쪽에서 폭탄이 연속적으로 터지며 하늘 한 자락을 붉게 물들였다. 비행기가 날아간 방향에서, 모든 대공사격부대와 각 전투부대원들이 동시다발로 대응사격을 했다. 10여 분이 지난 후, 비행기들은 퇴각했다. 사방은 다시 아주 조용하고 평온해졌다.

"개새끼들, 분명 놈들이 논 느억 다리를 무자비하게 폭격했을 거야!"

빈은 욕설을 뱉어냈다.

"만약 다리가 파괴되었다면, 남 딘에서 닌 빈을 지나 탄 호아로 가는 밤기차는 없는 거잖아."

그럴 경우, 부대에 복귀하려면 칠팔십 킬로미터를 더 걸어야 한다고 생각하니, 빈은 다리에서 힘이 모두 빠져나가는 것 같았다.

"까짓것, 상관없어. 제 놈들이 어디를 공격하든 한번 끝까지 해보라지."

빈은 혼잣말로 지껄였다.

"그대 계속해서 가라, 그러면 어디에든 도달한다!"[20]

닌 빈 읍내가 서서히 그의 눈앞에 나타났다. 오랫동안의 폭격으로 일반 가옥과 공관 등이 완전히 초토화되어 있었다. 높은 곳에 위치한 교회도 무수히 많은 포탄을 맞아, 마치 선사시대 맹수들의 뼈대처럼 골격만 앙상하게 남아 있었다. 북부에서 중요한 역할을 했던 거대한 정미공장도 흔적 하나 없이 날아가버렸다. 나무도 더 이상 볼 수 없었다. 도로는 수없이 많은 폭탄 구덩이와 더불어 곳곳이 무참하게 파헤쳐졌다. 읍내 전체가 하나의 폐허와 잔해더미였다. 산과 강줄기만이 제 모습을 유지한 채 온몸으로 수난을 견뎌내고 있었다.

아주 힘겨운 고생 끝에 빈은 비로소 기차역에 도착했다. 기차역 주변의 광경은 더욱 참혹했다. 기차역은 폭탄을 맞아 가루처럼 낱낱이 부서져 있었다. 철골 기둥만이 그대로 남아 있었고, 철로는 휘어지고 끊겨 있었다. 기찻길 양쪽을 따라 수없이 많은 객차와 기관차들이 모두 불에 탄 채, 철길에서 밀려나 여기저기 뿔뿔이 흩어져 누워 있었다. 화약냄새와 오물냄새가 코를 찔렀다.

길가에서는 전혀 인기척을 느낄 수 없었다. 주변을 샅샅이 둘러보았으나, 사람들이 살고 있다는 흔적은 전혀 찾아볼 수가 없었다. 빈은 어딘가에 있을지 모를 역무원에게 자신이 여기에 있다는 신호라도 보내는 듯이 두세 번 헛기침을 했다. 그러나 불어오는 바람소리 외에는 어떤 대답도 들을 수가 없었다. 빈은 낙담하여 주변을 둘러보았다. 한참 후에야, 그는 짚과 잡풀

---

20 베트남 전쟁 당시, 군인들의 항전 구호.

로 위장한 굴속에서 잠을 자고 있는 역무원들을 발견할 수 있었다. 빈은 주머니에서 성냥을 찾아 불을 붙여서는 굴 아래를 비추어보았다. 서른이 넘어 보이는 세 명의 남자와 땅바닥에 볏짚을 깔고 누워 서로 끌어안고 잠을 자는 다섯 명의 아가씨가 있었다. 그들은 잠에 완전히 취해 있었다. 마치 그들의 단순한 인생처럼 태연하게 잠에 곯아떨어져 있었다. 분명한 것은, 그들이 적의 폭격에 숨 돌릴 겨를 없이 몇 날 며칠을 있는 힘을 다해 싸운 후 너무 피곤에 완전히 절어 있다는 사실이었다. 잠에 취한 그들을 보면서, 빈은 약간 부담스러운 마음이 생겼다. 그는 조용히 배낭을 땅에 내려놓았다. 그리고 벽돌 위에 앉아 벽에 등을 기댔다. 빈은 자꾸만 그들을 흔들어 깨우고 싶은 생각이 들었다. 깨워서 방금 폭탄이 어디에 떨어졌고, 탄 호아로 가는 기차는 있는지 물어보고 싶었다. 그러나 꾹 참았다. 힘겨운 전투에 모든 기력을 빼앗긴 그들이었다. 만약에 기차가 있다면, 당연히 그들은 때맞추어 일어날 것이다.

마음을 조금 진정시키고 나니 비로소 피곤함이 몰려들었다. 그도 잠시나마 그들처럼 단잠을 청하고 싶었다. 그러나 긴장을 풀 수가 없었다. 끾의 모습이 다시 떠올랐다. 할아버지의 모습보다 그녀의 모습이 더 자주 눈가에 어른거렸다. 그는 가슴이 미어지고 마음이 착잡했던 아침 배웅길이 떠올랐다. 끾은 자신이 차고 있던 부적을 풀었다. 부적은 손가락 크기로 만든 승복이었다. 부적을 빈의 목에 다정스럽게 걸어주며 그녀가 말했다.

"오빠, 언제나 이 부적을 잊지 말고 목에 걸고 다니세요. 이건 저의 운명이에요. 이걸 지니고 있으면, 오빠는 모든 어려움을 이겨낼 수 있을 거예요. 꺼리지 말고, 잃어버리지도 말아요. 알았지요?"

빈은 부드럽게 고개를 끄덕였다. 그는 도저히 끾의 두 눈을 똑바로 쳐다볼 수가 없었다. 그녀는 금방이라도 울음을 터뜨릴 듯 눈동자가 커지더니 금세 두 눈이 붉게 충혈되었다. 그녀의 빛나는 눈동자에는 염려와 책망이 동시에 어렸다.

빈을 배웅하기 위해 동네 사람들이 모두 마을 입구에 나와 있었다. 배웅하러 나온 그들은 한마디씩 말을 건네기 위해 빈의 손을 부여잡고는 좀처럼 놓을 줄을 몰랐다. 할아버지와 득 아주머니, 그리고 두 명의 다른 노인은 뒤에 멀리 떨어져서 손을 흔들며 망부석처럼 서 있었다. 할아버지는 빈이 집을 나서기 전에 이런 말씀을 하셨다.

"이렇게 아주 무겁고 숨이 막힐 듯한 작별의 자리에서 침착함을 잃을까봐 이 할애비는 두렵구나."

그가 돌아서서 발걸음을 떼었을 때 모든 사람들이 울음을 터뜨렸다. 그도 역시 그들처럼 울음이 저절로 터져 나왔다. 그는 남아 있는 사람들을 위해 울었다. 할아버지를 위해, 낌을 위해, 득 아주머니를 위해 울었다. 그리고 또한 자신을 위해 울었다. 마치 두 번 다시 울 기회가 없을 것처럼.

그렇게 빈은 고향마을을 떠나왔다. 사랑하는 사람들을 뒤에 두고 멀리 떠나왔다. 가난하고 남루한 인생을 사는 사람들, 단지 배불리 먹을 밥 한 그릇과 소박한 옷가지 하나를 바라며 평생을 살아온 고향사람들이었다. 복잡한 것을 모르고 자신의 결점을 감출 줄 모르는 사람들. 앞날을 믿지 못하지만, 자신의 행동과 결정을 전적으로 믿는 사람들. 고향을 멀리 떠나고, 고향사람들 곁을 멀리 떠난다는 것은 빈에게 있어 도저히 견디기 힘든 형벌이었다. 그것은 하나의 극형이었다.

*

"저기 기차가 왔다!"

어둠 속을 뚫고 울려 퍼지는 누군가의 환호성이 빈의 생각을 멈추게 했다, 그는 귀를 쫑긋 세우고, 멀리서부터 울려오는 기적소리와 옥 미 년 산마루에서 다시 되울려오는 메아리 소리를 들었다. 굴속에서 역무원들이 차례차례 빠져나왔다. 신호등이 밝게 켜졌다. 전등에서 퍼져 나오는 붉은색 불빛 속에서, 기차역은 마치 영화의 한 장면처럼 모습을 드러내고 있었다.

빈은 일어나서 길게 하품을 했다. 그런 다음 배낭을 어깨에 걸쳤다. 한 아가씨가 플래시를 들고, 철길을 따라 그가 있는 쪽으로 걸어왔다. 그녀는 플래시를 높이 들어 그의 얼굴을 가까이 비추어 보고는, 부드러운 목소리로 물었다.

"어디 가세요?"

"탄 호아에 갑니다."

"지금 들어오는 기차는 화물차예요. 앉을 자리가 없어요."

"앉을 자리가 뭐 필요합니까. 기차가 있다는 것만으로도 행운이지요."

"얼마 전 철도총국에서 화물차에 사람이 타는 것을 엄금하라는 지시가 내려왔어요."

남자 역무원이 손에 플래시를 들고, 철길을 비추었다. 그가 철길 쪽으로 다가가면서 소리를 높였다.

"명령이 떨어지면 우리들 모두는 기쁜 마음으로 그것을 따라야 해!"

상투적인 말을 주지시키는 역무원의 강경한 태도에 빈은 인상을 찌푸렸다. 다른 때 같았으면 아마도 그 남자와 싸움이라도 벌였을 것이다. 그러나 지금은 그런 것에 시시비비를 따질 상황이 아니었기에 빈은 감정을 누그러뜨렸다. 철도총국과 역무원의 규제에 아랑곳하지 않고, 빈은 마음속으로 생각했다. 그래도 나는 기차에 탄다. 지금 그런 규제에 복종할 때가 아니야.

기차가 역으로 들어오면서 기적을 울렸다. 얼마 후, 기차는 빈의 눈앞에 육중한 모습을 드러냈다. 빈은 주저하지 않고 철로 가까이 다가갔다. 뛰어올라 잡을 수 있을 만한 곳을 찾기 위해 기차를 살폈다. 역무원이 방금 말했던 그대로였다. 화물차. 더 정확히 말하자면 시멘트를 나르는 화물차였다. 그래서 기차에는 사람들이 오르고 내릴 수 있는 계단이 없었다. 빈은 기차에서 눈을 떼지 않고, 매달려 잡을 수 있을 만한 데를 계속 찾아보았다. 그러나 찾을 수가 없었다. 실망감에 입맛을 다시고 있는데, 마지막 기차 칸이 천천히 들어왔다. 그것은 빈 칸이었다. 빈은 반사적으로 급히 따라 뛰었다. 아주 힘겹게 숨이 턱까지 차오른 후에야 그는 비로소 난간을 붙잡을 수 있었다. 그리고 있는 힘을 다해 문으로 박차고 올랐다. 두 번을 실패하고 세 번만에야 기차에 오를 수 있었다.

기차에 두 발을 완전하게 디디고 서서 숨을 크게 들이쉬는데, 왈칵 역겨운 똥냄새가 콧속으로 밀려들었다. 빈은 성냥불을 붙여서 바닥 전체를 차례차례 비추었다. 순간, 섬뜩함이 일었다. 기차 바닥은 말 그대로 똥천지였다. 그는 성냥불을 하나 더 켠 다음에 조심스럽게 비닐을 깐 다음 배낭을 내려놓고, 손수건으로 코를 막았다.

문득, 자신만이 기차에 뛰어오르려 한 게 아니란 사실이 머릿속에 스쳤다. 급히 몸을 일으켜 내려다보니, 열댓 명의 사람들이 기차를 좇아 달려오고 있었다. 그중에는 다섯 명의 여성 청년돌격대원[21]이 보였다. 여성들은 서로 손을 잡고 구불구불 열을 지어서 마치 '구름에 오르는 놀이'[22]를 하는 것처럼 달려오고 있었다. 그들 뒤쪽으로는 군인 한 명과 청년 두 명이 보였다.

---

21 1950년 7월 15일 창설된 조직으로 프랑스와의 전쟁(1946~1954), 미국과의 전쟁(1964~1975) 당시 후방지원부대 역할을 했다. 물자 수송, 이동로 개척, 전장 정리 등의 일을 했다. 53만 명이 참여했으며, 그중 1만여 명이 전장에서 사망했고, 1만여 명이 고엽제 후유증을 앓고 있다.

22 한국의 놀이 '우리 집에 왜 왔니와 비슷한 베트남 전통 놀이.

빈은 그들 쪽으로 몸을 숙이고 손을 뻗었다. 그들의 가방을 넘겨받은 후, 차례차례 아가씨들을 기차로 끌어올렸다. 기차가 속도를 높였을 때 여전히 두 명의 여성이 있는 힘을 다해 달려오고 있었다. 빈은 손을 길게 뻗었으나 기차는 그들을 떼어놓고 매정하게 달아났다.

"오빠, 너무 고마워요!"

방금 기차에 오른 호리호리한 아가씨가 숨을 몰아쉬며 감사의 인사를 했다.

"오빠가 아니었으면, 우리들은 분명 기차를 놓쳤을 거예요."

말을 마치고, 그녀는 기차 안쪽으로 친구들을 밀었다.

"어, 조심! 전부 똥밭이에요!"

빈은 크게 소리를 질렀다.

"상관없어, 그까짓 것. 아무렇지도 않아. 우리 인생이 이미 똥인걸."

군인이 냉소적으로 내뱉었다.

"배낭은 여기에 내려놓으세요."

빈은 그 군인을 뜨악한 표정으로 한 번 힐끗 쳐다보고는 다시 표정을 고쳐서 아가씨들에게 상냥하게 말을 건넸다.

"비닐이 아주 넓어요."

아가씨들은 박수를 치며 환호했다. 그들은 차례차례 기차 구석에 배낭을 내려놓았다. 그런 다음 배낭 옆에 나란히 앉았다. 호리호리한 아가씨가 빈 쪽으로 몸을 돌려 친근하게 말을 걸어왔다.

"오빠는 어디로 가세요?"

그녀가 물었다.

"서부 탄 호아로 돌아가는 길이에요."

빈은 정확한 대답을 숨겼다.

"그렇다면 오빠는 우리들보다 가까운 데를 가시네요. 우리들은 케 자오로

가요.”

“그렇게 멀리 가요?”

“더 먼 데까지 가는 사람도 있어요. 우리들 중 한 조는 꾸아에 가요.”

빈이 호리호리한 아가씨와 이야기를 나누고 있는데, 체구가 가장 작은 한 아가씨가 두 손에 얼굴을 묻고 훌쩍거렸다. 그녀의 울음소리가 조금씩 커질 때마다, 빈은 안쓰러운 표정으로 그녀를 바라보았다.

“저 아가씨는 왜 울고 있는 거죠?”

그는 슬며시 턱짓으로 그녀를 가리키며, 작은 소리로 물었다.

“저 아이 이름은 호아예요.”

호리호리한 아가씨가 부드럽게 대답했다.

“저 아이는 실연을 당했어요. 저 아이 애인은 같은 마을에 사는 청년돌격대원이지요. 두 친구는 혈서로 사랑을 맹세했대요. 절대로 서로를 버리지 말자고. 그런데 저 아이가 청년돌격대에 가입해 마을을 떠났을 때, 남자 쪽 집안에서 그 남자를 바로 저 아이의 친구하고 짝을 맺어주었대요. 저 아이가 부대의 허락을 받아 설렘을 안고 고향에 찾아갔는데, 그때 마침 애인의 결혼식이 열린 거예요. 저 아이는 보름 넘게 저렇게 가슴 아파하고 있어요…….”

여기까지 얘기하고는 그녀가 세태를 비판했다.

“요즘 남자들은 조금도 존경할 만한 구석이 없어요.”

“참 안됐네요.”

빈은 한숨을 길게 내쉬었다.

“아마도 분명 첫사랑이었겠지요?”

“맞아요. 그랬어요. 저 아이는 성격도 유순하고, 우리 소대에서 가장 성실하죠.”

호리호리한 아가씨가 그녀에 대한 설명을 덧붙였다.

호아라는 아가씨는 기차 한구석에 쪼그리고 앉아, 배신당한 사랑 때문에 하염없이 흐느껴 울었다. 정확히 말하자면, 그녀는 지금 실연의 아픔을 가슴속에 억지로 삼키는 중이었다. 그녀의 흐느낌은 다른 사람의 가슴까지 아리게 했다.

"그만 울어, 호아!"

군인 옆에 앉아 있던 포동포동한 아가씨가 목소리를 높였다.

"어찌 되었건 그 망할 자식은 이미 결혼을 했어. 네가 백날 울어봐야 아무것도 되돌릴 수가 없어. 그런 놈은 그저 잊어버리는 게 상책이야. 그 자식이 널 버렸다면, 너 역시 그 자식을 버리면 돼. 그가 다른 애인을 만들었다면, 너도 새 애인을 찾아. 남자가 짜를 먹으면, 여자는 냄을 먹는 거야.[23] 그렇게 마음먹어야 편하게 숨 쉬고 살 수 있어."

"그렇지만 우리는 서로 영원한 사랑을 맹세했단 말이에요!"

그녀는 울면서 말했다.

"우리는 이미…… 벌써…… 저는 그날의 맹세를 버릴 수가 없어요. 그 맹세는 제 삶의 가장 소중한 것이었어요……."

"만약 둘이 정말로 사랑하는 게 맞는다면, 굳이 증표로 만들 게 뭐 있어. 맹세란 건 서로 믿음이 없을 때나 하는 거야. 믿지 못할 땐 산산조각 깨지는 게 당연한 거지."

포동포동한 아가씨 옆에 앉아 있던 군인이 그녀의 의견에 맞장구치며 끼어들었다.

"살면서 몇 가지를 얻을 수 있겠어. 웃고, 울고, 죽고…… 그뿐이야. 뭐하러 슬퍼하면서 아까운 시간을 낭비해. 언제든 놀 수 있으면 놀고, 먹을 수 있으면 먹고, 볼 수 있으면 보고…… 그게 최고야. 여기 이 오라버니는 그렇게

---

23 베트남 속담으로, 남자가 바람을 피우면 여자도 맞바람을 피운다는 뜻. '짜'와 '냄'은 튀김이나 구이 종류의 베트남 전통음식이다.

살아왔어. 아주 간단해, 홀가분하고."

"그만들 해! 서로들 잘났다고, 저 애를 가르치려 들지 마!"

지금까지 조용히 듣고만 있던, 얼굴이 하얀 아가씨가 목청을 높였다. 나이가 가장 많아 보였다.

"누구나 각자 처한 환경이 있는 거야. 각자의 상황이 있고, 각자의 성향이 있고……. 저 아이처럼 사는 게 맞아. 사람이라면 신뢰를 소중하게 여길 줄 알아야지. 신뢰를 저버리는 사람은 사람이라고 불러줄 가치도 없어. 호아야, 계속해서 울어. 실컷 울다 보면 속이 좀 후련해질 거야."

자신의 처지를 공감하고 옹호해주는 사람이 생겨서인지 몰라도, 그녀의 울음은 차츰차츰 잦아들었다. 그녀의 울음소리가 사라지자, 기차는 고요함 속에 무거운 기운만이 감돌았다. 바람은 여전히 날을 세워 차갑게 기차 몸체로 달려들었다. 바람에 기차도 떨었다. 기차 바퀴가 철로의 마디를 넘을 때마다 기차 칸이 덜컹덜컹 흔들렸다. 군인이 몸을 움직여 배낭을 열었다. 바나나 이파리에 쌓인 찰밥 덩어리를 사람들 앞에 내놓고는 같이 먹자고 권했다. 포동포동한 아가씨만이 반갑게 답했다. 그녀는 찰밥 한 덩어리를 집어서 입에 넣고는 오물오물 아주 맛있게 씹었다.

"오빠, 알아요? 아침부터 지금까지, 저는 물 한 모금 마시지 못했어요."

그녀는 군인을 바라보며 말했다.

"많이 먹어…… 배부를 때까지."

군인은 사려 깊은 표정으로 그녀에게 음식을 권했다.

"똥냄새가 이렇게 역겨운데, 너는 그래도 밥이 목구멍으로 넘어가니? 끔찍한 것!"

나이 많은 아가씨가 바람에 날리는 앞머리를 옆으로 쓸어 넘기며, 책망하듯이 말했다.

"내가 겪어온 얘기를 한마디 하지."

군인은 그녀의 말에 못마땅한 표정을 지으면서, 입안의 밥알을 삼키지도 않은 채 말했다.

“이 오라버니가 말이야, 여러 주일 동안을 시체들 옆에서 먹고 잤는데, 그게 별거 아니었어. 그런데 뭐 이런 데쯤이야……. 처음에야 나도 정말 끔찍했었지. 그런데 좀 지나니까 그냥 아무렇지 않더라구요.”

“오빠도 좀 드세요. 저한테도 찰밥 큰 거 한 덩어리가 있어요.”

호리호리한 아가씨가 배낭을 풀며 빈에게 권했다.

“아니에요, 됐어요. 나는 잠깐이라도 눈을 붙이고 싶은 생각밖에 없네요.”

빈은 고개를 가로저었다. 솔직한 심정이 그랬다. 피곤에 절어 입맛이 전혀 없었다.

“오빠도 이번에 고향에 다녀오신 거죠? 멀리 남부로 내려가기 전에…… 그렇지요?”

그녀는 빈의 눈을 바라보면서, 자신의 추측이 맞는지 물었다.

“무엇 때문에 그렇게 생각하는 거죠?”

“너무 우울해 보여서……”

그녀는 자신이 추측한 근거에 대해 설명했다.

“남부로 떠나는 사람들은 하나같이 지금 오빠와 같은 모습이었어요.”

“와, 점쟁이를 해도 되겠는데요!”

빈이 웃으면서 대답했다.

“제가 어디 점쟁이가 되겠어요. 저는 그저 혹시나 해서 물어보았을 뿐이에요.”

말을 마치자 그녀는 입을 가리고 길게 하품을 했다.

“저도 너무 졸린대요.”

그녀는 배낭 꾸러미들 쪽으로 몸을 기댔다. 얼마 지나지 않아 그녀는 단잠에 빠져들었다.

기차는 여전히 변함없는 속도로 앞으로 돌진해 나아갔다. 바람도 여전히 기차 안으로 아주 차갑게 불어왔다. 빈은 바깥을 내다보았다. 그의 마음도 바람에 날려 텅 비워지는 것 같았다. 아주 멀리 보이는 지평선에서 간혹 불꽃이 타올랐다. 아마도 놈들이 다시 어딘가에 포탄을 퍼부어대고 있는 모양이라고, 빈은 속으로 생각했다. 그의 옆에서 호리호리한 아가씨가 갑자기 몸을 떨더니, 온몸을 조그맣게 움츠렸다. 그녀가 추워 보였다. 빈은 배낭 속에서 판초를 꺼내 그녀를 덮어주었다. 얼마 지나, 그도 역시 잠깐 동안 잠이 들었다가 단지 몇 분간 눈을 붙였을 뿐인데 금세 잠에서 깨어났다. 호리호리한 아가씨 옆에서, 군인이 포동포동한 아가씨의 옷 속으로 슬며시 손을 집어넣으며, 음흉한 웃음소리로 킥킥거렸다. 곧이어 기다란 신음소리가 그녀의 입에서 흘러나왔다.

기차 칸 문 앞에서는 청년돌격대원 두 명이 서로 등을 기대고 앉은 채 닭처럼 꾸벅꾸벅 졸고 있었다. 전쟁 중 잠시 잠깐, 한순간의 사진처럼 스쳐 지나는 처량한 풍경을 눈에 담으면서, 빈은 이루 말할 수 없는 슬픔을 느꼈다. 이 순간이 흘러가고 내일이 되면 내게 어떤 일이 벌어질까. 이 순간이 지나고 나면, 인생은 나를 저 군인과 같은 모습으로 변하게 할까. 그는 몸서리를 쳤다.

한 룽을 지나, 기차는 이름을 알 수 없는 어떤 역에서 멈춰 섰다. 몇십 명의 사람들이 기차에 더 올라탔다. 그들은 서로 밀쳐대며 자리를 차지하려고 아우성이었다. 빈은 그들에게 바닥에 똥이 많다는 것을 말하려다가 곧 굳이 그런 말을 할 필요가 없다는 것을 알았다. 사람들이 기차에 가득 넘쳤다. 그들은 나무 바닥에 빈틈없이 자리를 채워 앉았다.

호리호리한 아가씨가 아우성 소리에 잠에서 깨어 어리둥절한 눈으로 사람들을 바라보았다. 그러나 곧 배낭을 끌어안고 다시 잠에 빠져들었다. 아침이 가까워 올 때, 그녀는 한 번 더 잠에서 깨어났다. 두 눈에 실핏줄이 돋은 채 앉은 자세 그대로 밤을 지샌 빈을 보고, 그녀는 그의 팔꿈치를 살며시 잡고 부드럽게 말했다.

"주무세요, 내 사랑……. 어서 빨리 주무세요……. 날이 곧 밝아와요……."

빈은 사랑스런 눈으로 바라보며 그녀의 머리칼을 쓰다듬었다.

"고마워요. 잘 자요. 나는 곧 내려야 해요……."

그러나 그녀는 잠을 청하려 하지 않았다. 그녀 역시 옆에 앉아 그와 함께 아침을 기다렸다.

아침이 밝자, 기차가 멈춰 섰다. 역무원 몇 명이 다가오더니 기차 안에 타고 있는 사람들에게 내리라고 요구했다. 그리고 기차 주변에 몰려 있던 사람들을 멀리 밀어냈다. 기차 안에 있던 사람들은 나뭇가지로 위장해 몸을 숨겼다. 빈은 여기서 내려야겠다고 생각했다. 단지 하룻밤을 가깝게 지냈을 뿐이고 아직 얼굴도 제대로 보지 못했지만, 그리고 이름도 모르지만, 막상 그들과 헤어지자니 서운한 마음이 들었다. 그는 한 사람 한 사람씩 악수를 하고 나서, 기찻길로 펄쩍 뛰어내렸다. 그의 뒤쪽에서 호리호리한 아가씨가 그를 따라 갑자기 뛰어내렸다. 그를 쫓아 달려오며 다급한 목소리로 그를 불렀다.

"오빠, 저…… 잠깐만…… 잠깐만 기다려주세요."

빈은 전혀 예상치 못한 그녀의 목소리에 깜작 놀라 뒤를 돌아다보았다.

"어, 무슨 일인데요?"

그는 의아한 표정으로 물었다.

그녀는 다가와서 그의 손을 잡고는 숨을 헐떡이며 말했다.

"오빠, 아직 제 이름을 모르잖아요. 그렇죠? 제 이름은 응웬 티 마이, 케자오 18부대 소속이에요."

"이런, 이런…… 고마워요, 마이. 기억했어요. 케 자오 18부대……. 내 이름은 응웬 꾸앙 빈이에요."

일생의 마지막 식사

“이야, 네가 돌아왔구나!”

부소대장 부이 반 꼼 상사는 괜스레 호들갑을 떨었다. 멀찌감치 빈이 오는 것을 보고는 입술을 씰룩거리며 그에게 다가와 말을 걸었다.

“우리 부대원들은 모두 다 네가 아주 도망가버렸다고 생각했어. 소자산 계급의 학생 출신, 그리고 내가 알아보니 너는 아주 많은 개조가 필요한 대상이더군.”

빈은 부소대장의 오만에 가득 찬 빈정거림에 속이 끓어올랐다. 그러나 입술을 깨물고, 조용히 자신의 자리로 찾아갔다. 그는 평상에 배낭을 내려놓고, 몸을 쭉 뻗고 누워서 숨을 길게 내쉬었다. 간밤에 눈도 제대로 못 붙인데다, 방금 전까지 20킬로미터 정도 걸어왔기에 온몸은 이미 지칠 대로 지쳐 피곤했다. 설사 그렇지 않다 해도, 그는 상사와 말꼬리나 잡는 싸움을 하고 싶지 않았다.

상사는 편협하고, 가혹하고, 시기심에 가득 찬 인물로 부대 내에서 유명했다. 협동농장 마을운동에서 잔일을 하던 농민 출신으로, 관리위원회 부위원장을 맡게 되면서 상부에서 그를 학교에 보내주었고, 입대와 동시에 상사 계급을 달아주며 1소대 부소대장을 맡겼다. 소학교 3학년 과정밖에 못 마친 자격지심에 상사는 열등감이 아주 심했다. 그는 공부를 많이 한 사람을 좋아하지 않았고, 자신보다 더 많이 아는 총명한 전사를 좋아하지 않았다. 그는 언제나 하급자에 대해, 지휘자로서 권위를 내세울 수 있는 온갖 방법을 찾아냈다. 그는 사소한 일까지 명령하고 시키려 들었고, 특히 다른 사람이 자신의 명령에 당황하는 모습을 즐겼다. 소대 안에서 그는 모든 사람을 자기 생각대로 '다스릴 수' 있었다. 이달 초에 부대에 배치되어 온 빈을 제외하고는, 하급자가 자신을 상전 모시듯 하지 않으면 그는 도저히 견디지 못했다. 그는 그것을 자신의 지위에 대한 무례이자 모욕이라고 여겼다.

"왜 너는 내 말에 대답이 없어, 엉?"

상사는 벌컥 화를 내며 붉으락푸르락한 얼굴로 물었다.

빈은 몸을 벌떡 일으켰다. 그는 상사의 태도에 화가 치밀어 올라 숨까지 막히는 듯했다.

"상사 동지, 동지께서는 왜 그렇게 시비 거는 것을 좋아하십니까?"

그는 화를 겨우 참아내며 물었다.

"내가 농담 조금 한 것 가지고, 너는 시비 건다고 생각을 한단 말이지, 엉?"

상사는 입을 약간 벌리고 웃으며 다시 빈정거렸다.

"시비 거는 게 아니라면, 왜 그렇게 거칠게 말씀하십니까?"

빈도 물러서지 않고 대꾸했다.

"상급에서 아랫사람에게 이런 식으로 하라고 가르쳤답니까?"

"이건 내 권리야, 지휘자의 권리!"

상사는 발꿈치를 들어 자신이 얼굴을 빈의 코앞에 가져다 대고, 입을 양옆으로 씰룩거리며 말을 이었다.

"이거 참, 더러워서……. 아마도 내가 너를 삼가 아뢰어 모셔야 될까 보다."

상사는 땅에다 침을 퉤하고 뱉었다.

"콩고에 설이 찾아올 때까지[24], 나도 이런 식으로 말해본 적이 없어. 내가 이러는 거 본 적 있어? 몇 글자 더 안다고 사람을 무시하지 말란 말이야."

"저는 상사님이나 다른 어느 누구도 무시해본 적이 없습니다. 상사님만이 유일하게 다른 사람을 무시하지요. 상사님은 군대조직 전체를 무시하고 있습니다."

"이런, 이 자식 이거 말하는 것 좀 봐. 너 인마, 무고한 사람 잡지 마!"

상사는 눈에 쌍심지를 켰다.

"조직은 바로 나의 가족이야. 조직에 의해서 나는 너 같은 놈들을 지휘하는 사람이 되었어."

"상사님께서 좀 전에 제게 많은 개조가 필요한 대상이라고 말씀하셨습니다. 개조가 필요한 대상은 감옥에 있는 것이 옳습니다. 아시겠습니까? 상사님의 바로 그 말씀에서 제가 느낄 수 있는 것은 상사님께서 군대를 이미 하나의 감옥으로 여긴다는 겁니다."

"이 자식 이거 갈수록 태산이구만. 내가 그렇게 얘기한 게, 이미 뭐가 어쩌구 저쨌다구? 그래, 너 같은 자식은 이렇게 나오는 게 맞아. 이 자식아, 이건 알기나 해? 우리들은 가난한 농촌계급이고, 거기가 우리가 성장한 곳이고, 그곳이 가장 신성하고 위대한 인민의 대학이야."

빈과 상사가 서로 소리를 높여가며 으르렁대고 있는데, 소대장 판 웃 준위가 중대본부에서 돌아왔다. 두 명 모두 눈에 쌍심지를 켜고, 싸움닭처럼 목을 늘인 것을 보고 준위가 거칠게 욕을 뱉었다.

"씨팔, 무슨 군인 놈의 새끼들이 틈만 나면 싸움질이야, 우리 부대가 지금 산산조각으로 날아갈 지경인데, 얼마나 더 대단한 걸 때려잡자고 싸움질이야, 싸움질은!"

---

24 베트남 속담. 아프리카 콩고에는 설이 없다는 뜻으로, 이런 표현을 쓸 때는 강한 부정을 나타낸다.

“내 참, 제가 어디 뭔 말을 했겠어요. 그런데도 저놈이 비아냥거려서…… 자식이 공부 좀 했다고 잘난 체를 하잖아요.”

상사는 변명을 늘어놓았다.

“사내놈 성격이 꼭 무슨 계집애 같아 가지고는.”

준위는 부소대장을 손가락으로 가리키며 말했다.

“야 인마, 태어날 때 불알 달고 태어났으면 사내놈답게 행동해야지, 넌 어떻게 된 놈이 남의 약점을 들춰내서 이리 갖다 붙이고 저리 갖다 붙여서 사람을 못살게 굴어. 시도 때도 없이 은근히 남의 속을 긁어대고 허구한 날 비꼬아대면, 도대체 사람이 어떻게 살 수가 있어. 으이구, 눈 한 번 깜빡하면 사라져버릴 공허한 명예에 지 목숨을 걸고 있으니…….”

상급자의 호된 질책을 받자, 부소대장은 부끄러운 듯 두 눈을 아래로 내리깔았다. 그는 수치심을 참으며 슬금슬금 뒤로 물러서다가 등을 돌려 멀리 꽁무니를 뺐다. 준위는 그의 뒷모습을 바라보며, 어깨를 한 번 으쓱하고는 고개를 설레설레 저었다.

“무슨 놈의 성격이 저렇게 괴팍할까?”

준위는 혼잣말을 했다.

“언제나 저놈은 모기장 속 모기새끼들처럼, 항상 윙윙거리는 소리를 내고 다닌단 말이야. 장교 계급도 아직 달지 않았으면서, 세상 천하의 옥황상제처럼 저렇게 폼을 잡고 사니…….”

말을 마치고, 준위는 목소리를 부드럽게 낮추어 빈에게 물었다.

“어땠어, 오랜만에 집에 가니 즐거웠지?”

“예상했던 대로 역시 전혀 즐겁지 않았어요.”

빈은 입맛을 다시며 대답했다. 표정은 어느새 평정을 되찾았다.

“그래 맞아, 어떻게 즐거울 수 있겠어.”

준위는 빈의 말에 공감했다.

"남부가 고향인 나조차도, 아내와 자식이 여기에 있는 것도 아니건만, 북부를 곧 떠나야 한다는 말을 들었을 때 왠지 모를 슬픔이 밀려들었었는데……."

"웃 형[25], 우리가 곧 떠난다는 말을 들었는데 맞나요?"

"애초 계획대로라면, 전 대대가 휴식을 취하면서 두 달간 영양보충을 하려고 했었지. 그러나 전장의 상황이 여의치 않게 변해서, 보름 동안만 영양보충을 하고 길을 떠나기로 최종 결정이 났어. 오늘 오후부터 영양보충을 시작할 거야."

소대장은 빈의 어깨에 손을 얹고 말을 이었다.

"됐어, 꼼 녀석하고 언성 높인 일을 마음에 새겨두지 마. 그 녀석의 입장도 생각해주어야지. 배운 건 얼마 없지만, 체면이 있는 데야 어쩌겠어."

사실, 빈도 부소대장과 언성을 높인 일을 두 번 다시 마음에 담아두고 싶지 않았다. 그는 예나 지금이나 천성적으로 그런 문제는 아주 쉽게 잊어버렸다. 그것은 어리석기 때문이 아니라 그가 인생을 살아가는 지혜였다. 먼저 상대방을 포용하면 언젠가 상대방도 나를 포용해주리라. 먼저 다른 사람의 잘못을 용서하면 어느 날엔 모든 사람으로부터 용서를 받으리라. 사람이 된다는 것, 그 어느 누가 완벽할 수 있으랴, 그렇게 생각했다. 할아버지께서 평생을 그렇게 살아오셨으며, 그러한 삶의 태도를 그에게 전해준 것이다.

그날 오후, 소대장의 말대로 부대는 영양보충을 시작했다. 음식이 차고 넘쳤다. 중대에서는 먹고 남은 음식은 땅에 묻거나 냇물에 쏟아버리도록 지침을 내렸다. 많은 이들이 빵과 과일을 서로 던지며 놀기도 했다.

그 광경을 보고, 부이 쑤언 팝 부분대장은 도저히 참을 수 없었다. 그는 것

---

25 베트남은 관습적으로 군대, 공공기관을 비롯한 모든 조직에서 같은 생활 단위 내의 사람들끼리는 직책을 호칭으로 사용하지 않는다. 서로 간에 형, 오빠, 언니, 동생의 호칭을 통상적으로 사용한다. 직책을 호칭으로 사용하는 경우는 생활 단위가 달라서 안면이 전혀 없는 사람이거나, 직급의 차이가 아주 많이 나거나, 혹은 격식을 갖추어야 하는 공적인 자리일 때뿐이다.

가락을 대지 않은 모든 음식을 모아서 깨끗한 대야에 담고 빈에게 말했다.

"이렇게 맛있는 음식을 다 먹지도 않고 땅에 버리고, 서로 던지며 놀다니. 인민들이 굶주려 있는 이때에 이런 짓은 마귀들이나 할 수 있는 짓거리지 도대체……. 빈아, 그래서 말인데 내 생각에는 남은 음식을 모아다가 인근 마을 사람들에게 가져다주면 좋겠어. 그들이 먹을 수 있다면 먹고, 만약 그게 아니더라도 그들 뜻대로 하게 하는 거야. 오늘 밤, 어때?"

빈은 고개를 끄덕이며 찬성했다. 그날 저녁, 그와 부분대장은 남은 음식을 들고 인근 마을로 향했다.

숙영지에서부터 민가가 있는 곳까지는 대략 1킬로미터 정도 되었다. 두 사람은 차가운 물길을 건너 반대편 냇가로 올라갔다. 3백 미터 정도 더 걸어서야 민가에 도착할 수 있었다. 두 사람은 살며시 문을 열고 집 안으로 들어갔다.

희미한 등잔불 아래, 주인이 방 안에서 나왔다. 주인은 비쩍 마르고 얼굴이 야윈 나이 많은 여인이었다. 그녀는 급히 등잔불 심지를 돌려 불을 크게 밝히고는 붙임성 좋게 인사를 했다.

"안녕하세요, 군인 아저씨들? 이리로 앉아서 목이라도 축이셔야죠."

부분대장은 음식이 담긴 대야를 대나무 탁자 위에 내려놓고, 정중하게 말했다.

"저희 부대에서 오늘 회식이 있었습니다. 얼마 되지 않는 음식이지만 아주머니 댁에 드리려고 왔습니다."

말을 마치고, 그는 대야를 덮은 신문지를 걷어냈다.

음식이 있다는 소리에 어딘가에서 꼬마들이 쏜살같이 나타났다. 음식이 가득 담긴 대야를 보고 꼬마들의 눈에서 빛이 났다. 이제까지 꼬마들은 그렇게 많은 음식이 담겨 있는 것을 본 적이 없었다. 엄마의 허락을 기다리지도 않고 아이들은 대야로 몰려들어, 음식을 집어 입안으로 밀어 넣었다. 아이들은 씹을 새도 없이 고기를 목구멍 속으로 삼켜버렸다. 아이들의 아귀다툼에 여인은 민망한 표정을 지어 보이고는 아이들 속에서 대야를 들어 올려 제단[26]에 놓았다.

"고마워요, 군인 아저씨들. 아저씨들은 정말 좋은 분들이군요."

그녀는 단지 그 말을 할 수 있을 뿐이었다.

"한 입만 더 주세요, 엄마."

때에 절고 너덜너덜한 옷을 입은, 다섯 살쯤 되어 보이는 녀석이 손을 쭈욱 뻗어서 제 엄마에게 애원했다.

"제단에 먼저…… 그리고 좀 이따가 엄마가 소금물에 절일 거야. 그런 후에 온 식구가 같이 먹어야지. 그렇게 욕심 부리면 안 돼."

그러나 아이들은 음식을 앞에 두고 기다릴 수가 없었다. 계속 조마조마한 마음이 되어 깡충깡충 뛰어오르며 대야 속 음식을 보았다. 마치 그것이 날아가 없어지기라도 할 것 같은 두려움으로 아이들은 울상을 지었다.

빈은 그 모습이 전혀 이상하게 느껴지지 않았다. 단지 슬픔이 느껴질 뿐이었다. 자신의 고향마을 사람들의 삶도 그러했다. 가난했고, 언제나 그 가난을 감내해야 했다. 모든 사람들이 1년에 고작 25센티미터의 천을 살 수 있었다. 그 이상의 천을 살 돈을 가진 사람은 없었다. 1년에 한 가족당 옷을 꿰맬 실로 실패 반 토막을 배급받았다. 나눌 때 똑같지 않다고 다툼도 잦았다. 그런 고생스러운 이야기들은 말로는 이루 다 표현할 수조차 없었다. 물품부족 현상은 날마다 일어나는 일이었고 장기적으로 계속되었다. 가난은 인민들의 가슴에 티눈으로 박혀 있었다. 이보다 더한 고생은 없을 거라는 생각이 들 정도로…….

"여기 꼬마 녀석들을 보고 나니, 나도 내 아들 녀석들 생각이 너무 간절

26 베트남은 종교와 상관없이 거의 대부분 가정집 안에는 조상을 모시는 제단이 있다. 음의 숫자인 홀수 날마다 향불을 피우고, 집안의 애경사, 또는 감사한 일이 있거나 기원이 필요할 때 수시로 제를 올린다.

해."

돌아오는 길에, 부분대장은 눈물에 젖어 빈에게 말했다.

"그 녀석들도 집에서 저렇게 배를 곯아가며 고생을 하지. 아내는 항상 절약을 해. 감히 배불리 먹을 생각도 못하고, 마음대로 쓸 생각도 못하지. 오로지 3월 8일[27]에 아이들이 배고파 숨이 넘어가지 않을까 두려워해."

"어쩌겠어요. 전쟁은 언제나 그런 걸……. 그나마 굶어 죽지 않은 것만으로도 다행이라 여겨야지요."

그날부터 시작해서, 빈과 부이 쑤언 팝 부분대장은 날마다 음식을 모았다가 마을 사람들에게 가져다주었다. 그들은 처음에는 이 일을 고생하는 마을 사람들에 대한 개인적인 안타까움으로 시작했으나, 서서히 부대원들의 동의를 구하는 방식으로 바꾸어나갔다.

"이봐, 우리들이 아직 다 먹지도 않았는데 음식을 싸서 들고 간단 말이야?"

하루는 판 웃 준위가 물었다.

빈의 설명을 듣고, 준위는 당황하며 입맛을 다셨다.

"그렇게 간단한 걸 내가 생각을 못하다니, 우리 북부지역 주민들은 정말 고생이 너무 많아! 사온 지 얼마 되지도 않은 돼지를 우리에 길들이기도 전에 어느새 공무원이 와서 장부에 적어간단[28] 말이야. 게다가 내다 팔 때조차 고기 맛을 보지도 못하니……. 인민들은 배고픔을 참고 목마름을 참고 그러는데, 우리들은 이렇게 낭비를 하고 있으니, 이거 정말 우리가 세상을 우롱하고 있는 건 아닌지……."

다른 날과 마찬가지로 그날 저녁, 빈과 부분대장은 부대에서 음식을 가지고 나

---

27 한국의 '보릿고개'와 같은 의미를 가진 말.

28 공공기관 장부에 '식량'으로 등록되는 것을 의미한다. 전시 상황에 공관에 등록된 '식량'은 소유주 마음대로 먹을 수도 없고, 공관에서 언제라도 군대 보급을 명목으로 공출이 가능했다.

왔다. 두 사람이 숙영지를 막 벗어나 냇가 가까이 다다랐을 때였다. 어디선가 고함 소리가 들려오는 것과 동시에, 플래시 불빛이 그들의 얼굴을 정통으로 비추었다.

"누구야, 어딜 가는 거야?"

"나, 응웬 꾸앙 빈 하사……."

"아, 하사 동지[29]…… 이 시간에 어디를 갑니까?"

"마을 사람들에게 음식을 좀 가져다주러 갑니다."

플래시를 비춘 녀석이 앞으로 다가왔다. 그는 신문지를 열어젖히고는 눈을 떼지 않고 대야에 담긴 음식을 바라보았다. 그의 목구멍에서 꼴깍 침 넘어가는 소리가 새어나왔다.

"쏟아버려!"

그는 약간 흥분된 목소리로 마치 명령하듯이 말했다.

"동지들은 우리의 명예를 이렇게 더럽혀서는 안 되오. 우리가 살아 있는 동안은, 인민이 풍부하게 먹고 입을 수 있도록 보살필 책임이 우리에게 있는 것이오."

말을 마치고, 그는 빈에게서 음식 대야를 빼앗아 힘껏 내동댕이쳤다.

빈은 분노를 억제할 수 없었다. 방금 전 그자의 행동은 도저히 용서할 수 없는 커다란 모욕이었다. 빈은 이를 갈며 물었다.

"네가 뭔데 감히 이렇게 난폭하게 굴어, 엉?"

"나는 읍의 공안[30]이오."

"네가 귀신이지 무슨 공안이야!"

빈은 미칠 듯이 속이 끓어올랐다. 그는 이를 부드득 갈았다.

"인민의 공안은 아무도 너 같지 않아. 인민들이 오랜 동안 배를 곯는 이때

---

29 '동지'라는 호칭은 존칭의 의미가 담겨 있기 때문에 회의나 집회 장소에서 주로 사용하며, 때로는 상호비판이 필요한 자리에서 감정싸움으로 치닫지 않기 위해 일종의 제어장치로 사용한다. 그리고 장난기를 섞어 친한 사람을 부를 때도 사용한다.

30 경찰을 의미한다.

에, 너는 감히 우리의 음식 대야를 내동댕이쳐? 이 버러지 같은 새끼!”

말을 마치고, 빈은 팔을 휘둘러 사내의 얼굴에 정통으로 주먹 한 방을 먹였다. 그리고 몸을 돌리며 녀석의 가슴 한복판에 천둥 같은 발길질을 한 번 더 가했다.

녀석은 땅바닥에 나동그라졌다. 그리고 몸을 뒤틀며 숨이 넘어가는 것처럼 소리를 질렀다.

“아이고, 동네 사람들! 군인이 사람을 패네……. 군인이 인민을 죽이네…….”

빈은 손바닥을 털었다. 그러고는 땅에서 대야를 주워 부분대장에게 가져가라고 건넸다. 그리고 자신은 마을 사람들이 모일 때까지 기다리며 그 자리를 지켰다. 그는 자신의 행동에 대해 분명하게 밝혀두는 것이 필요하다고 생각했다.

*

이 일은 단순한 사건이었을 뿐인데, 악의를 품은 공안에 의해 아주 이상한 사건이 되어버렸다. ‘공무집행 중인 국가의 간부를 이유 없이 공격’한 죄명으로, 응웬 꾸앙 빈 하사를 군사재판에 회부할 것을 요구하는 청원서와 제안서들이 대대와 연대에 올라왔다. ‘군민 단결의 정신을 파괴한 것은 군대의 아름다운 전통을 더럽힌 것’으로, 빈의 ‘불량배 같은 행동을 엄중하게 처벌할 것’을 요구하는 청원서도 있었다.

지방정부는 이 일이 크게 확대되는 것을 바라지 않았다. 지방정부는 군부대에 ‘해당 사건이 합당하게 처리되기를 바란다’는 일반적인 내용의 공문을 보내왔다. 중대의 간부들은 부대에 올라온 각종 공문과 청원서, 제안서에 의거해 회의를 열었다. 회의에서 응웬 꾸앙 빈 하사를 엄중 처벌하라는 결정이 내려졌다. 만약 본보기를 만들지 않으면, 민간인을 제멋대로 구타하는 유사한 사례가 재발될 것이라는 의견이 우세한 결과였다. 회의결과에 따라, 빈은 전혀 엉뚱한 희생양이 될 처지에 놓이고 말았다.

바로 그날 오후, 중대 당직사관은 '전 중대원들은 한 사람도 빠짐없이 빈을 공개비판하는 자리에 참석하라'는 통보를 내렸다. 공개비판은 중대 지휘위원회에서 열렸다. 중대원들이 모두 모이자, 중대 정치국원은 회의개막을 선포했다.

중대 정치국원은 부대에 올라온 대표적인 청원서 서너 개를 단숨에 읽어 내려갔다. 청원서를 다 읽고 나서 정치국원은 '응웬 꾸앙 빈 하사의 행동은 무정부주의의 표현'이라는 말로 서두를 꺼냈다. 그리고 이어서 응웬 꾸앙 빈 하사의 잘못을 부각시키기 위해 자신이 아는 엄청난 의미의 단어들을 수도 없이 나열했다. '응웬 꾸앙 빈 하사의 그러한 반동적인 행위는 우선, 적들이 이를 쉽게 악용하여 우리를 궁지로 내몰려고 할 것이다. 또한, 이로 인해 우리에게 끔찍스러운 재난이 뒤따를 것이다.' 거의 두 시간 가까이 계속된 정치국원의 평가분석에, 부소대장 부이 반 꼼 상사는 아주 흡족한 표정을 지었다. 주름진 모세혈관이 펴지듯, 그의 눈과 입가에 득의에 찬 미소가 번졌다. 정치국원의 연설 도중 그는 몇 번이나 손을 들어 의견발표를 요청했다. 하지만 정치국원은 자신의 훈시내용을 마무리 짓기 위해 이를 수락하지 않았다. 정치국원의 일장연설이 끝나자, 부이 반 꼼 상사는 벌떡 일어나서 의견발표를 요청하고 말을 쏟아냈다.

"저는 우리 중대의 정신적 지도자이신 정치국원 동지의 깊이 있고…… 또 설득력으로 충만하시고…… 에…… 그리고 정말로 웅장하기 이를 데 없는 훈시 말씀에 전적으로 동의합니다. 또한 이런 기회까지 마련해주신 정치국원 동지에게 충심으로 감사의 말씀을 올립니다. 저는 이 자리를 빌려서, 제가 그동안 보아온 응웬 꾸앙 빈 하사의 행동에 대해 부대원들 모두에게 몇 말씀 드릴까 합니다. 본격적으로 말을 꺼내기에 앞서서, 이 자리에 계신 모든 분들이 우선 먼저 한 가지 사실을 알아주셨으면 합니다. 제가 하는 말의 목적은 다른 데 있는 게 아니라…… 단지, 우리가 서로의 장단점을 명확하게 분석해서 상호간의 발전을 이루자는 데 있습니다. 빈의 발전을 진심으로 돕자면, 그가 저지른 범죄행위에 대해 그가 그럴 수밖에 없었던…… 그러한 원인부터 제대로 밝혀야 합니다."

잠시 말을 멈추고서 청중을 둘러보고 난 후, 꿈 상사는 숨을 한 번 크게 들이쉬었다. 그리고 말을 이었다.

"봉건제도 하에서 그의 증조부가 관리의 벼슬을 지냈습니다. 빈은 그러한 집안 출신으로, 본인이 학생 소자산 계급이기에…… 바로 그러한 자기 계급에 맞게 행동을 한 겁니다. 제 생각에는 그 행동이 전혀 우연이 아니고…… 지극히 의도적으로 읍의 공안 동지를 두들겨 팬 것이 너무도 분명합니다. 그는 이미 아주 오래전부터 모든 것을 치밀하게 계산했습니다. 자신의 목숨을 구걸하기 위해 노예의 길을 가려고 했던 겁니다. 계획대로 그는 그러한 사건을 능수능란하게 일으켰습니다. 상급의 원칙과 규율로 따져보자면, 그러한 행위는 그가 후방잔류조치에 취해질 일이라는 것이지요. 바로 문제는 거기에 있습니다. 그렇지만 어디 세상의 눈을 가릴 수 있겠습니까? 우리 부대의 선두에 서 계신 정치국원 동지께서 이미 깊은 통찰력과 뛰어난 혜안으로 빈의 본질을 세상 만천하에 낱낱이 밝혀내셨습니다. 바로 그렇습니다. 빈은 전 중대의 간부와 전사들의 비판을 달게 받고, 그 나쁜 본성을 버려야 합니다. 빈이 그럴 수 있도록 우리가 계속 이끌어주어야 합니다. 그렇게 하는 것만이 우리가 빈의 발전을 정말로 도와주는 길입니다."

부소대장은 말을 마치고, 고개를 양쪽으로 돌려 주변 사람들을 둘러보았다. 중대원들이 모두 고개를 숙이고 있었기에, 그는 적지 않게 당황했다. 부소대장이 제대로 자리에 앉기도 전에, 분대의 한 간부가 일어나 발표를 요청하고 말을 했다.

"저는 방금 발표한 어떤 동지의 말에 전혀 동의할 수가 없습니다. 노골적으로 지어낸 무고한 음해입니다. 빈 동지의 본성은 전혀 그렇지가 않습니다. 하사관 학교에서, 빈 동지는 아주 모범적인 사람이었습니다. 그가 읍의 공안을 때린 행위는 아무런 흥밋거리가 되질 못합니다. 하지만 만약 제가 그 자리에 있었다면, 저는 더욱 심하게 그놈을 두들겨 팼을 겁니다."

순간, 박수소리와 웃음소리가 와르르 터졌다. 긴장으로 짓눌려 있던 회의가 돌연 익살스럽게 변했다. 정치국원은 얼굴을 붉히며 고함을 질렀다.

"모두 조용! 나는 전 중대원을 대표하여, 방금 말한 저 동지를 엄중히 비판한다."

잠시 무슨 생각에 골몰하는 듯 정치국원은 주먹으로 이마를 두드렸다. 혼자서 무엇인가를 중얼거리다 생각난 듯 소리가 입 밖으로 나왔다.

"그래 맞아, 꾸앗…… 꾸앗 동지."

이름이 얼른 떠오르지 않는 모양이었다.

"꾸앗 동지."

정치국원은 말을 이었다.

"꾸앗 동지의 그러한 짧은 생각은 잘못된 행동을 고무하는 것이오. 우리 군대 본연의 전통에 전혀 부합되지 않소."

"의견 있습니다."

한 전사가 손을 들어 발표를 요청했다.

"만약 동지가 빈 동지의 발전에 기여하는 의견을 갖고 있다면 허락하오."

'공개비판 자리'라는 점을 정치국원은 다시 한 번 상기시켰다.

"제 생각에 이런 회의는……."

전사가 말을 했다.

"정말 도무지 이해가 되지 않습니다. 갑작스럽게 전 중대원을 한데 모아놓고, 이렇게 아무런 성과도 없는 일에 왜 쓸데없이 시간낭비를 하는 것인지 모르겠습니다. 이런 사건이라면 정치국원 동지께서 당사자인 빈 동지를 중대로 불러 사건경위를 들어보고, 잘못된 점을 지적해주는 것으로 끝나는 일입니다. 부대는 전투를 하러 곧 떠납니다. 전투준비에 필요한 일들이 아직 많이 남아 있습니다, 그런데 지금 전 부대원들이 쓸데없는 일에 걸려 넘어져 있습니다."

"이것은 쓸모없는 일이 아니오."

정치국원의 목소리가 높아졌다.

"이것은 아주 엄숙한 일이오. 부대의 정신교육을 위한 일이란 말이오. 동지는 그렇게 조직의 권위를 무시하는 발언을 해선 안 되오. 오늘 저녁에 이마에 손을 얹고 자신의 얘기가 맞는지 틀린지 다시 한 번 생각해보도록 하시오."

정치국원이 말을 마치자마자 다른 한 명이 일어나서 손을 들고 발표를 청했다. 중대원 모두가 그를 바라보았다. 그는 부분대장 부이 쑤언 팝 일병이었다. 빈과 연대책임이 있는 사람이다. 정치국원은 그를 주저하는 눈길로 바라보았다. 잠시 머뭇머뭇 망설이다가 정치국원은 부분대장의 의견발표를 허락했다.

"제 이름은 부이 쑤언 팝입니다. 올해 서른세 살입니다. 계급은 낮지만 나이는 좀 많은 편입니다, 제가 살아온 그간의 경험으로 저는 이번 일을 쉽게 이해할 수 있습니다. 이번 일의 경우는 설사 응웬 꾸앙 빈 하사에게 잘못이 있다 할지라도 쉽게 공감할 수 있고 용서가 가능한 일이라고 생각합니다. 우리는 빈 동지가 처했던 그 상황에서 우리들 자신이라면 어떻게 행동했을까 가정해보아야 합니다. 누구라도 그렇게 대처할 수밖에 없었을 것이라고 금방 이해할 수 있습니다. 그렇습니다. 단지 겁 많고 비겁한 사람만이 그 무례한 자에게 따귀를 올려붙일 수 없었을 것입니다."

“부이 쑤언 팝 일병, 자리에 앉으시오. 동지가 얘기하는 것을 더는 허락하지 않겠소.”

정치국원은 안절부절못하며 자리를 들썩이다, 심사가 꼬인 목소리로 부분대장의 말을 중단시켰다.

부분대장은 원래 여기까지 말하고 자리에 앉으려고 했다. 그러나 정치국원이 말을 중단시키자 오히려 반발심이 생겼다. 그는 자리에 앉지 않고 다시 말을 이었다.

“군인이 뭡니까? 제가 왜 저의 의견을 발표할 수 없습니까? 심지어 적에게 붙들려간다 해도, 법정선고를 받는 그 순간까지 자신의 주장을 펼칠 수 있는 게 군인이고 군인의 기백입니다. 부대 안에서 민주주의를 실현할 것을 동지에게 먼저 제안합니다.”

다시 박수가 터져 나왔다. 정치국원은 어찌 되었건 자신이 한 발 물러설 때가 됐다고 느꼈다. 그는 말했다.

“여러가지로 보탬이 되는 의견을 지금까지 들었는데, 빈 동지 생각은 어떤가?”

빈은 담담한 표정으로 자리에서 일어섰다. 그는 자신이 언제나 의젓하고 신중한 모습을 보여야 한다고 생각했다. 감사와 애정 어린 눈으로 동료들을 바라보았다. 그는 말했다.

“존경하는 동지 여러분, 저는 이번 저의 행동이 모범적인 사례는 아닐지라도 불가피한 행동이었다고 감히 말씀드립니다. 저는 그 거칠고 난폭한 자에게 저 역시 난폭한 행동으로 대응했습니다. 그가 제 나름의 원칙을 갖고 있다 해도 먼저 공손하게 일을 풀었어야 했습니다, 제가 그자를 때린 것은 그런 능욕 앞에, 그자가 다시는 사람을 우습게 보지 못하도록 따끔한 맛을 보여준 것입니다. 하지만 이러한 저의 행동이 군대의 전통을 훼손시킨 것이라면 어떠한 처벌이라도 달게 받겠습니다.”

말을 마치고, 빈은 자리에 앉았다.

빈의 말을 끝으로 회의는 곧바로 해산되었다. 임시막사로 돌아오는 길에 소대원 모두가 빈의 주위를 둘러싸고, 저녁 때 함께 모여 술이라도 한잔하자고 위로했다. 그러는 동안 판 웃 준위는 걸음을 천천히 하면서, 부소대장이 올 때까지 기다렸다.

"야 인마, 너는 빈하고 무슨 철천지원수가 졌기에 그렇게 야비한 조작을 해, 엉?"

준위가 인상을 찌푸리며 물었다.

"우리는 네놈한테 아주 질려버렸어. 진짜 멋지게 살고 싶으면, 서로 어울릴 줄 알아야지. 그게 어렵다면 아예 다른 소대로 전출요청을 해. 네가 우리를 아주 구역질나게 만들었어."

"저는 단지 빈 동지의 발전을 돕고자 했던 것뿐인데요."

부소대장은 혼자 중얼거리듯 작은 목소리로 대답했다.

"참 내…… 이거 정말 재미있군. 상급자에게는 아무런 소신도 없이 알랑방귀를 뀌고, 하급자에게는 뼈도 추릴 수 없을 만큼 난도질을 해대는 네가, 너 같은 놈이…… 도대체 누구의 발전을 도울 수 있다는 거야? 야 인마, 나는 네가 지금 달고 있는 그 상사 계급장이 정말 의심스러워. 쓸데없는 꿍꿍이속이나 피우고……. 전장에 투입된 후에도 계속 그런 방식으로 살면 절대 안 될 일이야."

부소대장은 아무런 대꾸도 하지 못했다. 그는 막사로 돌아와서는, 침상에 누워 이불을 덮어쓰고 아무 말도 하지 않았다. 그런 모습은 참으로 측은해 보였다……. 그날 저녁 늦게 소대는 술자리를 가졌다. 준위는 상사를 데려오라고 사람을 보냈지만, 그는 술자리에 끼려 하지 않았다. 준위가 다시 사람을 보냈을 때, 그는 조용히 자리에서 일어나 아예 막사에서 멀리 떠나버렸다.

다음 날 아침, 빈은 대대의 부름을 받았다. 상위[31] 대대 부정치국원은 빈에게 사건의 경위를 재차 물었다. 빈의 설명을 다 듣고 나서, 대대 부정치국원은 빈을 위로했다.

"나는 동지가 처한 당시의 정확한 상황이 어땠는지를 직접 들어보기 위해 불렀을 뿐이네. 어제 저녁에 있었던 중대원 전체회의 얘기는 이미 대대 정치비서 참모동지를 통해 들었네. 모든 일에서 우리는 온당한 해결책을 찾을 것이야. 동지는 안심하고 그저 평소처럼 학습과 업무에 매진하도록 하게. 곧 행군을 떠날 텐데, 마음가짐도 단단히 해두고……. 아무튼 의기소침하지 말고, 지난 일에 대해선 아무것도 생각하지 말게."

빈이 대대를 떠나기 전, 부정치국원은 빈의 손을 꼭 잡고는 부드러운 목소리로 나지막이 말했다.

"혹시 누군가 자네에게 뭐라 말한다 하더라도, 내가 자네를 아주 소중하게 여긴다는 것을 잊지 말게……. 힘내고, 알았지?"

부정치국원의 격려의 말을 듣고 빈은 마음이 포근해졌다. 그 격려의 말은 예전에 들었던 그 어떤 격려나 칭찬의 말보다 더욱 가치가 있었다. 그것은 연륜이 깊은 노병의 후덕한 온정이었고, 노병의 지난 시절처럼 현재 학습하고 분투하는 청년전사를 위한 배려였다.

마침내 대대가 길을 떠날 날이 다가왔다. 출병 하루 전날 부대는 아주 성대한 회식을 열었다. 회식 자리에는 지방정부의 성 주석과 연대장, 사단장이 참석했다. 그 마지막 회식에는 '디엔 비엔' 담배가 멀리 하노이로부터 공수되어 오고, 오렌지술, 레몬술이 넘쳐흘렀다. 중대의 취사병들은 어느 누구도 불평할 수 없을 만큼 맛있는 성찬을 준비해주었다. 모든 사람들이 아주 즐겁게 먹고 마셨다. 부분대장 부이 쑤언 팝 일병만이 우울한 표정으로 낯선 풍경처럼 홀로 앉아 있었다.

---

31 베트남 군대의 계급체계는 중위와 대위 사이에 상위가 있다.

식사가 모두 끝난 후, 일병은 빈에게 나지막이 말했다.

"빈아, 내가 지금 무슨 생각을 하고 있는지 아니? 내 느낌으로는 말이야…… 이것이 내 일생의 마지막 식사라는 거야! 혀로는 맛이 느껴지는데, 목구멍에서는 상당히 쓰다."

팝 일병의 끔찍한 독설에 빈은 둔기로 얻어맞은 듯한 심한 충격을 받았다.

"아이고 팝 형, 그런 재수 없는 얘기 다시는 하지 말아요!"

빈은 단지 그렇게 말했을 뿐이었다.

또 하나의 슬픈 영혼

티엔 니엔 끼는 지난번에 응웬 꾸앙 빈 상사와 헤어지면서 약속했었다. 인간세계에서 있었던 모든 일들을 기억해낼 수 있도록 노력해라, 기억난 모든 이야기들을 자신에게 들려주면, 자신이 대신해서 저쪽 강변 너머로 전해줄 테니. 그때로부터 추측해 보건데, 티엔 니엔 끼를 만나지 못한지 몇 주의 시간이 흐른 것 같았다. 빈은 그동안, 노인과의 약속대로 오래된 기억들을 하나하나 되살리기 위해 무척이나 애를 썼다. 물론 그는 지나간 한 해, 한 달, 한 날 중에 벌어진 조그마한 일들까지 속속들이 기억해낼 수는 없었다. 그는 단지 자신의 마음속 깊이 새겨진 사건들, 인생이 그에게서 잊도록 허락하지 않은 사건들만 기억해낼 수 있었다.

그리고 과거의 숨결을 좇아가는 오랜 추억여행은 지극히 무미건조했다. 처음에는 그 일이 아주 간단할 것이라 생각했다. 그러나 점점 시간이 지날수록 그것은 하나의 극형이 되어갔다.

만약 환생 목적이 아니라면 그는 과거의 모든 기억들을 자신의 몸이 누울 관속에 그저 영원히 묻어두었을 것이다, 환생! 그가 모든 일을 기억해내야 하는 이유는 바로 그것 때문이었다. 미처 못다 한 삶의 욕구가 희미한 기억의 그림자를 더듬어가는 유일한 디딤돌이었다. 그는 그 디딤돌에 버티고 서서, 심신을 짓누르는 무거운 회한들을 극복해나갔다. 물론 때때로 즐거움이 온몸으로 피어나는 추억들도 있었다. 빈은 강변을 향해 걸었다. 티엔 니엔 끼가 영혼들을 황천강 저편으로 건네주기 위해 기다리는 곳. 오늘은 티엔 니엔 끼를 만날 수 있을까. 꽤 오랜 시간을 허비한 후에야, 빈은 계수나무 숲을 빠져나올 수 있었다. 강변은 언제나처럼 텅 빈 고요 속에 잠겨 있고, 강변을 따라 흐드러지게 피어 있는 야생국화들은 우울한 정적을 깨듯 눈물겨운 미소로 가볍게 흔들리고 있었다.

빈은 걸음을 옮기다 돌연 소스라치게 놀랐다. 발걸음이 저절로 멈추어졌다. 젊은 사내 하나가 그의 눈앞에 나타난 것이다. 수척한 얼굴에 퀭하니 들어간 눈, 주름진 이마, 긴 머리칼의 사내가 몇 미터 앞에 서 있었다. 사내는 양손을 바삐 놀리며 많은 꽃을 따서는 입안에 집어넣고 허겁지겁 씹어 먹고 있었다. 빈이 황천에서 지낸 오랜 시간 중에 처음으로 자신과 같은 처지의 사람을 만난 것이다. 사정없이 뛰는 가슴을 겨우 진정시키며 그에게 다가갔다. 상냥한 미소를 띠고 설레는 목소리로 인사를 했다.

"안녕하세요, 언제부터 여기서 계셨어요?"

사내는 순간 흠칫 놀라더니, 곧이어 빈을 무섭게 째려보았다. 드러난 하얀 이빨은 아주 잔인하게 보였다. 사내는 돌연 도망치기 시작했다. 빈은 아주 기이한 느낌이 들었다. 그를 뒤쫓아 가야겠다고 생각했다. 꽤 많은 힘을 소진하고 나서야, 빈은 그 사내를 붙잡을 수 있었다.

"나를 놔줘! 이 나쁜 놈아, 너 나를 또다시 죽이려는 거지? 난 두 번씩이나 죽을 수 없어. 당 정치간부들에게 고해바칠 거야. 나를 놔줘!"

사내는 소리를 지르면서 빈의 손을 떼어내려고 몸부림을 쳤다. 사내가 빈의 손아귀에서 거의 풀려날 즈음 빈은 다시 양손에 힘을 주었다. 그 사내를 그냥 놓아줄 수는 없었다. 빈은 뱀처럼 구불구불한 파인애플 나무줄기 가까이로 그를 밀어붙였다.

"이봐, 진정해. 나는 너를 해칠 생각이 전혀 없어. 나는 단지 너와 친구가 되고 싶을 뿐이야, 친구가 되고 싶을 뿐이라고. 알았어?"

"믿을 수 없어. 나는 믿지 않아. 나를 제발 놓아줘…… 날 죽이지 마."

사내는 얼굴을 모로 돌린 채 고개를 저었다. 빈의 말을 들으려 하지 않았다.

"알았어, 알았어. 난 널 죽이지 않아. 그리고 지금 당장 너를 풀어줄게. 약속할게. 하지만 먼저, 내 눈을 똑바로 쳐다봐줘. 그리고 내 말을 한 번 들어봐."

빈은 잠시 말을 멈추고 숨을 한 번 고른 후에 말을 이었다.

"나는 응웬 꾸앙 빈 상사야, PK1 정찰중대 소속. 나는 벤 쑥[32] 근방 지역 전투에서 죽었어. 그런데 넌 어떻게 해서 여기에 내려오게 된 거지?"

사내는 빈의 눈을 똑바로 바라보았다. 입술을 달싹거렸으나 소리가 되어 입 밖으로 나오지는 않았다.

"크게 말해봐, 네 얘기를 듣고 싶어. 그리고 난 너를 돕고 싶어. 우리는 서로 같은 처지야. 서로 힘을 합쳐야 돼, 알겠어?"

"난 네 말을 믿지 않아……. 네 말을 믿을 수 없어. 제발 나를 놓아줘. 또 다시 죽고 싶지 않아……. 더는 속을 수 없어……. 이제까지 충분히 속았어……."

그렇게 말하더니 사내는 갑자기 울음을 터뜨렸다. 그 모습에 빈은 맥이 탁 풀렸다. 그가 가엾게 느껴졌다. 가슴 위 옷자락을 쥐었던 손이 느슨하게 풀어졌다. 빈은 말했다.

"나는 네가 아주 끔찍한 고통을 겪었다는 걸 알아. 그 누구의 말도 귀에 들어오지 않을 정도로 말이야. 그래, 좋아. 나랑 친구가 되어달라고 강요하

---

32 베트남 전쟁 당시 '철의 삼각지대'라 불리던 구찌 땅굴 지대의 일부. 사이공에서 서북쪽으로 70km 떨어져 있다. 전쟁 내내 미군에게 커다란 위협이 되었기에, 미군은 B52 폭격, 고엽제 살포, 휘발유 방화, 불도우저 투입 등 각종 수단을 동원하여 여러 차례 토벌 작전을 펼쳤다. 하지만 땅속에 숨어있는 게릴라들에게 피해를 거의 입히지 못했으며, 작전이 거듭될수록 자신들의 피해만 늘어갔다.

지 않을게. 대신 이것만은 기억해줘. 만약 언제라도 네가 외로움을 느끼게 되면 나를 찾아오도록 해. 나는 저기 계수나무 숲속에 있어. 여기에서 아주 가까워. 나를 만나고 싶으면, 계수나무 숲속으로 들어와서 내 이름을 크게 불러봐. 그러면 곧 내가 네 눈앞에 나타날 거야."

말을 마치고, 빈은 사내의 어깨를 가볍게 쥐었다가 놓았다. 그리고 곧바로 뒤돌아서 걸었다. 빈은 강나루에 다다르자 티엔 니엔 끼를 찾았다. 사방을 두리번거리며 티엔 니엔 끼를 찾는데, 어디선가 희미하게 노랫소리, 북소리가 들려왔다. 소리는 희뿌연 강 안개를 타고 울려 퍼지고 있었다. 귀를 기울이자 노랫소리가 점점 뚜렷해졌다. 들려오는 노랫말에 빈은 순간적으로 흠칫 놀랐다.

푸르른 머리칼은 숲처럼 푸르렀건만…… 오오, 초목처럼.
어느 이른 아침, 머리칼은 변했네…… 오오, 구름처럼.
묻노니, 사람들의 청춘은 어디에 있는가?
대답하노니, 저기 저 전쟁터에 있지.
묻노니, 친한 벗들은 어디에 있는가?
오오오, 저기 저 허연 머리칼…… 오오, 희뿌연 머리칼.
뼈처럼 하얀 머리칼을 갈대숲에서 말리고 있지.
사람에게 묻노니, 사람은 어디에 있나?
영혼에게 묻노니, 영혼은 어디에 있나?
오오오, 영혼들이 서로를 부르네, 서로를 찾네.
우리들 가슴은…… 오오오, 아파, 애달픈 마음 비탄에 젖네.
황천강은 차갑고 빠르게 흐르네, 빠르게 지나가네…….

비통한 노랫말에 빈은 눈물이 나려 했다. 이 노래는 누가 지은 것인가. 사람이 지은 것인가. 이런 노래를 사람들이 부른단 말인가. 그게 아니면 귀신이 지은 것인가. 이런 노래가 왜 여기서 울려 퍼지고 있는가. 환청일까? 빈은 도무지 이해할 수가 없었다.

빈은 방금 누가 노래했는지 알고 싶었다. 강 안개 속에서 티엔 니엔 끼가 나타났다. 북을 든 티엔 니엔 끼를 보고, 빈은 노래의 주인공이 티엔 니엔 끼란 사실을 알 수 있었다. 빈은 황망한 표정으로 티엔 니엔 끼를 바라보았다.

"아이고, 할아버지……. 할아버지의 노래를 듣고 저는 다리에 힘이 빠져…… 도저히 땅에 서 있을 수가 없었어요. 노래가 무슨 귀신 노래 같아요?"

티엔 니엔 끼는 빈을 쳐다보지 않고 먼 곳을 응시하며 말했다.

"자네는 노래를 이해할 줄 아는구만. 대개의 시나 음악은 귀신의 소리야. 만약 그런 것이 아니라면, 어떻게 누군가를 감동시킬 수 있겠나. 그렇기에 아름답고 우아한 '미 느엉'[33]도 궁색한 '쯔엉 지'의 피리소리에 마음이 끌리게 되었고, '탁 산'[34]의 현악기 연주소리에 적군이 완전히 소멸되었지."

---

33 베트남 전설에 나오는 공주 미 느엉과 어부 청년 쯔엉 지의 이야기. 미 느엉 공주는 매일 들려오는 쯔엉 지의 피리소리에 마음이 끌려, 아버지에게 쯔엉 지를 불러달라고 청한다. 그러나 추하고 궁색한 쯔엉 지의 몰골에 미 느엉은 마음을 접고 도리어 쯔엉 지가 미 느엉 공주를 향한 상사병을 앓게 되었다. 결국 쯔엉 지는 시름시름 앓다가 생을 마감하고 그의 심장은 옥돌로 변했다. 그 옥돌을 석수장이가 찻잔으로 만들어 공주에게 바쳤다. 공주가 찻잔에 차를 따르자 찻잔 속에서 피리소리가 들려왔다. 찻잔 속에 눈물을 떨구니, 쯔엉 지가 드디어 짝사랑의 한을 풀고 사라진다.

34 베트남 전설에 나오는 나무꾼 탁 산과 술장수 리 통의 이야기. 부자인 리 통은 가난하고 힘이 센 탁 산을 의형제 삼아 자기 집 일을 돌보게 한다. 어느 날 공주가 요괴인 큰 새에게 잡혀갔다. 왕은 전국에 방을 붙여 '공주를 구해 오는 사람에게는 왕의 재산 절반을 주고, 공주를 신부로 삼게 하겠다'고 공표한다. 많은 사람들이 공주를 구하러 나섰지만 모두 요괴 새에게 잡혀 죽고 말았다. 리 통은 탁 산을 꾀어 함께 공주를 구하러 가자고 한다. 탁 산은 공주를 먼저 동굴 바깥으로 내보내는데, 바깥에 있던 리 통이 동굴 입구를 막아버린다. 리 통은 왕의 재산 절반을 받고 사위가 되는 데 성공하지만, 공주는 웃음을 잃고 입을 다문 채 생활한다. 한편 탁 산은 동굴 속 샘에서 올라온 용왕의 왕자로부터 '밥이 가득 든 솥' 하나와 '현악기' 하나를 얻는다. 결국, 용궁 왕자의 도움을 받아 동굴 밖으로 나온 탁 산은 왕궁 앞에 가서 현악기를 켠다. 그 현악기 소리에 공주는 비로소 만면에 미소를 띤다. 오랜만에 공주의 미소를 본 왕은 탁 산을 궁으로 불러들인다. 공주는 탁 산을 보자마자 왕에게 당시의 사실을 모두 고해바친다. 왕이 진노하여 리 통을 죽이려 하였으나 탁 산의 간청으로 리 통을 궐 밖 멀리 쫓아버린다. 길을 떠나던 리 통과 그의 어머니는 벼락을 맞고 죽는다. 어느 날 외적이 침입해 들어왔다. 탁 산은 '밥이 가득 든 솥'과 '현악기'를 들고 출병을 한다. 탁산이 들고 간 솥은 아무리 밥을 퍼내어도 밥이 줄지 않았다. 탁 산이 현악기를 켜면 적군이 기력을 잃고 쓰러졌다. 적군을 물리친 탁 산은 태평성대의 세월 속에 공주와 오래도록 행복하게 살았다.

"맞아요. 할아버지."

빈이 대답했다.

"할아버지, 누가 그 노래를 만들었는지 제게 알려주실 수 있나요?"

"이 노래 역시도 귀신이 사람의 몸을 빌려 만든 거야. 사람들이 부를 수 있도록 말이지. 나는 이 노래를 응웬 집안의 대신이자 예술가로부터 배웠네. 그는 소나무로 다시 환생했지. 바로 그가 이 북을 내게 선물로 주었네. 슬플 때마다 인간세계의 사람들을 위해 나는 이렇게 구슬픈 목소리로 노래한다네……."

먼 곳을 응시하던 티엔 니엔 끼의 눈이 빈을 향했다. 티엔 니엔 끼가 물었다.

"어떻게 됐나? 지난 일들 모두 기억해냈겠지? 아직이야? 물론 상관은 없어. 하지만 기억해낼 수 있도록 노력하게. 모조리, 자세히 말이야. 많이 기억해낼수록 좋아. 그런 다음 강변 저쪽으로 건너가 판관이 주는 망각의 죽을 먹고 나면, 더는 아무것도 기억할 필요가 없네,"

"아마도 어떤 기억에 집착할 필요가 없는 거겠지요. 사람들이 기억의 굴레를 벗게 되어 편안하고 한가로워지는 거겠지요. 그렇지요, 할아버지?"

"맞아! 그것은 인간세계의 위대한 성인들이 이미 수천 년 전에 밝혀낸 것들이야. 사람들이 행복을 원한다면 우선 마음을 비워야 해. 마음을 비우는 것이 가장 현명한 방법이지. 마음을 깨끗이 비워야 그 곳에 비로소 안정과 평온이 깃든다네. 이 황천세계에도 내려오는 격언이 있지. '깨끗해지기를 원한다면 우선 잊어야 한다' 그래, 그렇게 모든 일을 전부 잊어야 하네. 선과 악 모두를 잊어야 해. 자, 기회가 닿으면 내가 자네를 강변 너머로 데려다 줄 것이네. 그곳에 가면, 자네는 모든 일을 더 정확하게 이해할 수 있게 될 게야."

"아이고, 그렇게 될 수만 있다면 얼마나 좋겠어요."

빈은 잠시 머뭇거렸다.

“예전에 할아버지께서 제게 말씀하시기를, 과거에 있었던 모든 일들을 기억해내야 한다고 하셨잖아요. 하지만 모든 것을 기억해내는 것, 그것은 정말이지 제겐 끔찍한 형벌이에요. 아픈 기억들이 되살아날 때마다 너무나 고통스러워요.”

“알아, 왜 안 그렇겠나. 형벌이지, 끔찍한 형벌이고말고. 하지만 지금으로서는 반드시 모든 걸 기억해내야 해!”

티엔 니엔 끼는 신선 같은 목소리로 말을 이었다.

“기억해내는 것, 그리고 그걸 내게 들려주는 것으로, 앞으로 자네 마음이 홀가분해질 게야. 더욱 노력하게, 젊은 친구……. 다음에 보세, 안녕.”

빈은 몇 가지 질문이 더 남아 있었지만, 티엔 니엔 끼가 이미 노를 젓기 시작했으므로 말을 이을 수 없었다. 빈은 잠시 동안 노인이 저어가는 뱃길을 물끄러미 바라보았다. 다시 고독이 밀려들었다. 그는 자신의 거주지를 향하여 터벅터벅 발걸음을 옮겨 계수나무 숲으로 돌아왔다.

빈은 숲속의 풀과 잔가지들로 자신이 직접 만든 그물침대에 몸을 실었다. 그는 눈을 감고 생각에 잠겼다. 그러나 지난 과거의 일들이 아무것도 떠오르지 않았다. 오로지 끈질기게, 머리가 긴 그 사내의 모습만이 기억 속을 휘젓고 다녔다. 왜 그를 휘어잡지 못했을까. 그를 언제 또 볼 수 있을 것이라고. 이런 바보 같으니……. 그는 벌떡 일어나 앉았다. 빈은 그 사내를 찾아 나서야겠다고 생각했다. 같은 또래의 그 사내와 속마음을 토로하면서, 이 지긋지긋한 고독을 덜어내고 싶었다. 그동안 티엔 니엔 끼가 유일한 벗이었다. 티엔 니엔 끼는 물론 대단한 노인이었다. 수천 년의 인생사에서 긁어모은 수많은 지식을 줄줄이 꿰고 있었기에 그는 어떤 대화에도 막힘이 없었다. 그러나 티엔 니엔 끼는 티엔 니엔 끼일 뿐이다. 그 노인은 단지 ‘황천강 나루꾼’이라는 운명에 예속되어 있을 뿐이었다, 빈이 벗으로 의지하기에는 노인의 운명이 그와 너무도 달랐다. 그는 노인을 자신의 할아버지를 따르듯 존경했다. 그러나 그에게 있어 지금 필요한 것은 가르치고 설명하는 존재가 아니라 마음을 서로 나눌 수 있는 사람이었다.

그 녀석을 찾아야 해. 빈은 사뭇 결연하게 마음을 굳혔다. 그는 급히 땅으로 내려섰다. 발걸음보다 마음이 더 바빴다. 사내가 이번만큼은 달아나지 않기를 간절히 소망했다.

빈은 우울한 분위기의 계수나무 숲을 도망치듯 빠져나왔다. 그는 날카로운 가시덤불과 눅눅한 양치식물 숲 지대를 지났다. 야생 국화가 가득 피어 있는 적막한 강변이 눈에 들어왔다. 강변에 도착해서 빈은 잠시, 사내가 있던 장소를 가늠해보았다. 그 녀석이 국화꽃을 따먹던 장소가 어디쯤이었지? 그렇지 저기 저곳……. 그가 있던 장소를 찾아내고 나서 빈은 오히려 막막한 심정이 되었다. 사내가 아직 여기에 머물고 있다는 어떤 흔적도 눈에 띄지 않았다. 막막함은 다시 불안으로 변했다. 그는 이미 다른 곳으로 갔을 수도 있었다. 사내가 더는 이곳에 머무르고 있지 않을 가능성이 높아 보였다. 그런데 만약 다른 곳으로 갔다면 어느 곳으로, 어느 방향으로 갔단 말인가?

판단할 수가 없었다. 이 기나긴 황천강을 따라 얼마나 많은 숲이 있던가. 아직 가보지 못한 곳도 많은데……. 빈은 낙심하여 땅바닥에 주저앉았다. 막막한 눈길로 황천강 줄기를 바라보다가 문득 또 다른 생각이 머릿속을 스쳤다. 아, 그렇다면 이곳에 나와 같은 처지의 다른 사람들이 더 있을 수도 있다. 어찌 알아. 내가 아는 사람도 만나게 될지…….

그런 생각이 들어 빈은 자리를 털고 일어나 다시 걷기 시작했다. 일단 갈 수 있는 데까지 가보자. 그는 땁 나무 숲길을 빠르게 지나쳐 갔다. 인간세계에서도 그랬듯이 땁 나무는 황천세계에서 그 초라함을 더했다. 영원히 클 줄도 모르고, 죽을 줄도 모르고, 색깔과 향내조차 없다. 빈은 숲속을 가로질러 걸으면서 사람의 흔적을 찾아보았다. 그러나 사람이 있을 별다른 흔적은 눈에 들어오지 않았다.

빈은 계속해서 앞으로 걸어갔다. 때로 뛰어가면서 소리도 질러보았다. 몇십 킬로미터를 그렇게 계속 가다가 걸음을 멈추었다. 정처 없이 헤매는 발걸음처럼 역시나 아무런 희망의 흔적도 눈앞에 나타나지 않았다. 그를 에워싼 모든 숲, 기다란 강변에는 언제나처럼 그저 무정한 적막만이 감돌았다. 마치 멈춰진 시간 속에 모든 물체가 깊은 숨을 속으로 삼키고 있는 것처럼 답답할 뿐이었다. 빈은 끝없는 혐오감이 일었다. 자포자기로 지쳐버린 육신을 되돌려 세웠다.

황천에 내려온 이후, 지금처럼 자신의 육신이 피곤에 휩싸인 적이 없었다. 눈앞에 펼쳐진 숲은 여느 때와 마찬가지로 갑갑한 안개를 스멀스멀 피워내고 있었다. 걸음을 걸을수록 길이 하염없이 늘어나는 것만 같았다. 빈은 갑작스레 허기를 느끼기 시작했다. 허기는 여느 때와 마찬가지로 마음을 더욱 초조하게 만들었다. 서 있는 것조차 힘들었고, 온몸은 땀으로 목욕하듯 젖어들었다. 빈은 현기증을 느끼며 차가운 땅바닥에 곤두박질쳤다. 눈꺼풀이 파르르 떨리다가 저절로 닫혔다. 빈은 운명에 순응했다. 그는 모든 의지의 끈을 놓아버렸다.

*

"정신 차려요, 빈……. 정신 차리세요. 여기 먹을 것을 갖고 왔어요……. 정신 차리세요……."

누군가의 애처로운 목소리가 귓가에 희미하게 울렸다. 빈은 갑자기 정신이 들었다. 그는 눈을 뜨려 애썼다. 그러나 가위에 눌린 듯 몸이 전혀 말을 듣지 않았다.

"정신 차려요. 빈…… 제발 정신 좀 차려봐요……."

이번에는 그 목소리에 간절함이 더했다. 빈은 멀리서부터 들려오는 이 목소리를 언젠가 한 번 들어본 듯했다. 그러나 기억이 나지 않았다. 지금 꿈을 꾸고 있는 것인가. 빈은 마치 자신이 처음 이곳에 왔을 때처럼 꿈속을 헤매는 것 같은 느낌이 들었다. 그러나 꿈이 아니었다. 어깨 위로 분명한 사람의 손길이 느껴졌다. 누군가가 지금 자신을 깨우고 있는 것이다. 그 사람은 빈의 이마에 손을 대어보고 머리를 가볍게 쓰다듬었다. 자신의 손을 쓰다듬는 그 손길에 빈은 비로소 가위눌림에서 풀려날 수 있었다.

빈의 눈이 떠졌다. 눈앞에는 그가 그토록 찾고 있었던, 바로 그 여위고 머리 긴 사내가 있었다. 빈이 정신을 차리자 사내는 환호성을 질렀다.

"우와, 드디어 정신이 돌아왔네. 나는 당신이 또 죽을까봐 얼마나 겁이 났는지 몰라요. 사람으로 태어나서 두 번씩이나 죽는다면 참으로 비참한 운명이잖아요, 그렇죠?"

"나는 당신을 찾아 헤매다가 이렇게 됐어."

빈은 잔잔한 미소를 띠며 그에게 작은 소리로 말했다. 사내는 빈의 손을 감싸 쥐며 대답했다.

"나도 당신이 있다는 곳에 찾아갔었어요. 계수나무 위에 예쁜 둥지를 만들어놓았더군요, 그렇죠?"

"아니야, 그건 둥지가 아니라 내 그물침대야."

빈은 사내의 말을 정정해 주었다.

"그게 바로 따듯한 둥지라고 할 수 있죠. 당신만의 따뜻한 둥지."

사내의 말투가 정감 어리고 생동감 있게 바뀌었다.

"내 고향 벤 쨰에는 야자나무 위에다 둥지를 지은 사람이 있어요. 모든 사람들이 눈여겨볼 만큼 크게 만들었지요. 그는 오로지 야자만 먹고 살아요. 그리고 그는 또 남들에게 말하지요. 자칭 야자나무교의 교주라고……. 그런데 당신은 계수나무교의 교주가 될 생각인가 봐요, 그렇죠?"

빈은 빙그레 미소를 지으며, 고개를 저었다.

"예전에 나도 부대원들로부터 벤 째에 야자나무교가 있다는 얘기를 들어 본 적이 있어. 하지만 그 교주가 야자나무 위에 둥지를 만들었다는 얘기는 아직까지 들어보지 못했지. 황천에 와서야 그런 얘기를 처음으로 들어보게 되는군."

사내가 농담까지 하는 것을 보고 빈은 마음이 놓였다. 무조건 뿌리치기만 하던 예전의 모습이 아니었다. 빈이 친근하게 물었다.

"이름이 어떻게 되지?"

"나?"

"그럼 당신이지, 누가 또 여기에 있다는 거야?"

사내는 잠시 망설이는듯하더니 대답을 했다.

"내 이름은 꾸에 지[35]! 내 이름이 당신이 살고 있는 나무숲 이름과 똑같다고 해서 황당해하지 말아요."

"나는 사람과 나무의 이름이 똑같은 것에 결코 황당해하지 않아. 하지만 나는 당신의 이름이 여자 이름 같아서 오히려 더 황당한걸."

사내가 느닷없이 폭소를 터뜨렸다.

"하하하! 내가 남자로 보였던 모양이군요. 우와 나도 황당한데요? 왜 그렇게 이상한 생각을 하게 됐을까?"

"아니, 그렇다면…… 당신이 여자란 말이야?"

빈은 순간 깜짝 놀라 자리에서 벌떡 일어나 앉았다. 눈동자도 커지고, 얼굴이 온통 붉게 물들었다.

"아, 세상에! 정말 미안해. 내가 이렇게까지 눈이 삐었다니……. 난 왜 이렇게 바보 같지? 정말 미안해. 내가 사과할게."

빈은 자신의 말실수를 어떻게 주워 담아야 할지 갈피를 잡지 못했다, 잠시 생각에 잠기듯 가만히 앉았다가 다시 말을 이었다.

---

35 베트남어로 계수나무라는 뜻.

"아, 그래 맞아. 오늘 당신의 목소리가 어쩐지 좀 색다르다고 생각하긴 했어. 그런데 참 내, 이거……. 그래, 그건 그렇고, 올해 몇 살이나 되었어, 꾸에 지? 어떡하다가 이곳까지 내려오게 되었지?"

*

대략 일 년 전까지 꾸에 지는 후방부대의 병원에서 일했다. 그녀는 예쁜 얼굴은 아니었지만 그렇다고 못생긴 편도 아니었다. 성실했고, 패기에 넘쳤으며, 많은 사람들로부터 신임을 받고 있었다. 그녀의 업무는 부대 내의 살림을 꾸리는 일이었다. 그녀는 모든 사람들로부터 언제나 많은 사랑을 받았다. 그러던 어느 날 한 젊은 남자 견습의사가 전입해 왔다. '후인 반 바오'라는 이름의 잘생긴 남자였다. 그는 당에서도 서열이 꽤 높았다. 단지 그게 전부였다면 아무런 이야기가 되지 않는다. 그는 부대에 배치된 지 일주일쯤 지나서부터 그녀에게 접근하기 시작했고, 진정으로 사랑하는 듯이 갖은 구애작전을 펼쳤다. 그는 가슴에 손을 얹고 그녀 앞에서 엄숙하게 맹세하기도 했다. '샘물처럼 티 없이 맑은 소녀여, 우리 사랑이 저 눈부신 햇살처럼 영원하기를!' 그녀는 그의 말을 진심으로 믿었다. 그것은 아주 커다란 재앙의 시작이었으나, 그 예고된 불행을 상상조차 할 수 없을 만큼 그녀의 눈에는 순정의 덮개가 씌워져 있었다.

그가 그녀의 주의를 맴돌던 날로부터 그녀의 영혼은 혼란의 연속이었다. 모든 일이 손에 제대로 잡히지 않았다. 그의 구애를 진심으로 받아들인 후 그녀는 그를 열렬히 사랑했다. 다른 모든 여자들이 그러한 것처럼……. 그 사랑이 결국 그녀에게 처참한 죽음을 몰고 올 것이라고는 결코 상상하지도 상상할 수도 없었다. 그랬기에 그녀는 그의 사랑을 받는 것이 마냥 행복할 뿐이었다.

전시의 규율은 같은 부대 내의 젊은 남녀가 서로 사랑에 빠지는 것을 엄격히 금지하고 있었다. 병원의 책임 간부는 항상 부대원들에게 청춘의 모든 체력과 열정을 민족해방투쟁에 집중해야 한다, 사랑에 빠지는 것은 개인주의적 조급성의 발로다, 라고 강조했다. 또한 북부지역에서 진행되고 있는 청년들의 '잠깐만 세 가지 운동'[36]에 대하여 항상 이야기했다. 그런 까닭에 부대원들은 이성에 대한 연정을 품게 되더라도 감히 그것을 겉으로 드러낼 수가 없었다. 특히나 전선에서 간부를 맡고 있는 사람이라면 그렇게 해서는 안 되는 것이었다. 만약 부대 내에서 어떤 청춘 남녀가 사랑에 빠진 것으로 알려지면, 상급에서는 남자를 곧장 다른 부대로 전출시켜버렸다. 그것으로 끝이었다.

애인과 멀리 떨어지지 않으려면, 꾸에 지는 비밀을 유지해야 했다. 바오 역시 그러기를 원했다. 당 집행위원회 간부를 맡고 있었기에 그는 모든 사람의 모범이 되어야 했다.

전시의 규율 속에서 남몰래 사랑을 이어온 지 여섯 달이 되었을 때, 돌연 그녀의 마음을 불안하게 만드는 징후가 생겼다. '주기'가 찾아오지 않았다. 처음 생각으로는 말라리아에 시달려서 '주기'가 늦춰지는 것이려니 했지만, 날이 갈수록 자신의 몸속 변화가 너무도 분명하게 느껴졌다. 그녀는 입맛이 떨어지면서, 때때로 신 것을 먹고 싶은 생각이 간절했다.

바오 역시 꾸에 지의 변화에 대해 눈치를 챈 것 같았다. 그는 초조함 속에 그녀를 비밀리에 관찰하고 있었다. 그러던 어느 날, 그는 꾸에 지를 숲으로 불러내어 닦달하듯이 물었다.

"너 아이를 가진 거지, 그렇지?"

꾸에 지는 부드러운 눈빛으로 그를 바라보며 고개를 저었다.

36 첫째, 잠깐만 사랑에 빠지지 말자. 둘째, 사랑에 빠졌더라도 잠깐만 결혼하지 말자. 셋째, 결혼을 하게 되더라도 잠깐만 아이를 낳지 말자는 운동.

"나를 속이려 들지 마."

바오는 짜증스런 목소리로 반응했다.

"내 분명히 말하는데, 배 속의 태아를 빌미로 내 앞길을 막을 생각은 마, 알아들었어?"

꾸에 지는 순간 눈앞이 흐릿해지는 것과 동시에 현기증이 일었다. 귓속이 윙윙거리며 울렸다. 심장이 정신없이 뛰었다. 그녀는 도저히 믿을 수가 없었다. 방금 들은 그 말을. 그리고 그 말을 한 사람이 바오라는 사실을. 달콤하고 진한 사랑의 언어로 그녀를 들뜨게 했던 사람이, 그래서 뜨겁게 살을 섞었던 그 사람이 뱉어낸 말이라고는 도저히 생각되지 않았다. 충격에 눈물이 저절로 흘러내렸다. 그녀는 주먹을 움켜쥐고, 낙담한 듯 고개를 가로로 내저었다.

"생리가 끊긴지 얼마나 됐어?"

바오는 오만한 목소리로 다시 다그쳐 물었다.

"석 달!"

그녀는 차갑게 대답했다.

"뭐, 석 달이라고? 이런 개 같은……."

바오는 입을 벌린 채 말을 잇지 못했다. 이마에서 굵은 땀방울이 뚝뚝 흘러 떨어졌다. 입술을 부르르 떨며 분개한 목소리로 날을 세워 말했다.

"그런데 왜 미리 얘기하지 않았지? 내가 대처할 수 있도록 말이야, 어? 어이구, 이런 세상에나…… 역시나 어처구니없기는 별수 없는 게로구나. 이런 이런, 너의 그 망할 짓거리는 나를 죽이자는 거야. 너 알고나 있어? 상급에서는 나를 여기에서 일 년 동안 근무시킨 후 의과대학에 다시 보내줄 예정이었는데. 그랬건만…… 어이구."

그는 답답한 듯 손으로 연신 가슴을 두드렸다.

"그렇다면 오빠는 의과대학에 공부하러 가세요. 뭐가 문제가 된다구요.

우린 서로 결혼할 사이인데…….”

그녀는 진심으로 바오를 위로하려 했다.

“제 생각에는, 아이가 있는 게 고생은 좀 되더라도 제가 잘 견뎌내면 되는 거잖아요. 저는 자신 있어요. 배 속의 우리 아기를 위해 최선을 다할게요. 이제 그만 화 푸세요.”

바오는 쓴물을 삼키고 난 듯 이빨을 바드득 갈았다.

“오호라, 그랬었군. 너는 임신할 궁리만 했던 거로구나. 애를 구실 삼아 나와 결혼할 작정으로 말이야, 그렇지? 그래서 너는 일부러 배 속의 애가 커질 때가지, 그동안 내게 아무 얘기도 하지 않은 거지? 너는 정말 물귀신 같아. 나는 그런 너를 경멸해, 착각하지 마, 못돼먹은 년…… 난 널 증오해.”

그는 꾸에 지의 온몸을 갈기갈기 찢어 놓고 싶기라도 한 듯 맹수처럼 으르렁거렸다. 그의 비겁한 태도는 경멸스러운 것이었다. 꾸에 지는 눈물을 참아내며, 가라앉은 목소리로 되물었다.

“만약 당신이 마귀 같은 말로 날 꾀어내지만 않았어도 이런 결과는 벌어지지 않았을 거예요, 그렇지 않나요?”

“그래서 그게 내 책임이라는 거야? 너도 역시 나랑 그러는 걸 즐겼잖아. 부인하진 못할 걸……. 행복에 겨워 온몸을 떨면서…… 움츠러든 몸으로 나를 꽉 끌어안았잖아?”

그가 뱉어내는 저속하고 거칠며 난봉꾼 같은 말에 꾸에 지는 온몸의 힘이 다 빠져나갔다. 그랬었다. 그동안 그는 그저 그녀의 육체만을 사랑했던 것이다. 그녀는 그의 육체와 정신 모두를 사랑했었건만……. 바로 그러한 혼동이 그녀를 이런 고통 속으로 내몬 것이다.

“당신은 무엇 때문에 전쟁터에 나왔죠, 바오?”

그녀는 분개했지만, 침착한 목소리로 물었다.

“너 왜 갑자기 그런 멍청한 질문을 하는 거야? 내가 무엇 때문에 전쟁터에 나왔냐구? 인민을 위해서, 조국을 위해서, 모든 사람의 아름다운 미래를 위해서지. 넌 그런 것도 제대로 모른단 말이야?"

"그렇다면 내 배 속의 아이 역시도 바로 인민의 한 개체잖아요. 아니라고 할 수 있어요? 그 아이 역시 바로 조국의 미래인거고. 맞지 않아요?"

"인민은 훨씬 더 커다란 하나의 집단이야. 미래는 네가 생각하는 것보다 더욱 거대한 것이고. 쓸데없는 말장난으로 내 신경 건드리지 마."

"난 결코 당신의 신경을 건드릴 생각이 없어요."

그녀는 차분하게 말을 이었다.

"심지어 당신을 증오하는 그 순간에도 말이에요. 나는 단지 아주 단순한 진리를 말하고 싶을 뿐이에요. 구체적인 한 사람을, 구체적인 한 방울의 피를 귀중하게 여길 줄 모르는 사람이, 어떻게 커다란 집단을 귀중하게 여길 수가 있다는 거죠? 나는 그렇게 단순하게 생각하고 있어요. 좀더 복잡한 진리가 어디 따로 있나요?"

바오는 땅에 주저앉으며, 조용히 입을 다물었다. 그의 두 눈에 어두운 그늘이 드리워졌다. 그는 입술을 깨물고 무언가 생각에 잠기는 듯하더니, 돌연 예기치 않게 그녀 앞에 무릎을 꿇었다. 그리고는 탄식하듯이 말을 쏟아냈다.

"그래, 네 말이 맞아! 미안해, 규율이 너무 무서워서 내가 무심결에 입 밖으로 아무 말이나 지껄였어. 부디 나를 책망하지 말아줘. 나는 여전히 너를 사랑하고, 오로지 너만을 영원히 사랑할 뿐이야…… 부디 나를 용서해줘……."

바오의 약삭빠른 참회의 말은 꾸에 지의 화를 가라앉혔다. 머리가 어지러울 정도로 혼란스러우면서도, 그녀의 눈에 비친 그의 모습은 너무도 불쌍해 보였다. 그녀는 그가 일어나도록 손을 내밀며 말했다.

"됐어요…… 이제 그만 됐어요. 더는 슬퍼하지 말아요. 그만 자책하세요.

전 이해할 수 있어요. 오빠의 본심이 아니었다는 거 알아요. 언제나 오빠를 사랑해요. 전 벌써 오빠를 용서했어요."

"정말이야, 나의 꾸에 지?"

그녀의 용서에 그의 얼굴은 금세 화색이 돌았다. 그는 그녀의 눈길을 피하면서 말을 했다.

"그래, 네 말이 맞아. 우리 결혼해야지. 내일, 내가 바이 아저씨한테 모든 것을 말씀드리도록 할게. 아저씨가 우리를 도와줄 수 있도록 말이야. 너는 아무 걱정하지 마⋯⋯ 됐지? 자, 그럼 어디 한번 웃어 봐!"

꾸에 지는 잔잔하게 미소 지었다. 실제로 그 순간 그녀는 기쁜 마음으로 웃을 수 있었다. 그녀는 바오의 표정에서 어떤 근심도 찾아볼 수 없었다. 바오가 약간 경솔하고 변덕스러운 성격을 갖고 있긴 하지만 이성적인 판단에 따라 행동할 줄 아는 사람이라고 꾸에 지는 철석같이 믿고 있었던 것이다. 바오가 그녀 앞에 무릎을 꿇고 용서를 구하는 모습은 진정으로 잘못을 뉘우칠 줄 아는 남자다운 행동이라 여겼다. 바오의 약속을 진정으로 받아들였기에, 예전보다 오히려 그에 대한 믿음이 더해졌다.

이틀 후, 바오는 그녀를 다시 숲으로 불러냈다. 페스트에 걸린 닭처럼 힘없는 표정을 지으며 그는 그녀에게 슬픔에 잠긴 목소리로 말했다.

"꾸에 지야, 내가 이틀 밤 내내 바이 아저씨를 설득해보았어. 결국, 아저씨는 우리의 결혼을 허락하셨지. 그런데 그 조건으로 내가 의과대학 과정을 먼저 마쳐야 한다는 거야. 그러고 나서 결혼해도 늦지 않다고⋯⋯."

그는 숨을 한 번 크게 들이쉬고는 다시 말을 이었다.

"아저씨는 부대의 규율 때문에 우리 요구를 전부 들어줄 수는 없대. 대신 너도 간호대학에 보내주시겠다고 약속하셨어. 꾸에 지⋯⋯ 배 속의 아이는 우리의 미래를 망칠 뿐이야⋯⋯."

"저는 간호대학에 갈 필요가 없어요."

그녀는 고개를 가로저으며, 깊은 한숨을 내쉬었다.

“나는 너의 그런 생각에 동의할 수 없어.”

바오가 말했다.

“네가 언제나 부대 살림 뒤치다꺼리나 하는 사람으로 살아가는 것에 나는 동의하지 않아. 내 아내라면 제대로 공부를 마친 사람이어야 해.”

그의 목소리가 감미롭게 바뀌었다.

“꾸에 지, 너는 나를 정말로 사랑하지?”

“제가 수도 없이 말했잖아요. 오빠를 사랑해요. 제 인생에는 오로지 오빠뿐이에요.”

“그래, 그토록 나를 사랑한다면 부디 내 말을 들어줘. 우리는 아이를 지워야 해. 그 아이가 태어나면 우리 미래는 어두워질 거야. 게다가 조직 역시도 우리가 올해 결혼하는 것을 허락하지 않았어. 아이를 지우고 너는 한 달 정도 쉰 다음에 간호대학에 가도록 해. 이 년 후에 돌아와서 결혼을 하는 거야. 내 생각에 동의하지?”

그녀는 대답할 수가 없었다. 불안감에 혀가 바짝 타들어갔다.

“병원장 바이 아저씨께서 너를 간호대학에 보내주시겠다고 약속하셨는데…… 임신한 상태로는 공부를 하러 갈 수 없을 뿐만 아니라, 조직의 간부와 전사들로부터 비웃음까지 사게 될 거야.”

하지만 어떻게 아이를 없앤다는 말인가. 몸속에서 자라나고 있는 한 생명체를 무지막지하게 죽이다니. 그런 끔찍한 일을 어찌……. 그녀는 고통스러웠다. 고개가 저절로 설레설레 흔들어졌다.

“아이가 아직 완전하게 형성된 건 아니니까 너무 고집 피우지 마. 우리 둘의 명예와 장래를 위해 반드시 해야 할 일이야. 어때, 동의하지?”

꾸에 지는 양 무릎 사이에 고개를 파묻고 앉아서, 한 시간 내내 바오의 이야기를 들었다. 바오는 의학적인 설명을 곁들여서 끈질기게 꾸에 지를 설득했다. 결국, 그녀는 동의했다. 그녀가 조심스럽게 물었다.

"그렇다면 누가 오빠를 도와줄 거죠? 탄 의사 선생님인가요?"

"아니야, 바이 아저씨께서 주의를 주셨어. 우리 둘의 일을 다른 사람이 알게 되면 안 된다고 말이야, 그런 문제가 아니라도 나는 누가 너의 그 옥같이 귀한 몸을 보게 되는 것을 원하지 않아. 내 스스로 모든 일을 처리하고 싶어. 그렇게 하는 것이 최선의 방법이야."

"그래요, 그게 좋겠군요."

그녀는 순순히 바오의 뜻에 동의했다.

"하지만 조심해서 하셔야 해요."

바오의 얼굴에 순간 밝은 빛이 돌았다. 그러나 기쁨을 감추기 위해, 갑갑한 듯한 표정으로 깊은 숨을 뱉어냈다.

"이 일은 반드시 해야만 하는 일이야. 하지만 하나도 기쁘지 않아."

그는 쓴웃음을 짓듯 이빨을 드러내며 웃었다.

"아버지가 자식을 죽이는 것, 귀신과 하나도 다르지 않아. 하지만 우리의 미래를 위해, 우리 부부의 행복을 위해…… 꾸에 지, 이런 내 맘 잘 알고 있지?"

"잘 알고 있어요. 너무 슬퍼 말아요. 나도 동의했어요."

그녀가 물었다.

"언제 수술할 거죠?"

"빠르면 빠를수록 좋아. 내일 점심에라도 할 수 있어. 그래, 점심에 하도록 하자. 내가 수술도구와 약품을 가지고 여기로 올게. 너도 때맞춰 오도록 해."

꾸에 지는 고개를 끄덕였다. 그날 밤 내내, 그녀는 도저히 눈을 붙일 수가 없었다. 조바심에 가슴이 떨려와 온 밤을 뒤척였다. 날이 거의 밝아올 무렵 설 잠이 들었을 때 그녀는 악몽을 꾸었다. 숙직자가 와서 밥을 하라고 깨웠을 때, 그녀의 몸은 온통 식은땀으로 젖어 있었다.

약속 시간에 정확히 맞춰 꾸에 지는 비닐 깔판을 들고 숲으로 갔다. 바오는 모든 것을 준비해 놓고 기다리고 있었다. 그의 모습은 아주 초조해 보였다. 마치 넋이 빠진 사람처럼 이리저리 서성대고 있었다. 그녀가 걸어오는 것을 보자 그는 친근하게 웃으며 그녀에게 다가와 그녀의 손에 들린 비닐 깔판을 들어주었다. 바오는 손수 비닐을 깔아 그녀를 자리에 눕게 했다. 그러고는 꾸에 지의 옷을 정성스럽게 벗기고 나서 그녀의 입술에 키스했다. 위로의 키스를 퍼붓는 듯하더니, 그녀의 몸 위로 올라가 한 차례 정사를 치렀다. 정사를 끝내고 그가 일어나 앉아서, 그녀의 정맥에 한 캡슐의 약을 주사했다.

"무슨 약이에요?"

도저히 견딜 수 없을 정도로 어지러워, 꾸에 지는 불안감에 떨면서 물었다. 모든 핏줄이 꽁꽁 묶여 피가 꽉 막힌 것처럼 느껴졌다. 눈앞이 아스라이 흐려졌다. 귓속이 윙윙 울렸다. 하늘과 땅이 미친 듯이 돌고 뒤집어졌다. 그녀의 심장은 쾅쾅 급박하게 뛰었다. 가슴은 바위에 짓눌린 듯, 숨을 제대로 토해낼 수가 없었다.

"오빠…… 왜 이렇게…… 어지럽지요?"

그녀는 숨을 가쁘게 몰아쉬었다.

"가슴이 꽉…… 묶인 것…… 같아요……. 숨을…… 쉴 수가…… 없어요……. 내 손을 잠깐만…… 잠깐만…… 잡아줘요……. 아아…… 오빠…… 왜…… 이러죠?"

그녀는 신음을 토해내며 몸을 뒤틀었다. 눈에서는 눈물이 흘러내렸다.

"괜찮아, 꾸에 지. 지금 약이 작용하고 있는 것뿐이야. 잠시만 참아. 오 분만, 오 분만 지나면 괜찮아질 거야. 내가 그동안 안아줄게. 그래, 조용히 누워 있어. 착하지, 내 사랑……."

"더는…… 참을 수가…… 없어요……. 오빠…… 왜 이렇게…… 숨 쉬기가… 힘들죠……. 아아…… 오빠…… 그만…… 그만……."

혀가 굳어 말소리가 되어 나오지 않았다. 그녀는 연신 꺼질 듯 꺼질 듯 거친 숨을 토해냈다. 그녀는 바오를 끌어안으며 몸을 동그랗게 움츠렸다. 그녀의 피부가 짙은 보라색으로 변했다. 마침내 그녀는 한 차례 딸꾹질을 크게 하고 나더니 사지를 축 늘어뜨렸다. 그녀의 눈앞에서 태양이 서서히 몽롱해지다가 완전히 꺼져버렸다. 그녀의 몸에 검은 비닐이 씌어졌다.

*

"그놈이 독약을 직접 제 정맥에 놓아서 저를 죽였어요."

꾸에 지는 빈에게 지나간 일들을 이야기해 주었다.

"그놈이 제 아이와 저를 함께 죽였어요. 제가 왜 그렇게 우둔했는지 모르겠어요. 그놈이 꾀어내는 말에 그렇게 쉽게 넘어가다니……. 제가 어렸을 때, 우리 부모님은 왜 제게 다른 사람을 한 번쯤 의심해 보라고 가르치시지 않았을까요. 우리 부모님이 잘못하신 거예요. 막다른 길에 몰렸을 때 맹수처럼 사납게 저항하는 것을 가르쳐주시지 않았어요. 그래서 제가 그런 죽음을 당해야 했어요……."

말을 마치고, 그녀는 울음을 터뜨렸다.

빈은 꾸에 지의 말을 듣고 나서, 피가 끓어오를 정도로 속이 상했다. 도저히 믿기지 않았다. 인민의 군대 안에 그렇게 무지막지하고 악마 같은 인간이 있다니. 빈은 군 생활을 하는 동안 사기를 치고 거짓말을 하고 허풍을 떠는 놈들을 여러 번 만난 적이 있었다. 그러나 배 속의 아이와 더불어 자신의 애인까지 죽일 만큼 그렇게 잔인한 놈은 만나보지 못했다. 그놈은 도대체 어떤 뼈와 살로 만들어진 인간인가. 그놈의 몸에 흐르는 피는 도대체 어떤 피인가…….

그런 악마 같은 놈들은 반드시 일찌감치 죽어버려야 한다, 죽어도 열사로 죽어서는 안 된다. 그런 놈이 모두 죽어버려야 조국이 난관에 빠지지 않는다. 그놈이 버젓이 살아서 의사 공부를 하고, 간부가 된다면……. 그래서 그런 놈과 우리가 서로 동지로 불린다면 그 얼마나 치욕스러운 일이란 말인가.

빈은 손을 들어 꾸에 지의 두 뺨에 흐르는 눈물을 닦아주었다. 그는 상심어린 눈으로 그녀를 안타깝게 바라보았다.

"나는 너를 좋아해, 꾸에 지."

빈이 말했다.

"너 같은 사람은 보기 드물어. 너는 어리석어 보일 정도로 좋은 사람이야. 그런 일이 일어나는 동안, 아무도 너를 구해주지 못했구나. 인간세계의 모든 사람들이 이제 정신을 차려서, 너를 위한 복수를 해 줄 수 있기 바라……."

"아니에요. 지금 저에게는 그런 게 중요하지 않아요. 그놈이 평생 동안 마음속에 죄를 안고 살도록 그저 내버려두라죠. 우리 아버지는 항상 말씀하셨어요. 네게 고통을 안겨준 사람의 모든 것을 다 용서해라, 그 사람이 악귀라 할지라도 언젠가는 선량하게 살아갈 날이 반드시 있을 거다, 그러셨지요."

"아이고, 꾸에 지! 이런 끔찍스런 일에도 그런 마음을 가질 수 있단 말이니? 난 도저히 이해가 되지 않아. 그게 너의 진정한 마음이라면, 신은 마땅히 너 같은 사람을 오래 살 수 있게 해줘야 해. 그래야 세상의 고통도 줄어들지……. 그리고 만약 네가 환생할 수 없다면 옥황상제 역시도 지극히 관료적인 놈이라고 할 수밖에 없어."

"하지만 뱃삯이 없는 걸요. 전 정말 아무것도 가진 게 없어요."

"그건 나도 마찬가지야. 돈에 관해서라면, 나도 너처럼 완전히 빈털터리야.”

꾸에 지는 빈의 눈을 바라보았다. 그녀는 빈의 영혼을 믿었다. 검은 티 한 점 찾아볼 수 없는 맑은 영혼이라 믿었다.

“그런데 빈 오빠…… 오빠는 어쩌다가 그렇게 젊은 나이에 황천에 내려와야만 했어요?”

꾸에 지가 물었다.

“얘기하자면 길어! 그래, 앞으로 천천히 얘기해줄게…….”

전쟁의 얼굴

전장에 깊이 들어갈수록 빈은 점점 더 전쟁의 실체를 알아차리게 되었다. 베트남을 관통하는 호치민 루트[37]에서, 그는 얼마나 많은 숲이 폭탄 구덩이들로 잔혹하게 파헤쳐졌는지 날마다 목격했다. 단 하루도 거르지 않고, 미군폭격기가 그 어딘가를 폭격하는 소리가 들려왔다. 잠시 쉬고 있던 숙영지에서 공습경보 사이렌과 동시에 B-52 폭격기가 온 숲을 뒤흔들며 폭격을 퍼부어대면, 분대원들은 참호 입구에 기대서서 밤을 새워 경계근무를 섰다. 수많은 날들이 똑같은 날처럼 반복되었다.

그러던 어느 날, 한밤중에 대대로부터 급하게 행군 명령이 떨어졌다. 폭격기가 곧 숙영지를 공격할 것이니 속히 안전한 장소로 대피하라는 전갈이었다. 수백 명의 부대원들이 폭격을 피해 커다란 동굴에 모여들었다. 동굴에는 크고 작은 돌들이 어수선하게 깔려 있었다.

다른 부대 소속의 부대원들도 동굴로 속속 밀어닥쳤다. 그들은 왁자지껄 서로 이름을 불러댔다. 그들 외에도 여전히 많은 수의 다른 부대원들이 동굴로 집결하는 중이었다. 각 부대의 지휘관들은 자기 수하의 병력들을 모두

37 베트남 전쟁 당시 하노이에서 사이공까지 라오스, 캄보디아 국경을 따라 이어진 증선산맥을 통해 병력과 물자가 이동했던 루트.

자리에 앉힐 만한 공간을 찾기 위해, 플래시 불빛을 끊임없이 가로 세로로 비춰댔다.

병사들이 빽빽하게 밀착해서 자리에 앉았다. 병사들이 뿜어대는 열기로 동굴 속은 도저히 견딜 수 없을 만큼 무더웠다. 찜통 같은 더위로 숨이 막힐 지경이었다. 서로 웃는 소리, 험한 말을 내뱉는 소리, 장비 간수 잘하라고 주의시키는 소리들이 마치 시장바닥의 소음처럼 뒤엉켰다.

병사들의 시끌벅적한 소음을 가르며 당직 사관이 사이렌을 울렸다. 키 크고, 단정하게 머리를 빗은 당직 사관이 큰 소리로 말했다.

"모든 부대원들 집중! 병참부대의 명령에 따라 지금 이 시간부터 어느 누구도 불을 켤 수 없다. 모두 플래시를 꺼라, 어느 누구도 말소리를 크게 내지 마라. 어느 누구도 여기저기 왔다 갔다 하며 자리를 옮길 수 없다. 어수선하게 움직이면 안 된다. 각 부대 지휘관들은 자신의 병력수를 항상 파악하고 있어라. 어느 누구도 동굴을 벗어나는 것을 허락하지 않는다. 정확히 알아들었나, 동지들?"

"정확히 알아들었습니다……."

병사들은 굼뜬 목소리로 대답을 했다. 침묵은 단 몇 분 동안만 가능했다. 얼마 못 가서 시끌벅적한 소리가 다시 동굴 속을 뒤덮었다. 라이터불, 성냥불도 여기저기서 켜졌다. 플래시 불빛도 다시 동굴을 가로 세로로 비춰댔다.

"몇 시나 됐어요, 웃 형?"

빈은 길게 하품을 하며 물었다.

소대장 판 웃 준위는 소변 볼 곳을 찾기 위해 안절부절못하고 있었다. 빈의 물음에 소대장은 시계를 눈앞에 가까이 대었다. 그러나 어두워서 아무것도 볼 수가 없었다. 그는 라이터를 꺼내 연속으로 두세 번 불을 켰다. 동굴 입구 쪽에서 어떤 군인이 큰 소리로 욕을 해댔다.

"씨팔, 어떤 새끼가 자꾸 불을 켜대는 거야. 불 꺼, 이 개새끼야! 폭격기가 지금 우리 머리 위에……."

그가 미처 말을 끝내기도 전에, 비행기 소리가 무섭게 들려왔다. 동굴 바깥쪽에서 여러 차례 섬광이 번쩍이더니 곧이어 산을 뒤흔드는 폭발음이 몰려들었다. 바깥쪽에 있던 군인들은 겁에 질려 어쩔 줄 몰라 했다. 그들은 공포로 인해 사색이 된 얼굴로 정신없이 동굴 안쪽으로 뛰어들었다. 오로지 바깥쪽 공간에서 멀리 벗어나고자 앞에 앉은 사람들을 생각할 겨를이 없었다.

"아이고, 어떤 새끼가 내 머리를 밟는 거야? 장님이야, 이 새끼야? 한 대 맞고 싶어? 아이고, 개새끼!"

폭격은 거의 10분 동안 계속되었다. 폭격이 멈춘 후 동굴은 무거운 침묵 속에 가라앉았다. 비행기 소리도 점점 작아지다가 사라졌다.

빈은 자리에서 벌떡 일어났다. 뒤쪽에서 그의 목덜미에 뿜어대는 어떤 군인의 뜨거운 숨결을 도저히 참아낼 수가 없었다.

"아마도 B-52 폭격기겠지, 하사?"

그의 앞에 앉아 있던 군인이 뒤를 돌아보며 물었다.

"바보야, 아마도 무슨…… B-52 말고 또 다른 게 있어?"

빈은 짜증 섞인 목소리로 대답했다.

"그게 어디를 폭격했을까?"

다른 군인이 물었다.

"병참부대지 어디야."

부소대장 부이 반 꼼이 대답했다.

"놈들이 여기를 공격하지 않을 거라고, 연락원 자식들이 우리를 이 망할 놈의 동굴 속에 처박아 넣은 것 아니겠어?"

"주둥이 닥쳐! 무슨 말을 그렇게 심하게 해. 놈들이 다시 올 테니까 그만 잠자코 있어."

그 군인의 말이 맞았다. 채 1분도 지나지 않아 비행기 소리가 다시 들려왔다. 이번에는 폭탄 터지는 소리가 좀더 가까워져서 훨씬 더 끔찍하게 들렸다. 빈은 폭탄이 바로 자신의 머리 위에서 터지는 것 같았다. 마치 누군가가 머릿속에서 타작을 하는 듯했다. 작은 폭발음에도 뇌까지 쑤셔와 몸을 움츠러들게 만들었다. 다른 사람들과 마찬가지로 빈은 귀를 꽉 틀어막았다. 폭탄은 그칠 줄 모르고 계속 떨어졌다. 몇 개의 폭탄은 동굴 입구 바깥쪽에 명중되어 붉은 불꽃으로 타올랐다. 뜨거운 기운은 회오리바람이 되어 동굴 속으로 층층이 몰려들었다. 역한 화약 냄새에 많은 병사들이 기침을 토해냈다. 폭탄이 터지는 불빛 속에서 빈은 부대원들의 창백한 표정을 볼 수 있었다. 동그래진 눈동자는 흰자위로 덮이고, 놀란 마음에 몸을 움츠리는 아주 가여운 모습들이었다. 동굴 바깥에서 이글거리는 저주의 화염을 보지 않으려 아예 두 눈을 꼭 감고 있는 사람도 있었다.

그날 밤, 적의 비행기는 다섯 차례에 걸쳐 공격을 해왔다. 두 차례는 산 암벽을 때렸다. 나머지 세 차례는 동굴에서 약 2백 미터 떨어진 곳에서부터 수 킬로미터 떨어진 곳까지 불바다로 만들었다.

"까짓것 상관없어. 놈들이 어디를 공격하든 한번 끝까지 해보라지!"

준위는 소변을 보고 돌아와서 태평스럽게 말했다.

"자, 잠들 자자. 힘을 비축해야지. 내일 또 먼 길을 가려면."

말을 마치고 그는 웅크리고 앉아, 두 손으로 무릎을 끌어안았다. 일 분 정도가 지났을까, 준위는 금세 잠이 들었다. 드르렁드르렁 코 고는 소리까지 냈다.

몸은 아주 피곤했지만 빈은 잠을 청할 수가 없었다. 화약냄새가 사람들의 땀냄새와 범벅이 되어 숨이 막혀왔다. 그는 눈을 감은 채 양쪽 관자놀이를 손가락으로 지그시 눌렀다. 그를 제외한 모든 부대원들은 완전히 잠에 빠져 있었다. 다들 태연하게 잠에 곯아떨어져 있었던 것이다.

날이 밝자마자, 부대원들은 모두 잠에서 깨어났다. 각 소대장들은 행군 명령을 하달받기 위해 대대로 올라갔다. 그동안 병사들은 소대장이 돌아오는 것을 기다리면서, 군장을 정비하고 총을 닦았다.

대대에 간 지 5분쯤 지났을 때, 판 웃 준위가 급히 뛰어왔다. 그는 소대원들에게 말했다.

"지난 밤 폭격에 미처 대피하지 못한 아군 부대원들이 무너진 참호 속에 갇혀 있다. 우리 소대는 그들을 구출하는 임무를 부여받았다. 우리가 도착하는 일 분 일 초에 그들의 목숨이 달려 있다. 자, 동지들 모두 긴장하도록! 삽과 곡괭이, 총만 들고 간다. 개별 장비는 그대로 둔다. 부이 쑤언 팝 동지는 남아서 소대원들의 장비를 살피고, 점심밥을 짓는다. 임무가 끝나는 대로 우리 소대는 곧장 부대를 뒤쫓아 행군한다. 자, 그럼 모두 신속히 이동!"

소대는 한 연락원을 따라 길에 올랐다. 동굴을 나와 처음 마주친 광경은 간밤에 B-52 폭격기가 만든 수많은 폭탄 구덩이였다. 폭탄 구덩이 가득한 숲속을 한참 동안 고생스럽게 헤치고 나아가서야 소대는 비로소 오솔길에 다다를 수 있었다. 그러나 오솔길 역시 형체가 남아 있지 않았다. 폭격을 맞은 나무들이 산산조각으로 흩어져 불에 그을려 있었다. 숙영지 막사들도 거의 모두 날아갔다. 단지 서너 개의 쓰러진 기둥만이 막사가 있었다는 흔적을 대신했다. 콧속과 목구멍이 쓰릴 정도로 숙영지 자리는 화약 냄새와 불에 탄 나무 냄새로 진동했다. 숙영지의 축사는 폭탄 두 발을 맞았다. 깊게 파인 폭탄 구덩이에서는 여전히 스멀스멀 연기가 피어오르고 있었다. 폭탄 구덩이 두 개는 마치 벌겋게 파인 두 눈이 납빛의 하늘을 올려다보고 있는 듯한 모습이었다. 식당만이 여전히 손상되지 않고 그대로 남아 있었다. 밥알들이 열에 부풀어오른 채, 온갖 먼지를 뒤집어쓰고 있었다.

빈은 숙영지의 모습을 바라보다가, 돌연 온몸에 끔찍한 소름이 돋았다.

"동지들, 빨리빨리!"

연락원은 소대원들의 발걸음을 재촉했다. 그는 행군 대열 맨 앞에 서서 길을 개척해나갔다.

소대원들이 그를 빠르게 뒤쫓아 갔다. 몇 개의 폭탄 구덩이를 지나치자 다시 오솔길이 나타났다. 산으로 오르는 오솔길 쪽에 집 두 채가 폭탄에 맞아 무너져 있었다. 흙과 돌덩이들이 모든 것을 뒤덮고 있어서, 방공호가 어디에 있는지 알아볼 수가 없었다.

"다 왔습니다. 여깁니다."

연락원은 숨을 헐떡이며 말을 했다.

"아마도 방공호 자리가 여기인 듯한데……."

모든 소대원들이 급히 무기를 내려놓고, 연장을 쥐고서 열심히 땅을 파기 시작했다. 그러는 동안 연락원은 혹시나 대답하는 사람이 있을까, 계속해서 큰 소리로 한 사람씩 이름을 불렀다. 그러나 어지럽게 무너진 집채만이 단지 차가운 침묵으로 답할 뿐이었다.

준위의 지휘 아래, 소대원들 모두가 혼신의 힘을 다해 땅을 팠다. 그들은 마치 무언가에 홀린 사람들처럼 정신없이 손을 놀렸다. 물벼락을 맞은 듯 옷이 모두 땀으로 흠뻑 젖었다. 한 병사가 잠시 손놀림을 멈추고 윗옷을 벗으려 했다. 그때 부이 반 꼼 부소대장이 버럭 고함을 질렀다.

"옷 벗지 마, 새끼야! 일 분 일 초에 목숨이 걸려 있는데, 옷 벗는데 시간을 허비해? 대가리 처박고 열심히 땅이나 파!"

병사는 감히 옷을 벗지 못했다. 그는 다시 삽을 잡고 열심히 땅을 팠다. 소대원들이 약 5미터 넓이로 1.5미터 깊이 정도 파내려 갔을 때쯤 도안 반 니으 일병이 소리를 질렀다.

"동굴이다!"

소대원들이 모두 장비를 놓고 그에게 몰려들었다. 그 모습에 준위가 또다시 소리를 버럭 질렀다.

"모두 원 위치! 삽과 곡괭이를 들어! 자, 여섯 놈만 자원해봐! 다시 열심히 땅을 파도록 한다. 야, 타이 새끼야, 왜 그렇게 몸을 흐느적거려!"

부소대장이 옆에 서 있던 병사의 삽을 잡아채서 구덩이로 뛰어들었다. 그는 타이를 밖으로 밀어냈다. 그러고는 얼굴이 온통 벌게질 정도로 부지런히 흙을 퍼냈다. 그는 혼자서 다른 사람의 두세 배 몫을 해냈다. 판자가 드러나자, 부소대장은 곡괭이를 이용하여 그것을 걷어냈다. 병사들이 달려들어 부소대장을 도왔다. 그들은 나무기둥을 끌어내 밖으로 던졌다. 마침내 동굴 입구가 드러나자, 모두들 환호성을 질렀다. 연속해서 두 번째, 세 번째 나무기둥을 걷어냈다. 부이 반 꼼 부소대장은 명령도 기다리지 않고 곧바로 동굴로 뛰어내렸다. 30초 정도가 흘렀을까. 부소대장은 마치 어린아이처럼 큰 소리로 울음을 터뜨렸다.

"뭐야, 귀신이 널 잡아가기라도 한대? 울긴 왜 울어? 상황이 어떻게 된 거야?"

준위는 동굴 속으로 머리를 집어넣고 물었다.

"죽었어요……. 모두 죽었어요……."

"이런…… 자, 응급조치를 취할 수 있도록 어서들 땅 위로 옮겨! 빨리빨리!"

준위가 다그쳤다.

"득 녀석은 어디 갔어? 빨리 약과 붕대를 준비해! 이런 빌어먹을! 너 이 자식아, 여태까지 뭐하고 있었어, 엉? 니으 녀석은 어딨어? 빨리 내려가서 부소대장을 도와."

니으는 잽싸게 동굴로 뛰어 내려갔다. 몇 분 후, 그들은 이십대 초반으로 보이는 여성을 땅 위로 들어올렸다. 그리고 한 명 더, 한 명 더 차례로 들려 나왔다…….

그렇게 모두 여섯 명을 땅 위로 옮겼다. 전부 여성으로 아주 젊은 나이들이었다. 그들 중에서 두 명은 눈의 흰자위가 돌출되어 있었고, 체온은 이미 완전히 식어 있었다. 나머지 네 명은 안색은 시커멓게 변했지만, 체온은 여전히 남아 있었다.

여섯 명 모두의 손톱 끝에는 피가 배어 있었다. 절망적인 상황에서 그들은 손가락으로 땅을 팠던 것이다. 하지만 땅속을 뚫고 나오기에는 역부족이었다.

득은 평상시와는 다르게 잽싸고 민첩한 모습을 보였다. 여섯 명 모두에게 회복약을 한 대씩 주사한 후, 소대원들을 불러 인공호흡을 시켰다. 모든 소대원들이 안타까움 속에 긴장된 마음으로 응급조치를 도왔다.

갑작스레 맞닥뜨리게 된 고통스런 상황 앞에, 준위는 자신의 감정을 주체할 수 없었다. 준위는 쏜살같이 연락원에게 달려들어 그의 멱살을 쥐고 흔들었다. 분노에 가득 찬 목소리로 욕을 뱉어냈다.

“이런 좆같은 새끼야! 동굴이 어젯밤에 무너졌는데, 오늘 아침에야 보고를 해? 다 늦은 다음에 무슨 수로 사람을 구할 수가 있어, 엉? 너는 사람을 잡아먹는 놈이야. 너…… 너 같은 놈은 내 손에 뒈지는 게 차라리 나아…….”

“웃 형…… 됐어요. 그만…… 그만…….”

빈이 뛰어들어 둘 사이를 떼어놓았다.

연락원은 낯을 붉히며 어쩔 줄 몰라 했다. 무슨 말인가 하려고 입술을 달싹거렸으나 소리가 되어 입 밖으로 나오지는 않았다. 사실 이 같은 상황에서 그는 아무런 잘못이 없었다.

“웃 형, 여기 이 아가씨의 숨통이 트였어요!”

응웬 반 득 위생병이 기쁨에 차서 소리를 질렀다.

부소대장 부이 반 꼼이 고함쳤다.

“손을 멈춰선 안 돼! 이리 나와, 내가 바꿔서 할게! 빈, 넌 이리로 와서 이

아가씨를 인공호흡해. 득은 타이하고 바꾸도록 하고……. 아직 희망이 있어. 자, 모두들 조금만 더 힘을 내."

빈은 한 아가씨 옆에 무릎을 꿇고 앉았다. 가슴을 서너 차례 압박한 후 아가씨의 입을 벌렸다. 그러고는 숨을 한 번 크게 들이쉬고 나서 그녀의 입에 입술을 붙였다. 온 힘을 다해 공기를 불어넣고 다시 아주 세게 빨아들였다. 약간 짜고 비릿한 덩어리가 그의 입으로 넘어와 목구멍으로 빨려 들어갔다. 빈은 인상을 찡그리며 넘어온 것을 다시 땅에 뱉었다. 피! 핏덩이가 그녀의 기관지를 꽉 막고 있어서 그녀가 숨을 쉴 수 없었던 것이다. 빈은 입을 가실 생각도 하지 않고 숨을 불어넣고 빨아내는 동작을 연속해서 반복했다. 마침내 그 아가씨의 숨통이 트였다. 소대원들 모두가 감격의 환호성을 질렀다. 그렇게 빈은 자신의 입김으로 한 여성의 숨통을 트이게 해주었다. 자신의 힘으로 그녀의 생명을 구해준 것이다.

빈의 눈에서 감격의 눈물이 저절로 흘러내렸다. 그의 뜨거운 눈물이 아가씨의 얼굴 위로 떨어졌다.

"모두들, 빈을 배우도록 해!"

소대장이 목청을 높였다. 그러고는 몸을 돌려 연락원에게 물었다.

"다른 동굴이 더 있나, 엉?"

갑작스런 물음에 연락원은 어쩔 줄 모르고 쩔쩔맸다.

"아마도 없을 겁니다."

"이 새끼가…… 계속 또 '아마도'야? 있으면 있다, 없으면 없다고 말해야지, 아마도가 네 애인 이름이야?"

준위가 불같이 화를 내자, 연락원은 주저주저하다가 대강 말을 얼버무렸다.

"없습니다. 여기에는 이 동굴 하나밖에 없습니다."

"알았어. 당장 꺼져버려! 너 계속 내 눈앞에서 얼쩡거리다간 나한테 총알한 방 먹을 줄 알아!"

연락원은 창피한 표정으로 슬금슬금 꽁무니를 뺐다.

빈이 구해준 여성이 입술을 조금씩 달싹거렸다. 빈은 손수건에 물을 묻혀서 그녀의 얼굴을 닦아주며 물었다.

"다른 동굴이 더 있나요?"

그녀는 말소리를 내지 못했고, 대신 손을 들려고 안간힘을 썼다. 빈은 그녀가 가리키는 쪽을 바라보았다. 그녀의 손이 산 정상 쪽을 가리키고 있었다. 빈이 준위에게 말했다.

"아마도 저 위쪽에 매몰된 사람들이 더 있는 것 같은데요?"

준위는 고개를 끄덕였다. 그는 부소대장과 득, 니으, 타이 등 여섯 명에게 남아서 계속 응급조치를 취하라고 명령했다. 그러고는 나머지 모두를 데리고 산등성이로 올라갔다. 산에 오르기 전에 준위는 뒤를 돌아보며 연락원에게 말했다.

"만약 내가 동굴 하나라도 더 발견하게 된다면, 너는 잽싸게 멀리 도망쳐야 할 거야. 그 순간에 발생할 내 행동을 나도 더는 책임지지 못할 테니까, 알아들었어?"

10분 정도 뛰어서 산 아래턱에 다다랐다. 폭탄을 맞은 바위들이 굴러 내려와 산에 오르는 길을 가로막고 있었다. 조금 더 올라가자, 커다란 바위들로 입구가 막혀버린 동굴의 흔적이 눈에 들어왔다.

응웬 꾸앙 빈 하사가 삽으로 바위를 두세 번 세게 두드린 다음, 크게 소리쳤다.

"안에 누가 있어요? 있으면 대답해 봐요!"

동굴은 크고 작은 바위들로 완전히 막혀 있었다. 동굴 안쪽에서 아주 희미한 소리가 들려왔다.

"우…… 리…… 를…… 구…… 해…… 주…… 세…… 요……."

"사람이 안에 있어요, 웃 형."

빈이 다급한 목소리로 말했다.

준위는 소대원들에게 동굴 입구에 쌓여 있는 작은 돌들을 빨리 치우라고 명령했다. 그러고 나서 그 '아마도' 녀석에 대한 분노가 다시 솟구쳤다. 이런 망할 놈의 새끼! 동굴이 몇 개나 무너졌는지, 그 상태가 어떤지 파악해놓지도 않고…… 사람을 구할 적절한 대책도 없이…… 다 늦게 보고해서 사람 헛고생만 시키고……. 어이구, 이런 새끼가 연락원이라니…… 내 이 새끼를 그냥……. 준위는 소대원들이 돌을 치우는 동안 내내 궁시렁대며 저주의 말을 쏟아냈다.

작은 돌들을 모두 들어내고 나서야, 동굴 입구 쪽에 터진 폭탄의 흔적을 비로소 알아볼 수 있었다. 폭탄에 무너져 내린 큰 바위가 동굴 입구를 완전히 틀어막고 있었다. 또한 주위에는 산에서 굴러 내려온 10톤이 넘는 크기의 바위 서너 개가 함께 맞붙어서 꿈쩍도 하지 않았다.

눈앞에 놓인 묵직하고 육중한 바윗덩어리들을 보고 모두들 진저리를 쳤다. 소대원들의 얼굴은 모두 비참하게 일그러졌다.

우울한 침묵을 깨고, 동굴 안에서 다시 구조를 요청하는 소리가 흘러나왔다. 그 소리는 아주 멀리서 들려오는 소리처럼 작고 희미했다.

"우……리……를…… 구……해……주……세……요…… 우……리……는…… 죽……어……가……고…… 있어요……"

구조를 요청하는 소리가 들리자 소대원들은 더욱 애가 끓고 안달이 났다. 커다란 바위를 움직일 방법이 전혀 없었다. 그들은 바위의 위아래 양옆을 살펴보다가 다시 서로의 얼굴을 쳐다보며, 절망감에 고개를 절레절레 흔들었다. 준위의 명령에 따라 모든 소대원들이 어깨를 바위에 붙이고, 바위를 밀어내기 위해 온 힘을 쏟았다. 역시나 바위는 아무런 움직임이 없었다. 힘을 한꺼번에 쓸 수 있도록, 소대원들이 숨을 크게 모았다가 동시에 바위를 밀어보았다. 그러나 바위는 여전히 미동조차 하지 않았다.

"굵고 긴 나무를 찾아와봐. 바위 밑에 한번 넣어보게."

준위가 명령했다.

병사 여섯 명이 날렵하게 산 아래로 뛰어 내려갔다. 얼마 후, 그들은 다섯 개의 나무 기둥을 들고 돌아왔다. 나무를 큰 바위 밑에 넣고 지렛대로 이용해서, 소대원들이 다시 힘을 모았다. 그러나 지렛대로 쓴 나무만 부러질 뿐 여전히 바위는 꿈쩍도 하지 않았다. 준위는 초조함에 애가 닳아 왔다 갔다 했다. 자신의 무기력함에 화가 난 준위는 옆에 서 있던 병사의 총을 잡아챘다. 그러고는 탄창을 끼우고 동굴 입구를 향해 한 통의 탄알을 모두 쏘아보았으나, 바위 위에 단지 몇 개의 생채기를 내는 것으로 끝이었다.

동굴 안의 사람들도 총소리를 들었다. 그들은 마지막으로 온 힘을 다해 소리를 높였다. 그러나 큰 소리는 오래가지 않았다. 그것은 점점 약해지더니, 결국에는 그 약한 소리마저 아예 끊어져버렸다.

"빌어먹을! 이럴 때는 어떻게 해야 해, 빈?"

준위는 두 손을 바위에 갖다 대고 신음을 토해냈다. 그는 원망스럽다는 듯이 바위에 이마를 대었다. 하지만 아무런 방법도 떠오르지 않았다.

빈은 눈이 붉게 충혈될 만큼 온몸으로 바위를 끌어안고 힘을 썼다. 감정에 복받친 몇몇 소대원이 울음을 터트렸다. 그 울음소리에 모두들 따라 울었다. 그들은 불가항력의 상황을 안타가워하며 울었다. 눈앞에서 동료들이 죽어가는 것을 보면서도 구해줄 아무런 방법이 없었다.

그날 오후가 가까워서야 부대로부터 위생병과 공병의 지원을 받을 수 있었다. 아래쪽 방공호의 환자들을 병원으로 후송해 가는 것과 동시에 공병들이 산으로 올라왔다. 동굴 입구를 막고 있던 바위를 다이너마이트로 부숴다. 동굴 안으로 들어갔을 땐 단 한 명의 생존자도 없었다. 모두들 이미 질식해 숨을 거둔 후였다.

병사들이 차례차례 시신을 밖으로 들고 나와서, 돌로 울퉁불퉁한 땅 위에 눕혔다. 그들은 열두 명의 여성들로, 십 대 후반에서 이십 대 초반으로 보이는 꽃다운 청춘들이었다. 케 자오 18부대 소속으로 병영에 배속된 지 불과 나흘 밖에 안 된 사람들이었다.

'케 자오 18부대'라는 이름을 듣고 응웬 꾸앙 빈 하사는 감전된 듯 몸을 움찔했다. 그는 급히 사람들을 헤치고 앞으로 나아갔다. 푸르뎅뎅한 피부, 굳게 경직된 눈동자, 황망하고 겁에 질린 표정으로 누워 있는 열두 명의 아가씨들을 보자, 빈은 도저히 마음을 진정시킬 수가 없었다. 그는 금방 마이를 알아볼 수 있었다. 호리호리한 아가씨로 다른 네 명의 아가씨와 함께 빈이 탔던 기차에 몸을 실었던 바로 그 아가씨……. 빈은 마이에게 다가가 무릎을 꿇고 앉았다. 그는 마치 눈앞이 흐린 사람처럼 두 손으로 그녀의 얼굴을 쓰다듬었다. 그리고 그녀의 차가운 두 손을 잡고서 자신의 가슴에 품었다. 도저히 믿을 수가 없었다. 그녀가 이토록 비참하고 어이없이 생을 마감하다니……. 또한 상상이 되지 않았다. 기차에서 헤어지던 그날 아침, 그녀가 좇아와서 스스로 자신의 이름과 소속 부대를 알려준 것이 이렇게 오늘 같은 재회를 위해서라고는……. 그녀가 편안한 곳으로 가는 마지막 배웅을 위해서라고는…….

"편안히 잘 가요, 마이……."

그는 마이에게 작별 인사를 하고 옆에 누운 아가씨 쪽으로 갔다.

"편안히 잘 가요, 호아……. 편안히 잘 가요, 모두들……."

빈은 한 사람씩 차례차례 눈을 감겨주었다. 그러고는 일어나서 멀리 걸어갔다. 억눌렀던 슬픔이 순식간에 울분으로 터져 나왔다. 그의 심혼이 활활 불덩어리로 타올랐다. 마치 폭탄이 폭발하듯, 빈은 하늘을 올려다보며 크게 울부짖었다.

"세상에! 어떻게 이런 일이 있을 수가 있습니까? 열두 명의 사람…… 열두 명의 아가씨…… 열두 명의…….”

*

나흘을 부지런히 뒤쫓아 가서야 소대는 비로소 대대의 행군 대열을 만날 수 있었다. 대대는 중선산맥[38]을 따라 행군하고 있었다. 전쟁의 실체를 몸으로 접하는 나날 속에, 응웬 꾸앙 빈 하사는 그것의 엄혹함을 점점 더 깊이 체감했다. 총을 쏘는 것이 전부가 아니었다. 또한 행군은 전쟁 중의 한가한 산책이 아니었다. 그러나 그 엄혹함 속에서도 한 가지 빛나는 사실을 알게 되었다. 아름다운 동지애! 바로 그것이었다. 부대원들은 서로의 몸을 마치 자신의 몸과 같이 여겼고, 서로를 믿고 의지했으며, 때로는 남을 대신해 자신을 희생하기도 했다. 그것은 부대원들 모두가 공유한 가장 큰 재산이었고, 모든 난관을 극복해낼 수 있는 힘의 원천이었다.

또한 빈은 얼마 전의 구호활동을 통해서, 부소대장의 본래 품성과 자질을 비로소 알게 되었다. 부소대장 역시 책임감이 강하고 열정적인 사람이었다. 소대 구호활동에서 부소대장은 무너진 방공호 속 여섯 명의 아가씨들 중에 네 명의 생명을 되살리는 일에 결정적으로 기여했다. 빈은 그 당시에 대부분의 소대원들과 마찬가지로 도저히 침착성을 유지할 수 없었다. 그런 상황에서 부소대장은 침착하게 선두에서 모범을 보였고, 소대원들에게 적절한 임무를 부여했다. 그날, 부소대장은 지휘관으로서 자신의 역할을 훌륭하게 수행했다. 빈은 그날부터 부소대장에 대한 신뢰가 돈독해졌다.

응웬 꾸앙 빈 하사가 소속된 301대대는 박언의 서북지대로 진군해 갔다. 8월 말에 접어들자, 하늘은 큰 비를 뿌리기 시작했다. 중선산맥 고산지대의

38 베트남 서부에 위치한 산맥으로, 라오스와 캄보디아 국경을 따라 길게 이어져 있다. 베트남의 등줄 산맥으로, 베트남 전쟁 당시에 병력과 물자를 수송했던 '호치민 루트'로 이용되었다.

숲은 빗줄기에 축축하게 젖어, 온통 진흙투성이 습지로 변했다. 일주일 내내 햇볕 한 점 들지 않았다. 고지로 올라갈수록 병사들은 점점 더 짙은 안개구름에 갇혀 시야가 흐려졌다. 옷과 장비는 항상 수증기와 땀에 절어 끈적거렸다.

증선산맥의 갈림길에 다다랐을 때, 그 어느 때보다도 전쟁 중이라는 것이 실감되었다. 이동로를 따라 각 부대들이 서로 끊임없이 교차해 지나갔다. 전진하는 부대들, 퇴각하는 부대들, 우회하는 부대들, 잠시 머무르고 있는 부대들이 증선산맥 줄기마다 늘어서 있었다.

그러던 어느 날, 대대는 행군 도중 상부로부터 행군을 잠시 멈추라는 명령을 받았다. 다른 부대에게 행군로를 양보하기 위해서였다. 그 부대는 얼마 전 닥 또-떤 깐 전투[39]에 참가하고 퇴각하는 부대였다. 그들은 본격적인 우기가 되기 전에 전장에서 철수하라는 명령을 받았다.

지나가는 행군 대열을 보면서 빈은 침울하고 황망해지는 마음을 떨칠 수가 없었다. 그들은 하나같이 병에 찌들고 비쩍 야윈 군인들이었다. 모두들 몸에는 시퍼런 멍이 들어 있었고, 얼굴은 수척했다. 비쩍 마른 몸에 뺨은 오그라들어, 마치 움직이는 뼈 가죽 같았다. 그들은 일정한 대열도 없이 뿔뿔이 흩어진 채로 걸었다. 한 무리마다 고작해야 두세 명이 전부였다. 그들은 서로의 간격이 수 킬로미터씩 떨어진 상태로 개별 이동하면서, 어떤 목적지에 집결하고 있는 중이었다.

"도대체 어떤 부대이기에 이렇게 막강한 거야?"

위생병 응웬 반 득 일병이 목소리를 높여 비꼬아 물었다.

39 베트남 서부 고원지대에 위치한 꼰 뚬(Kon Tum)성 닥 또(Đắc Tô), 떤 깐(Tân Cảnh) 지역에서 1967년 11월 3일부터 22일까지 벌인 전투. 1964년 8월 개전 이래 가장 크게 벌인 전투로 서부 고원지대 핵심 거점을 서로 차지하고자 양측 모두 전력을 다했다. 베트남측 전사자는 1,600명 정도로 미군보다 다섯 배가량 많았지만, 미군측도 비행장 세 곳이 파괴되고, 비행기나 탱크, 장갑차 등 핵심 전력의 손실이 컸다. 이 전투를 통해 미군은 베트남의 군사력이 자신들과 맞상대할 수 있을 만큼 막강하다는 것을 깨달았다. 그로부터 2개월 뒤 1968년 1월 구정 대공세 전투를 거치면서 미국은 베트남 전쟁에서 승리가 불가능하다는 것을 인식하고 철수 절차를 밟는다.

"모르면 잠자코 있어. 저게 바로 내일 우리의 모습이야, 인마!"

부분대장 부이 쑤언 팝이 속이 불편한 듯한 목소리로 대답했다.

"내일이 되면 우리도 저들처럼 되지 않는다는 보장이 없어."

굶주리고 갈증에 지친 행군 대열이 소대의 눈앞을 계속해서 지나갔다. 검은 옷을 입고, 자동 소총을 어깨에 둘러멘 한 군인이 걸음을 멈추고는 소대 앞줄의 병사에게 물었다.

"고향이 어디에요?"

"닌 빈인대요!"

한 병사가 맞장구를 치며 대답했다.

"담배 좀 있어요? 있으면 한 개비만 줘요."

"아이고, 담배가 어디 있어요? 있다면 우리들 입이 이렇게 한가하겠어요?"

군인은 물끄러미 소대원들을 바라보다가 배낭을 땅에 내려놓고는 총을 어깨에 걸친 채로 진흙투성이의 땅바닥에 털퍼덕 주저앉았다.

"우리들은 플러이 껀에서 전투를 하고 돌아오는 길이에요."

군인은 숨을 헐떡이며 말을 이었다.

"그런데, 그곳에는 먹을 수 있는 게 하나도 없더라구요. 그 수많은 전리품 중에서 입에 처넣을 수 있는 게 하나도 없다니…… 망할……."

"어떤 전리품들이었는데요?"

지금껏 조용하게 앉아 있던 레 반 지에우 일병이 호기심 어린 목소리로 물었다.

"총과 탄약! 제기랄, 그런 걸 어떻게 먹겠느냐구."

"그럼 나랑 뭐 바꿀 만한 거 있어요? 대검이나 판초 같은 거라든가……."

지에우가 군인의 의중을 떠보면서 물었다.

"아, 물론 있지요. 그런데 아저씨는 뭐랑 바꾸려고 하는데요?"

"고깃덩어리가 네 개 들어 있는 통조림 한 개!"

"에이, 통조림 두 개면 모를까. 하나 갖고 어디 이쑤시개감이나 되겠어요?"

"그렇다면 할 수 없죠. 안타깝게 됐네요, 정말."

"그래, 좋아요. 까짓것! 그럼 내 판초랑 바꿀래요?"

"으음, 좋아요!"

지에우가 맞장구를 쳤다. 지에우는 배낭에서 고기 통조림을 꺼내 그 군인에게 주고, 그에게서 판초를 받았다. 그러고는 판초를 목에다 둘렀다.

부소대장 부이 반 꼼이 지에우가 물건을 바꾸는 것을 보고는 버럭 고함을 질렀다.

"지에우 동지! 물건을 그렇게 함부로 바꾸면 안 돼! 동지, 저 동지에게 당장 판초를 돌려주도록 해!"

"이런 씨팔, 야 네가 뭔데 그렇게 거만해? 부중대장이야, 중대장이야?"

군인은 방금 바꾼 고기 통조림을 재빨리 배낭에 처넣으며 말했다.

"이봐, 내 당신이 똑똑히 알아듣도록 말을 해두지. 난 당신이 설사 연대 간부라 해도 전혀 무섭지가 않아. 왜냐구? 여기는 전쟁터지 군사학교가 아니거든!"

자신이 무서워하지 않는다는 것을 증명이라도 하려는 듯, 그는 지에우에게 다시 물었다.

"더 바꿀 거 없어? 조미료나 장조림도 괜찮아."

"없어. 다 바닥났어."

지에우는 부소대장의 눈치를 보며 고개를 흔들었다. 그는 잠시 난감해하다가 좀 전의 일을 무마하기 위해 말머리를 돌렸다.

"아저씨네 부대는 플러이 껀에서 전투를 치르고 왔다면서. 그런데 왜 부상병이 한 명도 안보이지?"

"이런 미련한 자식! 그런 멍청한 질문이 어딨어?"

군인은 혀를 끌끌 찼다.

"어떤 부상병을 이 길로 보내겠어! 아직 전투 한번 못해 본 부대들 사기 떨어뜨릴 일 있어? 너희들은 벌써 우리들의 이런 모습만 보고도 잔뜩 풀이 죽어 있잖아. 부상병들은 아예 다른 길로 갔어. 알겠어? 그건 그렇고, 너희들은 어디로 가냐, T10, 아니면 B2?"

"S9 바다제비!"

"남부구나. 거긴 괜찮아! 먹고 마시는 게 꽤 좋다니까……. 죽을 때도 얼굴 때깔이 좋대. 여기 B는 정말 끔찍하고 넌덜머리가 나. 굶고, 또 굶고 하염없이 굶어 뱃가죽이 등에 달라붙고……."

"아마도 우리 부대는 S9 바다제비에서 단지 버터 조각이나 주울 수 있게 되겠지?"

부이 반 타이 일병이 길게 한숨을 쉬며 말했다.

"어떤 자식이 너한테 그렇게 말하디?"

"지휘부."

"엿 같은 소리들 하고 있네. 다들 꿈 깨도록 해! 우리가 지금 미국하고 싸우는 거지, 어디 토끼 사냥을 다니는 거야? 우리 부대원들은 미국놈들한테 단지 납덩어리를 얻어먹었을 뿐이야!"

"그런데 왜 지휘부는 우리한테 농담하듯이, 밀가루 귀공자들과 싸우는 것이라고 했을까?"

"미국놈들이 정말 밀가루 귀공자들이라면, 그래 너희가 버터 조각을 주울 수 있겠지. 하지만 그건 진짜 웃기는 소리야!"

군인은 냉소적으로 웃었다.

"됐다! 나는 간다. 전쟁터에 가보면 알게 될 거야. 실제가 모든 걸 말해줄 테니까……."

군인은 말을 마치고 힘겹게 몸을 일으켜서는 총을 어깨에 걸쳤다. 배낭을 멘 그의 모습은 마치 T자 모양처럼 구부러졌다. 그 군인이 눈앞에서 사라지고 난 얼마 후, 연대로부터 행군 명령이 다시 떨어졌다.

*

온종일 구름은 자신이 품고 있는 모든 물들을 중선산맥에 들이부었다. 거대한 빗줄기는 밤낮으로 계속 쏟아졌다. 비로 온몸을 두들겨 맞은 땅바닥은 역겨운 냄새를 피워 올렸다. 사람들의 옷에서도 역시 쉰내가 났다. 빗줄기와 더불어 말라리아 역시 군인들을 공격하기 시작했다. 대대 전체에서 튼튼한 병사 셋이 악성 말라리아로 행군 도중에 쓰러졌다. 그 세 명 모두 열여덟의 나이에 제대로 뜻을 펴보지도 못하고 숨을 거두었다.

응웬 꾸앙 빈 하사의 분대 역시, 두 명의 병사가 말라리아에 걸려 온몸이 열로 펄펄 끓었다. 처음에 빈은 그들이 단지 몸살감기에 걸렸다고 생각했다. 그러나 그것은 순진한 착각이었다. 한 번 열이 오른 뒤로 그들은 완전히 다른 사람으로 바뀌었다. 얼굴이 창백해지기 시작하면서 몸이 마르고, 손가락 하나 까딱하는 것이 힘겨워 전혀 움직이지 못했다.

치료와 더불어 그들의 수고를 덜어주기 위해 다른 병사들이 그들의 장비와 총, 탄약 등을 대신 짊어지고 행군했다. 분대장인 응웬 꾸앙 빈 하사 역시 씩씩하게 책임을 떠맡았다. 빈은 자신의 총과 탄약, 개인 장비 외에도 총 한 자루와 양식, 배낭을 더 들어야 했다.

몸이 아주 무겁고 피곤했지만 빈은 이를 악물고 행군을 해나갔다. 환자가 걸음을 걷지 못한다 하더라도 군의관의 입원 동의서를 받기 전까지는 그 환자를 등에 업고 행군해야만 했다.

어느 날 오후, 응웬 꾸앙 빈 하사의 분대는 대대가 사 터이 강 북쪽 고지에서 밥을 먹으면서 편히 쉬는 동안 경계근무를 서게 되었다. 하사의 분대는 숲속 깊숙이 들어가 주변의 지형을 살폈다. 경계 대형을 전개하며 앞으로 나아간 지 얼마 안 되어, 하사의 분대는 맞은편 쪽에서 숲을 헤치며 오솔길 쪽으로 올라가는 군인 세 명을 목격했다. 세 명 모두 보기 좋게 살이 올라 튼실한 몸집에, 옷차림도 말끔한 모습이었다. 세 명 중에 한 명만 총을 들고 있었다. 그들은 걸어가면서 지도를 보았다. 그리고 때때로 걸음을 멈추고 주변 형세를 살피는 동시에 들려오는 소리들에 귀를 기울였다. 빈은 그들의 행동을 주시했다. 그는 분대원들에게 저들이 가까이 올 때까지 조용히 기다리라는 수신호를 보냈다. 그들이 분대원들 앞 10미터 간격 이내로 접어들었을 때, 빈은 소리를 높여 물었다.

"서라! 동지들은 어느 부대 소속인가? 어디로 가는가?"

느닷없는 소리에 세 명의 군인 모두 몸을 움찔 떨었다. 창백해져서 서로 얼굴을 쳐다보았다. 그들 중 총을 든 군인이 빈 쪽으로 다가서며, 안심했다는 표정으로 빙그레 웃음을 띠고 말했다.

"아이고, 우리 아군이잖아? 난 또……."

그가 말을 이었다.

"동지 여러분, 수고가 많습니다. 우리는 해방전선의 전투정찰대원들입니다. 우리는 부뻐랑에서 왔습니다. 그런데 동지들은 어느 부대 소속입니까?"

"301대대요."

따 응옥 러이 일병이 경솔하게 대답했다.

"D301이 벌써 여기까지 왔어요?"

총을 든 군인이 놀란 표정을 지었다.

"이야, 우리 동지들은 진짜 빠르게 행군한다니까……. 정말 대단한데요? 아, 그리고 탄선 사단장님도 320사단 지휘위원회와 함께 곧 이곳으로 올 것입니다."

그가 사단장의 이름을 정확히 말하는 것을 듣고 빈은 목소리를 낮춰 물었다.

"어떻게 동지가 우리 탄 선 사단장님을 알고 있죠?"

"전에 제가 그분 연락병을 했었습니다!"

그는 빼기는 듯한 목소리로 대답했다.

"그 후 저는 이곳으로 와서 B3 사령부의 전투정찰대대에 배치되었지요."

"이거, 놀랄 일이네!"

빈은 농담조로 말을 받았다.

"좋습니다, 그런데 본인이 정찰부대원이라는 것을 증명할 만한 증표가 있습니까?"

"왜 없겠습니까."

그가 대답했다. 그러고는 주머니에서 '첩보군' 담배 한 갑을 꺼내 빈에게 건넸다.

"이건 우리가 적지에서 활동할 때 신분을 위장하기 위한 물건입니다. 동지들이 가져가서 부대원들과 같이 피우도록 하세요. 우리는 몇 갑이 더 있습니다. 그런데 동지들은 여기서 지금 뭘 하고 있는 거죠?"

"대대가 쉬면서 점심을 먹을 수 있도록 우리 분대가 경계를 서고 있는 거죠!"

러이가 또 다시 방정맞게 대답했다.

빈은 러이를 돌아보며 주의를 줄까 했으나 이미 러이의 입에서 쏟아져 나온 말을 다시 주워 담을 수는 없는 노릇이었다.

"동지들의 경계근무 태세가 아주 좋은데요?"

그는 씽긋 웃으며 친근한 목소리로 말을 이었다.

"좋아요, 하하하…… 그럼 이만, 저희들은 가보도록 하겠습니다. 계속 수고들 하십시오. 저희는 오늘 밤 안으로 사령부까지 가야 합니다. 가서 직접 타오 사령관님께 보고해야 하니까요."

말을 마치고 그는 다른 두 명의 군인에게 내려가자는 손짓을 했다. 그들은 빈의 눈앞에서 점점 멀어지다가 결국 사라져버렸다.

'첩보군' 루비 담배를 손에 쥔 채 빈은 어딘가 개운치 않은 느낌에 불안감이 일었다. 마치 무언가에 홀린 듯 그들을 순순히 보내주고 나서 뒤늦게 불현듯 떠오른 생각에 마음이 불안해졌다. 방금 만난 그 군인들의 모습에는 분명 당황하는 기색이 역력했다. 그들이 한 말들도 진실성이 없어 보였다. 빈이 확실하게 알고 있는 사실 하나는 B3 사령부가 위치한 지역이 이곳에서 도보로 열흘 이상 걸리는 거리에 있다는 것이다. 그런데 어떻게 그 '전투정찰조'가 오늘 저녁 안으로 그곳에 갈 수 있단 말인가. 그들의 어깨에 날개가 달려 있다 해도 절대로 가능한 일이 아니었다. 그렇지만 어쨌거나 그들의 말을 듣는 그 순간에 빈은 쉽게 그들의 말에 고개를 끄덕였다. 그들의 말을 곧이곧대로 믿는 것은 아니지만 보통 짬밥 높은 고참병사들이 자신들 같은 신참들의 기를 꺾으려고 허풍을 떠는 정도로 생각했던 것이다. 보기 좋게 살진 그들의 체구도 어딘가 자신들과는 많은 차이가 있어 보였다. 특히 그들이 입고 있는 군복은 너무나 말끔하고 단정했다. 도저히 깊은 산속을 누비고 다니는 정찰대원이라고는 여겨지지 않았다. 불안한 마음이 커질수록 빈은 자신의 부주의에 대한 자책감도 더욱 커졌다. 대대가 다시 행군로에 오를 때까지, 왜 그 세 명의 군인을 붙잡아두지 않았는지 빈은 자신에게 화가 났다. 그러나 마음속으로만 그렇게 생각할 뿐, 섣불리 분대원들에게 겉으로 표현할 수는 없었다. 이번 일은 빈의 군생활과 인생을 통틀어서 가장 큰 실수였다.

"경계근무 시간이 끝났다. 분대는 지금 철수한다."

응웬 꾸앙 빈 하사가 명령했다.

분대원들은 민첩하게 배낭과 총, 탄약을 어깨에 둘러매고 철수 길에 올랐다. 얼마 후 분대가 오솔길로 접어들 즈음, 돌연 석 대의 T-28 폭격기가 출현했다. 비행기는 고지 위에서 빙빙 선회 비행을 했다. 그들의 움직임에서 우연한 출현이 아니라 대대가 머무르고 있는 지점의 정확한 좌표를 읽고 출격했다는 것을 알 수 있었다. 만약 지점에 대한 좌표가 없다면, 도저히 이렇게 짙푸른 숲속을 그들이 눈으로 포착할 수는 없을 것이었다. 빈이 그런 생각을 하고 있을 때, 비행기가 고지에 폭탄을 쏟아 붓기 시작했다.

섬광이 번쩍이고, 폭발음이 연이어 터졌다. 온 숲이 흔들렸다. 흙과 돌이 하늘로 튀어올랐다가 군인들의 머리 위로 주룩주룩 떨어져 내렸다.

비행기가 숲으로 돌진해 내려올 때마다 폭탄이 떨어졌다. 푸른 숲은 몸서리를 치며 자신의 온몸을 붉게 뒤틀었다.

"뛰어! 빨리 뛰어! 그대로 있으면 다 죽어! 빨리 뛰어!"

키 작은 어떤 군인이 명령하듯 소리를 지르고는, 배낭과 무기를 내팽개친 채 멀리 뛰어 달아났다.

"뛰지 마! 도망갈 필요 없어! 적들은 아직 우리가 어디에 있는지 정확히 몰라. 이제 다른 곳을 폭격할 거야!"

어느 누군가가 큰 소리로 앞의 군인의 말을 되받았다.

곧이어 연속해서 터지는 폭탄 소리에 군인들의 말소리는 더 들리지 않았다. 삶과 죽음의 기로에서 삶의 본능이 더욱 앞서 있었다. 혼비백산한 군인들이 산등성이 아래로 닥치는 대로 뛰어 내려갔다. 병사들이 지휘관의 말을 기다리지 않고 도망가도, 어느 누구도 그들을 제어할 수가 없었다. 빈은 적의 비행기에서 눈을 떼지 않으며 재빠르게 나무 밑으로 기어갔다. 역한 냄새를 피워 올리는 시커먼 포연 속에서, 그는 소대장에게 물었다. 소대장은 커다란 흙더미 쪽에 몸을 피해 자세를 낮추고 있었다.

"어떻게 하죠, 웃 형?"

소대장은 대답하지 않았다. 그는 어떤 병사가 버리고 간 AK소총을 주워 탄창을 끼웠다. 그러나 곧바로 쏘지는 않았다. 소대장은 아직 상급의 명령을 받지 못한 상태였다.

폭격기가 폭탄을 다 퍼붓고 나서, 이번에는 한 무리의 헬기가 와글와글 소리를 내며 날아와 다시 숲을 향해 총을 쏘아댔다. 헬기는 빈이 위치해 있는 나무 꼭대기 위를 스쳐 지나갔다. 마치 날개 달린 귀신처럼 미친 듯이 총탄을 뿜어댔다. 프로펠러 소리와 기관총 소리는 사정없이 병사들의 귀청을 멍멍하게 흔들었다. 나무가 총탄을 맞아 산산조각으로 흩어졌다. 조각난 나무들이 병사들의 머리와 어깨 위로 둔탁하게 떨어져 내렸다. 탄환은 1분에 4천 발을 퍼붓는 속도로 땅 표면을 주룩주룩 긁으면서 꽂혔다. 헬기는 숲을 처참하게 유린했다.

몇몇 군인들은 혼비백산 달아났지만 대다수의 군인들은 여전히 자신의 위치를 지키고 있었다. 총탄이 우박처럼 쏟아지는 와중에도 그들은 민첩하게 대응했다. 그들은 어깨에 배낭을 맨 채 총탄을 피하려고 이 나무 밑동에서 저 나무 밑동으로 신속하게 이동했다. 총에 맞은 몇몇 군인들이 신음을 토해냈다. 부상병들의 신음소리를 듣는 것은 적의 비행기가 토해내는 소리를 들을 때보다 부대원들의 마음을 더욱 처참하게 만들었다. 그 신음소리에 부대원들은 겁을 집어먹기 시작했다. 다른 중대의 병사들이 도망쳐 와서 빈의 부대에 합류했다. 모두 언덕 쪽으로 신속하게 퇴각했다. 빈은 지금까지 이렇게 난장판으로 위아래 계급이 전혀 구분되지 않는 상황을 겪어본 적이 없었다. 빈 역시 두려움에 떨고 있었다. 그는 마음속의 두려움과 긴장감을 떨쳐버리기 위해 총을 갈겨대고 싶었다.

"놈들이 제멋대로 편안하게 총을 쏘게 놔둔다면 우린 다 죽을 거예요!"

빈은 소대장에게 탄식하듯이 말했다.

그의 직속상관은 인상을 잔득 찌푸리고 고민했다. 소대장은 작심한 듯 크게 소리쳤다.

"빌어먹을! 이런 상황이라면 총을 쏴야 하는데 도망을 치다니. 상급의 명령은 아직 없지만, 자, 모두들 총을 들어! 나를 따라서 사격을 해라. 뒷일은 내가 다 책임진다."

말을 마치고 소대장은 총을 들어 헬기를 겨냥했다. 사격! 명령과 동시에 총을 쏘았다.

빈도 역시 따라 쏘았다. 그리고 모든 소대원들이 총을 쏘아대기 시작했다. 비행기를 겨냥해서 쏘는 사람도 있었고, 총을 쏘긴 하지만 아무것도 겨냥하지 않고 막무가내로 쏘아대는 사람도 있었다. 하지만 그것은 상관없었다. 미친 듯이 계속 쏘아야 할 판이었다.

반격의 총소리를 비집고 로켓탄이 날아와 폭발하는 소리가 들렸다. 부중대장이 부상병들을 응급조치하는 일을 지휘하다가 고함을 질렀다.

"어떤 부대가 명령도 없이 총을 쏘는 거야! 표적이 드러나잖아! 그러다간 모두 다 죽어!"

"씨팔. 적과 싸우려고 왔는데, 적이 나타났어도 싸우지 않으면서 뭘 더 기다려야 합니까? 쏴…… 쏘라구…… 쏴…… 쏘라구……."

준위가 상관의 말에도 아랑곳없이 분노를 터뜨리자 소대원들은 더욱 기세를 높였다. 그들은 두려움도 잊은 채, 총을 들어 비행기를 겨냥하여 총을 쏘았다. 그들은 준위가 몸을 돌리는 방향을 따라 몸을 돌리며, 준위가 쏘는 총구의 방향을 따라 계속해서 총을 쏘았다.

숲 언덕은 아우성과 울음, 욕지거리, 신음소리, 프로펠러 소리, 땅에서 위로 올려 쏘는 총소리와 하늘에서 내려 쏘는 총소리로 가득 찼다. 온갖 소리들이 뒤엉켜서 능선은 혼돈의 도가니로 변했다.

"저 헬기를 겨냥해! 준비…… 준비…… 사격!"

'사격'이라는 말은 마치 화살촉처럼 준위의 입에서 튕겨져 나갔다. 다른 중대, 다른 소대의 병사들까지 합세해서 동시에 총탄을 토해냈다. 수십 개의 총구가 일시에 불을 뿜어낸 직후 미군 헬기 한 대가 두 동강이 나며 숲 언덕으로 떨어졌다.

빈은 순간 정신이 어질어질했다. 눈앞에서 벌어진 상황이 도저히 믿기지 않았다. 방금까지 두려움에 떨고 있던 병사들이 저 단순한 소총으로 헬기를 맞추어 떨어뜨리다니! 그러나 그것은 사실이었다. 빈의 머릿속에 헬기가 총을 쏘며 돌진해 내려오던 얼마 전의 모습이 선명하게 하나의 영상으로 그려졌다. 헬기는 그가 겨냥하던 가늠좌 위에 나타났다. 그랬다. 헬기는 총구의 가늠좌 위에서 점점 커졌다. 눈앞이 어지러울 정도로 심장이 뛰었다. 바로 그 순간, 소대장의 사격 명령이 들려오고 그는 방아쇠를 당겼다. 동시에, 수십 개의 총구가 탄환을 토해냈다. 실제로 무수히 많은 총탄이 헬기를 명중시켰다.

꼬리 부분이 잘려나간 헬기는 균형을 완전히 잃고 뒤집어졌다. 그리고 땅으로 곧장 곤두박질쳤다. 커다란 폭발음이 울렸다. 헬기 전체가 땅 위에서 불길에 휩싸였다. 수없이 많은 작은 불덩이가 사방으로 날아갔다. 빈은 눈을 비비고 그 광경을 보았다. 오랜만에 안도의 숨을 크게 내쉬었다. 그는 총을 아무렇게나 던지고 펄쩍펄쩍 뛰면서, 부대원들과 함께 환호성을 질렀다. 그 순간, 그는 다른 아무것도 생각할 수가 없었다. 다른 헬기가 다시 부대원들을 향해 돌진해 내려오는 것도, 미사일이 날아와 지축을 흔드는 것도 그 순간만큼은 깨끗하게 잊었다.

허벅지를 총에 맞은 병사가 고통에 겨워 큰 소리로 울었다. 아무도 그의 입을 막을 수가 없었다. 위생병의 입에서 안타까움과 저주가 뒤엉킨 욕설이 울음처럼 터져 나왔다. 빈은 위생병을 돕기 위해 부상병이 누워 있는 곳으로 달려갔다. 그가 붕대를 집어 들었을 때 다른 두 명의 위생병이 들것을 들고 달려왔다. 그들은 부상병을 들것에 싣고 나서, 분노에 찬 소리를 지르며 산 아래쪽으로 뛰어 내려갔다.

위생병들이 부상병을 데리고 위험지역을 완전히 벗어났을 때쯤, 적의 헬기가 철수했다. 잠시 동안 숲 언덕은 침묵 속에 가라앉았다. 대대는 각 중대에 절대 긴장하면서 신속하게 현재 위치에서 벗어날 것을 명령했다. 병사들은 민첩하게 배낭을 메고, 총과 탄약을 어깨에 걸머지고 폐허가 된 숲 언덕을 정신없이 달려 내려갔다. 숲속 곳곳은 여전히 화염에 잠긴 채 화약 연기를 피우고 있었다.

처음에 자리를 이탈해 멀리 달아났던 군인들도 재빨리 제 위치로 복귀했다. 그들은 급히 각자의 장비를 챙겨들고 고지를 빠져나왔다. 모두가 고지를 빠져나오고 10분 정도 지난 후, 적의 정찰기가 날아와서 신호탄을 쏘았다. 곧이어 제트기가 날아와 다시 숲속에 폭격을 가했다.

그날 밤, 대대원들은 누구도 잠들 수가 없었다. 적의 폭격은 부대에 크나큰 손실을 안겨주었다. 첫 번째 전투에서 한꺼번에 네 명이 죽고, 스물한 명이나 부상을 당한 것이다. 부대원들은 처음으로 전사자들을 매장해야 했고, 부상병들을 병원에 옮겨야 했다.

그럴지라도, 대대의 첫 번째 전공이라며 기뻐하는 사람들도 있었다. 정치국원은 부대원들 앞에서 위풍당당한 목소리로 전과를 선포했다. 우리 부대가 소총으로 적 헬기 두 대를 쏘아 떨어뜨렸다! 한 대는 바로 그 자리에 떨어졌고 다른 한 대는 고지에서 3킬로미터 떨어진 곳에 추락했다!

"씨팔, 한 대가 떨어졌으면 한 대가 떨어졌다고 할 것이지. 더 올려 말해서 누구를 속일 수 있을 거라고."

빈은 씁쓸하게 웃으며 고개를 가로로 저었다. 그는 정치국원의 선포문에 동의할 만한 어떤 마음의 여유도 없었다. 빈은 도저히 자책감을 떨쳐버릴 수 없었다. 아무래도 자신의 놔주었던 세 명의 군인들이 적의 정찰병일 가능성이 높았다. 자신의 코앞에서 탈출한 그들이, 대대가 위치한 좌표에 폭격하도록 한 것이 아닐까!

"적이 우리 부대를 폭격한 것은 제 잘못 때문일 가능성이 많아요, 웃 형."

빈은 소대장에게 다가가 고백했다.

"제 잘못이에요!"

"뭐, 네 잘못이라고? 이놈 완전히 미쳤구먼!"

준위는 어이없어했다.

"공격을 받은 지 얼마나 됐다고 벌써부터 그런 얼빠진 소리를 해! 네놈 머릿속은 정말 황당무계하군."

"그게 아니에요. 제가 사실을 말할게요."

빈은 풀죽은 목소리로 말을 이었다. 준위가 모든 상황을 정확하게 이해할 수 있도록 자세히 설명하고 나서 자신의 말을 증명하기 위해 준위에게 담뱃갑을 건넸다.

"넌 정말 미친놈이야. 닭을 보고 학이라 생각하다니! 그만 됐어. 그 일은 이제 편안하게 잊어버려. 게다가 이미 엎질러진 물이야. 지금 가장 중요한 것은 네가 앞으로 더욱 조심할 수 있도록 자신의 '우둔함'을 깨달았다는 거야. 그것뿐이야. 그리고 또 한 가지, 너 절대로 다른 누구에게 그 얘기를 꺼내면 안 돼!"

"형에게만 말씀드린 거예요."

빈이 말했다.

"그 일을 혼자 가슴속에 품어 두기에는 너무도 죄책감이 컸어요."

"알고 있어. 됐어. 그만 끝내도록 해!"

그렇게 말하고 준위는 계속 말을 이었다.

"넌 정말 고루한 종자야. 근거 없는 얘기를 마음속에 계속 담고 있으니 말이야. 그 일을 잊을 수 있는 방법을 빨리 찾도록 해. 라이터 좀 줘봐. 담배 한 대 피워야겠어. 어디, '식민지'[40]의 향기가 어떤지 한번 맡아볼까?"

40 베트남 사람들은 남베트남 지역을 미국의 식민지로 여기고 있었다.

"아마도 형 얘기가 맞을 거예요."

빈이 혼잣말하듯 중얼거렸다.

"그래, 내 말대로 어서 잊는 게 나아."

영혼이 머무는 곳

"그렇지만, 나는 아직도 그 일을 잊을 수가 없어!"

빈은 다시 꾸에 지에게 진심을 토로했다.

"나는 그 일을 조직에 숨길 수 있었어. 하지만 나 자신에게만큼은 숨길 수가 없었지. 자책감은 마치 하이에나처럼 내 가슴속에 도사리고 앉아서 끊임없이 내 영혼을 갈기갈기 찢어놓았어. 그 일은 수시로 꿈속까지 헤집고 들어왔어. 꿈속에서 그 영혼들은 내 몸의 사지를 사방으로 끌어당기곤 해. 내가 누워 있는 해먹의 자루를 잡고 정신없이 흔들어대지. 내게 죽음으로 보상하라고 요구하면서 말이야. 그 영혼들은, 내가 군대의 대오 앞에서 다른 사람들이 경계로 삼을 수 있도록 자아비판을 하지 않은 것에 대해 비난하곤 해. 어떤 녀석은 내가 앞으로 그와 똑같은 사건으로 죽어야 한다고 저주하는 녀석도 있어."

말을 마치고 나서 빈은 길게 한숨을 내쉬었다. 여전히 괴롭고 근심스러운 표정이었다. 황천에 내려와 있는 이 순간까지도 빈은 여전히 그 일에 얽매여 있었던 것이다.

꾸에 지는 그를 안쓰러운 눈길로 바라보았다. 그는 너무도 진실한 사람이었다. 꾸에 지는 그를 더욱더 존경하고 사랑하게 되었다. 진실한 사람은 항상 커다란 자존감을 갖고 있다. 그런 자세는 오로지 인격자만이 가질 수 있는 것이다. 그녀가 겪어본 바, 인격자는 결코 간사함을 모른다. 그래서 그들은 승진이나 등용과는 인연이 없다. 또한 그들은 명성을 얻는 길에서 행운을 잡을 기회 역시 아주 적다.

"저는 오빠를 이해해요……."

꾸에 지가 말했다.

"오빠는 아무런 죄가 없어요. 단지 실수가 있었을 뿐이에요. 경험이 많지 않은 군인들에게서 흔히 볼 수 있는 그런 실수였어요. 이제 더는 자학하지 마세요. 오빠의 영혼이 느긋하게 여유를 찾을 수 있도록 이제 그만 그 일은 잊도록 하세요. 제 말 알아들었지요?"

"당연히 나는 너의 말대로 하고 있어. 내가 우리 소대장의 말에 동의했던 것처럼. 그러나 불행하게도 내 마음 깊은 곳의 영혼은 나를 그렇게 살도록 내버려두질 않아."

"아이 참, 빈 오빠……. 오빠가 계속 그렇게 살아간다면 고통만 커질 뿐이에요. 물론 저는 오빠의 그런 선량함을 얼마나 좋아하는지 몰라요. 만약 운명이 제게 인간세계에서 오빠를 만나게 해주었더라면…… 만약 제가 한 달, 한 주, 아니 단 하루만이라도 오빠의 사랑을 받을 수 있었더라면…… 저는 정말 으스대면서 살았을 거예요. 하지만 불행하게도 인생은 언제나 불안한 실수의 연속이었고, 인연은 정반대로 엇갈려갈 뿐이었죠……."

"나를 너무 좋은 사람으로만 생각하는구나, 꾸에 지."

빈은 고민 어린 표정에서 헤어나지 못하고 말을 이었다.

"네 생각처럼 내가 그런 모습으로만 살았던 건 아니야. 나도 다른 병사들과 마찬가지로 똑같이 평범한 병사로 살았지. 나 역시 질투를 알고 고통, 분노, 감동을 알아. 나도 또한 장사치처럼 계산할 줄도 알고, 광대처럼 처신할 때도 있었지. 나는 그저 나에게 맞게 살아갈 뿐이야. 남에게 애걸복걸하지 않고, 비굴하게 고개를 숙이지 않으면서 살아가려고 할 뿐이지."

"저는 빈 오빠의 그런 모습을 잘 알고 있어요. 이 황천에서 오빠와 가까이 산 건 아직 얼마 되지 않았지만, 처음에 오빠가 저를 쫓아와서 붙잡았던 바로 그 순간부터 저는 이미 어렴풋이나마 알 수 있었어요."

꾸에 지는 아득한 추억에 잠기듯 반쯤 눈을 감았다. 그녀의 눈은 아름답고 싱그러운 추억의 갈피 속을 헤매고 있었다. 그녀는 갑자기 눈을 크게 뜨고 사랑스러운 눈길로 빈의 두 눈을 바라보았다.

"저는 오빠의 말을 백지에 인쇄한 듯 기억하고 있어요."

그녀는 잠시 말을 멈췄다가 계속했다.

"오빠는 이렇게 얘기했지요. 난 너를 돕고 싶어…… 나랑 친구가 될 것을 강요하지 않을게…… 대신 이것만은 기억해줘……. 만약 언제라도 네가 외로움을 느끼게 되면 나를 찾아오도록 해……. 그랬었지요. 그리고 오빠는 다시 저를 찾았어요. 정확히 말하자면 우리 둘 다 서로를 찾았던 거지요……."

꾸에 지는 주먹을 쥐었다. 그리고 계속 말을 이어갔다.

"저는 지금 우리 두 사람이 처한 환경을 생각할 때마다 서러움이 북받칠 때가 많아요. 둘 다 모두 억울한 죽음들인지라 황천의 입구 바깥에서 배회할 뿐이죠. 그러다가 우연히, 정말 우연히 만나 가까이 지내면서 서로 위로하며 살고 있지요. 우리들의 부모가 예전에 바람직하지 못한 삶을 산 적이 있어서, 그래서 우리가 이렇게 고생을 하게 된 건 아닐까요? 그나마 전지전능한 신이 우리들이 갖고 있는 선한 본성을 알고 있는 것 같아요. 그랬기에 신께서 우리들이 서로 곁에 살 수 있도록 보상을 해준 것이겠죠. 오빠는 그렇게 생각하지 않나요?"

"예전에 우리 할아버지께서 사람은 영혼이 있다고 하셨지. 할아버지께서 말씀하시기를, 잠에서 깨어났을 때 영혼은 바로 사람의 몸속에 있고, 잠을 잘 때는 영혼이 몸 바깥으로 나와 어딘가를 배회한다고 하셨어. 깨우는 사람의 소리를 듣고 영혼은 비로소 몸으로 돌아오는 거라 하셨지. 그것이 바로 사람이 잠에서 깨는 거라고 말씀하셨어. 할아버지께서는 아주 근거가 확실한 듯이 설명을 하셨지만 나는 믿지 않았어. 황천에 내려와서야 나는 비로소 사람에게 영혼이 있다는 것을 믿게 되었고, 또한 사람이 다시 환생할 수 있다는 것을 알게 되었어."

"저도 역시 그렇게 생각하고 있어요. 하지만 어디, 환생하는 사람들 중에 우리가 포함될 가망이 있어야지요. 우리들은 나루꾼 노인에게 줄 뱃삯이 없어요. 그런 까닭에 영원히 끄우 뚜옌[41] 강변에서 배회하며 살아야 할 뿐인 거죠."

꾸에 지의 얼굴은 슬픔에 잠겼다.

"따지고 보면 어떤 사회나 마찬가지인 것 같아요. 돈 없는 사람들이 가장 비참한 거죠."

빈은 한참 동안 생각에 잠겼다. 그리고 결론을 내리듯 말했다.

"내 생각에는 말이야, 우리가 저쪽 강변 너머로 건너간다고 해서 우리들의 영혼이 여기에 있을 때보다 행복해지리라고 믿어지지는 않아."

"반드시 더욱 행복해야만 해요, 오빠!"

꾸에 지는 단호하게 빈의 생각을 부정했다.

"만약 그런 게 아니라면 영혼들이 삼삼오오 줄을 지어 배에 오를 필요가 없지요. 오빠와 제게 제일 큰 문제는 돈이 없다는 거예요. 만약 돈이 있었다면 우리는 벌써 환생했을 수도 있었을 텐데……."

"너는 환생을 못한다는 게 아주 슬픈가보구나."

"그래요."

그녀는 진심으로 대답했다.

41 황천강의 이름.

"저는 정말 슬퍼요. 우리에게 돈이 없다는 것이 너무너무 서러워요……."

"내가 네 옆에서 오래 같이 산다고 해도?"

"오빠가 지금처럼 곁에 있어준다면 물론 아니죠."

꾸에 지가 갑자기 숨을 거칠게 헐떡였다.

"오빠 곁에 앉아 있을 때면, 그리고 오빠가 얘기해주는 것을 들을 때면, 저는 정말 마음이 편안해지는 것을 느껴요. 그렇지만 얼마 안 가서 다시 슬픔이 찾아들어요. 저는 인간이 사는 세상에서 살 수 있기를 바라요. 전쟁과 살육, 불공평함과 악랄함에 시달릴지라도 제 고향 땅을 밟으며 살았으면 좋겠어요. 다시 사람이 될 수 있다면, 태양이 뿌려주는 햇살 속을 걸어 다닐 수 있다면, 들판에 내리는 빗속에 흠뻑 몸을 적실 수 있다면, 하늘이 천둥 번개를 치면서 산천을 흔드는 것을 다시 볼 수만 있다면 정말 행복할 것 같아요."

빈은 꾸에 지의 말에 더는 대꾸할 수가 없었다. 그는 꾸에 지의 정당한 갈망에 절절하게 공감했다. 그도 역시 사람의 신분으로 되돌아가기를 여전히 갈망하고 있었다. 일을 맡고, 적들과 싸워야 하는 것 때문만이 아니라, 아직 한 사내로서 집안의 대를 이어가는 일을 완수하지 못한 때문이기도 했다. 그는 아무도 대신해줄 수 없는 사명을 하나 갖고 있었다. 그것은 응웬 꾸앙 집안의 혈통을 이어가는 것이었다. 집안의 혈통은 단지 그만이 이어갈 수 있었고, 그에게 부여된 운명이었다. 그 이외의 어느 누구도 할 수 없는 일이었다.

"이 황천에서 살면서 저는 정말 많은 순간 너무 춥다는 느낌을 받고는 해요."

꾸에 지가 계속 말을 했다.

"저는 인간세계의 따뜻한 온기가 너무도 그리워요. 그러나 여기는 전혀 온기를 찾을 수가 없어요. 삶 속에 온기가 없다면 어디 사는 것이라 말할 수 있나요. 그렇죠, 빈 오빠?"

"그래 맞아."

빈이 꾸에 지의 말에 수긍했다.

"따뜻한 온기가 진정한 삶의 시작이지. 불은 사람에게 문명을 가져다 준 최초의 보물이잖아."

꾸에 지는 잠시 머뭇거렸다. 그녀는 빈의 눈을 똑바로 쳐다보고는 나지막이 말했다.

"제가 한 가지만 물어볼게요. 딱 한 가지뿐이에요. 어때요, 괜찮겠죠? …… 괜찮다구요?"

꾸에 지는 잠시 숨을 모은 다음 질문을 했다.

"오빠, 애인이 있었나요?"

"있었어."

빈은 생각에 잠긴 표정으로 대답했다.

"그녀는 아주 날씬한 아가씨야. 나와 같은 고향에서 학교를 졸업했지. 예쁘지는 않지만, 아주 커다란 심장을 갖고 있었어. 아주 뜻밖에 나를 사랑해 주었지. 마치 번개처럼 빛을 뿌리면서 아주 숨 가쁜 사랑을 했어. 그녀의 사랑은 나를 감동시켰지, 하지만 내가 목숨을 걸어야 할 정도까지는 이르지 못했어."

"그렇다면 오빠는 목숨을 걸고 누군가를 사랑한 적이 있나요?"

"있지……."

빈은 고개를 끄덕였다.

"나는 고향이 비 탄인 아가씨를 사랑했어. 그녀의 이름은 칸, 낌 칸. 나는 그녀를 정말로 아주 많이 사랑했어. 그리고 그녀 또한 나를 아주 많이 사랑했고. 그녀가 없는 미래는 나에게 아무런 가치가 없었어. 오직 우리가 믿는 사실 하나는 나와 그녀가 서로 때문에 살아간다는 거야. 역시나 서로 때문에 죽은 것처럼 말이야."

"오빠는 정말 미운 사람이에요!"

꾸에 지는 입을 삐죽거리며 뾰로통한 얼굴을 했다. 우울함 때문에 얼굴마저 창백해졌다.

"그렇다면, 꿈속에서 억울한 혼들이 오빠에게 퍼부었던 그 저주의 말이 정확하게 들어맞은 것이네요, 그렇지요?"

"꼭 그런 것만은 아니야. 내가 나중에 알아듣도록 자세하게 얘기해줄게."

운명이 인도한 길

남부전선으로 내려온 후, 소대장 이상의 간부들은 다시 북부지역으로 되돌아갔다. 대대의 병사들은 남부지역의 각 전투 사단에 재배치되었다. 분대의 간부들은 병영에 남아서 분공을 기다렸다. 한 보름 정도 지나서, 응웬 꾸앙 빈 하사는 북사이공 분구의 정찰중대 부대장 임무를 수행하라는 명령을 받았다. 그는 부분대장 부이 쑤언 팝과 함께 임무를 수행했다. 그리고 얼마 안 가, 부이 쑤언 팝은 다시 후방위원회의 보급담당으로 전속되었다.

"빈아, 이리로 와봐. 여기 편지지와 봉투가 있어. 집에 편지를 쓰도록 해, 한시라도 빨리 가족들에게 너의 소식을 알려주어야 하지 않겠어?"

소대장 따 꾸앙 론이 군장더미 하나를 안고 와서는 탁자 위에 내려놓았다. 그리고 빈에게 말했다.

"네가 제일 먼저 해야 할 일은 편지를 쓰는 거야. 그리고 이리 와서 새 군장을 받도록 해. 네가 입을 군복을 한번 봐라. 나는 목에서 신물이 넘어올 정도를 질려버렸지만, 어쨌거나 전투를 할 때 군복의 첫 번째 기준은 가벼워야 한다는 것이고, 또 색깔이 단순하면서도 진해야 해."

"저를 정말 너무도 많이 배려해주셔서 고맙습니다. 소대장님!"

빈은 인사를 하고 앞으로 나아가서 자신의 군장을 받았다.

새로 받은 군장은 색깔이 알록달록한 나일론 군복 두 벌, 판초 하나, 해먹 하나, 모기장 하나, 대나무 신발 한 켤레, 파란색 손수건 두 장이었다.

새 군복을 입어보았다. 마치 영화에 나오는 배우들 복장 같았다. 그는 물었다.

"군복이 뭐 이래요, 론 형?"

"그럼, 군복이 다 그렇지 뭐가 어때서?"

소대장은 인생에 달관한 듯한 투로 말했다.

"후방에서 무엇을 구할 수 있겠어. 이렇게 기워서라도 옷을 보내주는 거지. 전장에서의 복장도 모든 인민들과 똑같아야 해, 심지어 신발까지도 말이야. 만약 신발 하나라도 인민들하고 다르면 귀신같은 놈들이 금방 네가 어떤 놈인 줄 알아채게 될 거야. 전부 다 잘 간수하도록 해, 자, 여기에 앉아 봐, 내가 우리 부대가 주둔하고 있는 주변지형에 대해 대강 설명해줄 테니까 잘 듣고 확실하게 기억해두어야 해."

빈은 자신의 군장을 모아서 해먹에 담았다. 그리고 소대장이 있는 곳으로 다가가 앉았다, 론은 나뭇가지로 땅에 그림을 그리면서 설명했다.

"우리 소대는 여기에 주둔하고 있어. 대대는 여기 이 자리고, 분구의 지휘부는 북쪽 방향으로 우리 중대에서 걸어서 삼십 분 거리에 있어. 우리가 있는 곳에서 동쪽 방향으로 곧바로 가로질러 가면 268연대가 주둔하고 있는 곳이야. 남쪽 방향은 자 딘 연대. 서쪽 방향은 16연대. 앞으로를 위해서 잘 기억해둬, 만약 길을 잃게 되더라도 아무데나 들러서 밥을 얻어먹을 수 있도록 말이야……."

"확실하게 새겨들었어요!"

빈은 씩씩한 목소리로 대답했다.

"뭘 확실하게 새겨들었다는 거야? 우리 소대에서 약 오백 미터 거리에 분구의 의무중대가 있어. 그곳에 가면 십여 명의 어여쁜 아가씨들이 있지, 거기에 가서 한번 확실하게 새겨듣도록 해봐. 네 말대로 말이야."

빈의 얼굴색이 금방 빨갛게 변했다. 그 모습에 소대장이 웃음을 터뜨렸다.

"이런 촌놈! 아가씨들 얘기를 듣자마자 금방 손발을 떨며 얼굴이 홍당무가 되다니. 하지만 괜찮아, 모든 것에 곧 익숙해질 테니까. 오늘은 내가 여기 잠깐 들렀을 뿐이야. 너는 저기 강가로 가서 목욕을 하고 빨래를 하도록 해, 그러고 나서 편지를 써. 길게 써야 해. 오늘 저녁에 사람이 올 테니까 그때 건네줄 수 있게."

말을 마치고 소대장은 오솔길로 내려갔다. 빈은 잠깐 동안 소대장이 걸어가는 뒷모습을 바라보다가 옷을 챙겨 들고 강으로 향했다. 강가까지는 15분 정도 걸렸다. 빈은 강가에 도착해서 자연의 순수하고 낭만적인 풍경을 보고 혼이 빨려 들어갈 듯했다. 장 투이[42]라는 강 이름 그대로 마치 천상의 아름다운 풍경을 보는 듯했다. 강변 양쪽을 따라 자그마한 강나루와 다리들이 은은하게 강물 위로 기지개를 켜고 있었다. 푸른 숲이 굽이쳐 흐르는 맑은 물살을 따라 한 폭의 그림처럼 펼쳐져 있었다, 전쟁 중이라는 사실을 까맣게 잊어버릴 정도로 강줄기를 둘러싼 풍경은 평화로웠다.

빨래한 옷을 짜서 다리 난간에 널고 있을 때, 상류 쪽에서 한 아가씨의 낭랑한 목소리가 빈의 귓가에 들려왔다.

"칸아, 칸! 어라, 너 어디까지 간 거야. 왜 그렇게 멀리까지 갔니. 비행기라도 나타나면 돌아올 겨를도 없이 죽게 된단 말이야, 빨리 돌아와."

강변으로 가지를 뻗친 번 오이 나무[43] 덤불 속에서 어떤 아가씨가 칸이라는 이름을 소리 높여 부르고 있었다.

"나 여기 있어, 하이 언니! 이곳으로 헤엄쳐 와봐. 전혀 깊지 않아. 여기에

42 비취라는 뜻.

43 맹그로브 나무의 일종. 베트남 남부를 비롯하여 열대지역의 짠물과 민물이 만나는 곳에 서식한다. 열매는 약재로 많이 이용되는데, 피부암, 폐암, 유방암, 알츠하이머 치료에 특효가 있다.

그루터기도 있어. 서서 목욕하기에 아주 좋아!"

"너무 멀리 헤엄쳐 가지 마! 그 아래는 군인들이 목욕하는 곳이야. 군인들이 보면 망측해서 어쩌려고 그러니!"

대답은 들려오지 않았다. 아직까지 빈의 눈에는 그들이 보이지 않았다. 좀 전에 들은 아가씨의 목소리만이 귓가에서 메아리치고 있을 뿐이었다. 그리고 얼마 안 있어 옷을 가볍게 두드리며 빨래하는 소리가 들려왔다. 그 소리에 빈은 자신의 고향마을 핫장 강나루를 떠올렸다. 그러나 그 생각은 반짝했다가 갑자기 끊어졌다. 코르크나무 쪽에서 한 소녀가 그가 있는 쪽으로 헤엄쳐 오고 있는 것이 눈에 들어온 것이다. 소녀는 거의 소리도 내지 않고, 아주 가볍고 부드러운 동작으로 헤엄을 치고 있었다. 그녀의 묶인 머리칼이 물표면 위에서 굽이쳤고, 하얗고 날씬한 두 팔이 오후의 햇살 아래 반짝이며 아찔한 빛을 튕겨 내고 있었다.

소녀는 자신을 바라보고 있는 빈의 눈길을 맞닥뜨리고는 어색한 웃음을 지어보였다. 그러고는 당황한 듯 몸을 강나루 쪽으로 급히 돌렸다. 그때, 양수기 펌프 소리 같은 프로펠러 소리가 멀리서 들려왔다.

"헬기야, 칸! 당장 올라와. 헬기가 지금 이 강을 순찰하려고 오는 중이야, 빨리 올라와!"

아가씨의 말이 끝나자마자 하류 쪽에서 헬기 석 대가 회오리바람처럼 순식간에 날아들었다. 빈의 눈에도 헬기의 몸체에 붙은 두 개의 로켓포와 조종사가 선명하게 보일 만큼 헬기는 아주 낮게 날아왔다. 중기관총 사수 한 놈은 당장이라도 총탄을 토해낼 듯한 자세로 헬기 창문 쪽에서 등을 구부리고 있었다. 빈은 강가에 있는 소녀들의 생명이 위태로워 보여 안절부절못하고 애를 태웠다. 그러나 천만다행으로 헬기는 소녀들을 보지 못했는지 비행을 멈추지 않고 곧장 날아갔다. 빈은 소녀들이 재빨리 피신한 것 같아 안도의 한숨과 함께 가슴을 쓸어내렸다. 하지만 그러한 기쁨도 잠시, 석 대의 헬기는 방향을 바꾸어 다시 소녀들 쪽으로 날아왔다. 헬기의 그림자는 먹구름처럼 숲 위로 검은 점을 만들며 지나갔다. 그 먹구름 조각이 갑자기 번오이나무 숲 위에 검은 점으로 찍히며 멈추었다. 좀 전까지 소녀들이 있었던 곳이었다.

선두의 헬기가 개가 꼬리를 흔들 듯이 제자리에서 뱅글뱅글 맴돌았다. 헬기가 만들어낸 바람에 강물이 흐릿한 빛깔로 몸부림을 쳤다. 헬기의 날갯짓에 정신없이 밀려온 물결은 강변까지 파장을 만들어냈다. 헬기는 몇 분 동안 멈추어 섰다가 위로 날아올랐다. 선두의 헬기는 총을 쏘지 않았다. 그러나 그 위에 날고 있던 두 번째 헬기가 몸체를 아래쪽으로 기울이자마자 중기관총으로 총탄을 쏟아냈다. 강물은 총탄을 맞고 여러 개의 포물선을 그리며 사방으로 흩어졌다. 저들이 위협 삼아 아무렇게나 쏘아댄 것일까, 아니면 소녀들을 겨냥해서 쏜 것일까? 빈은 소녀들의 위태로운 생명이 너무도 걱정스러웠다. 제발 어떤 총알도 저 소녀들의 몸에 관통되지 않기를! 빈은 하늘에 빌었다. 한 차례 총탄을 쏟아낸 후, 헬기들은 프로펠러 소리와 함께 멀리 사라져갔다.

잠시 동안의 침묵을 깨고, 애타게 사람을 찾는 목소리가 물결을 타고 빈의 귀에 들려왔다. 아주 선명하게 말소리가 들렸다.

"칸아! 칸, 너 괜찮니?"

빈은 재빨리 강변을 따라 아가씨들이 목욕을 하고 있던 나루 쪽으로 달려갔다. 빈을 본 아가씨가 허둥지둥 옷을 움켜쥐고서, 그에게 구조를 요청했다.

"오빠, 제 동생을 찾아주세요. 헬기가 나타났을 때, 저곳에 있었어요."

빈은 아가씨의 손이 가리키는 방향을 쳐다보고는 재빨리 물속으로 뛰어들었다. 그는 번오이 가지가 늘어진 곳까지 헤엄쳐 가서는 잠수하여 강바닥으로 내려갔다. 그는 강물 속에서 죽은 나무뿌리를 보았을 뿐이었다. 빈은 계속해서 강바닥을 더듬어 살펴본 다음, 위로 올라와 숨을 쉬었다. 그리고 다시 잠수해서 내려갔다. 강바닥을 한참 동안 살펴보았으나 수풀과 진흙더미 외에는 아무것도 보이지 않았다. 한동안 희망 없이 강바닥을 헤맨 후에, 빈은 수면 위로 다시 올라왔다. 그때, 그로부터 약 10미터 떨어진 싸리나무 숲 쪽에서 까르르 웃는 소리가 환청처럼 울려왔다. 빈은 움찔 놀라 웃음소리가 들리는 쪽을 바라보다가 싸리나무 숲속에서 몸을 구부리고 빠져나오는 소녀를 보고 또 한 번 깜짝 놀랐다.

"어, 뭐야? 나는 완전히 사색이 되어 찾고 있었는데……."

빈은 순간 황당함과 더불어 화가 치밀어 올랐다.

"어, 침략이다, 침략! 하이 언니, 저들이 침략했어!"

소녀는 아주 놀란 표정을 지으며 목청을 높였다.

빈은 그녀를 바라보며 이마를 짚었다. 아주 어린 소녀였다. 열일곱 살 정도나 되었을까? 갸름한 얼굴에 하얀 피부, 그리고 입가에는 아주 매력적인 점 하나가 있었다.

"아가씨는 누굴 보고 침략을 했다는 거지, 응?"

빈은 얼굴이 붉어져서 물었다.

"어머나, 나를 덮치려고 해, 하이 언니야!"

하이라는 이름의 아가씨가 고함을 질렀다.

"그만 조용히 해, 칸!"

그녀는 빈 쪽으로 몸을 돌리고서 해명을 했다.

"오빠는 이곳에 배치된 지 얼마 안 됐나 봐요. 그래서 아직 우리들의 농담에 익숙하지 않은 거죠. 우리들은 북쪽 멀리서 이곳으로 배치되어 온 오빠들에게 보통 장난삼아 '침략한 몇몇 아저씨'[44]라 불러요. 그리고 이곳에 집

---

44 북쪽 출신의 군인들이 남쪽에서 전투를 치르기 위해 내려왔다는 의미.

결해 있는 오빠들을 '반협정 인민'[45]이라거나 '가을'[46]이라 부르지요. 우리가 있는 곳의 인민들은 '비엣 공'[47]이라 불러요."

농담에 대한 설명을 듣자 빈은 저절로 웃음이 피식 터져 나왔다. 어린 소녀의 짓궂은 장난에 잠시나마 화를 냈던 자신이 민망스러웠다.

"칸, 네가 이 오빠를 화나게 만들었어. 어서 잘못했다고 말해."

---

45 1954년 5월 7일 디엔 비엔 푸 전투에서 승리한 이후, 베트남은 프랑스와 7월 21일에 '제네바 협정'을 체결한다. 제네바 협정 조항 중의 하나는 협정 체결 이후 300일 이내에 베트남군은 17도선 이북으로, 프랑스군은 17도선 이남으로 집결하도록 되어 있었다. 베트남군이 이를 지키지 않았다는 의미인데, 정확한 이해를 위해서는 부연 설명이 필요하다. 제네바 협정의 가장 핵심적인 내용은 향후 2년 내에 남북 총선을 치러 통일 정부를 구성한다는 것이었다. 쌍방의 협정 주체는 베트남민주공화국(하노이에 있었던 정부)과 프랑스였다. 당시 베트남 남쪽 사이공에 있던 정부의 공식 국호는 '프랑스연방 베트남국'이었다. 이 정부는 군사·외교권을 프랑스가 갖고, 정치 경제의 주요 부분을 프랑스의 자문을 얻어 결정하는 정권으로, 사실상 식민지의 대리 정권에 지나지 않았다. 실제로 이 정권의 원수였던 바오 다이는 산장에서 사슴, 호랑이 사냥을 하거나 궁녀들과 파티를 하는 게 매일매일의 일과였다. 정권의 요직은 프랑스 식민지 시절 총독부 관리를 했던 친프랑스파들이 차지하고 있었고, 그들은 단지 프랑스의 요구를 고스란히 수용하는 하수인에 불과했다. 정치적 실권이 전혀 없었을 뿐만 아니라, 남베트남 주민들로부터 전혀 지지를 받지 못하고 있었기에 제네바 협정 체결 당시 협정 주체로 참여할 자격을 얻지 못했다. 선거 관리를 북쪽에서는 하노이 정부가, 남쪽에서는 프랑스 정부를 대신해 프랑스군이 하기로 되어 있었다. 그러나 선거 마감 시한 3개월을 앞두고 프랑스군이 일방적으로 철수하면서 선거 관리 책임을 회피한다. 한편 미국은 제네바 협정이 한창 진행 중이던 1954년 7월 7일, 미국에 망명해 있던 응오 딘 지엠을 사이공으로 보내 '프랑스연방 베트남국'의 총리로 앉힌다. 그는 프랑스 식민지 시절 도지사를 했던 인물이다. 응오 딘 지엠은 1955년 10월 26일 '베트남공화국'이라는 이름으로 공화제를 선포하고 초대 대통령이 된다. 그가 대통령이 되자 최초로 한 일이 '제네바 협정 반대, 남북 총선거 거부'였다. 이는 미국과 프랑스를 비롯한 서방세계와의 합작품이었다. 미국의 아이젠하워 대통령이 영국의 처칠 수상에게 보낸 서한에서도 드러나듯이 당시의 베트남 여론은 남북을 통틀어 호치민에 대한 지지율이 80퍼센트를 넘어설 만큼 압도적이었다. 응오 딘 지엠은 총선을 요구하는 남쪽 주민들에 대해 강경 탄압으로 일관한다. 이에 맞서 반정부 투쟁세력들은 1960년 12월 20일 남베트남민족해방전선(약칭 비엣공. 베트남 전쟁 당시 한국군들이 불렀던 이름으로는 베트콩)을 결성하게 되는데, 미국은 이에 대해 북베트남 세력들이 남쪽에 침투해서 만든 조직이라 규정한다. 이를 두고 미국은 북베트남측의 제네바 협정 위반이라며 베트남 문제 개입의 명분으로 삼는다. 베트남 사람들은 미국의 이러한 억지스러운 논리를 비꼬는 반어적 의미로 '반협정 인민'이라는 단어를 사용했다.

46 1945년 '8월 혁명'을 은유적으로 표현한 말로, 독립과 해방을 위해 혁명에 참여하는 사람들을 의미한다. 베트남은 8월부터 가을로 분류한다. 8월 혁명은 일본의 항복 선언이 있기 전, 호치민의 지도 아래 8월 13일 '전국항전위원회'를 결성하여 베트남 인민의 총궐기를 결의하면서 시작된 혁명이다. 8월 17일 하노이를 접수하는 것을 시작으로, 19일에는 왕궁이 있었던 후에를 접수하고, 28일에는 총독부가 있던 사이공을 접수한다. 30일에는 베트남 왕조의 마지막 황제였던 바오 다이가 호치민에게 황제의 보검을 물려줌으로써 권력 이양이 이루어진다. 9월 2일, 호치민은 전국에서 동시에 '독립기념대회'를 열고, 하노이에서 독립선언을 한다. 이로써 8월 혁명이 완성된다. 베트남 모든 인민의 지지 속에 성공적으로 완수한 혁명이었으나, 해외의 열강들이 베트남 민족의 의사와 상관없이 16도선 이북에는 중국군을, 이남에는 영국군과 프랑스군(포츠담 선언에 의거하자면 영국군만 주둔하기로 되어 있었으나 영국군이 프랑스군을 데리고 들어오고, 나중에 영국군과 중국군이 철수한 이후에도 프랑스군이 단독으로 남는다. 결국 프랑스는 베트남과의 9년간에 걸친 전쟁 끝에 패배하고 나서야 비로소 베트남에서 물러나게 된다)을 투입하면서 다시 한번 역사의 질곡을 맞이하게 된다. 이로부터 베트남 사람들은 '8월 혁명'을 되새기고, '제2의 8월 혁명'을 꿈꾸면서 독립항쟁에 나선다. '8월 혁명'이라는 단어는 '독립항쟁'이라는 단어와 동의어가 되어 1년 열두 달이 '8월'이었고, 미국과 전쟁을 치르던 시기를 내내 '8월'이라 칭했다. '8월'을 은유적으로 대체한 단어가 '가을'이다.

47 '남베트남민족해방전선'의 약칭.

언니라는 아가씨가 어린 소녀에게 말했다.

"나랑 싸우려고까지 했어……. 사과하고 싶지 않아."

칸은 입을 뾰로통하게 내밀고 고개를 위로 쳐들면서 말했다.

빈은 칸의 이마를 손가락으로 가리키며 말했다.

"나도 네가 사과하지 않는 것을 탓하고 싶은 생각은 없어. 다음에는 더 크게 나를 골탕 먹이도록 해, 알았지? 대신 정말로 다치거나 하진 말아."

그는 말을 마치고, 자신이 빨래를 하던 나루 쪽으로 발걸음을 옮겼다. 그의 등 뒤에서, 두 명의 아가씨가 손바닥으로 서로의 어깨를 때리면서 키득키득 웃고 있었다.

그 두 아가씨와의 첫 만남은 이렇게 간단하게 끝났다. 빈은 그들의 짓궂은 장난에 오히려 즐거워졌다. 그러나 칸이라는 이름의 천진난만한 소녀가 그에게 또 한 번 운명으로 다가오리라고는 예상하지 못했다. 첫 만남의 즐거운 추억이 그녀를 보호하기 위한 디딤돌이었다는 것을 전혀 알지 못했던 것처럼, 두 사람이 결국 한 몸이 되어 삶을 마감하는 날까지, 그가 그녀의 영원한 보호자가 되리라고는 전혀 상상조차 하지 못했다.

*

따 꾸앙 론 소대장은 떠이 닌 지방에서 태어났다. 그의 부모는 고무농장 노역지원자로 1941년에 남부 지방에 내려와 저우 띠엥 고무농장에서 일했다. 그는 1964년에 입대하여 큰 전투에 여러 번 참여했다. 그는 존슨시티 돌진 작전[48]에서 부상을 입고 분구의 정찰중대 소대장으로 배치되었다.

---

48 1967년 2월 22일부터 5월 14일까지 미군과 남베트남군이 남베트남 게릴라 근거지인 떠이 닌 지역을 토벌하기 위해서 벌인 작전. 떠이 닌은 캄보디아 국경과 사이공 사이에 위치한 지역으로 호치민 루트의 종착지였다. 미군이 대대적인 폭격 후 병력을 투입했지만 그때마다 남베트남민족해방전선은 게릴라전을 펼치면서 자신들의 피해를 최소화하고 상대를 지치게 했다. 결국 미군은 아무 성과 없이 작전을 마쳤다.

소대장은 마음씨 좋고 진솔한 사람이었다. 그리고 동료들이 보통 지칭하듯이 약간은 '미쳐' 있었다. 빈은 그런 소대장과 죽이 아주 잘 맞았다. 따 꾸앙 론 소대장은 북부로 되돌아간 판 웃 형을 대신하여 빈의 삶이 더욱 성숙해질 수 있도록 값진 도움을 주었다.

소대장은 빈을 아주 소중한 친구처럼 대했다. 그는 아무에게도 토로할 수 없는 깊은 속내를 빈에게 이야기했다. 그리고 언제 어느 자리에서나 계급과 직책을 전혀 따지지 않았다.

"나는 가방끈이 아주 짧아. 하지만 자격지심 같은 건 절대 없어. 그리고 나는 정말이지, 간사하고 건방진 녀석들을 경멸해. 우리 중대의 정치국원 녀석하고는 도무지 놀아줄 수가 없어. 그 녀석의 주둥아리는 언제나 음흉하게 짖어대는 사이비 종교의 교주처럼 구시렁거리지. 녀석은 사람들을 설복시킬 만큼 충분히 현명하지 못한데다가, 사람들이 불쌍하게 여길 만큼 바보스러운 것도 아니야, 그 외의 사람들은 다 좋아. 너는 여기에서 그 한 놈만 경계하면 돼. 알았지? 그리고 나는 말이야, 어떤 놈도 전혀 무섭지 않아."

"형은 소대장인데 아직 당에 가입하지 않았어요?"

빈이 직설적으로 물었다.

"나는 당에 들어갔다가 탈당해버렸어. 솔직히 좀 지겨워졌어. 나는 당 바깥의 공산주의자로 살고 싶어."

"왜 그렇게 생각하세요?"

"내가 알고 있는 것은 오로지 당에 가입해야만 더 높은 자리로 승진할 수 있다는 거야, 하지만 내가 어디 지도자가 되기 위해 입대한 건가. 내가 입대한 것은 어디까지나 조국에 대해 인민으로서의 도리를 다하기 위해서지. 예전에 우리 할아버지 할머니들이 그랬던 것처럼 말이야. 나는 다시 당에 가입할 생각은 없어. 각자의 역할을 형식적인 틀에 맞추려고 당의 이름을 파는 인간들을 또 다시 만나게 될까 봐 말이야."

"아이고, 론 형…… 형은 저를 자꾸 당황스럽게 만들어요……."

"뭐가 당황스러워, 인마. 어떤 사람이든 각자 나름대로 삶의 방식이 있는 거야. 그래야 비로소 사회라 할 수 있는 거지……. 너는 참 좋은 녀석이야. 공부도 많이 했고. 너는 아마도 멀리 나아갈 수 있을 거야."

소대장은 잠시 말을 멈추었다가 계속했다.

"하지만 네가, 내가 지나온 길을 따르겠다면 그건 절대 반대야."

"아이고, 형! 형은 왜 자꾸 이랬다저랬다 하는 거예요?"

"그러니까 사람들이 나를 미친놈이라고 부르는 거지. 하지만 내가 미쳤건 돌았건 나는 여전히 나일 뿐이야. 나는 속임수를 싫어해. 속임수는 인간의 도덕성을 파괴시키는 근원이야. 만약 누군가가 남을 속이는 데 재미를 붙이기 시작하면 그는 결국 친한 벗조차도 속이게 되지. 아내까지 속이면, 결국 모든 이를 속일 수 있어. 이미 누군가를 속였다면, 단지 빠르거나 늦을 뿐 결국 거짓말하는 버릇을 갖게 되지. 그런 것에 나는 아주 질려 버렸어."

소대장은 말을 마치고 일어나서 컵에 뜨거운 물을 가득 따라 마셨다. 그가 다시 말을 꺼내려 할 때 적들이 대포를 쏘아대기 시작했다. 수십 개의 포구에서 동시에 포탄이 발사되었다. 포성은 마치 사나운 맹수의 포효처럼 섬뜩한 느낌을 자아내며 그들의 귓가에 달려들었다. 숲속에 연속적으로 폭탄이 떨어져 꽂히며, 온 산을 뒤흔들었다.

빈은 귀를 쫑긋 세우고 포탄이 날아온 방향을 가늠해보았다. 이곳에 온 이후 몇 번째 폭격인지 횟수를 헤아릴 수조차 없었다. 오늘은 동 주 쪽에서뿐만 아니라, 라이 케, 동 소, 전 탄, 저우 띠엥에서도 동시에 포를 쏘아대고 있었다. 적들이 우리 아군의 행군 대열을 포착했을 수도 있다. 그래서 대열을 분쇄하고, 행군로를 차단하기 위해 쏘아대는지도 모른다. 그게 아니라면 저들은 어느 삼거리나 강나루, 또는 각지의 물품배급지점이 표시된 좌표에 맞춰 포를 쏘고 있는 것이리라.

적들은 한참 동안 쉬지 않고 포를 쏘아댔다. 또 한 해를 보내는 12월의 하늘은 포탄이 그리는 포물선으로 아주 작고 비통하게 잘려나갔다. 이런 식의 '합주곡'에 익숙해진 날들이었지만, 175밀리 장거리포가 뿜어내는 거센 포성과 하늘을 북북 찢는 폭발음에 빈은 여전히 몸을 움찔움찔 떨었고, 가슴은 두근두근 곤두박질쳤다. 그리고 폭격으로 파괴된 지역을 목격할 때면 온몸에 소름이 돋았다.

"놈들이 어디를 어떻게 쏘아대고 있는 거죠, 론 형?"

빈이 물었다.

"아마도 16연대 쪽인 것 같아. 동 엇, 짱 사 방향!"

소대장이 말했다. 그리고 꼬땁 담배 한 개비를 꺼내어 물었다. 그는 담뱃불을 붙이지 않고 혼잣말처럼 말했다.

"멀리서 들을 때는 끔찍스럽게 느껴졌는데, 이렇게 가까이서 들으니 오히려 아무렇지도 않게 느껴지는군."

소대장이 다시 말했다.

"라이터 좀 줘봐. 아, 그리고 내가 좀 전에 어디까지 얘기하다 말았지?"

"형은 거짓말을 좋아하지 않는다는 것까지 얘기했어요."

"그래, 맞아."

소대장이 계속 말을 이었다.

"거짓말을 하는 버릇은 정말 오래가는 고질병이야. 그리고 다른 사람들에게 쉽게 전염되기도 하고. 만약 그걸 사전에 철저히 막아내지 못하면, 결국 우리들 사이에는 서로 신뢰가 완전히 깨지게 될 거야. 그러면 정말 큰 재난이 일어날 수밖에 없어."

"형은 너무 경직돼 보여요."

빈이 말했다.

"옛 어른들이 이르기를 '딱딱한 이빨은 부러질지라도, 부드러운 혀는 여전하다'고 했는데, 형도 그 말을 알고 있죠?"

"물론 알고 있지. 그 말은 한 뚱[49]의 말이잖아, 그렇지만 나는 이렇게 사는데 이미 익숙해졌어. 앞으로도 결코 달라질 수 없어. 마치 우리가 가능 여부를 따질 필요 없이 전쟁의 승리에 대해 완전히 믿음을 갖고 있는 것처럼 말이야. 난 아주 확고해."

돌연, 소대장이 목청을 높여 물었다.

"너 애인은 있냐?"

빈은 고개를 끄덕였다. 그리고 고향에서 있었던 일들을 소대장에게 모두 이야기해주었다. 이야기를 듣고 나서 소대장은 빈에게 공감했다.

"그래, 인생이란 원래 그런 거야, 그리고 나는 너의 그러한 삶의 대처방식에 진심으로 동의해. 진정한 사람이라면 남의 좋은 마음을 악용하면 안 되지. 아마도 그건 사랑이 아니라, 정확히 얘기하자면 사랑의 표현이라고 할 수 있을 거야. 사랑하더라도 사랑의 표현은 정말 잘해야 돼, 사람들은 곧잘 그걸 혼동하지. 물론 구분이 쉬운 건 아니지만……. 아마도 너라면 그런 걸 잘 구분해낼 거야. 아, 좀 전에 네가 말했지? 그 아이가 네게 부적을 선물했다고……."

"전에 저는 그 부적을 항상 목에 걸고 다녔어요. 하지만 지금은 거는 걸 포기했어요."

"뭐 어려운 일이라고 포기해. 반드시 걸고 다녀야지. 그 부적은 너의 영혼이 의지할 수 있는 안식처야. 그걸 볼 때마다, 위험과 곤란 속에서도 편안한 마음을 유지할 수 있을 거야. 그것과 더불어 생에 대한 행복감을 느낄 수도 있고 말이야. 언제나 네 곁에 또 한 사람이 있는 것과 마찬가지지. 나도 역시 부적이 하나 있어. 하지만 네 것과 같지는 않아. 내 부적은 이 반지야, 이

---

49 노자의 스승인 상창. 베트남에서는 한 뚱, 또는 트엉 뚱이라 부른다. 상창은 노자가 병문안을 했을 때 치망설존(齒亡舌存)의 뜻을 전했다. 베트남은 역사적으로 중국으로부터 천여 년 식민지배를 받았고, 오랫동안 중국문화의 영향을 받았다. 베트남어 단어의 60%가 한자어로 이루어져 있다. 일반인들도 중국 고사성어를 어느 정도 알고 있다.

것은 야자나무 조각으로 만들었어. 한 아가씨가 내게 선물해준 거지."
"그분은 형의 부인인가요?"
"아니야, 아직은 아내가 아니지. 하지만 그렇게 불러도 상관은 없어. 우리 큰누나하고 나이가 같은데, 나보다 여섯 살이 많아. 내가 배고프고 헐벗었던 시절에, 그녀는 나를 동생으로 삼아서 내 생명을 구해주었지. 그리고 언제부턴가 우리는 부부처럼 살았어. 그런 관계는 집안 어른들이 보기에 가족의 위계질서를 저버린 것으로 간주되었지. 우리 할아버지는 끝까지 반대하셨어. 할아버지께서 말씀하시기를, 내가 고의적으로 그녀와 관계를 맺게 되면, 내가 스물일곱 살에 죽게 된다는 거야. 그러나 내가 어디 그런 것에 겁먹을 사람인가? 어차피 전쟁의 소용돌이 속에서는 목숨의 의미가 별로 없어. 지금 그녀는 남 지에서 살고 있지. 잡화점을 하고 있는데 가끔 내게 물건을 보내주고 있어. 내가 너보다 훨씬 나은 점은 가끔이라도 사랑하는 사람을 만날 수가 있다는 거야."
"그렇다면 형이 살아가는 이유는 뭐랄까, 사랑의 진정성 때문이라 할 수 있나요, 그런가요?"
"맞아! 서로 같이 살면서 사랑의 진정성을 지켜간다면 오랫동안 함께 할 수 있는 거지. 죽음도 서로를 갈라놓을 수 없을 만큼 말이야."
소대장은 이미 꽁초가 되어버린 담배를 마지막으로 길게 빨고 나서, 땅바닥에다 비벼 껐다. 그러고는 조용히 앉아서 생각에 잠겼다. 그는 깊은 생각에 젖었을 때 손등을 긁는 습관이 있었다. 그러한 모습은 속 깊은 책략이 있는 사람처럼 보였다.
"내가 옛날에 어떤 책을 읽은 적이 있어."
소대장이 계속 말을 이었다.
"제목은 까먹었어. 어떤 홍학 종류에 관한 이야기지. 그 새는 우리 선조들의 숭배 대상이기도 했어. 책의 내용은 이랬어. 홍학 무리들은 겨울이 되면 우리나라 남쪽으로 날아오지. 추위를 피하고 먹이를 찾기 위해서 말이야. 봄이 되어서야 그들은 자신들이 원래 살던 곳으로 되돌아가지. 그 홍학 무리들은 사람과 비교될 만한 영물이야. 인의예지신의 도리를 충분히 갖추고 있지. 그들은 결코 방향을 바꾸어서 날아가지 않아, 결코 다른 무리들의 길을 빼앗지도 않고……. 그리고 결코 다른 새의 머리 위를 지나서 날아가지도 않지. 또한 무리 중의 한 마리가 죽으면, 모두가 하루 동안 아무것도 먹지 않아. 만약 운 나쁘게 부부 새 중 수컷이나 암컷이 먼저 죽으면, 남은 새는 일생을 다른 새와 짝짓지 않고 혼자 살지. 우리가 비록 사람이라고는 하지만 홍학이 지키는 오상[50]의 도리 중 하나라도 제대로 깨우칠 수 있을지……."

소대장으로부터 홍학에 대한 이야기를 듣고, 빈은 감동으로 말문이 막혔다. 아마도 소대장은 홍학 이야기를 통해 사랑과 우정, 그리고 인간성에 대해 말하고 싶었으리라.

"너 술 마실 줄 아니? 몰라? 이런, 정말 바보 같은 녀석이군. 너와 함께 술 한 잔 마셨으면 좋겠는데. 너와 얘기하다가 보니 왠지 모르게 슬퍼져서 말이야……."

"형 혼자 드세요……."

"이 자식, 이제 보니 정말 멍청하고 한심한 녀석일세! 옛 어른들이 말씀하시기를, '차는 세 명, 술은 네 명'이라고 했어. 좋아, 괜찮아. 너는 저 비닐봉지 속에 들어 있는 C4 담배 몇 갑을 꺼내서 참호로 갖고 내려가도록 해. 그리고 얼른 물을 끓여서 차와 카카오를 타. 나는 바이 녀석과 뜨 녀석을 깨울 테니. 대포 소리에는 안 깨도 술 마시자는 소리에는 벌떡 일어날 녀석들이니까. 군인의 일생은 정말 총알만큼 빨라. 오늘 이렇게 웃다가 내일 저렇게 죽게 되니까 말이야. 나중을 어떻게 알 수 있다고 계산을 하겠어. 얼마를 살

---

50 인의예지신(仁義禮智信).

건 오로지 그 순간만을 느껴야 할 뿐이야. 이제 며칠만 지나면 설이잖아. 술 마시기 아주 적당한 때야. 나는 곧 스물여섯 살을 넘어서게 되고…… 그리고 스물일곱이라…….”

빈은 참호로 내려가서 땅콩을 볶고 차를 타기 위해 물을 끓였다. 그는 양초를 꺼내 불을 붙였다. 소대장이 부대원들과 같이 앉아 술을 마시는 동안, 빈은 카카오를 마셨다. 때때로 그들은 머리 위를 선회하며 지나가는 적의 정찰기 때문에 불을 꺼야만 했다. 하늘 저 멀리서, 적들이 쏘는 포탄이 한동안 연발로 터지다가 잠잠해졌다. 비행기 소리는 여전히 온밤 내내 사그라들 줄 모르고 어딘가 멀리서 윙윙 모깃소리를 내며 나지막하게 울려 퍼졌다.

결국, 그들은 처음에 가져온 술 한 병만이 아니라 마이 꾸에 로[51] 한 병을 더 마셨다. 술이 떨어졌을 때는 새벽 세 시가 넘은 시각이었다. 바로 그때, 지역 군사지휘부는 각 부대에 전투명령을 하달했다. 전장의 국면을 전환시키고, 적을 전복시키기 위한 전략전술 지침이 내려졌다.

*

그날 오후, 여느 날과 마찬가지로 따 꾸앙 론 소대장은 부대원들과 둘러앉아서 차를 마시고 있었다. 그때 중대로부터 급히 올라오라는 전갈이 왔다. 중대에 갔던 소대장은 30분 정도 지나 다시 돌아와서는 소대원들에게 전투 행군 준비를 하라고 지시했다. 중대는 세 갈래의 길로 나누어져 독립적으로 작전을 수행하도록 임무를 부여받았다. 소대는 우선 오늘 밤 안으로 땀 톤 읍에 도착해서 방공호를 파고, 분구의 야전지휘부가 일을 할 수 있도록 천막을 세우는 임무를 맡았다.

---

51 계피, 감초, 스타아니스(별 모양의 꽃) 등으로 담근 베트남 전통술로 향기가 좋다. 잡냄새 제거를 위해 요리에도 널리 사용된다.

한 해를 마감하는 12월의 밤, 하늘은 더욱더 짙은 어둠 속에 잠겼다. 바람은 사이공 강 위로 시원하게 불어왔다. 소대는 강을 건너기 시작했다. 응웬 꾸앙 빈 하사의 분대가 선두에서 강을 건넜다. 강 중간쯤 다다랐을 때, 빈은 두 손으로 물을 떠서 얼굴을 닦았다. 차가운 강물에 정신이 번쩍 들었다. 남 지 방향에서 적의 조명탄이 연속적으로 치솟아 올랐다. 펑펑! 조명탄이 터지는 소리와 함께 어두운 하늘은 오르락내리락하는 빛줄기에 금이 갔다. 마치 사람이 움찔움찔 떨 듯 적의 포가 느닷없이 발광을 하며 하늘로 쏘아 올려졌다. 강을 건너자마자, 응웬 꾸앙 빈 분대장은 분대원들에게 전투대형을 전개하도록 지시했다. 바로 그때, 적의 비행기가 갑자기 출현했다. 석 대의 비행기가 편대를 이루어 라이트 불빛을 눈이 부시도록 쏘아댔다. 비행기들은 강물 표면을 스치듯 저공비행으로 날아왔다. 눈이 멀어버릴 만큼 새하얀 불빛, 그것이 주는 냉랭함은 마치 독사가 목을 스치며 지나가듯이 오싹 소름이 돋았다. 빈은 등줄기가 차갑게 얼어붙는 듯한 느낌이 들었다. 그는 조마조마하고 걱정스러운 마음으로 강물 쪽을 바라보았다. 그의 분대를 제외하고 대부분의 소대원들이 아직도 강을 건너고 있는 중이었다. 빈은 적의 비행기가 쏘아대는 라이트 불빛에 바짝바짝 입술이 타들어갔다. 그러나 천만다행으로 그가 걱정했던 사태는 벌어지지 않았다.

30분 정도 더 지나서야, 소대원 모두가 강을 건널 수 있었다. 그들은 좁은 논두렁길을 따라 남 지를 향해 행군을 했다. 논길과 들판 곳곳이 폭탄 구덩이들로 험악하게 파헤쳐져 있었다.

도시 외곽의 기차역 들판을 지날 때 어느 순간부터 빈은 자신의 온몸에서 소용돌이치며 변화를 일으키고 있는 어떤 기운을 느꼈다. 그 기운에 대해 분명하게 설명할 수는 없었다. 다만 한 가지, 선명하게 다가오는 느낌은 몸 속 깊은 곳에서부터 활기찬 생기가 분출되어 솟구치고 있다는 것이었다. 그 생기의 용틀임은 점점 빨라져서 그의 뼈와 살 속에서 웅웅 소리를 내고 있는 듯했다. 가슴이 아릿아릿 저리더니, 도저히 감당할 수 없을 만큼 심장이 빠르게 뛰었다.

빈은 자신의 몸속에 방금 생겨난 하나의 새로운 기운이 생명체로서의 한계를 극복하는 초능력을 만들어내는 것 같았다. 마치 자신만이 변한 것이 아니라, 심지어 하늘과 땅까지도 변한 것처럼 느껴졌다. 모든 것이 변한 듯했다. 그 변화는 아주 오래전부터 용암처럼 꿈틀대다 한꺼번에 폭발하는 기세로 모든 것을 바꿔버리는 듯했다.

빈은 그의 고향마을 초가을 날들이 떠올랐다. 여름 내내 땅은 뜨끈뜨끈한 습기를 연신 피워 올리며 사람들을 질식하게 만들었다. 대부분의 사람들이 가물가물 정신을 차리지 못하고 의욕을 잃거나 시시때때로 짜증을 냈다. 강물과 저수지의 물은 뿌옇게 탁해졌다. 물 위로 거품을 피워 올리며 미생물들이 역겨운 악취를 뿜어냈다. 그러다가도 한 차례 차고 건조한 가을바람이 아침과 밤으로 불어오면, 땅과 하늘 그리고 만물이 맑고 깨끗한 새 옷으로 갈아입었다. 사람들의 마음도 한층 여유로워지고 활기를 되찾았다. 공기가 뿜어내는 기운은 그렇듯 오묘한 변화를 만들어냈다. 그 기운은 아주 높은 곳에서 모든 것을 일사불란하게 지휘하며 세상을 바꾸어놓았다. 빈은 동료들의 걸음걸이가 평소와는 아주 많이 다르다는 것을 분명하게 느꼈다. 거친 숨소리를 통해서 뿜어져 나오는 진군의 드높은 기세가 음산한 어둠의 장막을 걷어내고 있었다.

행군 중에 소대장이 갑자기 걸음을 멈추었다. 그러고는 어둠 속에 잠겨 있는 마을 쪽을 바라보았다. 마을 쪽 어느 집에서인가 호롱불 빛이 밝게 퍼져 나왔다. 사랑하는 여인이 그를 기다리며 살고 있는 집이었다.

"우리 집이야!"

소대장이 빈에게 애틋한 목소리로 말했다.

"아마도 내 아내가 잠들지 않고, 새해맞이 준비를 하고 있을 거야……."

소대장은 시계를 보고 나서, 한숨을 길게 토했다.

"집에 잠깐이라도 들를 수 있다면 정말 좋을 텐데…… 그러나 그럴 때가 아니구나."

이미 시곗바늘은 10시를 가리키고 있었다. 땀 톤 읍까지는 10여 킬로미터 이상을 더 가야 했다. 명령을 받은 시간 내에 도착하기 어려운 거리였다. 뛰어가더라도 겨우 도착할까 말까 한 거리였다. 소대장은 잠시 생각한 후에, 행군 대열 앞으로 나아갔다. 그는 부대원들에게 뛰어갈 것을 명령했다.

빈은 입대한 이후로 지금처럼 숨이 터질 듯한 상태로 오랫동안 뛰어본 적 없었다. 그러나 명령은 명령이었다! 그가 해야 할 일은 명령을 충실히 수행하는 것과 분대원들을 독려하는 것이었다. 간부들은 앞에서 달려가고, 병사들은 그 뒤에서 달려갔다. 모든 소대원이 달려가며 만들어내는 시끄러운 소리는 어둠의 정적을 거침없이 깨버렸다. 단지 신과 먼저 죽은 전사들의 영혼만이 적의 공격으로부터 그들을 보호해줄 수 있었다.

걸어서 행군하는 동안 아주 분명하게 주변 기운의 변동을 느꼈으나 한참을 쉬지 않고 뛰어가는 동안에는 더 이상 느껴지지 않았다. 숨통이 막혀오면서, 땅과 하늘도 같이 헐떡대는 것 같았다. 이건 정말 무슨 조화인가? 그것은 신만이 알리라. 그러나 신은 천기를 누설하는 법이 없다. 빈의 머릿속을 휘감던 생각의 실타래마저도 결국 뚝 끊어져버렸다.

모두들 정신없이 뛰어가는 가운데, 빈의 분대원 한 명이 돌부리에 걸려 덜퍼덕 소리를 내며 넘어졌다. 빈은 급히 달려가서 그를 붙잡아 일으켜 세우고는 손을 잡고 같이 뛰었다. 행군 대열은 여전히 숨 가쁘게 뜀박질을 계속했다. 그들을 뒤좇아오던 긴장감이나 두려움도 행군 대열을 도저히 따라잡을 수 없을 만큼 빠르게 뛰었다.

"누구냐?"

대열의 앞쪽에서, 어둠을 가르며 터져 나온 고함소리는 모든 소대원들을 움찔 놀라게 만들었다. 소대원들이 어떤 자세도 취할 새 없이 소대장이 즉각적으로 맞고함을 쳤다.

“어떤 놈들이 우리의 길을 막아서느냐? 죽고 싶은가? 어서 꺼져라, 돼지새끼들아!”

“어라, 비엣공이잖아?”

어둠 속 저편에서 두런두런 대화하는 소리가 들려왔다.

“맞다. 여기 우리가 있다. 살아서 집에 있는 가족들과 함께 설음식을 먹고 싶다면 조용히 우리 앞에서 사라져라. 만약 그렇지 않으면, 우리가 너희 놈들을 밀가루 반죽으로 만들어버리겠다. 당장 꺼져라!”

말을 마치고 소대장은 명령했다.

“전진!”

소대원들은 다시 우르르르 발소리를 내며 앞으로 달려 나갔다. 적군들 중 어느 누구도 그들을 막지 않았고, 또한 막을 수도 없었다. 느닷없이 적군과 맞닥뜨리게 된 그 사건은 정말이지 누구도 이해할 수 없을 만큼 기이하게 느껴졌다. 왜 상대방의 침범을 멀리서부터 먼저 발견하고서도 총을 쏘지 않은 걸까? 왜 포 사격도 요청하지 않은 걸까? 어떻게 그런 이상한 일이 서로 섬멸하기 위해 전투를 벌이고 있는 원수들 사이에서 있을 수 있단 말인가? 그들이 우리 소대를 보고 겁을 집어먹은 것이 아니라 전체 전선의 위세에 눌려 공격 의지를 상실한 것은 분명해 보였다. 그렇다 할지라도 빈은 여전히 당황스러움을 떨칠 수가 없었다. 마치 집 안의 모든 문이 방문객을 환영하기 위해 활짝 열려 있는 것 같았다. 그렇다면 누가 그 집을 손쉽게 접수할 수 있단 말인가? 설사 그렇더라도 우리가 그 집을 지킬 충분한 힘을 가지고 있는 것일까? 아니면 결국 그 집에서 다시 물러나게 될 것인가?

마침내 소대는 땀 톤 읍에 도착했다. 목표했던 시간보다 10여 분 정도가 늦었다. 소대장은 병사들에게 망긋[52] 과수원 안에서 잠시 쉬면서 대기하라는 지시를 내렸다. 소대장은 자신의 배낭을 병사들에게 맡기고 나서, 진지를 구축할 알맞은 장소를 물색하기 위해 분대장들을 이끌고 정원 주변을 정찰했다. 정찰을 마치고, 전 소대원들은 소대장의 지휘 아래 사령부를 위한 참호와 방어진지를 팠다.

일을 채 끝내기도 전에 아군의 진격을 알리는 총소리와 폭발음이 전역에서 시끄럽게 터져 나왔다. 남부 전체의 해방을 위한 총진군의 나팔소리가 힘차게 울려 퍼졌다!

52 망고스틴, 껍질을 까면 마늘쪽 모양의 흰 과육이 들어있다. 과일의 여왕으로 불린다.

가슴에 묻히는 벗들

기쁨과 슬픔으로 뒤범벅이 될 봄이 찾아왔다. 전장의 봄은 빈에게 결코 잊혀지지 않을 사건들을 안길 준비를 하고 있었다. 3월 초에 전개된 일주일간의 공격작전이 성공적으로 끝났다. 그러나 곧이어 적군은 빼앗긴 지역을 되찾고, 시내에 주둔한 아군 주력부대를 몰아내고자 대대적인 반격을 개시했다. 3월 중순 전투에서는 아군이나 적군 양쪽 모두 특별한 성과 없이 치열한 공방을 되풀이했다. 그러다가 3월 말에 접어들자 아군의 전투력이 소진되기 시작했다. 각 부대는 적들의 비행기, 포대, 장갑차, 보병들의 연합공격을 힘겹게 버텨내다가 결국 후퇴를 준비했다.

3월 말 어느 날 아침, 소대는 지휘부의 퇴로를 확보하기 위해 방어선을 구축하고 적의 공격에 대비하고 있었다. 예상했던 대로 적의 비행기가 날아와 땀 톤 읍에 폭탄을 쏟아 붓기 시작했다. 경계병을 제외한 모든 병사들이 방공호 안으로 대피했다.

비행기가 포효하며 날아오는 소리와 머리 위에서 쾅쾅 터지는 폭발음에 빈은 금방이라도 고막이 터져 나갈 것만 같은 고통을 느꼈다. 그러나 지금 그가 할 수 있는 일이라고는 분대원들과 함께 가만히 앉아서 폭격을 견뎌내고, 적의 보병이 공격해오는 것을 기다리는 것뿐이었다. 적들은 이곳에 주둔하고 있는 분구의 전방사령부 위치를 이미 파악하고 있는 듯했다. 그렇기에 이렇듯 맹렬하게 집중적으로 폭격하는 것이리라. 시공간이 한 치의 틈새 없이 적이 쏘아대는 포탄소리로 빽빽하게 채워졌다. 방공호 안에서 빈은 질식할 듯 숨이 막혀왔다. 마치 자신의 몸뚱이가 소시지 껍질 속에 쑤셔 넣어지고 있는 듯했다. 머릿속에서는 수십 개의 종이 서로 경쟁하듯이 뎅그렁거렸다.

두 차례에 걸친 공습을 무사히 견뎌내고 나서, 빈은 방공호 위로 올라가보았다. 눈앞에 펼쳐진 살풍경을 목격하고, 그는 그 참혹함에 저절로 온몸이 부들부들 떨렸다. 땅 위의 모든 것이 평평하게 누워 있었다. 마을의 집이란 집은 한 채도 남김없이 불길에 휩싸여 있었다. 불길이 활활 타오르며 하늘을 온통 시커먼 연기로 뒤덮었다. 화약냄새, 휘발유냄새, 나무 타는 냄새가 서로 뒤섞여 역하게 코를 찔렀다. 짙은 녹색의 망굿 정원은 자취도 없이 날아가버리고, 단지 서너 개의 나무밑동만 남아서 그곳에 정원이 있었다는 것을 처량하게 증명하고 있었다.

모든 안정적인 것과 토대가 폭탄에 의해 파헤쳐지고 뒤집혀서 혼돈의 아수라장으로 변했다. 수많은 폭탄 구덩이 속에서 화약연기가 여전히 그칠 줄 모른 채 스멀스멀 피어오르고 있었다. 지휘부의 참호는 나무 기둥들이 모두 부서져서 더 이상 형체를 알아볼 수 없었다. 마을은 죽음의 세계가 되어버렸다. 영혼조차 모두 잃어버린 세계였다.

비행기가 되돌아 올 조짐은 아직 보이지 않았다. 빈은 분대의 전투참호상태를 점검했다. 분대원들이 방공호 밖으로 나오기 시작했다. 그들의 옷은 온통 진흙이 뒤범벅되고, 피부는 연기에 시커멓게 그을려져 있었다.

"다들 자기 위치를 지키도록 해!"

빈이 명령했다.

"나는 소대장님께 잠시 다녀올 테니까, 다들 자기 위치에서 눈앞의 동정을 잘 살피도록."

말을 마치고 빈은 진지를 따라 진흙더미를 헤치면서 소대장의 참호 쪽으로 뛰어갔다. 소대장의 참호는 빈이 있는 곳에서 백여 미터 정도 떨어져 있었다.

"빈이냐? 너희 분대원들은 괜찮아?"

참호 안에서 소대장이 빈을 먼저 보고 말을 했다.

"예, 다들 괜찮아요…… 어?"

빈은 대답을 하며 참호 안으로 들어서다가 깜짝 놀랐다. 소대장은 온몸이 피범벅이 된 채 앉아 있었다. 피가 어깨에서부터 흘러내려 와 팔뚝과 손에 말라붙어 있었다. 그 모습에 빈은 두 눈이 하얗게 질리고, 안색이 창백해졌다.

"세상에! 언제 그렇게 다친 거예요?"

빈이 물었다.

"내 걱정은 마……. 바이 녀석이 죽었어. 호아 녀석도 죽었고. 뜨 녀석은 중상을 입었어. 내가 뜨 녀석을 업고 이곳으로 데려와서 붕대를 감아줬어. 내 몸에 묻은 피는 그 녀석 피야. 아직 적들과 제대로 한번 싸워보지도 못했는데 이렇게 큰 손실을 입다니…… 너무도 가슴이 아프구나……."

빈은 말없이 입술을 질끈 물었다. 그러고는 곧장 뒤로 돌아나가려는데 소대장이 다급하게 불렀다.

"너 어디 가?"

"지휘부의 벙커는 어떤지 한번 봐야지요. 별일 없다면 뜨를 그곳에 데려다 놓을게요. 넓은 곳에 누워 있게요."

"그럴 필요 없어. 저놈을 여기에 두는 게 내가 더 안심이 돼. 너는 분대로 돌아가서 부대원들에게 무기 상태를 점검하고, 전투태세를 잘 갖추고 있으라고 해. 적들이 곧 여기를 공격하러 올 거야."

빈은 소대장의 말에 따라 곧장 분대참호로 돌아왔다.

"비엔[53] 녀석은 어디로 갔어, 하오?"

땅바닥에 깔린 비닐에 다리를 쭉 뻗고 누워서 마른 밥을 굼뜨게 씹고 있는 병사에게 빈이 물었다.

"그 녀석은 담뱃불을 빌리러 갔어요."

하오가 몸을 일으키며 대답했다.

"그 녀석은 워낙 철딱서니가 없어서 자리를……."

"됐어, 인마! 녀석이 돌아오거든 B41 포구를 닦아놓고 조준경을 결합해놓으라고 해. 그리고 넌 지금 당장 포열을 닦도록 해. 무기에 흙이 이렇게 덕지덕지 달라붙어 있는데, 넌 이 자식아, 상황이 진정됐으면 무기정비부터 해놓아야지 그동안 뭐 하고 있었어? 그래가지고 적하고 어떻게 싸울 수 있겠어?"

말을 마치고 빈은 다른 조가 있는 참호 쪽으로 달려갔다. 참호에 도착하기 전, 빈은 누군가 멀리서 걸어오고 있는 모습을 보았다. 검은 연기 속에서 빠져나오고 있는 그 병사는 온몸에 피범벅이 되어 있었다. 빈은 놀란 눈으로 황급히 그에게 달려갔다. 가까이 가서 보니 그가 누구인지 알 수 있었다.

"도안이구나, 세상에! 어떡하다가 이렇게 된 거야? 왜 너 혼자뿐이야?"

빈의 얼굴을 확인한 병사는 그 자리에 털썩 쓰러졌다. 그는 다 죽어가는 듯한 목소리로 빈에게 말했다.

"사령관님께서…… 돌아가셨어요……."

"뭐라고? 그게 무슨 소리야? 사령관님께서 돌아가셨다구? 정말이야?"

도안은 힘없이 고개를 끄덕였다. 빈은 급히 그를 부축하여 지휘부 벙커 안으로 들어갔다. 그를 눕혀 놓고 다시 물었다.

"그리고 또 다른 사람들은 어떻게 됐어?"

---

53 '빈'(Vinh)으로 표기해야 올바르나, 주인공 '빈'(Bình)과 구분하기 위해서 '비엔'으로 표기했다.

빈은 마음을 진정할 수가 없어 안절부절못하며, 그에게 다그쳐 물었다.

"부대원들 대부분은 미리 안전한 장소로 퇴각했어요. 사령관님을 비롯해 간부들은 우리들의 호위를 받으며 268연대에 다녀오던 길이었는데…… 갑작스레 미 특공대의 습격을 받았어요. 사령관님과 중대장님은 적들의 첫 번째 총격에 그 자리에서 희생되셨어요. 우리들은 거의 두 시간 동안 그들과 싸웠지요. 적이 두 번째 공격을 해오기 전에 우리들은 사령관님과 중대장님, 그리고 병사 세 명을 그곳에 묻었어요."

"그러면 부중대장님과 정치국원은 어떻게 됐지?"

"1소대가 정치국원과 지휘부를 보위하기 위해 그 자리에서 먼저 퇴각했어요. 부중대장님은 계속 우리들과 남아서 전투를 벌였지요. 부중대장님은 아주 심한 중상을 입자 결국 자살하셨어요."

"정말 엿 같군……. 그렇다면 전체 소대원 중에 너 하나만 살아남았다는 거야?"

"그건 저도 잘 모르겠어요. 누가 더 살아남았는지……. 부상을 입고 정신을 잃었다가 깨어났을 때 주변에 아무도 없었어요. 저는 목숨을 걸고 이곳까지 걸어왔어요……." 잠시 숨을 멈추었다가, 그는 다시 말을 이었다.

"저는 허벅지와 손, 그리고 배에 부상을 입었어요. 아마도 큰 탈 없는 부분에만 상처를 입었나봐요……."

"그래, 그런 것 같아. 우선은 안정을 취하도록 해. 내가 사람을 시켜서 먹을 것을 갖다주도록 할게. 여기에 돌아올 수 있었다는 건 살았다는 거나 다름없어. 이제 걱정 말고 푹 쉬어."

사령관이 희생되었다는 소식에 빈은 정말 비통한 심정이 되었다. 그는 사령관에 대해 많이 알지는 못했다. 단지 정확히 일주일 전에 단 한 번 그의 얼굴을 봤을 뿐이다. 일주일 전 그날, 해 질 무렵 사령관은 몇몇 간부들을 대동하고 소대에 들렀다. 그는 빛바랜 잿빛 군복에 머리에는 중절모를 쓰고 목에는 머플러를 두르고 있었다. 옆구리에는 콜 권총을 차고 어깨에는 카빈총을 걸치고 있었다.

사령관의 모습이 눈에 들어오자, 소대장은 벌떡 일어서서 차려 자세로 보고를 했다. 모든 소대원들도 따라서 벌떡 일어났다. 사령관은 한 명 한 명 모든 소대원들과 악수를 나누었다. 그러고는 모두에게 자리에 앉으라고 손짓했다. 촛불을 통해 드러난 사령관의 영롱한 눈빛에는 오랜 연륜과 위엄이 담겨 있었다. 그는 때때로 야전책상을 손으로 가볍게 두드려가며 정감 어린 목소리로 소대원들을 격려했다.

"요즘 동지들 식사는 어떤가?"

소대의 사정을 묻는 사령관의 목소리는 부드럽고 다정했다.

"내가 듣기로 요즘은 완전히 마른밥만 공급되고 있다던데……."

"그렇습니다, 사령관님!"

소대장이 직설적으로 대답했다.

"알았네, 조금만 참아주도록 하게!"

사령관이 말했다.

"지금은 정말 어려운 시기야. 탄약 공급도 늦어지고 있네. 그래서 이렇게 진지방어만 하고 있는 거야. 며칠만 더 지나면 먹는 게 좀 나아질 거야."

"만약 상황이 개선되지 않으면 어떡합니까, 사령관님?"

소대장은 다시 직설적으로 물었다.

"하하, 만약 그렇게 된다면 나와 동지들 모두가 이를 악물고 견뎌야지, 뭘 어떡하겠나. 지금 어디를 탓하고, 누구에게 요구할 수 있는 그런 상황이 아니야."

사령관은 호탕하게 웃었다. 그의 웃음에서 병사들에게 자신감을 안겨주는 지도자의 낙천성이 생생하게 배어 나왔다.

"나는 방금 꾸옛 탕 연대에 다녀오는 길이네. 지금 그곳은 적들의 끊임없는 공격으로 사상자가 아주 많이 발생하고 있어. 하지만 아무도 자리를 떠나지 않고 있지. 모두들 낡고 해진 옷들을 입고 제대로 먹는 것도 없이 무척 고생하고 있네. 나는 그 모습에 너무 가슴이 아파 눈물이 났지만, 내가 도와줄 수 있는 게 정말 아무것도 없었어……. 사령관으로서 말이야…….”

안타까움으로 잠시 입술을 깨물더니, 사령관은 앞자리에 앉은 빈의 얼굴을 다정한 표정으로 바라보았다. 그러고는 빈에게 물었다.

“동지는 이곳에 온 지 얼마나 됐나?”

“예, 사령관님. 저는 여기에 온 지 넉 달 됐습니다!”

빈은 정중하게 대답했다.

“그래, 전쟁터에 이제 좀 익숙해졌나?”

“아직은…… 하지만 익숙해지려고 노력하고 있는 중입니다.”

사령관은 다시 호탕하게 웃었다. 바로 그때, 사령관 뒤에 서 있던 중대 정치국원은 난감한 얼굴로 표정을 일그러뜨렸다. 정치국원은 눈에 힘을 주며, 나무라는 듯한 눈길로 빈을 바라보았다.

“하하, 맞아. 그래, 그 누구도 폭탄에 익숙해질 수는 없는 거야. 나도 자네와 똑같아.”

사령관이 말했다.

“어떻게 익숙해질 수 있겠나!”

사령관은 자신의 팔꿈치로 옆에 앉아 있는 장교를 장난스럽게 툭 치며 말했다.

“중요한 건, 해방전사로서 절대로 적들이 우리의 명예와 기세를 우습게 보게 해서는 안 된다는 것이지! 다들 내 말에 동의하지?”

빈은 사령관의 언행에 깊은 감명을 받았다. 그에게서는 관료적인 모습을 전혀 느낄 수 없었다. 그는 자신의 권위를 내세워 아랫사람을 다그치려 들지 않았다. ‘이건 반드시 이렇게 해야 돼…… 저건 반드시 저렇게 하도록 해' 하며 가르치려고 들지도 않았다. 그저 아무런 격의 없이 대화를 나누는 가운데 병사들을 깊이 감화시키면서 핵심을 짚어주었다. 그는 단지 병사들이 자신들의 양심에 따라 스스로 결정해서 행동할 수 있도록 마음을 북돋워 줄 뿐이었다.

소대를 떠나기 전, 그는 빈의 어깨를 감싸주며 말했다.

"내가 입대했던 당시에는 감히 지휘관에게 동지처럼 어디 사실을 사실대로 말할 수 있었어야지. 나는 자네의 그 솔직한 기백에 깊은 감명을 받았네."

사령관은 정치국원을 돌아보며 말했다.

"현재, 정치국원의 가장 중요한 업무는 병사들이 솔직한 자세로 살고 사실대로 말할 수 있도록 도와주는 걸세. 병사들이 거짓된 삶을 살게 되면 그 폐해가 아주 커, 작전에 실패하게 되는 가장 큰 원인은 거짓말 때문이지. 하급자가 거짓말을 하게 되면, 상급에서는 정확한 상황을 파악할 방법이 없어지는 거 아니겠나. 정확한 상황을 파악하지 못하면 설정한 계획이 어그러질 수밖에 없어. 그렇지 않은가, 정치국원 동지?"

말을 마치고 나서 사령관은 차를 한 잔 마셨다. 그리고 모든 소대원들의 손을 두 손으로 일일이 잡아주고는 지휘부로 돌아갔다.

그랬건만 그 사령관이 이제는 이 땅에 존재하지 않는다. 이런 사람을 잃었다는 것은 전투 대오 안의 큰 손실일 뿐만 아니라, 모든 부대원들에게 참담함을 안겨주는 것이었다.

사령관이 희생되었다는 비보는 사나운 바람처럼 전사들의 마음속으로 고통스럽게 불어닥쳤다. 모두들 하나같이 '하늘을 부르고, 땅을 치며' 그의 죽음을 안타까워했다. 많은 병사들이 눈물을 흘렸다. 모이기만 하면 다들 그에 대해 이야기했다. 빈은 분명히 알 수 있었다. 사령관은 아주 신망 높은 인물로, 병사들이 소중히 여기는 마음 속에, 그에게 수놓아져 있는 전설적인

이야기들 속에, 모든 부대원들과 함께 영원히 살아가리라는 것이다.

그날 오후가 되자, 적들은 땀 톤 읍에 다시 집중적으로 포를 쏘아대기 시작했다. 수십 개의 포구에서 일제히 포탄을 토해냈다. 들판은 폭발음으로 울부짖었고, 몸부림을 치며 떨어댔다. 간신히 생존해 있던 몇 그루의 수목들도 포탄에 맞아 뿌리째 뽑혀나갔다. 하늘은 시커먼 연기와 잿가루, 흙먼지로 뒤덮였다. 폭격에 뒤이어 곧바로 적의 헬기들이 날아와 요란하게 프로펠러를 흔들어댔다.

빈의 뇌리에 결코 잊혀지지 않을 일들이 벌어지기 시작했다. 헬기들이 미친 듯이 날뛰며 소대의 대형 속으로 로켓탄을 쏟아부었다. 적의 헬기들은 기지의 위치를 정확히 조준해서 혼이 빠져나갈 만큼 맹렬한 폭격을 퍼부었다. 로켓탄이 병사들의 혼을 빼놓는 동안 적의 보병들은 비밀리에 기지 뒤쪽에서 전투대형을 갖추고 있었다. 헬기들은 로켓탄을 쏘고 난 뒤 기지 방어선 뒤쪽 약 2백 미터 떨어진 지점으로 날아가 보병들을 토해냈다. 헬기에서 내린 미군들은 들판에서 들쭉날쭉 무리를 지었다. 연이어 헬기들이 계속 급강하하면서 더 많은 군인들을 쏟아냈다.

소대장의 지휘 아래, 부대의 모든 화력을 미군들을 쏟아내고 있는 헬기 쪽에 집중시켰다. 소대의 60밀리 박격포가 미군들의 대형이 있는 곳으로 포탄을 떨어뜨렸다. 응웬 꾸앙 빈 하사는 사령관의 얼굴을 떠올리며 침착하게 마음을 가다듬었다. 그는 비엔의 B41 총을 빼앗아 들고는 땅에서 2미터 정도 위에 떠서 수풀을 세차게 헤쳐대고 있는 헬기 한 대를 조준했다. 총열에서 뿜어 나온 소리는 딸꾹질 소리처럼 짧게 터졌다.

총열의 반동이 어깨에 전달되는 찰나, 일 초의 몇백 분의 일도 되지 않는 그 짧은 순간에 빈은 헬기의 몸체 한 부분에서 번쩍이는 것을 보았다. 그곳에서 흰 연기가 피어오르더니 헬기가 두 동강이 났다. 동강 난 헬기는 땅으로 곤두박질치며 화염에 휩싸였다. 빈이 애초에 겨냥한 곳은 헬기의 머리

부분이었다. 그러나 실제로 3미터가량 왼쪽으로 기울어지며 몸통에 명중되었다. 분명한 것은 그의 사격이 정확하지 않았다는 것이다. 설사 그렇다 할지라도 아주 멋지고 신비로운 일을, 그리고 아무 군인이나 할 수 없는 일을 그가 해냈다는 것이다. 온몸이 감격으로 전율했다. 어떤 뜨거운 기류가 발끝에서부터 머리끝까지 휘돌아 더는 똑바로 서 있을 수가 없었다. 빈은 총을 땅에 내려놓았다. 그리고 진지에 가슴을 기대고, 머리를 아래로 숙였다.

"어, 빈 형! 왜 그러세요? 어디 다쳤어요?"

비엔은 당황한 듯 부산을 떨며 빈의 어깨를 흔들었다.

빈은 머리를 들며 입가에 미소를 지었다.

"아니."

빈이 대답했다.

"그냥 갑자기 내 몸에서 힘이 빠져나갔어."

"아이고, 참 내…… 나는 형이 부상당한 줄 알았잖아요!"

빈은 다시 총을 들었다.

헬기 한 대가 격추되자 나머지 헬기들은 겁에 질려서 허겁지겁 위로 잽싸게 날아올랐다. 불길에 휩싸인 동료들을 그대로 놔둔 채 꽁무니를 뺐다. 빈은 몇 대의 헬기가 더 격추되었는지 정확히 알 수 없었다. 다만 자신이 맞춘 헬기 외에도 몇 대의 헬기가 더 땅 위에 처박힌 채 말똥색 동체가 검붉은 화염에 휩싸이는 것만은 분명하게 볼 수 있었다. 미군들은 겁에 질려 정신없이 뿔뿔이 흩어졌다. 헬기들이 모두 날아간 후 그들은 대형을 재정비해 소대 쪽으로 총을 쏠 수 있는 적당한 지형을 점하기 시작했다. 부대원들의 사격은 아무런 성과도 없이 한동안 계속됐다.

빈은 초조한 마음이 들었다. 그는 민첩하게 방어선 진지를 돌면서 부대원들에게 총알을 아끼라고 주의를 주었다. 그가 자신의 위치로 돌아오자마자, 쓩쓩 포탄이 날아오는 소리가 들렸다. 그는 반사적으로 급히 몸을 아래로 웅크렸다. 수십 발의 포탄이 동시에 방어선 주변에 터졌다. 포탄에 튀어 오른 흙더미와 돌덩이들이 그의 어깨 위에 후두두둑 연속해서 떨어졌다.

그런 상황에서 소대장은 빈이 위치한 곳으로 뛰어왔다. 빈이 고개를 드는 것과 동시에 소대장은 그의 어깨를 두드리며 말했다.

"이야, 사격 솜씨 한번 끝내주는데! 그렇지만 인마, 너무 들뜨지 마. 앞을 잘 주시하고. 들뜨거나 그렇게 땅에 코를 처박고 있으면 놈들이 당장 네 목을 가져갈 거야. 이렇게 있는 건 좋지 않아. 알아들었어? 네가 기억해야 될 것은 계속 긴장하고 앞을 주시해야 한다는 거야!"

주의를 주고 나서, 소대장은 빈의 손을 힘껏 잡았다. 그러고는 자신의 자리로 다시 뛰어갔다.

적들의 포탄이 끊임없이 날아왔다. 화약냄새가 코를 찌르며 진동했다. 기어코 분대 벙커가 포탄에 명중되었다. 나무와 흙더미, 사람이 동시에 하늘로 날아올랐다. 너무도 놀란 나머지 빈의 입에서 비명이 터져 나왔다. 빈은 급히 벙커 쪽으로 달려갔다. 그의 눈앞에 약 1미터 깊이의 폭탄 구덩이가 검게 입을 벌리고 있었다. 그렇다면 지에우, 나의 분대원은 이제 여기에 없다는 말인가. 그는 입술을 깨물고 고개를 가로저었다. 비통함에 눈물이 터졌다. 바로 그때, 흙더미가 가볍게 흔들리며 그 속에서 군인 하나가 빠져나왔다. 그는 어리둥절한 표정으로 빈의 얼굴을 올려다보았다. 빈은 그가 누구인지 알아볼 수 없었다. 그의 피부는 시커먼 연기로 한 겹 덮여 있었다. 코에서 피가 흘러나와 아래로 뚝뚝 떨어졌다. 검게 그을린 피부 위로도 차츰차츰 피가 흘러나오기 시작했다. 그는 한 번 움찔하며 몸서리를 쳤다. 옷에서 흙이 떨어졌다. 빈은 다가가서 그의 손을 잡고 물었다.

"너는 어느 분대지?"

"지에우 녀석이 죽었어요."

그는 아주 자그마한 목소리로 말했다.

"그놈 혼자서 106밀리 포탄 한 발을 온몸으로 받았어요."

"너는 어느 분대야?"

빈은 그의 귀에 입을 가까이 붙이고 크게 소리를 질렀다.

"포탄이 날아오는 소리를 듣고, 저는 급히 벙커 밖으로 나왔기 때문에 그놈과 함께 죽지 않았어요."

그는 여전히 자신이 하고 싶은 말만 계속했다. 그러고는 고개를 몇 번 가로로 세차게 흔들었다. 마치 귓속에 고여 있는 폭발음을 떨구어내려는 듯한 모습이었다, 분명한 것은 그가 더는 아무것도 들을 수 없다는 것이었다. 그의 귓속에는 이미 환청이 가득 들어차 있었다.

"비엔, 비엔, 이리로 와!"

빈이 불렀다.

"이리로 붕대를 가져와, 빨리!"

포탄이 계속해서 날아들었다. 우박처럼 떨어지는 흙더미를 뚫고, 비엔이 허리를 굽히고 달려왔다. 몇 분이 지나서야, 시커멓게 그을리고 피범벅이 된 그가 누구인지 비로소 알아볼 수 있었다. 그는 얼마 전에 3분대에 새로 보충된 병사 따 응옥 방이었다.

비엔이 방에게 붕대를 감아주고 있는 동안, 빈은 경계 초소 쪽으로 달려갔다. 그곳에는 세 명의 병사가 전투태세를 갖추고 있었다. 빈이 초소에 도달할 즈음 누군가 크게 소리를 질렀다.

"적이 산중턱에 나타났다!"

빈은 산중턱 쪽으로 급히 고개를 돌렸다. 10여 명의 미군이 빠른 속도로 달려와 도랑 속으로 몸을 숨겼다. 분대의 뒤쪽으로 공격해올 태세였다.

순간 몸이 얼어붙는 듯했다. 빈은 반사적으로 수류탄의 안전핀을 뽑아 적군 쪽으로 두 개의 수류탄을 연속해서 던졌다. 수류탄의 검은 연기 속에서 두 놈의 몸뚱어리가 솟구쳐 올랐다가 땅으로 쿵 하고 떨어지는 것이 보였다. 기관총 벙커에 있던 하오와 병사들이 일제히 총을 쏘아대기 시작했다. 적들이 도랑을 벗어나 소대를 우회공격하지 못하도록 주변을 향해서도 총을 쏘았다.

적군 몇 명이 부상을 입은 듯 엉엉 큰 소리로 울었다. 그러나 그 소리에 마음이 약해질 수는 없었다. 그들에게 공격을 집중하고 있는 사이, 이번에는 멀리 나무숲 쪽에서 수백 명의 미군이 갑자기 나타났다. 그들은 빠른 속도로 소대의 방어선을 향해 달려왔다. 빈은 침착함을 유지할 수 없었다. 그는 이를 악물고 총알을 쏟아냈다. 총을 쏘고는 있었지만 겨냥까지 할 만한 여유는 없었다. 숲은 양쪽에서 뿜어대는 총소리로 아수라장이 되었다. 적들이 쏜 총탄이 진지를 뒤덮으며 연기를 피워 올렸다. 빈은 총을 쏘면서 동시에 옆으로 이동했다. 그는 지휘자로서의 직위를 버렸다. 정확히 말하자면 더는 지휘를 할 시간이 없었으며, 누구를 지휘할 수 있는 상황도 아니었다. 지금은 모든 부대원들이 스스로 자신을 지휘해야 할 때였다. 스스로 알아서 싸우면서 자신의 생명을 지켜야 하는 때였다.

몇몇 놈들이 총에 맞고 쓰러졌지만, 적의 무리들은 계속해서 거침없이 밀고 들어오며 진지 안으로 수류탄을 던졌다. 미군 한 놈이 진지 안으로 뛰어들었다. 빈이 서 있는 곳에서 약 50미터 떨어진 곳이었다. 이어서 한 놈, 한 놈씩 연달아 진지 안으로 밀려들어 왔다. 그리고 첫 번째 벙커를 시작으로 두 번째, 세 번째 벙커를 점령해나갔다. 벙커를 점령하고부터, 미군들은 소대원들을 한쪽으로 밀어붙였다.

비엔이 다리에 총을 맞고 으악 소리를 내며 쓰러졌다. 빈은 급히 달려가 그의 다리에 붕대를 감아주었다.

"형, 됐어요. 어서 싸우기나 하세요. 난 괜찮아요."

비엔이 말을 마치고 다시 일어서려 했다. 자신이 부상을 당했다는 사실을 까맣게 잊고 있는 듯했다. 일어서려는 그를 빈이 잡아서 자리에 앉혔다.

"형, 이럴 시간 없어요. 날 내버려두세요. 이곳은 내가 맡을게요. 형은 다른 곳으로 빨리 가세요."

"이 자식이……."

빈은 말을 끝까지 이을 수 없었다. 그저 눈빛으로 말할 수 있을 뿐이었다. 그리고 비엔의 말대로 녀석과 실랑이하며 시간을 보낼 때가 아니었다. 적들이 쏜 총탄이 계속해서 날아와 흙속에 처박혔다. 빈과 비엔의 눈빛이 한 번 더 서로 강하게 엉켰다. 빈은 탄창을 갈아 끼우고 나서, 벙커를 겨냥하기 좋은 지역으로 달려갔다. 적들은 벙커 안에 중기관총을 장착하고 진지를 향해 사격을 했다. 빈은 하오의 조원들과 합세해서 벙커를 향해 총을 쏘았다. 그리고 눈앞에 겁 없이 나타나는 적들을 향해 총을 쏘았다.

빈이 맡은 방어선 쪽에서 적들이 총에 맞고 튕겨 나갔다. 그러나 다른 쪽에서는 완전히 수세에 몰려 적들에게 계속 벙커를 내주고 있었다. 소대장은 최후의 조치를 취해야 했다. 구석 쪽의 벙커를 향해 크레모아[54]를 설치하고 나서, 소대원들은 적을 속이기 위해 공격하는 척하면서 후퇴했다. 이미 기세가 오를 대로 오른 적들은 소대장의 계략을 전혀 알아채지 못하고 벙커를 향해 밀물처럼 밀려들어 왔다. 진지가 직각으로 꺾이는 모서리에 적들이 한 덩어리로 뭉쳐졌다. 바로 그 순간, 소대장은 크레모아 단추를 누르도록 명령했다. DH10[55] 두 개와 크레모아 네 개가 한꺼번에 터졌다. 땅과 모래가 적군들과 더불어 위로 치솟아 올랐다가 흩뿌려졌다. 소대원들은 남아 있는 적들을 향해 수류탄을 던지고 나서 일제히 앞으로 돌진했다. 그리고 모든 벙커를 되찾았다. 그때가 오후 네 시 반쯤 되었다. 전장은 잠시 총소리를 멈췄다.

---

54 수평세열식 지뢰. 지뢰가 터지면 전면을 향해 쇠구슬 같은 파편이 날아간다. 미군의 무기인데, 베트남이 노획해서 사용했다.

55 크레모아 보다 더 강력한 수평세열식 지뢰. 베트남측이 개발해서 사용한 무기다.

빈은 진지 위로 올라갔다. 그는 소대의 방어진지를 내려다보다가 참혹한 풍경에 전율하며 몸을 떨었다. 진지를 따라 아군과 적군의 시체가 가득 넘쳤다. 대부분의 시체들이 형체를 알아볼 수 없을 만큼 찢긴 채로 서로 한 덩어리를 이루며 여기저기에 쌓여 있었다. 처참한 죽음들이었다. 시체들 주변은 피가 흘러넘쳐 메마른 땅을 갯벌로 만들었다. 피가 고인 곳에서는 땡볕을 받아 검은 아지랑이가 솟아오르고 있었다. 널브러진 살점들은 마치 진흙덩어리처럼 굳어 있었다. 코를 찌르는 피비린내에 빈은 속이 메슥거려 울컥 토하기 시작했다.

"하오야, 빈 녀석의 눈을 가려. 피를 쳐다보지 못하게 해!"

소대장이 소리를 질렀다.

하오가 달려가서, 자신의 목에 둘렀던 머플러로 빈의 눈을 가렸다. 다른 병사 두 명이 뛰어가서 하오를 도왔다. 그런 다음, 그들은 빈을 부축해서 시체로 가득 찬 진지를 벗어나도록 했다. 빈은 구토가 점점 가라앉았다. 해 질 무렵이 되어서야, 그는 비로소 눈을 가리고 있던 머플러를 풀 수 있었다.

전투를 치른 다음 날 아침, 병력을 한 번 더 점검했다. 소대원 중 열세 명만이 살아남았다. 그들 중 다섯 명은 부상병이었다. 사령관을 호위했던 정찰병까지 포함된 숫자였다. 응웬 꾸앙 빈 하사의 분대는 원래 아홉 명이었으나 지금은 네 명만이 살아남아 있었다. 전투 중에 사상자가 발생하는 것은 피할 수 없는 일이지만, 빈은 자신의 분대가 이렇게 많이 희생당할 거라고는 생각하지 못했다. 빈은 도저히 믿어지지 않았다. 그러나 현실을 받아들여야만 했다.

소대장은 열여덟 명의 전사자 모두를 지휘부 벙커 안으로 옮기도록 했다. 그런 다음 소대원들과 더불어 벙커에 눈물과 흙을 채워 넣었다. 지휘부 벙커는 살아남은 이들의 흐느낌 속에 죽은 벗들의 집단 무덤이 되었다. 간단히 조의를 표하고 나서, 그들은 서둘러 쓸 만한 장비들을 모았다. 안전하고 신속한 퇴각을 위해 꼭 필요하지 않은 물건들은 모두 땅속에 묻었다. 그리고 총과 탄약을 서로 나누어 들고, 부상병을 등에 업고서, 회한 가득한 진지를 떠났다.

통신장비는 모두 망가져 있었다. 통신장비가 없어 상부와는 아무런 연락도 취할 수가 없었고, 다른 곳에 위치한 아군의 상황도 전혀 알 수가 없었다. 무작정 후방 쪽을 향해 길을 더듬어 가야 할 뿐이었다. 어떤 예기치 못한 상황이 발생한다 해도 그저 스스로 난관을 헤쳐가야 했다. 소대장은 맨 앞에서 병사 두 명을 양쪽으로 대동하고 함께 움직였다. 그 뒤로는 부상병을 들것에 싣고 가는 병사, 부상병을 부축하는 병사, 그들을 대신해 장비를 잔뜩 짊어진 병사가 뒤따라갔다. 부상병들의 신음소리만큼 모양도 어수선한 행군이었다. 땀 톤 읍을 벗어나 1킬로미터쯤 지났을 때, 약 5백 미터 전방으로 적의 행군 대열이 눈에 들어왔다. 다행히 그들은 이쪽을 보지 못한 듯했다. 적들은 소대가 행군할 방향과 직각으로 교차해서 걸어가고 있었다. 그들은 바우 깐 쪽을 향해서 행군하고 있었다. 그들이 걸어가면서 어이, 어이 하며 주고받는 말소리며 통신병들이 나누는 무전기 소리가 바람을 타고 희미하게 들려왔다.

만약 조금만 다른 상황이었더라면, 소대장은 분명 저들을 당장 공격하도록 명령했을 것이다. 그러나 지금 시점에서는 부상병들을 병원으로 급히 후송하는 것이 가장 중요한 일이었다. 그뿐만 아니라 지친 병사들이 힘을 회복하도록 쉬게 해주고, 병력이 보충될 때를 기다려 소대를 재정비하는 것 또한 중요했다. 그런 다음 싸울 때가 되면 용감하게 싸우는 것이다. 지금 전투를 하는 것은 무모한 손실을 더할 뿐이었다.

적의 행군 대열 꼬리 부분이 점점 눈앞에서 멀어져갔다. 그들이 시야에서 완전히 사라질 때까지 기다린 다음, 소대는 다시 행군을 계속했다.

소대는 좁은 논길을 따라 걸어갔다. 건기의 날씨에, 들판의 풀들은 바짝

메말라 있었다. 주인을 잃은 논은 오랫동안 경작을 하지 않아서 곳곳이 갈라 터졌고, 황금빛 벼들이 춤을 출 자리에는 시커먼 탱크 궤도 자국과 검붉은 폭탄 구덩이들이 징그러운 문신처럼 박혀 있었다. 포에 맞거나 지뢰와 함께 뒤집힌 탱크들이 곳곳에서 불타고 있었다. 듬성듬성 서 있는 나무들이 불길 속에서 아우성을 치고 있었으나, 아무도 그들의 아픔을 돌봐줄 수 없었다. 소대는 한밤중이 될 때까지 계속해서 걸었다.

몇 시간째 한 번도 쉬지 않고 행군을 하는 동안, 빈은 비엔을 들것에 싣고 걸었다. 비엔이 고통 속에서도 미안한 표정을 지었다. 빈 역시 팔이 빠질 듯 힘이 들었지만 소대장은 휴식명령을 내리지 않았다. 큰길에 접어들자, 비로소 소대장이 휴식명령을 내렸다. 빈은 무거운 짐을 내려놓은 듯 한결 가뿐한 느낌이 들었다. 그러한 느낌도 아주 잠시, 빈은 오히려 그런 느낌을 가졌다는 것에 죄책감을 느꼈다. 그는 비엔을 끌어안아 자리에 앉힌 다음 밥을 먹을 수 있도록 도와주었다. 다른 병사들도 마른 밥을 꺼내 먹었다. 배고프고 피곤했지만, 빈은 도저히 밥알을 삼킬 수가 없었다. 끝없이 갈증만 느꼈을 뿐이었다. 그는 논두렁 가에 무릎을 세우고 앉아서 하늘을 바라보았다. 어딘가 멀리서 비행기 소리가 들려왔다. 밤공기가 우울하고 불안하게 주위를 감쌌다.

초승달이 모습을 드러내기 시작했다. 날을 세운 손톱처럼 날카로웠다. 피처럼 붉은색이었다. 빈은 이제까지 이처럼 섬뜩한 모양의 달을 본 적이 없었다. 그것은 마치 깨진 심장과도 같았다. 주위에 피가 더덕더덕 달라붙은 채 응고되어 있었다. 달빛이 병사들의 수척한 얼굴에 달려들어서는, 마치 가마에서 방금 나온 벽돌처럼 벌겋게 만들었다.

"그만, 가자!"

소대장이 길을 재촉했다.

"좀더 긴장들 하도록 해!"

소대원들이 다시 길에 올랐다. 들것을 든 사람들이 앞서가고, 걸을 수 있는 부상자들이 동료들의 부축을 받으며 뒤에서 걸었다. 행군을 다시 시작한 지 10분 정도 지났을 때, 갑자기 바우 깐 쪽에서 총소리가 울렸다, 뒤이어 유도탄을 쏘는 소리와 로켓탄 터지는 소리가 켜켜이 쌓이기 시작했다.

"더욱 빨리 가야겠다, 빈."

소대장이 잠시 걸음을 멈췄다.

"너는 비엔 녀석을 업도록 해. 업고 가는 게 더 빨라. 이 길만 지나면 상황이 좀 괜찮아질 거야."

소대장의 말대로 빈은 비엔을 등에 업고는 뚜듯이 걸었다. 15번 도로는 긴 염주실처럼 황량한 들판을 가로질러 끝도 없이 이어졌다. 예전에는 아스팔트길이었다. 그러나 지금은 속에 있던 자갈 지반까지 뒤집혀, 지나는 이들의 발목을 잡았다. 빈은 발아래를 조심하며 최대한 빨리 걸을 수 있도록 애썼다. 이번에는 소대장이 대열의 맨 뒤에서 걸었다. 발자국을 지우기 위해 빗자루질을 하는 조와 함께 옆걸음으로 걸었다.

소대원들은 하나같이 모두 피곤에 절어 있었다. 멀리서 들려오는 폭탄소리와 더불어 밤새 걸어야 했다. 날이 어슴푸레하게 밝아올 무렵, 소대는 비로소 아군을 만났다. 그들은 429연대의 특공중대원들이었다. 소대장이 그들에게 분구의 병원 위치를 물어보았다. 그러나 대원들 중 그 누구도 위치를 정확히 아는 사람이 없었다. 다만 그들 중 하나가 떤 푸 쪽에 야전병원이 하나 있기는 한데, 그것이 어디 소속인지는 모르겠다고 말했다.

그 정도의 정보를 얻게 된 것만으로도 충분했다. 지금 같은 상황에서, 그런 정보는 소대원들에게 삶의 빛이 되었고, 갈 길이 분명한 하나의 목적지가 되었다.

아침이 훤히 밝아오자, 적의 비행기들이 요란스레 정찰비행을 시작했다. 텅 빈 들판을 우회할 길이 없어 부득이 행군을 멈출 수밖에 없었다. 소대는 마을 쪽으로 발길을 돌렸다. 폭격으로 황폐해진 마을은 이미 오래전부터 사람 그림자 하나 스며들지 않은 듯했다. 소대장은 소대원들에게 적당한 대피호를 찾아보라고 명령했다. 대피호를 찾는 건 어렵지 않았다. 폭격이 잦았던 마을에는 집집마다 대피호가 있고 마을 공동의 대피호도 있었다. 소대는 대피호에서 휴식을 취하며 밤이 되기를 기다렸다. 밤이 되면 다시 행군길에 오를 예정이었다.

그날 낮, 경계를 섰던 병사가 마을 앞을 지나는 분구의 한 통신조를 목격했다. 그가 통신병을 소대장에게 데려왔다. 근거지에서 퇴각한 이후 처음으로 중대의 소식을 알게 되었다. 소대장은 통신병의 무전기를 빌려 분구의 참모위원회와 연락을 취했다. 참모위원회는 중대가 그 마을 앞으로 행군해 지나갈 터이니, 현재 위치에서 중대를 기다리라는 지시를 내렸다. 그리고 부상병들을 후송해줄 부대를 곧 내려보내겠다고 했다.

소대장은 상급과 연락을 취한 내용을 곧바로 소대원들에게 알려주었다. 그 소식은 소대원들에게 커다란 위안이 되었다. 퇴각행군노정에서 각자가 약간의 보상을 받게 된 것이다. 그 보상이란 아주 간단했다. 단지 행군을 계속하지 않아도 된다는 것이었다.

다음 날 어스름한 저녁이 되어서야 청년돌격대가 부상병들을 후송하기 위해 마을을 찾아왔다. 그리고 그 다음 날 아침 중대 정치국원이 중대원들을 이끌고 마을에 왔다. 같은 소속의 부대원들을 만나게 되자, 모든 이들이 서로를 끌어안으며 어깨를 주먹으로 툭툭 쳤다. 살아서 다시 만나게 되어 너무도 반가웠다. 그러나 그러한 즐거움은 삽시간에 사그라들었다. 서글픔 가득한 눈물이, 떠난 이들의 빈자리를 대신 채웠다. 이번 작전에 나설 때, 중대원은 여든 명이었다. 그러나 지금은, 부상자들을 후송시키고 난 이후, 단지 스물세 명만이 남아 있을 뿐이었다. 스물세 명 역시도 죽음으로부터 추격을 당하고 몸이 찢길 운명이었으나 행운이 따랐을 뿐이다. 그들은 죽은 사람들에 대한 기억을 단말마적인 신음으로 연신 토해내며 애통해했다. 그날 점심, 대부분의 사람들이 벗을 잃은 슬픔에 입맛을 잃고 밥을 먹지 않았다!

단지 정치국원만이 보통 때와 전혀 다름없는 평상심을 유지하고 있었다. 그는 중대원들을 모아놓고 일장 연설을 했다. 적의 압도적 화력 앞에서도 전혀 굽힘 없이 전투를 치렀노라. 비록 적지 않은 피해를 입었지만, 적이 당한 피해는 그 몇 배였노라. 죽음을 무릅쓰고 사선을 지킨 전사들의 용맹성은 조국의 미래에 훌륭한 표상으로 길이 빛나리라. 정치국원은 점점 자신의 말에 스스로 도취되어 갖은 미사여구를 쏟아내기 시작했다. 한참을 그러다가 열에 들뜬 목소리로 결론처럼 말했다. 이에 사령부에서도 우리 중대의 혁혁한 전과를 기려, 남부지역 지휘부에 훈장포상을 상신했노라!

정치국원은 잠시 숨을 한 번 크게 들이쉰 후에, 이번에는 호령하는 듯한 목소리로 말을 이었다.

"며칠 후면 우리 중대는 다시 예전처럼 전투력을 완비하게 될 것이다. 병력이 보강되고 필요한 장비들이 수급될 것이다. 그러고 나면 우리는 곧장 사이공으로 진격해 들어갈 것이다. 우리의 전방 지휘부는 적의 정세를 분석한 결과 승리를 단언하고 있다. 사이공 정부와 군대는 우리의 용맹한 병사들과 강고한 인민들에 의해 사실상 거의 해체되었다. 현재, 그들의 상태는 한 그루 썩은 나무와 같다. 우리가 가볍게 한 번 더 건드리기만 해도 그 나무는 맥없이 쓰러질 것이다. 우리의 이번 출병은, 남부지역을 제국주의자들의 손에서 완전하게 해방시키는 마지막 출병이 될 것이다."

정치국원의 허풍 섞인 말투와 허무맹랑한 전세 분석에 소대장 따 꾸앙 론은 드러내놓고 눈살을 찌푸렸다. 도저히 더는 들어줄 수가 없어, 보란 듯이 자리를 털고 일어나 다른 곳으로 가버렸다.

오후가 되자, 하늘에서 빗방울을 뿌리기 시작했다. 사이공 강 쪽에서 몰려온 바람이 마을 들녘을 매섭게 치받았다. 모래먼지와 탄가루가 어지러이 하늘을 뒤덮었다. 천둥과 번개가 사나운 맹수처럼 포효했다. 사방천지가 신비스러울 만큼 재빠르게 변했다. 하늘빛은 찰나의 순간에, 해산의 진통을 겪는 아녀자의 피부색처럼 변하기 시작했다. 번개가 연속적으로 내려치면서 하늘을 수만의 조각으로 갈기갈기 찢어놓았다. 까마득한 고통의 몸부림을 뚫고, 굵은 빗줄기가 주룩주룩 쏟아졌다. 하늘과 땅 모두가 흐릿한 눈시울에 스며드는 비의 세상이 되었다. 모든 소리들이 빗소리에 자신의 발자국을 감추고, 전쟁이 토해낸 죽음의 형상마저도 희미하게 꼬리를 감추었다.

빈은 벙커 속에 웅크리고 앉아서, 모래흙 깊은 속살을 반주하는 빗소리를 즐기고 있었다. 코를 찌를 듯한 쉰내와 매혹적인 땅 비린내에 가슴이 알싸하게 저려왔다. 그는 신이 선사한 신비로운 세계에 흠뻑 도취되었다. 우주만물을 조종하는 저 무형의 손이, 분노하듯 비바람을 만들어 세상을 이렇게 씻어내는구나……. 그런 생각을 하다가 빈은 순간 깜짝 놀랐다. 그의 머리 위에서 소대장이 아주 큰 목소리로 불렀기 때문이다.

"빈아, 이리 올라와서 목욕해! 비가 이렇게 시원하게 내리는데, 왜 거기 들어앉아서 궁상을 떨고 있냐. 이럴 때 목욕하는 것만큼 좋은 게 어디 있어?"

아, 내가 왜 목욕을 안 하고 있는 거지? 빈은 혼잣말로 되묻고는 자리에서 벌떡 일어났다. 그리고는 옷을 모두 벗어던지고, 벙커 밖으로 돌진하듯이 뛰쳐나갔다. 중대의 다른 동료들은 이미 목욕을 끝내고 빨래를 하고 있었다.

굵은 빗줄기가 온몸으로 세차게 달려들었다. 빈은 하늘을 향해 얼굴을 들고 입을 크게 벌렸다. 빗방울이 따끔따끔 얼굴을 두드렸다. 빗방울이 추억을 두드리며 어린 시절을 불러왔다.

"이런 원시 자연 속에서 알몸으로 산다는 건 정말 행복한 거야, 너도 그렇지?"

빈의 대답이 없자 소대장이 그를 향하여 고개를 돌렸다. 하늘을 향해 얼굴을 들고 입을 크게 벌린 채로, 떨어지는 빗방울을 마냥 즐기고 있는 빈의 모습을 보자 소대장은 피식 웃음이 나왔다.

“너 언제까지 입 벌리고 그렇게 세월아 네월아 이슬비를 기다릴 거야?”

소대장이 농담을 했다.

“아들아, 군인의 삶은 아직도 창창하게 남아 있단다.”

빈이 소대장을 돌아보고, 벌린 입 그대로 크게 웃었다.

“아까 낮에, 정치국원의 연설 도중에 내가 자리를 떠났을 때, 아마도 네 마음이 별로 안 좋았겠지, 그렇지?”

소대장이 갑자기 목청을 높여 물었다.

빈이 머리를 감으면서 말을 했다.

“정치국원이 혼자 도취 되어 얘기한다 해도 그냥 들을 만하면 듣고 있는 거지, 뭐 손해 볼 게 있다고 그렇게 노골적으로 자리를 박차고 가버려요. 형 때문에 정치국원이 열 받아가지고, 더 오랫동안 우리들을 가지고 지겨운 말 고문을 했잖아요.”

“난 그 자식을 오래전부터 경멸해왔어.”

소대장이 말했다.

“사람이 아무리 미움을 받아도 그래도 한 번쯤은 사랑을 받을 때가 있을 텐데, 경멸을 받으면 구제할 길이 전혀 없는 거야. 그 자식은 나한테 아주 오래전부터 경멸을 받아왔지만, 그 자식의 태도가 바뀐 적은 정말 단 한 번도 없어. 너도 한 번 생각해봐. 중대원들이 그렇게나 많이 희생을 당했는데, 그래서 다들 비통한 마음에 밥도 못 먹고 있는데, 그 자식만이 전혀 안중에도 없다는 듯 딴판이었잖아, 그리고 그 자식 말하는 것 좀 봐, 뭐가 그리 감격스럽다고…… 참 내, 정말 어이가 없어서……. 그런 녀석은 백 번 경멸을 당해도 싸!”

"그래도 예의를 좀 갖춰야 하지 않겠어요?"

"말도 안 돼. 난 절대 그렇게 못해. 내가 아는 한 말이야, 예의란 문화의 표현인 거야. 그리고 문화란 신뢰의 표현인 거고……. 난 그놈에 대한 신뢰가 전혀 없어. 그런데 내가 어떻게 그놈에게 예의를 차릴 수 있겠냐. 거짓 예의는 더 나쁜 거야. 정말 혐오스러운 사기지. 나보고 그런 사기를 치란 말이야. 그 자식한테 귀여움을 받자고?"

말을 마치고, 소대장은 하하거리며 큰 소리로 웃었다.

빗줄기가 점점 가늘어졌다. 그들의 이야기도 하늘의 구름처럼 사그라들었다.

다시 밝은 햇살이 쏟아지기 시작했다. 땡볕이 빨래들을 더듬어 내려와 물을 짜냈다.

"목욕 한 번 하고 가는 것이 인생이야."

소대장은 알록달록한 수건을 비틀어 물을 짜내고는 몸을 닦으면서 말했다.

"더러운 몸은 물로 깨끗이 씻을 수 있고, 더러운 물은 칼을 깨끗하게 씻을 수 있다.[56] 우리 조상님들 말씀은 정말로 신성하단 말이야?"

*

정치국원의 말대로 열흘이 지나서 중대에 병력과 무기, 장비가 새롭게 보충되었다. 중대는 다시 길을 떠날 준비를 했다. 응웬 꾸앙 빈 하사는 상사로 특진하는 것과 더불어, 부소대장의 임무를 맡게 되었다. 특진명령을 받았을 때 빈은 전혀 기쁘지 않았다. 그는 수십 명의 생명을 새로운 계급장과 맞바꾼 듯한 느낌이 들었다. 그런 생각에 안절부절못하고 그저 고민만 가득했을

56 살아가면서 더러움을 씻는 방법을 깨달아가는 것이 참된 삶의 방법이라는 베트남 속담.

뿐이었다. 그러나 군인은 상부의 결정을 반드시 따라야 하는 것이다. 이 시점에서 상부의 결정을 거부하고 항명할 수는 없었다.

4월 말이 되어, 전방지휘부는 행군을 명령했다. 이번 출병의 기세는 어딘가 심상치 않은 기운이 감돌았다. 모두에게 무언가 제대로 전달되지 않은 것 같았다. 확실하지 않은 무언가가 모든 사람들을 걱정과 불안에 휩싸이게 만들었다.

한밤중에 적의 포대가 포를 쏘아대기 시작했다. 쉴 새 없이 으르렁대는 포성은 잠든 병사들의 머리끄덩이를 잡고 흔들었다. 때때로 몇 개의 포탄이 정찰중대에서 몇십 미터 떨어진 논밭 한가운데 날아와 터졌다. 소대장은 잠을 자지 않고 있었다. 그는 총을 메고 벙커를 빠져나왔다. 그리고는 경계병을 들여보내고 자신이 경계를 섰다. 그는 어딘가 안절부절못하는 모습이었다.

"형, 쉬셔야죠. 왜, 형이 직접 경계를 서요."

소대장이 밖으로 나가는 것을 본 응웬 꾸앙 빈 상사는 경계병의 말을 듣고 밖으로 나왔다. 빈이 말했다.

"제가 경계를 설게요. 형은 그만 들어가세요. 그런데…… 오늘 밤은 왜 이렇게 덥지요?"

소대장은 대답이 없었다. 그는 벙커 입구 쪽에 앉아서, 잠시 먼 산을 보는 듯하더니 담배에 불을 붙였다.

"형, 무슨 일이라도 생긴 건가요? 얼굴이 많이 어두워 보여요."

빈은 담뱃불에 반사되는 소대장의 얼굴을 보고 걱정스레 물었다. 소대장은 담배를 아주 길게 한 번 빨고는 말했다.

"이번 전투는 아무래도 느낌이 썩 좋지 않아. 지난번 전투는 사실 우연한 승리였다고 할 수 있어. 적들이 미처 방어할 겨를도 없이 우왕좌왕하는 상태에서, 우리가 허점을 찔러 이긴 것이거든. 하지만 이번 전투는 지난번과 상황이 아주 달라. 적들이 우리를 맞을 준비를 이미 충분하게 갖추고 있는 상황이야. 아, 답답하다 정말! 전쟁이란 종종 이렇게 병사의 목숨을 무모하게 소모시켜버리는 거니까…….”

“정치국원은 적들이 지금 혼비백산 상태에 빠져 아무런 기력도 갖고 있질 않다고 했잖아요.”

빈이 말을 덧붙였다.

“사이공 정권은 그 어느 때보다도 훨씬 썩어 있어요. 그들은 마치 썩은 나무와 같아요. 단 한 번의 가벼운 공격만으로도 그들은 맥없이 무너질 거예요. 그리고 우리는 병력을 완전하게 보충했고, 탄약도 충분히 갖췄잖아요. 게다가 세 개의 정예사단이 보강되었고, 예비진지도 만들어놓았어요. 상부에서 이미 충분히 면밀하게 작전을 짜놓았어요.”

“너는 아직 짬밥이 모자라!”

소대장이 말했다.

“병력이 어디 얼마나 남아 있다고 사단 세 개를 보강한단 말이야. 정치국원 녀석이 그런 얘기를 하는 이유는 병사들에게 승리에 대한 희망을 심어주고, 병사들이 계속 진격하도록 만들려는 수작일 뿐이야. 나는 이런 장난짓거리가 아주 이상하게 느껴져.”

“형 얘기가 맞을 수도 있어요.”

빈이 마지못해 동의했다.

“이번 작전은 어딘가 석연치 않아. 무슨 일이 어떻게 벌어질지 도무지 판단할 수가 없어. 그렇지만 어쨌거나 내 숟가락은 잘 챙겨두어야지. 이번 작전을 마치고, 내가 제단 위에 얼굴을 올려놓는다는 것은 정말 매력 없는 일이야.”

“아이고, 형…… 왜 자꾸 그런 이상한 말을 하세요?”

“뭐가 이상하단 말이야. 나는 전혀 아무렇지도 않아. 그냥 저절로 서글퍼지는 것뿐이야. 아주 암담하고 끝없는 슬픔이 느껴져…….”

빈은 소대장의 태도에 불안한 마음이 들었다. 이제까지 소대장이 이렇게 이상한 태도를 보인 적이 없었다. 그만이 알고 있는 어떤 비밀이 있는 걸까? 남모를 특별한 속사정이 있는 걸까? 자신에게 닥쳐올 불행을 이미 예견한 것일까?

“형, 불길한 얘기는 이제 그만하세요.”

빈이 소대장의 손을 잡고 애원과 책망이 뒤섞인 표정으로 말했다.

“인마, 불길하긴 뭐가 불길하다는 거야? 내 성격이 원래 그렇잖아. 생각대로 말하고 느낌대로 행동하는 것뿐이야! 나는 절대로 마음속에 무언가를 꿍쳐두지 않아. 그래서 맨날 손해를 보지. 이런 성격은 지위나 명성, 성공과는 아주 거리가 멀어. 하지만 난 내 방식으로 살아갈 거야.”

“형의 방식이 맞을 수도 있어요.”

빈이 말했다.

“지휘자란 당연히 병사들 앞에서 자신의 생각을 솔직하게 말해주어야지요. 특히 어려운 상황에서는 더더욱 그렇고요. 사실을 제대로 알게 해주어야 병사들이 어려움 속에서도 지휘자를 믿고 따를 수 있지요.”

“맞아, 그게 과학이야! 나라고 뭐 남들한테 칭찬받는 걸 싫어하겠어? 누구든지 자신의 약점을 숨기려 들고, 강점을 과장하려 들지. 나도 그러고 싶을 때가 있어. 하지만 그런 어리석은 습관은 복잡한 정세 앞에서 많은 이들의 꿈을 산산조각 내지. 그럴 때 생기는 비관과 낙담은 정말 치유할 수가 없어……. 나는 이제까지 여러 번 전투를 치렀어. 이제 더는 아무런 두려움도 느끼지 않아. 언젠가 운명이 나를 부른다면, 나는 아주 편안하게 갈 거야. 그 어떤 것에도 후회나 안타까움을 갖지 않고서 말이야.”

빈과 소대장이 이야기를 나누고 있는데, 멀리서 쿵쾅쿵쾅 뛰어오는 발소리와 헉헉거리는 다급한 숨소리가 점점 가까워졌다.

"누구냐?"

소대장이 목청을 세워 큰 소리로 물었다.

"어? 아이고, 론 형이에요?"

군인이 급한 숨을 몰아쉬며 말했다.

"저예요, 탄이에요! 상부에서 소대에 지금 즉시 주둔지를 벗어나 이동하라는 행군 명령이 떨어졌어요. 조금이라도 지체를 하거나 천천히 이동하면 안 된답니다."

"무슨 일인데? 왜 지금 당장 이동하라는 거야?"

"그건 저도 잘 몰라요. 그러나 분명한 것은 뭔가 좋지 않은 일이 이미 벌어졌다는 거예요. 그래서 빨리 이동해야만 하는 것이구요."

군인이 자신이 짐작한 바를 이야기했다.

"알았어. 너도 빨리 돌아가!"

소대장이 연락병을 돌려보내고 빈에게 말했다.

"적이 우리가 주둔한 곳의 좌표를 파악한 것 같아. 곧 폭격을 해대겠지. 명령대로 빨리 이곳을 벗어나야 해. 자리로 돌아가서 짐을 싸도록 해. 내가 소대원들에게 행군 준비를 시킬 테니."

몇 분 후 소대원들은 행군 준비를 완료했다. 새벽 4시, 보통 때라면 행군하기에 전혀 적합하지 않은 시각이었다. 삼삼오오 길게 대열을 지어 행군을 했다. 어둠 속을 더듬어 헤치면서, 이슬에 젖은 들판을 곧장 가로질러 사령부의 예비 근거지 방향으로 바삐 발걸음을 옮겼다.

우기의 초반에 뿌려진 비로 잡풀들이 빠르게 자라고 있었다. 때때로 행군 대열은 찍찍거리는 쥐떼와 맞닥뜨리기도 했다. 쥐들은 서로 쫓고 쫓기며 내달리다가 사람들의 다리를 들이받기도 했다.

빈은 어둠 속에서 서로의 꽁무니를 쫓아 내달리는 쥐 소리에 귀를 기울였다. 지금 그들은 그들만이 이해할 수 있는 신호로 무언가를 계속해서 전달! 전달! 하고 있는 것이다. 쥐는 자연의 남모를 비밀을 가장 먼저 알아차리는 동물이다. 저들은 다른 생명체의 존재와 발전을 돕기 위해 자연의 맨 앞줄에 서 있다.

비행기 한 대가 갑자기 머리 위를 스칠 듯 지나가며 빈의 생각을 끊어버렸다. 비행기는 아주 낮게 날았다. 그리고 어느 누구도 어떤 대처방안을 생각해낼 수 없을 만큼 아주 빨랐다. 소대원들 모두 부동자세로 얼어붙었다. 모두들 머릿속으로 비행기가 소대를 발견했으리라고 생각하고 있었다. 하지만 다행스럽게도, 비행기는 그들을 보지 못한 듯 멀리 날아간 뒤 다시는 돌아오지 않았다.

날이 밝아올 무렵, 소대는 목표했던 마을에 도착했다. 마을은 인적 없이 폐허가 되어 있었다. 우선 지휘부를 위한 참호를 파고 나서, 전투진지를 파기 시작했다.

아침이 되어, 소대는 비로소 간밤에 급히 이동한 이유를 알게 되었다. 분구의 부정무위원이 사령부 회의를 마치고 아무 말 없이 사라졌다. 사령부 회의는 분구의 작전목표에 근거해서 도시 내의 목표물과 공격방향을 확정짓는 회의였다. 흔적 없이 사라져버린 그 고급 정치장교에 대해 모든 사람들이 걱정했다. 그 걱정이란 장교의 생사에 대한 걱정이었지, 아무도 감히 그가 적에게 투항하러 몰래 빠져나갔으리라 생각하지는 않았다. 그러나 불행하게도 그 걱정은 정반대의 현실이 되었다.

그 운명의 밤부터 시작해서, 분구의 모든 전투에서 부대가 앞으로 진격해 나아갈 수 없었다. 피로 물든 전투가 발생한 것은 공격 때문이 아니라 적들의 습격 때문이었다. 그 이전까지의 전투 상황은 그다지 불리한 편이 아니었다. 그러나 곧 적들에게 후방 보급로를 차단당해 각 부대의 전투력이 점점 약화되기 시작했다. 단지 수동적으로 기지를 방어하다가, 결국 전투력 보존을 위해 후퇴를 해야만 하는 상황으로 바뀌었다.

지휘부는 모든 부대에, 현재의 위치를 포기하고 급히 퇴각하라는 명령을 내렸다. 빈의 정찰중대는 따로 별도의 명령을 받았다. 전선에 계속 남아서 적의 추격을 막고, 또한 적을 속일 수 있는 위장공격을 계속할 것! 그리고 48시간 후, 자 딘 연대와 함께 전선에서 퇴각해 탄 안과 박 지 지역에 재집결할 것!

명령에 따라 정찰중대는 전선에 남아 적의 공격에 대비했다.

사령부가 전선에서 퇴각한 다음 날 어스름한 새벽에 부소대장 응웬 꾸앙 빈 상사는 경계근무를 서다가, 멀리서부터 울려오는 탱크의 궤도 소리를 들었다. 그 소리는 동북방향에서 들려왔다. 같은 시각, 사이공 강에서는 적 보병들이 양쪽 강변을 따라 이동하기 시작했다. 적 포대가 모든 전선에 동시다발로 포를 쏘아댔다.

새벽 여섯 시가 되자 폭격기와 헬기들이 전선 위로 날아와 자신들의 목표 지점에 폭탄을 투하하고, 로켓탄을 퍼부었다.

연쇄적으로 터지는 폭발음은 공기를 뒤집으며, 생명이 있는 모든 것들을 아우성치게 만들었다. 땅이 어질어질 흔들렸다. 적군의 기세는 그동안의 방어태세에서 모든 전선에 대한 총반격으로 작전을 바꾼 것이 명확해 보였다. 이른 새벽부터 저녁나절이 될 때까지 수천 회에 걸쳐 끊임없이 비행기가 날아들었다. 적의 비행기는 전선을 지나, 퇴각 중인 아군들에게 폭탄을 계속 쏟아부었다.

벙커의 관찰구 앞에 서서 소대장은 쌍안경으로 전방의 동정을 살폈다. 부소대장 빈은 벙커 안에 등을 기대고 앉아서 생각에 골몰해 있었다. 소대장이 빈을 보더니 잡념을 떨쳐주려는 듯 쌍안경을 건넸다. 쌍안경을 넘겨받은 빈은 자리에서 일어나 관찰구 앞에 섰다. 그는 쌍안경으로 탄미떠이 마을 주변을 꼼꼼히 살펴보았다. 적의 보병들이 공격을 준비하고 있다는 징후는 어디에서도 발견되지 않았다.

"어때?"

소대장이 물었다.

"아직 아무런 징후도 발견되지 않는데요!"

빈이 대답했다.

"적이 다른 길을 통해 벌써 우리 뒤쪽에 대기해 있는 건 아닐까요?"

"제기랄!"

소대장이 욕을 내뱉었다.

"적들이 그냥 우리를 무시해버리고 다른 길로 가버렸다?"

"어제 오후에 잡은 포로가 무슨 진술을 했나요? 형은 알고 있는 것 좀 없어요?"

"그놈의 말을 통해 대강 어림잡아 짐작할 수 있을 뿐이야. 저들 부대는 우리의 공격에 대응해 벙커와 진지를 공고히 사수하라는 명령을 받았다는 거야. 그거야 당연한 거 아니겠어? 대략적으로, 저들은 이미 스무 대 이상의 탱크와 장갑차를 보강한 것 같아. 아마도 전선에 있는 우리의 동태를 살피면서, 공격을 준비하고 있는 중일 거야."

"적들의 동정을 파악하러 간 싸우와 하이 녀석은 돌아왔나요?"

"아직, 어쩌면 녀석들이 꼼짝할 수 없는 상황에 빠져 있을 수도 있어. 그렇다면 우리 집사람 집에 가 있겠지."

두 사람이 서로 이야기를 나누고 있는데, 적군 두 놈이 마을 외곽을 빠져나오는 것이 보였다. 놈들은 마치 쫓겨 내몰리는 듯한 모습으로 허둥지둥 정신없이 뜀박질을 하고 있었다. 소대장은 전 소대원에게 공격 준비를 명령했다. 그런 다음 쌍안경을 들어 놈들의 모습을 자세하게 살폈다.

"좆도…… 하이 녀석 조잖아. 저놈들 저렇게 대담하게 뛰어오는 폼이 역시……."

소대장이 욕을 내뱉으면서, 동시에 소대원들에게 총을 쏘지 말라는 신호를 보냈다.

10여 분이 지나서 하이가 기지에 도착했다. 소대장에게 적군의 동정을 모두 보고한 후, 하이가 강조했다.

"내일 안으로 적들이 우리를 공격합니다!"

말을 마치고 하이가 소대장을 한 곳으로 데려갔다. 그리고는 뭔가 심상치 않은 표정으로 서로 의견을 나누었다.

소대장은 하이의 말에 가만가만 고개를 끄덕이며 귀를 기울였다. 얼굴 표정에 긴장감이 서렸다. 그 순간부터 한밤중이 될 때까지, 소대장은 내내 섰다 앉았다 안절부절못했다. 그리고 마치 닭이 알을 낳을 때처럼 정신없이 벙커에 들락거리기를 반복했다.

"도대체 무슨 일이에요, 형?"

빈이 걱정스럽게 물었다.

"아내가 곧 죽을병에 걸렸대. 병원에서 아내를 집으로 돌려보낸 지 한 달이 되었다는데…… 아내가 마지막으로 내 얼굴을 보고 싶어한다는군."

"이런 세상에! 이런 상황에서 그런 일이 생기다니…… 그래서 형, 어떻게 할 생각인데요?"

"뭘 어떡해, 생각나는 대로 하는 거지!"

소대장이 딸꾹질을 크게 했다.

"설사 내가 죽는 한이 있더라도, 반드시 아내를 보러 가야 해. 아까 중대에 요청했지만 허락을 받지 못했어. 그러나 그건 내게 중요하지 않아. 나는 그저 가야할 뿐이야. 누가 뭐라 해도 가야지……. 아내는 내가 가장 사랑하는 사람이고, 내 생에 있어 제일 소중한 사람이야."

"혹시 무슨 일이 생길지 모르니까, 제가 같이 갈게요!"

빈이 가슴 아파하며 소대장을 돕고자 했다.

"말도 안 되는 소리 하지 마."

소대장이 손을 내저었다.

"이건 전적으로 내 개인적인 일이야. 나 때문에 네가 연루되는 것은 전혀 바라지 않아. 혼자 가야만 해. 너까지 규율을 어기게 만들 수는 없어!”

빈은 소대장의 얼굴을 바라보다 그만 울음이 터질 뻔했다. 그는 자신의 직속상관을 정말로 좋아했고 또한 존경했다. 그는 진심으로 소대장을 도와주고 싶었다. 그러나 소대장을 도울 방법이 떠오르지 않았다. 빈은 한참을 생각하다 다시 소대장에게 물었다.

“언제 갈 거예요, 형?”

“해가 질 때……. 여기서 우리 집까지는 아주 가까워. 칠팔 킬로미터밖에 안 돼. 군인에게 그 정도 거리는 아무것도 아니지.”

“맞아요!”

빈은 소대장의 말에 무턱대고 동의했다. 하지만 때로는 몇십 미터 거리에 불과할지라도, 도저히 도달할 수 없을 때도 있지 않은가……. 빈은 그런 생각이 떠올랐으나 입 밖으로 말을 꺼낼 수는 없었다.

“너, 나의 이런 행동을 이해하지? 나는 반드시 그녀를 만나러 가야만 해. 왜냐하면 앞으로 다시는 그녀를 만날 수 없을지도 모르니까……. 됐어, 넌 네 일을 하도록 해. 나는 지금부터 떠날 준비를 해야겠다.”

소대장은 말을 마치고도 잠시 동안 조용히 서 있었다. 머릿속에 여러 가지 생각이 겹치는 듯했다. 그런 다음 소대장은 벙커로 들어가서, 수류탄 두 개를 꺼내 가지고 나왔다.

빈은 소대장이 벙커로 들어가는 것을 보고 나서 중대장을 만나러 갔다. 빈은 중대장에게 적의 동정을 살피고 오겠다며 허락해달라고 요청했다. 중대장은 전혀 의심 없이 빈의 의견을 받아들여주었다. 그리고 병사 두 명을 데리고 가라고 지시했다. 빈은 상급 지휘관을 속인다는 사실이 불안하고 죄책감이 들었다. 그러나 이번만큼은 그렇게 해야만 했다. 그에게 있어서 소대장과의 우정은, 지금 이 순간에 그 어느 것으로도 대신할 수 없는 가장 중요한 것이었다.

빈이 벙커로 돌아왔을 때 소대장은 이미 떠나고 없었다. 그는 급히 두 명의 병사를 불러내 제대로 장비도 갖추지 못한 채 소대장을 뒤쫓아갔다. 만약 소대장 혼자서 적의 방어선 앞을 지나간다면…… 하는 생각에 그는 안절부절못하고 달랑 총만 들고 나왔다.

멀리 도랑 속으로 허리를 구부린 채 빠르게 걷고 있는 소대장이 눈에 들어왔다. 빈이 작은 소리로 소대장을 불렀다.

"형, 좀 기다려봐요."

소대장은 걸음을 멈추고 뒤를 돌아다보았다. 그러나 빈 쪽으로 돌아오지는 않았다. 소대장이 말했다.

"야, 인마! 너 지금 장난하냐? 왜 쫓아왔어. 너 그렇게 하는 게 원칙에서 어긋난다는 걸 몰라?"

"알아요."

빈은 대답하며 계속 소대장에게 다가갔다.

"저는 부소대장으로서 형을 대신해 소대원을 지휘해야 한다는 원칙도 잘 알아요. 됐어요, 형! 그만 나무라세요. 자, 어서 빨리 가요."

소대장은 실제로 소대원들이 걱정스러워 마음이 불안했다. 그러나 빈과 실랑이를 해봐야 말을 듣지 않을 게 분명했기에 잠자코 몸을 돌렸다. 그는 아무 말 없이 앞으로 걸어가면서, 뒤따르고 있는 빈이나 두 명의 병사에 대해선 전혀 관심을 두지 않았다. 그들은 조명탄이 번쩍이는 속에서 적의 방어선 앞을 통과했다. 안전한 지대에 도착하자, 소대장은 집으로 향하는 북쪽으로 곧장 걸어갔다. 논길을 따라서 걸음을 바삐 옮겼다. 거의 두 시간을 그렇게 걸어가다가 소대장이 갑자기 걸음을 멈추고는 빈에게 말했다.

"여기서 우리 집까지는 일 킬로미터도 채 되지 않아. 이런 정도면 충분히 안심할 수 있는 상황이야. 너희들은 어서 빨리 돌아가. 잠깐 아내를 만나보고, 나도 곧장 부대로 돌아갈 거야."

"형, 여기까지 왔는데 조금만 더 같이 갈 수 있게 해주세요. 그 다음에 우리가 형을 기다렸다가 함께 부대로 복귀하면 되잖아요."

"너 정말 오늘 굉장히 귀찮게 하는구나!"

소대장이 나무라듯 말했다. 그러나 곧 빈의 말에 수긍하고, 다시 걸음을 옮기기 시작했다. 그들은 다시 바쁘게 걸었다. 집에서 약 2백 미터 정도 거리가 되었을 때, 소대장은 모두에게 길을 멈추라고 명령했다. 빈은 계속 말을 빙빙 돌리며 소대장을 설득했다. 그러나 소대장은 듣지 않았다. 결국, 이번에는 빈이 소대장의 말에 따랐다. 이 정도의 거리라면 소대장에게 무슨 일이 벌어진다 해도, 그가 병사들과 함께 빠르게 개입할 수 있는 거리라는 생각이 들었기 때문이다. 그는 병사들을 마을 가까이에 위치한 쩜 버우[57] 나무숲에 배치하고 소대장을 기다렸다.

소대장이 울타리를 지나 마을로 뛰어드는 순간, 빈이 서 있던 뒤 북쪽 방향에서 폭탄이 천둥 소리를 내며 연속해서 터졌다. 폭탄 터지는 소리가 사그라들자 이번에는 대포소리와 요란하게 달리는 차소리가 났다. 달리는 엔진소리와 더불어 보병들의 총소리도 멈추지 않고 계속 터졌다. 빈은 뒤를 돌아다보았다. 땅과 하늘이 모두 불길에 훨훨 타오르고 있었다. 총소리는 결코 끊어지지 않을 것처럼 숨 돌릴 새 없이 울려 퍼졌다. 아마도 분구 예하 각 부대의 주둔지역에서 동시에 전투가 벌어지고 있는 것 같았다. 적들이 이런 한밤중에 공격해오리라고는 예상하지 못했다. 이제까지 적들이 이런 한밤중에 공격을 한 적은 없었다.

총소리가 드문드문 잦아들자, 빈은 불안하고 초조해졌다. 그는 하늘을 향해 간절한 마음으로 빌었다. 제발 우리 부대에 아무 일도 일어나지 않기를! 빈은 간구의 말을 계속해서 중얼거렸다. 그러나 한 발 한 발 들려오는 총소

57 키 2~10m 정도 되는 활엽수로 베트남 남부 메콩델타 지역에 주로 서식한다. 씨나 이파리, 나무껍질에 탄닌 성분이 많이 함유되어 있어, 약용으로 많이 이용된다. 혈관 계통에 좋은 약재로 알려져 있다.

리에 마음은 점점 더 불안해졌다.

마을입구에서 빈과 두 명의 병사가 적군의 공격에 대해 걱정하는 동안, 소대장은 신중한 동작으로 자기 집 마당에 들어섰다. 문틈을 통해서 탁자 위에 놓인 작은 호롱불이 보였다. 모기장이 쳐진 넓은 침대와 그곳에 누워 있는 아내의 모습도 보였다. 그는 잠깐 동안 숨을 고른 후, 살며시 문을 열고 안으로 들어갔다. 그림자처럼 살며시 모기장을 걷어 올리고, 아내의 이마에 손을 얹었다.

"당신이지요, 그렇지요?"

눈을 파르르 떨며 그녀는 아주 힘겨운 목소리로 자신의 남편을 확인했다. 그녀는 있는 힘을 다해 몸을 일으키려 애썼다. 그러나 몸이 말을 듣지 않았다. 대신 그녀는 여리고 야윈 두 손을 부르르 떨면서, 남편을 애타게 부르듯이 위로 들어올렸다.

"제가 어떻게 알 수 있었겠어요. 당신이 돌아올 줄을……. 저는 이제 떠나려고, 마지막으로 당신을 기다리고 있었어요."

"됐어. 그만 얘기해, 내 사랑!"

그는 아내의 두 손을 잡아 자신의 가슴에 꼭 끌어안고, 부드러운 목소리로 말했다.

"당신 알아요?"

그녀는 숨을 헐떡이면서도 못다 한 말을 토해내듯 계속해서 이야기했다.

"병원에서 저를 집으로 돌려보낸 이후, 저는 단 한순간도 당신 생각을 하지 않은 적이 없어요…… 저는 일분일초마다 당신이 돌아오기를 간절히 기다렸어요…… 저는 당신이 필요해요…… 당신이 항상 그렇게 제 손을 잡아주길 바래요…… 저는 당신의 얼굴을 어루만지면서 평생을 살고 싶었어요…… 제게 입을 맞춰주세요…… 하지만 지금 저는 제가 원하는 것의 반 정도밖에 받을 수가 없네요…… 아아, 당신이 이렇게 시간을 내준 것만으로도 너무 행복해요…… 내 사랑! 좀더 제 가까이로 몸을 숙여주세요…… 좀 더 가까이…….”

그녀는 말을 마치고 나서, 손을 들어 남편의 머리칼을 만졌다. 그녀는 남편의 눈을 만지고, 코를 만지고, 그리고는 남편의 목덜미에 손을 얹었다. 그런 다음 자신의 차가운 입술을 그의 이마에 댔다.

“이제 됐어요, 내 사랑…….”

그녀는 이렇게 말하고 점점 기력을 잃어갔다. 그녀는 자신의 입술을 움직일 만한 힘조차 남아 있지 않다는 것을 느꼈다. 손에서도 힘이 빠져나갔다.

“사랑해, 투이!”

그는 아내의 애칭을 불렀다.

“나는 당신을 영원히 사랑해. 내가 이번에 온 건 당신을 산에 데려가려고 온 거야. 우리 부대의 의사들이 당신을 치료해줄 거야. 당신이 병을 고치고 나면 우리는 서로 가까이에서 영원히 행복하게 사는 거야…….”

“고마워요, 여보…… 하지만 저를 위로하지 마세요…… 저는 이미 제 병이 어떤지 알고 있어요…….”

“당신, 희망을 버리면 안 돼…….”

“고마워요, 여보…… 아아, 이제 더 이상 함께 할 시간이 없네요…… 내 사랑…… 저 먼저 가요…… 나 대신 행복하게 잘…….”

그녀의 말은 끝을 맺지 못하고 토막이 났다. 그녀는 이 세상에서 받을 산소가 충분하지 않은 것처럼 단숨에 숨을 몰아쉬었다. 그러고는 아주 크게 딸꾹질을 한 번 하더니 가늘게 벌린 입에서는 더 이상 숨소리가 새어나오지 않았다. 그녀는 그렇게 조용하게 영원히 잠들었다. 그녀는 그를 사랑했었다. 그를 기다렸었다. 그를 만났었다. 그리고 가버렸다. 그녀의 죽음만이 그의 영원한 지금이 되었다. 그녀가 떠나버린 것은 그의 일생에서 가장 커다란 상실이었다. 그는 떨리는 입술을 깨물었다. 눈에는 눈물이 맺혔다. 그는 차가워지기 시작한 그녀의 입술에 조용히 입맞추었다. 입을 맞추는 것과 동시에 오열이 터져 나왔다. 한참을 그렇게 그녀를 끌어안고 울다가 그녀를 묻어주어야겠다고 생각하며 몸을 일으켜 세웠다. 그때 등 뒤에서 큰 소리로 부르는 소리가 들려왔다.

"따 꾸앙 론, 우리가 몇 년 동안이나 널 기다렸는지 모른다. 그 자리에 선 채로 조용히 입을 다물어라. 손들어!"

가물거리는 전등불을 통해, 소대장은 보안대 놈들의 그림자를 보았다. 다섯 놈이 소대장의 등에 총을 겨냥하고 당장이라도 총알을 쏟아낼 태세를 갖추고 있었다. 소대장은 뒤를 돌아보지 않았다. 그들에게는 아무런 관심도 두지 않았다. 그는 침착하게 담요를 들어 올려 아내의 얼굴을 덮어주었다.

"네놈들은 내게 아내를 묻을 시간도 주지 않겠지?"

소대장은 손을 아래고 내리고, 죽음을 감내하는 표정으로 물었다.

"너 같은 놈한테, 묻거나 말거나가 뭐 그리 중요한 일이겠어?"

지휘관 녀석이 그의 말에 차갑게 대꾸했다.

"자, 어서 손들어!"

소대장은 적을 속이기 위해 고개를 가로저으며 슬픈 표정을 지었다. 그러면서 마지막 시간을 계산하고 있었다. 그 마지막 시간은 아내를 찾아올 결심을 하던 그 순간에 이미 예감했었고 이미 준비했던 것이었다.

"선 채로 그대로 가만히 있어. 움직이지 마!"

지휘관 놈이 제 부하에게 명령하듯 말했다. 그러고는 부하들을 향해 턱짓으로 그에게 달려들도록 신호를 보냈다. 소대장은 그들이 아주 가까이 접근해오기를 기다렸다가 불현듯 손을 허리로 가져가 수류탄의 안전핀을 뽑았다.

수류탄 두 개가 폭발하는 소리와 무언가 부딪치는 둔탁한 소리가 들리자 응웬 꾸앙 빈 상사는 움찔 몸을 떨며 소스라치게 놀랐다. 그 소리가 무슨 소리였는지 더는 생각할 필요가 없었다. 그것은 바로 소대장이 가져간 두 발의 수류탄 소리인 것이 너무도 분명했다. 곧이어 방금 폭발음이 났던 쪽에서 우당탕 뛰쳐나오는 발소리가 들려왔다. 그들은 집을 향해 분풀이하듯 총을 난사하면서 울음 섞인 욕설을 뱉어냈다.

"공산당 개새끼! 지가 죽자고, 우리 군인 세 명을 데려가다니…… 개새끼!"

빈은 현기증이 나는 듯해, 주먹으로 연거푸 가슴을 세차게 때렸다. 숨이 막혀왔다. 그렇다면 나의 소대장, 나의 형, 나의 가장 친한 친구가 그렇게 세상을 떠났단 말인가! 빈은 이빨을 으드득 갈았다. 그는 병사들에게 사격명령을 내렸다. 병사들이 소대장의 복수를 위해 정신없이 총을 쏘았다. 빈은 직속상관과 그의 부인을 편안한 곳으로 배웅하기 위해 마지막으로 차분하게 총을 쏘았다.

삶을 질식시키는 것

결국, 꾸에 지는 빈과 함께 살기 위해 그녀의 이름과 똑같은 계수나무 숲으로 왔다. 그녀는 빈을 통해 큰 위안을 얻었다. 빈도 그녀를 마치 애인처럼 보살펴주었다. 외로움의 시간들을 숲 바깥으로 멀리 쫓아 보내고, 서로를 의지하고 도우면서 편안한 안식처를 만드는 것이 그들의 유일한 낙이었다. 그들은 같이 껴안고 누워서 서로 위로했다. 그러나 정말 고통스러운 것은 두 사람 모두 인간이 갖는 생리적인 욕망을 완전히 잃어버렸다는 것이다. 그들은 서로의 몸을 끌어안고 있는 동안에도 특별한 느낌을 전혀 가질 수 없었다. 그들의 심장은 이미 욕망의 불꽃을 피워낼 수 없거나 그러한 것을 아예 모르는 목석처럼 변해버렸다. 그들은 이른바 성자 중에서도 최고의 성자가 되어 있었다. 더는 사람으로서의 예민한 감각이 남아 있지 않았다. 그들은 그저 서로 같이 지내면서 고독을 줄여나갈 수 있을 뿐이었다. 그러나 인간세계에 대해 기억해 내야만 하는 일은 그들을 다시 우울하게 만들었다. 그것은 언제나 그들을 괴로움에 떠돌게 만들었다.

하루는 빈이 티엔 니엔 끼를 만나 그에게 자신의 인간사에 대해 들려주고 나서 숲으로 돌아왔을 때 꾸에 지의 모습을 볼 수가 없었다. 마음이 울적해진 빈은 꾸에 지를 찾아 나섰다. 한참을 찾아 헤맸지만 그녀의 흔적조차 발견할 수 없었다. 그녀가 멀리로 떠나버렸구나! 낙담하고 있는데, 꾸에 지가 초췌하고 황량한 얼굴을 한 채 숲으로 돌아왔다.

"도대체 어딜 갔었기에 내게 말도 안 하고 갔던 거야. 너, 나를 얼마나 처량하게 만들었는지 아니?"

빈이 아주 화가 난 표정으로 물었다.

꾸에 지는 대답을 하지 않은 채, 초점 없는 눈으로 앞에 있는 바위를 가만히 바라보았다. 눈은 우울한 빛을 띠고 있었다. 빈은 그녀의 얼굴을 잠시 바라보고 고개를 가볍게 양옆으로 흔들었다.

"무슨 일이야, 꾸에 지? 내게 얘기해줄 수 없는 거야?"

"방금 강변에서 그 자식을 만났어요!"

그녀는 고개를 숙인 채로 말했다.

"그 자식이 티엔 니엔 끼의 배에 올라타려는 것을 보았어요. 그 자식의 영혼은 여전히 꽁꽁 묶여 있더군요."

"너 지금 누구 얘기를 하는 거야?"

빈이 어리둥절해 하며 물었다.

"저를 죽인 놈, 그 불쌍한 의사 놈 말이에요."

그녀는 말했다.

"저를 보자마자 그놈은 전율하듯 온몸을 떨더군요. 그러더니 버릇처럼 땅에 무릎을 꿇고 제게 용서를 빌었어요. 안 돼! 너는 이미 너무나 큰 죄를 저질렀어! 저는 그렇게 말했죠. 내 말에 그놈은 계속 고개를 흔들면서 얼굴을 모로 돌리더군요. 그러고는 변명하듯 말했어요. 제가 죽은 뒤, 부대에서 사실을 알고 감옥에 집어넣었대요. 부대원들이 혹독하게 조사를 했다더군요. 그놈과 친했던 사람이 어떻게 구해보려 했지만, 군법회의에서는 아주 냉정하게 그놈의 삶을 박탈하도록 결정을 내렸다는군요."

빈은 미소를 띠며 꾸에 지에게 다가가 손을 잡았다.

"그렇다면 네 한을 푼 것이잖아! 축하해, 꾸에 지!"

"아니에요. 하나도 기쁘지 않아요. 정말이에요!"

꾸에 지는 말했다.

"사실 저는 이미 오래전에 그 일을 다 잊고 있었어요. 만약 그놈이 그렇게 상기시켜주지 않았다면, 영원히 그 기억을 다시 떠올리지 않았을 거예요. 이미 지나간 일이에요. 이제는 그 사람에 대한 증오심도 없어요. 단지 그 사람의 탐욕이 안타까울 뿐이에요."

"아이고, 꾸에 지. 너는 그런 끔찍한 일을 당하고도 그렇게 성자 같을 수 있단 말이냐?"

"저는 원래 원한 같은 걸 품지 않아요. 원한 때문에 복수를 꿈꾸지도 않구요. 아무리 정당한 것이라 할지라도 원한은 인간의 영혼을 불구로 만들죠. 원한은 단지 인생을 질식시킬 뿐이에요!"

"아이고, 너는 정말 너무나도 자비심이 깊구나!"

"빈 오빠, 이제 그만 그 얘기 꺼내지 말아주세요. 이리로 앉아보세요. 제 옆에 앉아요. 이 바위 위에 나랑 같이."

꾸에 지는 꿈길을 걷는 듯한 목소리로 말했다.

"오빠, 저를 한 번만 안아주세요. 아주 세게, 꼭 안아주세요……. 그래요, 그렇게요. 오빠 곁에 있을 수 있다는 것이 이렇게 마음을 편안하게 만들어주는 것 같아요. 오빠, 알아요? 제가 어떤 생각을 했었는지? 우리 둘 모두, 오빠와 내가 환생을 하고 나면, 저는 반드시 인간세계에서 오빠를 찾아나서리라 작정했어요. 지금도 변함없어요. 앞으로도 그럴 거구요. 하지만 두려워요. 오빠는 환생하고 나면 제게 무심해지겠지요? 아니면 다른 아가씨를 쫓아다니느라 저를 본 척도 하지 않겠지요!"

"그것은 내일의 이야기지, 꾸에 지."

빈이 그녀의 눈을 바라보며 말했다.

"만약 우리가 과거와 현재 속에서 좋은 삶을 살았다면, 우리는 미래에도 좋은 삶을 살게 되겠지."

"그래요, 맞아요!"

꾸에 지가 빈의 말에 동의했다.

"어렸을 적에, 외할머니께서 제게 말씀해주셨어요. 만약 서로에게 매력을 느끼고 있으면, 지평선 혹은 수평선 끝에서라도 두 사람은 언젠가 만날 행운이 반드시 있을 거라고 하셨어요. 왜 그런지는 몰라도, 저 역시 그 말을 진정으로 믿어요. 마치 인간세계에서 태양이 떠오른다는 것을 믿는 것처럼 말이에요."

"너희 외할머니의 말씀은 정말 맞는 말씀이야. 우리 할아버지도 역시 그렇게 믿으셨어, 그리고 우리 할아버지는 또 다른 신비스러운 것들도 많이 믿으셨지. 할아버지의 믿음은 일반적인 생각으로는 도저히 증명할 수 없는 것들이었어. 할아버지는 사람들에게 자신의 직감을 믿게 하셨어. 사람들이 제스스로 깜짝 놀라도록 만드셨지. 예전에, 나는 사람에게 영혼이 있다는 것을 믿지 않았어. 그렇지만 지금은 사람이 죽은 후에도, 여전히 다른 형태와 방식으로 자신의 삶을 계속해서 이어간다는 것을 믿고 있어."

"오빠, 티엔 니엔 끼 노인에게 모든 얘기를 다 들려주었나요?"

돌연 꾸에 지가 물었다.

"그 노인이 정말, 오빠가 빨리 환생할 수 있도록 도와줄 수 있을까요?"

"이제 곧 나의 모든 이야기를 거의 들려주게 될 거야. 그렇지만 내가 환생을 하게 될 수 있을지 어떨지는 나도 잘 몰라. 하지만 지나간 모든 일들을 얘기하는 것만으로도 나는 마음이 아주 편안해져. 내 안에 갇혀 있던 그 어떤 무거운 것들을 이야기를 통해 다 쏟아내니까."

"오빠, 낌 칸을 만난 부분에 대해서도 다 얘기했나요?"

"아직은. 하지만 곧 얘기하게 될 거야."

"정말 질투가 나요. 그 낌 칸이라는 아가씨!"

꾸에 지는 우울한 표정을 짓고는 입맛을 다시면서 말했다.

"체! 내가 만약 그녀였다면……. 오빠, 황천에 내려온 이후로 아직 그녀를 만나지 못했죠?"

빈은 고개를 끄덕였다.

"그것이 저한테는 행운이네요. 미안해요, 오빠. 다시는 질투하지 않을게요. 이 황천강을 건너가서 망각의 죽을 먹고 나면, 그녀는 모든 일을 잊게 될 테니까요. 하지만 오빠는 여전히 그녀만을 그리워하겠지요, 그렇죠?

빈이 다시 고개를 끄덕였다.

"그래도 저는 언제나 오빠가 빨리 환생할 수 있기를 바라요. 설사 오빠가 이쪽 강변에서 저와 살아주지 않아 제가 또다시 죽는 듯한 느낌이 든다 할지라도 말이에요. 만약 오빠가 이쪽 강변에 있으면서 저와 같이 살아주지 않는다면, 차라리 저는 인간세계에서 보리수 죽을 먹는 마귀로 사는 게 더 나아요. 저는 여기에서 오빠의 속 깊은 얘기들을 듣는 게 정말 좋아요. 오빠, 제게 얘기를 들려주세요…… 오빠, 얘기해주세요……."

다시 찾아온 운명

응웬 꾸앙 빈 상사는 새벽 3시 정도가 되어서야 부대가 주둔했던 곳으로 돌아왔다. 빈 들판을 지날 때부터 그는 마음 한구석에서 계속되는 불안감을 떨칠 수가 없었다. 자꾸 불길한 무언가가 그의 앞쪽에서 자신을 기다리고 있는 듯한 예감이 들었다. 마지막 5백 미터 정도가 남았을 때, 그는 병사들에게 주변을 잘 경계하라고 다시 한번 상기시켰다. 중대의 방어진지에 도착해서야 비로소 그는 안도의 한숨을 내쉬었다.

"누구냐?"

누군가의 고함소리가 바로 근처에서 들려왔다. 그 소리에 빈은 움찔하며 깜짝 놀랐다. 너무 짧은 소리라 누구의 목소리인지 전혀 짐작할 수 없었다. 그는 급히 대답했다.

"나야, 빈이야!"

"망할 놈의 비엣공!"

욕설과 동시에 M16의 총구가 불을 뿜었다. 우두커니 선 채로 몇 초가 흐른 뒤에야, 빈은 비로소 반응할 겨를이 생겼다. 그는 민첩하게 진지로 뛰어내렸다. 동시에 두 명의 병사도 가까이에 있는 벙커로 뛰어들었다. 빈은 신속하게 총의 안전고리를 풀었다. 그러나 곧바로 대응사격을 하지는 않았다.

그는 총을 왼손으로 옮기고, 오른 손으로 가만히 수류탄을 쥐고는 두 명의 병사들이 뛰어든 벙커 쪽으로 살금살금 기어갔다.

적은 밤하늘로 조명탄을 쏘아 올리기 시작했다. 진지가 대낮처럼 밝아졌다. 그 마귀 같은 불빛은 모든 지표면을 샅샅이 훑았다. 밤의 장막에 가려져 있던 모든 것들이 부끄럼도 없이 제 속살을 드러냈다. 눈부신 조명탄 불빛을 통해 빈은 자신의 중대원들이 이미 진지를 떠났다는 것을 알 수 있었다. 순간, 빈은 이 가혹한 현실 앞에 온몸이 마비되는 듯한 느낌이 들었다. 이러한 현실이 도저히 믿기지 않았다. 어째서 나는 아까 총을 맞지 않았을까? 그리고 어떻게 적들이 불과 몇 시간 만에 우리 중대 진지를 점령할 수 있었을까? 아마도 두 명의 병사와 함께 소대장을 보호하기 위해 길을 떠난 직후에, 중대가 곧바로 퇴각을 한 것이 틀림없었다.

적들은 상대를 압도할 기세로 계속해서 총을 쏘았다. 빈의 머리 위로 살점을 비틀듯이 총탄이 쌍쌍 소리를 내며 날아갔다. 총소리를 듣고, 빈은 자신이 지금 적들에게 점점 포위되어 가고 있다는 것을 알 수 있었다. 마음이 초조해졌다. 두 명의 병사를 이끌고 마을 외곽을 따라서 빠져나가야겠다는 생각이 머릿속을 스쳤다. 그러나 이내 자신의 생각이 잘못되었다는 것을 깨달았다. 적들 역시 상대방의 퇴각로를 짐작하고 철저히 차단할 게 분명했다. 여기서 살아 나갈 수 있는 유일한 방법은 적의 한가운데를 그대로 뚫고 지나가는 길밖에 없었다. 정말 대담하고 모험을 필요로 하는 결단이었다. 하지만 그 외의 다른 방법은 더욱 위험부담이 클 뿐이었다.

그런 결정을 내리고, 그는 병사들에게 참호를 따라 진지 가운데로 기어가라는 신호를 보냈다. 그는 몇 군데 부서진 참호와 포연이 아직도 피어오르고 있는 폭탄 구덩이들을 지났다. 정말 다행인 것은 적들이 진지 가운데 공간을 버리고 모두들 외곽전선으로 몰려나갔다는 것이다.

적들은 계속해서 총을 쏘아대다가 상대방의 대응사격이 없자 사격을 멈추었다. 진지는 돌연 무거운 침묵 속에 빠졌다. 플래시 불빛이 빈과 병사들이 방금 빠져나간 지역을 가로세로로 어지럽게 비추었다.

"이런 염병할 새끼! 너 인마, 졸았지? 그렇지?"

빈의 뒤쪽 몇 십 미터 거리에서 장교로 보이는 적이 소리를 높여 욕을 내뱉었다.

"저 안 졸았어요, 준위님."

사병이 해명했다.

"하늘과 땅에 대고 맹세할 수 있어요. 저는 여기 이 자리에서 비엣공 세 놈을 보았단 말이에요."

"그럼, 그놈들이 귀신이란 말이야?"

"아유 참, 그게 어떻게 된 건지 잘 모르겠어요. 하지만 분명한 것은 제가 '누구냐!' 하고 고함을 지르자 그놈들 중 한 놈이 '나야, 빈이야!' 그랬다구요."

"빈은 무슨 놈의 빈. 골 빈 놈 같으니라구. 내가 찾아보고 없으면 네놈을 귀신으로 만들어버릴 줄 알아!"

준위는 이렇게 말하고 나서 군인들을 이끌고 플래시를 비추면서 마을 외곽 쪽으로 걸어갔다. 빈이 처음 가려 했던 길이었다.

시간을 아껴가며 빈은 병사들을 이끌고 계속 동쪽으로 기어 올라갔다. 마을 외곽에 근접했을 때, 들쭉날쭉 무리를 이루고 있는 적들과 맞닥뜨렸다. 그들은 빈이 있는 쪽으로 등을 보인 채 좀 전에 났던 총소리에 대해 이야기를 주고받고 있었다. 놈들은 모두 총을 가지고 있었다. 그리고 몇 놈은 담배를 피워 물고 있었다. 적들이 서 있는 곳에서 약 70미터 앞으로 꽤 높은 방죽 하나가 있었다. 방죽은 동쪽에서부터 내려와서 북쪽을 향해 있었고, 나무가 드물게 서 있었다. 저 방죽까지 도달할 수만 있다면! 그렇게만 된다면 적의 포위망을 탈출할 수 있다!

계산을 마친 후, 빈은 병사들에게 수류탄 투척 준비신호를 보냈다. 그리고는 살금살금 기어서 적들에게 다가갔다. 적과의 거리가 점점 가까워졌다. 20미터 정도 가까이 도달했을 때, 빈은 일제히 수류탄을 던지라는 신호를 보내고 자신도 던졌다. 번쩍하며 폭발음이 나자, 빈은 몸을 재빨리 일으켜 참호를 따라 돌진해서는 방죽 쪽으로 곧장 달려갔다. 그는 운명에 목숨을 내맡기고 정신없이 달렸다. 아무 생각할 겨를 없이 그저 앞으로만 내달렸다. 수십 초가 지난 후에야 적들이 총을 쏘아대기 시작했다.

총탄이 여기저기서 날아왔지만 빈은 계속해서 뛰었다. 방죽에 다다랐을 때, 빈은 비로소 자세를 낮추고 뒤에 오는 병사들을 기다렸다. 잠시 후에 두 명의 병사가 빈이 있는 곳까지 달려왔다. 은폐가 될 만한 지형을 이용하여 그들은 다시 미친 듯이 달렸다. 지금 그들에게 가장 중요한 것은 적들로부터 멀어지면 멀어질수록 좋다는 것일 뿐, 다른 그 무엇은 있을 수 없었다. 꽤 안심이 되는 거리에 이르러서야 빈은 비로소 장비를 땅에 내려놓고 앉아 가쁜 숨을 몰아쉬었다.

서서히 날이 밝아왔다. 남아 있던 어둠의 그림자는 계속해서 터지는 조명탄 불빛에 의해 말끔히 지워지고 있었다. 멀리서 포격소리, 폭탄 터지는 소리가 희미하게 울려 퍼졌다. 하늘 위로 정찰기와 헬기들이 번갈아가며 어둠을 밝히면서 땅 위를 정찰했다. 공기는 마치 불덩이를 끓이는 것처럼 서서히 달구어지기 시작했다.

빈은 풀이 죽은 채 앉아 있었다. 간밤에 벌어진 일들이 떠올라 몸서리가 쳐졌다. 그는 소대장의 죽음을 떠올리는 동시에, 전장에서 하나 둘 처참하게 쓰러져 간 부대원들의 얼굴을 떠올렸다. 슬픔과 동시에 짙은 근심이 찾아들었다. 분명한 것은, 그가 어떻게 하든 간에 저승사자가 쫓아와서 기어코 그의 멱살을 잡을 때가 온다는 것이다. 지금부터 그 순간까지 얼마의 시간이 걸릴까? 빈은 예측할 수 없었다. 다만 한 가지 분명하게 느낄 수 있는 것은 저승사자의 추격으로부터 탈출하는 것이 정말 어렵다는 것이었다. 조상들의 말 역시 지당한 근거를 갖고 있는 게 아닐까? 사람은 단지 육신일 뿐이며, 영혼이 일정한 주기 동안 그 육신을 빌려서 존재한다는 것, 육신이 사그라들면, 영혼이 육신을 떠나 계속해서 새로운 삶을 사는 거라고, 단지 그 영혼만이 죽지 않는 것이라고, 영혼은 사람의 핵심이자 세상에서 가장 정결한 것이라고, 그 사람들이 그것을 이해하기에 담담하게 죽음을 맞이하고, 전혀 심사숙고할 필요 없이 육신을 버리는 것이리라.

하지만 영혼이 그렇게 실재하고, 또 세상 무엇보다 고귀할지라도 사람이 제 육신을 버리는 일은 세상, 가족, 친척, 친구와 이별해야만 하는 일이다. 이것은 하나의 참화이지 조상의 가르침처럼 해탈에 이르는 즐거움이 전혀 아니다.

두 명의 병사가 뒤늦게 빈이 있는 곳까지 달려왔다. 그들은 부소대장 빈 옆에 쓰러지듯이 드러누워서 거친 숨을 헐떡였다.

“왜들 이렇게 늦었어? 모두 별 탈 없는 거지?”

빈이 물었다.

“제가 좀 크게 다친 것 같아요.”

얼마 전에 부대에 보충되어 온 다이가 몸을 떨면서 말했다.

“어깨에 뭘 맞았는지 도무지 아무런 감각이 없어요.”

빈이 다가가서 다이의 어깨를 살펴보았다. 얇은 옷 위에 어깨뼈에서부터 허리띠 있는 곳까지 핏물이 검게 굳어 있었다. 빈은 다이의 옷을 둥글게 위로 말아 올리고는 피를 닦아냈다. 피를 닦아내자 어깨에 손가락 크기의 구멍이 나 있는 것이 보였다. 총알이 안쪽에 깊숙이 박혀서 피가 흐르는 길을 막아버려 상처가 부어오르고 있었다.

빈이 손으로 상처 부위를 가볍게 누르면서 물었다.

“쑤시거나 아픈 느낌이 있어?”

“아무 느낌이 없어요. 단지 춥다는 생각뿐이에요.”

다이가 고개를 흔들면서 대답했다.

"안심해. 위험한 상태는 아닌 것 같아. 조금만 참도록 해봐. 일단 여기를 벗어난 다음에 방법을 생각해보도록 하자."

빈이 붕대로 다이의 어깨를 조심스럽게 감아주었다. 그러고 나서 병사들을 이끌고 다시 길에 올랐다. 아침이 완전히 밝았을 때 그들은 사이공 강가에 도착했다. 빈은 잠시 멈춰 서서 강가 주변을 살펴보았다. 그런 다음 다시 걸었다. 그들은 강을 따라 서북쪽으로 향했다.

나무가 완전히 불타버린 민둥산 앞에 도착했을 때, 강변 가까이 몇 개의 작은 벙커가 보였다. 그는 병사들을 일단 그곳에서 쉬도록 했다. 저녁이 될 때까지 기다렸다가 들판을 가로질러 다시 북쪽으로 출발할 생각이었다.

"빈 형, 물 한 모금만 주세요. 너무 목이 말라요!"

다이는 입맛을 다시며 말했다.

"후, 강가로 가서 물 좀 떠오도록 해."

후는 땅바닥에 길게 드러누운 채 숨을 가쁘게 몰아쉬고 있었다. 대답이 없는 후를 보고 빈이 물었다.

"뭐야, 너도 어딜 다친 거야?"

"아니에요. 너무나 피곤해서 그래요."

후는 여전히 누운 자세로 눈을 길게 감았다가 위로 치떴다. 그러고는 다시 말을 이었다.

"죄송해요. 조금만 쉬게 해주세요. 그런 다음에 무슨 일을 시켜도 좋아요."

"그래? 그렇다면 네가 다이 녀석을 잘 보살피도록 해. 내가 물을 떠 올게."

말을 마치고 빈은 어깨에 총을 걸쳐 메고 수통을 들고 강가로 향했다. 그는 강 쪽으로 향한 오솔길을 따라 걸어갔다. 100미터 정도 걸어갔을 때, 빈은 방금 새로 판 듯한 벙커에서 길게 모로 누워 잠을 자고 있는 군인을 발견했다. 군인은 비닐천으로 재단한 군복을 입고, 하얀색 신발에 회색 모자를 귀에 걸치고 있었다. 그는 마치 의식을 잃은 듯한 모습으로 깊이 잠들어 있었다. 완전히 피곤에 찌든 모습이었다.

"어느 부대 소속이지?"

빈은 그를 깨우는 게 미안했지만, 아군의 상황이 너무 궁금해서 도저히 참을 수가 없었다. 그래서 자고 있는 군인의 어깨를 흔들면서 물었다.

군인은 눈을 뜨자마자 반사적으로 일어나 총을 잡으려 했다. 빈의 복장을 보고 아군이라는 것을 알아차리고는, 약간 쑥스러운 듯한 표정으로 미소를 지었다.

"저는 분구의 병원소속이에요."

"아니, 분구의 병원소속이 왜 여기에 와 있는 거야?"

"어젯밤 놈들이 우리 부대를 공격했어요. 병원 지휘반은 모두 죽었어요. 완전히 전멸당하기 직전에 각자가 알아서 뿔뿔이 도망쳤지요. 우리를 이끌어줄 간부 한 명 남아있지 않았으니까요. 우리들은 정신없이 도망치다가 길을 잃고 여기까지 오게 됐어요."

"우리라니, 전부 몇 명이야?"

빈이 물었다.

"세 명이에요. 저하고 아가씨 두 명."

군인이 대답하며 손으로 풀숲 쪽을 가리켰다. 그곳에는 아주 낡은 옷차림에 피부는 온통 긁힌 자국투성이고, 온몸에 먼지와 탄가루를 뒤집어쓴 채로 두 명의 아가씨가 누워 있었다. 두 아가씨는 구급약 가방을 베개 삼아 베고서 서로를 끌어안고 곤한 잠에 빠져 있었다. 그들 옆에는 배낭이 하나 놓여 있었다.

빈은 아가씨들을 빠르게 훑어보았다. 그러다가 깜짝 놀랐다. 날씬한 몸매에 입가에 매력적인 점을 가진 아가씨가 예전에 만난 적이 있던 낌 칸이라는 것을 알아보았다. 만나지 못했던 그 시간 동안, 소녀는 체구도 커지고 아름다운 아가씨가 되어 있었다. 그녀 옆에 누워 있는 아가씨는 바로 '하이 언니'였다. 언젠가 장 투이 강가에서 칸을 나무라던 바로 그 아가씨였다.

군인은 의혹에 찬 눈길로 응웬 꾸앙 빈 상사를 바라보면서 물었다.

"상사님은 어느 부대 소속이세요?"

"정찰중대 소속이야."

빈은 대답하면서, 칸의 얼굴을 다시 한번 보려고 고개를 돌렸다.

"저 아가씨들을 알아요?"

"둘 다 내가 아는 아가씨야."

빈은 영화의 한 장면처럼 선명하게 떠오르는 장 투이 강에서의 추억을 회상하며 대답했다.

"강물 속에서 저 아가씨를 찾아 헤맸던 적이 있었지……. 벌써 어느새 아주 오래전 일이 되었군……. 아, 나는 부상병에게 줄 물을 뜨러 왔어. 우리는 여기서 100미터 정도 떨어진 데 있어."

"제게 물이 있어요."

군인은 말하는 동시에 일어서서 빈의 수통에 물을 채워주었다.

"부상이 아주 심한가요?"

"꽤 심한 편이야!"

빈이 수통을 허리에 차면서 말했다.

"아가씨를 깨워서 상사님을 돕도록 할게요."

빈이 손을 내저었다.

"아니야, 우선은 아가씨들이 편히 쉴 수 있도록 그대로 놔둬. 아주 피곤한 모습들이야. 됐어. 물을 줘서 고마워."

"상사님은 지금 어떻게 하시려고요?"

군인이 빈을 붙잡을 듯이 말했다.

"저녁이 될 때까지 기다린 다음에 뭘 할지 생각해보려고."

말을 마치고 나서 빈은 급히 병사들이 있는 곳으로 돌아왔다. 군인은 빈이 걸어가고 있는 방향을 물끄러미 바라보다가 다시 잠을 청하려고 눈을 감았다.

한 시간 정도 흐른 뒤, 군인이 약 가방을 옆에 차고서 낌 칸과 '하이 언니'를 데리고 빈이 있는 곳으로 찾아왔다. 빈을 보자 낌 칸은 놀라서 나지막이 '어' 소리를 토해냈다. 그녀는 약간 뒤로 물러서며 입술을 떨었다.

"세상에나! 오빠, 오빠가 왜 여기에 있지요? 오빠, 저를 기억하고 있나요?"

낌 칸이 물었다. 빈을 바라보는 눈빛이 열렬한 기운으로 뜨겁게 반짝였다.

"너처럼 아리따운 아가씨를 우리 부소대장님이 어떻게 잊을 수 있겠어?"

짚더미에 등을 대고 누운 후가 일어나면서 둘의 대화에 먼저 끼어들었다.

"오빠가 그렇게 말하는 것은 빈 오빠가 저를 잊었다는 거군요."

빈이 칸의 눈을 부드러운 눈길로 바라보았다. 그의 정감 어린 눈빛에 낌 칸의 뺨이 붉게 물들면서 파르르 떨렸다. 그녀는 부끄러운 듯 잠시 동안 고개를 아래로 숙였다. 그러고는 곧바로 빈의 눈을 향해 의미 깊은 미소로 화답했다.

"너 그때부터 지금까지 내내 어디를 잠수하고 다녔길래 이제야 만나게 된 거야?"

"그러면 오빠는 그동안 어디로 잠수를 했었어요?"

빈은 단지 벙커에 오랫동안 내려가 있었을 뿐이었다.

"땅속에 잠수해 있었지!"

"그렇다면 지금은 숨을 쉬려고 올라온 거네요, 그렇지요?"

"음…… 거의 그렇지."

빈은 '아니, 너를 보기 위해서야!'라고 대답하려다가 그냥 속으로 삼켰다. 그렇게 말하는 것은 너무 노골적인 것 같았다.

낌 칸은 손가락을 구부려서 옆에 서 있는 아가씨를 가리키며 물었다.

"그러면 오빠, 이 아가씨가 누군지 기억하세요?"

"너의 하이 언니지, 누구야."

"오빠, 하이 쑤언 언니라고 불러야 해요."

낌 칸은 언니의 이름을 강조하고 나서, 다시 말을 이었다.

"며칠 전에 오빠가 있는 부대의 정치국원을 우연히 만났었어요. 저는 정치국원 아저씨에게 오빠가 부대에 있는지 물어봤어요. 그런데 정치국원 아저씨가 대답하기를, 오빠가 '갔다'는 거예요. 저는 그 말에……."

낌 칸은 입술을 깨물면서 조용히 고개를 끄덕였다. 마치 울음을 삼키고 있는 듯한 모습이었다. 빈은 자신의 숨이 가빠지는 것을 느꼈다. 마음속에서 무언가가 아련하게 일렁였다. 그는 스스로에게 반문했다. 어째서 그날부터 지금까지 칸에 대한 생각을 떠올리지 않았던가! 그녀는 정말 아름답고 천진난만하며, 아주 진실한 아가씨였다. 그녀 같은 아가씨를 군대 안에서, 아니 이 세상에서 만난다는 건 정말 기막힌 행운이 따르지 않고서는 불가능한 일이었다.

"오빠는 저 아이를 하염없이 울게 만들었어요!"

하이 쑤언이 설명했다.

"정치국원의 말을 듣고, 칸은 오빠가 이미 희생되었다고 생각한 거죠. 그래서 저 아이는 슬픔과 시름에 젖어서 며칠 동안 전혀 음식을 먹지 않았어요."

"아이 참, 하이 언니는……."

칸이 빨갛게 달아오른 얼굴로 쑤언의 어깨를 손바닥으로 쳤다.

"언니, 정말 미워!"

“부소대장님은 정말 천사의 사랑을 받고 있는 남자네요!”

다이가 아픈 표정을 지으며 일어나 앉아서는 대화를 가로챘다.

“지금 이렇게 살아서, 사랑하고 울어주는 사람도 있고……. 그런데 여기 나는, 지금 곧 죽을 것만 같은데도 전혀 관심을 가져주는 사람이 없으니…….”

“됐어, 인마. 그만 징징거려.”

빈이 말했다. 그러고는 쑤언, 낌 칸과 함께 다이의 상처를 다시 살폈다.

쑤언이 다이의 상처를 세밀하게 살펴본 후에 수심에 잠겼다. 그녀의 눈빛은 아주 분명하게 걱정을 드러내고 있었다.

“이런 상처는 정말 빨리 수술을 해야 돼요, 오빠.”

쑤언이 말했다.

“만약 이대로 오래 두면 어깨 관절까지 잘라야 하는 상황이 될 거예요. 난감한 것은 제가 볼 줄은 알지만 수술을 해본 적이 한 번도 없다는 거예요.”

“다른 방법이 전혀 없다는 거지?”

빈이 재차 확인하듯 물었다.

“제가 칼을 하나 갖고 있어요.”

군인이 말했다. 그는 병원 소속이었지만 보급병이었다. 위생병이 아니라서 수술 현장을 단 한 번도 본 적이 없었다.

“그건 면도칼이잖아요!”

쑤언이 어이없다는 표정으로 웃으면서 말했다.

“어깨 관절을 잘라야 하는 것과 면도칼로 수술하는 것 중에 선택해야 한다면, 나는 면도칼로 수술하는 것에 동의해.”

다이가 쑤언의 말을 잘못 이해하고는, 몸을 일으키며 말했다.

“중요한 것은 칼이 병균에 감염되지 않도록 하는 거야.”

빈이 동의를 구하는 표정으로 하이 쑤언의 얼굴을 바라보았다. 한참 동안 생각에 잠겨 있던 쑤언이 고개를 끄덕이고는 면도칼을 소독했다. 그러고는 마취약을 다이의 어깨에 놓은 후에 수술을 시작했다. 칸이 흘러나오는 피를 닦아내고, 나머지 사람들은 다이가 움직이지 못하도록 온몸을 꽉 붙들었다. 환자와 모든 사람들이 한 시간 동안 땀을 뻘뻘 흘리고 나서, 쑤언이 다이의 어깨에 박혀 있던 M16 탄두를 집게로 끄집어냈다. 수술은 끝났지만 상처를 꿰맬 실이 없었다. 쑤언은 벌꿀 원액을 상처에다 부은 후 붕대로 감았다.

"오빠는 정말 대단한 사람이에요. 나는 이제까지 오빠 같은 사람을 본 적이 없어요."

하이 쑤언이 손을 씻으면서 다이를 위로했다.

"몸은 좀 나아진 것 같나요?"

수술을 하면서 피를 많이 쏟아낸 다이의 얼굴은 창백했다. 표정은 고통으로 일그러져 있었지만, 다이는 쑤언의 말에 고개를 끄덕여주었다. 그러고는 조용히 눈을 감고 고통을 참았다.

그 후로부터 여섯 명은 응웬 꾸앙 빈 상사의 지휘 아래 한 무리로 뭉쳤다. 그들은 역할 분담을 위한 토론을 하고 나서 점심밥을 지을 준비를 했다. 현재 벌어지고 있는 전투상황을 전혀 파악할 수 없었기에 앞날에 벌어질 상황에 대해서도 다들 별다른 두려움을 느끼지 못했다. 빈의 의견에 따라, 해가 떨어지면 모두 함께 길을 떠나기로 했다. 그들은 일단 강가를 따라 걷다가 동 엇으로 가는 지름길을 타기로 방향을 잡았다. 아무리 늦어도 이틀이면 아군의 주둔지에 도착할 수 있을 것이라 생각했다.

그러나 빈이 예정하고 있는 길목에는 미군 보병과 기계부대가 이미 완전히 빗장을 걸고 아군의 숨통을 죄고 있었다. 그들의 목표는 도시 내에서 아군의 역량을 완전히 괴멸시키는 것이었다. '베트남화 전쟁'[58] 전략을 실현시키기 위해 미군들은 우선 각 도시와 읍면, 평야지대에서 아군 주력부대를 완전히 밀어내고자 했다.

각자에게 분담된 일에 따라 쑤언과 칸이 점심밥을 짓고, 나머지는 행군 준비를 위해 장비를 점검하고 수통에 물을 가득 채웠다. 빈을 만난 이후부터 쑤언은 즐거움이 가득했다. 그녀는 빈에게 여러 가지를 묻고, 그로부터 진지한 이야기를 들었다.

"오빠, 론 오빠는 부대에서 여전히 잘 지내고 있겠지요? 오랫동안 론 오빠를 만나지 못했어요."

쑤언이 무심코 내뱉은 물음에 빈은 다시 가슴이 아파왔다. 간밤에 일어났던 일들을 떠올리자니 울컥하고 목이 메어왔다.

"어젯밤에 돌아가셨어."

빈이 젖은 목소리로 말했다.

"그 형은 자기 집에서 돌아가셨지. 부인과 사이공 군인 놈들과 함께……. 형은 정말 훌륭한 간부였지. 내게 있어 론 형은 직속상관이자 형이었고, 아

58 '베트남전의 베트남화' 전략은 1968년 1월 30일 북베트남과 비엣공들의 '구정 대공세' 이후 미국이 베트남 전쟁에서의 승리가 불가능하다는 사실을 비로소 인정하고 추진한 전략이다. 미국은 1964년 8월 2일 이른바 '통킹만 사건'을 조작해 북베트남에 대해 선전포고를 하고 나서, 늦어도 1965년 말까지 전쟁을 끝낼 수 있으리라 장담하고 있었다. 최초의 전쟁전략은 이른바 '베트남을 구석기 시대로 돌려놓겠다'는 대대적인 융단폭격 전략'이었다. 그러나 그러한 초토화작전에도 불구하고 북베트남과 비엣공들의 기세가 전혀 꺾이지 않자 미국은 1966년에 접어들어 '평정작전'이라 불리는 '강력한 전략촌 계획'을 추진한다. 초토화작전의 실패가 비엣공들과 주민들의 교류 때문이라고 판단한 미국은 주민들을 '전략촌'이라는 '집단강제수용소'에 수용시키고, '전략촌' 외의 지역은 '자유살상지역'으로 선포해 전략촌 입촌을 거부하는 주민들을 비엣공으로 간주, 무차별적으로 살상한다. 1만여 개의 전략촌을 세웠으나 이것 역시도 1967년 말에 이르러 대부분이 비엣공과 주민들에 의해 파괴된다. 1968년 1월 30일에 벌어졌던 '구정 대공세'는 북베트남군과 비엣공이 동시에 미국과 사이공 정부의 주요 공관과 군사기지를 총공격한 작전이었다. 미 대사관이 비엣공들에게 점령당해 대사관 국기 게양대에서 성조기가 내려지고 비엣공 깃발이 걸리는 등 미국은 북베트남과 비엣공의 불가사의한 전투력에 대해 극도의 충격을 받는다. 미국의 존슨 대통령은 호치민 주석에게 '평화협상'을 제의하는 한편, 베트남 사태에 대한 책임을 지고 '본인은 차기 대선에 출마하지 않을 것'이라는 선언을 하고는 이른바 '베트남전의 베트남화' 전략으로 전쟁 전략을 바꾸면서 사이공 정부군에 군사물자를 제공한다, 이는 베트남 사람들끼리 싸우도록 한 전략인 동시에 미국이 북베트남을 완전히 포기하고 남베트남 지역만이라도 강력한 반공정권을 수립해서 분단을 고착화시키려는 전략이었다. 당시 미국이 사이공 정부군에 제공한 군사물자를 달러로 환산하면 1천 5백억에 달하는 규모로, 사이공 정부군이 전 세계 4대 군사강국에 올라설 만큼 막대한 양이었다. 하지만 이러한 전쟁물자조차 부패한 사이공 군부정권의 손에서 착복수단으로 변질되었을 뿐이었기에, 미국의 '베트남전의 베트남화' 전략도 실패하고 만다.

주 절친한 친구이기도 했어. 그랬건만 그렇게 떠나버리다니……. 왜 좋은 사람들은 그렇게 일찍 죽어야만 하는 걸까! 너는 알고 있니? 알고 있다면 내가 이해할 수 있도록 설명 좀 해줘."

"미안해요, 오빠. 제가 괜한 것을 물어서 오빠를 슬프게 만들었네요."

"별말을 다…… 네가 미안할 게 뭐가 있어."

빈이 다시 말을 이었다.

"소대장이 부대를 떠나려고 준비하고 있을 때, 나는 형의 불행을 예감했었어. 하지만 막을 방법이 전혀 없었지. 형은 마치 통제가 불가능한 성난 말 같았으니까. 앞으로 달릴 생각만 하고 뒤로는 절대로 물러서려 하지 않았지. 그래서 나는 형을 따라나설 생각만 했어. 그때는 전혀 상상도 하지 못했어. 형이 부인을 만나러 가는 길이 죽으러 가는 길이었다는 것을……. 그래, 지금 형은 아파하지 않아도 되고 고생하지 않아도 되는 세상에서 편안하게 있겠지."

"오빠는 정말 좋은 사람이에요. 저는 항상 오빠에게 감동하고 있어요."

두 사람이 이야기하고 있을 때 멀리서부터 B-52 폭격기 소리가 들려왔다. 그 소리에 모두들 급히 벙커로 뛰어들었다. 30초가 채 지나지 않아서 폭탄이 떨어지기 시작했다. 아주 짧은 순간에 작은 숲은 폭탄 몇 발에 의해 흔적도 없이 날아갔다. 맹수처럼 이글거리는 불길과 미친개의 꼬리처럼 춤을 추는 연기가 하늘을 뒤덮었다. 빈은 벙커 속에 몸을 웅크리고 앉아서, 으르렁대는 폭격을 견뎠다. 마치 높은 파도가 치는 바다 한가운데에서 작은 조각배에 몸을 싣고 있는 듯한 느낌이 들었다. 고향마을의 산사태도 이런 광경이 아니었을까 하는 생각이 들었다. 빈은 벽이 무너져 내릴까봐 반사적으로 손을 들어 벽을 밀었다. 순간, 어떤 보이지 않는 커다란 힘이 그를 뒤로 밀어 넘어뜨린 다음, 다시 앞으로 고꾸라지게 만들었다. 벽에 이마를 찧어 어질어질 현기증이 일었다. 그는 머리를 감싸 쥐었다. 눈에서는 계속 끝 모를 불꽃이 튀었다. 코피가 흘러내려 가슴 앞 옷자락을 붉게 물들였지만 전혀 그것을 깨닫지 못했다. 다시 한번 하늘을 뒤흔드는 폭발음과 함께 아주 강한 강도로 주황색 광선이 번쩍였다. 후끈한 열기가 얼굴로 달려들었다. 포연과 모래와 흙이 입과 코로 사정없이 몰려들어와 숨통을 끊어놓는 듯했다. 눈을 뜰 수조차 없었다. 온몸을 버둥거리며 손으로 벽을 더듬었다. 숨 쉴 구멍을 찾기 위해 위로 몸을 일으켜 세웠다. 고개를 치켜들어 눈을 떴을 때, 벙커의 지붕은 어느새가 흔적도 없이 날아가버리고 없었다. 하늘은 연기와 불덩이로 가득했다. 근처에 폭탄이 터지면서 빈의 머리 위로 돌과 흙덩이들이 주룩주룩 떨어져 내렸다. 한참 후에 폭발음이 멈췄다. 빈은 숨을 쉬기 위해 벙커 밖으로 빠져나왔다. 후와 병원 보급병이 피신했던 벙커는 폭탄을 맞아 사라지고 없었다. 벙커가 사라진 자리를 폭탄 구덩이가 대신하면서, 독사의 혓바닥처럼 낼름낼름 연신 연기를 피워 올리고 있었다.

강가를 따라 길게 늘어서 있던 나무들 역시 그루도 남김없이 깨끗하게 사라지고 없었다. 흙더미들이 어지럽게 흩뿌려져 있었다. 빈은 지형을 알아볼 수가 없었다. 모든 것이 바뀌고, 색채도 변했다.

"누구 다친 사람 있어?"

빈이 큰 소리로 외쳤다. 소리는 마치 사막을 떠도는 것처럼 이내 사라졌다.

대답하는 소리가 없자, 빈은 다시 한번 더 있는 힘을 다해 큰 소리를 질렀다. 초조한 마음으로 대답을 기다렸다. 얼마 후 한 곳의 흙더미가 꿈틀대더니 칸과 쑤언이 그 속에서 빠져나왔다. 그들의 피부는 염색약 통에서 방금 빠져나온 것처럼 새까맣게 그을려 있었다. 너무도 반가워 금방이라도 울음을 터뜨릴 듯한 표정으로 서로의 손을 꽉 잡았다. 빈은 칸과 쑤언에게 몸 상태가 어떤지를 묻고 나서, 다이가 있는 곳을 아는지 물었다. 칸과 쑤언도 다이가 피신한 위치를 알지 못했다. 셋이 주변으로 흩어져서 다이를 찾았다. 쑤언이 반쯤 무너진 참호 안에서 새어나오는 신음소리를 듣고 빈과 칸을 불렀다. 다이는 다행히 죽음은 모면했지만 귀가 완전히 멀어 있었다. 빈이 다이의 귀에 대고 소리를 질렀지만, 다이는 아무것도 듣지 못했다.

"다른 두 사람은 어디에 있지요?"

쑤언이 걱정스러운 표정으로 빈에게 물었다.

빈이 폭탄 구덩이를 가리키며 가라앉은 목소리로 대답했다.

"둘 다 죽었어."

셋 모두 가만히 선 채로 더는 아무 말도 하지 못했다. 살점 하나 남기지 않은 죽음에 눈물조차 나오지 않았다. 슬픔에 복받치는 것과 동시에 걱정과 두려움도 엄습했다. 쑤언과 칸이 창백한 얼굴로 몸을 떨었다.

"빈 오빠, 오빠는 칸과 함께 저 벙커로 들어가세요."

쑤언이 말했다.

"저는 다이 오빠를 돌볼게요. 오빠, 어서 빨리 내려가세요. 적들이 금방 또 여기로 올 거예요."

빈은 잠시 주위를 둘러본 다음, 칸과 함께 벙커로 내려갔다. 다시 B-52 폭격기가 나타났다. 폭탄이 계속해서 떨어졌다. 이번에는 대부분의 폭탄이 강가 쪽으로 떨어졌다. 강가의 모래가 들판 쪽으로 흩뿌려졌다. 폭탄 터지는 소리를 비집고, 사이공 강과 라이 티에우 방향 쪽에서 서로를 향해 쏘아대는 총소리가 울려 퍼졌다.

"너무 무서워요!"

칸은 몸을 부들부들 떨면서 빈을 아주 세게 끌어안고는 울먹이는 목소리로 말했다.

"이제, 우린 모두 죽는 건가요?"

"침착해요, 내 사랑."

빈은 칸의 어깨를 쓰다듬으며 위로했다.

"우리가 이렇게 다시 만난 지 얼마 되지도 않았는데 어떻게 죽을 수 있겠어? 저녁때나 저들이 우리를 공격하러 올 거야. 그전에 여기를 빠져나갈 수 있어. 아무 걱정 하지 마. 내가 영원히 널 지켜줄 거야. 칸."

세 차례에 걸친 폭격이 끝났을 때, 하늘이 어두워지기 시작했다. 빈은 칸의 손을 잡고 밖으로 나왔다. 칸은 빈이 안겨준 사랑에 감동해서 눈물을 훌쩍거렸다. 그녀는 빈에게서 한 발자국도 떨어지지 않으려는 듯 그의 옆에 착 달라붙어서 따라다녔다. 그 순간 빈 역시 자신과 칸을 마치 한 몸처럼 느끼고 있었다. 그리고 앞으로 영원히 어떠한 힘도 서로를 갈라놓을 수 없을 것만 같았다.

그대 아직 살아 있다면

빈은 칸과 쑤언, 다이를 이끌고 곧장 사이공 강가를 벗어났다. 어둠에 몸을 숨기고 걷기를 나흘째! 그들은 불에 타죽은 나무들로 인해 괴기스러운 기운이 감도는 들판을 걷고 있었다. 그때 갑자기 우두두두 프로펠러 소리를 내며 적의 무장 헬기 다섯 대가 날아들었다. 헬기들은 저공비행을 하면서 들판을 향해 라이트 불빛을 쏘아댔다. 빈은 헬기가 비추는 불빛을 통해 가까이 있는 늪지를 볼 수 있었다. 늪에 몸을 숨겨야겠다고 생각한 순간 강렬한 불빛이 빈의 머리를 훑고 지나갔다. 칸의 손을 잡고 늪을 향해 뛰는데, 곧바로 어지럽게 총탄이 날아들었다. 적들에게 노출된 이상 취할 수 있는 유일한 방법은 운명에 목숨을 내맡기고, 죽은 나무뿌리 곁에 몸을 숨기는 것뿐이었다. 다시 되돌아올 헬기가 그저 자신들을 발견하지 못하기만 간절히 바라는 것뿐이었다. 빈은 불가항력의 상황 앞에서 비참한 생각이 들었다. 입대한 이후 맞는 최악의 상황이었다. 가장 불쌍한 것은 칸이었다. 마치 한 마리의 작은 새가 방금 새털이 가지런히 난 상태에서 광폭한 태풍을 만난 듯한 모습이었다. 그녀는 계속 빈의 팔을 꽉 붙들고 있었다. 빈은 자신의 몸으로 그녀를 방패처럼 감싸주었다. 칸이 두려움에 울음을 터뜨렸다. 빈이 곁에 있다는 게 그녀의 유일한 위안이었다.

"그만 울어요, 내 사랑. 그만 뚝! 걱정 마, 모든 일이 다 빠르게 지나갈 거야. 네가 울면 내 마음이 더 심란해질 뿐이야. 울음을 그치고 내 말을 들어. 이 순간이 지나고 나면, 하루 종일 울 수 있도록 해줄게……."

빈의 말에 칸은 울음을 그치려고 옷자락을 입에 물었다. 그녀는 빈의 말을 믿었다. 그 어느 때보다도 더 빈을 사랑하고 존경했다. 그는 침착했고 대범했으며 포용력이 있었다. 그녀는 빈에게서 인간이 가진 아름다운 본성을 처음으로 느꼈다.

"오빠, 저를 버리지 않을 거죠?"

칸이 옷자락을 입 밖으로 끌어내며 말했다.

"오빠 없으면 나 죽어요."

"걱정 마, 내 사랑. 살아 있는 동안은 너를 끝까지 지켜줄 거야. 너는 아무것도 깊이 생각하지 마. 그저 정신만 바짝 차리고 있어."

빈이 칸을 다독거리고 있을 때, 어두운 하늘에서 비를 뿌리기 시작했다. 그리고 동시에 어디서부터인가 휘발유 냄새가 날아들었다. 도저히 참을 수 없을 만큼 숨이 막혀왔다. 빈은 휘발유 냄새가 나는 이유를 알 수가 없었다. 그러다가 비행기 소리에 문득, 하늘에서 떨어지는 것은 비가 아니라 휘발유라는 사실을 알아차렸다. 놈들은 지금 들판을 태울 준비를 하는 것이다. 들판과 그 위에 있는 모든 생명체를 불에 태우려는 것이다. 그런 생각이 들자 빈은 급히 풀숲 아래에 약품과 장비, 무기를 묻었다. 그리고 풀잎을 꺾어서 칸과 자신의 몸을 위장했다. 그런 다음, 그녀의 손을 잡고 7~8미터 앞에 있는 늪 쪽으로 기어갔다. 그들이 진창 속으로 몸을 숨기기도 전에 어딘가에서 '펑' 소리가 터졌다. 순식간에 들판과 늪지대가 불바다로 변했다. 빈은 칸의 몸을 안아 들고서 재빨리 늪 속으로 몸을 던졌다. 곧이어 그들의 주변도 불길에 휩싸였다. 바람을 등에 업고 불꽃이 더욱 맹렬하게 타올랐다. 불꽃이 이글거리는 소리와 수풀이 타들어가는 소리가 금방이라도 살점을 녹일 듯한 공포로 빈의 몸을 옥죄어왔다. 진흙이 달구어져 뜨거운 열기를 뿜어냈다. 수풀이 타는 냄새가 진해지자, 빈은 자신과 칸의 머리에 진흙을 발랐다. 마치 불구덩이 지옥 속에 갇혀 있는 듯한 느낌이 들었다. 주변의 공기가 바짝 마르면서 점점 숨을 쉬기조차 어려워졌다. 칸은 이미 질식하기 시작했다. 그녀는 제대로 몸을 가누지 못한 채, 땅 위로 아등바등 올라가려 했다. 빈이 그녀의 허리를 꽉 잡고서, 그녀가 몸부림치지 못하도록 했다. 그러면서 동시에, 물에 젖은 옷자락으로 그녀의 얼굴을 덮어주었다. 빈도 더는 견딜 수 없을 만큼 숨이 막혔다. 자신도 옷자락으로 코를 감싸 쥐려는 순간, 헬기가 급강하하는 소리가 희미하게 들려왔다. 곧이어 기관총 소리가 오랫동안 들려왔다. 총소리는 몇십 미터 떨어진 곳에서 나는 듯했다. 총소리가 아득히 희미해지는 듯하더니, 칸과 함께 하늘로 날아오르는 듯한 느낌이 들었다. 그러고는 뒤죽박죽인 어떤 무엇인가가 자신들을 탈출하지 못하도록 칭칭 동여매는 것 같았다. 안간힘을 다해 발을 구르며 몸부림을 쳤다. 그러나 그러면 그럴수록 오히려 얼기설기 그물이 덧씌워졌다. 그와 칸은 계속해서 높이 날아올랐다. 어느 순간부터는 높이 올라갈수록 숨쉬기가 더 편해졌다. 굉장히 높은 꼭대기에서 숨을 쉬는 게 아주 편안해지는가 싶더니 갑자기 하늘이 깜깜해지면서 칸과 함께 뚝 떨어졌다. 그 순간, 빈은 정신이 들었다. 공기는 조금씩 숨통을 열어주고 있었다. 비행기 소리가 점점 멀어졌다. 빈은 벌떡 몸을 일으켰다. 칸을 급히 땅 위로 끌어올렸다. 칸은 눈을 반쯤 감은 몽롱한 표정으로 실신해 있었다. 칸의 뺨을 몇 대 두드리자 그녀의 입술이 가늘게 달싹거렸다. 빈은 자신의 입을 그녀의 입에 대고, 숨을 아주 강하게 빨아들였다가 내뱉었다. 그는 칸이 좀 더 세게 숨을 쉴 때까지 계속해서 같은 동작을 반복했다. 마침내 칸의 가슴이 크게 한 번 부풀어오르더니 숨을 토해내기 시작했다. 그 모습에 빈은 너무도 기뻤다. 그는 울듯이 표정을 찡그리며 웃고는 칸을 안아 들고서 좀 더 반듯한 땅까지 걸어갔다. 그리고 금방이라도 깨질 듯한 물건을 내려놓듯 한쪽 무릎을 꿇고, 그녀를 조심스럽게 땅에 내려놓았다. 그녀는 아기처럼 새근새근 숨을 고르게 쉬었다. 그녀의 모습을 보고 빈은 미소 지으며 그동안 자신의 몸을 지탱하고 있던 긴장의 끈을 놓아버렸다. 가늠할 수 없는 얼마간의 시간이 흐른 뒤에야 그는 다시 몸을 일으켜 세울 수 있었다.

사방의 들판은 시커멓게 죽어버렸다. 모두 천연의 빛을 잃고 온통 잿빛으로 뒤덮여 있었다. 불에 타죽은 나무들이 아직까지 연기를 피워내고 있었다. 죽음을 애무하듯 여전히 휘발유 냄새가 감돌았다. 빈은 칸과 함께 몸을 피했던 곳에서 10여 미터 떨어진 곳, 쑤언과 다이가 피신해 있던 불탄 나무뿌리 쪽을 바라보았다. 그러나 그들은 어디로 가버렸는지 보이지 않았다. 그는 급히 몸을 일으켜 그들이 있던 쪽으로 뛰어갔다. 그들이 있던 곳에서 다시 10여 미터 더 떨어진 자리에 쑤언과 다이가 등을 하늘로 향한 채 엎어져 누워 있었다. 그들의 모습이 눈에 들어오는 순간, 빈은 소스라치게 놀랐다. 그들의 등에서 흘러나온 피가 주변을 붉게 물들였다. 빈은 자신의 손발이 경직되고 온몸이 마비되는 듯한 느낌을 받았다. 큰 상처를 입은 짐승처럼 아우성치며 신음을 토해냈다. 힘겹게 무거운 발걸음을 떼며 그들 곁으로 겨우겨우 다가간 그는 있는 힘을 다해 그들을 한 사람씩 일으켜 세워보았다. 두 사람 모두 이미 숨이 끊어져 있었다. 그들의 몸은 기관총탄 자국으로 가득했다. 빈은 그들 옆으로 무너지듯 쓰러졌다. 고통으로 찢긴 가슴을 비집고 바람이 가득 찼다. 그는 이를 악물었을 뿐, 어떤 말도 할 수 없었다. 그렇게 한참 동안 가만히 누워 있었다. '쭈그렁 노파'[59]가 자신의 머리 위를 윙윙거리며 선회하고 있을지라도 더는 몸을 숨기고 싶지 않았다.

---

59 여기서는 미군 정찰기를 지칭하는 말이다. 본래 '쭈그렁 노파'라는 말은 프랑스 식민지 시절 당시 생겨난 말이다. 프랑스는 베트남 주민의 동태를 감시하기 위해 프랑스 할머니를 이용해서 큰 성과를 올렸다. 추악하게 생긴 할머니가 음모를 갖고 베트남 주민들에게 접근한다는 뜻으로 베트남 사람들이 그렇게 부르기 시작했다. 그것이 미국과의 전쟁 때는 미군 정찰기를 지칭하는 말이 되었다.

암담한 침묵 속에 시간이 무겁게 흘러갔다. 무심한 하늘이 천연덕스럽게 태양을 끌어올리기 시작했다. 바람이 차가운 기운을 안고 몰려왔다. 몸이 떨리면서 살아있음을 확인하려는 듯 연신 재채기가 터져 나왔다. 빈은 몸을 일으켰다. 그리고 그들 곁으로 다가가 한 사람씩 눈을 감겨준 다음, 땅을 팠다. 땅속에 두 사람을 함께 눕히고, 그 옆에 무기와 장비를 한데 모아놓았다. 나중에라도 만약 누가 그들의 유골을 발견하게 되었을 때, 그들이 조국을 위해 싸우다 죽은 해방 전사라는 것을 곧바로 알 수 있도록 했다. 그리고 흙을 한 삽 한 삽 떠서 이불처럼 덮어주었다.

하늘에서 비를 뿌리기 시작했다. 천둥과 번개가 칼날을 세워 들판을 베었다. 얼굴로 들이치는 빗방울에 칸은 정신이 들었다. 그녀는 눈을 뜨자마자 빈을 찾기 위해 주위를 두리번거렸다. 멀리 흙을 덮고 있는 빈의 모습이 보였다. 혹시? 하는 마음에 그녀는 주저하며 빈이 서 있는 곳으로 힘겨운 발걸음을 옮겼다.

"둘 다 죽었어……."

빈은 칸의 얼굴을 한 번 힐끗 보고 나서, 고개를 숙인 채 말했다.

"헬기가 쏜 총에 맞아 죽었어!"

빈의 말을 듣고서, 칸은 그 자리에 얼어붙은 듯 멈춰 섰다. 초점 없이 동그래진 눈으로 그녀는 무덤을 응시했다.

"어떻게 그럴 수가 있나요! 언니랑…… 오빠가…… 죽다니……. 왜 그들이 이 세상을 떠나야만 하죠? 왜 그들이 우리를 버려야만 했죠? 우리는 왜 그들과 같이 죽지 않았나요? 왜 그런 거예요, 오빠. 왜…… 왜……."

빈은 칸에게 다가가 손을 잡았다. 그는 무덤가를 벗어나려고 칸을 잡아끌었다. 그러나 그녀는 그 자리에 선 채 꼼짝하려 들지 않았다. 그녀는 무덤 쪽을 바라보며 눈물을 뚝뚝 흘렸다.

"떠나야 돼, 칸! 전쟁이야!"

빈은 비탄 어린 신음을 토했다.

"전쟁에선 무슨 일이든 다 일어나……."

"오빠, 저는 이제 더 이상 살고 싶지 않아요."

칸은 고개를 흔들면서 얼굴을 모로 돌렸다.

"이렇게 사느니 차라리 죽는 게 더 나아요. 불과 나흘 만에 네 명이 죽는 것을 보았어요. 어째서 그들이 죽어야만 하죠?"

칸은 혼잣말하듯이 계속 말을 쏟아냈다. 목이 메어 더는 말을 만들어낼 수 없을 때까지 똑같은 말을 반복했다. 빈은 한동안 그녀가 울 수 있도록 그대로 두었다.

"우리는 여기를 떠나야 해. 칸, 떠나야 할 뿐이라구!"

빈은 칸의 어깨를 잡고 애원했다.

칸이 어쩔 수 없다는 듯이 고개를 끄덕였다. 빈을 따라나선 칸의 걸음걸이는 이제 더는 그녀의 걸음걸이가 아니었다. 빈은 마치 그녀가 다른 사람의 두 발로 걷는 듯, 다른 사람의 눈으로 앞을 보는 듯, 다른 사람의 삶을 살고 있는 듯 아주 낯선 느낌이 들었다. 천진난만하고 장난기 넘치던 모습을 더는 찾을 수 없었다.

빈은 어깨에 총을 걸치고, 허리에 수통을 차고, 약 가방을 등에 지고서 칸의 손을 잡고 걸었다. 빗방울은 점점 굵어져 폭우가 되었다.

들녘에는 나무 한 그루, 초가집 한 채 남아 있지 않아 비를 피할 곳조차 없었다. 빗방울이 주르룩주르룩 그들의 얼굴로 떨어졌다. 빈은 머플러로 칸의 얼굴을 닦아주면서 빗속을 걸었다. 칸은 이미 감기에 걸려 있었다. 그녀는 부들부들 몸을 떨면서 그의 손을 잡고 따라 걸었다. 어금니가 덜덜 떨리며 부딪치는 소리가 빈의 귓가에 선명하게 들려왔다. 빈은 멈춰 서서 자신의 윗옷을 벗어서 짠 다음 그녀의 몸을 덮어주었다. 그러고는 그녀의 옷을 벗긴 다음 몸이 따뜻해지도록 몸 전체에 기름을 발라주고 나서 그녀의 옷에서 물기를 다 짜내고 다시 입혀주었다. 그리고 칸의 손을 잡고 다시 걷기 시작했다. 마치 정처 없는 사람들처럼 무작정 걸었다. 때때로 몇 개의 폭탄이 주변에서 터졌으나, 그들은 어떤 것에도 신경을 쓰지 않았다. 오로지 앞으로 걷기만 할 뿐이었다. 예전에 적의 초소 앞을 통과하기 위해 여러 가지 대책을 짜내야 했을 때, 그들의 앞은 온통 장애물투성이었다. 그런데 정말 희한하게도 아예 모든 것에 신경을 끊어버리자 그들의 앞을 가로막는 장애물이 더는 나타나지 않았다. 배도 고프고 옷마저 흠뻑 젖어 몹시 추웠으나 그들은 계속해서 걸었다. 숲이 나타났을 때, 그들은 더는 걸을 수 없는 상태가 되었다.

*

다음 날 낮이 될 때까지 빈은 한 번도 깨지 않고 잠을 잤다. 햇볕이 따끔따끔 얼굴을 찔러 비로소 눈을 떴다. 윙윙대는 비행기 소리와 끝없이 들끓고 있는 폭발음이 여전히 어딘가에서 울리고 있었다. 빈은 한동안 가만히 누워 있었다. 정말 오랜만에 단잠을 잤다. 잠을 자면서 그는 피로와 고통, 번민, 그 모든 것을 잊었다. 전쟁의 가혹함도 잊었다. 적도 잊었다. 모든 것을 잊었다. 빈은 눈을 감은 채로, 이렇게 영원히 잠을 잘 수 있었으면 하고 갈망했다. 깊은 잠을 자고 나니 마음이 많이 편안해졌다.

그때까지도 칸은 그의 옆에서 여전히 잠을 자고 있었다. 정확히 말하자면 피곤이 그녀를 쓰러뜨린 것이다. 그녀의 숨소리는 매우 규칙적이었다. 그는 가만히 몸을 일으켜서 그녀 옆에 앉았다. 곤히 잠들어 있는 그녀의 얼굴을 바라보고 있자니 마음이 한결 더 편안해졌다. 빈은 그녀의 머리칼을 살며시 쓸어주었다. 그러고는 자리에서 일어서려는데, 몸이 말을 듣지 않았다. 온몸이 완전히 녹초가 되어 있었다. 극심한 허기가 느껴졌다. 거의 이틀 동안, 자신과 칸은 배 속에 넣은 게 아무것도 없었다. 문득 구급약 가방 속에 들어 있는 비타민이 생각났다. 그는 녹초가 된 몸을 이끌고 엉금엉금 기어가서 구급약 가방을 열었다. 그는 약병들을 뒤져서 비타민C와 비타민B_1병을 꺼내 손바닥에 쏟아부은 다음, 허겁지겁 입속에 집어넣었다. 물도 없이 알약을 목구멍으로 삼키자니 약이 목에 걸려 아주 고통스러웠다. 가슴을 두드리며 고개를 한참 동안 흔들어대고 나서야 알약이 겨우 목구멍으로 내려갔다. 그는 그 자리에 다시 드러누웠다. 잠깐 동안 그렇게 누워 있다가, 몸을 일으켜서 다시 약 가방 속을 뒤졌다. 가방 속에서 작은 비닐봉지 하나를 발견했다. 비닐봉지에는 새끼손가락 크기의 인삼[60] 두 뿌리가 들어 있었다. 하이 쑤언의 꼼꼼한 성격이 떠올랐다. 빈은 인삼 한 뿌리를 깨물어서 씹었다. 쌉싸름한 향내가 입가에 진동하면서 그의 몸에 활력을 불어넣는 듯했다. 인삼 반 뿌리 정도를 씹었을 때, 실제로 그의 몸은 조금씩 기력을 회복하기 시작했다. 그는 칸을 흔들어 깨웠다. 인삼뿌리를 그녀에게 건네며 말했다.

"이걸 먹으면 힘이 좀 날 거야."

빈이 위로의 말을 했다.

"이곳은 아군 지역이야. 이제 걱정하지 않아도 돼."

칸이 손을 힘겹게 들어 올려 인삼뿌리를 받았다. 그러나 곧바로 그녀의 손에서 떨어져 내렸다. 그녀는 이제 나뭇잎 한 장 받아 들 힘조차 남아 있지 않았다. 그녀를 바라보는 빈의 눈길이 안타까움과 가슴 저린 아픔으로, 금방이라도 눈물을 쏟을 듯 꿈틀거렸다. 그는 인삼뿌리를 집어 들어서 씹은 다음 입으로 그녀에게 먹여주었다. 칸은 잇몸을 힘들게 달싹거리면서 천천히 삼켰다. 돌연, 그녀의 눈에서 눈물이 흘러나왔다. 그녀는 빈의 손을 꼭 잡았다.

"내 사랑! 저는 오빠를 영원히 사랑할 거예요……."

빈은 그녀를 가슴에 꼭 끌어안았다. 그러고는 그녀의 얼굴을 양손으로 감싸고서, 엄지손가락으로 그녀의 눈물을 닦았다. 하늘에서 '쭈그렁 노파'가 눈을 부라리며 아래쪽을 훑고 지나갔다. 어디에선가 폭탄 한 발이 터졌다.

빈은 애정 어린 눈길로 칸의 눈을 아주 오랫동안 바라보다가 입을 열었다.

"잠깐 누워서 편히 쉬도록 해. 내가 물을 찾아볼게!"

칸이 미소를 지으며, 부드럽게 고개를 끄덕였다. 가만히 홀로 누워서 그녀는 그동안 벌어진 일들을 떠올렸다. 기억이 순서대로 떠오르지 않았다. 기

---

60 남베트남군이나 북베트남군의 간부들은 모두 비상약품으로 인삼 뿌리를 소지하고 있었다. 사망 직전의 군인의 입에 인삼 뿌리를 물려주면, 최소 하루 정도는 생명 연장이 가능하다고 믿었다.

억 속으로도 무자비한 폭격이 퍼부어져 시간과 사건들을 완전히 뒤죽박죽 섞어놓았다. 산산이 부서진 기억의 조각들이 서로 아우성을 치며 그녀의 머릿속으로 찾아들었다. 그녀는 창백한 회색 빛깔로 저며 오는 그 기억의 조각들을 떨구어내려 몸서리를 쳤다. 그러나 한 번 자리를 잡은 기억의 조각들은 그녀의 머릿속에서 떠나려 하지 않았다. 고통스런 기억으로부터 그녀를 구원하듯 빈의 얼굴이 떠올랐다. 그렇게 빈은 그 끔찍한 순간에, 언제나 그녀가 의지할 수 있는 안식처가 되어주었다. 그는 마치 그녀의 존재를 위해 살아 있는 사람 같았다. 그는 정말 신비로운 사람이었고, 이 세상에서 가장 사랑할 만한 사람이었다. 운명이 고난에 찬 인생에 대한 보답으로 그를 그녀에게 보낸 듯했다.

칸이 빈에 대한 생각을 한참 떠올리고 있을 때, 마침내 빈이 돌아왔다. 그는 멀리서부터 환호하면서 뛰어왔다.

"내가 방금 시냇물을 발견했어. 여기서 이백 미터도 되지 않아. 시냇물을 보자마자 곧장 뛰어왔어. 우리 같이 가서 몸을 씻도록 하자!"

"저는 아직도 많이 피곤해요."

"걱정 마, 내가 안고 갈 거니까!"

빈은 어린아이처럼 즐거워했다.

"내가 인형을 씻겨주듯이 너를 씻겨줄게. 자, 나의 금방울![61]"

빈은 말을 마치자마자 그녀를 안아 들고 일어섰다. 한참을 낑낑거리며 걸어가서야 비로소 그녀를 냇물 속까지 데려갈 수 있었다.

시원한 냇물에 몸을 담그고 나니, 칸은 그동안의 피곤이 자취를 감추고, 온몸이 완전히 깨어나는 듯한 느낌이 들었다. 빈이 그녀의 옷을 천천히 벗기고는 정성스레 몸을 씻겨주었다. 칸은 수줍어하면서도 빈의 손길에 자신을 맡겼다. 빈은 냇가로 올라가서 칸의 옷을 빨아 나뭇가지에 널었다. 빨래

61 '우리 귀한 아가'와 같은 의미로 연인이나 어린 자녀에게 쓰는 말이다.

를 널고 달려가서 그녀의 손을 잡아주었다. 그녀는 부끄러운 표정을 지으면서 빈의 손길이 이끄는 대로 따라갔다. 둘은 바위 위에 앉았다. 빈이 그녀의 얼굴을 바라보았다. 그녀가 미소를 지어주었다. 그녀의 천진난만한 미소가 싱그러운 햇살 속에 청아하게 빛을 뿌렸다. 그녀의 희고 고운 날씬한 몸, 부드러운 입술, 순수한 미소, 붉은 젖꼭지가 결코 잊혀지지 않을 영상으로 빈의 눈망울에 맺혔다.

오후의 햇살에 옷이 마르는 것을 기다리면서, 그들은 발가벗은 채로 비닐 깔판 위에서 서로를 안고 누워 있었다. 더는 서로에게서 떨어지고 싶지 않았다. 그들은 마치 이 세상 최초의 사람들 같은 모습으로 순간의 평화를 즐기고 있었다.

"평화의 날이 찾아올 때까지 만약 우리 둘 모두 살아 있다면…… 오빠는 저를 변함없이 사랑하고 있을 거죠? 그날이 온다면 오빠, 저랑 결혼할 거예요?"

잠시 침묵의 시간이 흐른 뒤, 빈이 칸의 눈을 바라보며 대답했다.

"왜 너는 자꾸 그런 걸 물어보는 거야? 내가 전에 얘기했잖아. 너는 내 몸의 반이고, 내 지혜의 반이고, 내 인생의 반이라고. 그 말을 잊었어?"

"아니에요. 저는 오빠가 한 말들을 모두 기억해요. 하지만 오빠가 제게 들려주는 얘기들, 그리고 저만을 위해 해주는 말들을 자꾸 듣고 싶어요!"

칸의 목소리가 나지막이 젖어들었다.

"오빠, 알아요? 예전의 그날, 장 투이 강물 속에서 걱정스러운 눈빛으로 저를 찾아 헤매던 오빠의 그 모습을 저는 한 번도 잊은 적이 없어요. 그리고 지난 며칠 동안 오빠가 저를 위해 해준 일들을 결코 잊지 못할 거예요. 얼마나 많은 상실과 고통의 터널을 지나왔나요. 얼마나 많은 치욕과 가슴 아픔을 견뎌내야만 했던가요. 그러고 나서야 이렇게 오빠와 제가 이 짧은 얼마간의 시간을 얻게 되었어요. 이 시간은 제 인생의 가장 값진 순간이고, 우리들 평생의 가장 소중한 순간이에요. 그렇지요, 오빠?"

빈은 미소를 지으면서, 부드럽게 고개를 끄덕였다. 그는 사랑이 가득 담긴 그녀의 짙은 눈망울을 한참 동안 바라보다가 그녀의 따뜻한 입술에 입 맞추었다. 그리고는 그녀의 눈에 입 맞추고, 목덜미, 어깨, 가슴에 입 맞춘 다음에 그녀의 몸 전체에 오랫동안 입을 맞추었다. 그는 근방에서 터지는 폭탄 소리에도 전혀 신경을 쓰지 않았다. 지금 이 순간만큼은 사랑이 먼저였다. 그녀의 사랑이 있었기에 그는 캄캄한 절망의 시간을 헤쳐나올 수 있었다.

"칸."

빈이 말했다.

"내가 아까 약 가방 안에서 글루꼬[62] 한 병을 보았어. 네가 체력을 회복할 수 있도록 그걸 놓아주고 싶어. 네가 포도당을 공급받는 동안, 나는 먹을 것을 찾아보러 가야겠어. 아마도 이 숲 속에는 먹을 수 있는 게 꽤 많이 있을 거야."

"포도당 주사를 맞는 건 저도 찬성이에요."

칸이 말했다.

"하지만 지금은 오빠와 멀리 떨어지고 싶지 않아요! 오빠가 자리에 없으면 전 너무 허전하고 무서울 거예요……."

"알아, 하지만 먹고 살아야 할 거 아냐. 우리가 매일 손가락만 빨면서 사랑한단 말이야?"

칸이 생각에 잠긴 듯한 표정으로 먼 산을 바라보더니, 가만히 고개를 끄덕였다.

"알았어요, 오빠의 말에 따를게요."

62 포도당 주사약의 이름.

*

왜 그랬는지 알 수는 없었지만 빈은 안심이 되질 않았다. 그는 도저히 불안을 떨칠 수가 없어서 길을 가다가 급히 돌아왔다. 그리고는 AK소총에 탄창을 결합한 다음, 칸에게 사용법을 설명하고 나서 그녀 옆에 놓아주었다. 그는 비로소 안심이 되어 다시 길에 올랐다. 꽤 멀리까지 걸어갔을 때, 그는 군인들이 퇴각한 진지를 발견했다. 폐허가 되어버린 막사와 방공호 주변으로 돼지감자가 꽤 많이 자라고 있었다. 빈은 총을 옆에 내려놓고 있는 힘껏 감자줄기를 뽑았다. 그렇게 몇 개의 감자줄기를 뽑고 나자, 힘을 다시 쓸 수 없을 만큼 속이 울렁거려왔다. 손발이 모두 떨려왔다. 몸에서 식은땀이 흘러나왔다. 그동안 너무 많이 굶어서 몸에 이런 현상이 나타나는 것이리라. 빈은 그렇게 생각하고 잠시 쉬었다가, 다시 몇 개의 감자줄기를 더 뽑았다. 그만 돌아가야겠다고 생각하며 양손의 흙을 바지에 문질러 털었다. 바로 그때, AK 총소리가 남쪽 방향에서 울려 퍼졌다. 순간, 빈은 몸을 움찔 떨었다. 칸이 있는 곳에서 무슨 일이 벌어진 것이라는 생각이 머리를 스쳤다. 다시 M16 총소리가 연발로 터지는 소리가 울렸다. 바로 그 다음, AK 총소리가 터졌다. 이번에는 한 발밖에 터지지 않았다. M16 총소리가 한 번 더 연발로 터졌다. 그리고 다시 침묵 속에 잠겼다.

빈은 너무 놀랐다. 그는 뽑아놓은 감자더미를 그대로 둔 채, 급히 총을 들고 뛰어 내려갔다. 마치 귀신에 씌인 듯이 달려갔다. 숲이 아주 빠르게 그의 뒤쪽으로 지나갔다. 그의 심혼은 완전히 헝클어졌다. 불길한 예감을 도저히 주체할 수 없어 미칠 것만 같았다. 드디어 칸의 모습이 눈에 들어왔다. 칸은 땅바닥에 핏물을 이루고 옆으로 누워 있었다. 옆에는 포도당 병이 뒹굴고 있었다. 물건과 약품은 산산조각이 난 채 사방으로 흩어져 있었다. 칸이 쓰러져 있는 자리에서 조금 떨어진 곳에 두세 군데 다른 핏자국이 보였다. 빈은 상처 입은 짐승처럼 울부짖으면서 절망으로 고통스럽게 칸을 바라보고 몸을 숙여 그녀를 안아 올렸다. 그녀의 체온은 여전히 따뜻했다. 그러나 숨은 이미 끊어져 있었다. 그녀의 입술은 반쯤 벌어져 있었다. 마치 죽기 직전까지 그의 이름을 애타게 불렀던 듯한 모습이었다. 빈은 이를 부드득 갈았다. 복수의 불꽃이 그의 가슴속에서 이글이글 타올랐다. 그는 그녀의 눈을 감겨주고는 천천히 그녀를 땅에 내려놓았다. 그리고는 튀어 오르듯이 몸을 일으켜서, 총을 잡고 미친 듯이 앞으로 돌진해 나아갔다. 그는 소리를 지르며 거침없이 달려갔다. 자신도 놀랄 만큼 빠른 속도로 달렸다. 마침내 미군 특공대원 두 명이 부상자 한 명을 부축하고 벌판 쪽으로 걸어가고 있는 모습이 눈에 잡혔다.

적들을 보자 빈은 도무지 마음을 제어할 수 없었다. 그는 곧장 적들에게 돌진하면서 그들을 향해 탄창 하나를 모두 쏟아부었다. 그리고 큰소리로 울부짖었다. 바로 그때, 전혀 예측하지 못한 곳에서 몸을 감추고 있던 미군 하나가 그에게 총탄을 퍼부었다.

귀로, 그리고 구원받을 수 없는 과거

“내 인생의 마지막은 그렇게 끝이 났어.”

빈은 목이 메어 더는 말할 수가 없었다, 사그라들지 않는 복수심으로 얼굴에 경련이 일었다. 황천에 내려왔을 때부터 지금까지 생의 마지막 순간을 떠올릴 때마다 언제나 안타까움과 후회의 탄식이 가슴을 후벼팠다. 왜 그녀를 홀로 두었던가……. 빈은 다시 말을 이었다.

“나는 날마다 이 황천에서라도 그녀를 만날 수 있기를 소망하고 있어. 그러나 아직 만나지 못했지. 그녀는 지금 어디에 있을까. 혹시 그녀가 누군가의 도움으로 생명을 건지게 된 건 아닐까. 그럴지도 몰라. 그게 아니라면 아마도 우리처럼 그녀의 영혼도 이쪽 강변 어딘가에서 배회하고 있을 거야.”

꾸에 지는 입을 꽉 다문 채로 무릎을 감싸고 앉아서 빈의 말을 들었다. 그녀는 자신의 청각을 더는 믿을 수가 없었다. 빈의 입에서 나온 말들 하나하나가 그녀의 가슴을 무한한 감동으로 요동치게 했다. 낌 칸이란 이름의 그 아가씨. 낌 칸은 짧지만 지극히 아름다운 인생을, 어느 누구와도 비교할 수 없는 아름다운 사랑을 가진 여성이다. 꾸에 지는 자신이 그 아가씨에 대해 잘 알지도 못하면서 질투를 했었다는 것에 부끄러운 마음이 들었다.

“오빠는 너무도 아름다운 인생을 살았어요. 오빠의 애인도 역시 그렇구요!"

결론을 내리듯 꾸에 지는 말을 덧붙였다.

"그럼에도 오빠와 그녀가 그렇게 일찍 죽어야 했다니……"

"그렇지만 나나 너, 그리고 낌 칸은 전쟁 때문에 최초로 죽어야 했던 선한 사람이 아니야. 또한 마지막으로 죽어야 했던 선한 사람도 아니고. 모든 사람들이 다 개별적인 상황에서 죽었지. 하지만 영광스러운 죽음이든 억울한 죽음이든 그저 평범한 죽음이든, 자연 앞에서 죽음은 모두 다 똑같은 거야. 만약 영혼들이 한자리에 모이기라도 한다면 다들 살 권리를 요구하는 시위를 벌이게 될 거야. 그 요구를 다 들어주면 지구가 어디 견뎌낼 수 있겠어? 아마도 수많은 영혼들의 아우성 소리에 지구는 산산조각으로 폭발하고 말 거야."

"저는 이곳 황천에 내려온 이후 줄곧 평화에 대해 생각했어요. 폭탄과 처참한 죽음을 다시는 보지 않아도 되는 세상. 평화로운 공기를 맡으며 살아갈 수 있다는 것은 정말로 행복한 일이지요!"

꾸에 지는 공상하듯이 말했다.

"전쟁의 화염이 어디 멈춰야 말이지!"

빈이 말했다.

"우리는 지금 하류의 시기 속에 살고 있어. 우주의 진화 규율에 따르자면 말이야. 그러니까 전쟁의 불꽃이 이곳에서 사그라들고 나면 다시 다른 곳에서 피어오르지. 베트남에서 끝이 나도, 쿠바에서 다시 터지고, 중동과 아프리카, 심지어 문명 운운하는 유럽으로도 계속 번져가지. 전쟁은 인류가 가장 증오하는 것이지만, 바로 그 인류에 의해 전쟁의 불길이 일어나지. 오늘의 전쟁이 계급의 색채를 띠고 있다면, 내일의 전쟁은 민족의 색채를 띠고, 모레의 전쟁은 어찌 장담할 수 있겠어, 종교의 색채를 띠지 않는다고 말이야."

"전쟁이 어떤 색채를 띤다 하더라도 인류가 함께 살 수 있는 방법을 찾는 게 훨씬 현명한 일이지요. 삶이란 바로 신이 인간에게 준 가장 특별한 호의인데, 그것을 스스로 저버린다는 건 정말 말이 안 돼요."

꾸에 지와 빈이 이야기를 나누고 있는데 티엔 니엔 끼 노인이 나타났다. 노인은 자비심 가득한 눈빛으로 두 사람을 바라보았다. 노인이 물었다.

"응웬 꾸앙 빈, 자네 인간세상의 고향이 닌 빈이지?"

"예, 맞아요."

"그리고 자네는 벤 째, 그렇지?"

노인이 꾸에 지에게 물었다.

"예."

"자네들은 인간세계의 오늘이 무슨 날인지 알고 있나?"

빈은 꾸에 지를 바라보며 눈으로 물었다. 그러나 꾸에 지 역시 고개를 저으며 모르겠다는 표정을 지었다.

티엔 니엔 끼가 부드럽게 미소를 지었다.

"오늘이 칠월 보름이야. 동양의 통례에 따르자면 망인의 죄를 씻는 날이지. 조금 후에 황천의 문이 열릴 거야. 영혼들이 인간세계로 돌아갈 수 있도록 말이야. 원래는 영혼들이 인간세계에서 생을 마감했던 자리로 돌아가야 하는데, 내가 옥황상제께 허락받은 것은 자네들을 고향으로 인도해주는 거야. 상제님의 특별한 배려지. 정확히 보름이 지나면 자네들은 이곳으로 다시 돌아와야 하네. 내가 판관에게 청원서를 이미 제출했어. 자네들이 죄를 깨끗이 씻고, 신속하게 환생할 수 있도록 허락해달라고 말이야."

빈과 꾸에 지는 동시에 티엔 니엔 끼에게 머리를 조아리며 지극한 은혜에 감사를 표했다. 그리고 곧바로 그들은 아띠[63] 문으로 인도되었다. 노인은 빈과 꾸에 지에게 고향으로 가는 길을 가르쳐주었다.

---

63 저승과 이승이 통하는 문의 이름.

가늠할 수 없을 만큼의 오랜 세월을 흘려보내고 나서 고향을 다시 찾자 빈은 왠지 모를 기쁨과 설움에 감정이 북받쳤다. 싱그러운 햇살 아래 반짝이는 아름다운 인간세계의 모습에 정신이 아찔했다. 한참 지나서야 그는 자신의 집을 정확히 찾을 수 있었다.

숨을 한 번 크게 들이쉬고 집 마당으로 들어서는데, 집과 제단을 청소하고 있는 낯익은 할머니의 모습이 보였다. 한동안 그 할머니의 얼굴을 관찰하고 나서야 그는 그녀가 득 아주머니라는 것을 알아차릴 수 있었다. 세월이 벌써 이렇게 흘렀단 말인가. 황천에서 보낸 시간을 그는 도저히 가늠할 수 없었다. 득 아주머니는 예전에 마을에서 마음씨 좋은 사람으로, 그리고 수다스러운 사람으로 유명했다. 아주머니는 이제 노인이 되어, 빈이 군대에 가던 날과 비교해서 몸이 많이 오그라들어 있었다. 그런데 왜 득 아주머니가 우리 집에 와 있는 걸까? 마치 집주인처럼 청소까지 하고 있는 걸까? 내가 멀리 고향을 떠나 있는 동안 아주 많은 것이 변했고, 그 중에서 가장 큰 변화는 사람들이 살고 있는 집일 수 있다. 그렇다면 할아버지는 어디에 살고 계시지?

빈은 득 아주머니 앞으로 다가가 부드럽게 인사를 올렸다. 아주머니는 몸을 일으켜 그가 있는 쪽을 한 번 바라보더니 다시금 몸을 숙여 청소를 했다. 입으로는 소리가 되어 나오지 않는 말로 무언가를 중얼거렸다. 아마도 아주머니는 빈의 모습을 보지 못했고, 그의 말소리도 전혀 듣지 못한 것 같았다. 빈은 고개를 가로저으며 집 안으로 걸음을 옮겼다. 벽에 걸린 열사표창장이 눈에 들어왔다. 열사표창장에는 그의 이름과 '조국기공'[64]이라는 글씨가 새겨져 있었다. 열사표창장은 빈이 자신의 집에 정확히 찾아왔다는 것을 증명해주고 있었다. 그런데 왜 이렇게 집이 작아졌을까? 이해가 되지 않았다. 집

---

64 '조국은 그대들의 공을 기린다'는 뜻으로, 베트남 전쟁 당시 희생당한 열사들을 기리는 말이다. 열사표창장을 비롯해 베트남 읍 단위마다 조성되어 있는 열사묘역과 열사탑에도 '조국기공'이라는 말이 새겨져 있다. 베트남에서는 전쟁에서 희생당한 정규군과 비엣공 게릴라를 '열사'라고 부른다.

은 마치 오리 우리만 하게 오그라들어 있었다. 인간세계에서는 시간이 흘러 갈수록 모든 것이 작아지는 것일까?

기둥과 벽의 쇠고리에 양끝이 걸려 있는 해먹이 보였다. 빈이 해먹에 앉아 잠시 쉬려는데, 할아버지의 목소리가 들려왔다.

"여보, 오늘이 칠월 보름인데, 제사상 준비는 다 했는가?"

"청소 마치고 나서 시장에 다녀오려고 해요."

득 아주머니가 대답했다.

이게 어떻게 된 일이야? 빈은 깜짝 놀라 스스로에게 반문했다. 어째서 할아버지가 아주머니를 '여보'라고 부르는 거지? 손자를 군대에 보내고 나서 쓸쓸한 나머지 득 아주머니를 부인으로 삼은 걸까? 아마도 그랬으리라 빈은 생각했다. 할아버지의 사려 깊은 말씨와 아주머니의 자신감 있는 태도로 보아, 빈은 득 아주머니가 분명 이 집의 안주인이 되었다는 사실을 알 수 있었다.

빈은 할아버지의 목소리가 들려오는 곳을 찾아 걸어갔다. 할아버지는 남루한 대나무 의자에 앉아서 예전처럼 독서에 열중하고 있었다, 할아버지는 많이 늙어 있었다. 온몸이 쪼글쪼글 주름지고 오그라들어 있었고, 안쓰러울 정도로 몸이 쇠약해 보였다. 단지 두 눈동자만은 총기와 영민함이 그대로 남아 있었다.

할아버지를 보자, 빈은 갑자기 울음이 터졌다. 그는 할아버지 앞에 머리를 조아리며 절을 올렸다.

"할아버지! 제가 집에 돌아왔어요! 할아버지의 손자, 빈이 여기에 돌아왔어요!"

할아버지가 그의 말소리를 들은 듯했다. 할아버지의 얼굴 표정이 잠시 굳어졌다. 할아버지는 읽고 있던 책을 급히 의자에 내려놓고, 제단에 다가서서 향불을 올리며 기도했다.

"나는 네가 돌아온 것을 이미 알고 있었단다. 빈아, 나는 너를 아까부터 보았었고 너의 말소리도 들었단다! 그런데 빈아, 왜 이제야 나를 보러 온 거냐? 죽은 지 십여 년이 지나서야 말이야. 내가 득 아주머니를 우리 집으로 데려와 네 새 할머니로 삼은 것이 속상해서 그랬던 거냐?"

"아니에요, 저는 할아버지에 대해 아무것도 속상해하지 않아요. 할아버지는 제가 가장 사랑하는 사람이니까요. 저는 고향에 돌아와 할아버지를 다시 보게 된 것만으로도 아주 행복해요. 저는 득 아주머니가 제 새 할머니가 되어 할아버지를 보살펴주는 것에 대해서도 아주 기쁘게 생각해요. 새 할머니는 아주 좋은 사람이잖아요, 할아버지!"

"나는 네가 실망스럽게 생각하지 않는다는 것을 안다, 빈아! 아주머니는 네 친할머니 이후로 내가 이 세상에서 본 가장 좋은 여자란다. 너의 사망통지서를 받은 날 이후로 아주머니는 이 할애비를 아주 불쌍하게 여겼단다. 그리고 여기로 와서 나와 함께 살기를 청했지. 사람들의 모욕이나 조롱의 말에는 전혀 상관하지 않고 말이야. 아주머니는 응웬 꾸앙 집안을 다시 일으켜 세우는 것을 돕고 싶어 했어. 우리 집안이 세상에서 영원히 사라져 아무런 흔적도 남지 않는 것을 바라지 않았지."

"그렇다면 득 아주머니가 할아버지를 위해 저의 고모나 삼촌을 낳아주실 수 있었나요?"

"정말 유감스럽지만 불가능했단다. 모든 것이 이미 너무 늦어버렸어."

그랬다! 너무 늙어버린 두 육신의 결합이 응웬 꾸앙 집안의 끊어진 대를 이을 수는 없었다. 할아버지는 이미 너무 늙어버렸고, 새 할머니 역시 더는 젊지 않았다. 빈의 집안에서 가장 새로운 것은 어린아이 모습이 눈에 띈다는 것이었다. 그 아이는, 푸른 눈에 노란 머리를 가진 귀엽고 순진무구한 외국인이었다. 그것은 부드러운 천으로 만들어져 할아버지의 가보 책장 안에 놓여 있었다.

인형을 바라보고 있자니 마음이 울적해졌다. 새 할머니가 얼마나 간절히 아이를 원했으면……. 빈은 새 할머니의 노력이 안쓰럽게 여겨졌다. 그 애절한 마음씨에 뭐라 말로 표현할 수 없는 애틋한 감동이 일었다.

"할아버지!"

빈이 말했다.

"제가 할머니에게 절을 올릴 수 있도록 해주세요."

"그래, 그렇게 해야지. 하지만 먼저, 너에게 집 안을 보여주고 싶구나. 우리 집은 지난 1981년에 홍수가 들어서 모든 것이 떠내려갔단다. 이 할애비가 열심히 돈을 모으고 절약해서 이렇게나마 다시 집을 지을 수 있었지. 자, 어디 한 번 같이 둘러보도록 하자구나."

말을 마치고, 할아버지는 빈을 데리고 마당으로 나갔다.

할아버지는 빈이 어렸을 때 사용했던 물건들을 하나씩 보여주었다. 빈의 눈길이 부엌 귀퉁이에 분해된 채로 세워져 있는 낡은 침대로 향했다. 예전에 그 침대 위에서 낌과 서로 정겹게 마주앉아 이야기를 나누기도 했었다. 빈은 깊은 한숨을 내쉬었다. 그는 자신의 생이 반쯤은 이승에 남아 있다는 생각이 들었다. 사랑도 반이 남았고, 공부도 반이 남았고, 삶도 또한 반이 남아 있었다.

"할아버지, 트엉 주아 마을의 낌 아가씨는 지금 어떻게 살고 있지요?"

갑자기 빈이 할아버지에게 물었다.

"낌? 그 아이는 여전히 예전과 다름없이 체구가 작지."

할아버지는 잠시 망설인 다음 말을 이었다.

"네가 남부로 간 다음에 그 아이가 내게 와서는 청년돌격대에 지원하는 것을 허락해달라고 하더구나. 나는 그 녀석이 너무 허약해 보여서 지원하지 말라고 충고했지. 하지만 그 녀석은 벌써 결심을 한 상태였어. 일 년 넘게 전선에서 복무한 다음 다리 하나를 잃은 상태로 마을에 돌아왔지. 지금 그 아이는 제 어미와 함께 살고 있어."

"아 그렇게 되다니……. 할아버지, 저 그 아가씨를 보고 싶어요. 저를 그 아가씨가 있는 곳으로 데려다 주세요!"

빈이 애원하듯이 말했다.

"물론 당연히 이 할애비가 너를 데리고 그 아이한테 가야지. 그러나 거기에 가기 전에 조금이라도 뭘 먹어야 해. 이 할애비는 알고 있다. 네가 아직 황천강을 건너지 못했다는 것을 말이야."

"아니, 어떻게 할아버지가 그걸 알고 계시죠? 할아버지는 역시 정말 대단한 분이세요."

"네가 지난 과거의 모든 일을 여전히 기억하고 있기 때문이야. 이미 죽은 사람인데도 여전히 과거의 모든 일을 기억하고 있다는 것은 이생의 삶에 대해 지나치게 애착을 갖고 있다는 증거지. 환생하기 직전에 먹어야 하는 망각의 죽을 아직도 네가 먹지 않은 게 분명해."

"맞아요, 할아버지!"

빈이 말했다.

"여기 오기 전 황천의 나루꾼 티엔 니엔 끼 노인이 제게 얘기를 했어요. 이번에 할아버지를 뵙고 나서 다시 황천에 돌아가면 저는 예외로 특별히 판관에게 조사를 받고 이생의 모든 것을 잊기 위한 망각의 죽을 먹게 될 거라고요. 악행도 잊고, 선행도 잊게 될 거라 했어요. 제가 사랑했던 모든 사람들도 잊고, 다른 생으로 건너가기 위한 준비를 하게 된대요. 하지만 저는 정말 두려워요. 새로운 삶을 얻자고, 예전에 제가 누구였는지, 어느 집안사람이었는지 몰라야 한다니……."

"새로운 사람으로 태어나길 원한다면 당연히 모든 것을 잊어야지. 그래야 영혼이 어린아이 같이 순진무구하고 샘처럼 맑아지지 않겠니. 만약 그렇게 되지 않는다면 악한 영혼들이 다시 많은 사람들을 괴롭히게 될 거야. 우선은 모든 사람이 똑같이 순진무구하게 태어나야지."

"저는 아직 후생의 삶을 살아보지 않았지만, 정말 그 후생의 삶을 살고 싶은 생각이 없어요. 처음부터 다시 낯선 생을 살아야 한다는 게 너무도 두려워요."

새 할머니가 시장에서 돌아왔다. 할머니는 과일과 종이옷, 황천의 노잣돈[65]과 닭 한 마리를 사왔다. 집에 들어오자마자 할머니는 부엌으로 달려가 물을 끓였다. 할아버지는 자리에 앉아 과일을 깎으며 고독한 빈의 영혼을 위한 제사를 준비했다.

"제사상이 왜 이렇게 거창하지요, 할아버지?"

빈은 진심으로 걱정이 되어 물었다.

"저는 절에 가고 싶어요. 다른 보통의 영혼들처럼 보리수 이파리 죽을 먹을게요."

"별소리를 다 하는구나, 빈아."

할아버지가 설명했다.

"요즘 사람들은 예전 사람들과 많이 다르단다. 아주 적은 사람들만이 의지할 곳 없는 고독한 영혼들에 대해 기억하고 있을 뿐이야. 게다가 너는 나의 손자다. 나는 어떻게든 살아갈 수 있고, 또한 여전히 너의 영혼에 대한 책임감을 가지고 있어. 그런 거다. 그리고 말이지, 죽은 사람에 대해 제사상을 올리는 일은 살아 있는 사람에게도 큰 위안이 되는 거란다."

그날 점심, 새할머니가 만든 맛있는 제사음식을 먹은 후, 빈은 이생에서의 첫사랑이었던 낌을 만나러 할아버지를 따라 트엉 주아 마을로 갔다.

그의 기억 속에, 그녀의 마을로 향하던 옛 길에는 푸른색의 싱그러운 사

65 초상 때나 제사 때 사용하는 노잣돈 용도의 가짜 지폐 다발을 시장이나 상점에서 살 수 있다.

끄[66] 나무가 양쪽으로 심어져 있었다. 그러나 지금은 그 나무들이 단 한 그루도 보이지 않았다. 아마도 동네 사람들 누구도 나무를 심고 가꾸지 않을 뿐더러, 마을 공동의 일에 관심을 두지 않는 듯했다. 요즘 사람들은 어떻게 변한 것일까? 공동체의 미래를 위해서 아무런 일도 하지 않는 걸까?

낌은 여전히 궁색한 초가집에서 살고 있었다. 마을에서 기와를 올리지 않은 집은 몇 채 되지 않았다. 낌의 집 역시 할아버지가 사는 집처럼 작았다. 낌은 밖에 나가고 없었다. 그녀의 병약한 부모만이 집에 남아 있었다. 낌의 어머니는 돼지에게 먹이기 위해 부평초를 잘게 자르고 있었다.

마당 바깥에 서 있는 할아버지를 보자, 아주머니는 급히 칼을 내려놓고 일어나서 붙임성 있게 인사를 했다.

"안녕하세요, 어르신? 오랜만에 저희 집에 오셨네요. 들어오셔서 물이라도 한 잔 드세요."

할아버지는 뒤로 고개를 돌려 빈을 바라보았다. 빈은 할아버지 등 뒤에 서 있었다.

"아주머니, 낌은 집에 없나 보지요?"

"그 아이는 지금 저희 집 뒤에 있는 논에서 벼 모종을 뽑고 있어요. 제가 못 나가게 말렸는데도 그 애가 어디 말을 들어야지요. 그 아이를 만날 일이 있으세요?"

"예, 그 아이를 만나고 싶어요. 오랫동안 보지 못했네요."

"제가 불러올게요."

"아니에요, 됐어요. 내가 직접 가볼게요."

"그렇다면 이 길로 가시면 돼요."

아주머니는 길을 가르쳐준 다음 다시 자리에 앉아 부평초를 썰었다.

---

66 높이 15m~30m 되는 상록 활엽수 나무로 가로수나 경관수로 많이 이용된다. 줄기는 건축물, 공예품, 선박을 만드는 데 쓰이고, 꽃은 피부병 치료제와 해열제로 쓰인다.

할아버지는 등을 구부리고 사보째[67] 나무줄기 아래를 빠져나갔다. 사보째 나무줄기는 돼지우리 쪽에서부터 집 뒤뜰 가득히 평평하게 펼쳐져서 대나무 숲 쪽을 향해 뻗어 있었다. 거기에서 몇 미터 떨어진 곳이 마을 공동의 벼 모종 논이었다. 낌은 흙탕물로 진창인 자그마한 논에서 몸을 질질 끌며 벼 모종을 뽑고 있었다. 그녀는 검은 수건을 머리에 두르고 두 눈만 드러내놓고 있었다. 낌은 논 위에서 몸을 끌면서 앞으로 나아갔다. 그녀는 마치 시든 바나나 껍질처럼 말라 있었다. 빈은 그녀의 모습에 왈칵 울음이 터지려 했다. 단지 바라볼 수만 있을 뿐 아무 말도 건넬 수가 없다는 것이 너무도 안타까웠다. 그에게는 그녀를 도울 방법이 전혀 없었다.

"안녕하세요, 할아버지!"

낌이 고개를 들어 할아버지에게 인사를 했다.

"할아버지, 어디를 가시기에 그렇게 바쁘게 가세요?"

"너를 만나러 왔어. 아이고 세상에, 네가 이렇게 열심히 일하는데 도대체 돈을 모두 어디에 두었기에 다 없어져버린 거야?"

할아버지는 농담으로 물었다.

"저희 집이 만약 부자라면, 제가 어디 일 때문에 이런 고생을 하겠어요?"

그녀는 설명을 덧붙였다.

"할아버지, 여기를 좀 보세요. 동네 사람들이 전부 뽑아가버렸잖아요. 저희 집은 아직 한 포기도 모내기를 하지 못했는데, 엄마는 이제 병석에서 일어나셨어요. 제 속이 안 상할 수 있겠어요? 그러니 저라도 일을 해야지요. 엄마는 지금 집에 계세요. 집에 들어가셔서 물이라도 한 잔 드셔야지요."

"방금 너희 집에서 나오는 길이야. 널 보고 싶어서 왔어. 네가 어떻게 살고 있는지 직접 한번 보고 싶었지. 그만 가봐야겠다. 항상 건강에 유의하도

---

67 높이 2m~10m 되는 과일 나무. 열매는 감 맛이 난다. 멕시코에서부터 태국을 거쳐 들어와서 '태국 감(Hồng Xiêm)'이라 부르기도 한다.

록 해라."

"예, 고마워요, 할아버지!"

인사를 하고 나서 그녀는 다시 진흙탕에 주저앉았다. 그러고는 일을 하지 않고, 할아버지가 걸어가는 뒷모습에서 눈길을 떼지 못했다.

빈이 걸음을 되돌려서 그녀에게 다가갔다. 목에서 쓴물이 넘어오는 듯했다. 불가항력에 맞닥뜨린 자신의 존재가 정말 너무도 허망하게 느껴졌다. 그는 인간의 삶에서 낯설고 완전히 동떨어진 존재였다. 단지 떠도는 영혼으로, 황천에서조차 아직 승인을 받지 못한 가여운 처지였다.

다음 날 아침 일찍, 할아버지는 그를 데리고 시장에 갔다. 빈은 아는 사람을 만날 때마다 머리를 숙여 인사했다. 그러나 누구도 그의 존재를 알아보지 못했다. 마을 사람들 대부분이 나와서 장사를 하고 있었다. 왜 이렇게 많은 사람들이 장사를 하고 있는지 도무지 이해할 수 없었다. 그들은 자신이 갖고 있는 모든 것을 내다팔았다. 제대하고 고향에 돌아와서 장사에 나선 부대원들의 모습도 적지 않게 보였다. 그들은 빈랑[68] 열매와 구장[69] 잎에서부터 토마토, 칡뿌리까지 내다 팔았다. 팥죽과 망곳 술 그리고 수건, 치약도 팔았다. 많은 사람들이 자전거를 고치고, 돼지를 거세하고, 오리털을 팔면서 돈벌이를 했다. 그들은 닥치는 대로 무슨 일이든 하고 있었다. 중요한 것은 오로지 돈을 얼마나 많이 벌 수 있느냐 하는 것이었다.

그는 또한 적지 않은 관리들의 모습도 볼 수 있었다. 그들은 보기 좋게 살이 올라 있었고, 윤택하게 보였다. 농부로 되돌아온 제대 군인들, 자기 밑에 직원을 두지 못한 사람들만이 여전히 고생을 하고 있었다. 그들은 온몸이 녹초가 될 때가지 바삐 움직이며 일했다.

그런데 정말 이상한 것이 하나 있었다. 사람들은 대화를 나누다가 누군가

---

68 씹는 담배인 베텔의 재료가 되는 열매. 껍질을 깎고 여러 조각으로 자른 다음 구장 잎과 함께 씹는다.

69 씹는 담배인 베텔의 재료가 되는 이파리. 빈랑 열매 조각과 함께 씹는다.

가 자신의 빛나는 영광의 시대에 대해 이야기를 꺼내면 다들 그 말을 무시해 버리는 것이었다. 아무도 과거에 대해 기억하려 하지 않았다. 그들의 관심은 오로지 먹고사는 일뿐이었다.

빈은 입맛을 다시며 잠시 생각에 잠겼다. 그러다가 고개를 돌렸을 때, 어딘가 낯익은 사람의 모습이 멀리서 보였다. 부평초를 실은 간을 지고 빈이 서 있는 쪽으로 걸어오는 사람은 바로 부이 쑤언 팝 부분대장이었다. 같은 분대 소속으로 1분구까지 같이 내려갔던 사람이었다. 팝은 여전히 비쩍 마르고, 피부는 예전보다도 더욱 검게 그을려 있었다. 팝은 할아버지를 보자마자 부평초를 담은 간을 땅에 내려놓고 반가운 목소리로 인사했다.

"아이고 할아버지, 그동안 안녕하셨어요? 시장엔 무슨 일이세요? 뭘 좀 사시려고요?"

"아니야, 하도 적적해서 그냥 구경삼아 나왔어. 그래, 요즘 장사는 잘 되는가?"

"아이고 할아버지, 어디 한번 생각해보세요. 저 같은 밑바닥 사람들만이 이런 식으로 장사를 하지 누가 이런 식으로 하겠어요. 이렇게 무거운 부평초를 간에 아무리 높이 쌓아봐야 겨우 몇 푼 건질 수 있을 뿐이에요."

"아니, 자네가 왜 일자리를 찾지 않지? 자네는 중위까지 했지 않나?"

"할아버지도 참…… 물정을 너무 모르시는 말씀이에요. 대위, 소령까지도 바늘, 실패 따위를 팔고 있는데 저 같은 중위 계급이야 부평초를 파는 게 딱이죠. 요즘 시대는 정말 우스꽝스러워졌어요. 어르신이라고 불러야 할 사람에게는 녀석이라고 부르고, 녀석이라고 부를 놈에게는 '귀하신 각하'라고 불러요. 저는 그런 사람들이 아주 지겨워졌어요."

팝의 말을 듣고 있던 빈은 가슴이 쓰라렸다. 요즘 사람들은 민족과 조국을 위해 일했던 과거를 아예 잊어버리고 사는 것 같았다. 아마도 사람들의 마음속에서 정신적인 가치가 완전히 잊혀져가고 있는 듯 했다.

"허허 참…… 그렇지만 어쩌겠나. 그래도 열심히 살아야지."

할아버지가 말했다.

"나중에 한가해지면 우리 집에 한번 놀러오도록 해."

"고마워요. 할아버지. 아무리 정신없어도 할아버지는 제가 꼭 찾아뵈어야지요. 빈 녀석에게 향불을 올린지도 꽤 오래됐네요. 남 욕을 그렇게 해대면서도 저조차 이러고 있으니 정말 면목이 없어요. 지난 몇 년 동안 먹고사는 일이 바쁘다는 핑계로 그 녀석한테 향불 올리는 것도 까맣게 잊고 살았다니……."

팝의 말을 듣고 빈은 눈물이 날 뻔했다. 최소한 이 가난하고 고생스러운 사람만큼은 여전히 죽어간 벗들을 기억하고 있었다. 가슴속 귀퉁이에 변함없이 순결한 아름다움을 간직하고 있었다. 그렇지만 세상에, 이런 사람들이 여전히 고생스럽게 살고 있다니! 빈은 예전처럼 팝 형의 손을 잡아주고 싶었다.

보름 동안 고향에서 지내면서 할아버지와 담소를 나누고, 절친했던 마을 사람들과 이웃 마을의 사람들을 만난 시간은 정말 즐겁고 행복했다. 그러나 다른 한편으로는 평화의 시대에도 가난의 때를 지우지 못한 이들의 각박한 삶을 목격해야만 했던 서글픈 시간들이기도 했다. 그리고 그 각박함은 예전에 겪었던 것들과는 아주 다른 이상한 색깔을 띠고 있었다. 알 수 없는 무언가가 사회 내부에서 싹트면서, 사회기반의 본질이 변한 것 같았다. 그가 살던 시대와는 너무도 달라져 있었다. 그 시대는 다들 가난했지만 서로에게 아주 정중했다. 그런데 지금은 그런 것들이 점점 사라져가고 있는 것 같았다.

그런 생각이 머릿속을 떠나지 않아 빈은 고개를 가로저으며 씁쓸하게 입맛을 다셨다. 그는 가슴이 막막해졌다. 산 하나를 겨우 넘고 나면 또 하나의 산이 나타나는 것 같았다.

마지막 날 아침 일찍, 할아버지는 할머니를 불러서 그동안의 일들을 이야기했다.

"여보, 내가 당신에게 한 가지 고백할 게 있어. 우리 손자, 빈 녀석이 칠월 보름에 우리 집으로 돌아왔었어. 내가 그동안 여기저기를 다녔던 것은 바로 그 녀석을 데리고 친구들과 마을 사람들을 만나게 해주기 위해서였던 거야. 오늘 낮에 그 녀석은 다시 황천으로 돌아갈 거야. 당신은 얼른 시장에 가서 제사에 필요한 물건들을 사오도록 해. 그놈 마지막 가는 길을 배웅해주어야지."

"아마 헛것을 보신 거겠지요."

할머니가 말했다.

"당신이 그 아이를 너무 그리워하다 보니 그런 느낌이 들었을 수도 있을 거예요. 벌써 십여 년이 흘렀으니 그 아이는 이미 다른 집안에 환생했을 수도 있어요."

"내가 왜 이 녀석의 저승 노잣돈을 오늘까지 태우지 않았는지 모를 테니, 이번 일에 대해서는 당신이 나보다 많이 알 수가 없어."

할아버지가 말했다.

"죽기 전에 녀석을 만나봤으니 이젠 됐어. 녀석도 만나고 싶은 사람을 다 만났고, 보아야 할 것을 다 보았으니 여한이 없을 거야. 빈이 지금 내 옆에서 있어. 믿기지 않겠지만 그래도 내 말을 무조건 믿도록 해."

결국 할머니는 할아버지의 말을 믿고 따랐다. 점심시간쯤 됐을 무렵, 할머니는 제물들을 사가지고 집으로 돌아왔다. 그리고는 마당에서 제물들을 하나씩 정성스레 태웠다. 할머니는 그 일을 정말 신성한 믿음으로 했다. 할머니는 간절하게 기도를 올렸다. 응웬 꾸앙 집안의 마지막 자손, 응웬 꾸앙 빈이 부디 황천강을 어서 건너가서 환생하기를! 그리고 새로운 세상에서, 할아버지 할머니가 살았던 삶보다 훨씬 나은 인생을 살기를!

빈이 길을 떠나려는데, 돌연 할아버지가 그를 불러 세워놓고 한참동안 그의 얼굴을 바라보다가 물었다.

"빈아, 어째서 네가 지금까지 환생을 못했는지 아니?"

"제가 아직까지 황천강을 건너지 못한 것은 뱃삯이 없었기 때문이에요."

"빈아! 너 이생에서 살아가는 동안 악하게 산 적이 있었니?"

"저는 결코 악하게 산 적도, 악한 일을 한 적도 없어요. 굳이 있다면 적군에게 했을 거예요. 하지만 그건 전쟁이잖아요. 황천의 판관들이 그런 것은 분명히 양해를 해줄 거예요."

"그래, 그렇다면 정말 다행이구나. 이 할애비가 이제 너를 위해 저승 노잣돈을 태우겠다. 네게 곧 돈이 생길 거야. 아주 많은 돈이. 그리고 할머니도 방금 너를 위해 제물을 많이 태웠고. 이제 황천강을 건너게 될 거야."

"고마워요, 할아버지! 할머니한테도 고맙고요. 아까 할머니께서 기도하시는 말씀도 옆에서 들었어요. 하지만 이제는 그런 게 필요 없을 거 같아요. 노잣돈과 제물이 과거에 벌어진 일들까지 구원해줄 수는 없어요. 잃어버린 것은 이미 잃어버린 것이에요. 그것을 마음에 영원히 새겨두는 것도 역시 아무런 이득이 없어요. 돌아가면 저는 그저 니윽 투이[70] 강변을 따라 계속 황천에서 방황하며 살래요. 거기에는 저와 처지가 똑같은 아가씨가 하나 있어요. 저는 그 아가씨와 함께 살 거예요. 저희는 우리에게 없는 것들과 더불어 자유롭게 살 거예요. 저희는 우리가 생각하는 것들과 더불어 독립해서 살 거예요. 환생을 해서 더 나은 삶을 누리게 되는 걸 더는 바라지 않게 되었어요. 저는 결코 망각의 죽을 먹지 않을 거예요. 가족과 고향, 절친한 친구들과 사랑하는 사람을 잊고, 제가 살아온 날들을 잊고, 인간의 삶에서 제가 받았던 그 아름다운 정감들을 모두 잊으면서까지 얻고 싶은 것은 없어요. 할아버지, 제 말을 끝까지 믿어주세요. 할아버지! 저는 할아버지를 아주 많이 사랑해요. 할아버지를 영원히 잊지 않을 거예요."

---

70 황천강의 이름.

반레, 그 매혹적인 인간과 소설

방현석(소설가)

반레의 고향은 하롱베이와 더불어 북부 베트남에서 가장 아름다운 고장으로 손꼽히는 닌빈이다. 그는 고등학교 졸업과 동시에 자원입대했다. 1966년, 열일곱 살의 나이였다. 그의 조국은 세계 최강의 군사력을 지닌 미국과 전쟁 중이었고, 그는 대학 대신 군대를 선택했다. '호치민장학생'으로 유학을 떠날 기회도 이미 포기했다. 심장이 뜨거운 나이였다.

1967년 '영광의 301대대'는 그처럼 심장이 뜨거운 300명의 열일곱 살들로 구성되었다. 호치민 루트를 통해 남부 전선에 투입된 그는 베트남이 통일을 이룬 1975년까지 10년 동안 미국에 대항해서 싸웠다. 전쟁이 끝났을 때, 함께 입대했던 3백 명의 부대원 중에서 살아남은 사람은 오직 다섯 명뿐이었다. 그는 전쟁에서 모든 것을 잃었다. 목숨을 함께 나누었던 친구들을 잃었으며, 전장에서 만난 사랑도 잃었다.

그는 전쟁을 증오한다. 전쟁이 어떻게 대지와 인간을 파괴하고, 인간과 인간의 관계를 황폐하게 만드는지 그는 알고 있다. 베트남은 미국과의 전쟁 과정에서 3백만 명이 죽고 4백50만 명이 부상당했다. 이것은 당시 베트남 전 인구의 20퍼센트에 육박하는 숫자다. 지금도 2백만 명이 넘는 고엽제 환자들이 후유증에 시달리며 고통스럽게 살아가고 있다.

미국은 제2차 세계대전 당시 전 세계에 투하되었던 폭탄 총량의 두 배가 넘는 1천6백만 톤의 폭탄을 베트남의 대지에 퍼부었다. 무려 4백50척의 함정과 1만2천 대의 항공기를 동원하고, 1천6백억 달러의 전비를 투입하였다. 12만의 해병대를 포함한 상주 병력 55만의 미군이 베트남을 쑥대밭으로 만들며 휘저었다. 그러나 6개월 안에 적을 섬멸하겠다고 장담하며 전쟁을 시작했던 미국은 15년이 걸려서도 베트남을 이기지 못했다. 이기기는커녕 앞서 베트남 땅에 발을 들여놓았던 모든 강대국이 그랬던 것처럼 완벽한 패배를 안고 자기네 나라로 돌아가야 했다.

베트남은 비교조차 되지 않는 전력으로 미국을 물리치고 신화처럼 승리했다. 1954년 디엔비엔푸 결전에서 백 년 동안이나 베트남을 지배했던 프랑스 군대를 괴멸시켰던 베트남은 20년 만에 또 한 번 피식민 국가가 식민지 본국을 자력으로 축출하는 불패의 신화를 창조했다. 프랑스 군대가 난공불락의 요새라고 호언장담했던 디엔비엔푸를 항공기 한 대 보유하지 않은 베트남 군대가 공격하기 시작했을 때 세계의 어느 누구도 베트남의 승리를 예측하지 못했듯이 단 한 번도 패배한 적이 없는 미국이 베트남에서 패배한다는 것은 상상조차 할 수 없는 일이었다. 어떻게 이런 일이 가능했을까.

할리우드가 만들어서 우리에게 보여준 영화에서 미국인들은 한결같이 힘이 세고 용감할 뿐만 아니라 인간적이며, 더러는 낭만적이기까지 하다. 반면에 베트남인들은 한결같이 어리버리하고 비열할 뿐만 아니라 야만적이며 더구나 냉혈한이기까지 하다. 나는 미국이 만든 헤아릴 수 없이 많은 전쟁 영화 중에서 황색 인종이 인격을 지닌 인간으로 그려진 것을 단 한 번도 본 적이 없다. '미 국방성의 국책 홍보영화'란 이름 외에는 적합한 단어가 떠오르지 않는, 할리우드가 만든 베트남전쟁 영화로 미국은 베트남전쟁에 쏟아부었던 전쟁 비용의 무려 세 배를 벌어들였다. 그러나 궁금하지 않은

가. 그토록 우월한 미국인들이 백 분의 일도 되지 않는 무력을 지닌 형편없는 황색 미개인의 나라에 왜 패배했는가 말이다. 아무리 미국 영화를 보아도 나는 그 이유를 도무지 알 길이 없다. 알 수 없기는 그들, 미국도 마찬가지일 것이다.

반레의 소설에는 미국이 왜, 어떻게 해서 패배할 수밖에 없었는지에 대한 대답이 담겨 있다. 미국이 베트남에 패배한 것은 감당할 수 없는 정글 때문도, 거미줄처럼 얽힌 땅굴 때문도 아니었다. 베트남 사람들이 옳았기 때문이다. 미국의 백 분의 일에도 못 미치는 무기를 지니고 있었지만, 베트남 사람들이 미국보다 백 배는 옳고 천 배는 더 아름다웠기 때문이다. 미국 영화가 최후로 내세우는 미덕인 그 잘난 전우애보다 베트남 사람들의 동포애가 만 배는 더 뜨거웠기 때문이다. 반레의 입대 동기 3백 명 중에서 자기 목숨이 아깝지 않아서 전쟁터에 나간 사람은 아무도 없었다. 전쟁 기간 내내 그들의 가장 간절한 소망은 '살아서 집에 가는 것'이었다. 사람으로 살아, 사람으로 집에 가기 위해서 그들은 싸워야 했다. 모두가 살아서 집에 돌아가고 싶어 했지만 누구도 전쟁이 끝날 때까지 살아남으리라 믿지 않았다. 미국이 상대한 것은 삶을 포기한 사람들이 아니라 사람이길 포기할 수 없는 사람들이었다. 어떠한 무기도 인간을 능가할 수 없으며, 어떠한 이념도 인간에 우선하지 못한다는 사실을 반레의 소설은 슬프고도 장엄하게 보여준다.

반레 소설의 특별함은 균형 잡힌 시각과 깊은 성찰, 온몸을 던져 역사와 생을 견뎌온 인간만이 지닌 짙은 비애와 연민에 있다. 그러면서도 허무주의에 대한 경계를 늦추지 않는 것이 반레다. 전쟁이 안겨준 한 측면인 황폐의 극점까지 밀어붙이는 바오닌의 소설과 달리 반레의 소설은 전쟁도 파괴시키지 못한 숭고한 인간의 흔적에 더 주목한다. 그 인간의 흔적 속에는 당대

최강국들을 물리칠 수 있었던 베트남 사람들의 지혜와 '강한 힘을 신뢰'하는 침략자들과 달리 '신뢰의 강한 힘'을 소중히 여기는 투명한 영혼이 녹아 있다. 반레의 소설을 읽고 나면 베트남의 역사를 지탱해 온 신비를 감동적으로 이해할 수 있다.

천 년 동안 식민지배를 받으면서도 중국에 동화되지 않았던 베트남은 몽고, 프랑스, 일본, 미국의 침략을 차례로 물리쳤다. 상대가 모두 당대의 최강국이었지만 베트남은 단 한 번도 최종적인 승리를 외세에 내주지 않았다. 전쟁이 무엇이라고 생각하느냐고 내가 물었을 때, 반레는 망설이지 않고 대답했다. "모든 것을 파괴하는 것이다. 물자와 생명, 인간의 정신을 파괴하는 것이다." 베트남 사람들에게 전쟁이 무엇이었느냐고 다시 물었을 때, 그는 역시 주저없이 대답했다. "침략과 파괴에 맞선 민족해방투쟁이었다." 바로 당신에게는 그 전쟁은 무엇이었느냐고 나는 또 물었다. 그는 같은 어조로 대답했다. "그것은 내 개인에게도 민족해방투쟁이었다." 그는 '베트남 전쟁'이란 단어 자체를 받아들이지 않는다. '미국전쟁'이라고 불러달라고 한다. 전쟁을 해야 할 이유도, 전쟁을 할 의사도 없는 베트남 땅에 미국이 들어와 일으킨 전쟁이고, 그 미국이 떠나면서 끝이 난 전쟁이라는 것이다. 이유 없이 남의 나라 노예가 되는 것을 받아들일 수 없었기에 뛰어들었던 전쟁, 그랬기에 그에게 전쟁은 고통스러웠지만 피할 수 없는 것이었다.

"내 청춘을 바쳤던 그 전쟁터가 내 인생의 가장 아름다운 순간이었다"라고 말하는 그에게 나와 함께 베트남에 갔던 시인 하나가 만약 다시 미국과 같은 강대국과 전쟁이 일어나면 어떻게 하겠느냐고 물었던 적이 있다.

"고민의 여지가 없다. 만약 다시 전쟁이 난다면 우리는 순결하게 우리의 영혼과 목숨을 기꺼이 바칠 것이다."

나는 그 '우리'가 살아남은 그의 동료 다섯 명을 뜻하는지 묻지 않았지만,

적어도 그에게 그 말은 조금도 빈말이 아니다. 베트남전쟁이 끝난 이듬해인 1976년 군에서 제대했던 그는 한 해 뒤에 캄보디아의 폴포트 학살 정권과 전쟁이 시작되었을 때 주저 없이 다시 입대해서 캄보디아 서북 전선에서 활동한 전력을 가지고 있다. 전장에서 10년을 보내며 2백95명의 동료를 잃고 살아남은 그가 말이다. 그러나 캄보디아와의 전쟁은 미국과의 전쟁과는 다른 내상을 입혔다. 그가 싸워야 했던 캄보디아 병사들과, 그 병사들의 배후에 있었던 폴포트와 미국, 중국을 떠올릴 때마다 지금도 마음이 복잡하고 괴롭다.

아직도 분단된 나라에서 살아가는 나에게 그는 물었다. 누가 전쟁을 부추기는가. 전쟁을 부추기는 자들이 얻을 이익과 당신들이 잃을 것이 무엇인지 생각해보라. 지금 남북, 미중이 가진 파괴력은 6.25전쟁이나 베트남 전쟁 때와 전혀 다르다. 다시 전쟁을 하고도 한반도가 전쟁이전으로 회복가능하다고 생각하는가. 지금 한국이 누리고 있는 행운이 얼마나 엄청난 것인지, 지나간 역사와 주변 국가를 한 번만 돌아보면 알 것이다. 하지 않을 수 있는 전쟁을 하는 자들보다 더 한심한 인간이 있겠는가.

강자의 허무주의가 정신적 사치라면 약자의 허무주의는 위장된 비겁이다. 반레의 장편 『그대 아직 살아 있다면』을 감싸고 있는 슬픔과 비애는 허무주의와는 결을 달리한다. 이 소설은 반레의 작품 대부분이 그렇듯이 실화에 바탕을 두고 있다.

반레의 고향 친구인 호앙을 모델로 한 주인공 응웬꾸앙빈은 당시 베트남의 순결한 청년세대를 대표하고 있다. 호앙은 집안의 종손이자 독자로서 대를 이어야 할 처지였음에도 반레와 함께 고등학교 졸업과 동시에 자원 입대했다. 상급기관이 독자인 그를 배려해서 후방 배속을 결정했지만 그는 또 전선으로 가겠다고 자원했다. 반레의 입대 동기 3백 명 중의 하나였던 그 역시 살아남은 다섯이 아닌 죽은 2백95명에 속했다.

유일한 혈육인 손자를 전선으로 떠나보내는 할아버지와 홀로 남은 할아버지의 집에 들어가 대를 이어주려는 득 아주머니는 베트남이 오늘까지 자신의 정체성을 해체당하지 않은 비밀이 어디에 있는지를 알려주는 인물이다. 사람이 지녀야 할 평범하지만 소중한 마음가짐을 잃지 않는 그들을 통해 반레는 베트남의 저력을 암시한다.

그러나 세상 어디에서나 그렇듯이 빛이 있으면 그림자가 있기 마련이다. 전쟁의 와중에서도 개인의 이익과 출세를 도모하는 인간들은 동료를 배신하고 아름다운 영혼들에게 가혹한 상처를 남긴다. 자신의 아이를 가진 여성 전사 꾸에지를 배신하고 약물을 주사하여 살해하는 의사 바오가 그런 인물이다.

기나긴 굶주림을 예고하는 '영양보충' 포식 뒤에 남아서 버리게 되는 음식들을 모아서 밤길을 타고 멀리 떨어진 민가에 가져다 주는 응웬꾸앙빈과 부이쑤언팝의 발길은 읽는 이의 눈시울을 뜨겁게 만든다. 반대로 규칙을 문제 삼아 그들이 들고 가던 음식을 흙바닥에 내동댕이치고 응웬꾸앙빈을 '비판'에 회부하는 관료주의자들은 세상의 절망이 어디로부터 오는지를 보여준다. 이 하나의 장면 안에 세계를 바라보는 반레의 태도가 있다.

그리고 무엇보다 반레가 높은 곳에서 세상을 내려다보며 사람을 판단하고 값을 매기는 사람이 아니라 가장 낮은 자리에서 사람의 가치를 발견해 가는 작가라는 사실은 부소대장 부이반꼼을 그려내는 필치에서 나타난다. 협동농장 출신이라는 계급성분을 앞세워 으스대기 좋아하고 무식하기 짝이 없는 부이반꼼이 결정적인 재난 앞에서 놀라운 헌신성과 완력으로 동료들을 구출해 내는 장면은 인간이 그렇게 단순한 존재가 아니라는 것을 여실하게 드러낸다.

반레는 응웬꾸앙빈, 아니 그의 친구 호앙의 짧았던 생애를 통해 그들이 지나온 찰나와 같았던 청춘의 시간들을 담담하게 되짚어본다. 그리고 묻는다. 나는 어떻게 살아남았는가. 당신은 어떻게 살아가고 있는가.

이승과 황천을 오가며 전개하는 이야기의 형식은 단순한 하나의 형식이 아니다. 소설을 읽어나가다 보면 인간의 삶을 바라보는 반레의 깊이와 넓이가 그 형식을 규정하고 있음을 저절로 느끼게 된다. '눈 한 번 깜짝하면 사라져버릴 공허한 명예'에 아랑곳하지 않는 판웃 준위에 대한 작가의 애정이 소설 속에 짙게 묻어 있다. 진정성이 결여된 정치위원의 사설을 견디지 못하고 나가버리는 욕쟁이 소대장 판웃 준위는 아내의 눈을 제 손으로 감겨주기 위해 죽음을 선택한다. 반레는 공동체 없는 개인을 믿지 않지만, 개인 없는 공동체 역시 신뢰하지 않는다. 그는 모든 개인이 마지막까지 감당해야 할 책임은 스스로의 삶을 추하게 만들지 않는 것이라고 믿고 있는 듯하다. 자신의 삶을 스스로 모욕하지 않고 살아가는 인간들에 의해서만 공동체의 아름다움이 이룩되고 유지되는 법이다.

이 소설을 쓴 작가의 본명은 반레가 아니다.

'반레'는 전선에서 만난 그의 친구 이름이다. 작가의 친구 '반레'는 전쟁 중에도 틈만 나면 시를 쓰고 시집을 읽는 시인 지망생이었다. 그러나 그 친구 '반레' 역시 전선에서 죽었다. 전쟁이 끝난 이듬해인 1976년 작가는 『문예주간』의 시 공모전에서 최우수상을 수상하며 문단에 데뷔했다. 작가는 자신에게 영광을 안겨준 이 시를 이미 죽어버린 친구, 시인이 되고 싶었지만 끝내 시인이 되지 못한 '반레'의 이름으로 발표했다. 그리고 그 후로 출간된 시집 『사랑에 빠지다』와 장편소설 『정글에 남은 두 사람』을 비롯해서 20여 권의 작품들은 모두 '반레'의 이름을 달고 세상에 나왔다. '반레'는 끝내 시인이 되지 못하고 불귀의 객이 된 친구의 이름인 동시에, 먼저 간 그의 동료 2백95명 모두의 이름이다.

1982년부터 국립해방영화사에서 시나리오 작가 겸 감독으로 일하고 있는 그는 베트남영화제에서 1996년 영화 〈조용한 영광〉으로 최우수시나리오상을 수상하고, 2000년에는 다큐멘터리 영화 〈원혼의 유언〉으로 최우수감독상을 수상하기도 했다. 그러나 그는 자신을 '시인'으로 불러주기를 가장 원한다. 그의 시와 소설의 주제는 오로지 '전쟁'이며, 그가 만드는 영화도 오로지 '전쟁 다큐멘터리'다. 왜 사람들의 관심을 더 많이 끌 수 있는 다른 이야기를 다루지 않느냐고 물어본 적이 있다. 아마 그는 이렇게 대답했던 것 같다. "나는 제대로 살아보지도 못하고 죽은 내 친구들의 얘기를 하고 가기에도 시간이 부족하다." 그는 자신의 세대를 증언하고, 자신의 세대와 더불어 기꺼이 사라져가려고 한다. 그의 모든 시와 소설, 영화는 살아남은 다섯을 대신해서 죽은 2백95명의 동료들을 기억하는 데 바쳐졌다. 이 소설 역시 그 2백95명 중의 하나인 친구 호앙 앞에 바쳐진 것이다. 그것도 죽은 '반레'의 이름으로 말이다. 아마 세계에서 죽은 다음에 시인이 되고, 또 이처럼 많은 작품을 발표한 사람은 '반레'밖에 없을 것이다. 죽은 '반레'가 사라지지 않고 살아 있는 반레의 손을 빌려 글을 쓰고, 살아 있는 반레는 죽은 '반레'의 마음을 빌려 황천을 오가며 썼다. 그렇게 씌어진 것이 바로 이 소설 『그대 아직 살아 있다면』이다. 그대 아직 살아 있다면? 살아 있는 반레는 죽은 2백95명의 '반레'에게 그렇게 물으며 쓰고 살아간다.

고백하건대 이렇게 어렵게 글을 쓰는 경우는 드물다. 중편 「존재의 형식」으로 반레와의 만남을 쓴 적이 있음에도 여전히 그의 이야기는 하기 어렵다. 반레라는 이름을 가진 이 매혹적인 인간을 어떻게 설명해야 할지 여전히 그 방법을 알지 못한다. 그를 온전히 설명할 길이 없다는 사실을 인정한 다음에야 나는 이 글을 쓰기 시작했다.

누구도 그보다 더 여리고 부드러울 수 없다. 그렇지만 또 누구도 그보다 더 강할 수 없다. 어떻게 그토록 유연한 동시에 자기 원칙에 그토록 충실할 수 있는지 나는 알지 못한다. 그토록 겸허한 동시에 그토록 완벽하게 당당한 인간을 나는 달리 알지 못한다. 나의 무딘 글로 어떻게 그를 설명할 수 있겠는가. 그저 나는 오늘 '존경하는 내 친구' 반레의 소설을 한국의 독자들에게 소개할 수 있게 된 것만으로 더없이 기쁠 따름이다.

나는 삶이 바닥난 곳에서 형식이 시작되고 재능이 파탄에 이른 작가들만 기능으로 행세한다고 배웠다. 문학은 그 어떤 경우에도 삶, 그것 이외의 다른 무엇이 될 수 없다. 반레의 소설이 남쪽 나라에서 불어온 따뜻한 바람과 같이 우리의 삶에 위로와 힘이 되었으면 좋겠다.

6성인 베트남어는 4성의 성조를 가진 중국어보다 훨씬 더 강한 음악성을 지닌 언어다. 언어 자체가 노래처럼 리듬을 지닌 베트남에서는 그 리듬이 은유와 상징과 역설의 가장 중요한 문학적 기제가 된다. 같은 말도 오르내림에 따라 전혀 다른 말이 되어버리는 베트남어의 묘미를 2성으로 이루어진 우리말로 옮기면서 소설이 지닌 원래의 맛을 살리기란 여간 어려운 일이 아니다. 원작의 그 정겨운 어감과 탄력 넘치는 반레의 사유가 담긴 언어들의 맛이 가셔지는 것은 불가피한 일이다. 이 점을 염두에 두고 독자들이 행간을 음미하면서 읽어나가면 훨씬 즐거운 독서가 될 것이다.

반레의 고전 지식과 장난기 넘치는 유머, 언어 유희가 곳곳에서 출몰하는 까다로운 작품의 번역 작업을 기꺼이 맡아준 하재홍 선생과 이 아름다운 반레의 소설이 한국의 독자들과 만날 수 있도록 도와준 구수정 선생에게 고마움을 전한다. 부연하면, 이 소설은 제3의 언어를 거치지 않고 직접 우리말로 번역된 베트남 작가의 장편이다.

지난 9월 6일, 반레라는 이름으로 45년 동안 시를 쓰고 소설을 발표하고,

영화를 찍었던 레지투이가 71세의 나이로 세상을 떠났다. 그를 사랑하고 존경했던 한국의 친구들과 독자들은 갑작스런 그의 부음을 듣고 지도상에서 사이공이 사라져버린 것 같은 상실감에서 벗어나기 어려웠다. 이제 사이공에 가도 다시는 반레를 만날 수 없다는 사실이 여전히 믿기지 않는다. 코로나 19가 끝난다 해도 그가 없는 사이공에 갈 엄두가 쉽게 날 것 같지가 않다. 이번에 내는 『그대 아직 살아 있다면』의 개정 증보판은 그를 사랑하고 존경했던 한국의 친구들과 독자들이 그를 그리워하는 마음을 모아 만든 특별판이다.

마음을 함께 해준 반레의 한국과 베트남 친구들, 독자들께 감히 반레를 대신해 깊이 감사드린다.

영원히 안녕, 작가, 영화감독 반레

당신을 기억할게요,
군인의 심장을 영원히 기억할게요

응오 응옥 응우 롱(Ngô Ngọc Ngũ Long)
- 해방영화사 직장동료

1982년 당신은 서남부 전장에서 돌아왔을 때부터, 종합 영화사(해방영화사)에 근무했지요. 저보다 1년 먼저였어요. 당신에 대해 내내 기억되는 모습은 키 크고 깡마른 군인에, 시끄럽고 낭랑한 웃음소리예요. 3층에 있어도 1층에 있는 모든 사람들이 당신이 3층에 있다는 것을 알 수 있을 정도였어요. 당신은 제게 농담으로 귀한 집 막내 아가씨라 불렀지요. 그 시절엔 누구나 다 가난해서, 영화사까지 자전거로 출근했지만요. 다큐멘터리 영화사에서 10년간 당신과 같은 공간에서 일했는데, 내 눈에 비친 당신의 모습은 아직 군인다운 기풍에, 언제나 변함없이 군복을 입고 다니는 거였어요….

한번은 제가 당신에게 물은 적이 있어요. 오빠는 왜 제대했는데 여전히 군복 입는 것을 그렇게 좋아하나요. 당신은 생각할 것도 없이 곧바로 대답했지요. 난 아직까지 내가 제대했다고 생각하지 않아. 나는 언제나 지난날의 군인 녀석이지. 그래요, 당신은 여전히 호 아저씨의 군인이죠. 결코 변하지 않죠. 바로 그러했기에, 작가 반레의 글은 언제나 당신이 직접 지나온 엄혹한 시절의 피와 눈물을 짜낸 것이었어요. 많은 사람들이 전쟁을 겪었지만, 눈앞의 번화한 삶에 그것을 잊었죠. 하지만 반레 당신은 여전히 잊지 못했어요. 또한 많은 사람들이 전쟁에 대한 글을 일컬어 옛 동료들에게 진 빚을

갚는 것이라고 했죠. 하지만 반레 당신은 그것은 빚이 아니라, 바로 당신 삶의 일부라고, 그 삶은 당신 심장 속에 깊이 스며든 피와 살이라고 했어요. 그래서 당신은 언제나 동료부대원들에 대해 아직 다 쓰지 못했다고, 아직 충분하지 않다고 느꼈죠. 그것이 언제나 부대원들의 신성한 피 앞에 죄를 짓는 것 같은 느낌이 든다고 했죠.

그래서, 1999년 내가 당신에 대해 처음 쓴 글의 제목은 '반레 – 군인의 심장으로 영원히 잠 못 이루는 이'였지요. 당신은 마음을 털어놓기를 전쟁 시절은 당신이 결코 잊을 수 없는 삶의 일부라고 했어요. 펜을 들기 전에 당신은 본래 한 명의 군인이고, 이미 군인이라면 자신의 동료들과 함께하며 지나온, 피의 불길 같은 세월을 누구라도 잊을 수 없다고 했어요.

독자들은 우선 반레를 시인이라고 알고 있죠. 당신은 시집 『사랑에 빠지다』로 베트남 작가회 1등 상을 받은 적이 있으니까요. 하지만 지금은 사람들이 당신을 소설가, 영화감독이라고 더 많이 알고 있어요. 당신은 시가 당신 안의 초조와 괴로움을 담아내기에는 충분하지 않아서, 인생에서 말하고 싶은 것들을 다 전달할 수 없다고 했어요. 그래서 시에는 그저 괴로움만 담겨 있을 뿐이죠.

나는 전쟁을 지나왔네
큰 글씨의 편지를 볼 때마다
군인은 서둘러 그것을 나무에 새겼네
인내심이 더 있는 사람은 바위에 새겼네
글씨들은 서둘러 갈겨 쓴 형체
그것은 단지 단순한 정보들
나중에 오는 이들에게 누가, 어디에, 이곳에 왔다고 알리는
아무도 그것이 흔적이 되리라 생각하지 않았네

허나 사람이 숲에 보낸 것이었네!
아무도 그것이 가는 이들이 이 산하에 보내는 유언이라고 생각하지 않았네
세월이 흘러, 천지가 변하고, 바람과 햇살이 변하고, 날씨도 변했네
저 군인의 명성도 역시 서서히 흔적을 잃어가네!
시간이 무한한 세상 속으로 가져가네!

-「돌아갈 표」

하지만 소설은 불끈불끈 솟아나는 당신 내면의 힘으로 썼지요. 십여 권의 전쟁 소설을 썼는데, 그 중 『차가운 여름』은 거의 600쪽에 걸쳐 1968년 무신년 구정 대공세에 대해 쓴 글이죠. 그 책을 당신은 온 힘을 다 쥐어짜서 썼어요. 그리고 그 책이 가장 마음에 드는 책이라고 했어요. 다 쓰고 나선 완전히 기운이 고갈되었죠. 당신은 스무 살 혈기, 여성과의 입맞춤이 무엇인지도 모르는 젊은 청년, 사이공 문턱 앞에서의 죽음, 수십만 명이 쓰러져 죽은 전투, 하지만 남은 이들은 여전히 죽은 동료들의 시체를 기어 넘어 용맹하게 전진하고, 결국은 승리를 이루는 이야기를 썼죠. 당신은 설명한 바 있어요. 어째서 군인들이 결코 죽음에 두려움을 느끼지 않는지. 그것은 사랑의 힘이라고 했어요. 나라를 사랑하고, 고향을 사랑하고, 전우들을 사랑하는 힘, 바로 그것으로 우리 민족이 비로소 인민 전쟁을 치를 수 있었다고 했어요. 또한 당신은 말한 적이 있죠. "만약 과거를 모른다면, 사람들은 현재 속에 쓸쓸해질 것이고, 미래 앞에 당황할 것이다." 그래서 당신의 모든 소설은 한결같이 전쟁에 대해 말하고 있어요. 예를 들어 『그대 아직 살아 있다면』은 군인의 혼령이 이 세상으로 돌아와서 전우애를 확인하지만, 절친한 친구들을 잊으려 하지 않죠. 그래서 니윽 투이 강을 더는 건너려 노력하지 않죠. 그들은 환생을 위한 저승의 망각의 죽을 먹지 않고 기억을 유지하고자 하죠. 고향과 가족과 절친한 친구들을 영원히 기억하고, 군복을 입고 아름답

게 산 날들을 기억하려 하죠. 당신에게 그 의미는 죽어서도 역시 잊지 않겠다. 자신이 지나온 비장한 과거를 잊을 수 없다는 것이었어요. 당신의 인물, 빈과 꾸에지 역시 바로 당신이었어요. 그리고 지금 당신은 전사한 전우들의 품으로 갔겠죠. 분명 당신은 역시 잊지 않을 거예요. 당신의 인물들이 그랬던 것처럼, 당신의 고향을 영원히 감상하고 감회에 젖겠죠….

제가 인터뷰에서 물을 적이 있어요. "모든 군인들이 당신처럼 지난날을 잊을 수 없을 거라 생각하나요? 전우들의 핏방울 위에 부자가 된 자들도 있고, 지난날의 황달, 말라리아를 잊은 이들이 있고, 그런 이들이…." 당신은 단호하게 제 말을 끊었어요. 그들은 더이상 군인이 아니야. 우리 같은 군인은 여전히 예전처럼, 의리가 있고, 친구에 대해 언제나 한결같아.

반레 당신은 해방영화사에 시나리오 팀으로 들어왔죠. 당신은 곧바로 시나리오를 썼어요. 〈통일 현의 천주교신자〉, 〈선과 악〉 두 작품 모두 1985년과 1993년 베트남 영화제에서 최고 시나리오상을 받았죠. 1993년부터는 영화감독 임무를 맡았어요. 자신이 쓴 글의 정신세계는 자신이 가장 정확히 알고 있다고 하면서. 그리고 연이어 영화감독 반레의 이름으로 금상, 은상 등 아주 많은 상을 받았어요. 베트남 영화제에서 1993년에서 〈선착장〉으로, 1996년에 〈증선 산맥의 그날〉, 〈조용한 영광〉으로 우수 시나리오상과 베트남 영화회 1등 상을 받았죠….

제게 가장 인상 깊은 작품은 〈여성 청년 돌격대와 최전선 노역〉이에요. 그것은 어떤 용감한 부대에 대한 영화죠. 당신은 1966년부터 군에 입대했으니, 그 의미는 열일곱 살이란 것이고, 아직 군에 갈 나이가 되지 않았다는 거죠. 그렇건만 현의 당 비서 아들인 당신이 당연지사와 같은 유학을 거절하고 전장에 자원한 이유는 무엇이었나요. 반레 당신은 전장에 자원한 후, 전장에서 가장 격전지였던 여성 청년돌격대 5, 7, 9연대의 아가씨를 만나게 되었죠. 당신은 그녀들이 포격 속에서 바람처럼 돌을 들고 달려가는 모습을 볼 때마다 애간장이 타고 심장이 조마조마했다고 했어요. 열여덟, 스물의 아가씨들은 당신을 보자마자 싱그러운 미소로 장난을 걸고는 했는데, 다음날 안부를 물어보면 이미 전사했다고 했죠! 영화감독으로 당신은 옛 전장으로 돌아가서 20번 국도 16번 길의 옛 흔적을 찾았죠. 그곳은 십여 명의 여성 청년돌격대원이 줄을 서서 군 트럭의 길을 열어주다가 묻힌 곳이죠. 동록 삼거리는 단지 하나의 표상일 뿐 이 나라에서 그렇게 가슴 아픈 집단 죽음을 어찌 이루 다 말할 수 있을까요. 바로 미 록 사[1] 빈 짠에서는 하룻밤에 최전선 노역자 32명이 한꺼번에 희생당하기도 했죠. 그 아가씨들은 영웅같이 과업을 수행했는데, 전투를 하면서도 무기를 가진 적이 없죠. 그들은 피 끓는 애국심으로, 무조건 자원하여 폭탄과 고난을 견뎠죠. 누구도 그들에게 남자들처럼 전장에 나가야 한다고 요구한 적이 없었는데도. 그렇건만 그들은 여전히 전장으로 나갔죠. 그렇게 다들 줄줄이 겹겹이 마을을 떠나 전장으로 갔죠…. 하지만 평화가 왔을 때 그들은 어떻게 살게 되었나요? 누가 그들 개개인의 삶과 행복에 관심을 가졌나요?

저는 당신의 두 영화를 보고 눈물을 참을 수 없었어요. 아가씨들이 돌을 짊어지고 도로를 만들려고 쌩쌩 가시덤불 고개를 넘었죠. 시한폭탄이 터질 구덩이 위를 재빠르게 달려갔죠. 그들은 그랬어요. 노랫소리, 웃음소리가 길가의 나무들, 길 위의 돌들에 울려 퍼져서 증선 산맥의 군인들 심장을 얼마나 많이 요동치게 했던가요. 30년 전의 웅장하고 활활 타올랐던 삶의 모습을 촬영한 다큐멘터리 영화는 노랫소리와 잘게 파헤쳐진 길, 30년 이전과 이후의 모습이 뒤섞이고, 세월의 햇볕과 바람에 매마른 얼굴들을 비추었죠. 다큐멘터리 영화를 통해 관객들은, 조국을 위해 청춘을 바치려고 하늘 높이 든 맹세의 손들을 보았어요. 스스로 자른 매끈한 검은 머리채도 역시 영원한 맹세의 증거였죠….

1 한국의 면에 해당하는 행정단위.

지금, 고향으로 돌아간 여성 청년돌격대 대원들 대부분은 고령이 되었어요. 많은 여성들이 청춘을 증선 산맥에서 보냈죠. 열여덟, 스물에 들어가 서른이 넘어 내려왔죠. 그들의 연인 대부분은 가장 험난한 시절 속에 전사했고요…. 응에 안, 떤 러이 마을의 지금 쉰 살이 넘은 여성들은 더이상 웃지 않아요. 서른 명의 여성 청년돌격대 대원들이 혼외 자식을 갖고 있더군요. 그들은 서로 함께 모여 살면서, 각자의 고통을 서로 의지하며 견디고 있죠. 카메라 렌즈는 여러 엄마와 자식들의 외로운 삶을 기록하며, 아무것도 변론하고 싶어 하지 않고, 또한 아무도 말하고 싶어 하지 않죠. 자, 여기 누구에게 잘못이 있을까요. 그것은 전쟁이 남긴 치유하기 어려운 고통이에요. 그것은 전장이 남겨준 고엽제 후유증처럼, 그 후유증이 있는 어린애를 애간장이 타는 눈으로 바라보는 어머니들의 고통과도 같아요.

〈조용한 영광〉은 롱 안 여성 포대 소대원들의 흔적을 다큐멘터리 영화에 새기는 것으로부터 시작하죠. 때는 1968년부터 1970년대의 이야기로 가장 엄혹했던 시기였죠. 전장으로부터 보내온 영화는 부상과 죽음의 흔적이 있어요. 때때로 영화를 촬영하는 사람조차 자신이 촬영한 영화를 되 살펴볼 겨를조차 없거나, 또는 촬영한 사람이 다시 영화를 보다가 울게 만들죠. 그 날의 영화 속 싱그럽고, 대담한 얼굴들이 이미 영원히 저세상으로 가 버렸으니까요…. 30년 전 아주 아름다운 미모로 유명한 보 티 모 아가씨는, 대담한 소대장, 미군 사살 용사로서 전투에 나갈 때마다 소대원들에게 스스로를 위한 추도식을 하도록 했죠. 그런데 30년이 지난 지금은 그 여성들의 얼굴이 이슬과 바람에 매말라 버렸어요. 시간은 그녀들의 안색을 지켜주지 못했어요. 하지만 그녀들의 젊은 심혼, 대단히 천진난만한, 평범한 영웅의 모습은 바래지 않았죠. 영화 속 열 명 가까운 여성은 아주 용감한 여성들로 당신이 온 산하를 다 다니며 찾은 이들이죠. 깜 티 꾹은 눈 하나를 잃은 상이군인으로 두 눈을 다 잃은 상이군인을 남편으로 맞았죠. 그녀는 여전히 자신의 땀과 눈물로 집안을 일으키려 하고 있어요. 그녀는 분명히 말했죠. "아주 고생스러워요. 하지만 저는 절대로 나라에 아무것도 요구하지 않아요." 그녀들은 그랬어요. 옥처럼 밝은 사람으로 그들은 조국을 위해 젊음을 희생했고, 그들은 천진난만하게 자신의 삶을 위해서가 아니라, 조국의 독립과 자유를 위해서 살았을 뿐이죠. 그리고 평화가 왔을 때 그들은 평범한 이들처럼 살았고, 자신들이 공헌한 것들에 대한 대가를 요구할 필요를 갖지 않았죠.

반례 당신은 그런 사람들에 대해 글을 쓰고, 영화를 만들며 살았어요. 하지만 당신은 단지 과거를 바라보는 것만이 아니었어요. 영화 〈원혼의 유언〉에서 한국의 용감한 여성 구수정에 대해 이야기했죠. 구수정은 '한국군의 베트남전 개입연구'를 주제로 2000년에 역사학 석사논문을 발표했어요. 그녀는 여러 차례 중부지방을 다니면서 수천의 학살당한 이들의 피와 눈물에 대한 이야기를 생존자들로부터 들었죠. 40년 가까이 지났지만 지역마다 수십 개의 집단 묘지가 여전히 거기에 있고, 생존자가 여전히 거기에 있고, 눈빛 속의 끔찍한 공포가 여전히 사그라들지 않았죠. 하지만 신기하게도 아무도 그녀에게 증오심을 드러내지 않았고, 그들은 오히려 그녀가 울 때마다 토닥이며 위로했죠. 실제로, 그녀는 분노를 표하고 증오를 드러내는 것을 감수하고 있었죠. 고개를 숙이고 사죄의 말을 전해도 부족했으니까요. 하지만 그녀는 베트남 사람들의 포용력과 다정함에 엄청 놀랄 뿐이었어요.

모든 증언들은 그녀의 가슴속에서, 끝없이 피 흘리는 상처와 같았어요. 그래서 그녀는 그 상처를 치유하는 방법을 찾았어요. 그것은 바로 이 사실을 한국인들에게 경종으로 울리는 것이었어요. 그녀는 베트남 전쟁 당시에 벌어진 한국군의 민간인 학살에 대한 기사를 《한겨레 21》에 여러 차례에 걸쳐서 썼어요. 《한겨레 21》은 한국에서 신뢰도가 높은 진보 언론이에요. 「베트남의 원혼을 기억하라」는 기사는 한국 사회 전체를 흔들어놓았죠. 그녀는 한국의 젊은이들과 함께 '미안해요 베트남' 운동을 벌였어요. 그 젊은이들은 매년 베트남을 방문하여 옛날의 상처가 치유되기를 바라고 있어요.

그리고 당신은 곧이어 따끈따끈한 시사영화를 만들었어요. 역시 당신은 군인의 고뇌로 심장이 뛰었어요. 〈생사를 새롭게 바꾸다〉라는 당신의 영화는 수많은 고난을 거치더라도 새롭게 바꾸는 길을 돌파하고, 앞길을 열어젖히고자 호치민시와 이 나라를 되돌아보자는 의미를 담고 있었어요. 잘못을 고치려면 당연히 잘못에 대해 말해야 한다고 하나하나 되짚어내었어요. 당신은 이 영화를 만들면서 아주 많이 휘청거렸어요. 하지만 당신은 의기소침하지 않았죠. 문제를 해결하려면 여러 말들을 늘어놓지 않고 바로 요점으로 들어가 사실에 토대를 두고 진리를 탐구할 줄 알아야 한다는 것이었으니까요. 사람들은 "반쪽 사실은 사실이 아니다."라고 말해요. 그리고 당신은 반쪽 사실을 말하고 싶어하지 않았어요. 당신은 정확한 병명을 찾고, 당시의 마비된 경제를 치료하는 특효약을 찾고자 했어요. 대수술이었죠. 카메라 렌즈 앞에서 발표하는 각 지도자 동지들은 완전한 책임을 져야 하는 이들이었어요. 자신의 명예에 따른 책임이기도 하고 동시에 진심이기도 하며, 나라에 대한 책임이었어요. 과거의 일에 대해 언급하는 것은 미래로 나아가기 위함이고, 지나간 유치한 일들을 우리가 다시 반복하지 않기 위해서였어요.

당신은 다큐멘터리 영화에서 지금 가장 쉽게 검열에 통과할 수 있는 것이 전통영화라는 것을 알고 있죠. 당연히 전통영화 역시 필요하지만, 그러나 계속 뒤만 바라볼 수는 없죠. 여전히 시대의 수많은 뜨거운 문제를 미래로 나아가기 위해 분석해야만 했어요. 그리고 이왕 말을 하자면 사실대로 말을 해야 했어요.

반레 당신은 그랬죠. 당신은 일할 때 일분일초 시간을 다투듯이 일했어요. 당신은 시나리오를 쓰고, 영화를 만들고, 소설을 쓰고, 시를 지었죠. 어느 분야에서든 역시 충분히 심혈을 기울이고 뜨겁게 열중했어요. 〈롱탄 금자가〉 시나리오를 쓸 때 당시의 역사서를 모두 읽고, 응웬 쥬의 책을 여러 번 읽었어요. 주인공이 자신의 마음속으로 들어올 수 있도록, 그 혼돈 시대의 주인공을 그릴 수 있도록 다시 읽고 또 읽었죠. 그 밖에도 당신은 옛사람들이 음악을 어떻게 만드는지 이해하고자 고전음악이론서를 다 읽었어요…. 당신은 역사 이야기에 빠지기 시작했고, 그에 대해 많이 쓰고 싶어 했죠. 그리고 『조공인』, 『새 인간의 신화 전설』을 1년 동안 다 썼어요. 당신은 몸에 많은 중병이 있다는 것을 알았기에 만약 빨리 쓰지 않으면 마무리를 짓지 못할 수도 있다고 생각했어요. 어디 가거나 당신이 있으면 당신의 낭랑한 말소리, 즐거운 웃음소리를 들을 수 있죠. 40년 가까이 당신을 알고 지낸 날부터, 당신은 언제나 그랬죠. 모든 이에게 즐겁고, 너그럽고, 친절했어요. 저는 당신이 제게 여러 번 반복한 말을 영원히 기억할 거예요. "우리 어머니는 내가 군대 갈 때 배웅하면서 이 말을 마음에 간직하라고 했어. 너는 누군가 너를 미워하는 삶을 살 수는 있다. 하지만 누구도 너를 경멸하도록 살지는 말아라."

반례 당신! 당신이 그렇게 살았다면 누가 당신을 미워할 수 있겠어요. 경멸은 이야깃거리도 안되지요. 당신은 형 동생들, 친구들, 가족, 아내와 자녀에게 정말 완벽한 사람이었어요. 저는 당신을, 군인의 심장으로 영원히 기억할 거예요. 부디 편히 쉬세요.

옮긴이의 말

품행에서 우러나오는 매력

1.

총부리 앞에선 모두가 적이지. 그런데 솔직히 말하면, 도대체 뭐가 적이고 뭐가 우리라는 거야? 단지 사람일 뿐이야. 하지만 슬프게도 사람들은 전쟁이 끝난 후에야 그 사실을 비로소 깨닫지.

작품에서 황천강의 나루꾼 티엔 니엔 끼가 빈에게 한 말입니다.

속임수는 인간의 도덕성을 파괴시키는 근원이야. 만약 누군가가 남을 속이는 데 재미를 붙이기 시작하면 그는 결국 친한 벗조차도 속이게 되지. 아내까지 속이면, 결국 모든 이를 속일 수 있어. 이미 누군가를 속였다면, 단지 빠르거나 늦을 뿐 결국 거짓말하는 버릇을 갖게 되지. 그런 것에 나는 아주 질려 버렸어.

소대장 론이 빈에게 한 말입니다.

품행이에요. 거의 궤멸 상태에 이르렀다가도 어느 순간 주위를 둘러보면 전세가 항상 우리 쪽으로 유리하게 변해있었어요. 조국에 대한 사랑, 통일에 대한 열망, 이웃에 대한 도리, 서로에 대한 책임과 신뢰, 이 모든 것들이 적들보다 훨씬 강했기에 우리가 이길 수 있었어요.

한국 독자들과의 만남에서 항상 빠지지 않았던 질문. 베트남이 전쟁에서 승리할 수 있었던 요인이 무엇입니까? 그렇게 물으면 반레는 한결같이 '품행'이라고 답했습니다.

품행.

'사이공 정권의 부정부패와 악랄한 베트콩들 때문에 미군이 패배했다.'고 여기는 이들에게는 참으로 낯선 대답이었습니다.

두려운 건 총칼이 아니야. 내가 정말 두려워하는 건 감수성이 점점 무뎌지다가 완전히 사라져 버리는 거야.

반레가 젊은 작가들에게 한 말입니다.

반레의 집에 들어서면, 거실 선반 위 '마음 심(心)'자가 쓰여 있는 나무 쟁반을 볼 수 있습니다. 반레는 항상 마음가짐을 중요시했습니다. 마음의 소리를 듣는 데 집중하고, 마음의 소리에 따라 행동하고자 노력했습니다.

그 마음의 소리는 결코 국가나 체제, 이념이나 종교, 피부색이나 관계를 기준으로 편을 가르지 않습니다.

사회주의 대 자본주의, 자국 대 외국, 동양 대 서양, 남쪽 대 북쪽, 동쪽 대 서쪽, 종교 대 종교, 여당 대 야당, 보수 대 진보. 그렇게 편 가르기에 익숙한 이들에게는 참으로 허를 찔리는 기준입니다. 반레는 말합니다. '그건 허상이에요. 허상을 쫓는 거예요. 그저 인간 대 인간으로 문제를 봐야 해요. 사건의 실체를 보기 전에, 편부터 가르기 시작하면 문제를 전혀 해결할 수 없어요. 오히려 양쪽의 대결만 더욱 격화시킬 뿐이죠. 편들기에 익숙해지면 자신도 모르는 사이 거짓말을 하게 돼요. 자기편을 지키고 상대편을 물리쳐야 하니까. 사실을 항상 있는 그대로 보려고 노력해야 합니다. 아니면 아닌

거고 맞으면 맞는 거지 구차하게 변명할 필요 없어요. 내 편 네 편만 자꾸 강조하는 정치인들, 종교인들, 아주 나쁜 사람들이에요. 그건 전쟁 때의 관념이에요. 그 관념을 계속 이어가려고 하니까 다툼이 끊이질 않는 겁니다.'

작품 속에서 주인공 빈은 마을 사람들에게 나눠줄 음식 대야를 공안이 내던지자, 그 공안의 얼굴에 주먹을 날립니다. 그리고 과장이나 허풍을 일삼는 정치국원에게 소대장을 비롯해 여러 부대원들이 반발합니다. 그 모습이 바로 반레가 '마음의 소리'를 따라 행동하는 모습이었습니다. 기존의 도식화된 사회주의 문학이론에서는 정치국원이나 공안을 거룩하고 훌륭하게 그리도록 요구했지만, 반레는 마음의 소리를 따라 그 완고한 성역을 가뿐하게 넘나들었습니다.

현실 세계에서도 반레는 '당 밖의 공산주의자'로 살았습니다. 당원이 아닌 경우에 받아야 하는 여러 손해를 기꺼이 감수하면서.

2.

진지를 따라 아군과 적군의 시체가 가득 넘쳤다. 대부분의 시체들이 형체를 알아볼 수 없을 만큼 찢긴 채로 서로 한 덩어리를 이루며 여기저기에 쌓여 있었다. 처참한 죽음들이었다. 시체들 주변은 피가 흘러넘쳐 메마른 땅을 갯벌로 만들었다. 피가 고인 곳에서는 땡볕을 받아 검은 아지랑이가 솟아오르고 있었다. 널브러진 살점들은 마치 진흙 덩어리처럼 굳어 있었다. 코를 찌르는 피비린내에 빈은 속이 메슥거려 울컥 토하기 시작했다.

"하오야, 빈 녀석의 눈을 가려. 피를 쳐다보지 못하게 해!"

소대장이 소리를 질렀다.

하오가 달려가서, 자신의 목에 둘렀던 머플러로 빈의 눈을 가렸다. 다른 병사 두 명이 뛰어가서 하오를 도왔다. 그런 다음, 그들은 빈을 부축해서 시체로 가득 찬 진지를 벗어나도록 했다. 빈은 구토가 점점 가라앉았다. 해 질 무렵이 되어서야, 그는 비로소 눈을 가리고 있던 머플러를 풀 수 있었다.

작품에서 주인공 빈이 목격한 전투 이후 상황입니다.

또한 반레가 전장에서 실제로 겪었던 상황이기도 합니다.

반레의 입대 동기 삼백 명 중 살아남은 이는 자신을 포함하여 다섯 명입니다. 가족도 이웃들도 모두, 입대 당시에 반레가 살아 돌아올거라 생각하지 않았습니다.

반레는 본래 군대가 아니라, 유학길에 올라야 했던 호치민 장학생이었습니다. 호치민 주석은 전쟁 이후를 대비하여 전국의 인재들을 선발해 해외 유학을 보냈습니다. 호치민 주석은 장학생들을 배웅하면서, "너희는 공부가 전투다. 부모나 형제, 친구들이 죽더라도 절대 돌아오지 말하라. 전쟁이 끝난 후 국가를 재건하는 일이 너희들의 임무다."라고 말했습니다. 호치민 주석의 혜안이 옳은 것이었기에, 유학길에 오르는 것은 비겁한 선택이 아니었습니다. 그럼에도 반레는 군대에 자원했습니다.

삶도 죽음도 고향 친구들과 함께 하고 싶었어.

반레는 이렇게 답했습니다.

전쟁이 끝나고 고향에 돌아갔을 때, 동네 사람들은 반레의 온몸을 어루만지며 울었습니다. 한편으로는 반가움에, 다른 한편으로는 돌아오지 않은 자식들을 떠올리며 비통하게 울었습니다.

그래서 반레는 친구들이 없는 고향에 있지 못하고, 고향에서 남쪽으로 1,600km 떨어진 사이공에 정착하게 되었습니다.

'전쟁 이후의 삶은 덤으로 사는 삶'이라 생각하며, 전쟁을 소재로 글을 쓰고 영화를 만들었습니다. 본명 '레 지 투이'가 아니라, 시인을 꿈꾸다 전사한 친구의 이름 '반레'를 필명으로 썼습니다. 1976년부터 작품활동을 시작한 이래, 장편소설 19권, 중편소설 3권, 단편소설집 1권, 시집 4권, 서사시집 2권, 시선집 1권, 산문집 2권을 출간했고, 수십 편의 영화를 만들었습니다.

3.

한국은 오랜 친구 같은 나라야.

음식이 서로 입에 맞고 정서도 낯설지 않잖아. 비슷한 역사가 있고, 문화도 그렇고.

이수광 알지? 조선 사신 말이야. 베트남 사신 프엉 칵 코안하고 뜻이 잘 맞았더군.

그 이전에 베트남 사신 막 딘 찌는 고려 사신의 초청을 받아 고려에서 넉 달을 살기도 했고.

베트남 리 왕조의 마지막 후손은 고려에 망명해서 화산 이씨가 되었는데, 그 집안 종손이 지금은 하노이에 살고 있다네.

난 말이지, 라디오에서 흘러나오는 김지하, 김남주의 시를 들은 적이 있어.

요즘 TV를 틀면 온통 한국 드라마야. 젊은이들은 한국 물건을 좋아하고.

반레는 한국인들과 만날 때면 친근함의 표시로 한국과 베트남의 인연을 열거하곤 했습니다. 실제로 반레는 한국인들에게 특별한 애정을 갖고 있었습니다. 1분 1초를 쪼개서 산다. 주위로부터 그런 평을 듣는 그가 한국 작가들, 독자들, 베트남평화의료연대, 한베평화재단 등 각종 단체와 개인이 방문할 때면 기꺼이 일정을 조정해서 시간을 냈습니다.

그렇게 맺어진 인연으로, 반레는 늘 한국 벗들의 안부를 궁금해했습니다. 특히 한국에서 남북관계가 악화되거나, 재해가 발생했을 땐, 한 사람 한 사람 이름을 부르며 제게 안부를 대신 물었습니다.

먹어. 많이 먹어. 편하게 먹어. 맥주 줄까, 소주 줄까, 약주 마실래? 원하는 대로 마셔. 내가 많이 못 마시니까, 내 몫까지 마셔줘. 자, 마시자. 쭉 쓱 코에(건강을 위하여)! 못 짬 펀 짬(원 샷)!

소설 이야기, 영화 이야기, 친구들 이야기, 별처럼 쏟아지는 어록 같은 말들에 취하면, 어느 순간 한국으로 전화를 건 다음,

어이, 잘 지내지? 하하. 그래, 다음에 또 만나. 하하.

어이, 아픈 거 다 나았지? 하하. 그래, 나도 괜찮아. 잘 지내. 또 봐. 하하.

베트남어로 몇 마디, 몇 분 안 되는 짧은 대화지만 반레는 아주 한없이 즐거워했습니다. 고맙다. 잘 지내줘서 고맙다. 그런 마음이 고스란히 느껴졌습니다.

지난 2월, 한국 비행기가 하노이 공항에 내리지 못하고 회항 조치 되었을 때 반레는 말했습니다.

베트남 정부도 제때 판단할 수 없었던 거야. 이미 하늘에 있는 비행기를 회항시키다니. 내가 할 수만 있다면 한국 사람들에게 사과하고 싶네. 그리고 SNS에 한국을 비하하는 글들, 그런 거 한국 사람들이 부디 신경 쓰지 않았으면 좋겠는데 걱정이야. 그런 글들은 그냥 어떻게든 관심 좀 받아보려고 최대한 자극하는 것 일뿐이야.

4.

반레는 지난 9월 6일 밤, 심장마비로 갑작스레 우리의 곁을 떠났습니다.

천상 군인이었나 봅니다.

마치 총을 맞은 듯 가족들과 인사도 못 나눈 채 떠났습니다.

부럽다, 야. 한국의 한 원로작가가 부럽다고 했습니다. 가족들 고생시키지 않고 훌쩍 떠날 수 있다니 정말 부러워. 그런 의미인가 싶었습니다.

그렇다면 오히려 하하 웃으면서 하늘로 훨훨 날아올랐을 듯합니다.

"고마워요, 할아버지! 할머니한테도 고맙고요. … (중략) … 돌아가면 저는 그저 니윽 투이 강변을 따라 계속 황천에서 방황하며 살래요. … (중략) … 환생을 해서 더 나은 삶을 누리게 되는 걸 더는 바라지 않게 되었어요. 저는 결코 망각의 죽을 먹지 않을 거예요. 가족과 고향, 절친한 친구들과 사랑하는 사람을 잊고, 제가 살아온 날들을 잊고, 인간의 삶에서 제가 받았던 그 아름다운 정감들을 모두 잊으면서까지 얻고 싶은 것은 없어요. 할아버지, 제 말을 끝까지 믿어주세요. 할아버지! 저는 할아버지를 아주 많이 사랑해요. 할아버지를 영원히 잊지 않을 거예요."

황천에서 마지막으로 고향을 방문한 빈의 영혼이 할아버지와 헤어질 때 한 말입니다.

반레는
지금 어디에 있을지
황천강 앞에 있을지
황천강을 건넜을지

"하하, 그러라고 우리가 목숨 바쳐 싸운 거예요. 청춘들이 신나게 놀고, 마음껏 연애하라고…. 전쟁 세대는 전쟁 세대의 몫이 있고, 평화 세대는 평화 세대의 몫이 있죠. 저는 억울한 게 아니라 부럽고 감사해요."

요즘 베트남 젊은이들이 정치나 역사에 전혀 관심이 없고, 그저 먹고 마시면서, 공원에서 오토바이에 앉아 눈치 보지 않고 연애한다. 그런 모습을 보면 혹시 억울하지 않으세요? 그렇게 던진 한국 독자의 질문에 대한 답이었습니다.

그 말처럼 이제는 부디 반레라는 이름의 몫도 내려놓길 바랍니다.

작품 속의 빈이라면 황천강을 건너지 않을 듯한데, 하지만 반레여.

이제는 총포 소리 메아리치지 않는 곳에서 부디 단잠에 빠지기를 바랍니다. 당신의 소망과 역할은 남아 있는 벗들에게 모두 맡기고….

2020년 10월

하재홍

반레(Văn Lê) 연표

본명 레 지 투이 (Lê Chí Thụy)

시인, 소설가, 영화감독

우수예술인(베트남 정부가 그 공로를 인정하는 문화·예술 인사에게 내리는 공식 칭호)
20세기 베트남 100대 시인
베트남 작가회 회원
베트남 영화회 회원
호치민시 작가회 4기(2001~2005) 시 분과 부주석, 집행위원회 위원
호치민시 작가회 5기(2006~2010), 6기(2011~2015) 시 분과 위원

베트남 작가회 문예주간지 1975-1976 시대회 1등상
군대문예잡지 시대회 2등상
베트남 작가회 시부문 1등상
호치민시 문학예술상 2회 수상
국방부 문학상 4회 수상
일본 NHK 방송 갤럭시 상
메콩 국제 문학상
문화체육관광부 시나리오부문 1등상
베트남영화제 다큐멘터리 시나리오부문 최우수상 4회 수상
베트남영화제 감독부문 금상 2회, 은상 4회 수상

장편소설 19권, 중편소설 3권, 단편소설집 1권, 시집 4권, 서사시집 2권, 시선집 1권, 산문집 2권을 출간했고, 수십 편의 영화를 만들었다.

1948년 닌빈성 자비엔현, 자탄사에서 출생
1966년 자원입대
1967년 B2(사이공과 그 주변, 메콩 델타를 포괄한 지역) 전장에서 근무
1974년 해방군문예잡지 기자
1976년 해방문예주간지 및 베트남작가회문예주간지 편집자
시집 『하나의 땅, 여러 사람들』
베트남 작가회 문예주간지 1975-1976 시대회 1등상
1977년 재입대
1978년 결혼
산문 『조용하지 않은 날들』
1979년 479 전선(캄보디아 서북부) 기자
1980년 중편 『유격군 이야기』
중편 『검은 태풍』
1981년 중편 『나의 대좌 동지』
1982년 해방영화사 편집자, 감독
소설 『기차에서 만난 사람』
1983년 시집 『내가 아는 시간』
1984년 군대문예잡지 시대회 2등상
1985년 소설 『프랏타나의 절』
소설 『별이 있는 숲』
〈통일현의 천주교 신자〉로 베트남영화제 다큐멘터리 시나리오부문 최우수상
1989년 소설 『숲에 남은 두 사람』
소설 『일생동안의 사랑』
소설 『법원이 아직 판결하지 않았을 때』
1993년 소설 『심야의 이슬방울 소리』
〈선과 악〉으로 베트남영화제 다큐멘터리 시나리오부문 최우수상
〈선착장〉으로 베트남영화제 감독부문 은빛 연꽃상
1994년 시집 『사랑에 빠지다』

소설 『그대 아직 살아 있다면』
『그대 아직 살아 있다면』으로 국방부 문학상

1995년 『사랑에 빠지다』로 베트남 작가회 시부문 1등상

1996년 단편소설집 『홍학 날아오다』
〈조용한 영광〉으로 베트남영화제 감독부문 은빛 연꽃상
〈조용한 영광〉으로 베트남영화제 다큐멘터리 시나리오부문 최우수상

1997년 서사시집 『불 아래 들판』

1999년 소설 『전쟁시절의 동요』
〈제비와 사람〉으로 베트남영화제 감독부문 은빛 연꽃상
〈불 아래 들판〉으로 국방부 문학상

2001년 〈68년 사이공의 봄을 기억하며〉로 일본 NHK 방송 갤럭시 상
〈원혼들의 유언〉으로 베트남영화제 감독부문 황금 연꽃상
〈원혼들의 유언〉으로 베트남영화제 다큐멘터리 시나리오부문 최우수상

2002년 『그대 아직 살아 있다면』 한국에서 출간

2003년 10월 '베트남을 이해하려는 젊은 작가들의 모임'(회장 방현석) 초청으로 한국 방문
12월 KBS 수요기획 〈반레의 전쟁과 평화〉 출연

2004년 소설 『하늘보다 높은』
〈히넌〉으로 베트남영화제 감독부문 은빛 연꽃상

2005년 산문 『고향마을에 대한 이야기들』

2006년 서사시집 『이등병의 이야기』
『불 아래 들판』으로 2006 메콩 국제문학상

2008년 〈멈추지 않는 구름〉(다오 바 선 공동 감독)으로 베트남영화제 감독부문 황금연 날개상
5월 포스코 청암재단 초청으로 한국 방문하여 '아시아 문학포럼' 참가

2009년 소설 『차가운 여름』

2010년 『차가운 여름』으로 2004-2009 국방부 문학상
해방영화사 퇴직

2012년 『차가운 여름』으로 2007-2012 호치민시 문학예술상 1등상
〈롱탄 금자가〉로 문화체육관광부 영화국 시나리오부문 1등상

2013년 소설 『미인』
시집 『돌아갈 표』

2014년 소설 『새 인간의 신화 전설』

소설 『봉황』

2015년 시선집 『반레 시선집』

『봉황』으로 2009-2014 국방부 문학상

2016년 소설 『아른 거리는 별들』

12월 아리랑 TV 〈베트남에서 온, 편지를 받아보시겠습니까?〉 출연

2017년 『봉황』으로 2012-2017 호치민시 문학예술상 2등상

2018년 소설 『생활비』

2019년 소설 『인생협약』(1, 2권)

2020년 소설 『조공인』

소설 『광활한 세상길』

9월 6일 심장마비로 자택에서 별세

『그대 아직 살아 있다면』 발간에 마음을 함께 한 반레의 한국 친구들

강선월
고경태
고명철
고영직
곽형덕
구모룡
구수정
구영식
국제노동자교류센터
권영우
김강
김구슬
김규영
김규환
김기수
김남기
김단비
김대애
김동현
김명화
김문홍
김미영
김민정
김복남
김복진
김상우
김서분
김서하
김선미
김선아
김성규
김성수
김성인
김수진
김숙경
김승대

김연숙
김연철
김영숙
김영춘
김예현
김용석
김용수
김이령
김이정
김정수
김정우
김정인
김지경
김지숙
김창래
김하은
김현아
김혜숙
김혜순
꽃보리광주푸른학교
나순현
남상해
남진현
도임방주
류후남
문우정
문은아
민소윤
박경숙
박경주
박미경
박수민
박은진
박인애
박지애
박희주

방현석
배용현
백기영
백수정
백승훈
변강훈
부희령
설수정
성상희
성은정
성창원
송은주
송치중
신정아
신종환
신지영
신필식
신혜원
심재수
안중선
안지혜
양진호
여혜경
오순희
오의석
오준석
옥노욱
옥의진
왕효진
유상미
유혜지
윤영수
이강석
이경란
이경호
이고운

이광욱
이귀숙
이근욱
이기훈
이대수
이대환
이도경
이민정
이부미
이선영
이소연
이애자
이유민
이은서
이은영
이재원
이정원
이정희
이제이
이제혁
이제훈
이지민
이지아
이지현
이진아
이춘길
임규진
임명진
임미화
임선이
임수현
임승아
임찬희
임희섭
장남수
장원섭

장지현
장혜민
전미화
정경미
정소현
정수인
정연경
정은경
정은미
정은샘
정태환
조민지
조서연
조성현
조은상
지동섭
진금주
채선영
채지원
최경미
최나현
최지애
최하린
하명희
하은수
하인자
하재용
하재홍
하태국
한명섭
한상진
한승인
홍태헌
황규관
황인영
황현희

그대 아직 살아 있다면

2020년 11월 20일 추모 개정증보특별판 1쇄 펴냄

지은이 반레 | **옮긴이** 하재홍 | **펴낸이** 김재범
편집 정경미 | **관리** 박수연 홍희표
디자인 다랑어스토리 | **인쇄·제본** 굿에그커뮤니케이션 | **종이** 한솔PNS
펴낸곳 (주)아시아 | **출판등록** 2006년 1월 27일 | **등록번호** 제406-2006-000004호
전화 02-821-5055 | **팩스** 02-821-5057 | **이메일** bookasia@hanmail.net
주소 경기도 파주시 회동길 445(서울 사무소: 서울시 동작구 서달로 161-1 3층)
홈페이지 www.bookasia.org | **페이스북** www.facebook.com/asiapublishers

ISBN 979-11-5662-512-4 03830

---

*값은 뒤표지에 표시되어 있습니다.

KB068120

반짝이는 일을
미루지 말아요

세계일주 그 후,
나를 찾아가는 여정

반짝이는 일을 미루지 말아요

글•사진
여행자MAY

RHK
알에이치코리아

이상과 현실, 그 사이에서

돌아보면 3년 새 참 많은 것이 변했다.

3년 전, 방랑자의 삶이 가능하리라고는 상상조차 해보지 못한 평범한 직장인이던 나는 2년 전, 배낭을 메고 세계 곳곳을 누비는 세계 여행자가 되었다.

그러다 1년 전 모든 돈을 다 털고 돌아와 돈도 직장도 남지 않아 당장의 끼니를 걱정하던 나는, 오늘 당당히 여행하며 먹고 산다고 말할 수 있는 전업 여행자, 즉 여행 크리에이터가 되었다. 내년엔 또 어떤 모습을 하고 있을지 전혀 예측되지 않는 이 불안정함이 나는 퍽 재미있다.

스물아홉, 나는 계속해서 떠나고 머무르기를 반복하며

살고 있다. 아홉수라는 이름이 내게 불안을 선물하기도 하고, 하고 싶은 일을 하며 산다는 달콤한 말의 이면을 맞닥뜨리기도 하고, 예측하지 못한 사건이 여행을 힘겹게 만들기도 하지만, 그럼에도 불구하고 나는 이상과 현실, 그 사이에서 계속 오늘의 길 위를 걸어가고 있다.

이 한 권에 내 아홉수의 여행과 삶, 사랑 그 모든 고민을 담았다. 나의 봄, 여름, 가을, 겨울. 적당한 불행과 행복, 이상과 현실을 오가는 나의 계절을 누군가는 자신과 먼 얘기라며 타인의 계절로 치부해버릴 수도 있다. 하지만 사실은 당신의 계절과 꽤 닮아있다는 것을 느낀다면, 그래서 당신의 계절앓이에 조금이나마 손을 내밀어준다고 느낀다면, 부디 그 손을 꼭 잡아달라고….

그건 당신의 몫이라고 전하고 싶다.

목차

Part 2 다시 길 위에서

Part 3 행복은 지금, 여기서부터

Part 4 오늘도 여전히 흔들리지만

에필로그

Part 1

세계일주 그 후

모든 여행이 끝난 후
돌아온 곳은
2평짜리 작은 고시원 방.

낮은 천장과
텅 빈 잔고.

하지만
나의 진짜 여행은
이곳에서부터 시작되었다.

하고 싶은 일을 하며 산다는 것은

한때 나의 사람이었던 그가 이런 말을 한 적이 있었다.

"나는 수학을 잘하는 사람보다는 시를 읊는 사람이 멋있는 것 같아."

그는 완벽한 이상주의자였다. 그런 그에게 나는 답했다.

"나는 수학을 잘하면서 시도 잊지 않는 사람이 더 멋있는 것 같아."

"와, 그건 너무 어렵잖아."

"그런가? 아무튼 그 어려운 걸 해내는 게 멋있잖아. 수학을 외면한 채 시만 읊는 것보다, 시를 잊은 채 수학에만 몰두하는 것보다 말야."

나의 직업은 누가 보아도 이상에 가깝다. 세계 곳곳이 나의 작업실이다. 이 얼마나 멋진 일인가. 오랜만에 만나는 친구들 틈에선 부럽다거나 신기하다는 말을 퍽 자주 듣게 되었다. 그도 그럴 것이 4년 전만 해도 친구들을 만나는 자리면(일단 야근, 철야, 주말 출근으로 친구를 잘 만나지도 못했거니와 아주 가끔 만나러 가는 날엔) 잠을 제대로 자지 못해 퀭한 얼굴로 죽을 것 같다고 징징대던 나였으니 말이다. 하지만 일도 사람도 이상만 가득한 경우는 이 세상에 없을 것이다. 이상의 달콤함 뒤에는 늘 현실이라는 녀석이 꼬리표처럼 따라오곤 하는데, 이 업에도 예외는 없다.

'하고 싶은 일을 하며 산다는 건 어때요?'

이런 질문을 받을 때마다 나는 그 반짝이는 눈빛을 지켜주지 못하고 은근히 현실에 대해 털어놓는 편이다. 영상과

글 속의 자유로운 모습은 빙산의 일각에 불과하다. 보통 여행 크리에이터는 수익을 위해 출장을 간다. 여기서 이것을 출장이라고 불러야 할지, 여행이라고 불러야 할지는 조금 애매하다.

어떤 영화 감독이 예쁜 여행지로 촬영을 간다고 해서 여행을 한다고 표현하지 않듯, 의뢰를 받은 여행에서의 나는 여행자보다는 제작자에 가깝게 된다. 물론 돈을 받지 않은 순수한 여행일 경우에는 당연히 여행자가 되겠지만, 그렇지 않은 날들이 점차 많아졌다. 출장을 위해서는 수많은 기획안이 오가고, 미팅을 하며, 견적서를 주고 받는다. 그 과정에서 내 여행의 가치는 끊임없이 숫자로 매겨지고, 심지어는 후려침을 당하기도 한다. 그럴 때면 나는 내가 사랑하던 무엇을 잃어가는 상실감에 시달리기도 했다. 처음부터 일이었으면 그러려니 했을 것을, 순수하게 여행을 사랑했던 상태에 대해 너무 잘 알고 있기 때문에 기대치 자체가 달라서 생기는 문제인 거다.

끊임없는 출장 이후 방구석에 박혀 편집을 하며 며칠 밤을 지새우던 여행 크리에이터들은 종종 개인 여행도 가기 싫다는 고백을 하기도 한다. 가장 사랑하던 취미와 최고의 스트레스 해소처였던 것을 잃어버리는 거다. 가장 사랑하는 일은 취미로 남겨두라는 이야기가 괜히 있는 게 아닌가 싶다.

하지만 재미있는 것은 그러면서도 돈이 생기면 비행기표부터 끊고, 여행 이야기를 할 때 제일 눈을 반짝인다는 사실이다. 아마 여행 크리에이터에게 있어 여행이란 오랜 부부 같은 존재가 아닐까. 현실적인 문제들에 고개를 절래절래 흔들며 지겹다 하면서도 그럼에도 사랑하는 그런 존재 말이다. 내게는 출간 이후 일이 급격히 늘어나 정신 없이 바빴던 때가 특히 그랬다.

당시의 나는 귀국 후 짐 가방을 풀 새도 없이 그대로 짐을 들고 다시 출국할 정도로 연이은 출장이 잡혀 있었다. 비행기가 이륙할 때면 설렐 틈도 없이 잠에 취해 있었다. 하루는 혼자 일본의 시즈오카에서 촬영을 하고 있었는데, 그날따라 많은 것들이 지연되었다. 나는 마지막 코스로 클라이언트의 요구에 따라 시즈오카에서도 외진 곳에 있는 한 등대를 찾아갔는데, 워낙 소도시라 그런지 초저녁밖에 안 되었는데도 버스가 끊겨버렸다. 게다가 택시가 오기엔 너무 외진 곳이었다. 기차역까지 걸어가기엔 1시간도 더 걸리고, 그렇게 될 경우 기차를 놓칠 수도 있었다.

어쩔 수 없이 히치하이킹을 시도했다. 다행히 근처에 늦

게까지 구경 중이던 한 일본인 가족이 차에 시동을 걸고 있었다. 나는 그들의 근처로 가 번역기를 통해 내 상황을 전했다. 번역 결과가 엉망인지 몇 번의 반복을 통해서야 이야기를 주고 받을 수 있었다. 그들은 참치 전문 레스토랑에 가고 있다고 했고, 가는 길목까지라도 나를 데려다 줄 수 있는지 물으니, 역까지 데려다 주겠다 했다.

그런데 운전을 하는 아저씨는 꽤나 길치였던 것 같다. 구글 지도 앱을 보니 안쪽으로 바로 들어가면 될 것 같은데, 내가 보여준 지도를 보고 알겠다고 하더니 또 애먼 골목으로 들어가버렸다. 두 딸은 당황한 아저씨의 모습에 까르르 웃었다. 결국 10분이면 도착할 거리를 30분이 넘게 걸려서야 역 근처에 도착할 수 있었다. 나는 최선을 다해 고마움을 표하고, 차에서 내렸다. 그런데 누군가 나를 불렀다.

"메이 상."

함께 타고 있던 아주머니였다. 바로 역 앞에 내려줬는데도 그녀는 못내 내가 걱정되었던지 따라와 손짓, 발짓을 다 하며 역으로 들어가는 길을 설명해주었다. (참고로 그녀는 영어를 할 줄 몰랐다.) 그런데 사실 나는 낮에 한 번 왔던 길인지라 역으로 들어가는 방법을 이미 알고 있었다. 하지만 그녀의 열정적인 눈빛에 차마 안다는 말을 하지 못하고, 그만 아무것도 모른다는 눈을 해버렸다.

"소우데스까? 하이! 하이! 아리가또 고자이마스!"

그녀의 미소를 뒤로 하고 역으로 들어서는데 익숙한 느낌에 나는 피식 웃음이 났다. 출장으로 빼곡했던 요 근래 갑자기 맞닥뜨린 기분 좋은 순간. 맞다. 내가 이런 순간들을 사랑했었지. 이따금씩 갑자기 찾아오는 선물들. 이것의 이름은 고민의 여지없이 '여행'이었다.

오늘 어떤 여행의 순간을 마주할까 기대하며, 끊임없이 오늘의 수학을 한다. 나뿐만 아니라 대부분의 이들이 먹고 살기 위해서는 오늘의 수학을 포기할 수 없음을 안다. 그 과정에서 복잡한 공식에 얼굴을 찌푸리기도, 끊임없는 숫자에 회의감을 느끼기도 할 것이다. 하지만 괜찮다. 오늘의 우리가 시를 잊지 않는다면 말이다. 가끔 꺼내어 읊어줄 수 있는 시 한 편을 가슴에 품고 있는 한, 우리의 오늘에 여행은 늘 있다. 그리고 그 삶은 꽤 아름다울 거다.

1 岡山駅前
OKAYAMA-EKIMAE
家
づくり学校
7201

城崎温泉
KINOSAKI ONSEN
浜坂・鳥取 方面
豊岡・和田山・京都・大阪 方面
特急
普通 ワンマン 10:09 豊岡 2

출장과 여행 사이,

상업과 순수 사이,

이상과 현실 사이,

시와 수학 사이.

그 사이에서

나는

오늘도 어김없이

줄타기를 하고 있다.

여행이 끝난 여행자

244일간의 세계 여행이 끝났다. 동남아시아부터 중앙아시아, 유럽, 북아프리카, 중미, 남미까지 큼직하게 지구 한 바퀴를 돌았다. 수많은 길을 걸었고, 그 길 위에서 수많은 사람들을 만났다. 중간중간 찍어 올린 영상들로 나를 응원해주는 사람들이 생겼고, 퇴사 전 눈물을 찔끔이던 겁쟁이 여자애는 그 길 끝에서 분명 변해 있었다.

하지만 여기에서 끝났다면 그것은 한 편의 아름다운 동화에 불과했을 터. 나는 동화 속 주인공이 아니며, 이상에 가득 찬 눈빛들을 지켜줄 정도로 친절하지도 않다. 나는 현실로 돌아왔고, 내 이야기는 바로 여기서부터 시작된다.

950만 원을 들고 출발했던 나는 기어코 모든 잔고를 탈탈 털어 쓴 후, 신용카드로 귀국행 티켓을 끊었다. 그리고 돌아오자마자 카드빚을 메우기 위해 돈 될만한 물건들을 하나하나 중고나라에 내다 팔기 시작했다. 헤드셋, 지갑, 마우스, 태블릿까지. 그래도 재취업 의사는 없었다. 어느 순간부터 내 가슴팍 어딘가엔 길 위에서 담아온 마음들을 한 권의 책으로 만들겠다는 꿈이 깊게 자리잡고 있었다. 들려주고 싶은 이야기가 많았다. 호기로운 마음으로 수십 곳의 출판사에 제안서를 보냈다. 그런데 그 꿈을 비웃기라도 하듯, 나는 모든 출판사에서 거절의 메시지를 받았다. 신나게 속력을 내던 걸음을 멈출 수 밖에 없었다.

여유롭지 않은 집에 달랑 두 칸 있는 방 중 하나를 차지하고는 저 하고 싶은 일 한다고 박혀 있던 나는 이미 몹시도 이기적인 일원이 되어 있었다. 안다. 딱 1년만 천천히 가겠다던 조건은 1년을 넘어서고 있었고, 그 무렵 크게 부딪히는 일이 잦았다. 그곳에서 나는 더 이상 여행자가 아니었다. 하루 빨리 현실을 마주해야 했다. 그 겨울, 결국 나는 캐리어 하나를 끌고 집을 나섰다. 모든 걸 팔아 넘기고도 25만 원 남짓밖에 남지 않았던 내게 딱히 선택권은 없었다. 누군가로부터 서울에서 가장 싸다고 들었던 신림역에 내려, 가까운 부동산에 들어갔다. 그리고 반가운 표정으로 일어서는 아주머니께 주저하며 말했다.

“저… 제가 보증금으로 가진 건 없는데, 혹시 20만 원 내외로 갈 만한 방이 있을까요? 많이 낡고 작아도 상관없는데…….”

아주머니는 웃으며 내가 갈 곳은 없다 답했다. 나는 고시원을 하나하나 찾아 돌아다녔다. 그 중 제일 저렴한 곳은 20만 원짜리 방이었는데, 드라마로 제작되기도 한 웹툰 〈타인은 지옥이다〉에 나올 법한 곳이었다. 당장 어떤 범죄가 일어나도 이상하지 않을 것 같은 느낌. 더 둘러보고 온다고 말한 뒤 급히 그곳에서 나왔다.

날이 몹시 추웠다. 눈이 자작하게 쌓인 길 위에 목적지를 모른 채 달달거리는 캐리어를 끄는 일은 퍽 힘에 부쳤다. 무거웠다. 그토록 무거웠던 게 캐리어였는지, 내 마음이었는지는 잘 모르겠지만….

그러다 전통시장 옆 오래된 건물 2층에 비좁고 낡은 입구와 달리 내부는 꽤나 깔끔하게 관리되고 있는 고시원을 만났다. 제일 싼 방을 보여달라 하니 총무님은 20만 원짜리

방을 보여준다 했다. 문을 여는 순간 곰팡이 냄새가 확 풍겼다. 아니나 다를까 천장에 군데군데 곰팡이가 피어있었다. "다른 방은 없을까요?"라고 물으니 25만 원짜리 방을 보여줬다. 2평이 채 안 되는 크기의 작은 방이었는데, 그래도 조명이 밝았고, 눈에 띄는 곰팡이(나중에 알고 보니 조그맣게 피어 있긴 했지만)가 없었다. 나는 말했다.

"혹시… 방값을 조금… 조정하는 것은 어려울까요?"

결국 사정 끝에 23만 원을 내고 들어간 그곳은 그때부터 나의 바다가 되었다. 나는 그곳에서 글을 쓰고 여행 영상을 만들곤 했다. 모두에게 거절당한 원고를 갈아엎은 후 다시 한 번 도전해볼 심산이었다. 그러다 가끔 한 번씩 친구들을 만날 때면 그 결심이 흔들리기도 했다. 누구는 임용고시에 합격하고, 누구는 승진을 하고, 누구는 이직에 성공하고. 멋지게 뚫린 도로를 달려가는 이야기가 나의 씁쓸한 안주가 되곤 했다.

그렇게 술 기운에 고시원 방으로 돌아온 날이면 '내가 이러고 있는 게 맞는 건가?'라는 생각으로 좁고 낮은 천장을 바라보곤 했다. 빙글거리던 그 천장은 손을 뻗으면 닿을 듯 가까워 보였다.

그 무렵 이전에 일했던 스타트업 회사의 부대표님이 내게 밥 한 끼 먹자며 연락을 해왔다. 나를 가장 아껴주던 분이었다. 잘 다녀왔냐며, 이제 됐으니 다시 들어오라며, 신설팀의 팀장직을 제안하셨다. 내 경력으로는 받기 힘든 꽤나 파격적인 제안이었다. 고민되지 않았다면 거짓말이겠지만, 그래도 대답은 오래 걸리지 않았다.

"죄송해요. 저 아직 하고 싶은 일이 좀 남아서요."

"뭐, 책 내는 거? 그거 들어와 일하면서 천천히 준비해도 되잖아."

"거기선… 불가능한 거 아시잖아요. 저 여기에 올인해보려고요."

돌아오던 길, '너 잘했다'라며 나는 끊임없이 나를 다독였다. 내 남은 생은 온전히 내 마음을 따라갈 거야. 그렇게 이상적인 마음으로 가득했다. 하지만 몇 주 지나지 않아 그나마 소액으로 벌었던 돈조차 바닥이 났던 그 날, 인터넷에서 몇 년 만에 상반기 모집 공고와 만료된 어학 자격증의 시험 일정을 검색해보았던 그 날, 나는 내 선택에 의구심이 들었다. 나 잘하고 있는 건가, 혼자 현실 감각 떨어지는 짓거리를 하고 있는 것은 아닌가, 끊임없이 질문을 던져야 했다.

그렇게 때때로 내 바다의 가장 깊은 곳으로 가라앉았다. 그건 여행 중 스쿠버다이빙을 즐기던 내가 심해에서 느끼던 평온과는 별개의 것이었다. 여기 산소통 따위는 없었으니까. 그렇게 침대에 누울 때면, 저기 보이는 닿을 듯 말 듯한 게 천장인지, 혹은 바닥인지 알 턱이 없었다.

뭇 사람들의 부러움을 사며 지구 한 바퀴를 돌던 내게 현실에서 마음껏 헤엄칠 수 있게 허용된 자리는 딱 여기 2평이었다. 천장은 낮았고, 바다는 깊었다. 여행이 끝난 여행자의 겨울은 그렇게 깊어가고 있었다.

2평짜리 나의 바다

나는 프리다이빙은 할 줄 모르지만, 삶의 모든 일이 그와 같다고 생각한다. 호흡법을 모를 때에는 그저 공포스러웠던 것들이 숨을 쉬는 법, 그리고 참는 법에 익숙해지다 보면 점차 편안해지고, 보이지 않던 것들이 보이기 시작한다. 그렇게 새로운 호흡에 익숙해진 다이버에게 심해는 더 이상 두려운 곳이 아닌, 아름다운 것들로 가득한 새로운 세계가 되어 준다.

이따금씩 심해를 유영하는 밤을 보내고 난 다음 날이면 어쩐지 조금 개운해지곤 했다. 어쨌든 내가 선택한 꿈이 아닌가. 그것도 그간 따라온 사회의 가치에서 완전히 독립된 온전한 나만의 꿈. 이거면 내가 행복할 수 있겠다는 확신으로 채워진 꿈. 그 무렵 나는 고시원에서 무료로 제공되는 라면과 쌀밥, 김치만으로 모든 끼니를 해결하고 있었지만, 남들 하는 대로 따라 가는 게 아닌 나의 행복을 좇고 있다는 점에서 금세 바다 위로 떠오를 수 있었고, 배고픈 날에도 꽤 자주 웃을 수 있었다. 그렇게 방 안에서 원고를 다시 쓰고 지우기를 반복했다.

고시원에서의 식사 시간은 정해져 있지 않았지만, 누군가 스타트를 끊으면 그것이 곧 밥 시간이었다. 비좁고 환기가 잘 되지 않아 누군가 라면을 끓여 먹으면 온 고시원에 냄새가 풍겼다. 그럼 절로 꼬르륵 소리가 났고, 사람들은 삼삼오오 주방에 모여들었다. 그 중엔 엄청난 요리 실력을 자랑하는 이가 있었다. 그 비좁은 주방에서 부스스한 머리를 하고는 호텔 레스토랑에서나 나올 법한 지중해식 연어 스테이크, 생오징어를 넣은 파스타 등을 만들어내는 거였다. 이곳과 참 어울리지 않는 메뉴를 매번 새롭게 선보이는 그는 요리를 설명할 때 꽤 행복한 얼굴을 하고 있었다.

"오늘은 뭐 드세요?"
"아, 오늘은 잘 구운 아스파라거스에 오리고기를……."

하루는 그와 또 다른 아빠뻘의 아저씨와 함께 가벼운 이야기를 나누었다. 그러다 다시 내 방으로 들어왔을 때였다. 문득 내가 있는 이곳이 고시원이 아니라 여행지의 게스트하우스 같다는 생각이 들었다. 각자의 낭만을 담은 여행을 펼치다, 밥 때 되면 삼삼오오 주방에 모여들어 어색하게 인사를 나누고 이내 맥주병을 부딪히던 그곳의 일상과 이곳의 그것은 크게 다르지 않았다. 2평이라는 작은 공간에서 각자의 꿈 속을 여행하다 누군가 라면 냄새를 풍기면 하나둘 모여들어 어색하게 한 마디씩 나누는 일 말이다.

어쩌면 내가 그리도 사랑하던 여행이 오늘과 크게 다를 바 없겠구나 싶었다. 익숙한 여행이 꼭 일상 같다면, 낯선 오늘은 여행이었다. 나는 영상 속에 담아온 세계 곳곳의 모습을 한 번 쭉 훑었다. 그리고는 내가 있는 2평짜리 나의 바다를 훑어보았다. 어제까지만 해도 갑갑하게 느껴지던 바다가 어느새 퍽 아름다운 모양새를 띄고 있었다.

맞아, 사실 내가 책에 담고 싶었던 이야기가 바로 그거였다. 지구 한 바퀴를 돌며 만난 '일상 속의 나'를 행복하게 만들어주는 마음들의 이야기. 어쩌면 나는 긴 여행을 통해 이 호흡법을 배워 온 건지도 모르겠다.

나는 비로소 숨을 쉬기 시작했다. 그리고는 카메라를 들

었다. 수많은 여행지에서 영상을 찍어냈듯, 오늘 이곳에서의 여행도 담아내고 싶었다. 어떤 과장도 미화도 없이, 있는 그대로.

그렇게 시작한 고시원 브이로그 영상은 예상치 못한 큰 사랑을 받게 되었다. 고시원 생활에 대해 인터뷰를 하고 싶다는 이들이 심심찮게 연락을 주었고, 광고 문의가 들어왔다. 영상으로 돈을 벌 수 있게 된 거다. 그 와중에 열심히 갈아엎은 원고를 다시 한 번 여러 출판사에 보냈고, 이제야 비로소 긍정적인 연락을 받기 시작했다.

"작가님과 책을 만들어 보고 싶어요."
"저희 쪽이랑 함께 해보는 거 어떠실까요?"

나는 마음껏 내 바다를 헤엄쳤다. 그동안 미처 보지 못했지만 이제는 내 주변에 함께 헤엄치고 있던 예쁜 물고기들이 눈에 들어오고, 가끔 바닷속으로 들어오는 한 줄기 햇살이 나를 평온하게 해주기도 한다. 그렇게 여행이 끝난 2평짜리 나의 바다에서 내 진짜 여행은 시작되었다.

나의 행복은 나의 몫

댕, 댕, 댕….

올해도 어김없이 종소리가 울려 퍼졌다. 사실 내게는 징크스 하나가 있는데, 바로 매해 제야의 종소리가 울릴 때마다 기도를 하는 거다. 아주 간절히. 참, 나는 무교다. 그래도 누군가는 듣고 있지 않을까라는 아주 막연한 마음으로 늘 같은 기도를 한다.

"올해는 행복하게 해주세요."

이 강박적인 기도에 대한 가장 오래된 기억은 초등학교

5학년 때. 그 조그만 꼬마가 대체 어떤 불행의 조각에 베어 이 기도를 시작했는지 지금의 나는 잘 모르겠지만, 아무튼 그렇게나 오래 지속해온 일이다.

"올해도……."

그러다 잠시 멈칫했다. 문득 세계일주를 떠나기로 결심했던 2년 전 겨울이 떠올랐다. 마치 미생의 주인공이 된 것 같던 그날, 처음 퇴사를, 세계일주를 결심하던 그날에도 난 이 기도를 떠올리며 이런 생각을 했었다.

'매년 이 기도를 하지 않으면 큰 일이라도 날 것마냥 굴면서, 대상도 모르는 이에게 내 행복을 이토록 간절히 빌면서, 정작 나는 행복한 1년을 위해 어떤 노력을 해봤더라? 10대 때는 진학을 위해, 20대엔 취업을 위해, 취업 후엔 연봉을 높이기 위해, 진급을 하기 위해, 뭐 그런 사회적 가치 모두 내려놓고 그저 나만의 행복을 위해서 말이야.'

그날의 회의감은 결국 나를 지구 반대편으로 이끌었다. 모든 것을 놓고 행복을 찾겠다며 길을 나섰고, 그 길로 세계 곳곳을 돌아다녔다. 그리고 그 선택으로 인해 뻔하게 남들을 따라 달려오던 내 삶은 완벽히 달라졌다. 금수저, 혹은 아주 특별한 능력을 가진 이들에게만 허락되는 거라 생각했던 선상 밖의 나들이.

여행하며 사는 삶. 떠나고 싶을 때면 언제고 떠나는 삶. 그런 삶이 내게 주어진 거다. 그리고 그 길 위에서 '행복하다'는 말을 숨쉬듯 내뱉게 된 것이 결코 이 기도 때문이 아님을 나는 아주 잘 알고 있었다. 온전히 내 마음을 따라, 내가 만들어낸, 나의 행복이었다.

사실 나의 행복은 타인에게 맡길 수 없는 것이며, 온전히 내가 만들어가야 한다는 그 당연한 진리를 어린 나도 아마 모르지는 않았을 테지만, 아마도 징크스라는 명분 하에 모른 척 기대어 왔던 걸 테지. 하지만 올해부터는 조금 달라져도 될 것 같다는 생각이 들었다. 나는 다시 손을 모았고, 평소와 다른 새해 기도를 외웠다.

"올해도…. 제가 행복해 볼게요. 작년에도 그랬듯 말예요."

나의 행복은 나의 몫. 올해도 잘 지켜내 보리라 다짐하며, 그렇게 나의 스물아홉이 시작되었다.

소문의 힘을 믿나요

사실 나는 계획병 중증을 앓고 있다. 여행 계획은 잘 안 세우는데 일상 속에서는 유독 그렇다. 일거리는 물론이거니와 집에 전화하기, 빨래 널기 등 세세한 계획을 하나 하나 적어두곤 한다. 그런데 문제는 계획 미루기병은 말기라는 거다.

내가 스무 살 때부터 신년 계획이라며 적어오던 것들은, 20대 중반에도, 결국 나의 마지막 20대에도 여전히 나의 신년 계획으로 남았다. 그렇다고 별 대단한 게 있는 것도 아니었다. 그냥 필라테스 배우기, 기타 배우기, 바디 프로필 찍기, 새로운 외국어 공부하기 정도…. 하지만 이대로면 100세

신년 계획에도 이것들이 그대로 포함될지 모를 노릇이었다.

다행인 것은 내게 '지키고 싶은 일을, 지킬 자신이 없을 때, 그것을 반 강제로 지키게 만드는' 나만의 비법이 하나 있다. 이름하여 소문내기 수법. 무언가 꼭 하고 싶은 일이 있고, 그것을 하기로 다짐했지만, 나의 두려움 혹은 나태함 따위가 그 다짐을 흐리게 만들까 두려울 때, 일단 주위 사람들에게 소문을 내는 거다.

예를 들면 퇴사 후 세계일주를 떠나야겠다고 처음 다짐했을 때, 한편으로는 스펙, 연봉, 비정규직, 결혼 자금 등 현실적인 이야기가 가득한 이곳에서 모처럼 굳게 먹은 다짐이 흐트러질까 두려웠다. 그래서 일단 지인들에게 내 계획을 털어놓고, 정확히 말하면 소문을 내기 시작했다.

그러면 현실에 적당히 타협하고 싶은 약한 마음이 들 때, 떠나는 것이 두려워졌을 때, 내가 뱉어놓은 물살에 다시 한 번 몸을 맡길 수 있지 않을까 하는 생각이 들어서였다. 실제로 나는 이따금씩 한없이 가벼워진 내 몸을 그 물살에 맡기곤 했다.

어떤 인터뷰에서 이 이야기를 했더니 기자님께서 이렇게 되물으셨다.

“그렇게 했다가 말만 뻔지르르한 사람으로 소문나면 어떻게 해요?”

나는 답했다.

“그러지 않기 위해서 그 일을 해내는 거죠. 그걸 스스로 두려워하려고 소문을 내요. 저는 말만 뻔지르르한 사람이 되고 싶지는 않거든요. 사실 저는 되게 나약한데, 그런 저를 한 번 더 떠밀어줄 소문의 힘을 믿어요.”

누군가는 말없이 조용히 해내는 것이 미덕이라 할지 몰라도 나는 이렇게 꽤나 시끄럽게 해내곤 했다. 조용히 두려

움을 헤쳐 나가기엔 나는 아직 뚝심 있는 어른이 못 되었고, 여전히 쉽게 휘청이기에. 하지만 중요한 건 그 덕에 해낸 무언가가 점차 많아지고 있다는 거다. 나는 말만 뻔지르르한 사람은 되고 싶지 않기에. 소문의 힘은 거기에 있었다.

올해도 계획 미루기병에 휘둘린 채 보내버릴 수 없었다. 나는 그 수법을 쓸 때가 되었구나, 생각했다. 식탁 끝에 카메라를 세우고, 그 앞에 자리잡고 앉았다. 그리고는 녹화 버튼을 눌렀다.

"오늘은 제 버킷리스트에 대해 이야기해보려 해요."

결코 주머니가
두둑해졌다고 할 순 없지만

"여행하며 먹고 사는 사람입니다."

현실에서의 나는 종종 나를 이렇게 소개하곤 한다. 3년 전에는 상상조차 하지 못했던 일이다.

고시원비를 내기가 어려워 절절 매던 그날로부터 딱 1년이 지난 시점, 인세며 광고비며 한 달에 400만 원 남짓한 돈이 통장에 찍히게 됐다. 회사에 다닐 때 받던 월급보다 더 많은 금액이다. 노트북을 샀고, 이사를 했다. 고시원이 아닌 온전한 나의 방을 얻게 되었다. 이제 화장실 갈 때마다 샴푸를 들고 가지 않아도 되고, 주방을 빠르게 쓰고 비켜주지 않아도 된다. 보증금 2000만 원에 월 30만 원 하는 6평짜리 원룸. 관악구의 한 구석 오르막길을 허벅지에 힘이 빡 들어갈 만큼 오르고 오르다 보면 그 끝에 나의 방이 있다.

사실 홍대입구역 근처에 살고 싶다는 막연한 로망이 있었다. 부동산 앱에 나온 가격을 보니 그럭저럭 살 수 있겠다 싶었고, 그게 다 허위 매물인지는 미처 몰랐다. 젠장. 의기양양하며 찾아간 부동산에서 무지막지한 서울 집값의 현실에 두 손 두 발 다 들었다.

퇴사 후 프리랜서 신분으로 처음 제대로 돈을 벌기 시작하면서 부자라도 된 기분이었지만, 막상 내가 살 수 있는 곳은 이 서울 바닥에 많지 않았다. 그렇게 저렴한 방을 찾아 내려온 곳이 이 관악구였다. 바랐던 동네도 아니고 꽤 오래된 건물에, CCTV 조차 설치되지 않은 저층이었다. 그래도 처음 방을 보러 가던 날, 방안 가득 들어오는 햇살과 창 밖으로 보이는 나무들에 마음을 빼앗겨 계약 도장을 찍었다.

간단히 짐 정리를 마치니 날은 이미 어두워져 있었다. 아직 필요한 가구들을 들이지 못한 터라 집은 텅 빈 채였다. 나는 텅 빈 바닥 한 가운데에 이불을 한 겹 펴고 그 위에 누웠다. 그리곤 가만히 천장을 바라보았다. 새로 만난 천장이었다.

"안녕?"

적막 속 인사를 건넸다. 앞으로 매일같이 마주하게 될, 그리고 나의 수많은 감정을 공유하게 될 나의 천장. 나는 오늘이 되기까지 스쳐온 수많은 내 것이 아닌 천장들을 떠올렸다.

처음 떠오른 건 인도 아그라에서 야간 기차를 타고 바라나시로 이동할 때였다. 당연히 제일 저렴한 슬리퍼 칸 기차를 예매했고, 내 한 몸 뉘일 수 있는 작은 침대 한 칸이 배정되었다. 아니, 응당 그래야만 했다. 그런데 이상하게도 내 침대에는 어떤 중년의 인도 남자와 나 두 명이 동시에 배정되었다. 서로의 표를 확인해도, 검표하는 이에게 물어도 답은 없었다. 그냥 인도이니까 그러려니 해야 했다. (매표소의 실수인지, 원래 이런 경우가 있는 건지 아직도 이유는 모른다.) 문제는 13시간의 야간 이동이었고, 그 시간 동안 그와 나는 발도 제대로 뻗지 못하고 가게 생긴 거다.

한두 시간은 그런대로 침대에 걸터앉아 가다가, 다들 잠을 자는 분위기가 되자 그와 나는 침대의 서로 다른 양 끝에 등을 대고 다리를 살짝 구부린 채 침대에 올렸다. 워낙 폭이 좁은 탓에 다리가 닿은 채로 겹쳐 앉아야 했지만 뭐 어쩔 수

없지 않은가. 그대로 눈을 감았다.

그러다 벌레가 있는지 무언가 발목 근처에서 간질이는 느낌에 잠에서 깼다. 그의 손이었다. 그는 눈을 감고 있었다. 처음에는 잠을 자다 본인도 모르게 움직인 거려니, 실수려니 생각하고 다시 눈을 감았다. 그런데 정확히 그 행동이 네 번째 반복되었을 때, 발목 쪽의 간질임이 종아리로 올라왔을 때 나는 확신했다.

'이 자식 분명 일부러 이러는 거야!'

나는 내 종아리를 만지작거리는 그의 손을 다른 발로 가볍게 훅 차버렸다. 마치 벌레를 떨쳐내듯. 그는 잠에 취한 척하며 손을 내렸다. 그리고 한동안 잠잠했다. 나는 다시 잠을 청하려 자세를 잡았다. 그리고 약간의 시간이 흘렀을 때, 또 다시 그가 종아리를 만졌다. 아니 주물렀다는 표현이 맞겠다.

"야!"

영어도 아니고, 한국어로, 그를 쏘아보며 말했다. 계속해서 눈을 감고 있던 그는 내가 낮은 목소리로 한 번 더 부르자 머쓱한 듯 슬쩍 눈을 뜨며, 짧은 영어로 말했다.

"쏘리. 네 침낭을 나한테 주면 내가 저기 내려가서 잘게."

"어, 그래. 여기."

나는 그가 내려가 자리잡는 것을 본 이후에도 차오른 화가 가시지 않아 왼쪽 벽에 머리를 기대어 앉은 채로 귀에 이어폰을 꽂고 노래를 한 곡 들었다. 그렇게 마음이 좀 가라앉을 즈음, 초점을 살짝 풀었을 즈음, 무언가 내 눈 쪽으로 돌진했다.

"흐악!!"

엄지손가락만 한 바퀴벌레였다. 그것은 내가 기대어있던 벽을 타고 정확히 내 눈 앞까지 돌진했다. 나는 곧바로 얼굴을 떼고 침대에서 내려갔다. 그리고 가만히 서서 놀란 가슴을 진정시켜야 했다. 그날 나는 한참이 지나서야 침대에 몸을 누일 수 있었다. 그리고 나서도 혹여 바퀴벌레가 내 얼굴로 떨어지지 않을지, 그가 내 침대에 올라오지는 않을지, 낮은 천장(2층 침대의 바닥면)을 주시한 채 오래도록 눈을 뜨고 있었다.

그 외에도 비가 새던 텐트에서 잠을 청하던 일, 기차역 플랫폼에 쭈그리고 여자가 아닌 척 머리카락을 감춘 채 쪽잠을 자던 일, 고시원 침대에서 눈물 짓던 일 등 열악하던 수많은 순간들을 떠올리니 지금 이 따스한 방에 적당한 높이의 깨끗한 천장을 마주하고 있는 일이 얼마나 대단하게 느껴지던지, 웃음이 나왔다.

언젠가 엄마가 했던 말처럼 진짜 부자들이 내 생각을 들으면 비웃겠지? 그렇지만 오늘의 내게는 내가 하고 싶은 일들을 하며, 이 견고한 천장 아래 있다는 게 최고의 성공인 걸.

과거의 내가 전부라고 생각했던 사회의 기준에서, 현재 성공이라는 단어와 나는 어울리는 사람일까? 잘 모르겠다. 누군가의 눈에는 보장된 월급이 없고 당장 3년 후에 어떻게 먹고 살고 있을지 모르는 불안정한 삶인지도 모른다. 하지만 3년 전 퇴사를 고민하던 내가, 행복을 좇으며 먹고 사는 오늘이 있을지 몰랐던 것처럼, 3년 후 나의 삶이 어떻게 되어 있을지 예측 불가능한 삶을 살게 되었다는 것이 내게는 참으로 축복 같은 일이다. 그리고 내 잣대에서 만족하는 오늘이라면 타인의 평가와는 아무 상관없이 성공한 삶이라는 것을 이제야 알겠다.

나는 지금 내 세상에서 가장 높고 견고한 천장 아래에 있다. 결코 주머니가 두둑해졌다고 할 순 없지만, 내겐 가장 완벽하게 성공한 오늘이다.

갑자기 찾아온 봄

봄은 늘 준비 없이 갑작스럽게 찾아온다. 어김없이 미팅을 가는 중이었다. 2호선 전철이었고, 사람이 많아 문가에 서있었다. 전날 영상 마감으로 밤을 꼬박 새웠던 터라 문가 손잡이를 배게 삼아 눈을 감고 있었다. 그때 열차 내 방송이 울려 퍼졌다. 비몽사몽 간에 흘려 보내려다가, 익숙하지 않은 방송 내용에 눈을 번쩍 떴다.

"오늘 날씨가 참 좋습니다. 따뜻한 봄날처럼 승객 여러분들께도 좋은 일만 가득하시기를 바랍니다. 좋은 하루 되십시오."

마치 라디오 DJ 같은 기관사님의 음성이 가슴 언저리에 콕 날아와 박혔다. 전철은 지하를 통하는 중이었기에 바깥을 볼 수 없었지만, 나는 순간 알 수 있었다.

'아, 봄이 왔구나!'

그 방송을 통해 첫 봄을 맞이한 것은 분명 전철 안에서 나뿐만이 아니었을 것이다. 순간 공기가 바뀌었다. 지난 해 느꼈던 것과 다를 바 없는 기시감. 약간의 간질거림. 봄이었다.

생각해보면 봄을 온몸으로 맞닥뜨리는 순간은 따스한 말 한 마디인 경우가 많았다. 세계 여행 도중 포르투갈 포르투에 있는 게스트하우스에 며칠 묵었을 때였다. 대개 여러 명이 함께 묵는 도미토리에 지낼 경우, 더구나 모두가 모르는 사이일 경우, 늦은 밤 마지막 즈음에 들어오는 여행자가 "불 끌게요"라던가 혹은 말 없이 불을 끄는 것이 일반적이었다.

그곳에서도 서로간의 교류가 크게 없던 터라 누군가 조용히 불을 끄겠거니 하고 누워있는데, 때마침 유럽인으로 보이는 이가 잘 준비를 마치고 방에 들어왔다. 그리곤 불특정 다수를 향해 이렇게 말하는 게 아닌가.

"Have a sweet dream."

그 말이 어찌나 달던지, 순간 그 방 안에는 봄 밤의 향긋한 기운이 돌았다. 그리고 그 이후, 나는 그 말이 너무 좋아 여행 중에 여러 사람들과 함께 잠을 청할 때면 종종 그 말을 건네곤 했다.

"Have a sweet dream."

내 밤인사를 들은 이들에게도 봄이 왔을까. 누구 한 명이라도 나로 인해 봄을 느낄 수 있다면 참 좋겠다고 생각했다.

그리고 다시 오늘, 전철을 조금 늦게 탔던 나는 미팅 시간이 아슬아슬해 결국 버스 환승을 포기하고 택시를 탔다. 그리고 택시에서 내리며 기사님께 평소와는 조금 다른 인사를 건넸다.

"기사님, 따뜻한 하루 되세요!"

나는 따뜻한 게 좋다. 따스한 계절, 내리쬐는 햇살, 뜨뜻하게 데워진 이불 속, 밤을 데워주는 기타 소리, 괜찮다고 다

독여주는 것 같은 눈빛, 다정한 말 한 마디…. 뭐 그런 것들.

나는 거기서 종종 봄을 느낀다. 그리고 그 작은 따스함이 나를 스친 수많은 이들에게도 봄을 선물할 수 있다면 좋겠다. 그리고 그 선물을 받은 이들 역시 또 다른 누군가에게 봄을 선물할 수 있다면, 그래서 모두 함께 이 사랑스러운 봄을 여행할 수 있다면, 참 좋겠다.

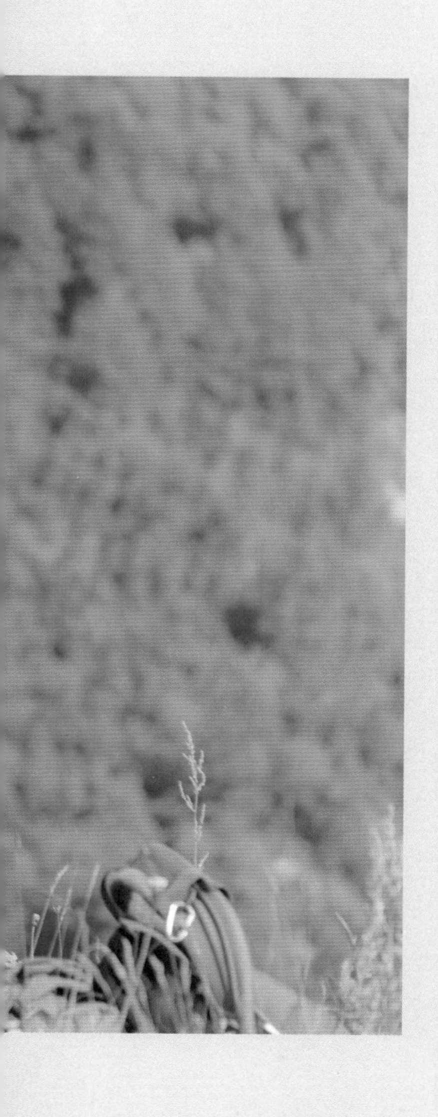

누구 한 명이라도 나로 인해
봄을 느낄 수 있다면
참 좋겠다.
이 사랑스러운 봄을
여행할 수 있다면,
참 좋겠다.

Part 2

다시 길 위에서

20대의 마지막

봄과 여름 사이,

나는 내생에 가장

들꽃 같던 순간으로 돌아갔다.

산티아고 순례길,

37일, 900*km* 길 위의 이야기.

봄을 타다

사실 나는 가을을 탄다, 봄을 탄다 따위의 계절 감기를 앓아본 적이 없다. 봄에 태어난 나는 봄을 몹시 좋아해서 그 끝자락이 늘 아쉬웠지만, 아쉬워해도 봄은 가고, 또 올 것은 잊어도 다시 온다는 것을 잘 알고 있었으니까. 오고 가는 일에 꽤 무뎠던 것으로 기억한다. 그런데 이번 봄은 달랐다. 마음이 툭하면 울렁이곤 했는데, 결코 유쾌한 울렁임은 아니었다. 나는 고민 끝에 그 이유가 '마지막'에 있음을 깨달았다.

20대의 마지막 봄인 거다.

봄을 타게 만드는 것은
이미 지나가버린 봄과
다시 돌아온 봄의 온도 차 때문이 아닐까.

그러니 유난히 봄을 타는 해는
지난 봄이 다정했다는 반증이리라.

그럼 나는 나를 지나간 다정한 이에게
조금은 시린 감사를 보내리라.

물론 20대만이 빛나는 청춘이라는 멍청한 생각은 버린 지 오래다. 하지만 그럼에도 빛나는 어느 조각을 곱게 접어 넣어두는 일은 어쩐지 시리게 느껴졌다. 더구나 서른은 내게 어른의 숫자라 오래 각인되어 있던 터다. 그래서 조금은 두렵기도 했다. 나는 여전히 뿌리깊은 나무가 되지 못한 채 지나가는 바람에도 쉬이 흔들리곤 했으니까. 뭇 강연에서 어른의 말들을 잔뜩 뱉어낸 후 돌아서서 어린애처럼 굴던 날도 부지기수였으니까. 그런 내가 어른의 숫자를 가슴팍에 걸어도 될지 의문이었다.

그래서인지 올 봄 나는 종종 정리되지 않는 시 속에 갇혀 버리곤 했다. 한 마디로 제대로 봄을 탔다. 사랑으로 가득했던 봄을 그리워하기도 하고, 어느 날은 봄꽃의 낭만에 과하리만큼 사로잡히는가 하면 어느 날은 숫자에 현혹되기도 했고, 그렇게 쉽게 흔들리는 나 자신을 자책하기도 하였다. 내 생에 대해 고민하고 또 고민했다.

그러다 꽃샘추위가 완전히 걷힌 어느 날, 나는 마침내 조각난 채 나를 마구 찔러대던 그 시를 하나로 완성해냈다. 사실 나의 첫 책《때때로 괜찮지 않았지만 그래도 괜찮았어》에 썼던 구절을 재구성한 건데, 이건 내 20대의 결론이자, 30대의 서론이기도 하다.

어느 숫자 속에 머물든

그저 나는

계속해서 들꽃 같기를.

화려하지 않음을 아쉬워 말고

늘 은은하게

나의 향기 뿜어내기를.

그러다 걸어가던 어느 이의

발걸음이 내게 머문다면

기분 좋은 미소 한 번

지어줄 수 있기를.

그리고 나는 그날 다짐했다. 내 이름이기도 한 봄날 메이, 나의 20대 마지막 메이MAY에는 내 생에 가장 들꽃 같던 순간으로 찾아가보자고. 길 위에서 가장 나답게 보내보자고. 아주 당연스럽게 머릿속에 떠오른 곳은 노란 화살표와 끝없는 길이었다. 나는 2년 만에 산티아고 순례길을 다시 걷기로 결심했다.

에펠은 늘
빛나고 있을 테니

산티아고 순례길 위로 돌아가는 일은 쉽지 않았다. 인천에서 카자흐스탄으로 가 하루를 머물고, 카자흐스탄에서 프랑스 파리까지 비행기를 타고, 파리에서 바욘까지 야간 버스를 탄 후, 바욘에서 다시 생장까지 기차를 탔다. 체류를 포함해 총 61시간. 지루할 법도 하지만 내게는 그 어느 때보다도 심장이 터질 듯한 61시간이었다.

그토록 다시 찾고 싶던 순례길 위로 돌아가는 길이기 때문이기도 했지만, 5년 만에 만나는 에펠탑도 한몫했다. 나는 이 길의 시작과 끝에 굳이 에펠탑에 들르기로 했다. 잘 다녀오겠다고, 그리고 모든 걸음이 끝난 후, 잘 다녀왔노라고 인사를 건네고 싶었다. 내게는 설렘의 상징이자, 내 생에 가장 빛나던 한 조각. 에펠.

파리 샤를드골 공항에 도착한 순간부터 심장은 미친 듯 뛰기 시작했다. 수많은 여행지를 맞이해왔지만, 이 정도로 벅차 오르는 설렘은 처음이었다. 마치 사랑하는 연인과 아주 오랜만에 재회하듯, 그래서 벅찬 숨을 내쉬며 그에게 달려가듯, 그렇게 벅차게 달려 나는 스물 넷의 내게 안겼다.

종종 어릴 때부터 여행을 좋아해왔느냐는 질문을 듣곤 했는데, 전혀 그렇지 않았다. 물론 스크린을 통해 멋진 여행지를 볼 때 막연한 로망을 품기도 했지만, 구체적인 바람은 아니었다. 내게 허락된 삶은 아니라고 생각했으니까. 방학이면 곳곳을 여행하며 견문 넓힌다는 이들은 죄다 금수저라 생각했다.

중국 교환학생 시절, 방학을 맞아 시안, 운남 곳곳으로 떠날 계획을 하며 함께 가자는 친구들에게 나는 부모님께 생활비를 더 보태달라고 말하는 게 죄스러워 여행을 별로 좋아하지 않는다고 말하고 기숙사에 혼자 남아있곤 했다. 그런 내가 스물 넷, 파리로 떠나온 것은 아주 갑작스러운 사건 혹은 선물이었다.

당시 나는 모 기업의 인턴 생활을 하고 있었고, 계약 기

간이 끝나갈 무렵이었다. 유럽에서 휴가를 보내고 돌아온 나의 사수는 내게 흥미로운 이야기를 전해주었다.

"지금 유럽에서 셀카봉을 가져가 팔면 대박날 것 같은데?"

반쯤 농담인 투였지만, 내게는 몹시 솔깃한 이야기였다. 당시 국내에서 셀카봉 열풍이 한 차례 지나간 후, 굉장히 저렴하게 판매되기 시작했을 무렵이었다. 그런데 아직 셀카봉이 보편화되지 않은 유럽의 일부 관광지에서 셀카봉을 굉장히 비싸게 팔고 있다는 거다. 그런데도 사는 사람들이 꽤 많았다고.

K2

BAYONNE

나는 실제로 현지에 있는 이들에게 수소문해 현지 관광지 판매가를 알아보고, 퇴근 후엔 국내 도매업체에 연락을 취했다. 그리고 한국에서 도매가로 1,500원에서 2,000원이면 살 수 있는 일반 셀카봉이 에펠탑 근처에서 20,000원 대에 판매되고 있다는 것을 알 수 있었다.

'그래, 지금 인턴하며 모아둔 돈도 있겠다. 유럽을 가는 거야! 그래서 셀카봉을 팔자. 그렇게 번 돈으로 여행도 하고… 대박 내고 돌아오면 취업에도 도움 되지 않을까?'

나는 곧바로 비행기표를 끊었다. 하지만 결론부터 말하면 이 계획은 실패로 돌아갔다. 아니, 시도조차 해보지 못했다는 표현이 맞겠다. 보다 구체적인 계획을 세우던 중 그것이 불법이며, 충분히 문제가 될 소지가 있음을 깨달았기 때문이다. 당시의 나는 그것을 무릅쓸 정도로 호기롭지는 못했다. 하지만 제일 저렴한 티켓을 샀던 탓에 환불은 불가능했고, 셀카봉 장사 계획을 세우던 중 보게 된 유럽의 크리스마스 마켓 사진이 계속해서 머리에 아른거렸다. 그래, 이렇게 된 거 그냥 한 번 떠나보기로 했다. 그게 내 생에 제대로 된 첫 배낭 여행이었다.

모든 것이 처음이었고, 처음이라 서툰 모든 순간조차 미칠 듯 벅찼다. 심장은 늘 바이킹 위에 있는 듯 붕붕 날고 있었다. 마침 크리스마스 기간이었고, 모든 길거리는 축제 분위기였다. 길 가다 잘못해서 어깨를 부딪힌 이에게 웃으며 "메리 크리스마스" 건넬 수 있던 곳. 나는 그 모든 순간에 홀려 정신을 완전히 놓은 채 빛을 따라 걷고 또 걸었다. 그리고 그 길 위에서 에펠을 만났다.

내 생에 가장 빛나던 순간을 누군가 묻노라면 나는 여전히 스물 넷, 그 반짝이는 에펠 앞에서 온몸으로 설레던 그 아이를 떠올린다. 물론 그 여행이 끝나고 내 삶이 달라진 것은 전혀 없었다. 당연하게 스펙에 연연하며, 늘 그랬듯 다른 이들을 뒤따르며 그렇게 살았다. 뻔한 궤도 안에서 당연하게 견디며, 혹여 나 홀로 뒤처져 있지는 않은지 끊임없이 비교하며 갑작스럽게 세계일주라는 큰 결심을 해버리기 전까지는 말이다.

그러다 오늘 그날의 나와 다시 재회한 거다. 아주 완벽한 재회였다. 그리고 알게 되었다. 그 순수한 빛을 완전히 잃었다고 생각했던 나날조차도, 마음 속 깊은 곳에서 그날의 빛나는 에펠만큼은 늘 품고 있었음을. 아니, 정확히는 그 에펠

온 몸으로 빛나고 있던,
그 모습이 그때의 나를 퍽 닮아 있던,
내 생에 본 가장 아름다운 조형물.
그리고 그 앞에서 만난 작고 예쁜 낭만.
소소한 로맨스.

앞에서 에펠보다 더 환히 빛나던 스물 넷의 나를 늘 고이 품고 있었음을. 그리고 오늘의 나도 여전히 그때처럼 빛나고 있음을, 나는 온몸으로 느낄 수 있었다.

많은 것이 변했다고 생각했지만, 그래도 마음 속 그 빛나던 아이를 나는 잃지 않았고, 그거면 충분했다. 그러니 아마 10년이 지나고, 20년이 지난 후에 이 곳을 찾아도 이 앞에 선 나는 그 아이와 함께 늘 빛나고 있을 것임을 확신했다. 언제고 에펠은 늘 빛나고 있을 테니. 나를 비춰줄 테니.

여전히 빛나고 있음을. 앞으로도 달라질 것은 없음을. 길의 시작부터 나는 알 수 있었다.

거기서부터 길은 다시 시작되었다.

그대의 발끝에서
꽃은 피어날 테니

D+2

"에이 이건 그냥 눈으로 담아야겠다."

눈 앞에 펼쳐지는 것들이 너무나도 아름다울 때, 하지만 그것이 카메라에 완벽하게 담기지 않을 때 나는 종종 이런 말을 한다. 그 아쉬움을 덧씌운 말 속에는 사실 카메라에도 채 담기지 않는 풍경 속에 서 있다는 짜릿함이 동반되곤 한다.

카메라에 담을 수 없는, 때로는 눈에도 다 담을 수 없는, 그러니 마음으로 담아야 할 그 풍경 속으로 나는 다시 돌아왔다. 순간의 온기, 그리고 온몸을 훑는 바람, 그 어느 하나

마음 아닌 것으론 담아낼 방도가 없었고, 다시 돌아온대도 오늘의 것과 같을 리 없었다. 그렇게 오늘이 유일한 한 폭의 그림이 새롭게 그려지기 시작했고, 순례길이 시작되었다.

2년 만이다. 그리고 이번엔 2년 전에 걸었던 포르투갈 길과 달리 가장 유명한 프랑스 길, 생장부터 산티아고까지 800*km*(실제로는 묵시아, 피스테라를 포함하여 900*km*를 걸었다.)에 달하는 길을 걷기로 했다. 한 달 이상을 끊임없이 걸어야 하는 고행의 길, 하지만 그럼에도 끊임없이 세계 곳곳의 순례자들이 찾아오는 아름다운 길. 나를 포함해 생장에 도착한 이들은 이전의 생을 모두 잊기라도 한 듯 모두 같은 순례자 신분이 되었다.

길 위의 일상은 사실 아주 불편하고도 단순하다. 매일 새벽 불편한 잠자리에서 일어나 눈 부비며 침낭을 욱여 넣고 새벽 내음을 맡으며 걷는다. 계속 걷는다. 물집 가득한 발이 땅에 닿을 때마다 통증을 자아낸다. 10*kg* 내외의 배낭의 무게가 어깨를 짓눌러 오고, 허리는 욱신거린다. 그래도 계속 걷는다. 걷다 만난 이들과 인사를 나누며 묻는다.

"괜찮아?"

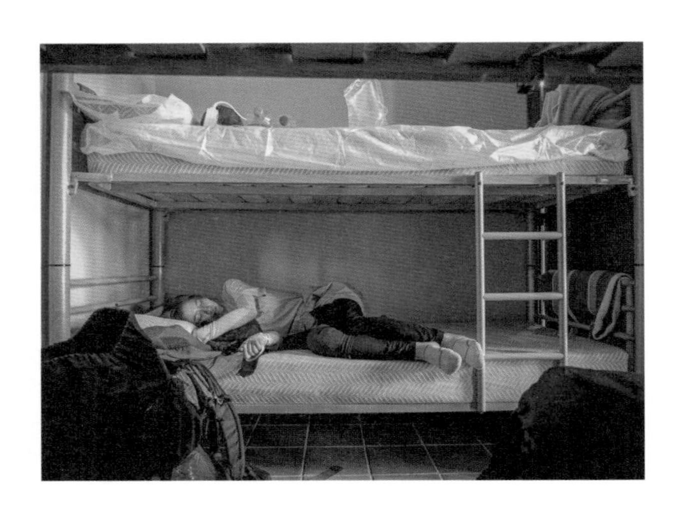

SCHÜHE
CIPÖ

SANTIAGO

괜찮을 리 없다는 것을 알면서도 우리는 이렇게 묻고, 또 괜찮지 않으면서도 "괜찮아" 웃으며 답하곤 한다. 부엔 까미노Buen Camino라는 인사를 덧붙이며. (아, 물론 장난스럽게 슈퍼 퍼킹 크레이지 쏘 핫 등의 대답을 할 때도 있다.) 그리고 또 걷는다.

그렇게 계속해서 발을 내딛다 보면 어느 순간 모든 통증이 사라지는 듯한 시점이 온다. 통증이 익숙해지는 건지 혹은 마비되는 건지 모르겠지만. 그 시점을 나는 '까미노 하이'라고 불렀다. 마라톤 시합에서 미칠 듯 숨이 차올라도 멈추지 않고 계속 달리다 보면 마침내 찾아오는 '러너스 하이'처럼. 통증에 무뎌지고, 무뎌진 후 찾아오는 행복을 만끽하며 그렇게 걷는다. 그래서 걸었다.

그렇게 내리 8시간 정도를 걷고 순례자들이 묵는 알베르게를 찾는다. 때로는 알베르게가 꽉 차 있어 묵을 곳을 찾아 한참을 더 걷기도 한다. 그렇게 찾은 알베르게는 대체로 30~40명이 한 방에 묵으며, 다닥다닥 붙어있는 철제 이층 침대로 이루어져 있다. 내게는 그 중 좁은 침대 하나가 주어진다. 그렇게 오늘 밤 쉬어갈 곳이 결정되고 나면 씻고 땀에 절은 옷을 빨아 철제 곳곳에 널어둔다. 때때로 빨래가 마르지 않으면 어쩌지라는 고민이 생기기도 하지만, 뭐 어떻게 그대는 그저 걸어라.

그대의 발 끝에서

기어코 꽃은 피어날 테니.

든 되겠지라며 금세 걱정은 접어두곤 한다.

그리고 순례자들과 저녁 시간을 보낸다. 익숙한 이들과, 때론 새로운 이들과 노래를 부르고 춤을 춘다. 그러다 보면 밤이 깊어오고, 우리는 온몸에 파스나 약 따위을 덧바르거나 배낭 한 구석에 넣어둔 바늘로 물집을 터뜨린다. 그리고는 서로의 코골이를 벗 삼아 누가 먼저랄 것도 없이 잠에 든다.

몸은 더없이 편안하지만 머리를 복잡하게 만드는 것들이 판치는 일상 속에서 이 불편하고도 단순한 일상을 얼마나 그리워했는지 모른다. 순례길을 다시 걷기 시작하고 맞이한 두 번째 밤, 아직 몸이 적응하지 못해 통증에 시달리던 날, 나는 이 단순한 불편함이 너무도 반가워 눈물이 찔끔 났다.

나는 머릿속에서 요동치던 모든 질문들을 내려놓기로 했다. 이곳에서 더 이상의 질문은 필요치 않았다. 그저 오늘을 걸으면 될 뿐이었다. 아플 땐, 그럼에도 불구하고 괜찮아질 것을 믿고 계속 걸으면 그만이었다. 노란 화살표를 향해서. 내가 바라는 산티아고를 향해서. 그 걸음만으로도 매일같이 꽃은 피어났다. 어떠한 향기를 지녔든, 분명히 그러했다. 그런 곳에 내가 돌아왔다.

빨간 꽃

"저 뒤, 아주 멀리서부터 당신의 모자를 보며 걸어왔어요. 마치 꽃 같고 또 마법 같기도 했어요. 사실 아침부터 무릎이 너무 아파 내내 다리를 절었는데, 지금은 하나도 아프지 않거든요. 당신의 빨간 모자, 아니, 빨간 꽃을 보며 걷다 보니 금세 마을까지 왔어요. 이름이 뭐예요?"

아주 멀리서부터 눈에 띄었던 그녀, 이름은 존이라 했다. 그녀는 혼자서 아주 천천히 이 길을 걸었다. 뒤뚱거리는 걸음 탓에 걸을 때마다 존의 빨간 모자는 좌우로 흔들렸고, 그 모습이 꼭 산들바람에 춤추는 한 송이 장미꽃 같았다. 정말

마법 같다고 느낀 건 그 모습이 고질적인 무릎 통증을 낫게 해주었을 뿐 아니라 얼굴을 마주한 채 이런 낯간지러운 말을 잘도 하게 만들었다는 거다.

당신의 빨간 꽃이라니! 다시 생각해도 오글거리는데, 그게 내 입에서 나온 말이라니! 우리 엄마보다도 훨씬 오랜 세월을 산 듯한 그녀는 내 말이 끝나자 조금 수줍은 미소를 지어 보였다.

그 미소에 팬 주름이 퍽 아름다웠고, 그 아름다움은 몹시 자연스러웠다. 그녀는 느리지만 결코 멈추지 않고 그렇게 계속 걸었다. 나는 이렇게 나이 든다면 모든 생이 아름다우리라 그리고 향기로우리라 생각했다.

오늘, 여기,
산티아고

이 길의 목적지에 도착해서야, 목적지는 아무 의미가 없음을, 중요한 건 이 길을 걷는 과정이었음을 깨달았던 것이다. 오늘 아침 내게 건넨 클라라의 말이 떠올랐다. 그래서 이 길을 끝내고 싶지 않아 했던 거였어! 나는 대체 무슨 계획을 지키기 위해 이 마지막을 재촉했던 걸까. 후회가 밀려왔다.

—《때때로 괜찮지 않았지만 그래도 괜찮았어》 중에서

우리는 매일같이 산티아고를 향해 걸었지만, 앞으로도 한 달 가까이 이렇게 더 걸어갈 테지만 사실 산티아고에 도착하는 건 그리 중요치 않았다. 그 사실을 미리 알고 있던 건 나의 가장 큰 행운이었다.

2년 전 걸었던 포르투갈 길에서 나는 선물 같은 친구들을 만났다. 클라라, 로리, 줄리아. 각기 다른 나라에서 와 혼자 걷기 시작했던 우리는 길의 후반부쯤 "여기부터 같이 걷자"라는 말도 없이 자연스럽게 서로에게 스며들었다. 그렇게 함께 맞이한 마지막 날. 클라라는 이 길이 이대로 끝나버리는 게 아쉽다며, 조금만 걷고 내일 마저 걷겠다고 이야기했다. 이에 다른 친구들은 모두 동의했다. 하지만 나는 고대하던 길이 끝나는 날을 하루 더 미루고 싶지 않아 결국 혼자 마지막 길을 걸었다. 그렇게 혼자 도착한 산티아고, 그곳에서 나는 끝없는 회의감에 조금 울었다.

이번엔 '처음부터' 알고 있었다. 이 길의 목적은 산티아고가 아닌 오늘의 길 위에 있다는 것을. 그래서 이전과는 완전히 달랐다. 공항 경유하던 때 만난 인연으로, 첫날부터 함께 걷는 이들이 생겼는데, 원래의 나라면 속도나 일정 차이로 쉽게 안녕을 고했을 테지만, 이번에는 서로의 속도를 양보해가며 함께 발맞추는 쪽을 택했다.

사실 첫날부터 그들과 발맞추어 걸을 생각은 아니었다. 단지 나의 길을 걸으러 왔을 뿐이었다. 그러다 함께 피레네 산맥을 넘던 중, 그들이 계속해서 뒤처졌는데 나는 단순한

속도 차이라 여기며 먼저 산맥을 획 내려가 버렸다. 그런데 그중 한 명이 과호흡 증세로 인해 산맥에서 내내 몹시 힘겨워했었다는 사실을 나는 뒤늦게서야 알게 된 거다.

첫 세계 여행을 통해 배운 건 나의 속도대로 걷는 방법이었다. 그 이후로 나는 타인에게 맞추지 않고 나의 속도에 집중하는 일에만 몰두했던 것도 같다. 하지만 그날 차오르는 죄책감에 시달리던 나는 그게 다 무슨 소용인가 싶었다. 그리고 그들과 끝까지 발맞추어 걷기로 다짐했다.

특히 그들은 항공권 아웃 티켓을 미리 끊어두어 일정이 꽤나 빠듯했는데, 그게 꼭 2년 전의 나의 모습 같았다. 사실 나는 이번 길을 아주 오래오래 여유롭게 걷겠다고 다짐했었지만, 생각이 바뀌었다. 2년 전의 내가 그랬던 것처럼 누구 하나 외로운 마지막을 겪게 하고 싶지 않았다.

함께 걸었던 이들 중 소망 오빠는 걸음이 빨랐고, 열우는 느리게 걷는 편이었다. 하루는 그들의 뒤에서 그들의 발걸음을 가만히 보며 걸었다. 둘은 어떤 주제에 대해 대화를 나누기 시작했는데, 열우는 대화를 계속 이어가기 위해 평소보다 빠른 템포를 유지했다. 그리고 소망 오빠는 평소보다 훨씬 느린 걸음으로 발걸음을 이어나갔다.

서로의 속도에 맞추기 위해 누군가는 빠르게 걷고, 누군가는 느리게 걷는다. 그렇게 자신의 속도를 포기하는 이들의 발걸음에는 어떤 불편함도 묻어나지 않았다. 나는 이 길에서는 나의 속도를 포기하고 사랑하는 이들과 발 맞추는 방법을 배우고 있었다. 나와 일면식도 없던 그들은 너무도 쉬이 내게 그늘을 내어주었고, 나 역시 그런 그들의 그늘이 되리라 마음 깊이 다짐했다. 그렇게 동행이 생겼다.

우리는 이 길 위에서 하루를 가장 빨리 시작해, 가장 늦게 끝내곤 했다. 그 이유는 길 곳곳에 우리의 발걸음을 멈추게 만드는 곳이 너무도 많다는 데에 있었다. 예쁜 길 위에서 우리는 종종 판초를 돗자리 삼아 작은 피크닉을 즐겼고, 산들바람이 불어올 땐 길바닥에 누워 낮잠도 잤다. 꽤 자주 노래를 부르고 춤을 췄으며, 레몬 맥주 한 잔의 여유를 놓치지 않았다.

더운 날 살이 에는 정도의 차가운 강물을 만났을 땐, 망설임없이 그곳에 뛰어들어 한참을 첨벙이고 놀았다. 이 길 위에서는 천천히 조금씩 걷는 것도, 빠르게 발이 부서지도록 걷는 것도, 묵묵히 자신만의 길을 걷는 것도, 즐겁게 순례자들과 함께 걷는 것도 모든 것이 정답이었다. 끝없이 펼쳐진 들을 보며 걷던 날 소망 오빠는 내게 말했다.

"나는 매일 아침, 이 풍경에 익숙해지지 않으려고 노력해."

나는 답했다.

"나는 이 풍경이 내 눈에 익숙해진다는 것도 너무 좋아. 이 말도 안 되는 풍경이 내 눈에 익어간다니… 그리고 사실 익숙해진다는 게 소중하지 않아진다는 의미는 아니니까."

나는 이 풍경이 눈에 익숙해진다고 해도 소중함을 잊지 않을 자신이 있었다. 뼈저리게 경험해본 기억이 있기에 확신할 수 있었다. 결국 내가 느끼는 오늘은 내 경험의 산물이다. 익숙함을 지루함이라 멋 모르고 착각하던 어린 내가 있었기에, 그렇게 익숙함에 속아 소중한 것을 놓쳐 눈물 흘려본 경험이 있기에. 도착에 눈이 멀어 산티아고에서 혼자 울던 그 해 길 위의 내가 있었기에.

그래서 나는 그 모든 경험을 헤쳐온 오늘의 내가, 어린 나보다 좋았다. 스물아홉 해를 보내며 흘려 보낸 눈물은 결코 헛되지 않았고, 덕분에 눈에 비친 풍경이 점차 여물어가고 있었다.

나는 이 풍경을 눈과 귀와 코, 온 구멍을 크게 열어 느끼다, 그마저도 부족해 꽃과 풀에 손등을 가져가 댔다. 손등에 느껴지는 이슬 맺힌 풀, 아기 엉덩이마냥 보들거리는 꽃잎, 까슬한 나뭇가지, 그 모든 촉감을 영원히 기억하겠다 다짐했다. 그리고 이 길 위에서 흘러가는 모든 마음들까지.

덕분에 나의 산티아고는 길 곳곳에 있었다. 늘 가장 중요한 건 목적지가 아닌, 오늘 내가 걸어가는 길 위의 모든 것들. 내 곁에 함께 걷는 모든 이들.

내일도 눈을 뜨면 진짜 산티아고 데 콤포스텔라를 향해 발걸음을 옮기겠지만, 그보다 소중한 오늘을 다행스럽게도 나는 아주 잘 알았다.

꿀벌을 위한 세레나데

소망 오빠는 다큐멘터리 감독이다. 오늘은 그와 발을 맞추며 그의 삶에 대한 이야기를 잠시 나눴다. 그는 세상을 아름답게 만드는 다큐멘터리를 만들고자 한다. 많은 사람들이 알아주는 것은 아니지만, 그렇게 조금씩 조금씩 세상을 바꿀 수 있다고 믿는다. 그날 우리는 들꽃이 만발한 곳을 지났고, 이런 이야기를 나누었다.

"혹시 꿀벌이 꽃을 피운다는 거 알아?"
"응? 꿀벌은 그냥 꿀 빨아 먹는 거잖아."
"그런데 꿀벌이 꿀을 먹으러 다니며 꽃가루를 온몸에 묻히면서 곳곳에 꽃이 더 많이 피어나게 되는 거래."

> 지구상에서 꿀벌이 사라진다면
>
> 인류는 멸망할 것이다.

아인슈타인이 이런 말을 했다고 한다. 그 정도로 꿀벌의 활동은 꽃을 피우고 수많은 열매를 맺게 하며, 또 그 열매는 인간의 삶에도 동물의 삶에도 많은 영향을 미친단다. 일명 꽃가루받이.

나는 꿀벌의 이야기가 지금 나와 함께 걷는 그를 닮았다고 생각했다. 그는 이 길 위에도 무언가를 주기 위해 왔다고 했다. 무엇을 줄 수 있을까 고민하다가 자그마한 즉석 프린트기를 들고 와, 길을 걷는 이들의 사진을 찍어 선물하기로 했다고. 실제로 함께 걷던 그가 사라질 때면 그는 늘 누군가에게 사진을 뽑아 선물해주고 있었다. 그리곤 사진에서 끝나지 않고, 함께 발 맞추며 상대의 이야기를 아주 오래 들어주곤 했다.

하루는 그가 한 노인에게 사진을 선물했는데, 사실 노인은 죽은 아들의 옷을 품고 길을 걷고 있었다. 그는 노인과 한동안 발을 맞췄고, 그에게 노인은 품고 있던 아들의 옷을 선물했다. 그는 그 옷을 이 길이 끝날 때까지 줄곧 입고 걸었다.

그는 이 순례길을 훨씬 더 아름답게 만들고 있었다. 나는 부끄러웠다. 내 여행의 모든 중심을 늘 나였는데, 오로지 내가 행복하기 위해서였는데, 그 중심이 처음으로 바깥을 향했다. 이제야 이 길 위에 있는 모든 이들이 온전히 눈에 담겼다. 나만을 향해 있던 나름의 여행 신념이 크게 흔들린 순간이었다. 그렇게 부끄러운 마음으로 발걸음을 계속하다 이름 모를 작은 성당을 만났다. 나는 스탬프를 위해 그곳에 들어갔다가 잠깐 자리를 잡고 앉았다. 그리고 고개를 숙여 진심을 다해 기도했다.

'이 길 위의 모든 이들이 자신의 행복을 찾을 수 있게 해주세요. 그들이 길을 걸으며 계속해서 춤출 수 있게 해주세요. 이 길의 끝에서 환히 웃을 수 있게 해주세요.'

처음으로 타인을 위해 빈 소원이었다. 나는 그날 그에게 즉석에서 노래를 한 곡 만들어 선물했다. 작곡을 배운 적도 없고, 노래를 만드는 법도 모르지만 진심이 전해지면 그만이니까. 그의 날갯짓을 알고 있다고. 누군가 응원하고 있다고. 그 말이 하고 싶었다.

보이지 않는대도 알고 있어.
네 날갯짓의 의미를
내 눈 속의 아름다움
너의 노력임을
피어있는 꽃의 향기에
너의 내음이 묻어있음을
보이지 않는대도 난 알고 있어.

Ma bee 그들은 모를 거야.
네가 그리는 그 세상을
하지만 그대의 날갯짓이
이 빨간 꽃을 피웠다는 걸
Ooh ooh ooh 난 알고 있어.

— 메이 작사 · 작곡, 〈꿀벌을 위한 세레나데〉 중

아름다운 세상을 만들려는 벌들의 춤사위로 인해 이름 모를 꽃들이 피어났음을 잘 안다. 그래서 오늘 밤은 그저, 오늘의 춤사위를 이어가는 그대들이 아름답다고, 그렇게 말하고 싶다.

오늘의 날갯짓을 하고 있는 세상 모든 꿀벌들에게.

그날의 별똥별

"저 비행기 흔적 꼭 별똥별 같지 않아?"

"우리 눈에 별똥별이면 별똥별인 거지, 빨리 소원 빌자."

"좋아."

"뭐라고 빌었어?"

"이런 순간이 행복이라는 것을 앞으로도 절대 잊지 않게 해달라고. 그냥 그거면 된다고 빌었어."

6시 반,
행복해지는 시간

6시 반은 행복해지는 시간이다. 그 시작은 스페인 시골 마을 라바날 델 까미노Rabanal del camino에서 우연히 라면을 파는 알베르게Albergue nuestra senora del pilar를 발견하던 날이었다. 세상에 도시도 아니고, 이렇게 작은 시골 마을에 한국식 라면이라니? 그것도 컵라면도 아니고 직접 끓여준다고? 우리는 망설임 없이 점심으로 한 그릇 주문해 뚝딱 해치웠다. 하지만 그것만으로는 부족했다.

"우리 조금 있다가 저녁으로 이거 또 먹을까?"
"당연한 소릴!"

"오예, 그럼 낮잠 좀 자고 일어나서 또 먹으면 되겠다."

나는 잔뜩 신이 난 상태로 배정받은 작은 2층 침대에 침낭을 펼친 뒤 쏙 들어갔다. 그리고 저녁을 먹기로 약속한 여섯 시 반에 알람을 맞췄다. 그리고 그 알람의 이름을 '행복해지는 시간'이라고 설정해두었다. 오랜만에 익숙한 얼큰함으로 배가 가득 찬 탓인지 그대로 스르륵 잠에 들었다.

"빰빠암 빠바바바바바아암 빰빠암 빠라라아!"

알람이 울렸다. 핸드폰 화면 가득 '행복해지는 시간'이라는 글씨가 떠올랐다. 이런 행복한 기상이라니, 절로 미소가 났다. 눈 뜰 때마다 느끼던 고질적인 근육통조차 느껴지지 않았다. 그리고 그 날의 저녁 식사는 설명할 필요도 없이 완벽했다.

중요한 건 그 다음 날부터다. '매일'로 설정된 알람을 끄지 않은 탓에 똑같은 6시 반에 '행복해지는 시간' 알람이 울린 거다.

"이것 봐, 어제 행복했던 그 시간이야!"

햇빛 가득 머금은 레몬 맥주 한 잔,
온 얼굴로 웃던 이의 부엔까미노,
이벳 오빠(언니지만 오빠라고 불렀던 친구)의 찰진 욕설,
큰 형님의 "내가 살게" 한 마디,
건조기 돌린 후 따땃해진 옷가지,
세상 더웠던 날 발견한 작은 수영장,
저녁 식사를 포기할 만큼 놓칠 수 없던 노을,
보기만 해도 달았던 손 잡고 함께 걷던 노부부,
그리고 고양이, 고양이, 고양이….
뭐 그런 것들, 그런 순간들.

우리는 어제의 라면을 떠올리며 웃었다. 그리고 나는 그 순간을 계속해서 기억하기 위해 이 알람을 끄지 않았다. 그리고 매일같이 그 알람이 울리는 6시 반이면 큰 소리로 외쳤다.

"여러분! 우리 행복해지는 시간이에요!"

"와, 여기 풍경이 너무 예쁘잖아! 그래서 행복해지는 시간인가 봐!"

그렇게 6시 반은 우리에게 당연하게 행복한 시간이 되어갔다. 신기하게도 그 시간엔 늘 행복한 일들이 있었다. 아니, 사실은 이 알람이 아니었다면 그저 스쳐갔을 무엇도 곱씹은 덕에 행복할 수 있었다.

이 길이 끝나도 이 알람이 존재하는 한, 매일 6시 반, 나는 다시 이곳으로 돌아올 테고, 그러면 아마 오늘처럼 행복해지겠지. 놓치고 있던 행복조차 손에 쥐게 되겠지. 이렇게 나는 순례길을 걷듯 평생 매일같이 행복할 수 있는 방법 하나를 얻었다.

실제로 돌아온 지 1년이 넘어가는 지금도 나의 '행복해지는 시간' 알람은 매일같이 울리고 있다. 심지어 이 행복해지는 시간의 힘을 열심히 전파한 탓에 순례 가족은 물론이고 몇몇 지인들 역시 이 알람을 설정해두고 있다. 하루 한 번, 행복을 곱씹을 수 있는 이 시간은 나의 오늘을 순식간에 여행답게 만들어주곤 한다. 사실 행복의 조각은 늘 익숙한 모습으로 우리 주변에 꼭꼭 숨어있다. 그리고 중요한 것은 그 순간을 보물 찾기 하듯 놓치지 않고, 기어코 찾아내는 일이다.

그러니 당신도 한 번 만들어보는 건 어떨까?

오늘, 당신만의 행복해지는 시간.

행복할 수밖에 없는 시간.

만섭이에게

D+28

이 길의 첫날부터 함께했던 만섭이는 겁이 많은 친구다. 그는 해외여행이 처음이었고, 매 순간 소매치기가 두려워 자물쇠를 굳게 채우고 다닌다. 그런 그가 이 길을 찾은 것은 친한 형인 열우의 오랜 설득 때문이다. 그는 그 형의 옆에 늘 붙어있곤 했다.

더운 날, 함께 걷던 모두가 개울에서 첨벙이고 있을 때에도 그는 옷이 젖을 것이 두려워 들어오지 않았고, 비가 오던 날 신나게 비를 맞으며 춤을 출 때에도 그는 판쵸를 굳게 채우고 멀뚱히 그 모습을 바라보곤 했다.

그는 옷이 젖는 것이, 땀이 나는 것이, 빨래가 마르지 않는 것이 모두 너무도 싫다고 했다. 그런 그의 걱정은 늘 빨래였다. 우리는 그를 '걱정 요정'이라 부르기도 하고, 세탁소 브랜드인 '크린토피아 사장님'이라고 장난처럼 부르기도 했다. 그는 숙소에 도착하면 세탁기가 있는지부터 확인하곤 했다.

"뭐 안 되면 대충 하루 더 입으면 되지 뭐."
"아니 그건 좀……."

그런 그에게 마음이 쓰이는 것은 당연했다. 이 길이 끝날 때쯤 그는 자물쇠를 풀 수 있을까. 오늘 계획대로 되지 않아도 생각보다 별일이 생기지 않는다는 것을 깨달을 수 있을까. 나는 늘 그의 걸음에 은근한 신경을 기울였지만, 혹여 강요를 하게 될까, 이 또한 여행 꼰대스러운 마음은 아닐까 이내 삼켜버리고 가만히 그를 바라보곤 했다.

하지만 참지 못했던 날도 있었다. 바람이 거셌던 날이었는데, 그 바람이 머리를 헤집고 지나가는 느낌이 마치 머리를 감겨주듯 시원했다. 나는 그날만큼은 참지 못하고 그에게 모자를 잠깐만 벗어보라 이야기했다.

"만섭아, 모자 벗어봐! 딱 1분만. 바람이 머리를 감겨주는 느낌이야. 이거 한 번만 느껴봐. 진짜 1분만."

그가 모자를 살짝 벗었다가 곧바로 다시 쓰려하자, 나는 그의 모자를 뺏어 들고 서너 걸음 앞으로 도망갔다. 그리곤 애원하듯 말했다.

"만섭아~ 진짜 딱 1분만~"

그러자 그는 체념한 듯 1분을 가만히 걸었다. 나는 그가 이 시원함을 느꼈을까 기대하는 마음으로 슬쩍슬쩍 뒤를 돌아봤다. 얼마 지나지 않아 그가 내 뒤로 바짝 따라붙었다. 무슨 말을 하려나 은근한 기대감으로 귀 기울이니, 그가 내 귓가에 대고 낮은 목소리로 말했다.

"1분 지났어. 모자 내놔."

그렇게 그와 길을 걸은 지 한 달이 다 되어갈 무렵이었다. 보통 각자의 길을 걷는다 해도, 초반 1시간 정도는 함께 걷곤 했는데 그날따라 만섭이가 보이지 않았다. 두리번거리던 차 소망 오빠가 무슨 일인지 한껏 상기된 얼굴로 내게 다가왔다.

"만섭이가… 만섭이가 아까 뭐라고 했는지 알아?"

"왜 그래? 만섭이가 뭐라고 했는데?"

"만섭이가… '형, 오늘은 혼자 먼저 걸어갈게요'래. 오늘은 혼자 생각을 좀 하겠대. 빨래에 집착하게 되기까지의 자신을 돌아보고 싶대."

"뭐…?"

우리는 한동안 말이 없었다. 같은 감동을 느끼고 있었다. 순례길을 걸은 지 28일차. 그가 자신을 직면하기로 한 오늘, 비로소 그의 길은 시작된 거라고 나는 생각했다. 그리고 그날 길을 걷는 내내 그의 길을 위해 진심을 다해 기도했다.

이 길 밖에는 여전히 내일을 걱정하는 수많은 만섭이가 있다. 옷이 젖을 것을, 나의 선택에 후회할 것을 걱정하는 수많은 만섭이는 사실 이전의 내 모습과도 같다.

그럼에도 그들의 길은 그들의 발걸음이 걸어내는 것이기에 나는 가끔 모자를 벗어 들고 도망치는 정도의 장난을 제외하곤 어떤 오지랖도 부릴 수 없다. 그래도 거센 바람이 때

LA SAGRA
512 KM
MEXICO
VELKÝ KRTÍŠ 2036 KM
GATOVA 712 Km
Pécs 2375 Km
SEOUL
KOREA
9952 Km

론 머리를 시원하게 감겨준다는 것을, 그래서 때로는 자물쇠를 조금 풀어도 된다는 것을 이 걸음 끝에 조금은 알아준다면, 세상을 함께 걷는 동행으로서 참 행복할 것 같다.

부엔까미노

D+30

숨을 거칠게 쉬며 걸어가는 이가 내 앞에 있었다. 나는 그를 지나가며 늘 그렇듯 인사를 건넸다. 하지만 그가 몹시 힘들었던 탓인지 대답은 들을 수 없었다.

"부엔까미노."
"……."

부엔까미노! 길 위에서 마주친 순례자들이 주고 받는 인사다. 스페인어로 부엔buen은 '좋은', 까미노camino는 '길'. 서로에게 좋은 길이 되길 바라는 축복 어린 마음. 그런데 때로

Terra
AMAR
KORE
사랑해
모두
20
DESISTI DE QUEDAR
REVIVIENDO EL PASADO
Y DE PREOCUPARME POR
EL FUTURO. AHORA ME
MANTENGO EN EL PRESENTE

¡BUEN CAMINO!

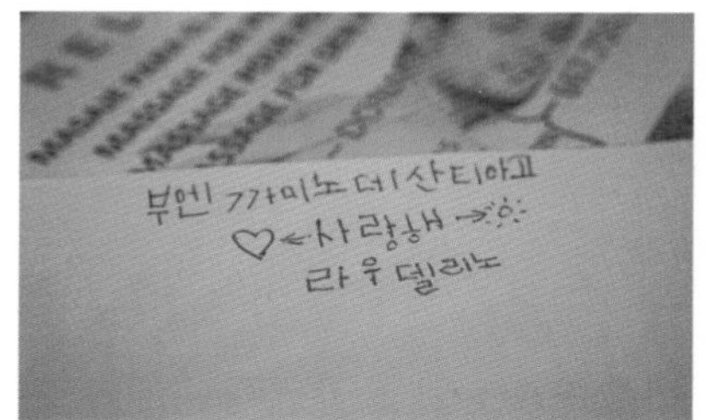
부엔 까미노 데 산티아고
사랑해
라우 델리노

는 오늘처럼 이 인사에 답을 듣지 못할 때도 있다. 누군가는 음악을 듣느라, 누군가는 너무 힘들어 대답할 여력이 없어서 등의 여러 가지 이유로.

사실 사람과 사람, 그 관계에서 상처를 야기하는 것은 대개 서로에게 똑같이 향하지 않는 마음의 농도 차, 어느 한 쪽의 일방적인 마음 따위다. 같지 않은 크기의 무엇을 주고받으며 생기는 생채기. 하지만 이곳에서는 조금 달랐다. 조금 일방적이어도 괜찮았다.

애초에 받을 것을 원하고 주었던 마음이 아닌데, 돌아오지 못하면 어떠랴. 그의 등 뒤로 부엔까미노. 당신의 길이 평온하기를 빌어주는 것만으로도, 그게 비록 일방적인 마음이라 할지라도 결코 상처가 되지 않는 곳이다. 마음껏 주어도, 기쁘게 받아도, 그 크기가 다름에 서운해하거나 실망할 일 없는, 하물며 부담스러워할 필요도 없는 그런 곳.

나는 오늘도, 빠른 속도로 나를 스쳐가 어느새 저 멀리까지 가있는 한 라이더 순례자(자전거를 타고 순례길을 달리는 사람)에게 크게 외쳤다.

"부엔까미노!"

그리고는 그간 내심 돌려받을 것을 바라며 주었던 마음들에 대해, 그래서 스스로 만들어내었던 지난 상처들에게 조용히 사과를 건넸다.

향기로웠다고 기억해주세요

D+31

한창 걷던 도중 커다란 야자수(인지 정확지는 않지만 그렇게 생긴 나무)를 만났다. 야자수 사이사이에는 꽃씨가 뿌려진 건지 조그맣고 예쁜 꽃들이 군데군데 피어있었다. 너무도 로맨틱한 그림이었다. 꽃들에게는 달콤한 향기가 날 것이 분명했다. 나는 그 향기가 맡고 싶어 가까이 다가가 코를 대었다. 그런데 이게 웬걸, 아무런 향기도 나지 않았다. 내 뒤에 있던 S가 따라와 물었다.

"향이 어때?"

S는 나와 같은 감성에 빠져있었는지, 반짝이는 눈을 하고 있었다. 나는 그 빛나는 눈에 거짓말을 하고 말았다.

"달콤해."
"오, 나도 맡아볼래."

나는 자신도 맡겠다며 꽃을 향해 다가오는 그를 두 팔 벌려 막고는 등을 떠밀었다.

"아냐, 이건 그냥 내가 설명해줄게. 일단 계속 걷자. 이게 어떤 향이냐면… 살짝 구운 마시멜로, 그리고 여전히 서로를 사랑하는 노부부의 향기야. 상상이 가?"

S는 어쩐지 그럴 것 같았다며 웃어 보였다. 나는 그저 그에게 이 틈 사이로 핀 예쁜 꽃이 향기로웠다고 기억되기를 바랐다. 그렇다면 오늘만큼은 거짓말쟁이가 된대도 좋았다. 어쩌면 사실을 알아버린 그가 향기가 나진 않아도 아름다웠노라고 이 꽃을 기억했을지도 모를 노릇이지만, 그래도 어쩐지 오늘만큼은 가장 아름다울 그 상상을 지켜주고 싶었다. 오늘만큼은.

Ask your shadow

D+32

Y의 직업은 의사다. 생사의 기로에 놓인 이들을 끊임없이 수술하는 삶을 살았다 한다. 많은 이들의 삶과 죽음을 목격한 탓에 순례길 도중 한 번씩 공동묘지를 지날 때면 그는 그 앞에 멈춰 혼자만의 시간을 보내곤 했다.

그런데 그의 눈에 어떤 문제가 생겼다고 했다. 이대로라면 삶의 전부라고 생각했던 사람을 살리는 수술을 영영 하지 못하게 될 수 있으며, 그 이상의 문제가 생길 수도 있다고. 그래서 더 이상 일을 할 수 없게 될 때까지 붙들고 있는 게 맞을지, 이쯤에서 물러나는 것이 맞을지 고민하기 위해 이 길을 찾았다고 했다. 그의 이야기는 무거웠다. 하지만 그의 목소리는 몹시 덤덤했다.

길을 걷다 만난 이들과 심심찮게 이 질문을 주고 받는다.

"왜 이 길을 찾아왔니?"

이 질문에 대한 답은 "그냥 친구가 가재서 따라왔다"라는 정도로 가벼울 때도 있지만, 때로는 한 인생의 짙은 그림자가 묻어나기도 했다. 우리는 이 질문의 대답이라는 명분으로 품고 있던 그림자를 쉽게 꺼내 보이곤 했다.

방금 처음 만난 나에게 이혼의 아픔과 자녀에 대한 마음을 털어놓던 베르나데트도, 우울증을 겪으며 가장 힘들었던 시기에 대해 대수롭지 않게 이야기해준 S도, 맥락없이 과거의 이야기를 꺼내며 눈물 쏟던 나도, 이 길을 찾아온 이유라는 명분은 각자의 상처를 쉬이 털어내게 해주곤 했다.

여기에 어떤 위로나 조언도 필요치 않았다. 이건 그냥, 이 길을 찾아온 이유였으니까. 그저 오늘 길을 걷는 동안에 서로의 길이 좀 더 따스하길 바래줄 뿐. 그 뿐이었다.

그렇게 한 달여 동안 질문과 대답으로 서로를 위로하는 시간의 끝에, 산티아고에 도착하는 마지막 날이 밝았다. 서로의 그림자를 너무 쉽게 알아버려 금세 가족이 된 이들과

한 명 한 명 포옹을 나누었다. 그리고 그들을 안을 때마다 이렇게 말했다.

'고마워. 함께 걸어주어 고마워요.'

출발할 때부터 보슬거리던 빗방울이 점차 굵어졌다. 하지만 오늘만큼은 이 비를 온전히 맞아내고 싶었고, 나는 판초 우의도 모자도 쓰지 않았다. 어쩐지 길 위에서 미처 털어내지 못한 사사로운 그림자의 찌꺼기가 남아 있는 기분이었는데, 그것들을 모조리 씻겨 보내고 싶었다. 금세 온 머리와 몸이 쫄딱 젖었고, 몇 시간이 지나자 추위에 온몸이 덜덜 떨려왔지만, 그래도 그 찬기가 묘하게 좋았다.

산티아고가 10㎞도 채 남지 않았음을 알게 된 후부터는 길 위에서 만나는 모든 이들과 환호를 나누었다. 그리고 그동안 만들었던 노래를 하나하나 되새기며 불렀다. 누군가는 달려가기도 했다. 무릎이 아픈 것도 물집이 잡힐 것도 감기에 걸릴 것도 오늘만큼은 어느 하나 걱정하지 않았다.

그렇게 산티아고에 도착했다.

그 순간, 신기하게도 비가 그쳤다. 그리고 도착의 순간 신나게 환호할 것 같던 우리는 일순간 모두 침묵했다. 각자의 바람을 맞아내고 있음을 알았다. 함께 걷고 있던 순간에도 각자에게 불어오던 각기 다른 크기의 바람, 그것의 마지막을 우리는 최선을 다해 만끽했다. 누군가는 땅에 무릎 꿇고 엎드려 기도를 했고, 누군가는 털썩 주저 앉았다. 나는 가만히 산티아고 대성당을 바라봤다. 두 번째 도착이었고, 내가 알던 그 풍경이었다.

나는 2년 전 산티아고에 처음 도착했던 순간을 떠올렸다. 그날의 나는 혼자 앉아 모자를 푹 눌러쓰고 울고 있었다. 소중한 사람들을 만났음에도 혼자 빨리 도착할 것을 택했던 나는 끝까지 5㎞, 3㎞… 킬로 수가 줄어드는 일에만 신이 났었다. 그리고 그렇게 맞이한 이 길의 끝에서 나는 어떤 보람도, 감동도 느끼지 못한 채 허무함에 가만히 눈물만 흘렸다.

그리고 다시 오늘, 마찬가지로 내 눈에서는 눈물이 쏟아지고 있었다. 하지만 그때와는 다른 의미의 눈물이었다. 못내 찝찝하게 남아 있던 마지막 그림자가 비로소 선명히 보였다. 아, 여러 가지 이유로 포장했지만 결국 그날 흘린 눈물의 의미는 외로움이었구나. 그날 나는 참 많이 외로웠구나.

사실 혼자라도 괜찮다고, 혼자인 게 되레 좋다고 말했던 수많은 순간들에서 나는 외로움에 몸서리치고 있었구나. 그래서 줄곧 그런 나를 포장해왔구나. 도망치고 도망쳐온 이곳에서조차도.

나는 오랜 시간 외면해온 나의 마지막 결핍을, 웅크리고 울고 있던 스물 일곱의 여자애를 가만히 안았다. 그렇게 한참을 울었다. 어느새 고개를 내민 해가 몸을 비추고 있었다. 젖어있던 온몸이 따스해지는 것을 느꼈다. 나는 이렇게 다시 산티아고를 만났다.

길이 끝난 후, Y는 앞으로 어떻게 할 거냐는 나의 질문에 씩 웃으며 이렇게 답했다.

"내 결정은… 못 먹어도 GO. 일단 하는 데까지 해보려고."

길의 시작과 끝은 나의 그림자를 직면하는 데 있다. 숨겨진 그림자를 제대로 마주할 때 비로소 그것은 흑백 사진이 되어, '아, 그랬었지'라며 옅은 미소를 지어낼 수 있게 될 테니. 그제야 온전한 컬러가 된 오늘은 온전한 나를, 온전한 길을 마주할 수 있게 해줄 테니.

그림자에 끊임없이 물으며 걸어온 나의 한 달이 사실 내 삶을 대단하게 바꿔놓은 것은 아니지만, 이곳에서 내 결핍을 직면하고 온전하게 마주한 나는 사라지지 않을 것이다. 그러니 나는 이 기억을 안고 조금은 가벼워진 발걸음으로 계속해서 걸어가면 그만이겠지.

돌아간 그곳에서도, 온전히 나인 채로.

그러니 부디 내 발바닥의 숨이 끊어지지만 않기를.

밥 한 끼 할래요?

D+33

순례길 위에서 의사인 Y는 발이 불편한 이들에게 무료로 진료를 봐주고, 약을 나누어주곤 했다. L은 기타를 쳐 모든 순례자들에게 화합의 장을 선물해주었다. 그 외에도 요리를 해준다거나 사진을 찍어준다거나 직접 만든 십자가 목걸이를 나누어주는 등 이 길에는 수많은 천사들이 무언가를 끊임없이 베풀곤 했다. 나는 그 선물을 벅차게 받곤 했지만, 그때마다 행복해진 마음 한편에 늘 간질거림을 느꼈다. 나도 그들에게 무언가를 주고 싶었다.

하지만 내가 줄 수 있는 게 뭐가 있을지 마땅히 떠오르지 않았다. 내가 중간중간 찍고 있는 영상들이 우리의 추억을 영원히 박제해 줄테지만 사실 이게 본질적으로 그들을 위한 행위는 아니었으니 말이다. 당장에 무언가를 주고 싶은 마음은 계속해서 나를 간질이곤 했다. 하다 못해 내가 큰형님이라 부르던 이들이 다 같이 나누어 먹을 묵직한 비스킷을 제 가방에 넣는 것을 알면서도, 당장 오늘 내 몸 하나 간수하기가 어려운 상황에 "그거 이리 줘. 내 가방에 넣어"라는 말 한 마디가 선뜻 나오지 않았다. 나의 애매한 재능과 애매한 체력이 원망스럽기까지 했다.

그러다보니 길이 끝나갈수록 머릿속에는 '저들을 위해 내가 무엇을 할 수 있을까?' 라는 생각으로 가득했다. 그리고 그 고민 끝에 떠올린 게 딱 '밥 한 끼'였다.

나와 순례 가족들은 보통의 순례자들보다 하루 이틀 정도 일찍 산티아고에 도착할 예정이었다. 그래서 나의 계획은 산티아고에 도착한 다음날, 이제 막 길이 끝나 배낭을 내려놓은 순례자들에게 따뜻한 밥 한 끼 대접하자는 거였다.

"메뉴 델 페레그리노menu del peregrino처럼 말야. 그걸 한식 버전으로 준비하는 거지. 그러려면 큰 집을 준비해야겠다. 어때?"

"좋아! 너무 좋은데?"

메뉴 델 페레그레노. 순례길 위의 레스토랑에 흔히 만날 수 있는 순례자를 위한 저렴한 코스 메뉴를 부르는 명칭이다. 다행히 주는 일에 망설임이 없는 나의 동행들은 한 치의 고민 없이 내 제안을 승낙했고, 적극적으로 메뉴를 함께 고민해주었다. 우리는 에어비엔비를 통해 큰 집을 빌렸고, 도착한 저녁 바리바리 장을 봐왔다. 그리곤 도착에 대한 축배와 동시에 다른 이를 위한 파티 준비로 붕 뜬 밤을 보냈다.

다음날. 33일 만에 처음으로 걷지 않는 하루였다. 아주 오랜만에 게으름을 피울 수 있는 아침이었고, 사실 동이 틀 때까지 술을 퍼부었던 터지만 우리는 아침 일찍부터 분주했다. 우리가 고민 끝 준비한 메뉴는 이러했다.

1st dish. Chicken soup for the soul.
외국인도 부담 없이 먹을 수 있으면서도
몸에 좋은 영양 닭죽.

2st dish. No pain, No glory.
고생한 이들에게 주어지는 영광 한 상.
따끈한 쌀밥에 제육볶음, 그리고 된장국과 계란말이.

3st dish. Not END, But AND.

각종 과일을 함께 맛볼 수 있는

시원한 수박화채(와인 포함).

우리는 역할 분담을 마친 후 각자 담당한 요리에 집중했다. 재료를 손질하고, 큰 솥에 닭죽을 끓였다. 그리고 어느 정도 사전에 준비해야 할 요리가 마무리되자 나는 빨간 원피스를 차려 입고 소망 오빠와 산티아고 대성당으로 향했다. 참고로 우리는 사전 연락 없이 무작정 산티아고 대성당으로 가, 그곳에 갓 도착한 소중한 이들을 즉석에서 초대하기로 했다.

우리의 어떤 친구가 언제 도착할지 모르는 노릇이기에 걱정 반 설렘 반이었다. 누구를 초대하게 될까? 누가 오늘 도착하게 될까? 아니, 잠깐. 오늘 도착하더라도 다들 엇갈려서 아무도 못 만나면 어떡하지? 그렇게 길 위에서 만난 수많은 얼굴들을 떠올리며 산티아고 대성당에 도착했다. 그리고 도착과 동시에 모든 우려는 기우였음을 깨달았다.

"우와아아!!!!"

"오마이갓!! 메이!!!"

대성당 앞에 도착하자마자 영어를 하지 못해 말 한 마디 통하지 않지만 그래도 길 위에서 자주 만나 많은 순간을 함께 했던 브라질 친구들을 마주한 거다. 우리는 한참을 얼싸안고 방방 뛰었다. 그러다 조금 진정이 됐을 즈음 번역기를 통해 물었다.

"우리 집에 초대하고 싶은데… 같이 밥 한 끼 할래요?"

그렇게 첫 번째 초대 손님이 생겼다. 이후에도 나의 5월, 이 길 위의 소중한 퍼즐 한 조각씩 품고 있는 이들을 연이어 마주쳤다. 마주칠 때마다 우리는 큰 소리로 환호했고, 서로를 얼싸안았다. 내가 도착한 어제보다 그들의 도착을 축하해주는 오늘이 도리어 더 벅찼다.

그렇게 30분 정도 흘렀을까. 우리는 7명의 손님을 데리고 집으로 향했다. 마침 집에는 적당한 셋팅이 완료되어 있었다. 우리는 준비한 코스 요리를 내어 주기 시작했다. 메뉴에 대한 설명은 덤.

며느리가 한국 사람이라 유별나게 한국을 좋아한다던 미국인 부부는 더듬더듬 어눌한 발음으로 연신 '맛있어요'를 외쳤고, 고든은 초대받은 손님을 대표하여 일어나 정중히

고마움을 전했다.

"이렇게 생각지도 못한 선물을 받게 돼서… 너무 기쁩니다. 진심으로요."

우리는 와인 잔을 부딪히며 서로의 지난 길을 축복하고, 또 추억했다. 각기 다른 나라에서 온 모든 이들은 순례자라는 이름하에 금세 끈끈히도 결속되었다. 그 덕에 그리 대단할 것 없는 작은 파티였으나 매 순간이 감동이었다.

어느새 시간이 훌쩍 지나, 이제는 모두가 떠나갈 시간이 됐다. 각자의 숙소로, 각자의 나라로, 각자의 길 위로. 그동안은 모두가 같은 길을 걷기에 언젠가 다시 만나리란 믿음이 있어, 수많은 만남과 헤어짐에도 슬퍼하지 않았지만, 이제는 정말 기약 없는 이별이었다. 우리는 서로를 끌어안고 토닥였다. 고든은 말했다.

"메이, 울면 안돼."

눈시울이 뜨거워지는 것을 몇 번이나 참아내야 했지만, 결국 우리는 그 누구도 눈물을 보이지 않았다. 마치 계속해서 같은 순례길을 걸어갈 것처럼 꽤 덤덤한 척하며 서로에게 손을 흔들었다. 다만 떠나는 이들은 보이지 않을 때까지 뒤를 돌아보고, 보내는 이들은 뒷모습이 보이지 않을 때까지 손을 흔들어주었다. 앞으로 걸어갈 서로의 길을 진심 다해 응원하며.

손님 대접을 하느라 정작 나는 몇 숟갈 제대로 뜨지도 못했지만, 그것이 내게는 이 길 위의 가장 든든한 한 끼였다. 그들의 마지막 순간에 작은 따스함을 채워줄 수 있어 마음 가득 풍족해졌다. 주었는데, 되레 받았다. 더 이상 그들의 뒷모습이 보이지 않자, 나는 마지막 코스 요리의 이름을 되뇌며 뒤를 돌았다.

'Not END, But AND.'

가장 멍청한 선물

D+34

나는 곧 떠날 여행자에게 꽃을 선물한다는 게 얼마나 멍청한 일인지 잘 알고 있다. 꽃은 기내 반입 금지 품목이라 가지고 가는 것이 어려우며, 배낭에 우겨 넣을 수도 없어 언젠가 버리게 될 수밖에 없기 때문이다. 그런데 그 멍청한 짓을 내가 오늘 했다.

산티아고가 순례길의 종착점이지만 사실은 원한다면 더 걸을 수 있다. 산티아고를 지나 100km 조금 넘는 길을 더 걸으면 스페인의 땅끝마을, 세상의 끝이라 불리는 피스테라Fisterra와 묵시아Muxia가 나온다. 가는 길목의 편의시설은 이전보다 더 적고, 대체로 많은 이들이 버스를 타고 여타 관광지처럼 방문하는 곳이기에, 나 역시 피스테라와 묵시아는 산티아고에 도착한 후에 버스를 타고 방문할 계획이었다. 하지만 아직은 순례자라는 신분을 놓고 싶지 않았다. 하루하루 길을 걷는 일이 고통스러웠지만, 아이러니하게도 아직 발이 멈추게 두고 싶지 않았다. 그래서 나는 3명의 가족들과 사흘 정도 걸리는 그 길을 더 걸어가기로 했다.

한 마디로 '800*km* 받고, 100*km* 더!'

"혹시 내일 아침 먹으러 올래요?"

순례길에서 스치며 만난 한국 분들이었다. 그들은 메뉴델 페레그레노 한식 버전 파티를 벌인 후, 나와 가족들을 본인들의 저녁 식사 자리에 초대해 주었는데, 우리가 다시 길을 걷기 전 아침 식사를 한 번 더 대접하고 싶다는 거다. 더해지는 고행길에 한 끼 든든히 먹여 보내고 싶다는 따스한 마음이 느껴졌다. 우리는 기쁜 마음으로 초대에 응했다.

다음날 아침, 다시 길이 시작되었다. 산티아고에서 하루의 축제를 온전히 즐긴 우리는 늘 그랬던 것처럼 배낭을 꾸리고, 등산화를 꽉 조였다. 그리고 산티아고를 떠나기에 앞서 그들의 집으로 향했다. 초대받은 집까지는 20분 정도가

81

걸렸는데, 걷는 길에 어디선가 꽃 향기가 훅 풍겼다. 어딘가 꽃집이 있는 듯했다. 문득 나를 오늘 초대해준 그들의 얼굴이 떠올랐다. 친한 친구라는 언니 두 명과 이 길에서 처음 만나 결혼까지 하고 이곳을 다시 찾아왔다는 어린 부부. 매번 싱그럽게 웃던 그들은 참 꽃을 닮았다. 그리고 내 인생 처음으로 꽃을 선물하고 싶은 마음이 생겼다.

솔직히 말하자면 나는 꽃 선물을 주는 것은 물론이거니와 받는 것조차 썩 좋아하지 않았다. 받는 순간에야 향기롭지만, 이내 그 받은 마음이 시드는 모습을 바라보는 일이 슬펐다. 그것을 바라보는 일은 온전히 받은 이의 몫이라, 꼭 사랑과 같았다. 기대했던 것도 아닌데 갑자기 맞닥뜨린 향기로움과 그 향이 사라져가는 마지막 모습이, 제 멋대로 찾아와 마음을 헤집고 홀연히 사라지는 뒷모습 같아 퍽 쓸쓸했다. 결국 그것을 쓰레기 봉투에 넣는 일은 처연하기까지 했다.

때문에 드라이플라워가 유행하기 시작하며 얼마나 다행스러웠는지 모른다. 향기롭지 않더라도 시들지 않는 것을 원했다. 그래서 사실 생화를 주는 이의 마음을 이해하지 못했다.

그것을 전하는 어여쁜 마음은 너무도 찰나이기에. 찰나 같기에.

'너무 낯부끄러운가…? 꽃을 받고 불편해하면 어떡하지.'

나는 발길을 돌려 찾아간 꽃집 앞에서 한참을 서성였다. 그러다 내 또래쯤 되어 보이는 직원 분과 눈이 마주쳤는데, 그녀는 들어오라는 손짓을 해보였다. 나는 얼떨결에 안으로 들어갔다. 향이 가득했다. 그렇게 한 바퀴 휘 둘러보는데, 그와 그녀들을 닮은 꽃 몇 송이가 눈에 들어왔다.

'아, 이거다!'

눈에 들어오는 꽃을 발견하자, 더 이상 낯부끄러움이라던가 그녀들이 꽃을 버려야 할 일에 대한 걱정은 조금도 들지 않았다. 꽃을 선물하기로 결심한 그 순간에야 비로소 깨달았다. 사람들은 소중한 이들에게 전하고 싶은 말을 대신하여 꽃을 보낸다는 걸.

꽃은 '고마워!'라던가 '사랑해'와 같은 그런 언어다. '사랑해'라는 말이 입술을 떠나 공기 중에 사라져버린다고 그 마음이 사라지는 게 아니듯, 꽃도 마찬가지였다.

꽃이 시든 후에도 찰나의 향기는 마음속에 영원히 존재한다. 그렇기에 꽃이 시들거나 버려지는 일은 사실 중요치 않았다.

"이거요. 포장해주세요."

사실 '사랑해'라는 말은 받는 이보다 주는 이를 위해 존재한다고 생각한다. 지금의 마음을 저 한 마디가 아니고서야 표현할 길이 없는 그런 이를 위해서. 그래서 꽃을 선물하는 행위 또한 받는 이보다 주는 이에게 더 큰 위안을 주는 거였다. 내가 표현하고 싶은, 뭐라 해야 할지 모르겠는 이 마음을 표현해주는 말 한 마디. 딱 그거. 이 마음을 전할 수 있다는 데에서 나는 이미 행복해졌다. 그리고 그 말 한 마디를 기억하는 것은 받는 이의 몫이리라.

나는 그들의 여행길을 불편하게 만들고 싶지 않았고, 그들이 오늘 머물렀던 숙소에 이 꽃을 버리고 간대도 좋았다. 그저 버려진 이 꽃 한 송이가 생을 다한 후에도, 오늘 찰나의 향만큼은 작은 기억 조각으로 남겨지기를 바라며, 꽃잎을 만졌다.

어쩌면 기억되지 못한대도, 내 손 끝에 배인 향기만으로도 충분했는지 모르겠다.

900km 받고
100km 더!

D+36

산티아고에서 묵시아, 피스테라까지, 미련이 남은 자들을 위한 100km의 선물. 시작은 마냥 좋았다. 걷는 사람 자체가 적다 보니 이전처럼 많은 이들과 부엔까미노 인사를 나누기는 어려웠지만, 그래서인지 지난 한 달의 기억을 조용히 마무리하기에 더 적합했다. 평온한 길이었다. 이튿날, 말이 안 될 정도의 폭우가 갑작스럽게 쏟아지기 전까지는 말이다.

내가 본 중 최악의 날씨였다. 한국이었다면 재난 문자가 몇 번이고 핸드폰에 울려댔을 터였다. 출발할 때부터 쏟아지던 비는 커다란 나무를 쓰러뜨리고, 간판을 무섭게 흔들어댔다. 아무리 다리에 힘을 주어도 일자로 걷는 것 자체가 불가능했다.

나는 바람을 따라 이리 휘청, 저리 휘청 몇 번을 넘어질 뻔하며 겨우겨우 앞으로 걸었다. 판초를 뚫고 들어온 비에 온몸이 젖었고, 등산화 속에도 물이 가득 차 한 걸음 내디딜 때마다 첨벙거렸다. 비를 맞는다는 말보단 비에 얻어맞는다는 표현이 더 적절했다.

날씨 좋은 날도 10*kg* 남짓한 짐 가방을 메고 30*km*의 길을 걷자면 힘들 일인데, 한 걸음 내딛기가 어려운 이 상황에선 죽을 맛이었다. 엎친 데 덮친 격으로 간단한 아침을 먹은 후엔 다섯 시간을 내리 쉴 곳조차 없었다. 한 걸음 한 걸음이 너무 무거운데, 그렇다고 걷지 않으면 큰 일이 날 것 같았다. 앞 뒤로 걷던 무리들은 결국 고개를 절래절래 저으며 콜택시를 불러 떠나버렸다.

그래도 다행인 것은 함께 걷는 이들이 있었다는 것이다. 우리는 진지하게 이 날씨를 뚫고 계속 가는 게 맞는지 고민하기도 했지만, 이내 전진하기로 결정했다. 미친 바람이 불어올 때마다 서로를 붙잡아주기도 하고, 함께 소리도 지르며 그렇게 걸었다.

계속 걸었다.

그래도 장난칠 정신은 남았는지 반쯤 울어 재끼다가도 누군가 핸드폰 카메라를 켜면 "안녕하세요. 스페인에 나와 있는 메이입니다. 지금 이곳의 날씨는 미쳐 날뛰고 있습니다"라는 둥 헛소리도 하곤 했다.

그렇게 10시간 이상을 내리 걷고 나서야 우리는 알베르게를 만날 수 있었다. 황당하게도 우리의 도착과 동시에 비바람이 잦아 들었다. 벽난로 앞에는 온통 젖은 신발들이 쌓여있었다. 나는 그 위에 내 신발도 벗어 올렸다. 10시간이나 힘을 주었던 탓인지 온몸이 때려 맞은 듯 아팠다. 꽁꽁 얼어버린 몸을 뜨거운 물로 녹여낸 후, 큰 형님이 주는 약을 챙겨 먹고 완전히 뻗어버렸다. 하지만 그날 밤 나는 몸살 기운을 동반한 근육통에 몇 번이고 깨어나 잠을 설쳐야 했다.

다음날 새벽, 우리는 덜 마른 신발에 발을 우겨 넣으며 또 다시 길을 준비했다. 컨디션은 더없이 엉망이었다.

그렇게 출발 준비를 하다 문득 이상한 느낌에 화장실에 갔는데, 이런 젠장! 하필 오늘 생리가 터진 거다. 그것도 예정일보다 일찍. 참고로 나는 생리통이 첫날에만 아주 지랄맞은 타입이고 아니나 다를까 통증이 밀려오고 있었다. 할 말을 잃었다. 대체 나한테 왜 이래…?

"메이야. 나는 택시를 타는 것도 괜찮다고 생각해. 여기도 동키(짐 또는 배낭 운반 서비스)가 있나 알아봐줄까?"

"아니, 그건 절대 아닌 것 같아. 오늘 묵시아까지 못 가면 못 갔지, 그건 싫어."

참고로 순례길에서는 간혹이지만 택시나 버스를 타고 일부 구간을 뛰어넘는 사람들도 있고, 동키라고 해서 가방을 다음 숙소로 이동시켜주어, 가벼운 몸으로 걸을 수 있는 서비스도 있다. 그렇게 쉽게 가는 것은 순례길의 의미에 반한다는 데에서 그것을 좋게 보지 않는 시선도 적지 않지만, 아픈 사람이 발생하는 등 응급 상황에서 이용하기엔 좋은 서비스라고 생각한다. 다만 나는 한 번도 생각해본 적이 없던 선택지였다. 그렇게 그들이 베푼 호의를 거절하고 평소와 같이 길을 나섰다.

통증은 배와 허리, 골반까지 이어졌다. 그 와중에 발걸음을 계속하려니 추운 날씨에 식은땀이 났다. 그렇게 아프다 조금 괜찮아져 멍하니 걷기를 반복했다. 그러다 보니 세계 일주 당시 볼리비아의 해발 6000*m*의 설산 와이나 포토시에서 적었던 일기가 떠올랐다.

생각해 보면 살면서 '내가 할 수 있는 일'이 아님에도 '도전이라는 이름의 오기'를 부린 일이 한두 번이 아니었다. (…) 그렇게 꾸역꾸역 일의 성과를 내고, 프로젝트를 성공적으로 마친 내가 거둔 것은 '아름다운 성공'이 아닌 '못난 성공'이었다. 결국에는 오히려 아름다운 포기가 모두에게 좋은 선택이었을 텐데 말이다. (…) 그래도 확실한 것은 기존의 내 '보기'에 아예 없었던 '아름다운 포기'라는 항목이 추가되었다는 사실이다.

—《때때로 괜찮지 않았지만, 그래도 괜찮았어》 중에서

그때 그렇게 선택지를 넓혀놓고 나는 지금 왜 굳이 이렇게 무리하고 있는 걸까. 나는 왜 이 길을 걷고 있는 거지? 이게 정말 나를 위한 걸음이 맞나? 마침 귀에 꽂은 이어폰에서는 GOD의 '길'이라는 노래가 흘러나오고 있었다.

'나는 무엇을 위해 이 배낭을 놓지 못하고 있는 걸까. 이 고통이 대체 어떤 대단한 것을 가져다 준다고, 무엇을 바라고 이 상황에서도 계속 걷고 있는 걸까. 대체 왜?'

순례길을 걷기 시작한지 35일째 갑작스럽게 시작된 걸

음에 대한 본질적인 고민은 걷잡을 수 없이 커져 꼬리에 꼬리를 물고 머릿속을 괴롭혔다. 괴롭고 무거운 길이었다. 그렇게 고개를 숙이고 몇 시간을 걷고 또 걷는데, 앞쪽에서 누군가의 목소리가 들려왔다.

"바다다!"

고개를 들어보니 저 멀리 새파란 바다가 펼쳐졌다. 너무도 갑작스럽게, 바다였다. 대표적인 산티아고 순례길 코스인 프랑스 길은 한 달을 넘게 수많은 산과 들을 넘지만, 지리적 특성상 한 번도 바다를 만날 수 없다. 사실 한국에서도 바다는 충분히 볼 수 있지만, 한 달이 넘는 시간 동안 길을 걸으며 결코 만날 수 없던 바다라는 존재는 우리에게 바다 그 이상의 무엇이었다. 그래서인지 긴 시간 산과 들을 거쳐 처음으로 바다를 만난 이 순간은 이루 말할 수 없이 감동적이었다.

"바다다…!"

탄식처럼 내뱉은 말과 함께 코 끝이 찡해오는 것을 느꼈다. 그리고는 완벽하게 깨달았다. 묵시아와 피스테라로 향하는 길은 산티아고라는 하나의 목표를 도달했음에도 여전히 이상에 대한 미련이 남은 자들을 위한 길이며, 이 바다는 그 완벽한 이상이었다. 그리고 이 이상을 온전히 나의 것으로 맞닥뜨리기 위해 꾸역꾸역 내 삶의 짐을 메고 내 발로 걸어온 거였다.

편법으로는 느낄 수 없는 감정. 온전히 나의 것으로 온 자들만이 느낄 수 있는 완벽한 이상의 순간. 우리는 그 순간을 열심히 만끽했다.

그곳의 이름은 묵시아였다.

나만 한 걸음 한 걸음
모든 무게를 짊어지고 가는 것 같은 오늘이
때로는 어리석게 느껴져 애석하더라도,
믿어요.

그렇게 도착한 당신의 바다는
누구보다 아름답게 빛날 거예요.
온전히 당신의 것으로 말이에요.

그러니 우리,
또 한 걸음 걸어요.
온전한 우리의 걸음으로 걸어요.

마지막 선물, 그녀

D+37

프랑스 생장에서 산티아고까지, 그리고 다시 묵시아와 피스테라까지. 그 모든 길이 끝나는 순간이다. 37일이 걸렸고, 900㎞를 걸었다. 피스테라라는 표지판이 보였다.

아, 정말 끝났구나. 미련이 남았어도 더 이상 걸을 수 없는 땅 끝까지 왔구나, 우리.

사실 마지막을 맞이한 감흥은 처음 바다를 만난 전날, 묵시아에서 몰아쳤던 탓인지, 피스테라에서 아주 대단한 감동을 느끼지는 못했다. 오늘은 축제 분위기에 가까웠다. 우리는 0㎞ 표지판을 맞이하기 위해 마을에서 샴페인과 맥주를 샀다. 이런 먹거리가 있으면 늘 큰형님(애칭)들의 가방에 넣었던 것을 알기에 오늘만큼은 내가 들겠다고 했다. 아, 그런데 생각 이상으로 무거웠다. 손에 피가 안 통해 오른손 왼손을 바꿔가며 드는데, 금세 온 손이 새빨개졌다. 왜 표지판엔 다 온 것처럼 나오더니 1시간이나 더 걷는 건지…. 보다 못한 이들이 짐을 내놓으라며 손을 뻗었지만 나는 그간의 미안함과 고마움을 이 짐으로 조금이나마 덜어내고 싶었다.

그렇게 끝이 왔다. 늘 도착할 때면 부르던 옥상달빛의 '수고했어 오늘도'를 마지막으로 불렀다. 마지막엔 손을 잡고 걷자며 넷이 쪼로록 손을 맞잡은 채, 마지막 순간을 맞이했다. 우리는 바다가 잘 보이는 한 구석으로 가 샴페인을 터뜨렸다. 주변의 관광객들과 근처 식당에서 밥을 먹던 이들이 큰 소리로 환호를 보내주었다. 누군가는 길을 걷는 한 달여 동안 길러온 수염을 단숨에 깎아 냈다. 그렇게 각자의 마지막을 슬프지 않게 만끽했다. 말 그대로 축제였다.

그 후 우리는 근처에 조금은 비싸 보이는 식당에 들어갔다. 바다가 잘 보이는 식당이었다. 메뉴판에 적힌 가격을 보고 잠시 멈칫했지만, 길 위에서의 마지막 식사이기에 기꺼이 지불하기로 했다.

음식 주문을 하고 나니 어쩐지 시원섭섭한 기분이었다.

Km 0,000
galicia

이제 길이 끝났고, 이 식사가 끝나면 나는 다시 산티아고로 돌아가 곧바로 비행기를 탈 예정이었다. 프랑스행 비행기, 그걸 타고 나면 정말 이 봄은 끝나는 거였다. 마지막 길을 걸으며 소망에게 이런 이야기를 했었다.

"순례길을 다 걸은 사람들이 길 위에서 만난 사람들을 다시 만나려고 산티아고 대성당 앞을 맴돌잖아. 그리고 우리가 피스테라까지 가는 도중에도 누군가를 만날지 모르는 거고. 근데 이제 피스테라에 도착하고 스페인을 떠나고 나면, 이 길에서 만난 소중한 사람들을 영영 기약 없이 볼 수 없게 되겠지? 누군가는 운이 좋아 다시 만날 수도 있겠지만, 대부분은 죽을 때까지 다시 만나기 어려울 거야. 나는 그게 너무 슬퍼. 그런데 한 편으로는 이 길을 찾고 또 찾다 보면 그 중 누군가는 다시 한 번 만날 수 있지 않을까… 하는 기대를 하기도 해. 언젠가 그런 날이 오면 정말 엉엉 울 것 같아."

서로의 속도가 달라, 길의 중반부 이후로 만나지 못했던 수많은 얼굴들이 떠올랐다. 평생 기억 속 그림으로 남을 이들. 나는 그런 아쉬움을 모두 삼키며 이젠 정말 끝임을 받아들이고 있었다. 그러다 식사가 나오기 전, 잠시 화장실에 다녀오겠다며 일어났다. 길을 헤매며 걸어가고 있는데 어디선가 낯익은 목소리가 들렸다.

"메이!"

베르나데트였다. 그녀의 얼굴이 보이자마자 나는 눈물이 왈칵 터져버렸다. 생각지도 못한 얼굴이었다. 나는 그 자리에서 어린애처럼 엉엉 울어버렸다. 그녀는 내 눈물을 닦아주며 말했다.

"메이, 해냈구나."

길의 초반부터 만났던 엄마의 무언가를 닮은 그녀. 왜 이 길을 찾아왔냐고 가볍게 물은 질문에, 이혼하고 줄곧 아이들을 키우며 살다가 이젠 아이들이 모두 커서 조금은 자신의 길을 걸어보고 싶어서 찾아왔다는 이야기를 덤덤하게 해주던 그녀. 당차지만 뒷모습이 쓸쓸했던 그녀. 그러다 길의 후반부쯤 만났을 때 친구가 생겼다며 소개시켜주던 그녀. 만날 때마다 미소가 점점 더 편안해지는 것 같아 어쩐지 마음이 놓였던 그녀. 그래서 계속 애착이 갔지만 어느 순간부

터는 만날 수 없어 산티아고에 잘 도착했는지 궁금해 자꾸 머릿속에 맴돌던 그녀.

다시는 만날 수 없을 거라고 생각했던, 베르나데트였다. 그녀는 우리보다 조금 늦게 산티아고에 도착한 후, 바로 오늘 버스를 타고 피스테라에 놀러 왔다고 했다. 이렇게 완벽한 타이밍에 말이다. 그녀는 우는 내 눈을 똑바로 바라보고 힘을 주어 반복해 말해주었다.

"메이, 그거 알아? 너는 강해. 너는 정말 강해."

나는 울음소리와 함께 답했다.

"당신도, 당신도 강해."

이 길 위에 신神은 있다. 길에서 만난 영훈 씨가 했던 말처럼, 어떤 형태인지는 모르나 분명히 있다. 무신론자로 살아온 내가 언젠가 어느 유일신의 존재를 믿게 될지, 혹은 영영 무신론자로 남을지는 모르는 일이지만, 분명한 건 이 길 위에만큼은 신이 있다. 기어이 그 신께 나는 마지막 선물을 받았다. 나는 그녀의 품에서 한참을 엉엉 울었다.

따스했던 그 봄을
잊지 말아요

산티아고 공항으로 가기 위해 버스를 탔다. 가족이라 부르던 이들의 손 흔드는 모습이 시야에서 사라졌다. 나는 다시 나만의 길을 가는 여행자 신분이 되었다. 가만히 창 밖을 보았다. 창문 밖에 보이는 모든 길 위에 내가, 그리고 우리가 있었다.

각자의 바람을 맞아내며 눈물 짓기도, 이상한 노래에 춤을 추기도, 쪼르르 누워 낮잠을 자기도 하며 그렇게 따스한 그림으로 남아있었다. 그날의 우리는 영원히 박제되어 이 그림 속에 있을 것이다. 아주 오랜 시간이 흘러 찾아와도 말이다. 햇살이 참으로 따사롭던 봄이었다. 그 봄의 끝에서 나

는 자꾸 울컥이는 무엇에 이내 고개를 숙여야 했다.

프랑스의 몽생미셸로 향했다. 몽생미셸에서 제일 좋다는 호텔, 그러니까 방에서 몽생미셸의 아름다운 풍경을 그대로 만날 수 있다는 가장 유명한 호텔 방을 예약해둔 터였다. 하룻밤에 30만 원짜리 방이었다. 세어보니 한 달이 넘는 시간 동안 순례길 위에서 묵었던 모든 숙박비가 딱 그 정도였다. 그 한 달 치와 맞먹는 값어치의 방. 한창 길을 걷던 중, 순례길이 끝나면 몽생미셸에 갈 거라는 나의 계획을 들은 누군가 이렇게 말했다.

"와, 진짜 좋겠다…. 이렇게 알베르게에만 묵다 30만 원짜리 호텔 방이라니!"

"나도 이전에 그럴 거라고 생각했는데, 사실 지금은 알고 있어. 그 30만 원짜리 고급진 하룻밤보다 만 원짜리 불편한 한 달이 훨씬 좋았다는 거…. 아마 거기 가서 그거 잔뜩 느끼고 있을 거야. 나 벌써 그럴 게 눈에 선해."

실제로 만난 몽생미셸의 호텔 방은 예뻤고, 편했으며, 몹시 따스했다. 하지만 내 생각이 맞았다. 당연하게 걸어가는 일상이 끝난 오늘은 몹시 공허했다. 하지만 슬프지는 않았다. 이 공허함은 그 선물 같던 모든 순간이 나의 당연한 일상이 되었었다는 의미일 테니. 내 20대 마지막 봄이 아주 찬란하게 빛났다는 의미일 테니.

나는 이 고급스러운 호텔 방에서 불편했던 한 달을 그렸다. 그리고 예상했던 대로 그 모든 날이 어떤 돈으로도 맞바꿀 수 없는 진짜 행복이었음을 다시 한 번 느꼈다. 나는 아름다운 몽생미셸을 보며 감사의 인사를 건넸다.

사랑했던 나의 길에게. 그리고 그 길 위에서 온전히 나로 빛났던 나에게.

나의 산티아고, 안녕.

이 모든 순간을 나는,
우리는
얼마나 곱씹고 곱씹게 될까.

실수조차 완벽했고,
고통조차 행복했으며,
불완전함이 모여 완전했던 우리의 봄.

부디
이 기억을 아주 오래오래
곱씹을 수 있기를.

Part 3

행복은 지금, 여기서부터

여행을 떠나느라
소중한 이의 마지막을 지켜주지 못한 나는
끊임없는 죄책감에 시달려야 했고,
비로소 주변을 둘러보았다.

멀리 있는 아름다움에 빠져
잠시 잊고 있던
내 곁의 소중한 일상…

나는 여행을 떠나는 일을
잠시 멈추기로 했다.

하지만 이곳에도 여행은 늘 있었다.

여행 후유증

"너는 여행하다 만난 사람들과 헤어지는 일이 이제 아무렇지도 않겠다."

여행 중 아주 잠깐 스쳐간 어떤 이가 내게 물었다. 확실히 함께 했던 순간을 뒤로하고 혼자가 되어 걸어가는 일이라던가 사랑했던 장소를 뒤로 하고 낯선 곳으로 향하는 일에 대해 이전보다 익숙해진 것은 사실이다. 하지만 익숙해졌다는 것이 슬프지 않다는 의미는 아니다. 덜렁대는 성격 탓에 나는 수시로 문가에 발등을 찍어 대지만, 여전히 발등을 찍힐 때면 소리를 지르며 주저 앉는다. 발등은 수백 번을 찍혀도 똑같이 아픈 법이다.

36개국, 수백 개의 도시를 여행한 후에도 나는 여전히 사랑했던 곳을 떠날 때면 남몰래 눈물을 훔친다. 뿐만 아니라 여행지에서 나누는 당시에는 진심 가득했던, 하지만 현실로 돌아오고 나면 한없이 가벼워지는 수많은 약속들에 대해 회의감을 느끼기도 한다.

여행자로 만난 이들과의 관계는 대개 한없이 순수하며 열정적이다. 적어도 그 순간만큼은 말이다. 스물 넷, 첫 유럽 여행에서 많은 사람들을 만나고 떠나기를 반복하며 슬퍼하던 나는 내 마음을 덤덤히 만들고자 일기장에 이런 문장을 끄적였다.

> 너도 나도 퍼즐 속 어느 조각 하나. 그것은 아주 작지만, 한 조각이라도 빠졌다면 오늘의 퍼즐은 완성되지 못했을 거야. 그러니 네가 나의 한 조각이 되어주었음에 감사하면 그뿐이야.

그날의 나는, 나를 스쳐간 크고 작은 인연들을 하나의 퍼즐 조각으로 여기며 덤덤하려고 퍽 애썼던 것 같다. 하지만 내가 사랑했던 여행지의 유난히 애착이 가는 큰 조각들은

JUST DO
WHAT YOU WANT

여전히 내 마음을 요동치게 만들곤 한다.

스물아홉 봄과 여름 사이, 가장 따스했던 그 시간이 끝난 후 나는 정신 없이 바빴다. 한 달 반 만에 귀국하던 날, 집에 들러 잠깐 쉴 틈도 없이 캐리어만 바꿔 든 채 곧바로 출장길에 올랐고, 거기에 몇 번의 출장 여행을 더 했다. 그렇게 산티아고 순례길을 걷고 돌아온 마음을 정리할 새도 없이 잠도 제대로 자지 못하며 두 달을 보내고 나서야 내게 첫 여유가 생겼다. 딱 일주일이었다.

나는 그 일주일을 아무것도 하지 않고 가만히 누워 흘려보냈다. 머릿속엔 내가 나인 채로 찬란하게 빛났던 순간들이 가득했고 이제야 찬찬히 그 길을 정리하기 시작했다. 그렇게 뒤늦게 그 순간들에 빠져있노라니 어쩐지 모두가 떠난 후 나 혼자 길 위에 남아있는 듯한 기분이 들었다.

두 달이라는 시간은 누군가가 현실로 돌아가기에 충분한 시간이었고, 그 길 위에서 나누었던 진심 어린 약속은 이미 희미해졌다. 나는 아직 이 뜨거웠던 기억을 추억으로 보낼 준비가 안 되었는데, 퍼즐 조각이 되어가고 있었다. 그 모든 순간의 다짐이 무색하게, 정신 없이 현실에 치여있던 스스로에게 회의감마저 들었다. 내가 아는 그 느낌이다.

이건 여행 후유증이다.

긴 여행을 다녀온 이가 여행 후유증을 겪고 있노라며 상담을 청해온 적이 있었다. 나는 그에게 나 역시도 늘 겪는 일이라며, 한바탕 앓고 나면 괜찮아질 거라고, 혹시 시간이 지나도 괜찮지 않다면 그때의 마음을 담아 가까운 곳이라도 좋으니 산책을 다녀와 보라고 제안했다. 당신이 사는 현실 속에도 충분히 여행은 있다고. 그것을 느끼며, 가장 반짝이던 그날의 당신을 오늘로 데려오라고. 그렇게 말했다.

나는 일주일을 꼬박 뜨겁게 앓았다. 다행인 것은 이 감정이 나만 느끼는 이상한 것이 아니란 걸 잘 알고 있었고, 그래서 더 열심히 앓았다. 그리고 지금은 여행을 떠나기보다는 이곳에서의 여행을 느끼며, 길 위에서 빛났던 나를 오늘로 데려올 때임을 알았다.

나는 노트와 펜을 챙겨 자주 스쳐 지나가지만 단 한 번도 가본 적 없던 동네 와인바로 향했다. 그곳에서 나는 오르내리던 마음을 찬찬히 정리하며, 뜨거웠던 나의 순간들을 예쁜 조각으로 나라는 퍼즐에 끼워 넣으며, 나를 위해, 그리고 여행 후유증을 앓고 있을 누군가를 위해 글을 써 내려갔다.

신은 모든 인간이 오르가즘 뒤에 끝없는 허무함을 느끼도록 설계해두었고, 그것을 우리는 소위 '현타'라 부른다. 자유라는 가장 강력한 종류의 행복 뒤에 찾아오는 당연한 수순, 그냥 그런 거다. 왜 그럴까 자책할 것도 없는, 그냥 원래 그런 것. 그러니 긴 여행 후에 앓는 후유증은 전혀 이상한 일이 아니다. 되레, 당신이 진정 오르가즘을 느꼈다는 반증이리라.

그럼에도 불구하고

나의 여행 영상에는 이따금씩 이런 댓글이 달린다. 내 영상을 보고 있으면 덩달아 행복해진다고. 자신의 불행한 오늘과 반대되는 모습에 대리 만족하게 된다고. 내 표정이 늘 행복해 보여서 그게 참 좋다고. 나는 감사하다는 말과 함께 덧붙였다. 사실 나는 적당한 행복과 적당한 불행을 안고 사는 사람이라고.

말 그대로 나의 오늘에는 늘 적당한 행복과 적당한 불행이 공존한다. 일상이든 여행이든 둘 다 마찬가지다. 불행의 잔재는 세상의 모든 공간에, 모든 나이에, 모든 직업에, 모든 성별에 각기 다른 모양으로 도사리고 있다.

이를테면 10대, 진학이라는 최대의 불행 요소가 해결되고 나니, 20대, 취업이라는 불행 요소가 생겨났고, 그 사이사이 인간 관계와 사랑, 가족 등의 크고 작은 불행의 잔재는 늘 내 곁에 함께했다. 여행은 또 어떻겠는가.

혼자 하는 여행을 통해 나는 뼛속까지 자유가 스며드는 듯한 청량함을 느끼지만, 캣콜링이나 사기 따위에 시달리는 일도 부지기수다. 사실 뭐 멀리 갈 것도 없이, 집에 있던 오늘만 해도 그렇다. 나는 오늘 세 모금의 불행을 마셨다. 등뼈가 도드라지게 야위어가는, 눈이 보이지 않고 귀가 들리지 않는 나의 늙은 강아지에게 병원에서는 해줄 수 있는 일이 아무것도 없다 하였고, 의미를 알고 있지만 애써 외면해 온 엄마의 짙은 한숨 소리는 나를 한 번 더 바닥으로 끌어내렸다. 거기에 클라이언트로부터 받은 막무가내식의 수정 요청은 나를 한껏 짜증나게 했다. 아마 나뿐 아니라 당신의 오늘에도 분명 불행은 있었을 테지.

다행스러운 것은 행복은 불행이 0인 상태를 뜻하는 것이 아니라는 거다. 그러니까 불행이 모두 소멸되어야만 비로소 행복해질 수 있는 것이 아니라는 뜻이다. 나의 모든 불행 요소가 사라져야만 오늘의 내가 행복할 수 있는 거라면, 나는 아마 평생 행복이란 걸 경험해보지 못할지도 모르겠다.

다행히도 나의 오늘은 불행과 별개로 퍽 행복한 하루이기도 했다. 간만에 늦잠을 늘어지게 자고 일어나 나의 강아지와 함께 아침을 맞이했고, 자취를 시작하면서 집밥을 먹는 일은 늘 최고의 행복이 되었다. 그리고 시간이 조금 더 걸렸지만 어찌되었든 마감이 끝났다. 불행이 있었지만, 그럼에도 행복은 있었다.

이전에 순례길 위에서 밥을 먹다 말고 사랑에 대해 논했던 적이 있었다. 그때 나는 사랑의 정의에 대해 이렇게 말했다.

'그럼에도 불구하고.'

너무도 다른 우주를 품고 있어 충돌하고 또 충돌하는 존재일지라도 '그럼에도 불구하고' 상대를 곁에 두는 일. 포기하지 않고 끊임없이 그 우주를 읽어내려 노력하는 일. 나는 그것이 사랑이라 믿는다.

그리고 어쩌면 행복의 정의도 그와 비슷할지 모르겠다. 오늘의 무수한 불행의 조각들, 그럼에도 불구하고 미소 짓게 만드는 짧은 순간들. 대개 행복할 줄 아는 사람들은 그 순간의 찬란함을 놓치지 않는 사람이리라.

혹자는 수많은 SNS에 보여지는 사람들의 행복이 삶의 단편적인 모습만을 보여주는 거라며 비난의 목소리를 내기도 한다. 이렇게 생각해보면 어떨까? 다양한 불행과 행복으로 뒤섞인 저들의 삶에서 그럼에도 불구하고 저런 행복의 조각을 발견해내었구나. 불행이 우리의 힘으로 막을 수 있는 게 아니라면, 우리가 해야 할 일은 그와 별개인 행복을 찾아내는 일이겠지라고.

'그럼에도 불구하고.' 오늘을 살아내게 하는, 우리를 사랑하게 하는, 또 한 번 떠나게 하는…. 나를 미소 짓게 하는 그런 것들 말이다.

결국 먼 훗날의 꿈으로 미뤄뒀던 행복을 오늘의 것으로 만들기로 하고, 지구 곳곳을 돌면서 내가 얻은 가장 큰 선물은 이 수식어인지도 모르겠다. 이 작은 수식어 하나가 나의 삶을 완전히 뒤바꾸어 놓았음은 말할 필요도 없을 것이다.

그러니 크고 작은 불행에 숨 막혔던 그대의 하루에도 '그럼에도 불구하고'라는 수식어가 스며들기를. 그래서 불행했던 오늘, '그럼에도 불구하고' 꼭 행복을 만나기를 바란다.

소심한 책방

짧은 가족 여행으로 제주도에 왔다가 혼자 남았다. 나는 제주도 동쪽 끝 종달리라는 작은 마을에서 햇살이 잘 드는 게스트하우스에 마음을 빼앗겨 그곳에서 며칠을 보냈다. 그러다 순례길에서 만난 이를 잠깐 만나기로 해 그를 기다릴 겸 동네 책방에 갔다. 이름은 '소심한 책방', 달그락거리는 낡은 문을 열면 책 내음이 가득 풍겨오는 작은 독립 서점이다.

그곳에서 햇살이 바로 보이는 자리에 앉아 눈에 들어오는 책 한 권을 읽었다. 열린 문틈 사이로 들어온 바람이 앞머리를 간질이는 느낌이 좋았다. 평소라면 유치하다고 생각했을 간질거리는 글귀도 퍽 마음에 들었다. 반듯하지 않은 책의 절단면이, 거기에 묘하게 어우러지는 상송이 좋았다. 모든 낡은 것들이 어우러져 평화롭게 만들어주는 이 시간이 너무도 좋았다. 이런 곳이라면 언제고, 얼마 동안이고 누군가를 기다릴 수 있을 것 같았다.

그곳에 얼마나 머물렀을까, 기다리던 이가 도착했다. 나는 반갑게 인사를 건네고, 미리 사둔 작은 시집 한 권과 소품 하나를 가방에 넣어 밖으로 나섰다. 나의 20대는 늘 이런 책방에 쉬어가는 사람이었다면, 나의 30대는 이 책방과 같은 사람이 되고 싶다고 생각하며.

PAPER

立春大吉
JUNGLE

자각몽

자각몽, 영어로는 Lucid dreaming. 말 그대로 꿈속에서 꿈을 꾸고 있다는 것을 자각하는 현상을 뜻한다. 나는 어린 시절부터 당연하게 자각몽을 꾸어왔고, 세상 모든 사람들이 나처럼 꿈속에서 꿈을 자각한다고 생각해왔다.

이게 당연하지 않다는 사실을 깨달은 것은 머리가 조금 크고 나서, 인터넷 다음 카페가 한창 유행할 무렵이었다. 인터넷에서 우연히 자각몽에 대한 글을 읽게 되었고, 그 단어를 처음 접하게 되었다. 그리고 사람들의 댓글을 보며 깨달았다. 매일같이 자각몽을 꾸는 내가 보편적이지 않다는 것을. 그렇게 호기심이 생겨 인터넷 서핑을 하던 중, 나는 다음 포털에서 자각몽을 꾸는 사람들이 모이는 '루시드드림'이라는 카페를 발견했다. 나는 그곳에 가입했고, 새로운 세계를 맞닥뜨리게 되었다.

그곳에서 자각몽을 꾸거나 혹은 바라는 사람들은 다양한 기술을 공유하고 있었다. 이를테면 꿈속에서 꿈과 현실을 분간할 방법으로 손 꺾기 기술이 있다. 마치 당연한 행위를 하듯 손가락을 손등 쪽으로 꺾으면, 꿈일 경우 180도로 손가락이 꺾이는 거다. 마치 영화 '인셉션'의 마지막 장면에서 빙그르르 돌아가는 팽이가 영원히 멈추지 않는 것처럼 말이다.

몇몇 기술을 터득한 나는 이제 꿈속에서 내가 가고 싶은 어디로든 손쉽게 갈 수 있게 되었다. 눈을 감고 마치 당연히 내 눈 앞에 내가 바라는 곳이 펼쳐질 거라는 확신을 갖고 다시 눈을 뜨면 실제로 그곳이 눈 앞에 펼쳐지는 거다. 예를 들면 집 앞에 있던 내가 눈을 꼭 감고 '아, 여긴 미국의 그랜드 캐니언이지. 앞엔 절벽들이 있지…'라고 생각한 채 눈을 뜨면 실제로 내가 그곳에 있게 되는 거다.

그것은 내 세상을 완전히 뒤바꿔 주었다. 나는 그 능력으로 10대의 밤마다 내가 가고 싶은 모든 곳을 돌아다녔다. 동해 바다도 가고, 63빌딩도 가고, 프랑스 파리도 가고, 구름 위에 올라가기도 하고, 당시 내가 좋아하던 연예인의 콘서트장에 가기도 했다. 또 높은 곳에서 떨어지는 꿈을 꾸면 키가 큰다는 말에 높은 건물을 찾아올라가 다이빙한 것도 부지기수다. 지금 생각하면 우주에도 가보고, 천국이 있다면 그곳에도 가볼 걸 너무 소박했나 하는 생각이 든다만, 아무튼 당시의 나는 매일 밤 내가 닿지 못하던 곳들로 떠나기를 반복했다. 어쩌면 지금보다 훨씬 더 여행자라는 말이 잘 어울렸는지도 모르겠다.

자각몽은 잠이 깊게 들지 못하는 상태이기에 현실로 돌아온 나는 늘 피곤에 시달려야 했다. 그럼에도 나는 매일매일 밤이 되길 기다렸다. 현실보다 내 마음대로 떠돌 수 있는 꿈 속의 세상을 더 사랑했던 것도 같다. 그러던 내가 자각몽을 꾸지 않게 된 건 고등학생이 됐을 무렵이었다. 본격적으로 공부 양이 많아지며 피곤에 시달리게 되고, 밤마다 깊게 곯아 떨어져 버렸다. 그러다 보니 아쉬울 새도 없이 너무도 자연스럽게 자각몽은 내 삶에서 잊혀져 갔고, 그렇게 나의 어린 시절 꿈 여행은 끝이 났다.

그 이후 나는 2, 3년에 한 번쯤이나 자각몽을 꿀까 말까 했고, 꿈을 꾼다 해도 어릴 적처럼 신이 나서 익혀둔 기술을 쓰는 일은 좀처럼 없었다. 그러던 내가 어젯밤 아주 오랜만에 자각몽을 꾸었다. 그리고 그 아이를 만났다.

나의 오랜 벗이자 나의 가족, 사랑스러운 늙은 강아지, 마리. 17년을 함께했던 그 아이는 사실 이 세상에서 나를 온전히 아는 유일한 존재였다. 반려견에게 하루 일과를 들려주는 것이 반려견의 정신 건강에 좋다는 사실을 알게 된 후 시작했던 사소한 대화가 내게는 습관이 되어버렸다. 하루가 끝나고 마리와 단 둘이 있을 때면 어디에서도 터놓지 못한 나의 속내를 미주알고주알 털어놓곤 했다.

첫 교복을 입었던 날, 친구와 사소하게 다툰 날, 처음으로 사랑을 시작해 어쩔 줄 몰라 하던 날, 대학교 합격 발표가 났던 날, 사기를 당해 경찰서에 다녀와선 펑펑 울던 날, 처음으로 죽음에 대해 고민했던 날까지. 좀처럼 타인에게 깊은 이야기를 터놓지 않는 내게 그 대화는 아주 특별했고, 그 아이는 무엇과도 바꿀 수 없는 존재가 되었다. 부모님 집에서 독립하고 떨어져 살게 되면서 이전처럼 매일 보지는 못했지만, 그래도 본가에 내려가 함께 잠드는 날이면 나의 모든 이야기를 들려주곤 했다.

마리는 내가 여행을 떠나 가장 행복해하고 있던 순간, 아무도 없던 집에서 홀로 조용히 세상을 떠났다. 나는 그 사실을 견딜 수가 없었다. 마리의 몸이 날이 갈수록 안 좋아진다는 것을 충분히 알고 있었고, 여행은 미룰 수 있었다. 그런데 나는 그러지 않았다. 늘 그렇듯 돌아오면 당연하게 나를 반겨줄 거라고 생각했던 것 같다. 멍청하게도. 나는 유일하게 나를 온전히 봐주는 존재를 그렇게 못나게 떠나 보냈다. 며칠을 울며 보내던 나는 그 아이를 잃은 사실을 더 이상 들춰낼 엄두가 나지 않아 그냥 통째로 삼켜버렸고, 그것은 소화되지 못한 큰 덩어리로 가슴 한편에 콕 박혀 버렸다.

그러다 만난 자각몽이었다. 꿈이라는 사실을 자각한 나는 고민의 여지없이 눈을 감았다. 그리고 마리와의 하루를 떠올렸다. 정말 기적같이 그 아이와 산책을 하는 순간이 펼쳐졌다. 나는 생각했다. 혹시 마리의 죽음이 꿈이고, 이게 현실이 아닐까. 굳이 손가락을 꺾지는 않았다. 그렇게 나는 나의 사랑스러운 늙은 강아지와 집 앞을 한 바퀴 돈 후 자연스럽게 집으로 돌아갔다. 그리고 엄마가 차려주는 밥을 먹고, 소파에 드러누워 수다를 떨었다. 아주 평범한 일상 속에서 나는 아주 행복했던 것 같다. 그렇게 행복한 웃음 속에서 꿈은 점점 옅어져 갔다.

눈을 떴다. 익숙한 천장이 보였다. 나는 다시 눈을 감아 몇 번이나 다시 꿈 속으로 들어가려고 시도했지만, 결국 실

패했다. 나는 눈만 꿈뻑이며 가만히 천장을 바라봤다. 눈물도 나지 않았다. 그리고 깨달았다. 그 멋진 능력을 다시 갖게 된 순간 내가 바란 건 더 이상 멀리 떠나는 것이 아닌 이곳에 머무르는 일이었다. 내가 놓치고 있던, 진짜 내 곁의 소중했던 것들 틈에서 말이다. 나는 그간 멀리 떠나고 또 떠나느라 지키지 못했던 내 일상 속 소중한 모든 것을 지켜보기로 했다. 그러니까, 멀리 떠나는 일을 멈추기로 했다.

그렇게 한창 계획 중이던 네팔 여행을 접었다. 하지만 여행 자체를 관둔 건 아니었다. 이곳에서 지키고 싶은 것들을 지키며 흘러가는 하루 속에서도 나의 크고 작은 행복을 야기하는 여행은 충분히 존재했으니까. 마리의 곁으로, 나의 평범한 하루로 떠났던 어젯밤 꿈 여행처럼 말이다.

통돌이에
대처하는 방법

핸드폰을 만지작거리던 도중 한 여행지 홍보 기사가 눈에 들어왔다. 바야흐로 서핑의 계절이라나 뭐라나. 큰 파도에 휩싸인 채 꽤 힘든 시간을 보냈던 터라 그런지 서핑이라는 단어에 한동안 눈이 멈췄다. 그러다 오랜만에 작년 발리에서 찍어온 서핑 영상을 꺼내보았다.

발리 한 달 살기를 하는 도중 나는 꾸따에서 서핑을 배웠다. 물을 그다지 무서워하지 않는 나는 곧잘 진도를 따라갔고, 보드 위에서 중심을 잡는 일을 그리 어렵지 않게 해냈다. 수업을 시작한 지 4일째 되던 날, 내 담당 강사는 이제 훨씬 더 깊은 곳으로 가 큰 파도를 타보자고 제안했다.

YG

나는 쉽게 응한 것을 이내 후회했다. 큰 파도를 타는 것은 둘째치고 깊은 곳까지 가는 것 자체가 몹시 힘든 일이었다. 보드 위에서 두 팔로 헤엄을 치며 조금씩 나아가다가 큰 파도를 한 번 만나면, 거기에 휩쓸려 한참 헤엄쳐 온 길을 쪼로록 되돌아오기를 반복했으니까. 보통 이럴 땐 파도에 밀려나지 않기 위해 파도 속으로 몸을 숨기라고 하는데, 내겐 여간 어려운 일이 아니었다.

그렇게 진이 빠진 채 해변이 까마득하게 보일 정도로 먼 곳까지 도착했고, 강사는 내가 탈 만한 파도가 있는지 살폈다. 그렇게 한참 동안 좋은 파도를 기다리다가, 그가 큰 소리로 외쳤다.

"지금이야!"

나는 전속력으로 헤엄을 치다가 파도와 보드가 만나는 순간 몸을 일으켰다.

'오 마이 갓. 나 파도 위에 올라탔어!'

하늘을 나는 듯한 느낌이었다. 얕은 곳에서 타던 것과는

비교도 할 수 없었다. 그런데 그것도 잠깐. 나는 금세 균형을 잃고 파도 속으로 고꾸라지고 말았다. 그런데 이전에 넘어졌을 때와는 사뭇 달랐다. 물 안의 소용돌이에 빨려들어가는 느낌이다. 나는 내 키를 훨씬 뛰어넘는 깊은 바다 속에서 파도에 휩쓸려 빠져나오지 못한 채 정신 없이 빙글빙글 돌았다.

시간이 얼마나 지났을까. 정신을 차려 물 밖으로 고개를 내밀었을 땐 이미 꽤 먼 거리를 밀려와 있었다. 코에 바닷물이 잔뜩 들어가 눈물 콧물이 줄줄 흘렀다.

'이게 말로만 듣던 통돌이구나.'

통돌이는 테이크 오프 도중 파도에 몸이 말려 바다 속에 깊게 빠지는 상황이 꼭 통돌이 세탁기에 돌려지는 모습과 같아 생긴 서핑 용어(정식 명칭은 wipe out)로, 서핑을 하는 사람이라면 누구나 한 번쯤 겪는 일이다. 심지어 누군가는 이 통돌이를 당하는 걸 즐기기도 한다고. 그래서 이전부터 통돌이를 당해도 당황하지 말라는 이야기를 몇 차례나 들었던 터다. 하지만 실제로 당해보니 그 공포감은 이루 말할 수 없었다. 내 몸을 내가 제어할 수 없게 된 순간의 공포. 나는 그때부터 파도가 무서워졌다.

잔뜩 겁을 먹은 나는 물 밖으로 빠져 나왔다. 그렇게 한참을 넋이 나간 채 해변가에 가만히 앉아있자 강사가 다가와 말했다.

"통돌이를 당할 때는 잠깐 동안 가만히 숨을 참고, 그냥 파도에 몸을 맡기는 거야. 그럼 파도는 어떻게든 지나가거든."

사실 당시 나는 제 정신이 아니었기에, 그 말이 크게 와 닿지는 않았다. 속으로 '아니, 됐고. 난 두 번 다신 당하고 싶지 않다고!'를 외쳤다. 그날 숙소로 돌아온 나는 서핑 배우는 일을 관둘까 진심으로 고민했다. 하지만 통돌이 한 번에 바로 관두는 일은 아무래도 자존심이 용납하지 못해, 결국 다음날 다시 한 번 큰 파도를 만나러 떠났다.

그날 나는 한 번 더 통돌이를 당했다. 그런데 신기하게도 전날처럼 당황스럽지는 않았다. 짧은 순간 강사가 해준 말을 떠올린 채 호흡을 꾹 참고 '그래, 금방 지나갈 거야'라고 생각하니 몸이 빙그르르 돌아가는 와중에도 그럭저럭 참을 만했다.

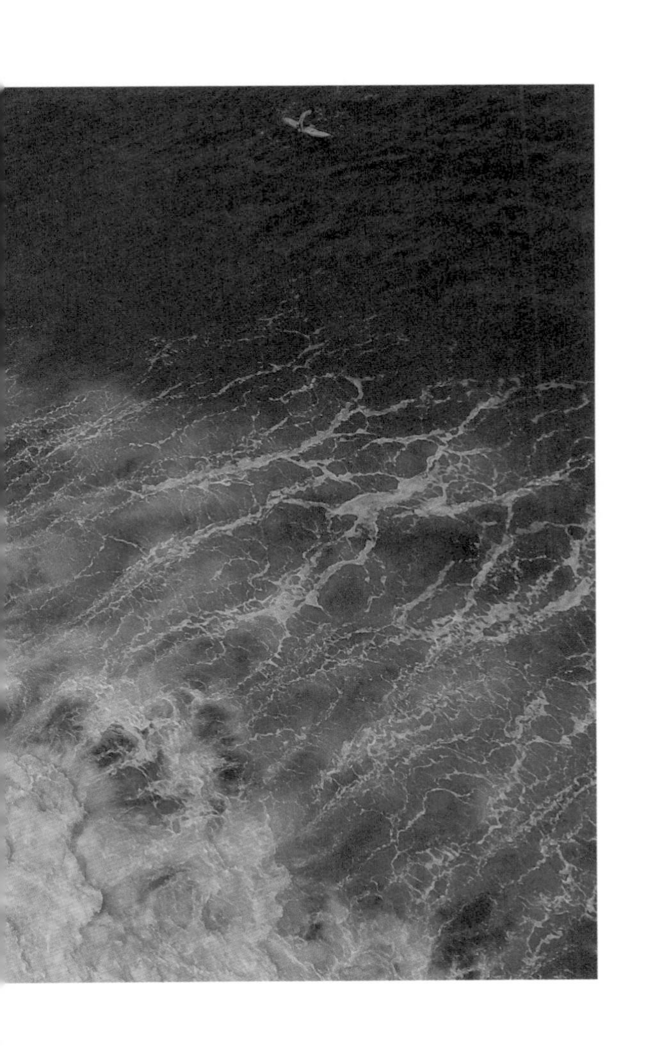

이후 꾸따에서 친해진 렉시에게 나는 이 통돌이 이야기를 해주었다. 인도네시아에서 나고 자라 택시 기사로 일하고 있는 그는 서핑을 아주 좋아한다고 했다. 이야기를 들은 렉시는 통돌이라는 단어는 모르지만 내가 설명한 게 뭔지 잘 안다고 했다. 그는 서핑을 대체 왜 좋아하는 거냐는 나의 물음에 이렇게 답했다.

"우리는 파도가 치는 걸 막을 순 없지만, 잘 타는 방법은 배울 수 있지. 난 그래서 서핑이 좋아."

나는 장난스럽게 손가락을 구부리며 한껏 오그라든다는 리액션을 취했지만, 그의 말에 내심 공감했다. 그러면서 나의 오늘에 마주하는 무수한 파도들을 통해, 나 역시도 파도를 타는 방법을 배워가고 있는지도 모르겠다고 생각했다. 내게 닥칠 무수한 파도들은 내 힘으로 막을 수 없을 테니, 파도가 치지 않길 바라는 것보다 파도를 잘 타는 방법을 배우는 편이 낫겠다고. 그러다 균형을 잃어 통돌이를 당하게 되면, 그것을 즐기기까진 못하더라도, 최소 어제처럼 눈물 콧물 다 쏟으며 당황하진 않을 수 있지 않을까.

어쩌면 내가 그토록 바라던 이상적인 어른의 모습은 파도를 잘 타는 방법을 아는 사람이 아닐까, 생각했다.

그렇게 발리에서의 한 달 살기를 끝내고 한국으로 돌아온 나는 사실 여전히 파도가 무섭다. 해양 스포츠로 스쿠버 다이빙과 서핑 중 하나를 고를 수 있는 상황이면 고민의 여지없이 스쿠버 다이빙을 고른다. 내 하루에 불어치는 크고 작은 파도들도 여전히 무섭고, 그것들에 말려 통돌이를 당하는 것은 말할 것도 없다.

여전히 파도를 잘 탈 줄 모르는 나는 툭하면 균형을 잃고 넘어져 통돌이를 당하곤 한다. 새벽마다 무너져내리기를 반복하는 지금도 통돌이가 진행되는 중인지도 모르겠다. 하지만 다행인 것은 차분히 숨을 참고 기다리다 보면 파도는 어떻게든 지나간다는 사실을, 이제는 잘 알고 있다는 거다.

서핑의 맛을 조금은 알 것도 같다.

일상 여행자의 시간

한 달 살기가 유행을 넘어서 하나의 여행 문화로 자리잡았다. 나 역시 발리 한 달 살기 경험을 통해 한 여행지에서 살아보는 것의 매력을 느꼈던 터다. 그랬던 내가 요즘은 이렇게 말하고 다닌다.

"저, 한국 한 달 살기 중이에요."

정확히는 세 달 살기에 접어들고 있었다. 여행하기를 멈춘 거다. 여행하는 것이 직업인 내게 이것은 꽤나 특별한 일이다. 몇 달 전, 무지개 다리를 건넌 마리를 통해 내 일상과 주변의 것들을 돌볼 필요를 느꼈던 탓이다. 하지만 이 생활이 여행을 하던 때와 크게 다르지는 않았다.

마리의 부재는 나의 일상이 영원하지 않을 것이라는 약간의 불안을 가져다 주었는데, 되레 이 불안이 내게 여행자의 마음을 가져다 준 듯했다. 오늘이 영원하지 않기에 하루하루가 더 소중해졌달까. 어찌되었든 우리는 매일같이 돌아올 수 없는 오늘과 이별하며 살고 있으니까.

나는 당연하게 맞이하던 아침을 당연하지 않게 받아들이려 노력하며, 눈 뜰 때마다 여행지에서 그랬듯 노래를 틀었다. 바쁘게 미팅에 가야 하는 날에도 예외는 없었다. 오늘 아침의 BGM은 빌리어코스티의 '니가 미치도록 사랑스러운 건지'다. 집에서 일할 때에도 창문을 자주 열었고, 그 틈으로 들어오는 햇살과 약간은 쌀쌀해진 바람을 오감으로 느꼈다. 틈틈이 하늘을 봤고, 하늘이 예쁠 땐 사진을 찍었다.

물론 좋은 일들만 가득했던 건 아니었다. 사진첩에서 마리의 모습을 볼 때면 꽤 자주 무너졌고, 일에 대한 권태감과 알 수 없는 무력감을 느낄 때도 많았다. 그럴 때는 글을 썼다. 느껴지는 희로애락 중 어느 하나 하찮은 것이 없기에, 여행의 모든 순간을 기록했듯, 내 감정을 열심히 써내려 갔다. 그러다 보면 좋아하는 글을 쓸 수 있음에 감사해졌다.

때때로
무명 작가의 시집을 읽는 것도,
관악구의 알지 못했던 새로운 바를
찾아가는 일도 좋았다.

분위기 있는 바에서
와인이나 맥주 한 잔을 하는 일은
세계 어디서든 예외 없이
내가 제일 사랑하는 여행이니까.

그렇게 서울의 관악구에서 작은 여행을 즐기고 집으로 돌아올 때면 기분이 퍽 괜찮아지곤 했다.

실로 모든 일상에는 여행이 스며들어 있었다. 모두에게나 공평하게 그러했다. 그것을 알아채지 못하거나, 혹은 외면할 뿐. 그래서 나는 내 온몸에 짙게 배어있는 여행의 습관이 나의 오늘에 스며들도록 무던히 노력했다. 여행자의 눈. 필요한 건 아주 조금의 틈과, 아주 조금의 낯섦. 나의 눈에 심어진 방법을 몇 가지만 공유해보자면 이렇다.

#1 낯선 이와 인사하기

모르는 이와 주고받는 "Hola!", "나마스떼"에 행복해하고, 게스트하우스에서 만난 이의 "Have a good trip", "Have a sweet dream" 등의 인사에 미소 지었던 순간을 떠올리며, 평소에 하지 않았던 조금 낯간지러운 인사를 건네본다. 기사님께 "좋은 하루 되세요", 지나며 마주치는 모르는 이에게 "안녕하세요", 외국인 여행자에게 "Have a good trip", 낯부끄러워 평소에 하지 못했던 인사 "고마워" 뭐든 좋다. 그리고 그 인사에 상대가 진심으로 안녕하기를 바라는 마음을 꼭꼭 담아본다.

#2 하늘 사진 찍기

오늘의 숙제. 하늘 사진 네 번 찍기. 여행지에서는 그 누구보다 하늘의 변화에 민감하면서 일상 속에선 그 아름다움을 잊고 살기 십상이다. 이른 아침, 점심, 해질녘, 밤. 바쁜 일상 속 짬을 내 하늘을 보고, 카메라에도 담아본다. 그 중 마음을 울렁이게 만드는 예쁜 하늘이 있다면 소중한 사람에게 공유해본다.

#3 오늘의 BGM 만들기

순례길 위에서 빨간 원피스를 입고 〈라라랜드〉 OST에 춤을 추던 순간을 떠올린다. 나는 사실 매 순간 그 여행지를 대표하는 BGM을 만들곤 했는데, 그러다 보니 특정 노래를 들으면 자동으로 어느 장소와 그때의 감정이 연상되곤 한다. 잠깐, 그러면 오늘의 BGM은 뭐지?

#4 아주 작은 변신

아주 작은 다름을 오늘의 나에게 심어주자. 평소와 조금 다른 스타일의 옷을 입어보는 것도 좋고, 색다른 머리 스타일이나 화장법도 좋다. 평소와 달리 작은 카메라를 핸드백

에 넣어본다거나, 이어폰 대신 헤드셋을 써보는 것도 좋다. 뭐든 좋다. 여행이라는 이유로 모든 다름이 용인되었던 그 때처럼, 오늘만큼은 조금 달라도 괜찮다.

#5 누군가를 위한 선물

여행의 마무리 단계에는 대개 누군가를 위한 선물을 사기 위해 기념품 가게로 향한다. 소중한 사람들을 떠올리며, 무엇이 좋을까 고민하는 일, 그리고 그것을 받을 상대방의 얼굴을 떠올리는 일은 사실 그 자체로도 행복이다. 그런데 그걸 꼭 멀리에서만 할 필요는 없지 않을까? 조금 쌩뚱맞더라도, 아주 사소한 거라도 괜찮다. 소중한 누군가를 위해 뜬금없는 작은 선물을 해보자. 그 자체만으로도 나와, 그것을 받는 이에게는 작은 여행이 시작될 테니.

여행과 일상의 차이는 낯섦과 익숙함에 있다. 하지만 우리 주위의 익숙한 것들에 대해 약간의 시선만 달리 한다면 우리는 일상 속에서도 충분히 여행을 만끽할 수 있다. 여행자의 눈을 갖춘 이에게는 모든 오늘이, 모든 삶이 여행인 셈이다. 그렇게 하루하루를 반짝이는 마음으로 채워가는 여행자의 삶은 얼마나 아름다울까.

나는 나의, 그리고 이 글을 보는 당신의 모든 인생이 그러기를 진심으로 바란다.

여행지
추천해드립니다.

간만에 긴 휴가를 쓰게 된 친구가 물었다.

"나 여행지 추천 좀 해줘. 어디 가지?"

"글쎄, 평소에 가보고 싶었던 곳 없었어?"

"흠 글쎄… 잘 몰라서. 그냥 네가 추천해주면 안 돼?"

"일단은 그게 중요한 게 아냐. 한번 잘 생각해봐. 살면서 막연하게라도 로망을 품었던 곳 말야. 영화나 책 같은 데서 보고. 그런 곳 하나도 없었어?"

"음… 아! 〈꽃보다 청춘〉에 나왔던 곳! 맞아, 거기 가보고 싶었다!"

"오케이, 거기 좋다. 그럼 내가 추천할 곳은 거기야. 그냥 내가 여행 스타일 별로 추천해줄 수도 있긴 한데, 내가 아무리 괜찮다고 생각하는 여행지도 네가 잠깐이라도 로망을 품었던 곳은 절대 이길 수 없거든. 자, 그럼 그 중에선 특히 추천할 만한 데가…."

세상에는 예쁜 곳, 좋은 곳이 너무 많다. 한때는 여행을 하는 일이 세상의 그 예쁜 곳, 좋은 곳들을 모두 보기 위해서라고 생각한 적도 있었지만, 지금은 다르다. 그곳에 어떤 대단한 볼거리가 있는지는 사실 그리 중요치 않다. 그저 잠깐이나마 내 마음을 일렁이게 만들었던 장소에 내가 직접 서 있다는 것. 그 순간의 감정을 위해 여행을 하는 게 아닐까 라는 생각을 한다. 그러니까 백이면 백 만족한다는 스위스보다 어릴 적 아빠에게 이야기 들으며 상상의 나래를 펼쳤던 별 볼 것 없는 황무지가 더 매력적인 여행지가 될 수 있다는 거다.

내 경우 세계일주 당시 사막을 걷고 싶었다. 그것도 어린 왕자에 나오는 사하라 사막을 홀로 걷고 싶었다. 마치 조종사가 된 듯이, 어린 왕자를 찾듯이. 실제로 그곳에 도착했던 나는 가방을 던져두고 홀로 몇 시간이나 사막을 걸었다. 정

해진 여행 코스도 아니었지만, 그냥 길을 잃지 않게 직선으로 두 시간을 내리 걷고, 반대로 두 시간을 걸어 돌아왔다.

그날 이후 나는 세계 3대 사막으로 손꼽히는 곳을 모두 가보았고, 많은 이들이 인생 최고의 경험이라고 꼽는다는 다양한 종류의 사막 투어를 해보았다. 사막에서 버기카도 타고, 샌드 보딩도 해보고, 낙타도 타고, 감성 넘치는 캠프파이어는 물론, 쏟아지는 별과 은하수도 실컷 보았다. 하지만 그 멋진 투어들도 멍하니 홀로 사막을 걸으며 작은 꿈을 실현했던 그 순간과는 절대 비할 수 없다. 앞으로 더 대단한 사막을 만난다고 해도 아마 변함은 없을 거다.

결국 어떤 대단한 것도 당신의 마음 속 작은 조각을 이길 수 없다. 그러니 당신의 여행지를 찾을 때는 먼저 남이 아닌 자신의 마음에게 묻자. 아주 막연하게라도 당신의 마음 어딘가를 일렁이게 했던 그런 곳, 혹시 없는지.

길의 답은 거기에 있다. 세계 여행뿐 아니라 당신의 인생 여행에 있어서도 말이다.

오지랖의 동네

"오지랖 좀 부리지마."

오지랖이 넓다는 말은 주로 상대의 간섭을 부정할 때 쓰인다. 특히 개인주의가 만연한 요즘 세상에는 오지랖이 좁은 게 미덕이라고 볼 수도 있겠다. 나는 꽤나 개인주의적인 성격으로 타인의 일에 오지랖을 부리는 것도, 오지랖을 당하는 것도 썩 내키지 않는다. 그런 내가 오지라퍼가 되기로 처음 결심한 것은 울릉도의 작은 어촌 마을에서다.

한창 일본에 대한 이슈가 있었고 나는 그들의 행태에 제법 화가 났다. 때마침 독도의 날(10월 25일이다.)이 다가오고 있었다. 나는 여행 크리에이터로서 우리 땅이지만 갈 엄두가 나지 않는 독도를 어렵지 않게 여행하는 모습을 보여주고 싶었고, 그 길로 배를 타러 떠났다.

독도에 가기 위해서는 3대가 덕을 쌓아야 한다는 말이 있다. 강릉항에서 울릉도까지 배를 타고 약 3시간, 울릉도에서 독도까지 또 배를 타고 2시간이 걸리는데, 심한 파도 때문에 독도는커녕 울릉도에 들어가는 일조차 만만치 않다. 내가 배를 타러 간 날도 하늘은 맑았지만 파도는 거셌다. 출발 예정 시간이 두 시간을 훌쩍 넘기고 있었고, 선상 내에서 다섯 번째 지연 방송이 나오자 많은 승객들이 환불 의사를 밝히며 밖으로 나갔다. 하지만 나는 오늘이 안 된다면 내일이라도 다시 올 작정이었기에 계속해서 기다렸고, 결국 몇 시간의 기다림 끝에 울릉도로 출발할 수 있었다. 다만 엄청난 파도에 내 생에 가장 심하게 요동치는 배 안에서 3시간 내내 서라운드로 울려퍼지는 구토 소리, 은은한 토 내음이 함께했지만 말이다.

힘겹게 울릉도에 도착한 나는 선착장 근처에서 하룻밤을 묵고, 다음날 독도로 향했다. 3대가 덕을 쌓았던 건지 다행히 한 번의 실패 없이 독도에 올라설 수 있었고, 그 감동은 이루 말할 수 없었다. 하지만 그 이후 다시 돌아온 울릉도에서의 여행은 결코 쉽지 않았다. 정확히 말하자면 나 같은 뚜벅이 여행자에게는 말이다. 울릉도는 교통 수단이 잘 발달되어 있지 않았고, 택시 요금은 퍽 비싼 편이다. (특히 일행이 없어 모든 요금을 혼자 감당해야 했던 내게는 더욱 그랬다.) 산 지형 특성상 자전거를 이용하기도 어려워, 배차 간격이 몹시 긴 마을 버스를 기다리는 수밖에 없었다. 이미 이틀에 걸친 항해로 지쳐버린 나는 울릉도의 명소 곳곳을 돌아다닐 자신이 없었고, 작은 어촌 마을에 발이 묶이고 말았다. 아니, 정확히 말하자면 그 핑계로 내가 직접 내 발을 그곳에 동여맸다는 표현이 맞겠다.

태하. 그곳의 이름은 태하였다. 사람이 적고, 아름다운 노을을 볼 수 있다는 울릉도 북서쪽의 작은 마을. 그 흔한 치킨집 하나 없는 곳. 하루가 그 어디보다도 일찍 끝나 해가 지면 금세 고요해지는 곳. 그곳에 오랜 옛집을 개조해 만들었다는 게스트하우스에서 3일을 머물렀다. 그 마을 안에서 내가 할 만한 일은 많지 않았다.

나는 도보 30분이면 한 쪽 끝에서 다른 끝까지 갈 수 있는 이 작은 마을을 하루 종일 몇 바퀴나 걸었다. 한 번은 귀를 막아 음악 소리를 들으며, 한 번은 이어폰을 빼고 파도 소리를 들으며 한참을 걸었다. 그렇게 걷노라면, 이 동네에

독도방향
(Dokdo direction)
독도까지 거리 87.4Km

젊은 여자가 혼자 여행하는 일이 흔치 않은 탓인지 원래 그런지는 모르겠지만, 마주치는 동네 주민 분들이 한두 마디씩 건네며 지나가곤 했다.

"니 어데서 왔나?"
"예. 서울에서 왔어요."
"좋은 데서 왔네~"

"혼자 왔나?"
"네. 혼자 왔어요."
"아이고 대단하네~ 여행 조심히 잘 하시고~"

"뭐 찍나?"
"영상 찍고 있습니다."
"내 찍어줄까? 여 찍고 저 가서 찍제. 저가 진짜 좋을 긴데."

썩 다정하지 않은 말투로 다정한 한 마디씩 건네는 모습이 나는 퍽 이색적이라고 생각했다. 다음날은 일요일이었다. 나는 늦잠을 자고 일어나, 아침을 먹기 위해 길을 나섰다. 전날 야식을 사 먹을 곳이 없어 밤부터 배가 고팠던 터라 이미 배에서는 끊임없이 꼬르륵 소리가 울려 퍼지고 있었다. 아침 밥을 먹은 후에 버스를 타고 근처 다른 마을을 구경할 심산이었다. 아니, 그런데… 밥 먹는 게 이렇게나 힘들 일인가?

"지금 식사 되나요?"
"아이고, 나 교회 가야 되는데~"

동네에 몇 안 되는 모든 식당을 돌아다녀 물어도, 죄다 곧 교회를 가야 해서 식사가 안 된다는 거다. 놓친 곳은 없을까 구석구석 동네를 돌다 한 아주머니를 붙잡고 물었다.

"아주머니, 여기 교회 안 다니는… 그런 식당은… 없을까요?"

아주머니는 중국집이 하나 있다 했다. 나는 문을 열기 30분 전부터 그 앞에 쪼그리고 앉아있다가 첫 손님으로 해물 짬뽕 하나를 시켰다. 맛은 가히 예술이었다. 바다 내음이 물씬 풍기는 깊은 맛의 짬뽕. 나는 한 그릇을 순식간에 뚝딱 해치웠다. 그리곤 막 젓가락을 내려놓았을 때 갑자기 손님

들이 들이닥쳤다. 문 연 곳이 이곳뿐이라 사람이 몰리는 건지 원래 유명한 맛집인 건지는 모르겠다. 아무튼 작은 가게인지라 자리가 부족할 것 같아 나는 서둘러 짐을 챙겼다. 식당을 나가려는데 주인 아주머니가 나를 붙잡았다.

"앉아서 커피 한 잔 마시고 천천히 가요."

그리고는 내 손 가득한 짐을 슥 보고는 덧붙였다.

"그냥 내가 타줄게, 이거(믹스커피) 괜찮죠?"
"아… 네, 네! 너무 좋아요!"

아주머니가 타주신 믹스 커피 한 잔은 몹시 달았다. 그 한 잔에 당 충전이 가득 되어가던 가슴에 아주머니는 설탕 한 스푼을 더했다.

"혼자 여행 다니다 보면 쉽게 피곤해지고 그럴 텐데, 그럴 때 이런 커피 한 잔이 딱이지. 천천히 마시고, 쉬다 가요."

아주머니는 원래 혼자 여행해본 적이 있냐는 둥, 어디어디 가봤냐는 둥 본격적으로 질문을 하기 시작했다. 나는 아주머니의 달다구리 오지랖에 다른 마을로 가기를 포기했다. 어제 이미 보고 또 본 마을이지만 아직 이곳을 더 보아야겠다고 생각했다.

나는 그녀와의 대화를 마친 후 숙소로 돌아갔다. 그리곤 방금 느낀 투박한 달콤함을 기록하고 싶어 노트북을 꺼내와 햇살 드는 마루에 기대 앉았다. 그렇게 아주머니가 건넨 커피와 그 순간의 마음을 토씨 하나 빼놓지 않고 있는 그대로 적어가고 있었다. 게스트하우스 사장님이 부스스한 차림새로 나오며 물었다.

"안 나갔어요? 차 한 잔 타줄까요? 모과차, 메밀차, 녹차 있는데…"

"음, 모과차요. 감사합니다!"

사장님은 자칫 무뚝뚝해 보일 수 있는 표정에 꽤나 투박한 말투를 가진 분이었다. 나는 커피 이야기를 마무리 지으며 방금 사장님이 건넨 말도 이어 적었다. 그런데 그때 사장님이 모과차를 가져와 내 옆에 내려놓더니, 감기약 두 개를 함께 내밀었다. 사장님은 전혀 다정하지 않은 말투로 툭 뱉었다.

"이거 뭐, 필요하면 먹어요."

이곳에 오기 전 한 차례 독한 감기가 걸렸던 터라, 그 끝물의 잔기침이 남아있었는데, 그 소리를 들었는지 감기약을 찾아오신 거다. 혹 아파서 안 나간 거라고 생각하신 건가 모르겠지만, 아무렴 어때. 감기약을 툭 건넨 채 뒤도 안 보고 들어가는 저 뒷모습마저 따숩다.

사실 오지랖은 옷의 앞자락이 넓다는 의미라고 한다. 앞자락이 넓을수록 더 넓은 가슴팍을 감쌀 수 있으니, 오지랖이 넓다는 말에는 남을 감싸 안는 폭이 넓다는 의미도 포함되어 있는 셈이다. 과한 오지랖은 관계의 온도를 차갑게 만들지만, 적당한 오지랖은 상대의 가슴팍을 안아주어 관계의 온도를 뜨뜻하게 데워주곤 한다. 내가 느낀 태하 마을처럼 말이다. 덕분에 내내 가슴팍이 퍽 따스했다.

누군가 내게 태하 마을이 어땠느냐고 묻노라면, 나는 세상 가장 기분 좋은 오지랖이 잔뜩 모여있는 동네라고 답하겠다. 참으로 사랑스러운 곳이다.

메모의 끝에는 이렇게 적었다.

이토록 기분 좋은 오지랖을 지닌 사람이 되고 싶다.

맛깔나게
나이 먹기

다이어트를 위해 어차피 먹는 샐러드라면 맛있으면 더 좋겠고, 매년 원치 않아도 먹는 나이라면, 기왕이면 맛깔나면 좋겠지. 맛대가리 없던 인생의 시기를 떠올렸다. 뻔한 맛. 누구나 예상할 수 있는 맛. 어느 알만한 이가 TV에 나와 떠들어댄 레시피대로

자격증 한 스푼.

인내 한 스푼.

음, 조금은 덜 넣어도 되려나?

남들을 따라가지만 때로는 모자라고 또 때로는 쓸데없이 과했던 맛. 때로는 적은 노력과, 또 때로는 괜한 인내로 내가 먹은 나이는 뻔하지만 아쉬운 맛. 그래서 면접관을, 혹은 새로운 인연을 만날 때면 밍숭맹숭한 나의 맛을 포장하기 위해 조미료를 쳐야 했던 나날들이 선명하다.

다행인 것은 여행을 시작한 이후 나의 삶은 점차 본연의 맛을 찾아가기 시작했다는 거다. 남들을 따라가는 것이 아닌 온전히 마음에서 우러난 꿈, 죽기 전엔 꼭 내보고 싶던 내 이름이 박힌 책, 나의 추억과 감성을 공유하는 일들. 그럼에도 거기에 조미료는 없었다 자부한다.

대학생 때 나는 카피라이팅 수업을 제일 좋아했다. 한 줄의 글귀로 사람의 마음을 매혹하는 일은 내 가슴을 뛰게 만들기에 충분했다. 그런데 내가 정작 회사에 들어가 쓰게 된 글은 너무나도 새빨갰다. 후킹, 오로지 후킹. 마음이 아닌 눈의 후킹. 쏟아지는 자극적인 기사보단 말랑이는 시를 좋아하고, 보일랑말랑한 아이보리색 메시지에 마음을 열던 내게 그 일은 종종 회의감을 주었다. 그게 퇴사의 직접적 이유는 아니었지만, 자극이 판치는 유튜브 시장에서 천천히 가더라도 잔잔하게 가기를 택한 이유인 것은 사실이다.

온갖 출판사에 거절당하고 돈도 다 떨어져 누구보다 아

쉬운 입장임에도, '여자 혼자, 적은 돈을 들고, 긴 여행을 마쳤음'을 자극적으로 강조해야 한다는 모 출판사의 출간 제의에 고개를 저었던 것도 그 이유였다. 누군가는 '노잼'이라 넘겨버리더라도 나와 같은 감성을 가진 이의 미소 한 번, 그것이면 충분하다 여겼다. 그래서 배운 거라곤 조미료 치는 광고일이면서도, 내 남은 삶에서 조미료는 넣어두기로 했다.

이전처럼 '자소서'가 아닌 '자소설'로 나를 포장하지 않아도, 내가 가진 재료로, 나이테만큼 곱게 우러난 맛이 나기를 바란다. 그러기 위해 오늘을 애매하게 흘려보내서는 안 된다는 걸, 조금 더 가슴 뛰는 일을 따라야 한다는 것을 나는 진리처럼 삼고 있다. 나는 어른의 숫자를 손에 얻게 되었을 때, 그리고 그보다 더 어른의 숫자를 얻게 되었을 때, 그저 이 한 마디를 듣고 싶다.

"어머, 이 집 인생살이 맛집이네?"

아, 기왕이면 인생에서 당 떨어진 이들이 찾아올 수 있는 달다구리 맛집이기를.

사실은 사소하고
사사로운

"세계일주를 남미에서 시작했더니 동남아에 오니까 아무런 감흥이 없어."

"유럽에만 3개월째 있다 보니 그 건물이 그 건물 같고 재미가 없더라고."

"(이탈리아 남부에서 바다를 보며 신나 있는 내게) 나는 집 앞이 광안리라서 맨날 보니까… 솔직히 바다는 그렇게 좋은지 모르겠어."

실제로 내가 여행 중에 각기 다른 여행자들에게 들었던 말이다. 여행이 간절한 누군가는 배부른 소리라 할지 몰라도 사람은 적응의 동물인지라 익숙해지면 자극이 덜해지는 건 어쩔 도리가 없다. 다만 나의 경우 여행의 매 순간이 자극으로 가득하기를 바라고, 실제로 대부분 그래왔다. 여기에는 나만의 작은 비밀이 있는데, 나는 긴 여행 중 유사 여행지를 연속으로 가지 않는 편이다.

예를 들면 자연 경관이 유명한 곳에서 한 차례 여행을 하고 나면, 그 다음엔 세계적으로 유명한 도시가 있는 곳으로 간다. 바다 마을에 머물렀었다면 다음에는 사막이나 산이 있는 곳으로 간다. 그러다 보니 근교 여행을 즐기지 않고, 남들보다 꽤 많은 이동을 하는 편이다. 그렇게 완전히 다른 스타일의 여행지를 번갈아 가다 보면 스스로에게 늘 최대치의 자극을 줄 수가 있다.

만약 바다 마을에 한 달을 머물렀는데, 다음 여행지 역시 바다 마을이고, 이전에 머문 곳보다 에메랄드 빛이 덜하다면 그게 설령 대단한 지중해라 할지라도 별로라고 생각해버리는 게 사람이다. 자극에 있어서 이건 당연한 일이다. 그런데 문제는 행복도 마찬가지라고 생각해버리는 데에 있다. 실제로 많은 이들이 저 멀리에서 느꼈던 행복의 순간을, 그보다 자극이 덜한 곳에서는 느낄 수 없다고 착각하고는 일상에 만족하지 못한 채 끊임없이 여행의 순간만을 그리워하곤 한다. 그리고는 다시 여행을 떠나는 그날만을 학수고대하며, 현실을 간신히 버텨내는 거다.

하지만 눈을 빼앗았던 자극적인 순간과 행복의 순간은 별개라고 나는 생각한다. 내가 세계 곳곳에서 보았던 대단한 풍경보다 더 대단한 것들만이 나를 행복하게 만들 수 있다면, 앞으로의 내 삶은 실로 암담할 것이다. 물론 히말라야에서 느꼈던 경치와 전율을 동네 뒷산에서 느낄 수 없는 것은 사실이지만 그것은 자극의 문제이며 행복은 별개라는 것이다. 히말라야에 오르며 느꼈던 행복의 순간들은 사실 동네 뒷산을 오르면서도 충분히 느낄 수 있다. 바람이 살랑 불어와 앞머리를 간질이던 순간, 그 순간 꿈틀대던 마음, 충동적으로 발걸음을 옮겼던 순간, 잠깐이지만 답답한 모든 것에서 해방된 듯한 자유로움, 그 순간 귓가에 들려온 음악 소리… 뭐 그런 것들 말이다.

이를 테면 나는 울릉도 태하 마을에서의 아침이 참 좋았다. 기분 좋게 따땃한 이부자리 덕에 몸은 뜨끈한데, 조금 열린 문 틈으로 들어온 차가운 공기가 얼굴을 훑곤 했다. 그러고 있노라면 보석 같은 눈을 가진 어린 고양이가 누워있는 내게 다가와 머리칼을 앙-하고 물었다. 행복이었다. 누가 들어도 행복을 표하는 상황. 어쩌면 일상 속에서도 쉽게 만날 수 있는 그런 것들. 나는 그날 뺨을 스치는 바람에도 민감하게 행복을 느꼈다. 아주 조금 떠나왔을 뿐인데도 달라지는 행복의 민감도에 나는 다짐했었다. 늘, 아주 아주 민감하게 행복하자고. 그렇게 민감하게, 온 촉각을 곤두세워 오늘을 느끼며 살자고.

대개 현실 속에서 우리는 노(怒)에는 누구보다 예민하면서 희(喜)에는 쉽게 둔감해지곤 한다. 그 때문에 일상 속 가득한 행복의 순간들을 너무 쉽게 놓치고 있는지도 모르겠다. 사실 행복한 사람은 남들보다 행복한 일이 많아서 행복한 것이 아니다. 동일하게 주어지는 일상 속에서 사소하고 사사로운 행복의 요소를 흘려 보내지 않는 사람, 과거의 것과 미래의 것에 연연하느라 오늘의 행복을 놓치지 않는 사람, 길가에 쓰여진 한 줄의 시에 발걸음을 멈출 줄 알고, 카페에서 울려 퍼진 재즈 음악에 심취해 잠깐이라도 낭만에 빠질 줄 아는 사람, 곁을 지켜주는 이에게 감사할 줄 아는 사람. 내가 되고자 늘 노력하는 행복한 사람은 바로 이런 모습이다.

결국 오늘을 행복하게 만드는 것은
사소하고 사사로운 것들 투성이다.
그 틈바구니에서 나는
오늘도 숨은 그림 찾기를 한다.

때론 과거의 달콤함을 떠올리기도,
내일의 맛을 상상하기도 하지만,
중요한 것은 오늘 손에 든
솜사탕임을 잊지 않으려 노력한다.

그렇게 오늘도 치열하게,
그리고 민감하게
나의 행복을 찾는다.

Part 4

오늘도 여전히 흔들리지만

달라지는 건 없었다.
수많은 여행 경험에,
나이가 한 살 더해져도
뿌리깊은 나무가 되지 못한 나는
여전히 오늘의 바람에 쉬이 흔들리곤 한다.

하지만 그렇게 흔들리면서도
나는 계속 온전히 나인 채로,
함께 흔들리는 나뭇가지들과 부대끼며
오늘을 살아갈 것이다.

그 모양새가 나무의 춤사위로 보여진다면
더할 나위 없겠다.

오늘의 BGM

4개월여의 일상 여행을 마치고, 나는 20대의 마지막을 장식하기 위하여 공항으로 향했다. 그 첫 목적지는 쿠바. 이번만큼은 최대한 나만의 여행으로 남기고 싶은 마음에 큰 카메라 대신 작은 하이엔드 카메라를 챙겼고, 비즈니스 관계인 사람들에게는 연락이 안 될 거라며 반 통보를 해두었다.

인천에서 중국 광저우, 광저우에서 미국 뉴욕, 그곳에서 다시 쿠바 아바나로 향하는 30시간 이상의 비행. 간만의 긴 비행이었고, 나는 금세 녹초가 되었다. 그래도 긴 긴 시간은 기어이 흘러 익숙하고도 요란한 엔진 소리가 들려왔고, 아

바나의 흙빛이 순식간에 가까워졌다.

아무런 예약 없이 출발했지만, 뉴욕 경유를 기다리던 중 에어비엔비 앱에서 마음에 쏙 드는 방을 발견했다. 나는 고민의 여지 없이 예약 버튼을 눌렀다. 올드 아바나에서 멀리 떨어진 베다도에, 강아지들과 함께 사는 남자의 집이었다. 그 집 한편에 말레꼰을 보며 잠들 수 있는 큰 창을 가진 방, 쿠바에서의 첫날 밤을 보내기에 더할 나위 없었다. 나는 공항에서 약간의 실랑이를 거쳐 20쿡에 합의 본 택시에 올라타, 예약한 숙소에 도착했다.

그런데 문제는 여기서부터였다. 집주인과 엇갈린 걸까? 아무리 벨을 누르고 기다려도 아무도 나오지 않는 거다. 공항에서 연락을 취했을 땐 그냥 오면 된다고 했는데… 당황스러웠다. 참고로 쿠바는 아직 데이터망이 안정적으로 구축되지 않아, 와이파이 카드를 사서 일부 와이파이 존에서만 데이터를 사용하는 것이 일반적이다.

길을 걷다 보면 한 번씩 많은 사람들이 쭈그리고 앉아 핸드폰을 만지고 있는 곳을 만날 수 있는데, 그곳이 바로 와이파이 존인 셈이다. 하지만 이 근방에 그런 곳은 없었다. 물론 와이파이 카드도 없었고. 나는 하는 수 없이 그 앞에 쭈그리고 앉아 30분 정도 그를 기다렸다. 텁텁한 공기에 숨이 턱 막혀왔다.

계속된 비행으로 나는 12시간째 공복 상태였다. 엎친 데 덮친 격으로 곧 스페인 여행을 갈 계획이라 유로가 필요하다는 호스트와 직접 환전을 하기로 한 탓에(그는 내게 은행보다 좋은 환율을 약속했다.) 나는 딱 숙소까지 가는 택시비만을 환전해두었고, 내게 남은 건 5쿠(한화 약 6천 원)이 전부였다. 이걸로 내가 할 수 있는 선택은 택시를 타고 시내에 가 와이파이 카드를 사거나, 간단한 음식을 사 먹는 것 둘 중 하나다.

'어쩌지….'

사실 고민은 길지 않았다. 극심한 허기에 5쿡을 쥔 손이 파르르 떨려오는 순간, 나는 배낭을 다시 들쳐 메고 숙소 근처에 보이는 식당으로 향했다. 그곳에서 내가 가진 5쿡으로 주문할 수 있는 음식은 많지 않았다. 나는 그 얼마 되지 않는 선택지 중 치킨 너겟을 골랐다.

말레꼰이 보이는 작은 식당의 야외 자리. 여행자로 보이는 이들이 가득한 것을 보아 꽤나 유명한 식당인 듯 했다. 하지만 당장 온몸이 찝찝하고 배고픈 이에게 아름다운 것이

보일 리 만무했고, 나는 그렇게나 기대한 말레꼰을 앞에 두고도 어떤 감흥도 느낄 수 없었다. 그저 먹고 싶다. 목이 마르다. 씻고 싶다. 그뿐.

오래지 않아 너겟이 나왔다. 나는 그것들을 황급히 입에 우겨 넣다 목이 막혀 캑캑거렸지만, 남은 돈이 없어 콜라 하나 시킬 수 없었다.

이후 숙소로 돌아온 나는 복도 바닥에 털썩 주저 앉아 한참 동안 호스트를 기다렸다. 그러다 언제까지 기다려야 할지 몰라, 노래나 듣자 하는 마음에 휴대폰의 스트리밍 앱을 켰다. 그런데 이게 웬걸, 오기 직전 인증서 설정을 바꾸는 과정에서 문제가 생긴 건지, 그간 오프라인용으로 저장해온 음악들을 몽땅 듣지 못하게 된 거다! 이건 나한테 매우 심각

한 문제였다. 원체 음악 듣는 것을 좋아해, 여행의 반을 특정 BGM으로 채워가며, 그것에 따라 여행지의 감흥이 결정되기까지 하는 터였다. 이번 여행에서 노래를 들을 수 없게 된 나는 몹시 절망적이었다. 그렇게 기분이 한층 가라앉은 상태로 호스트를 기다리고 또 기다렸다.

허무한 결론을 이야기하자면, 그 시각 나의 호스트는 집에 있었다. 벨이 고장났으며, 나는 다른 문을 이용했어야 했다. 그는 내게 메시지를 보냈지만 데이터가 안 되는 나는 그것을 확인할 수 없었고, 하염없이 그 앞에서 그를 기다렸던 거다. 결국 한참이 지나서야 그곳을 지나치는 이웃집 남자의 도움으로 나는 배낭을 내려놓을 수 있었다. 참으로 허무하고 긴 기다림이었다. 씻고 나오니 창 밖엔 어둠이 내려앉았다.

나는 채 마르지 않은 머리로 그 어둠 속으로 들어가 철썩이는 파도 소리를 들었다. 그리고 맥주 한 잔을 들이켰다. 온통 깜깜해 말레꼰을 제대로 볼 순 없었지만, 이제서야 이곳의 소리가 조금씩 들려오기 시작했다.

본격적인 아바나 여행은 다음날부터였다. 아침부터 계속해서 쏟아지는 비에 나는 호스트의 소파에서 강아지들과 한차례 낮잠을 자고 일어났다. 눈을 뜨니 촉촉함을 잔뜩 머금은 말레꼰이 보였다. 나는 개어오는 하늘을 보며 올드 아바나로 향했다.

낡은 택시가 올드 아바나에 가까워지는 순간부터 나는 입을 다물 수 없었다. 분명 착륙의 순간 만난 쿠바는 온통 흙빛이었는데, 그 흙빛에 숨겨진 오색이 온통 이 거리를 이루고 있었다. 수많은 낡은 것들이 조화를 이루며 살고 있었고, 그 모습이 몹시 아름다웠다.

나는 새로운 까사에 배낭을 내려놓고 무작정 밖으로 나갔다. 곳곳에서 기계를 거치지 않은 음악 소리가 울려 퍼지고 있었다. 거기에 사람들의 웅성이는 소리가 음악인 듯 아닌 듯 기분 좋게 어우러졌다. 나는 귀를 쫑긋 열고 소리를 따라 골목 골목을 걷고 또 걸었다. 지도 따위 볼 필요도 없었다.

음악을 따라가다 보니 이름 모를 광장에 도착했다. 광장 한편의 바에서는 서너 명의 연주자들이 살사 음악을 연주하고 있었다. 그리고 그 앞에 나이 지긋한 한 청소부가 청소를 하고 있었다. 아니, 춤을 추고 있었나. 둘 다였던 것 같다. 그는 스텝을 신나게 밟으며 이동하더니 저 편에 있는 쓰레기를 줍고서 다시 엉덩이를 씰룩이며 제자리로 돌아왔다. 그리고는 휙 두 바퀴 돌고는 또 한 번 쓰레기를 담았다. 무엇

을 바라는 것도 아닌, 그저 흥에 겨워 나오는 그의 춤사위에 나는 넋을 빼앗겨 한참을 서 있었다.

'아니, 이런 동네가 있다고?'

흥이 나다 못해, 너무 좋아 눈물이 날 것 같았다. 나는 입을 막은 채 한참 동안 이어지는 그의 춤사위에 빠져들었다. 그는 곧 쿠바였고, 이 감정은 어린 날 한눈에 차오르던 그날의 뜨거운 무엇과 비슷했다. 눈이 아닌 귀에 의존해 걷는 곳. 이곳에서 내가 할 일은 그저 이 자연스러운 음악 소리에 귀 기울이며 걷고 또 걷는 것뿐이었다.

나는 문득 다운받아온 노래를 몽땅 듣지 못하게 되어버린 일이 참 다행스럽다는 생각이 들었다. 이곳에서 다른 BGM은 필요치 않았으니까. 어제 온종일 절망감으로 가득했던 자리에, 덕분에 쿠바의 소리에 온전히 귀 기울일 수 있을 것 같다는 새로운 기대감이 차올랐다. 어쩌면 내 생에 처음으로 오롯하게 마주하는 BGM인지도 모르겠다.

오늘의 BGM은 온전히 아바나Havana, 쿠바.

살사의 추억

사랑이 어려워졌다.

이건 내가 스물아홉이 되면서 가장 크게 느낀 변화다. 몇 번의 마음을 재가 될 때까지 불태우고 나니, 섣불리 내 심지에 불을 붙이는 것이 두려워 자꾸만 한 발씩 뒷걸음질 치게 된 거다. 과거의 경험치에 비례하게 나는 딱 그만큼 겁쟁이가 되어 있었다. 그렇게 스텝이 엉킬까 춤을 시작하기 두려워하는 내게 이곳의 살사는 꽤나 매력적으로 다가왔다.

아바나에서 지내는 6일 동안 툭하면 비가 내렸고, 비가 많이 오는 날이면 나는 살사 학원에 콕 박혀 춤을 췄다. 빗소리와 어우러지는 살사 음악이 퍽 좋았다. 3년 전 콜롬비

아 칼리에 있을 때에도 살사를 배웠었지만, 이곳에서의 수업은 그때와 사뭇 달랐다. 칼리의 살사 학원에서는 한 스텝 한 스텝을 배우고 같은 동작을 거울을 보며 무수히 반복했다. 한국식 교육 시스템에 딱 맞는 방법이랄까.

그런데 이곳에서는 달랐다. 내 전담 강사는 내게 스텝 몇 가지를 알려준 후, 그것이 채 발에 익기도 전에, 음악을 틀었다. 그리곤 음악에 맞춰 나를 끊임없이 밀고, 돌리고, 당겨댔다. 바로 실전인 거다. 그러다 보니 익숙하지 않은 스텝에 발이 마구 엉키곤 했는데, 그는 내 스텝이 틀려도 절대 내 발이 멈추게 두지 않았다. 이 음악이 흐르고 있는 한 춤을 멈추는 것을 용납하지 않기라도 하듯 계속해서 춤을 추었다. 그런데 신기하게도 머리로 이해하려고 했을 땐 하나도

모르겠던 스텝들이 음악이 고조될수록, 그리고 발이 아닌 음악에 집중할수록 자연스럽게 내 발에 스며들곤 했다.

사실 초반에는 그가 이론과 기술을 체계적으로 알려주지 않는다고 느껴 약간의 불만을 품었던 적도 있었다. 이런 류의 학습에 익숙하지 않았기에. 실제로 그는 내게 어떤 스텝의 이름도 알려주지 않았다. 때문에 아바나를 떠나 트리니다드에서 들었던 또 다른 살사 클래스에서, 새로운 강사가 내게 어느 스텝까지 배웠느냐고 물었을 때 나는 아무 대답도 할 수 없었다.

그 새로운 클래스에서 나는 한 스텝 한 스텝의 이름을 배웠고, 강사는 그 이름들을 내게 외우라 했다. 그리곤 그것이 내 발에 완벽하게 익을 때까지 계속해서 반복하게 했다. 그날, 나는 처음으로 살사가 재미없어졌다.

생각해보면 그는 내게 진정으로 살사를 즐기는 방법을 가르쳐주었던 것 같다. 그리고 그가 맞았다. 사실 즐기는 데 스텝 하나 하나의 이름은 필요치 않았으니까. 스텝이 좀 꼬이는 정도는 크게 문제가 되지 않았으니까.

시간이 흘러 그와의 마지막 수업 시간이 되었다. 마지막 춤을 추기 전, 그는 내게 말했다.

"이건 우리가 같이 추는 마지막 곡이야. 그러니까 여태 알려준 것들 머리로 생각하지 말고, 온전히 음악을 느끼는 거야. 알겠지?"

나는 그날 나의 발과 뇌 사이의 어떤 회로 스위치를 꺼버렸고, 그 춤은 가장 완벽했다. 틀리지 않았다는 이야기가 아니다. 늘 그렇듯 내 스텝은 한 번씩 엉켰다. 하지만 그 정도는 우리의 발을 멈추게 할 수 없었다. 나는 온전히 음악과 그의 손길에 내 온몸을 맡겼고, 그것은 내 생에 가장 즐거운 춤이었다.

나는 적당한 연애와 이별을 거치며, 사랑으로 인해 고통을 느끼는 순간은 대개 타인이 나의 낙원이 되기를 바라던 데에서 왔음을 깨달았다. 똑같은 사람이다. 상대방은 나의 낙원이 될 수 없고, 나 역시 상대의 낙원이 될 수 없다는 사실을 받아들이고, 내 안에서 낙원을 만들어가는 것, 그리고 그 낙원을 서로 공유하는 것이 가장 이상적인 사랑의 모습이라는 것을 스물아홉의 나는 충분히 알게 되었다. 그뿐 아니라 이상적인 사랑 방식에 대해 이 페이지를 족히 채울 수도 있겠다.

하지만 그것을 머리로는 알면서도, 이런 이성적이고 이

LA FAMILIA

상적인 모양새를 완벽히 깨어버릴 수 있는 사랑에 빠지는 일은 어쩌면 훨씬 더 멋진 일인지도 모르겠다. 그리고 그런 사랑을 했던 것은 내 생에 가장 잘한 일들로 기억될 터였다. 비록 생채기는 깊게 남았지만 말이다.

그러니 이건 내게 가장 필요한 수업이었다. 춤을 출 때만큼은 나의 이성을 잠시 꺼둔 채 빠져드는 것. 그래서 스텝이 엉킬 것 따위는 두려워하지 않는 것.

혹여 스텝이 좀 엉켜도 계속해서 음악에 빠져든 채 춤을 이어가는 것. 그렇게 살아가는 것. 사랑하는 것.

사람들이 말레꼰에서 편지를 쓰는 이유

모로성에 앉아 새로 만든 노래를 흥얼거리다 괜히 소리 내어 말해본다.

'사랑해.'

파도가 넘실대는 말레꼰과 불빛이 하나둘 켜지기 시작하는 아바나가 한눈에 들어오는 그곳에서 나는 몇 시간째 가만히 앉아있었다. 중간에 빗방울이 떨어지기도, 그늘 없는 해가 얼굴을 태우는 것이 느껴지기도 했지만 자리를 옮기고 싶지 않았다. 그중 가장 아름다운 시각은 5시 57분. 단언컨

대 그 시간의 말레꼰은 이 세상에서 사랑이라는 단어와 가장 닮아 있는 곳이다.

나는 혼자였다. 그래서 사랑이라는 말이 어울릴 법한 이들을 몇몇 떠올려 옆에 앉혀 두었다. 덕분에 혼자였지만, 혼자이지 않았다. 그리곤 여러 가지 핑계로 전하지 못했던 마음들을 꺼내 보았다. 파도 소리에 묻혀 그들이 있는 곳까지 닿지는 못했을 거다. 나는 내심 다행이라 생각했지만, 이대로 아무것도 전하지 않기엔 이곳은 너무나도 사랑을 닮아 있었다.

아, 편지를 써야겠다.

Everything is possible!

트리니다드에서 사탕수수 투어를 하던 날, 메뉴판조차 없는 작은 바에 들렀다. 인심 좋은 미소를 가진 주인아저씨가 나를 보며 빙긋 웃었고, 나는 그에게 햄버거를 주문하는 게 가능한지 묻기 위해 습관처럼 입을 열었다.

"Is it possible~?(~가능할까요?)"

그는 내 말을 끊고 씨익 웃으며 답했다.

"Everything is possible!(뭐든지 가능해!)"

이 직업의 가장 큰 장점

쿠바에서 한여름의 크리스마스를 맞이하는 것은 이번 여행의 큰 목적 중 하나였다. 그래서 어디에서 크리스마스를 보내면 좋을지 알아보던 중 바라데로라는 곳을 알게 되었다. 이미 국제적으로 매우 유명한 쿠바 최고의 휴양지, 바라데로Varadero. 카리브해를 마주하고 있는 그곳에는 길게 늘어선 해안을 따라 수많은 올인클루시브 호텔이 줄지어 서 있다.

올인클루시브 호텔은 말 그대로 호텔 안에서 하루 세 끼 먹고, (심지어 무제한으로) 마시며, 각종 해양 레포츠를 즐길 수 있는 곳인데, 전 세계에서 손꼽힐 정도로 저렴해 그야말로 가성비 좋은 사치를 부리기에 제격이다. 나는 내 20대 마지막 크리스마스와 이브를 그곳에서 보내기로 다짐했다.

나는 아바나에 머물던 중 미리 바라데로의 호텔을 예약해두었다. 크리스마스라는 특별한 날인만큼 숙박비가 기존의 두 배 정도로 뛰었지만 그럼에도 1박에 12만 원이면 충분히 넓고 그럴싸한 호텔에 지낼 수 있었다. 나는 트리니다드에서의 여행을 마치고 들뜬 마음으로 바라데로로 향했다.

트리니다드에서 바라데로까지는 외국인 전용인 비아술 버스를 타고 6시간 반. 등받이는 제멋대로에 에어컨 조정도 어려워 그리 편한 이동은 아니었지만, 그렇다고 대단히 불편할 것도 없었다. 다행히 자리는 여유가 조금 있어 나는 좌석 두 개를 침대 삼아 쪼그려 누운 채 갈 수 있었다.

누워서 음악을 듣다가 잠이 들 무렵, 사람들이 내리는 소리에 정신이 들었다. 휴게소인가보다. 나는 다시 이어폰을 귀에 꽂고 눈을 감았다. 그렇게 한참을 음악에 빠져있었다. 그런데 뭔가 이상했다. 멈춘 지 1시간이 다 되어 가는 것 같은데 아직도 차는 움직이지 않았다. 휴게소에 이렇게 오래 머문다고? 나는 뭔가 이상함을 느끼고 몸을 일으켰다. 그런데 이게 웬걸, 버스 안에는 나밖에 남아있지 않았다. 그 많은 사람들이 언제 다 내린 거지? 나는 크로스백만 챙긴 채 황급히 버스에서 내렸다.

바깥에서 사람들은 무언가를 항의하는 듯 웅성이고 있었다. 나는 갑작스럽게 펼쳐진 광경이 당황스러워 아무나 붙잡고 물었다.

"무슨 일이야?"

"차가 고장났어. 그런데 대책이 없대."

머리를 한 대 맞은 것 같았다. 쿠바에서는 차가 대체로 오래되어 고장나는 일이 잦다고 들었던 적이 있었다. 두리번대던 차, 동양인으로 보이는 이를 발견해 다가갔다. 다행히 한국인이었고 나는 그녀에게 내가 음악에 심취해있던 1시간 동안 벌어진 일을 자세히 들을 수 있었다. 말 그대로 버스가 고장났고, 기사는 누군가에게 수리를 요청했지만, 수리를 해주는 사람이 오늘 도착할 수 있을지 없을지도 모르고, 수리가 가능할지도 미지수라고. 그래서 일정이 급한 사람은 먼저 알아서 가라고 했다는 거다.

버스 고장에 대한 보상이나 다른 차편에 대한 지원은 전혀 없으며, 이곳은 바라데로로 가는 버스 따위는 서지 않는 아주 작은 마을이었다. 게다가 이미 캄캄한 밤이었다. 기사

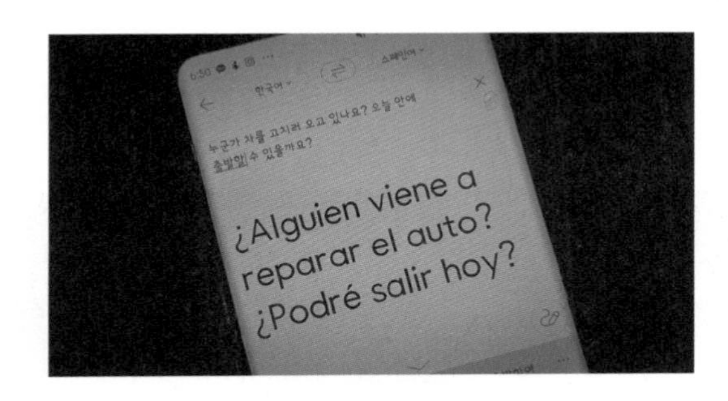

는 히치하이킹을 해서 다른 큰 마을로 이동한 뒤, 내일 택시나 버스를 타고 이동하는 것을 추천했다. 그리곤 배째라는 태도였다. 참고로 주변의 큰 마을에서 바라데로로 가는 버스는 2일 내 모두 매진이었다.

'잠깐만, 이러면 내 크리스마스 계획이 완전히 어그러진다고!'

이미 사람들은 단체로 히치하이킹을 시도하고 있었다. 사람들과 함께 히치하이킹을 하려고 어울리다 알게 된 사실은 버스에 있던 그 많은 인원 중 바라데로로 가는 사람은 나를 포함해 세 명뿐이라는 거다. 나머지는 버스가 바라데로로 가는 도중 들르는 가까운 마을이 목적지였기에, 단체로

히치하이킹을 해서 목적지까지 가겠다고 했다. 그곳은 1시간이면 도착하는 곳이었기에 충분히 가능한 일이었다. 그리고 실제로 얼마 지나지 않아 그들은 히치하이킹으로 모두 떠나버렸다.

나를 포함해 바라데로로 가는 세 명만이 어둠 속에 덩그러니 남아있을 뿐이었다. 방법이 없었다. 나는 멍하니 허공을 바라보다 그들에게 물었다.

"어떻게 할 거야?"

"모르겠어. 이 시간에 히치하이킹으로 바라데로에 가는 건 불가능해. 이제 지나가는 차도 얼마 없어."

"너는 어떻게 할 거야?"

"나도 아무 생각이 없어. 일단 버스 기사가 밥 먹고 다시 온다니까 기다려서 그와 이야기를 나눠봐야겠어. 너는?"

"나도 글쎄… 일단은 같이 기다려볼래."

그렇게 우리 모두는 아무런 대책도 없이 길가에 쪼그리고 앉았다. 한참이 지난 후 기사가 모습을 나타냈다. 아직도 기다리냐는 그의 표정에 우리는 방법이 없겠냐고 물었고, 함께 기다리던 쿠바노 한 명이 스페인어로 그와 알아들을 수 없는 이야기를 나누었다. 그러면서도 우리는 큰 차가 지나갈 때면 계속 붙잡고서 바라데로 방향으로 가지 않느냐고 묻기를 반복했다.

그렇게 몇 시간이나 지났을까, 여행사의 버스로 보이는 큰 버스가 근처에 멈췄다. 사람이 아무도 없는 것으로 보아 운행을 마친 후 마을로 돌아온 듯 했다. 기사는 내렸고, 우리는 달려갔다. 다행히 우리 기사였던 이가 그를 붙잡고 오랜 시간 이야기를 나누었다. 나는 뒤에서 잠자코 그 모습을 보고 있었다. 시간이 얼마나 지났을까.

"됐어! 타!"

그 버스 기사가 약간의 돈을 받고, 바라데로까지 우리를 태워주기로 한 거다. 나는 안도하며 버스에 올라탔고, 이내 깊은 잠에 빠졌다. 정신을 차렸을 때는 이미 밤 12시가 지나 크리스마스이브를 맞이한 채였다. 이대로 크리스마스를 맞이하는 것이 아쉬울 법도 했지만, 솔직히 말하자면 사실 이때 나는 녹화된 화면을 돌려보며 씩 웃고 있었다.

여행 크리에이터끼리 우스갯 소리로 하는 이야기가 있다.

"여행 중 좋은 일이 있으면 그냥 좋은 거고, 나쁜 일이 있으면 재밌는 영상 콘텐츠가 되니까 좋은 거야. 그러니까 결국은 다 좋은 거지."

사실이다. 심지어 영상으로 담아낼 수 없는 수준의 깊은 우울감이 찾아올 땐 한 줄의 글귀가 되니 좋고, 그도 아니면 먼 훗날 술 안줏거리라도 될 터였다. 고로 우리에게 모든 여행은 다 좋았다. 이 직업의 가장 큰 장점이랄까. 그래서인지 나는 사실 어둠 속에서 덩그러니 기사를 기다릴 때에도, 몇 번이나 히치하이킹에 실패했을 때에도 기분이 썩 나쁘지 않았다. 재미있는 에피소드가 하나 생겼다고, 그렇게 생각했다.

어쩌면 세상살이도 마찬가지인 것 같다. 이전에 라디오에서 스쳐 들은 이야기로 혹자는 세상이 나한테 왜 이러나 싶을 정도로 힘든 일이 생기면 나중에 성공한 자신이 인터뷰를 하는 모습을 상상하며 버텨왔다고 했다. 그때 자신의 성공을 보다 버라이어티하게 만들어줄 역경, 즉 에피소드가 생긴 거라고, 그렇게 생각하며 버텨왔다고.

에피소드. 여행 중 좋지 않은 일이 닥쳤을 때, 삶이 고되고 힘겨울 때, 이것을 에피소드로 바라볼 수 있다는 것은 삶에 아주 큰 숨구멍 하나가 생기는 것과도 같다.

오늘의 고됨이 훗날 나의 행복을 더 빛나게 해줄 에피소드라는 마음가짐. 그러면 삶이 아주 힘겨운 날에도 그런대로 걸어갈만 하겠다고, 나는 생각했다. 그렇게 나는 바라데로로 향하는 낯선 버스 안에서 내 20대의 마지막 크리스마스이브를 맞았다.

자유와 외로움의
상관관계에 대하여

바라데로의 올인클루시브 호텔은 내가 머문 곳 중 최고의 휴양지였다. 멀리 나갈 필요도 없었다. 호텔의 입구에는 무료로 무제한 칵테일을 즐길 수 있는 스낵바가 있고, 널찍한 소파에 널부러져 있을 수 있는 와이파이 존(쿠바에서는 와이파이 존이 결코 흔치 않다.), 그리고 몇 걸음 더 가면 커다란 수영장이 몇 개나 줄지어 있고, 선베드는 말할 것도 없다. 특정 시간에는 요가 클래스, 스페인어 교실, 수중 단체 게임 등이 진행된다.

다른 한편에는 호텔 투숙객이라면 누구나 무료로 삼시세끼를 즐길 수 있는 실내 뷔페와 또 다른 바, 여기에 야외 한

쪽에선 바비큐가 구워지고 있다. 그리고 그 길을 따라 쭉 걸어가면 해변용 스낵바와 프라이빗 비치가 펼쳐진다.

그곳에선 해양 액티비티까지 함께 즐길 수 있다. 호텔 한쪽에 자리잡은 무대에서는 정해진 시간마다 마술쇼, 댄스쇼 등 다양한 공연이 펼쳐진다. 오래되긴 했지만 큰 창으로 해가 들어오는 넓은 방은 덤. 이 모든 게 하룻밤 10만 원 내외로 가능한 거다. 이곳에서 크리스마스를 보내기로 한 건 최고의 선택이었다.

나는 크리스마스를 맞아 수영복 위에 빨간 민소매 원피스를 입고, 산타 모자를 쓴 채 호텔을 누비고 다녔다. 나뿐 아니라 미국인으로 보이는 한 부부 여행객도 산타 모자를 쓰고 있었다. 우리는 스칠 때마다 웃으며 인사를 나눴다.

"메리 크리스마스!"

"메리 크리스마스!"

벌써 칵테일은 세 잔이나 비웠고, 나는 알딸딸한 기분으로 입구 쪽 선베드에 한참을 드러누워 있었다. '천국이 있다면 이런 모양새겠지'라고 생각하며. 그렇게 그 안에서 즐길 수 있는 모든 것을 즐긴 후 다음날 나는 옆에 있는 또 다른

올인클루시브 호텔로 향했다.

이곳까지 와서 한 호텔만 즐기기엔 어쩐지 아쉬워 비슷한 가격대의 또 다른 호텔을 예약해둔 터였다. 이전의 호텔보다 훨씬 더 넓고 세련된 느낌이다. 특히 내가 배정받은 방은 침실 두 개에 테라스까지 있는 아주 넓은 방이다. 내가 테라스에서 혼자 감탄사를 남발하자 옆 방 아주머니가 고개를 내밀더니 씩 웃어 보였다.

그런데 좋은 건 여기까지였다. 가장 기대했던 순간 중 하나였고, 그 기대를 조금도 실망시키지 않는 천국 같은 곳에서 이틀이나 자유를 만끽하고 있는데, 어쩐지 마음 한편에 계속 허전함이 차오르는 거다. 웃으며 호텔 내 공연을 즐기다가도, 처음 만난 이들에게 내 이름을 알려주면서도, 마음 한편으로는 굳이 나의 이름을 말하지 않아도 나를 아는 이들이 떠올라 먹먹해지곤 했다. 이건 내가 지금 아주 외롭다는 뜻이다.

자유롭고 싶어 기어이 혼자이기를 택한 후, 그렇게 내가 택한 자유가 필연적으로 외로움을 동반한다는 것을 알았다. 사실 나는 가끔 사람과 사람이 함께하는 당연한 순간이 방학 숙제처럼 느껴질 때가 있었는데, 그럴 때면 한 번씩 낯선 곳에서 홀로 이방인이 되는 일이 내 숨통을 트여주곤 했다.

아무도 나를 (어린 왕자와 여우처럼) 길들여주지 않고, 나 역시 길들이지 않은 수천 송이의 장미 틈에서, 한 마디로 '아무것도 아닌 존재'가 되어 정처 없이 길을 걷는 일은 나를 관계의 스트레스에서 온전히 자유롭게 해주었다.

하지만 혼자인 게 마냥 좋은 것도 아니었다. 아무도 관계되지 않은 가장 자유로운 상태는 동시에 가장 외로운 상태였다. 대개 그 외로움은 내게 다시 관계의 굴레 속으로 들어갈 힘을 주었다. 아니, 간절함을 주었다는 표현이 맞을 수도 있겠다.

이렇게 외로움이 차오를 때면 나는 한 번씩 생각한다.

'아, 내가 지금 이리도 자유롭구나.'

이 감정이 온전한 자유의 반증이라고 여기면, 아주 조금은 위로가 되는 것도 같았다.

나는 앞으로도 몇 주를 더 이 자유와 외로움의 틈바구니에서 헤엄칠 터였다. 분명한 사실은 이 헤엄이 끝나고 다시 돌아간, 내가 살던 곳에서 나는 곁에 둘 수 있는 이들의 소중함을 한 층 더 깊게 느낄 수 있을 것이다. 그 틈에서 어서 나의 방학 숙제가 하고 싶어지는 밤이다.

BARLOVENTO

뜨뜻미지근하지만 않기를

내 20대의 마지막 여행지, 뉴욕으로 향하는 비행기 안. 곧 착륙하오니 안전벨트를 메고 의자를 바로 세우라는 익숙한 안내 음성과 함께 창 밖이 순식간에 불빛으로 가득 찼다. 창밖의 풍경은 내 생에 가장 화려한 광경이었다. 나는 일순간 그 불빛들에 압도되었다. 심장이 미친 듯이 뛰기 시작했다.

올 한 해 내가 좇았던 불빛들을 떠올렸다.
때로는 일이기도, 여행이기도,
사랑이기도 하였던 그것들.

그리고 그 불빛들에 쉬이 요동쳤던 순간들.

이토록 쉬운 심장은 때때로 내 눈물을 쏟아내기도 하였지만, 나는 아직은 돌덩이 같지 않은 나의 심장을 어여삐 여긴다. 덕분에 뜨거웠던 20대가 좋았다. 그리고 부디 머지않아 맞이하게 되는 서른의 시간에도, 여전히 흔들리는 나여도 괜찮으니, 뜨뜻미지근하지만 않기를, 그렇게 마음을 다해 바랐다.

자, 그러니 어서 빨리 저 불빛들이 나를 집어 삼켜주었으면.

HAPPY HOLIDA
FROM NY
H&M

블루노트 재즈 클럽

뉴욕에 도착하던 순간의 설렘과 기대는 채 하루를 가지 못했다. 도착한 다음 날, 신이 나 타임스퀘어에 도착한 순간부터 무언가 잘못되었음을 느꼈다. 새해를 맞이하는 장소로 세계에서 가장 유명한 타임스퀘어다. 그리고 오늘은 12월 29일, 연말이다. 그런데 내가 만난 타임스퀘어는 크리스마스의 명동 한복판 그 이상도 이하도 아니었다. 5년 전이던가 크리스마스 날 명동에 갔다가 한 발짝 옮기기가 어려운 엄청난 인파에 기겁하며 도망나왔던 기억이 났다.

'아, 나 이렇게 북적이는 곳 질색했었지. 하필 이게 뉴욕

한복판에서 기억날 건 뭐람!'

그렇게 로망은 산산조각나버렸다.

비가 추적추적 내렸지만, 엄청난 인파에 사람들은 우산을 쓸 수조차 없었다. (어차피 난 우산조차 없었지만) 나는 금세 모든 기가 빨려버려 배를 채울 곳을 찾아 나섰다. 그런데 내가 맛집이라며 찾아둔 곳들은 이미 엄청난 웨이팅 혹은 풀예약으로 들어갈 수도 없었다. 그나마 줄이 적당했던 (평소라면 이 정도에도 질색했을 테지만) 햄버거 가게 '파이브 가이즈'에 가서 햄버거를 시켰다. 그런데 추가 토핑, 소스를 선택하지 않으면 정말 고기 패티와 빵만 준다는 것을 미처 몰랐던 터라 그 비싼 가격에 고기 빵만을 먹게 되었다. 심지어 앉아 먹을 자리도 없어 서서 말이다.

그래도 그 와중에 새해를 맞이할 장소를 찾아보겠다고 이곳저곳 돌아다녀보는데 마땅한 곳은 완벽하게 매진이다. 그래, 세계인들이 모이는 곳인데 사실 이제 와서 알아본다는 게 멍청한 짓이긴 했다. 늘 닥치면 어떻게든 되겠지 마인드로 여행하고, 실제로 어떻게든 되어왔던 터라 뉴욕 역시 특별한 준비 없이 왔는데, 그런 내게 이곳은 맞지 않았다.

20대 마지막 여행지는 꼭 뉴욕이어야 한다고 그렇게 노래를 해놓고 아무 준비도 없이 온 나 스스로에게 짜증이 났다. 뉴욕조차도 싫어졌다. 남들에 비해 행복의 역치가 낮은 사람인데다 여행지 금사빠(금방 사랑에 빠지는 사람)인지라, 그간 싫어하는 여행지가 없느냐는 질문을 받으면 늘 없다고 말해왔는데, 바로 오늘 그런 곳이 생긴 거다. 연말, 뉴욕, 타임스퀘어. 나는 다 때려치우고 숙소에나 돌아가려는 요량으로 메트로를 탔다.

그러다 마침 소호를 지나기에, 여긴 조금 나을까 하는 기대로 급하게 열차에서 내렸다. 확실히 타임스퀘어보다는 덜하지만 그래도 북적인다. 가게 몇 군데를 기웃거렸지만, 이미 기를 빨릴 데로 빨린 탓인지 소호 거리의 예쁜 물건들이 눈에 들어오지도 않는다. 20대의 마지막 날, 뉴욕에 있는 로망이고 뭐고, 아웃 티켓 날짜까지 근처 다른 나라에나 다녀올까? 하는 생각만 머릿속에 가득했다.

'됐다. 차라리 술이나 먹자. 알코올이 모든 것을 해결해줄 거야!'

구글맵에 마구잡이로 저장해둔 바 중 하나가 이 근방에 있었다. 잘 모르지만 재즈바란다. 찾아가보니 줄이 길게 늘

어서 있다. 하지만 연말에 재즈 공연을 하는 바라는 것을 고려하면 기다릴 만한 정도였다. 그렇게 20분쯤 가만히 서 있는데 두리번대던 한 여자가 나를 잡고 물었다.

"여기 줄이야?"

"응. 맞아."

"이 티켓에 자리가 지정된 건 아니고, 줄 서서 기다리는 순서대로 앉는 거지?"

"티켓…? 티켓이 있어야 해?"

"응? 당연하지…."

그녀는 당연한 걸 왜 묻느냐는 반응이었다. 내가 당황한 기색을 내비치자 그녀는 앞에 있는 사람들에게 물어봐 확인 사살을 시켜주었다.

"여기 줄 선 사람들 다 티켓 예매하신 거죠?"

"응! 당연하지!"

블루노트 재즈 클럽. 알고 보니 이곳은 세계에서 재즈를 사랑하는 사람이면 다 안다는, 뉴욕에서 제일 유명한 재즈

바 중 하나였다. 자릿값만 테이블 당 10만 원이 넘고, 공연이 잘 안 보이는 바 자리도 인당 5만 원 이상이란다. 그런데도 연말 황금시간대(12월 29일 일요일 7시)에 유명한 트럼펫 연주자(크리스 보티)의 공연이 있는 날이라 거진 한 달 전부터 표가 마감되었다고. 그리고 그 비싼 티켓을 사고도 좋은 자리에 앉기 위해 사람들이 1시간 전부터 줄 서 있는 거였단다. 티켓도 없이 무작정 기다리고 있던 게 말도 안 되는 멍청한 짓이었던 거다.

나는 힘이 다 빠져, 줄에서 살짝 이탈한 채 허공을 보며 서 있었다. 여행 첫 날부터 되는 게 하나도 없다. 하필 가까워서 찾아온 곳이 제일 유명한 재즈바일 건 뭐람. 술도 됐고, 그냥 숙소에나 돌아가자 싶었다.

그때였다. 줄에서 내 바로 앞에 서 있던 미국인으로 보이는 아저씨가 물었다.

"예약 없이 혼자서 온 거야?"

"응…."

"이런 곳은 꼭 예약하고 오는 게 좋아."

"몰랐어…."

"음… 그런데 너는 운이 참 좋은 것 같아."

Blue Note
NEW YORK

Blue Note
EXIT

"응?"

"우리 가족이 세 명인데, 네 명까지 앉을 수 있는 테이블을 예약했거든. 너 우리 가족이라고 하고 같이 들어가자. 그래, 오늘은 우리 가족인 거야."

"뭐라고????"

"너 그냥 들어가서 볼 수 있다고. 해피뉴이어 선물이라고 생각해."

"오 마이 갓!!!!!"

갑작스럽게 말도 안 되는 선물을 받았다. 놀라서 입을 틀어막는 나를 보며 그와 그의 가족은 빙긋 웃었다. 그렇게 나는 어떤 예약도 없이 그들의 비싼 자리에, 심지어 무대가 코앞인 맨 앞자리에 앉게 됐다. 뉴저지에 산다는 그들은 재즈를 몹시 사랑해 매년 연말에 이곳에 와서 함께 저녁을 먹으며 공연을 본다고 했다. 나는 그렇게 예고 없이 가족 연말 모임에 껴 함께 식사를 하고, 공연을 보게 되었다. 그리고 그건 단언컨대 내 생에 최고의 공연이었다.

진짜 재즈. 살면서 한 번도 본 적 없는, 정말 영화 속에서나 나오는 거라고 생각했던 그런 무대. 음악에 대한 짧은 식견으로는 뭐라 표현해야 할지 모르겠지만, 그저 끊임없이 소름이 돋았다. 공연 맨 앞, 한 가운데에 앉은 덕에 크리스보티는 진행 중간중간 내게 말을 걸어주었다.

나는 〈라라랜드〉의 미아가 된 듯, 〈비긴어게인〉의 그레타가 된 듯, 영화인지 공연인지 모를 환상적인 그것에 완벽하게 빠져들었다.

공연이 끝난 후, 나는 그들에게 내가 먹은 음료와 음식값에 약간의 자릿값을 더해 80불을 내밀었다. 사실 당시 내가 가진 전부였다. 그런데 그들은 한사코 거절하며 말했다.

"말했잖아. 이건 너한테 주는 해피뉴이어 선물이야. 우린 네가 뉴욕에 대해 좋은 기억을 많이 만들어가길 바라."

순간 왈칵 눈물이 났다. 가장 최악이라고 생각했던 순간, 최고의 선물을 받아버렸다. 그리고 생각했다. 내 뉴욕은 오늘로 충분하다고. 올해가 오늘 당장 끝나버려도 좋을 것 같다고.

해피뉴이어였다.

나는 빨간 원피스를 입지 않았다

언제부터인가 내 20대 마지막 순간에는 뉴욕에서 빨간 원피스를 입고 와인 잔을 들고 있고 싶다는 로망이 있었다. 아주 고상한 모양새로. 도시보다는 자연을 사랑하고, 구두보다는 운동화를 선호하는 나이지만, 나의 30대는 그렇지 않을 것이라고 예고라도 하는 듯, 가장 고고한 모습을 한 채 맞이하리라 다짐했다.

그래서 나는 뉴욕 여행의 다른 준비는 다 미뤄둔 채, 12월 31일만은 호텔 방을 예약하고, 쇼핑몰을 샅샅이 뒤져 마음에 쏙 드는 빨간 원피스를 주문했다. 일시 품절로 3주가 다 되도록 배송이 오지 않았던 그 원피스는 다행스럽게도 출국 하루 전날 내 품에 안겼다. 모든 것이 완벽했다. 나는 혹시 모를 상황에 대비하기 위해 캐리어에 빨간 원피스를 두 벌이나 챙겼다. 그렇게 로망을 실현할 모든 준비를 마쳤다.

12월 31일 아침, 나는 머물던 브루클린 에어비엔비에서 짐을 챙긴 후 맨하탄 한복판에 있는 호텔로 향했다. 아주 고급스러운 호텔은 아니지만, 적당히 연말 분위기를 낼 수 있는 정도의 무난한 방이었다. (가격은 결코 무난하지 않았지만 말이다.) 나는 도착하자마자 빨간 원피스를 꺼내 숙소 한편에 곱게 걸었다. 그리곤 새하얀 침대에 대자로 누워 지난 날의 찬란함을 떠올렸다.

정확히 3년 전, 사하라 사막에서 환히 웃는 여자의 사진을 보며, 내 20대에도 저렇게 순도 백퍼센트의 미소를 짓고 있는 한 장면이 있을까 싶어 눈물 지었던 나다. 지금 내겐 굳이 노력하지 않아도 필름처럼 머리를 스치는 수많은 장면들이 있었다. 그 장면들 속 나는 온전히 나인 채로 아주 환하게 웃고 있었다. 때론 혼자, 때론 함께, 또 때론 멀리서, 때론 내가 사는 그곳에서, 오늘을 걷고 있었다.

대체로 내가 제일 사랑하던 순간들의 나는 길 위에 있었다. 조금은 풀어진 모양새로, 가장 편안하고 자연스러운 나인 채로.

남들을 따라가는 게 아닌 나의 길을 걷기로 택한 첫 선택의 순간, 그날의 나에게 칭찬이라도 건네듯 나는 내 머리통을 두 번 톡톡 쳤다.

'그래, 너 잘 했다.'
'앞으로도 잘해보자. 오늘이 지나도 변하는 건 없을 테니.'
'정말 그럴까?'
'응, 그럴 거야.'

그리곤 오늘의 여행을 시작하려고 몸을 일으켰다. 그리고 갈아입으려 빨간 원피스를 집어 들었다. 그런데 문득 이런 의문이 들었다.

'내가 왜 뉴욕, 빨간 원피스라는 로망을 갖게 됐을까? 왜지?'

몇 분의 고민 끝에 답을 내릴 수 있었다. 나는 아마 20대의 마지막 순간과 30대의 첫 순간은 좀 화려한 모습이기를 바랐던 것 같다. 가장 고급스럽다고 생각하는 곳에서 가장 고급스럽다고 생각하는 복장으로, 나는 잘 살았노라고, 앞으로도 그럴 것이라고 보여주고 싶었던 것 같다. 그런데 그 방식을 왜 가장 화려하고 고급스러운 모양새에 두었는지, 그건 아무리 생각해보아도 도무지 알 수 없었다.

생각이 거기에 미치니 나는 굳이 이 빨간 원피스를 입지 않아도 될 것 같다는 생각이 들었다. 난 여전히 굽 있는 신발보다는 운동화가, 추운 날 맨 다리를 드러내는 것보다 스판 짱짱한 기모 청바지가 좋다. 그렇게 편안한 순간이 가장 나다울 수 있다고 믿는다. 나다움을 잃지 않는 것은 내 30대에도 여전히 최우선 과제가 될 것이다. 내가 어떤 마무리를 하든, 어떤 시작을 하든 그 사실은 변함이 없을 거다.

결국 나는 빨간 원피스를 입지 않았다. 운동화를 신었고, 편안한 청바지를 입었고, 비니를 눌러썼다. 그렇게 문을 열고 나섰다. 그게 내 20대의 마지막이었고, 변함없는 오늘의 모습이다.

뉴욕에서 카운트 다운을 하던 순간, 나는 평소와 다를 바 없이 마음 속으로 기도했다.

진짜와 진짜를 닮아있는
수많은 것들 틈에서
나는 진짜로 남을 수 있기를.

그렇게 나의 스물아홉을 보냈다.

에필로그

반짝이는 일을 미루지 말아요

서른의 봄날을 맞이하였습니다.

예상했듯 달라지는 건 없었습니다. 어제만 해도 그랬지요. 도무지 마음처럼 되지 않는 어느 관계의 끝자락에서, 사람보다 차라리 산이 쉽다며 야밤에 홀로 산에 올라 아주 오래 걷고 또 걸었습니다. 아무래도 제 생은 잔잔한 호수보다는 바다 쪽에 가까우려나 봅니다. 하지만 다행히도 이제 저는 그 깊은 바다에서 헤엄치는 일이 퍽 나쁘지 않습니다. 파도의 틈새로 이따금 불어오는 다정한 바람결을 조금은 느낄 수 있으니까요. (제 머리칼을 다정히 넘겨준 모든 바람결에 이 자리를 빌려 감사를 보냅니다.)

제 아홉수에 늘 빛은 도처에 있었습니다. 머물렀던 순간에도, 떠나갔던 순간에도 변함은 없었지요. 어쩌면 그 모든 빛의 발화점은 제 마음이었는지도 모르겠습니다. 제가 할 일은 그저 그 빛을 따라 발을 내디딜 뿐이었고, 저는 그게 이번 생의 유일한 의무라고 믿어 의심치 않습니다.

사실 과거에 저의 빛은 늘 아주 멀리 있었습니다. 졸업하면, 돈을 모으면, 진급하면…. 먼 미래를 떠올리며 오늘을 살아내기도 했지요. 하지만 그곳에 도달하면, 빛은 다시 멀어진 채 이쪽으로 오라 손짓하였습니다. 어쩌면 노년을 맞이했을 때는 죽기 전날의 빛을 떠올렸을지도 모르겠네요.

그래서 이 이야기가 그리도 하고 싶었나 봅니다. 모두가 같은 초침 소리에 맞추어 살아내는 듯한 이 삶이 사실은 생각보다 훨씬 더 아름다울지도 모른다고요. 도처에 가득한 빛을 외면하고 반짝이는 일을 내일로 미루며 살기에는, 우리의 오늘이 너무도 아깝다고요.

그러니 우리, 불어치는 파도 속에서도 부디

반짝이는 일을 미루지 말아요.

그래요, 바로 오늘이요.

반짝이는 일을
미루지 말아요

1판 1쇄 발행 2020년 6월 10일
1판 3쇄 발행 2020년 8월 20일

글 • 사진 여행자MAY

발행인 양원석 **편집장** 최혜진 **책임편집** 한지연
디자인 남미현, 김미선 **영업마케팅** 윤우성, 박소정

펴낸 곳 ㈜알에이치코리아
주소 서울시 금천구 가산디지털2로 53, 20층(가산동, 한라시그마밸리)
편집문의 02-6443-8859 **도서문의** 02-6443-8800
홈페이지 http://rhk.co.kr
등록 2004년 1월 15일 제2-3726호

ISBN 978-89-255-3677-4 (03810)